指环王三部曲

指环同盟

〔英〕J.R.R.托尔金 著　何卫青 译

济南出版社

图书在版编目（CIP）数据

指环王三部曲．指环同盟 /（英）J.R.R. 托尔金著；何卫青译．-- 济南：济南出版社，2025. 1. --（世界奇幻文学名著）. -- ISBN 978-7-5488-6875-0

Ⅰ．I561.45

中国国家版本馆 CIP 数据核字第 2024Z2T714 号

指环王三部曲·指环同盟

ZHIHUANWANG SANBUQU ZHIHUAN TONGMENG

（英）J.R.R. 托尔金 著　何卫青 译

出 版 人 谢金岭
责任编辑 丁洪玉
插图绘画 芾　瑜
装帧设计 张　倩

出版发行 济南出版社
地　　址 山东省济南市二环南路 1 号（250002）
总 编 室 0531-86131715
印　　刷 济南新先锋彩印有限公司
版　　次 2025 年 3 月第 1 版
印　　次 2025 年 3 月第 1 次印刷
开　　本 165mm × 230 mm 16 开
印　　张 36.5
字　　数 440 千字
书　　号 ISBN 978-7-5488-6875-0
定　　价 98.00 元

如有印装质量问题 请与出版社出版部联系调换
电话：0531-86131736

译者介绍

何卫青

女，文学博士，中国海洋大学文学与新闻传播学院副教授，硕士生导师。主要从事儿童文学的教学、研究与翻译工作。出版《小说儿童》《澳大利亚儿童文学导论》等专著及《儿童文学的美学研究》《为学而读：儿童文学的认知研究》等译著，创作儿童文学作品《献给松汐岛的花》《漂流谣》《鱼歌》等，创作的诗歌及短篇小说散见各刊。

插画师介绍

苇瑜

男，原名：李林钰；网名：一如的挽歌。自由撰稿人，绘画工作者，现居河南郑州。

目录
Contents

卷二

序言

1.关于霍比特人

这本书主要是关于霍比特人的，读者从字里行间可以发现他们的诸多特征和些许历史。更多的信息也可以从《霍比特人》一书中寻得，该书节选自《西界红皮书》，已经出版。《霍比特人》的故事源自《红皮书》较早的章节，这些章节是由比尔博本人撰写的，他称之为《去而复返》，叙述的是这位最早扬名世界的霍比特人前往东方的往返历程：一趟使后来所有的霍比特人都卷入当时的重大事件的历险。这些事件正是本书将要讲述的内容。

不过，许多读者也许希望从头了解这一非凡民族的更多情况，而一些读者可能没有早期的《霍比特人》一书。为此，我在这儿收集了一些霍比特人传说中有关的重点记载，并简要回顾一下那第一次东方历险。

霍比特人是一个不引人注目但非常古老的民族，较之今日，他们从前人丁更兴旺。因为热爱和平、安宁以及肥沃的土地，井然有序、深耕细作的乡间是他们最喜欢出没的地方。他们不了解也不喜欢，也不曾了解或喜欢过比锻炉风箱、水磨或手工织布机更复杂的机器，尽管他们巧于使用工具。即使在古代，他们也对我们这些所谓的“大人族”一贯敬而远之，而今更是对我们避之不及，越来越难觅踪迹。他们耳聪目明，虽然体态偏胖，沉稳持重，却身手灵巧，行动敏捷。他们拥有一种与生俱来的技艺，每当与他们不想碰面的大人族不期而遇时，他们便会悄无声息地迅速消失。他们已经将这种技艺发展到了令人类感觉魔幻的地步，但事实上，霍比特人从未学过任何魔法，他们之所以遁身有术，不过是因为遗传和实践，以及与土地的亲密关系。这是身材高大但动作笨拙的种族难以模仿的。

因为他们个头矮小，比矮人还要小，而且也不如矮人壮实，这就使他们看上去比实际上还要矮。按照我们的尺度标准，他们的身高在二到四英尺[①]之间。如今，他们很少有长到三英尺的。他们说，这是因为他们缩小了，在古代，他们要高一点。根据《红皮书》的说法，伊苏布拉斯三世的儿子班多布拉斯·图克（绰号吼牛）有四点五英尺高，能骑马。在所有霍比特人的记载中，只有两个著名的古代人物比他高，这桩奇怪的事，本书中有所叙述。

本书讲述的是夏尔的霍比特人的故事。在和平繁荣的年代，他们生活快乐，衣着光鲜，尤其喜欢黄色和绿色。不过他们很少穿鞋，因为他们有皮革似的坚韧脚掌，上面还覆盖着一层厚厚的卷曲毛发，这卷毛跟他们通常是棕色的头发很像。因此，做鞋是他们唯一不擅长的一门手艺。但他们手指修长灵巧，能制作很多其他实用又好看的东西。通常，他们宽宽的脸不算漂亮，但和蔼可亲，面颊红润，眼睛明亮，笑口常开，能吃能喝，他们发自内心地喜欢笑话，无时无刻不在开玩

① 英尺：长度单位，1 英尺约等于 0.3048 米。

笑；一天吃六顿饭（只要办得到）。他们热情好客，喜欢聚会，送礼的时候慷慨大方，受礼的时候也欣然热切。

坦率地说，尽管后来跟我们疏远了，但霍比特人的确是我们人类的近亲，比精灵亲得多，甚至比矮人还要亲。古时候，他们说的是人类的语言，尽管他们有自己的说话方式。他们的爱憎好恶也大都跟人类一样，但与我们的亲缘关系究竟近到何种程度，现在已不可考。霍比特人的历史可以追溯到如今已被湮没与遗忘的远古时代。只有精灵还保存着那个消逝时代的记载，他们的传统几乎完全与他们自己的历史息息相关，其中，人类鲜少出现，而霍比特人根本没有被提及过。然而事实上，甚至在其他族类开始知道他们之前，霍比特人就已经在中州生活了很多年。这个世界毕竟充满了难以枚举的奇怪生灵，这些小人儿似乎也就无足轻重。而在比尔博及其继承人弗拉多的时代，他们突然变得重要，变得出名，并且令智者和权贵们烦恼不已，尽管这并非他们自己所愿。

如今，中州第三纪已成为久远的过去，斗转星移，但霍比特人那时居住的区域无疑还是他们休养生息之地：大海之东的老世界西北部。至于他们最早的发源地，就连比尔博时代的霍比特人都不曾知晓。他们普遍没那么爱学习（除了了解家谱），不过在一些比较古老的家族里，仍然有人在研读他们的传统典籍，甚至还从精灵、矮人和人类那里收集关于古代和远土的记载。他们自己的记载是从定居夏尔才开始的，而他们最古老的传说也不过追溯到游牧时代。尽管如此，从这些传说中，从他们独特的言辞和风俗中，还是可以清楚地看出，像许多其他族类一样，霍比特人在遥远的过去，曾经西迁过。从他们最早的传说故事中，似乎可以瞥见他们居住在安度因河谷（位于大绿林边缘和雾山山脉之间）上游的时光。至于为什么他们后来不畏艰难险阻，翻山越岭进入伊利亚德，就不得而知了。他们自己说，人类在那片土地上不断繁衍，而森林被阴影笼罩，变得越来越阴暗，有了一个“黑森林”的新名字。

在那次翻山越岭的大迁徙之前，霍比特人已经分化成三个略有不同的支脉：哈富特族、斯图尔族和法洛海德族。哈富特族人皮肤偏黑，身材更矮小，他们无须，赤足，手脚小巧灵敏，喜欢住在高地和山坡上。斯图尔族人身宽体胖一些，手脚也大一些，喜欢平原与河畔。法洛海德族人皮肤偏白，发色也较淡，与其他两族的人相比，身材高挑瘦削，他们热爱树木丛林，喜欢住在林地。

古时候，哈富特族人跟矮人关系密切，长期生活在山脚下。他们西迁得比较早，在其他霍比特人仍然住在大荒野的时候，就已经在远至风云顶的伊利亚德一带漫游了。他们是最正常、最典型的霍比特人，也是数量最多的霍比特人。他们喜欢定居一处，也是将他们祖先生活在地道和洞穴中的习惯保持得最长久的霍比特人。

斯图尔族人长期生活在安度因大河两岸，不大惧怕人类。他们在哈富特族人之后西迁，接着沿响水河往南行走。在再次北迁之前，他们中有很多人在沙巴德和黑蛮地边境之间居住了很久。

法洛海德族人数量最少，是北部的一个支脉。精灵跟他们比跟其他霍比特人更友好。比起手工艺，他们更擅长语言和歌唱；比起耕种，他们往日更喜欢狩猎。他们翻越幽谷北部的山脉，来到喧泉河。在伊利亚德，他们很快和先于他们到达的族脉融合，但他们更大胆，更富有冒险精神，因而在哈富特族或斯图尔族部落里，头领或族长常常是他们。即使在比尔博的时代，一些大家族中仍有强壮的法洛海德族人的血脉，比如巴克兰的图克家和马斯特兹家。

在伊利亚德西部，雾山山脉和蓝色山脉之间，霍比特人发现了人类和精灵。的确，那儿仍然居住着登丹人的一支余脉，这个人类的王族是从西方之地的大海那边来的，不过数量急剧萎缩。他们北方王国的领土正在没落，大都变成了荒地，正好给新来者提供了多余的空间。不久，霍比特人就定居下来，逐渐形成了一个井然有序的社区。在比尔博的时代，大部分早期的霍比特人定居点已经消亡，被遗忘了，但最初变得很重要的一个定居点，依然存在，尽管规模已经缩减。这个定居点在布里，夏尔以东约四十英里[①]的切特森林里。

无疑，正是在早先的这些日子，霍比特人习得了文字，并效仿登丹人的方式，开始书写，而登丹人是很久以前从精灵那里学会这门艺术的。也是在那些日子，他们忘记了之前使用的语言，转而使用被称为威斯特隆的西方通用语。这种语言通行于从阿尔诺到刚铎的所有王国，也通行于从贝尔法拉斯到蓝色山脉的几乎所有海岸地区。不过，他们保留了自己的少量词语，还有他们对月份和日子的称呼，以及大量过去的人名。

大约在这个时期，霍比特人从传说时代进入了纪年时代。因为正是在第三纪的 1601 年，法洛海德族的两兄弟，马尔科和布兰科，从布里出发，在获得佛诺斯特的至尊王的许可后，带领大批霍比特人渡过棕色的巴兰都因河，跨越北方王国鼎盛时期建造的石拱桥，占据了巴兰都因河和远岗之间的整片土地。佛诺斯特的至尊王只要求他们养护那座大桥和道路，以保证王的信使畅行无阻，并承认他的王权。

夏尔纪年由此开始，因为渡过白兰地河（霍比特人把巴兰都因河

① 英里：英制长度单位，1 英里约等于 1.609 千米。

改名为白兰地河）的那一年变成了夏尔元年，以后的日子都从此纪起。西迁的霍比特人立刻爱上了这片新土地，他们定居在那儿，不久就再一次销声匿迹于人类和精灵的历史。尽管上有君王，他们是名义上的臣民，但实际上，他们是由自己的族长统治的，根本不掺和外界的事。在佛诺特斯与安格玛巫王的最后一场战役中，他们派出了一些弓箭手去帮助这位君王，如霍比特人所言，尽管其在人类的故事中并没有记载。不过在那场战役中，北部王国消亡了，霍比特人因而将那片土地据为己有，他们从自己的族长中选了一位长官，行使已逝君王的职权。这之后一千年，霍比特人很少受到战争的滋扰，繁荣昌盛，人丁兴旺，挺过了夏尔 37 年的黑死病，直到长冬降临，随之而来的大饥荒使成千上万的人死于非命。不过，在本书讲述的故事发生的时代，这段匮乏期（1158—1160）已经过去很久了，霍比特人又习惯了丰衣足食的生活。这片土地富饶而仁慈，尽管在他们到来之时已经荒芜了很久，但它早前曾被精耕细犁过，佛诺斯特君王在那儿曾拥有许多农庄、麦田、葡萄园和树林。

这片土地从远岗伸展至石拱桥，绵延一百二十英里，从北部荒原到南部沼泽则有一百五十英里。霍比特人把这片土地命名为夏尔，将其作为他们首领的管辖区域。这是一个百业有序的地区。霍比特人在这个世外桃源过着井井有条的生活。他们忘记或忽视了本来就知之甚少的守护神以及那些使夏尔的长久安宁成为可能的劳动者。实际上，他们受到庇护，却不再记得这庇护从何而来。

无论何时，无论哪个种族的霍比特人都不是尚武好斗的，他们也从来没有发生过内战。当然，古时候，他们曾不得不为在乱世中生存下来而战，但在比尔博的时代，那已经是非常遥远的历史了。本书这个故事展开前的最后一战，其实是夏尔域内进行的唯一一场战役，早就消失在当世霍比特人的记忆里了。那是发生在夏尔 1147 年的绿野之战，班多布拉斯·图克击败了兽人的入侵。连气候甚至也变得温和起来，曾经在北方白雪皑皑的寒冬四处觅食的狼群如今也只是祖父们讲述的故事了。因此，尽管夏尔仍然有一些武器储备，但它们大都被当作纪念品，挂在壁炉上、墙上，或者收藏在大洞镇的博物馆里。霍比特人称博物馆为“马松屋”，凡是一时用不上但又不愿意扔掉的东西，他们都称之为“马松”。他们的住所往往因为日积月累的马松而变得拥挤不堪，他们彼此送来送去的许多礼物都是这类东西。

说来也怪，虽然生活安逸平和，霍比特人却仍然保留着坚韧不拔的品性。倘若到了必要的时候，他们也不会怯懦，不惧杀戮。也许，他们如此不知厌倦地热爱美好的东西，不过是因为，倘若没有这些东西，他们依然能生存，能经得起悲痛、仇敌和天气所施予的残酷折磨，那些不太了解他们，只看得见他们的浑圆肚子和红润脸庞的人，对此惊诧不已。尽管霍比特人讷于争辩，也不把杀生当作消遣，但若陷入困境，他们也会奋勇反抗；必要的时候，他们仍然可以挥刀动枪。他们箭法娴熟，因为他们目光敏锐，定标很准，而且也不仅限于挽弓射箭。如果看见霍比特人弯腰捡石头，那最好赶紧跑快点藏起来，所有擅闯他们地界的野兽都非常清楚这一点。

起初，所有霍比特人都住在地洞里，至少他们自己是这样认为的。他们感到住在这样的住所里最舒适，但斗转星移，他们不得已采用了其他的居住方式。实际上，在比尔博的时代，夏尔只有最富和最穷的霍比特人才遵守着这古老的习俗。最穷的人家住的是最原始的洞穴，的确就只是洞而已，只有一扇窗户，或者一扇窗户都没有；而富裕的人家建造的是比简单的老式挖掘洞更奢华的洞府。不过，适合建造这种廊厅过道（他们称之为斯米阿尔）又大又曲折的洞府的地点并不是随处都可以找得到的，于是随着人丁兴旺，霍比特人开始在平原和低洼地区建造地上住所。的确，即使在山区和较古老的村庄，比如霍比顿、塔克伯勒以及位于白岗的夏尔主城大洞镇，如今也有许多木头房、砖房或者石头房。这类房子特别受磨坊主、铁匠、结绳者、车匠以及其他诸如此类的手艺人喜爱，哪怕他们已经有洞居住。霍比特人早已习惯建造工房和作坊了。

建造农舍和谷仓的习惯据说始于白兰地河下游泽地的居民。住在东法兴那个地区的霍比特人体型庞大，粗胳膊粗腿，在泥泞的天气，他们会穿上矮人穿的那种靴子。不过众所周知，他们拥有很大一部分斯图尔族人的血统，这从他们许多人下巴上长胡须就可以看出来，而哈富特族人和法洛海德族人都不长胡子。的确，泽地的居民以及后来占据河东区巴克兰的居民大都是从南方一带迁徙到夏尔来的。他们仍然保留着许多不曾在夏尔其他地方发现的奇名怪词。

建房这门技艺，可能和许多其他技艺一样，源自登丹人。不过，霍比特人也许是直接从精灵那里学来的。精灵是人类青年时期的导师。因为那时高种精灵还没有离开中州，依然居住在西方的灰港和夏尔境内的其他地方。远在西行之前就耸立在塔山上的三座古老的精灵塔依然可见，它们在月光下明亮闪烁。最高最远的那一座，孤零零耸立在一个青葱翠绿的小山岗上。西法兴的霍比特人说，站在那座塔的塔顶，能看见海，但不曾听闻有霍比特人登上过它。确实，很少有霍比特人见过海或者在海上航行过，而从海上归来并讲述航海历程的霍比特人更是少之又少。大多数霍比特人甚至看到河流和小船都会犯晕，会游泳的也没几个。随着夏尔时光的流逝，他们跟精灵的交流越来越少，渐渐变得害怕他们，甚至不相信那些跟他们打过交道的精灵，“海”变成了令他们恐惧的字眼，变成了死亡的象征，他们背靠西山，却扭头不再面朝大海。

建房的技艺可能来自精灵或人类，但霍比特人融入了自己的风格。他们对塔楼并不感兴趣。他们的房子一般又长又矮，但很舒适。当然，最古老的那种房子不过是对斯米阿尔的模仿，它们是干草或麦秸建成的茅舍，或者用草皮做顶，墙面有点鼓凸。不过，这是夏尔早期的情形。自那以后，霍比特人的建筑就发生了改变，技巧水平有了提高，这也许是他们跟矮人学的，也许是他们自己发明的。他们更喜欢圆窗户，甚至圆门。这是霍比特建筑保留下来的主要特征。

在夏尔时代，霍比特人的房屋和洞穴往往很大，通常都是大家庭住的（就像巴金斯家族的比尔博和弗拉多是非常例外的单身汉一样，他们在许多其他方面也很特别，比如他们跟精灵的友谊）。有时，如住在大斯米阿尔的图克斯家族和住在白兰度因府邸的白兰度巴克家族一样，霍比特人数代同堂，和睦相处（相对而言），共同生活在某个隧道众多的古老洞穴宅邸里。无论何时何地何种情况，霍比特人宗派意识都很强，非常重视彼此之间的关系。他们绘制的家族树又长又复杂，分枝无数。与霍比特人打交道，记住谁是谁的亲戚以及他们的亲疏程度非常重要。本书不可能罗列一棵包含了这些故事所讲述时代的那些更重要家族的更重要成员的家族树。《西界红皮书》末尾的家族树本身就是一本小书，除了霍比特人，其他人会发现它们是枯燥乏味的。只要准确，霍比特人爱读那些充斥着他们已经了解的事情，且内容公正客观没有矛盾之处的书。这是他们喜欢做的事。

2. 关于烟斗草

关于古时霍比特人另一件令人吃惊的事必须提一提，一个令人吃惊的习惯：他们用陶土管或木头管吸食一种草燃烧时释放的烟，这种草他们称为烟斗草或烟斗叶，可能是一种烟草。关于这个特别习俗（霍比特人更喜欢称之为“艺术”）的起源，有许多神秘的传说。梅里亚达克·白兰度巴克（巴克兰后来的主人）汇集了对古代这一习俗的所有发现，写成了《夏尔烟草传说》一书。因为他和南法兴的烟草在接下来的历史中起着一定的作用，这里有必要摘引一些他在该书前言中所说的话。

“我们可以明确地声称，这是我们自己创造的艺术，”他说，“霍比特人是从什么时候开始吸烟的，不得而知。所有的传说和家族史都把它当成理所当然的事。长久以来，夏尔人吸食各种烟草，有些臭烘烘的，有些甜兮兮的，但所有记载都认为，大约在夏尔1070年，也就是伊森格里姆二世在位的时代，南法兴朗巴顿的托比尔德·霍恩布洛厄首次在他的花园里种下了真正的烟斗草。如今，最好的家种烟斗草，尤其是‘朗巴顿叶’‘老托比’和‘南方星’这三个品种，仍然来自那个地区。

“老托比是怎么弄来这种植物的，并没有文字记载。因为直到临死，他都不愿意说。他对草本植物知之甚多，但他不是爱旅游的人。据说年轻的时候，他经常去布里，但他离开夏尔最远也就是那里。因此，他很可能就是在布里知道这种植物的。不管怎样，如今烟斗草在那里的南山坡上长得很茂盛。布里的霍比特人声称实际上最先吸食烟斗草的是他们。当然，他们总是声称，他们做什么都先于夏尔人。他们称后者为‘殖民者’。不过，就吸食烟斗草这件事而言，我觉得他们很可能是对的。吸食正宗烟草的‘艺术’的确是从布里兴起的，并在最近几个世纪以来，流传于矮人和其他仍然在那条古老的路上往来相遇的人，如游民、巫师或流浪者之间。因此不难发现：这门艺术的发源地和中心地是在布里的老客栈——跃马客栈。这个客栈由巴特伯家族掌管，但是从什么时候开始的却无从记载。

“然而，我自己曾多次去南部旅行考察，觉得这种烟草并不是我们这里的特产，而是从安度因大河下游传到北方来的。我怀疑，它最初是被西方之地的人类从海上带来的。现在，这种烟草在刚铎种得到处都是，比在北方长得更茂盛更茁壮。野生烟草从未在北方被发现过，它们只有在像朗巴顿这样温暖背风的地方才长得繁茂。刚铎的人类称之为香格里纳，看重的是它的花朵的芳香。从埃兰迪尔的到来至我们这个时代的漫长世纪里，烟斗草必定是从那片土地沿着绿道传往北方的。而即便是刚铎的登丹人也承认：是霍比特人最早把这种草塞进烟斗吸食的。在我们之前，甚至连巫师们都没有想到这个。不过我认识的一个巫师很久以前就学会了这门艺术，并且像他专心致志做的其他任何事情一样，技艺精湛。”

3. 夏尔的秩序

夏尔分为被称为“法兴”的四个区域：北法兴、南法兴、东法兴和西法兴。这四个法兴每一个又分成若干聚居地，这些聚居地是以名门望族的姓氏命名的。不过到了本故事发生的时代，这些姓氏已经不再仅限于它们最初所属的聚居地了。几乎所有姓图克的霍比特人都还居住在图克兰，但许多其他的家族，比如巴金斯或博芬家，就不是这样了。四个法兴之外是东马驰和西马驰：东马驰即巴克兰，西马驰在夏尔纪年 1462 年归属于夏尔。

当时，夏尔几乎没有什么“政府”，每个家族各自为政。种粮吃饭占据了他们大部分的时间，在其他事情上，他们通常都很慷慨，不贪婪，知足而温和，因而他们的房产、农田、作坊以及小买卖都是世代承袭，保持不变的。

当然，夏尔以北的佛诺斯特（霍比特人称之为诺尔伯里）曾保留着王的古老传统，但近千年来都不曾有王在位，甚至连诺尔伯里王宫的废墟都覆满野草。不过，霍比特人说起野蛮人和邪恶的东西（比如巨怪），觉得他们之所以野蛮和邪恶是因为不曾听说过王。霍比特人认为一切重要的法规都是先王所定，而且他们对法规的遵守是出于自愿，因为如他们所言，法规就是法规，古老而公正。

长期以来，图克家族都是出类拔萃的，这一点毋庸置疑。因为几个世纪前，长官的职务从老巴克家族传给了他们，自此图克家族的族长一直拥有那个头衔。长官是夏尔民会的会长，夏尔民团以及夏尔武装力量的首领，但只有在紧急时刻，才召集民团和民会。而如今和平盛世，长官不过就是一个名义上的尊贵头衔罢了。的确，图克家族依然备受尊敬，因为他们富可敌国的财富，也因为他们家族有个性、勇于冒险的人才辈出。然而，这些个性和冒险的品质，与其说是得到了普遍的赞誉，不如说是得到了容忍（在富人们中）。尽管如此，称这一家族的头领为“图克”的习俗还是流传了下来，而且若是必要，还在他的名字后加上一个数字，比如伊森格里姆二世。

这一时期，夏尔唯一真正的官员是大洞镇的（或者说夏尔的）镇长，由每七年一次的选举产生。选举是在仲夏时节，每七年的莱斯日，在白岗的自由集市进行。作为镇长，其唯一的职责差不多就是主持夏尔假日举行的宴会，这种宴会时不时就有，很频繁。不过，驿站和治安部门也属镇长管辖，所以他还要处理信差和巡逻事宜。这是夏尔仅有的两个行政部门。信使人数最多，所以驿站是两个部门中最繁忙的。并不是所有的霍比特人都通过书信往来，但那些能写的人，经常给他们住在一个下午的步行距离之外的所有朋友（以及经过筛选的亲戚）写信。

霍比特人称他们的警察或从事类似工作的人为治安官。当然，他们不穿制服（这种东西，他们闻所未闻），只在帽子上插一根羽毛。说是警察，他们实际上更像是庄园看守官。他们更关心牲畜而非人的走失。整个夏尔只有十二名治安官，每个法兴三名，负责境内治安。还有一支相对而言较大的队伍，人数根据实际需要，雇来在边境巡逻，以防任何外来者（无论大小）滋扰闹事。

在这个故事开始之时，边境巡逻者（人们是这样称呼他们的）人数已经大增。有许多关于陌生人和生物在边境徘徊甚至越境的报告：这是一切都不同寻常的第一个信号，而除了在很久以前的故事和传说中，一切都总是寻常的。不过很少有人把这个信号当回事，甚至连比尔博都没有意识到它究竟意味着什么。自他踏上那难忘的旅程起，六十年已经过去了，即使对通常能活到百岁的霍比特人来说，他也老了，但很显然，他仍然拥有相当多他带回来的财富。到底有多少，他没跟任何人透露过，甚至对他最喜爱的“侄子”弗拉多都只字不提。而那枚他已经找到的指环，他也秘而不宣。

4. 至尊指环的发现

正如《霍比特人》中所言，一天，灰袍大巫师甘道夫偕同十三个矮人来到比尔博的门前。这十三个矮人不是别人，正是王的后裔索林·奥肯谢尔德和他的十二个流放中的同伴。比尔博后来都惊诧不已：自己会和他们一起，在夏尔 1341 年 4 月的一个早晨，踏上一段寻宝的旅程。这些宝藏是矮人诸王的财宝，藏在东方远处河谷城的孤山下。寻宝行动很成功，把守宝藏的龙被消灭了。不过，所有这一切都是在经历了五军之战后才赢得的，索林阵亡，其间发生了许多可歌可泣的事迹。不过这次寻宝跟后来的历史几乎没什么关系，第三纪冗长的编年史也只是把它当作“偶然事件”一笔带过。他们在前往大荒野的途中，经过雾山的一道关隘，遭到兽人的袭击，比尔博与队伍一时走散，在雾山深处黑漆漆的兽人矿里迷了路。当他徒劳地在黑暗中摸索时，手碰到了躺在坑道地上的一枚指环。他把它放进了口袋里。那时候，这似乎只是碰巧。

为了寻找出路，比尔博一直往山脚下走，直到无路可走。坑道尽头是一片幽暗的冷水湖，湖中的一个岩石岛上，住着咕噜姆。他是一个令人讨厌的小家伙：他用他那大平脚划着一艘小船，白惨惨发光的眼睛四处窥探。他用那长长的手指抓盲鱼，将它们生吃掉。他什么都生吃，哪怕是兽人，要是他能抓住，不费力气地掐死的话。他拥有一件秘密的宝物，是他很久很久以前得到的，当时他还生活在光亮中。这件宝物是一枚能让它的佩戴者隐身不见的金指环。这是他唯一挚爱的东西，是他的“宝贝”。他对着它倾诉，即便在没有随身携带的时候也是如此。他把它藏在岛上一个安全的洞里，只有外出狩猎或监视宝矿里的兽人时，才将它带在身上。

如果他们相遇的时候，咕噜姆戴着这枚指环，他也许会立刻袭击比尔博，但他没带。而霍比特人比尔博手里握着一把精灵刀，这把刀对他而言就是一把剑。为了赢得时间，咕噜姆耍花招，提出跟比尔博猜谜，说如果比尔博猜不出他的谜，那他就要杀死比尔博，把比尔博吃掉；但如果比尔博猜赢了他，他就听任比尔博差遣：他会领比尔博走出坑道。

因为身陷黑暗，走投无路，比尔博接受了挑战。他们互相出了不少谜。最后比尔博赢了，这似乎更多靠的是运气而非智慧。在为难于最后要出一个什么谜的时候，他的手碰到了那个他捡起来放进口袋然后忘掉的指环，于是他脱口而出道：“我口袋里是什么东西？”咕噜姆答不上来，虽然他要求猜三次，但一次也没猜中。

如果严格按照这个游戏的规则，这最后一个问题究竟算不算谜语，权威人士们众说纷纭。不过大家都承认，在接受了这个问题，并试图猜出答案时，咕噜姆就必须言而有信。比尔博要他兑现承诺。古往今来除了最卑鄙的混蛋，没人敢违背神圣的立誓。尽管如此，比尔博仍然觉得这个假惺惺的家伙可能会食言。长期在黑暗中独自生活，咕噜姆的心也是黑的，内里充满了背信弃义。他逃跑了，逃回他的小岛，而比尔博根本不知道黑漆漆的水中还有一座相距不远的小岛。那儿，咕噜姆心想，藏着他的宝贝指环呢。他现在饥肠辘辘，又憋了一肚子火。一旦他的“宝贝”在手，就没有任何武器能让他害怕了。

可是，指环不在岛上。丢了！不见了！他的惊声尖叫令比尔博毛骨悚然，然而他还不明白究竟是怎么回事。思前想后，咕噜姆终于有了猜测，但为时已晚。“它是怎么跑到那家伙的口袋里去的？！”他大喊道。他绿莹莹的目光似炬，转身回跑，要去杀了那个霍比特人，夺回他的“宝贝”。比尔博及时意识到危险逼近，拔腿就跑，逃离湖水，再一次凭运气化险为夷。因为就在跑的时候，他把手伸进口袋里，那枚指环悄无声息地滑上了他的手指。于是，咕噜姆跑过他的身边，却没有看见他。他直奔出口，以防“窃贼”溜走。比尔博蹑手蹑脚地跟着他，听着他骂骂咧咧，自言自语地说着他的“宝贝”，从这些话语中，比尔博猜出了是怎么回事。他终于在黑暗中看到了希望：自己捡到的是一枚魔指环，有了它，就有了逃脱兽人和咕噜姆的机会。

最后，他们停在一个隐蔽的洞口前。这个洞口通向雾山东麓兽人矿的矮大门。咕噜姆蹲在洞口，嗅嗅闻闻，凝神聆听。比尔博想一剑结果他的性命，却又起了怜悯之心。虽然手上戴着这枚寄托了他全部希望的指环，但比尔博不想借势杀死一个处在劣势的坏蛋。最后，他鼓起勇气，从黑暗中的咕噜姆身上一跃而过，沿着坑道一路逃去，身后传来了他的对手气急败坏的咒骂：“窃贼！窃贼！巴金斯！我们跟这个名字永远不共戴天！”

不过奇怪的是，比尔博起初告诉同伴的，并不是这么回事。他对他们说，咕噜姆承诺过，如果他赢了猜谜游戏，就送他一个礼物。而当咕噜姆去岛上取它时，却发现他的宝贝不见了：那是一枚魔指环，是很久以前他收到的一件生日礼物。比尔博猜测这枚魔指环正是自己发现的那枚指环，既然他已经赢了比赛，那这枚指环理所应当归他所有。不过当时身处险境，他什么也没有说，只是让咕噜姆给他带路，作为礼物的一种替代补偿。比尔博在他的回忆录中也是这样写的，他似乎从未改过口，甚至在精灵王埃尔隆德召开会议之后都没有。显然，《红皮书》原件也保留着这种说法，在其若干副本和摘录本中也是如此。不过，许多副本包含了真实的叙述（作为一种对照说法），这种叙述无疑源自弗拉多或山姆怀斯的注释。他们俩都了解真相，但似乎不愿意删改比尔博这位霍比特老人亲笔写下的任何文字。

然而，甘道夫不相信比尔博开始的说辞，他对那枚指环一直很好奇。在多次询问之后，他终于从比尔博那里知晓了真相，这一度使他们的关系很紧张，但大巫师似乎认为真相很重要。而且令他感到不安的是，他发现这个优秀的霍比特人一开始就没有说实话，真的相当反常，但他并没有向比尔博说破这一点。同样，“礼物”的说法也不仅仅是霍比特人的发明。比尔博承认，他是从偷听咕噜姆自言自语的嘟嘟囔囔中，得到了启发。咕噜姆真的很多次称这枚指环为“生日礼物”。这一点，甘道夫也觉得蹊跷，但多年来他一直没查明白，这在本书中有所叙述。

比尔博后来的历险在这儿无须多说。借助魔指环，他从兽人把守的矿坑大门逃脱，与他的同伴们重聚。在寻宝途中，他多次使用魔指环，主要是为了帮助他的朋友们。而关于这枚指环，他对他们尽可能地守口如瓶。回家后，除了甘道夫和弗拉多，他再也没向任何人提起过。在夏尔，没有别的人知道它的存在，或者说他以为没有别人知道。他只给弗拉多看过他写的关于那次旅行的札记。

比尔博把他的剑——“刺叮”，挂在他的壁炉上方，把矮人赠送给他的缴获于龙窟的奇异盔甲借给了一家博物馆。这家博物馆其实就是大洞镇的陈货屋。他把出游时穿的旧斗篷和风帽保存在袋底洞的一个抽屉里，而那枚指环，他系了一条精致的链条，藏在他的口袋里。

夏尔 1342 年 6 月 22 日，比尔博回到袋底洞他的家中，这一年他五十二岁。之后，夏尔再也没有发生非常值得一提的事，直到夏尔 1401 年，这位巴金斯先生开始准备庆祝他的一百一十一岁生日。本书讲述的故事就始于这一年。

5. 夏尔纪事说明

霍比特人曾在一系列导致夏尔并入联合王国的大事件中扮演了重要角色。到了第三纪末叶，霍比特人对他们的这段历史普遍很感兴趣。许多到那时仍然主要靠口头传播的传统被收集整理，并写了下来。名门望族也对发生在联合王国中的事很关心，他们中的许多成员研究起了它的历史和传说。到了第四纪的第一个世纪末，夏尔已经建了多个图书馆，收藏了大量史籍与文献。

籍册收集最丰富的图书馆大概在塔下、大斯米阿尔和白兰地厅。有关第三纪末叶的记载主要摘自《西界红皮书》。该书是被称为指环之战的这段历史的最重要的史料来源，因为它长期保存在西界的行政长官费尔贝恩的家族所在地——塔下。它是比尔博的私人日记原本。比尔博将它带到了幽谷。弗拉多又把它带回了夏尔，连带还有许多散页笔记。夏尔 1420 年到 1421 年间，弗拉多差不多已经完成对这场战争的叙述。不过作为附录与其一起保存的三大册红皮装订本可能被放在一个单独的红匣子里，那是比尔博作为分别礼物送给他的。除了这四册以外，《西界红皮书》又增添了第五册，里面包含了各类评注、宗谱图以及许多关于远征队中霍比特成员的其他事情。

《红皮书》原本已经失传，不过有不少副本，特别是第一册更多，是供山姆怀斯先生的后代使用的。然而，最重要的副本却有着不同的历史。它保存在大斯米阿尔，却是在刚铎写的，很可能是应佩雷格林曾孙的要求而写的，完成于夏尔 1592 年（即第四纪 172 年）。这个副本的南方抄写者还附了这样一条注释：王室撰写人芬德吉尔于第四纪 172 年完成这部作品。它完全复制了米纳斯·蒂里斯《长官之书》的所有细节，是佩里安纳斯红皮书的副本，是应埃莱萨王的要求抄写的。第四纪 64 年，长官佩雷格林退位至刚铎时，把书带给了他。

因此，《长官之书》是红皮书的第一个副本，包含了许多后来删略或亡佚的内容。在米纳斯提力斯的版本中，它被加上了很多注释，做了不少勘误，特别是有关精灵语言的名称、词汇和引文。它还增补了一个《阿拉贡和阿尔文的故事》缩减本，是与指环之战无关的叙述。整个故事据说是在埃莱萨王去世之后，由斯图尔特·法拉米尔的孙子巴拉赫写成的。不过，芬德吉尔副本的重要性在于：只有它收录了比尔博“译自精灵语”的全部内容。这个三册本是一部技巧高超、知识渊博的作品。夏尔 1403 年至 1418 年间，比尔博运用了所有能在幽谷找到的资源（包括口头的和书面的），完成了这部书。不过，因为它们几乎全是关于上古时代的事，很少为弗拉多所用，所以这里也不多说了。

因为梅里亚达克和佩雷格林成了他们大家族的首领，同时保持着他们与洛汗和刚铎的关系。巴克兰和塔克伯勒两地的图书馆收藏了很多没有出现在红皮书中的资料。在白兰地厅，有许多记载伊利亚德和洛汗历史的著作。其中有些是梅里亚达克自己编撰或起头写的，尽管在夏尔，他之所以被记住，主要是因为他写的《夏尔草本》和《纪年赀岁》。在这两部著作中，他探讨了夏尔、布里的历法与幽谷、刚铎和洛汗的历法之间的关系。他也写了一本小册子——《论夏尔的古词与古名》，这本小册子显示，他对发现洛希尔人语言中诸如马松之类的“夏尔词汇”与地名中的古老元素之间的关系特别感兴趣。

在大斯米阿尔，这些书很少令夏尔人感兴趣，尽管它们更具大历史研究的重要性。这些著作没有一本是佩雷格林写的，但他和他的继任者收集了许多刚铎人写的手稿，主要是关于埃兰迪尔及其后裔的历史或传说的副本或摘要。只有在夏尔的这里，才能找到有关努门诺尔及索伦崛起的大量资料。大概就是在大斯米阿尔，《编年故事》在梅里亚达克的资料帮助下得以成书。虽然其中涉及的日子往往是推测的，特别是第二纪，但仍值得关注。可能梅里亚达克从他曾不止一次参访过的幽谷获得了帮助和信息。虽然精灵王埃尔隆德已经去世，但他的儿子们在那里待了很久，与他们一起的还有一些高种精灵。据说，在加拉德瑞尔离去后，凯勒博恩去那里居住了，但他最后是何时迁徙到灰港的，却没有具体的记载，而随着他的离去，关于中州古老日子的最后一点有生记忆也消散了。

指环王三部曲

I 指环同盟

卷一

第1章
一场期待已久的宴会

当袋底洞的比尔博·巴金斯先生宣布，不久他将举行一场特别盛大的宴会，庆祝他的一百一十一岁生日时，霍比顿群情激动，议论纷纷。

比尔博非常富有，也非常古怪。自从六十年前，他奇异地消失，又出人意料地返回之后，就成了夏尔的奇人。他从这趟旅程中带回的财富如今已经变成了当地的传奇。不管这老家伙怎么说，大伙普遍认为袋底洞所在的山里，布满了塞着珍宝的隧道。而如果这一点还不足以使比尔博闻名遐迩的话，那还有他那令人惊异的持久而旺盛的精力。时光流逝，但似乎对巴金斯先生影响甚微，九十岁看上去跟五十岁差不多。九十九岁的时候，人们开始说他保养有方，不过说他容颜不改会更恰当。也有那么些人，摇着他们的脑袋，认为好事过头，未必是福。一个人拥有（据说）用之不竭的财富的同时，还拥有（显然）长久的青春，似乎是不公平的。

“要付出代价的，”他们说，“这不正常，会惹麻烦的！”

然而迄今为止，麻烦并没有来。而巴金斯先生慷慨大方，多数人愿意接受他的古怪和好运。他仍然与他的亲戚们相互走动（当然，除了萨克维尔－巴金斯一家），在出身贫寒的霍比特人中，有许多他的忠诚爱戴者。不过他没有亲近的朋友，直到他一些年幼的表亲开始长大。

他们中最大也是比尔博最喜欢的一个，是年轻的弗拉多·巴金斯。比尔博九十九岁的时候，将弗拉多立为自己的继承者，带他到袋底洞居住。萨克维尔－巴金斯家族的希望最终落空了。比尔博和弗拉多的生日恰巧是一天：九月二十二日。“弗拉多，我的孩子，你最好还是来这儿住吧，”一天，比尔博说，“这样我们就可以一起设宴，热烈庆祝我们的生日了。”那时，弗拉多才二十多岁，而霍比特人认为二十来岁是没有责任感的年龄，童年刚过，而真正成年的三十三岁尚未到来。

又一个十二年过去了。每一年，巴金斯家都要在袋底洞举行庆祝叔侄两人生日的盛宴。而现在，大家都知道，秋天的生日宴会将会有一些非同寻常的安排。比尔博就要一百一十一岁了，一百一十一，一个相当奇特的数字，一个对霍比特人而言非常值得尊敬的年龄（老图克自己也只活到了一百三十岁）；而弗拉多就要三十三岁了，三十三，一个重要的数字，一个即将成年的年龄。

霍比顿和傍水镇的人开始议论纷纷，盛宴即将召开的消息很快传遍了整个夏尔。比尔博·巴金斯先生的过往和性格又一次成为人们谈论的主要话题。老人们发现，人们很乐意听他们唠叨陈年旧事。

没有谁比老汉姆·甘吉拥有更专注的听众了。汉姆·甘吉通常被称为“老爹”。他在傍水路的一家小酒馆“常春藤”里高谈阔论，他的话是有些权威性的，因为他曾在袋底洞做了四十年园丁，此前还担任过前任园丁老霍尔曼的助手。如今他上了年纪，手脚不再灵便，园丁的工作主要就由他的小儿子山姆·甘吉接手了。父子俩与比尔博和弗拉多相处甚好。他们俩住在山里，就在袋底洞下方的袋下路3号。

“比尔博先生是一位非常和蔼斯文的霍比特绅士，我一向都是这么说的。”甘吉老爹公开声明道。此言不虚：因为比尔博待他非常有礼貌，称他为“汉姆法斯特师傅”，经常向他请教蔬菜生长的事——“根”的问题，特别是土豆。这一带的所有居民（包括他自己）都把汉姆老爹看作大腕、权威。

“那跟他住在一起的这个弗拉多怎么样呢？”傍水镇的老诺克斯问道，“他是姓巴金斯，不过他们说，他拥有一半多白兰度巴克的血统。这让我很费解，为什么霍比顿的巴金斯会娶一位远在巴克兰的妻子，那儿的人都奇怪兮兮的。”

“怪不得他们奇怪，”托佛特老汉（汉姆老爹的隔壁邻居）插嘴道，“因为他们住在白兰地河对岸，又紧挨着老森林。那可是一个黑漆漆的不祥之地，半数故事都是这么说的。”

“你说得没错，老汉！”甘吉老爹说，“不是因为巴克兰的白兰度巴克家住在老森林，而是因为他们貌似就是一个奇怪的家族。他们在那么大一条河上，划船混日子，这不正常。我就说嘛，难怪会惹来麻烦。不过尽管如此，弗拉多先生还是你所希望遇到的最和善的霍比特年轻人。他非常像比尔博先生，当然不只是相貌上。毕竟他的父亲也是巴金斯家的人。德罗戈·巴金斯先生是一位相当不错、受人敬重的霍比特人，直到他溺亡，都从未有人对他说三道四。”

“溺亡？”有几个人问。当然，他们之前听说过这事和其他一些阴暗的流言，但霍比特人酷爱家庭史，很乐意再听一遍。“反正他们都是这么说的，”甘吉老爹说，“你们知道的，德罗戈先生娶了那位可怜的帕梅拉·白兰度巴克小姐为妻。她是我们比尔博先生的大姨表妹（她的母亲是老图克最小的女儿），而德罗戈先生是他的二表兄。所以无论从哪一边来说，弗拉多先生都是他亲上加亲的侄子，你们听明白了吧？德罗戈先生同他的岳父戈巴多克老爷待在白兰地厅，他婚后经常住在那里，特别爱吃岳父家里的菜肴，而老戈巴多克的餐桌上一直相当丰盛。他和妻子去白兰地河里划船，结果两人都淹死了，可怜的弗拉多当时还只是一个孩子。”

“我听说他们是在一顿月光晚餐后上的船，”老诺克斯说，“德罗戈太重了，弄沉了船。”

“我听说是他的妻子把他推下去的，然后他又把她拉下去了。”霍比顿的磨坊主山迪曼说。

“山迪曼，你可别听啥信啥，”甘吉老爹说，他不太喜欢这位磨坊主，“什么推了拉了的，都是胡说八道。对那些只知道坐船但不明就里的人来说，船可是非常难摆弄的。反正不管怎么样，弗拉多先生变成了一个孤儿，被遗弃在你们所说的那些古怪的巴克兰人当中，无依无靠地在白兰地厅长大了。大家都说那是一个人多地窄的地方。在那里，戈巴多克老爷的亲戚从未少于二百人。比尔博先生做的最大的善事，莫过于将这个孩子带离白兰地厅，让他生活在体面人中间。

“不过我估计，这对萨克维尔－巴金斯家的那些人可是当头一棒。他们以为他们就要得到袋底洞了，当时比尔博不知所踪，他们都以为他已经死了。但比尔博回来了，命令他们离开，之后他越活越年轻，未见一日衰老，谢天谢地！然后很突然地，他指定了继承者，所有文件也都准备全了。萨克维尔－巴金斯家的人再也进不了袋底洞了，至少现在是没指望了。”

“我听说那里藏着一大笔钱。”一个陌生人说，他是从西法兴的大洞镇来办差事的访客，“我听说，你们这座山的山顶满是隧道，里面是一箱又一箱的金银财宝。”

“那你听说的比我能讲的多，”甘吉老爹答道，“我就不知道什么金箱银箱的。比尔博先生用起钱来大手大脚的，好像怎么也用不完。不过，我知道并没有挖隧道这回事。比尔博先生回来时，我见过，那是六十年前的事了，我还是一个孩子，刚跟着老霍尔曼做学徒，他是我爹的堂兄。他带我去了袋底洞，帮他看管园子，防止拍卖的时候，人们踩踏花园。正当其时，比尔博先生牵着一匹小马上山来了，马背上驮着几个巨大的袋子和两个箱子。我毫不怀疑，这些袋子和箱子里装满了他从陌生的地方捡来的财宝。他们说，那些地方都是金山，但他捡回来的财宝不足以填满隧道。不过，我儿子山姆会了解得更多的，他经常出入于袋底洞。旧时光的故事令他着魔，比尔博先生的故事他全都听过。比尔博先生还教他识字。你们别那么看着我，他可是一片好心，但愿别有什么麻烦才好。

“‘又是精灵和龙！’我对他说，‘卷心菜和土豆才适合你我。不要好高骛远，不然你会惹上你处理不了的大麻烦的。’我就是这么对他说的，换了别人，我也会这么说的。”说着，他瞥了那个陌生人和磨坊主一眼。

然而，甘吉老爹的这番话并没有使听众信服。比尔博的财富传说现在已经深深印刻在年轻一代霍比特人的脑海中了。

“呵！不过很可能，除了一开始他带回来的那些，他的财富一直在增加！”磨坊主争辩道，他说出了大伙的普遍看法，“他经常离家出走。而且瞧瞧那些来拜访他的奇人吧：夜晚来的矮人，云游四方的魔法师甘道夫，等等。甘吉老爹，你爱怎么说就怎么说，但袋底洞的确是一个奇怪的地方，那儿的人更奇怪。”

“你才是爱咋说就咋说呢！山迪曼，除了划船，你能知道些什么？！”甘吉老爹反唇相讥，越发讨厌这个磨坊主了，“如果那就是奇怪，那我们这里还真需要更多一点的奇怪。不远处有些人，就算他们住在金洞里，也不愿意请朋友喝杯啤酒，可袋底洞的人却很大方。我们山姆说，这次宴会，会邀请每个人，人人都有礼物。你们可听好了！人人都有礼物，就在本月。”

那个“本月”就是九月，秋高气爽。一两天之后，有传言流散（很可能就是消息灵通的山姆传出来的），说是要放烟火，而且这次烟火晚会将是夏尔百年来的第一次。的确，自老图克去世以来，夏尔再也没有放过烟火。

日子一天天过去，盛宴之日也越来越近。一天傍晚，一辆怪模怪样的四轮马车载满怪模怪样的包裹驶进霍比顿，费劲地爬上山朝袋底洞而去。吃惊的霍比特人趴在亮着灯的门边，目瞪口呆地盯着它看。赶车的是一帮奇特的家伙——长胡子高帽子的矮人，唱着奇怪的歌。他们中的几个留在了袋底洞。九月的第二个周末，一辆运货马车大白天从白兰地大桥方向穿过傍水镇而来，赶车的只有一位老人。他戴着蓝色的尖顶高帽子，披着一件长长的灰斗篷，围着一条银色围巾。他的胡子又长又白，浓眉突出了帽檐。霍比特小孩子们一路追着马车，穿过霍比顿，直奔山上。他们猜得没错，这辆车运的就是烟火。马车停在比尔博家的前门，赶车的老人开始卸货：车上全是大捆大捆各种各样的烟火。每一件上都贴着同样的标签：一个大大的红 G 和一个精灵符文。

这当然是甘道夫的标记。这位老人就是大巫师甘道夫。他在夏尔的名声主要就在于他操弄烟火和灯光的技巧。他真正的行当要困难危险得多，但夏尔人对其一无所知。对他们而言，他只是宴会的“吸引力”之一。因此，霍比特孩子们都非常兴奋。“G 就是甘道夫！”他们叫喊着！而老人则微微一笑。尽管他只是偶尔出现在霍比顿，并且从未久留过，但孩子们还是一见到他就认出来了。不过，除了年龄最大的老人，不管是孩子们还是其他大人都没见过甘道夫的烟火表演——这些表演如今已属于传奇的过去了。

老人在比尔博和一些矮人的帮助下卸完货，比尔博散发了几个小钱，但一个小鞭炮也没给，围观的孩子们很失望。

“现在走开！”甘道夫说，“到时候你们会得到很多的。”说着，他随比尔博一起进了屋，门被关上了。孩子们盯着门，惘然若失，然后怏怏离去，感觉宴会的日子再也不会来了。

袋底洞里，比尔博和甘道夫坐在一个小房间敞开的窗户边，窗口正对着花园西边。傍晚时分，夕照明亮静谧。花朵红彤彤金灿灿的：金鱼草、向日葵，还有爬满草墙的旱金莲探进一扇扇圆窗户。

“你的花园看着好亮堂啊！”甘道夫说。

“是啊，”比尔博说，“我确实很喜欢它，我也很喜欢这可爱的老夏尔，但我觉得我需要一个假期。”

“那你是打算按计划行事吗？”

“是的。几个月前我就下定决心了，不曾改变。”

“很好。那就不必再多说什么了。坚持你的计划吧——记住，是整个计划。我希望结果对你最好，对我们所有人都最好。”

“但愿如此。不管怎样，星期四那天我想好好尽兴，开个小玩笑。”

“谁会笑呢？我很好奇。”甘道夫摇头道。

“等着瞧呗。”比尔博说。

第二天，更多的马车驶上山，一辆接着一辆。之前可能还有人嘀咕，说“不过是小打小闹”，但就在这个星期，袋底洞开始源源不断地采购能在霍比顿或傍水镇，或附近任何地方买到的各种食物、商品和奢侈品。人们兴趣高昂，开始在日历上做标记，算日子，并翘首企盼邮差来送请帖。

不久，请帖开始喷涌发出，霍比顿邮局拥挤不堪，而傍水镇邮局邮件堆积如山，不得不招募志愿者来帮忙。他们川流不息地上山，将成百上千份回执送往袋底洞，这些回执的内容大同小异，都是“承蒙邀请，必将赴约”之类的感谢词。

袋底洞的大门上贴出了告示：非宴会事宜概不接待。不过即使那些来洽谈宴会事宜（假装来谈事）的人，也很少被允许入内。比尔博很忙：写请帖，登记回执，包装礼物，还要做一些他个人的准备。甘道夫从到来那天起，就藏而不见了。

一天早晨，霍比特人一觉醒来，发现比尔博家前门南边的一大片空地上，堆满了搭帐篷和亭阁的绳子和支柱。通向大路的斜坡上还开了一个特别的入口，那儿建起了一道白色的大门。毗邻这片空地的袋边街三家霍比特人兴奋不已，招人羡慕。汉姆老爹甚至都不假装在花园里干活了。

帐篷开始搭建起来了，还有一个特别大的亭阁，大得把空地上长的一棵树都包围进去了。这棵树迥然耸立在宴会主桌打头的一边，树枝上挂满了灯笼。在霍比特人心里，更带劲的是建在空地北角的一个巨大的开放式厨房。来自方圆几英里的各个酒馆和食堂的厨师们到了，与已经住在这里的矮人和其他奇人会合。袋底洞洋溢的兴奋达到了顶点。

星期三，宴会前夕，天空乌云密布。人们忧虑重重。可是到了星期四，9 月 22 日这一天，黎明破晓，云开日出，彩旗猎猎，玩乐开始了。

比尔博·巴金斯称之为宴会，但其实就是各种娱乐活动的集合。住在附近的人差不多都被邀请了，也有少数几个被遗漏，但他们照样来了。夏尔其他地区的许多人也收到了邀请，甚至还有几个从异域来的人。比尔博在白色的新大门那儿亲自迎接客人（包括不速之客）。他把礼物送给所有人，包括那些进来后从后门出去，然后又从新大门进来的人。礼物通常不是特别贵重的东西，也不会像这次这么大方。实际上，在霍比顿和傍水镇，一年到头，天天都有人过生日，所以这些地区的每个霍比特人都有机会一个星期得到至少一个礼物，但他们从未对此感到厌倦。

这次宴会的礼物好得不同寻常。霍比特孩子们兴高采烈，一时间连吃东西都忘了。礼物有他们以前从未见过的玩具，全都很漂亮，有些显然还有魔力。这些玩具大都是一年前就订购，而后千里迢迢，穿山越谷运来的，由真正的矮人制造。

每位客人都受到欢迎，终于走进了大门。里面有歌有舞，有音乐，有游戏，当然，还有吃有喝。正式的餐食有三顿：午餐、茶点和晚餐。不过午餐与茶点主要指的是所有客人都坐下来，共饮同吃的时刻。其他时间则吃喝随意，从上午十一点持续到晚上六点半，然后，烟火秀开始了。

烟火是甘道夫操弄的——它们不仅是他带来的，也是他设计制作的。特效烟火、霰弹烟火和飞天烟火都由他亲自燃放。他也慷慨大方地把小鞭炮、后响炮、烟火棒、火炬炮、矮人蜡烛炮、精灵喷泉炮、地精噼啪炮和冲天炮分发给大家。它们全都精妙绝伦，甘道夫的技艺与岁俱增。

烟火如火箭升空，有的似趣鸟婉转歌唱；有的似树干若黑烟的绿树，叶片瞬展于整个春天，繁花缀满闪闪发光的树枝，正当霍比特人惊诧不已时，它们却在落到人们仰望的脸庞上之前，灰飞烟灭，唯余丝丝甜馨；有的如蝴蝶泉涌，忽闪着飞进树丛里；有的像擎天彩柱，腾空而起，化为大雕、航船或飞天惊鸿；有的如红色雷电、金黄甘霖；有的似银箭冲天，呼啸如迎战的军队，随后又化作千万条火蛇，嗞嗞吐舌，冲进水里。最后一幕更是动人心魄，这是甘道夫为了向比尔博致敬而放的。霍比特人看得目瞪口呆，这也正是甘道夫想要的效果。灯熄灭了，一股巨大的黑烟冲天而上，远远望去，形似一座山，然后山巅开始发红发光，腾起姹紫嫣红的火焰，一条金红色的龙冲天而出——不是真龙，却神似真龙：口中喷火，眼中铄金，咆哮一声，在人群头顶盘旋三圈。大伙惊得低头弯腰，好多人仆面倒地。巨龙风驰电掣而过，翻起一个筋斗，在傍水镇上方震耳欲聋地炸响。

“那是晚餐的信号！”比尔博说。惊吓立刻消逝，趴在地上的霍比特人都跳了起来。对每个人而言，这都是一顿丰盛奢华的晚餐。每个人，也就是说，除了那些受邀出席特别家宴的人。家宴设在那个将树包围进去的大亭阁里，受邀人数限制在一百四十四（这个数字也被霍比特人称作“一罗”，但这个词用来计数人被认为不大合适）。客人是从比尔博和弗拉多的所有亲戚中挑选的，另有几位虽非亲戚却很特殊的朋友（比如甘道夫）。不少霍比特孩子也在父母的同意下参加了晚宴。在熬夜这件事上，霍比特人对他们的孩子比较宽容，特别是有机会白吃一顿的时候——养大孩子得消耗不少粮食呢。

宴会上有很多巴金斯家族和博芬家族的人，也有许多图克家族和白兰度巴克家族的人。格拉布家族（他们是比尔博·巴金斯祖母家的亲戚）和查布家族（他们跟他的祖父图克有关系）也有好几位，还有来自博罗斯、博尔济、布里斯罗德尔、布洛克豪斯、古德波蒂、霍恩布洛厄和普罗德夫特家族的代表。他们有些跟比尔博的亲戚关系非常远，有些住在夏尔的偏远地角，以前几乎没来过霍尔顿。萨克维尔－巴金斯家也没有被忘记。奥赛携妻子洛贝莉娅到场。他们不喜欢比尔博，憎恨弗拉多，可是用金墨水写的宴会请帖太精美了，他们觉得没法拒绝。再说了，他们的堂兄比尔博多年来一直精于美食，他的餐宴久负盛名。

全部一百四十四位客人都期待着一席愉悦的盛宴，但都相当害怕听主人的餐后演讲（这是一项不可避免的晚宴活动）。他往往会拖拖拉拉地念上几首他所谓的诗歌，有时酒过几巡后，他还会婉转地提及他那次神秘旅行中的荒诞冒险经历。果不其然，客人们享用了愉悦的盛宴，实际上可以说是一场盛大的表演：富足丰盛，种类繁多，经久不散。在这次盛宴后的几个星期里，当地的食品购买量几近于无。不过因为比尔博准备宴会差不多买光了方圆几英里大部分店铺、地窖和仓库的储存，所以影响不大。

晚宴差不多接近尾声的时候，演讲开始了。不过，大部分宾客此时酒足饭饱，处于他们所说的“撑着了”的舒适状态。他们端着喜爱的酒，一边细酌慢饮，一边轻嚼精美的甜点，忘记了心中对演讲的恐惧，准备洗耳恭听比尔博的每一句话，并为之欢呼喝彩。

“各位亲朋好友！”比尔博从他的座位上站起来，开口道。“听着呢！听着呢！听着呢！”人们齐声喊个没完，倒像是心不由话，不愿比尔博开讲似的。比尔博离开座席，走到灯火通明的大树下，站到一把椅子上。灯笼的光照在他容光焕发的脸上，他那刺绣银丝背心上的金纽扣熠熠生辉。大家全都望着他，只见他站在那里，一只手在空中挥舞，另一只手则插在裤兜里。

“亲爱的巴金斯和博芬家人们，”他再次开口道，“亲爱的白兰度巴克家人们、格拉布家人们、查布家人们、博罗斯家人们、霍恩布洛厄家人们、博尔济家人们、布里斯罗德尔家人们、古德波蒂家人们、布洛克豪斯和普罗德夫特[①]家人们。”

“普罗德费特[②]！”亭阁后座的一位霍比特长者喊道。他自然是姓普罗德夫特，而且名副其实：他的双脚很大，毛茸茸的。这会儿他将两只脚都搭在桌子上。

“普罗德夫特家人们！”比尔博重复道，“还有亲爱的萨克维尔-巴金斯家人们，欢迎你们终于又回到袋底洞。今天是我一百一十一岁生日。我今天一百一十一岁了！”

“好啊！好啊！生日快乐！生日快乐！”大家一边叫喊，一边兴高采烈地敲着桌子。比尔博讲得很棒。这就是大家喜欢的演讲：简短、明晰。

“我希望你们和我一样玩得开心！”又是一阵震耳欲聋的欢呼、赞成（和反对）的喊叫，还有喇叭和号角、风笛和长笛，以及其他乐器制造的喧嚣。如前所述，现场还有许多霍比特孩子。成百上千只爆竹噼啪炸响。大部分爆竹上都带有“河谷”的标记，这对大部分霍比

① 夫特是本意为脚的 foot 的音译——译注。
② 费特是 foot 的复数 feet 的音译——译注。

特人而言并没有多大意义，但他们都赞同这是一些了不起的爆竹。这些爆竹里设置了音乐机关，虽然很小，却能产生完美迷人的音调。的确，坐在角落的图克家和白兰度巴克家的一些年轻人，以为比尔博叔叔已经说完了（因为该说的他都已经说了），于是弄了个即兴的管弦乐队，开始奏起欢快的舞曲。埃文瑞德·图克少爷和梅莉洛特·白兰度巴克小姐站到一张桌子上，手里摇着铃铛，开始跳起斯普林格舞。这是一种优美的舞蹈，但相当地活力四射。

可是，比尔博的演讲并没有结束。他从旁边一个年轻人手中抓过一支号角，嘟嘟嘟吹了三下。喧闹戛然而止。“我不会耽误你们多少时间的！”他喊道。欢呼声四起。“我把你们聚到一起是有目的的。”他说这话的语气令人侧耳。全场几乎静默，还有一两位图克家的人竖起了耳朵。

“确切地说，是三个目的！首先，我想说，我非常喜欢你们，生活在优秀而可敬的霍比特人中间，一百一十一年实在是太短暂了。”欢呼声雷鸣般爆发。

“我对你们半数人的了解不及我想了解的一半，我对你们半数人的喜欢不及你们应得的一半。”这番话出乎人们的意料，相当难懂。掌声稀稀拉拉，大部分人都在琢磨，这算不算是一种恭维。

“其次，是庆祝我的生日。”欢呼声又起。“我应该说，我们的生日。当然是因为，这也是我的继承人和侄子弗拉多的生日。今天，他成年了，有了继承权。”一些年长者敷衍地拍了拍巴掌，一些年轻者则大喊：“弗拉多！弗拉多！棒棒的弗拉多！”萨克维尔－巴金斯家的人脸色阴沉，不知道“有了继承权”是什么意思。

“我们加在一起有一百四十四岁了。受邀出席晚宴的人数也正好契合这个非凡的数字：一罗，如果我可以用这个表达的话。”无人欢呼。这太荒谬了。他的许多宾客，特别是萨克维尔－巴金斯家的人，感觉受到了侮辱，确信自己之所以被邀请，就是来凑数的，就像包装盒里的商品。“一罗！这可真是一种粗俗的说法。”

“如果允许我回顾一下历史，那今天也是我坐着木桶到达长湖的埃斯加洛斯的纪念日，不过在那种情况下，我忘记了我的生日，那时我才五十一岁，生日似乎没那么重要。宴会非常盛大，不过我记得，当时我得了重感冒，只能说：‘非强感细你们。’现在，我要清晰正确地重复这句话：非常感谢你们来参加我的生日宴会。”周围一片执拗的沉默。大伙全都害怕接下来会是一首歌或几首诗，他们越来越厌倦了。为什么他就不能停止演讲，让他们为他的健康干杯呢？不过比尔博既没有唱歌也没有朗诵诗，他停顿了一下。

“第三，也是最后一个，”他说，“我想宣布一件事。”他说“宣布”这个字眼的时候，很大声很突然，以至于能坐直的每个人都坐直了，“虽然如我所说，生活在你们中间，一百一十一年太短暂了，但我还是很遗憾地宣布，这就是结束。我要走了。我要离开了。就现在。再见！”

他迈步从椅子上下来，突然消失了。一道白光闪过，闪得宾客们全都目眩神迷。待他们再睁开眼，比尔博已经不知所踪。一百四十四位目瞪口呆的霍比特人坐回椅子上，说不出话来。老奥多·普罗德夫特把脚从桌子上拿下来，嗵嗵嗵地跺地。然后是一片死寂，直到在几声深深的叹息之后，巴金斯家的、博芬家的、图克家的、白兰度巴克家的、格拉布家的、查布家的、博罗斯家的、博尔济家的、布里斯罗德尔家的、布洛克豪斯家的、古德波蒂家的、霍恩布洛厄家的，以及普罗德夫特家的人都开始议论纷纷。

大家普遍认为，这是一个非常糟糕的玩笑，需要更多吃的喝的给宾客们压惊去火。“他疯了，我一直是这么说的。”这可能是最广泛的评价了。连图克家的人（除了几个例外）都觉得比尔博的行为荒诞不经。此刻大多数人都理所当然地认为，他的消失不过是一个荒唐的恶作剧。

不过老罗里·白兰度巴克却不这么确定。不管是年纪还是饱食，都没有蒙蔽他的头脑，他对他的儿媳妇埃斯梅拉达说：“孩子，这里面有蹊跷！这个疯狂的巴金斯一定是再次离家出走了。愚蠢的老笨蛋！不过为什么要担心呢？吃的喝的他都没带走。”他大声招呼弗拉多再送一轮酒来。

弗拉多是在场的人中唯一一个什么都没说的。他在比尔博空荡荡的椅子旁边沉默地坐了一会儿，对所有的评论和问题都听而不闻。他当然很欣赏这个玩笑，哪怕他早就知道内情。看到宾客们大惊失色的样子，他很难忍住不笑。不过同时，他又感到深深的困惑：他突然意识到自己深深地爱着这个霍比特老人。大多数宾客继续吃吃喝喝，谈论着比尔博·巴金斯的古怪，过去的、现在的。不过，萨克维尔－巴金斯一家已经怒气冲冲地启程离开了。弗拉多也不想再跟这宴会有过多的瓜葛。他吩咐人再多上些酒，然后起身，饮尽自己杯中的酒，一边默默地为比尔博的健康祈祷，一边溜出亭阁外。

至于比尔博·巴金斯，还在发表演讲时，他的手指就一直在口袋里摩挲着那枚金指环：他秘密保藏了这么多年的魔指环。当他从椅子上下来时，手指头套上了它。霍比特人再也没有在霍比顿见到他。

他步履轻快地回到他的洞府，面带微笑地站在那儿聆听了一会儿亭阁里的喧嚣和空地上其他地方的热闹。然后他走进屋，脱下宴会礼服，将他的刺绣背心叠好，用纸包起来，放到一边。接着，他麻利地穿上邋遢的旧衣服，腰间系上一条磨损的旧皮带，皮带上挂了一把短剑，黑皮剑鞘也已经破旧不堪。他从一个上锁的散发着樟脑球味道的抽屉里取出一件带兜帽的旧斗篷。这件斗篷被锁在抽屉里，仿佛非常珍贵，可它打满了补丁，日久失色，几乎分辨不出原来的颜色——可能是墨绿色的。这件斗篷对他来说太大了。于是，他走进书房，从一个大保险箱里取出一个旧布裹着的包袱和一本皮面的手稿，还有一个大号的信封。他把书和包袱塞进立在那儿的一个很重的大袋子最上面。这个袋子几乎已经塞满了。他把他的金指环及其精美的细链放进信封，然后封好，在上面写明弗拉多收讫。一开始，他把它放在壁炉台上，但猛然又拿下来，塞进他的口袋。就在这时，门开了，甘道夫快步走了进来。

“嘿！”比尔博说，“我还在想你会不会出现呢。”

“很高兴你又显形了！”这位大巫师说着坐到一张椅子上，“我想赶上你，最后再说几句。我猜你觉得一切都按照计划，进行得妙极了吧？”

“是啊，我是这么觉得，”比尔博说，“不过那道光太惊人了，我自己都吓了一跳，更别提别人了。你特意增添的小把戏，是吧？”

“是的，这么些年，你把那枚指环藏得很妙，我觉得似乎有必要给你的客人耍那么个把戏，好解释你的突然消失。”

“……以及破坏我的玩笑。你可真爱管闲事！”比尔博大笑道，“不过，你总是料事如神的。”

“是啊，如果我知道详情的话。但这整件事，我不太确定。现在事情已经到了最后的节点。你玩笑也开了，大部分你的亲戚也被吓着或者气着了。这事够整个夏尔谈论九天的，甚至很可能够谈论九十九天的。你还要继续吗？”

“是的，要继续。我感觉我需要一个假期，一个很长很长的假期，我以前跟你说过的，可能是一个永久的假期：我想我不会再回来了。其实，我就没打算回来，我已经安排好了一切。”

“我老了，甘道夫。我看上去不老，但内心深处，我开始感觉到老了。我只是保养得好！”他哼了一声道，“唉！我感到空乏无力，精疲力竭，你明白我的意思吧，就像在面包上抹了太多黄油一样。这不对。我需要变化，或者别的什么。”

甘道夫充满疑虑地盯着他。“是的，似乎是不太对，”他若有所思地说，“不过，我相信你的计划也许是最好的。”

“嗯，反正我已经下定决心了。我想再看看大山，甘道夫，大山，然后再找一个能休息的地方。远离尘嚣，不会有很多亲戚来问东问西，也不会有一批又一批讨厌的访客拉响门铃。我会找一个能让我安安静静地把我的书写完的地方。我已经为我的书想到了一个不错的结尾：从此他快乐地生活着，直到寿终正寝。”

甘道夫大笑：“但愿如此。不过不会有人看到这本书的，不管它的结尾如何。”

“哦，他们会的，总会有那么一天的。我写好的部分，弗拉多已经读了一些。你会照看弗拉多的，是吧？”

“会的，我会照看他的，用两只眼睛，只要我能匀出它们。”

“当然，如果我问他的话，他会跟我一起走的。其实，就在宴会开始前，他跟我提出过，但他并不是真的想去。我想在死前再看看野地和山脉，而他还爱着夏尔，爱着它的丛林、田野和小河。他应该在这儿过得舒舒服服。当然，除了几样零碎，我把一切都留给他了。我希望到他习惯了没有我的时候，能幸福快乐。现在是他独立的时候了。”

“一切？”甘道夫问，“也包括那枚指环吗？你同意了，记得吗？”

“啊，呃……是的……我想是的。”比尔博结巴着说。

“它在哪儿？”

“在信封里，你非要知道吗？！”比尔博不耐烦地说，“在那边的壁炉台上。啊！不是！在我口袋里！”他犹豫着，“这是不是有点奇怪？”他轻声自语道，“但毕竟……为什么不呢？为什么不留在那儿呢？”

甘道夫再次死死盯着比尔博，眼神严肃，冷静地说：“比尔博，我认为应该把它留下，你不想这样吗？”

“嗯，是的……不。既然提到它了，说实话，我不想跟它分开。而且我真的不明白我为什么要跟它分开。你为什么想要我这么做？”他的声音发生了奇怪的变化，变得尖厉，充满了怀疑和恼怒，“你老缠着我问指环的事，却从来没打听过我那次旅程经历的其他事情。”

“没错，但我不得不缠着你问，”甘道夫说，“我想知道真相，这很重要。魔指环是——呃，是有魔力的。它们很稀少很奇特。可以说，我对你的指环好奇是出于职业兴趣，此刻我依然如此。如果你又要去四处游荡，我想知道它在哪里。我也认为你拥有这枚指环够久了，你不再需要它了。比尔博，我说得没错吧？”

比尔博脸红了，两眼怒火直冒，和蔼的面庞变得严峻。“怎么没错？！”他喊道，“我怎么处理我自己的东西，关你什么事？它是我的。我发现的它。它归我。”

“是，是，是，”甘道夫说，“但你没必要发火啊。”

“是你惹得我发火，”比尔博说，“它是我的，我告诉你。我自己的。我的宝贝。是的，我的宝贝。”

大巫师闻言，依然一脸的庄重和专注，只有深邃眼睛里的一缕闪光表明他惊诧不已，确实也有些担心了。“以前它是被这么叫过，”他说，“但不是被你呀。”

“但我现在就这么叫它，怎么了，不行吗？就算咕噜姆曾经这么叫过又怎么样？现在它不是他的，而是我的了。告诉你吧，我要留着它。”

甘道夫站起来，严厉地说：“你要是这么做的话，就是一个傻瓜。比尔博，你说的每个字都清楚地表明，你过于迷恋它了。放手吧！这样你才能独立，才能解放。”

“我想干什么就干什么，想去哪儿就去哪儿！”比尔博固执地说。

“行啦，行啦！我亲爱的霍比特兄弟！”甘道夫说，“你漫长的一生中，咱们一直是朋友，而且你还欠我点什么呢。好啦！就按你承诺的做吧：放弃它！”

“哼！你自己想要我的指环，就直说嘛！”比尔博吼道，“但你是得不到它的。我告诉你，无论如何我也不会放弃我的宝贝的。”说着，他将手搁在他的短剑柄上。

甘道夫两眼冒火。“一会儿该轮到我发火了！”他说，“如果你再这么说，我就发火，让你看看灰袍大巫师甘道夫的真面目。”他朝这个霍比特人走了一步，似乎变得又高大又吓人，身影充满了整个小房间。

比尔博退到墙边，喘着粗气，手紧紧抓着口袋。两人就这么对峙了一会儿，屋里的空气似乎凝滞了。甘道夫逼视着霍比特人，后者的手慢慢松开了，他开始颤抖。

“我不知道你这是怎么了，甘道夫。”他说，“你以前从来不是这个样子的，究竟是怎么回事？它是我的，不对吗？它是我发现的，要不是它，咕噜姆已经把我杀了。不管他怎么说，我都不是贼。”

“我从来没说过你是贼，”甘道夫说，“我也不是。我不是想抢你的东西，而是想帮你。我希望你能一如既往地信任我。”说着，他转过身，压迫的影子也随即移开。他似乎又恢复了白发苍苍的老人形象，佝背驼腰，忧虑重重。

比尔博用手捂住了眼睛。“抱歉，”他说，“可是我感觉很怪。不过，不再为它烦扰也是一种解脱。近来，它在我心里变得越来越重要，有时候，我感觉它就像一只看着我的眼睛。而我也总是想要戴上它，销声匿迹，你知道吗？我总担心它是不是安全，总是把它拿出来看看才放心。我试图把它锁起来，可又发现它不在我口袋里的话，我会更加坐立不安。我不知道为什么。我似乎下不了决心。”

“那就相信我吧。”甘道夫说，“我已经下定了决心。走吧，把它留下，别抓着不放，把它给弗拉多，我会照顾他的。”

比尔博紧张地站在那里，拿不定主意。过了一会儿，他叹了口气。“好吧，”他勉强说道，“我会的。”然后他耸了耸肩，苦笑道：“毕竟整个宴会就是为了这件事。真的，送出大量生日礼物的同时，送出指环会变得容易些。而结果并没有变得更容易，但浪费了我所有的准备就太可惜了。那会完全破坏这个玩笑的。”

“确实，这整件事的意义，我看也就在于此。”甘道夫说。

“好吧，”比尔博说，“连同其他的一切，指环也归弗拉多。”

他深深地叹了一口气，“现在我真的得出发了，不然别人会逮着我的。我已经告别过了，可受不了再来一遍。”说着，他拿起他的袋子，朝门口走去。

“那枚指环还在你的口袋里呢。”大巫师说。

“啊，可不是嘛！”比尔博喊道，“还有我的遗嘱和所有其他文件。最好还是你拿去，替我转交给弗拉多。这是最安全的了。”

“不，不要把指环给我，”甘道夫说，“把它放在壁炉台上吧。放在那里很安全，等弗拉多来取。我会等着他的。”

比尔博取出信封，但就在他刚要把它放在时钟旁边时，他的手猝然一抖，信封掉到了地上。不等他去捡，大巫师已经弯腰捡起它，放在了壁炉台上。比尔博脸上迅速闪过一阵怒火，但随即又让位于如释重负，大笑道：“行吧，就这样吧，现在我走了！”

他们俩出了屋走进门厅。比尔博从架子上挑出了他最喜欢的木杖。三个本来在不同房间忙活的矮人也走了出来。

“一切都准备好了吗？”比尔博问，“东西都打好包，贴上标签了吧？”

“都弄好了。”他们答道。

“好的，那我们就出发吧！”他迈步走出前门。

夜色温柔，星光璀璨。他仰起头，嗅闻着空气。“多好啊！再次离开，和矮人们一起上路多好啊！这真的是我多年来一直期盼的！再见！”说罢，他看着自己的老家，冲房门鞠了一躬，“再见了，甘道夫！”

“再见，离别是暂时的，比尔博。照顾好你自己！你够老了，应该也够聪明的。”

“照顾？我无所谓啦！你别担心我。我现在一如既往地快乐，这话我说过很多次了。不过时间到了，我得甩开步伐走啦。”说罢，他轻声唱了起来，像是在夜色中温柔自语：

道路蔓延门前始，
远方迢迢无尽头，
能走尽走不停息，
步履匆匆复匆匆。
小路蜿蜒接大衢，
岔道交织事更多，
去往何处不能说。

他停止歌唱，沉默了片刻，然后不置一词地转过身，朝背离空地和帐篷里的光亮和声音的地方走去，他的三个同伴紧随其后。他们绕过花园，疾步走下长长的斜坡。比尔博跳过坡底灌木丛的一块低处，取道草地，像一阵沙沙刮过草叶的风，走进了夜色中。

甘道夫站在后面望着他融进黑暗。“再见，我亲爱的比尔博。期待我们下次再聚！”他轻声说着，转身回到了屋里。

不一会儿，弗拉多就回来了。他发现甘道夫坐在黑暗中，一副沉思的模样。“他已经走了吗？”他问。

“是的！”甘道夫回答，“他终于走了。”

“我祈愿——我的意思是，直到今晚，我都希望这是一个玩笑！”弗拉多说，“但我内心深处知道，他真的想走。他总是习惯拿严肃的事情开玩笑。真希望我回来得早些，能送他离开。”

“我真的觉得他更喜欢悄悄地离开，”甘道夫说，“别太担忧。

他会好好的。哎！他留了一个包给你，在那儿！”

弗拉多从壁炉台上取下那个信封，瞥了一眼，却没有打开。

“我想，里面是他的遗嘱和所有其他文件。”大巫师说，“你现在是袋底洞的主人了。还有，我想你会发现一枚金指环的。”

“指环！”弗拉多叫起来，“他把那个留给我了吗？为什么呀？不过，它可能有用吧。”

“可能有用，也可能没用。”甘道夫说，“如果我是你，我不会利用它的。不过，把它悄悄地保藏起来吧，安安全全地保藏起来！现在，我要去睡觉了。”

作为袋底洞的主人，弗拉多感到跟他的客人们道别是一项痛苦的差事。关于宴会上发生的怪事已经流言四起，但弗拉多只是说，明天早晨，一切都会真相大白。

子夜时分，接重要人物的马车来了。它们一个接一个地驶走，车里满当当是意犹未尽的霍比特人。园丁们出来拾掇，把那些喝得醉醺醺的人用手推车推走。

黑夜慢慢过去了。太阳升起来了。霍比特人们起得很迟。一上午，人们过来，开始（依序）清理亭廊、桌椅、刀叉、勺子、碗碟以及灯笼和盆树，还有鞭炮碎屑、手套手帕、没有吃过的食物（很少一点）。然后，另一些人（无序）来了：巴金斯家的、博芬家的、博尔济家的、图克家的，还有住在附近或待在附近的其他宾客。中午时分，甚至连那些昨天吃撑了的人也出来转悠了，袋底洞人声鼎沸，都是一些不速之客，却又在意料之中。

弗拉多站在台阶上候迎宾客。他面带微笑，但看上去非常疲倦焦虑。他对所有的来访者都表示欢迎，却不像之前那样言多。面对所有问询，他只是说："比尔博·巴金斯先生已经走了，据我所知，是永远走了。"他邀请一些来访者进屋，因为比尔博给他们留了"信"。

门厅里，堆着各种各样的大包小包和小件家具。每个上面都贴着标签。有几个标签是这样的：

比尔博赠予阿德莱德·图克本人。

是一把雨伞。阿德莱德已经带走了许多没贴标签的雨伞。

比尔博·巴金斯赠予挚爱的朵拉·巴金斯，纪念我们长久的通信联系。

是一个大废纸篓。朵拉是德罗戈的姐姐，也是比尔博和弗拉多尚在世的女性亲戚中最年长的一位。她九十九岁了。半个多世纪来，她在信里写下了大量的好建议。

比尔博·巴金斯赠予米罗·博罗斯，希望它们有用。

是一支金笔和一瓶墨水。米罗从来没回过信。

比尔博叔叔赠予安吉莉卡。

是一面圆凸镜。安吉莉卡是巴金斯家族的一个年轻女子，总觉得自己貌若天仙。

一位捐赠者赠予雨果·布里斯罗德尔收藏。

是一个（空）书箱。雨果特爱借书，但从来不还。

送给洛贝莉亚的礼物。

是一个放银勺的匣子。比尔博认为，在自己前次外出期间，她已经弄到了很多他的银勺。洛贝莉亚非常清楚这一点。当天她来迟了，立刻领会了这标签的含义，不过她又带走了一些勺子。

以上只是堆积在门厅的一小部分礼物。在他漫长的人生中，比尔博的居所塞满了东西。霍比特人的洞穴往往会逐渐塞满东西，很大程度上要归咎于大送生日礼物的习俗。当然，生日礼物并不总是新的，总有那么一两件连用处都被忘记的旧物在整个地区送来送去。不过比尔博送的礼物通常都是新的，也总是把他收到的礼物收藏起来。老旧的袋底洞现在要稍稍清理一下了。

各种分门别类的礼品都贴上了比尔博亲自书写的标签。有几个标签富含深意，或者是些玩笑。当然，大多数东西还是送给了想要它们和喜欢它们的人。穷一点的霍比特人，尤其是沙袋街的那些居民高兴坏了。甘吉老爹得到了两袋土豆、一把新铁锹、一件羊毛背心和一瓶治关节炎的药膏；老罗里·白兰度巴克得到了十二瓶陈酿，这是比尔博对他热情好客的回报——这些陈酿是一种产自南法兴的烈性红酒，它们是比尔博的父亲储存的，现在已经发酵得相当成熟了。罗里打开第一瓶酒，就彻底原谅了比尔博，还夸赞他是一个顶好的家伙。

留给弗拉多的东西数不胜数。当然，所有的奇珍异宝，以及书籍、字画和绰绰有余的家具，全都留给他拥有了。然而，没有钱或珠宝的迹象，也没有提到过——连一张纸币、一个玻璃球都不曾送出去。

那天下午，弗拉多过得非常难熬。一则谣言像野火一样蔓延，说是比尔博的整个家当都要无偿分送。没过多久，这地方就挤满了无事而来的人，可又不能赶他们出去。标签被撕掉了，搞混了，争吵声不断。一些人企图在门厅里做交易，另一些人企图带着不是赠予他们的东西或者貌似不受欢迎或不引人注目的东西溜走。通往大门的路挤满了两轮车和手拉车。

喧闹中，萨克维尔－巴金斯一家到了。弗拉多已经离开一会儿了，让他的朋友梅里·白兰度巴克看着点东西。奥塞大声嚷着要见弗拉多，梅里礼貌地鞠了一躬。

“他身体欠佳，”梅里说，“正在休息。”

“你的意思是他躲起来了呗！”洛贝莉亚说，“反正我们想见他，非见不可。你去告诉他！”

梅里把他们留在门厅里等了好一会儿，以至于他们有时间发现比尔博留给他们的分别礼物——勺子。这并没有压制住他们的不满。最后，他们被领进了书房。弗拉多坐在书桌前，桌面上放着很多文件。他看上去气色不好——见到萨克维尔－巴金斯家的人气色怎么也好不了。他站起来，心不在焉地摸索着口袋里的什么东西，但说话还是彬彬有礼。

萨克维尔－巴金斯家的人咄咄逼人。他们开始讨价还价，想用很低的价格（比如友情价）换各种贵重且没有贴标签的东西。当弗拉多回应说，只有被比尔博特别指定的东西才能送出时，这些人表示这整件事非常可疑。

“对我来说，只有一件事很清楚。”奥塞说，“那就是，你从中捞尽了好处。我必须得看看遗嘱。”

如果不是收养了弗拉多的话，奥塞本来会成为比尔博的继承人。他冷哼着把遗嘱仔仔细细读了一遍。然而不幸的是，遗嘱非常清晰准确（按照霍比特人的法律法规，遗嘱上有七个见证人的红笔签名）。

“又败了！”他对他的妻子说，“等了六十年，还是败了！几把勺子？什么玩意儿啊！”他冲着弗拉多的鼻子愤愤地打了个响指，佝腰塌背地走了。不过洛贝莉亚就没那么容易打发了。片刻后，弗拉多走出书房，想去看看事情进展得怎么样了，却发现她还在门厅里四处转悠，摸摸这翻翻那，瞅瞅这个瞧瞧那个，敲敲墙壁叩叩地板。弗拉多要她交出藏在雨伞里的几样小东西（但非常值钱），硬是把她送出了门外。她一脸冥思苦想的痛苦样，仿佛要从脑袋里搜刮出一句极具破坏性的临别评论。不过她站在台阶上打着转，发现能说的不过是：“年轻人，你活着总有后悔的一天！你为什么不也跟着去？你不属于这儿。你不是巴金斯家的人，你，你姓白兰度巴克！”

“梅里，你听见了吗？这可真是一种侮辱。”弗拉多当着她的面关上门，说道。

“是一种恭维，”梅里·白兰度巴克说，“当然不是真的。”

然后，他们俩在袋底洞四处转悠，赶走了三个霍比特年轻人（两个博芬家的，一个博尔济家的）。这三人正在一间洞室的墙上敲洞。弗拉多还和年轻的桑乔·普罗德夫特（老奥多·普罗德夫特的孙子）打了一架。他在一间比较大的食品储藏室都已经开挖了，他觉得那里有回声。比尔博拥有金子的传说激起了他们的好奇和希望，因为每个人都知道，传说中来历不明的金子若非非法所得，那谁发现了就是谁的，除非发现的过程被打断。

等制服了桑乔，把他推出门去，弗拉多瘫倒在门厅里的一张椅子上。“是时候闭门谢客了，梅里，”他说，“锁上门，今天不要再给任何人开门了，哪怕他们带着攻城锤来都不要开。”说完，他端起一杯早就想喝的茶给自己提神。

还不等他坐下，前门就响起了一阵轻轻的敲门声。“很可能又是洛贝莉亚，”弗拉多心想，“她一定是想到了什么真的很恶毒的话，返回来说的。等着吧。”

他继续喝着茶，敲门声也在继续，而且更大声了，但他不予理会。突然，大巫师的脑袋出现在窗边。“弗拉多，你要是不让我进，我就砸烂你的门，砸个稀巴烂！”他说。

“哎呀！亲爱的甘道夫，稍等稍等！”弗拉多叫喊着冲出房间，冲到门口打开门，“请进！请进！我还以为是洛贝莉亚呢。”

“那我原谅你了。不过我刚才看她驾着一辆轻便小马车朝傍水镇去了，脸色冷得能把鲜牛奶冻成块。”

“她快把我冻成冰了。老实说，我差点试戴比尔博的指环，很想消失不见。”

“别那么干！”甘道夫坐下来说道，“弗拉多，千万要小心那枚指环！其实，这也是我来告别时要跟你说的事。”

“哦，它怎么了？”

“你知道多少？”

“只知道比尔博告诉我的。我已经听说过他的故事了，他如何发现它，如何使用它——我的意思是，他在旅程中是如何使用它的。”

“是哪个故事呢？”甘道夫问。

“哦，不是他告诉矮人并写进他书里的那个。”弗拉多说，“在我来这儿住之后不久，他就告诉了我真正的故事。他说，你已经缠着他告诉你了，所以我最好也知道。‘咱们俩之间没有秘密，弗拉多，’他说，‘但不要再告诉别人。反正，它是我的了。’”

“这真有意思，”甘道夫说，“哎，你对这一切是怎么想的？”

“如果你是指编造‘礼物’一说的话，呃……我想，真实的故事很可能差不了多少，我根本不明白有什么可改变的。反正，这一点也不像比尔博的作风，我觉得相当蹊跷。”

“我也这么觉得，但蹊跷的事是有可能发生在拥有这种财宝的人身上的，如果他们使用它们的话。这对你也是一个警告：你待它得非常小心。它拥有的力量，可能不仅仅是让你如愿消失。”

“我不懂。”弗拉多说。

“我也不懂，”大巫师回答，“我只是开始琢磨这枚指环，特别是昨晚以来。不需要担心。不过你要是听从我的建议，那就要少用，甚至根本不用它。至少，我恳请你不要以任何可能引起议论或怀疑的方式使用它。我再说一遍：藏好它，别让人知道！”

“你干吗这么神秘兮兮的？你在怕什么？”

“我也不确定，所以我啥也不再说了。等我回来的时候，或许能告诉你一些事情。我马上就走，眼下就再见了。”他说着站起了身。

“马上就走？！”弗拉多喊道，“为什么呀？我还以为你至少要待一个星期，我还期盼着你的帮助呢。”

“我本来的确是这么打算的，可又不得不改变主意。我可能得离开好一阵子，不过我会尽快回来再见你的。等着我，我会回来见你的！我会悄悄溜进来的。我不应该再公开在夏尔露面了，我发现我已经变得很不受欢迎了。他们说我是一个讨厌鬼，是和平的破坏者。其实，有人咒骂我，说是我用魔法把比尔博弄消失的，还有人说得更难听。你知道吗？还有更甚的，说你和我合起伙来要侵吞他的财富。”

“还有这种人？！”弗拉多惊叫起来，“你是说奥塞和洛贝莉亚吧。真恶心！如果我能让比尔博回来，和他一起云游四方，我会把袋底洞和其他所有一切都给他们的。我爱夏尔，但不知怎么的，我现在也想走。真不知道我还能不能再见到他。”

“我也不知道，”甘道夫说，“我不知道的事太多了。再见了！照顾好你自己！等我回来，我很可能在你意想不到的时候回来！再见！”

弗拉多目送他到门口。他挥手作别，迈着惊人的步伐迅速离去。

不过弗拉多觉得，这位老巫师看上去弯腰驼背得厉害，就像是承受着巨大的重负。夜晚将近，他穿着斗篷的身影很快消融在暮色里。很长一段时间里，弗拉多再也没有见到他。

第2章
往昔阴影

九天，乃至九十九天后，关于宴会的飞短流长仍未停息。在霍尔顿，确切地说，是在整个夏尔，人们都在谈论比尔博·巴金斯先生的第二次消失。谈论持续了一天又一天，但它在人们记忆中留存得比这更为长久。它变成了讲给年幼的霍比特孩子听的炉边故事。渐渐地，习惯于嘭的一声伴随着闪电消失，又携带一袋袋金银珠宝重现的疯子巴金斯，最终变成了一位颇受喜爱的传奇人物，久活不衰，而所有真实的故事都被遗忘了。

与此同时，附近一带的人却普遍认为，比尔博一直就疯疯癫癫的，最后发了狂，跑进了蓝色山脉。在那儿，他无疑是跌进了某个池塘或某条河，酿成了悲剧，不过这个结局算不上突然。指责声大都是朝着甘道夫去的。

“但愿那个该死的大巫师别管着年轻的弗拉多，也许他会稳定下来，增长一些霍比特的意识。”人们说。种种迹象表明，大巫师的确没管弗拉多，弗拉多也的确稳定下来了，但霍比特意识的增长却不十分明显。实际上，他倒是立刻继承了比尔博的古怪秉性。他拒绝穿丧服。第二年，他还举办了庆祝比尔博一百一十二岁生日的宴会，他称之为“英担宴”。不过霍比特人说，这次宴会不够完美，因为只邀请了二十位客人，几餐饭的食物和酒饮却异常丰盛。

有人大为震惊，但弗拉多此后一年又一年地为比尔博举办生日宴会，把这变成了惯例，人们也就习惯了。弗拉多说，他不觉得比尔博死了。当人们问：“那他在哪里？”他却只是耸一耸肩。

他独自生活，就像比尔博曾经一样。不过他有很多朋友，这些朋友中，年轻一点的霍比特人（大都是老图克的后代）尤其多。他们孩提时代就喜欢比尔博，经常出入于袋底洞。福尔科·博芬和弗雷德加尔·博尔济就是其中的两位。不过他最亲近的朋友是佩雷格林·图克（通常被称作皮平）和梅里·白兰度巴克（他的本名是梅里亚多克，但不大被人记得）。弗拉多有时和他们一起在整个夏尔四处游荡，不过更多的时候，他是一个人外出漫游。令敏感的霍比特人惊讶的是，有时候他竟然距家千里，穿山越岭走在星光下。梅里和皮平怀疑他时不时地去拜访精灵了，就像比尔博曾经做的那样。

随着时间的流逝，人们开始注意到，弗拉多也显露出“驻颜有术”的迹象：从外表上看，他仍然保持着一个二十来岁的霍比特人的强壮和充沛精力。“有些人就是运气好！”人们感叹道。然而到弗拉多接近通常更持重的五十岁的年纪时，人们开始觉得奇怪了。

弗拉多在经历了初次的震惊后，发现做自己的主人、成为袋底洞的“巴金斯先生”相当愉悦。好多年来，他都非常快乐，对未来没有太多的忧虑，但隐隐约约中，心底那份未随比尔博一起离开的遗憾却逐日增长。他发现自己时不时（尤其是秋天时）去游荡的荒野和从未见过的陌生山景开始入梦。他对自己说：“也许有一天，我会越过那条河。”对此，他心中的另一个声音却答道：“还没到时候。”

光阴荏苒，弗拉多出了四十奔五十。他觉得五十是一个多少有点重要（或者说不祥）的数字。反正，就是在这样一个年纪，比尔博突然踏上了冒险的历程。弗拉多开始感到不安。老路似乎走得太多，熟得不能再熟了。他看着地图，思忖这些路的尽头和边缘都有些什么。夏尔绘制的地图显示，边界大都是空白地。他更经常地独自外出游逛，去的地方也更远。梅里和他其他的朋友对此非常焦虑。那段时间，陌生的徒行者开始出现在夏尔，弗拉多经常被人看到和这些徒行者走在一起，还一边走一边聊。

有流言说，外面的世界正在发生奇怪的事。因为那段时间，甘道夫已经好几年没有出现，也不曾传递过任何消息，弗拉多便自己收集一切能收集到的信息。以往很少在夏尔徜徉的精灵，也被看到夜晚穿过丛林向西而行，是穿过，但没有返回。他们正在离开中州，不再关心它的是非。然而，上路的还有数量不同寻常的矮人。他们走在东西向的古道上。这条古道穿过夏尔，尽头在灰港。矮人总是经由它前往他们位于蓝山的矿井。他们是霍比特人想了解远方地区时的主要信息来源。通常，矮人说的很少，霍比特人也不多问。可是现在，弗拉多经常碰到从遥远的国度到西方来寻找庇护的陌生矮人。他们个个愁容满面，有的还低声谈到大敌和魔多。

霍比特人只从关于黑暗时代的传说中听到过“魔多”这个名字，它像一道游荡在他们记忆中的阴影，恶兆重重，令人不安。已经被白道会驱逐的黑森林邪恶势力似乎又在魔多的老区更为强劲地肆虐起来了。据说，黑塔已经重建。从那儿，邪恶势力广泛扩散，远至东方和南方，战争迭起，恐惧日增。山里的兽人又开始繁殖。食人妖四处游荡，不再愚笨，而是狡诈，还带着可怕的武器。流言还隐约提到了比所有这些怪物更可怕的生物，但他们没有名字。

当然，所有这些流言很少传到普通霍比特人的耳朵里。不过即使是最耳塞目盲的人和最不爱出门的人都开始听说奇怪的传闻，而那些因差事行至边境的人则看见了奇怪的事情。弗拉多五十岁这年的一个春夜，傍水镇青龙酒馆里的龙门阵表明：流言都已经传到了夏尔最舒适的心脏地带。不过，大多数霍比特人仍然对它们报之一笑。

山姆·甘吉坐在近火炉的一角，他对面是磨坊主的儿子泰德·山迪曼，周围还有许多霍比特乡民在听他们聊天。

“这些天你肯定听说奇怪的事了吧。”山姆说。

“哦，”泰德说，“听的话肯定听得到，但我宁愿在家听炉边故事和儿童故事。”

“你当然能了。”山姆气呼呼地回嘴道，“我敢说，这里面的真相比你以为的要多。反正，谁会闲得没事编造这些故事呢？就拿龙来说吧。”

“不，谢谢，”泰德说，“我不想说。我还是一个孩子的时候，就听说过它们，但现在没道理还相信。傍水镇只有一条龙，那就是‘青龙’（酒馆）。”他的话音一落，周围响起一片笑声。

“好吧，”山姆也和别人一起笑了，“不过关于这些树人，也可以称之为巨人的怪物，是怎么回事？他们说不久前，有人在北方荒原远处，看见一个比树还高的人。”

“他们是谁？”

“我堂兄哈尔就是其中之一。他在欧佛山，为博芬先生工作。他去北法兴狩猎的时候，见过一个。”

“他说他见过，也许而已。你堂兄哈尔总是说见过这见过那的，也许他看见的是子虚乌有的东西。”

“可这个树人就跟一棵榆树那么高大，还在行走，一步迈七尺[①]，就跟迈七寸一样轻松。”

“那我敢打赌说一寸都没有，他看见的就是一棵榆树，也可能连榆树都不是。”

“可我说了，这个树人在行走啊！而且北部荒原并没有榆树。”

“那哈尔就不可能看见了。”泰德说。周围响起一片笑声和鼓掌声——听众们似乎认为泰德占了上风。

“不管怎样，”山姆说，“你不能否认除了哈尔，还有其他人见到奇怪的人穿过夏尔，我提醒你哟，是‘穿过’。更多的人到了边界就被挡回去了。边界卫士从来没有这么忙碌过。”

“我还听说精灵们正在西迁。他们确实说过要到白塔远处的港湾去。”山姆漫不经心地挥了挥胳膊。他并不知道经过夏尔西界的旧塔到大海有多远，他们谁都不知道。传闻说灰港就在那里，精灵们时不时就从港口扬帆远航，一去不复返。

“他们航行，航行，越过大海，向西而去，远离我们。”山姆唱圣歌一般说道，还悲壮地摇着头，而泰德却笑了。

“哦，那不是什么新鲜事，你还真信了，而且我不明白这跟你我有啥关系。让他们航行好了！不过我敢保证，你不曾见过他们航行，整个夏尔也没有人见过。”

“那我就不知道了。”山姆若有所思地说。他相信自己曾经在森

① 尺：长度单位，一尺约等于 33.33 厘米。一尺等于 10 寸。

林里见过一个精灵，还希望有一天能见到更多。在他童年时代听过的所有传奇中，那些有关精灵的片段和朦朦胧胧留在记忆里的故事总是深深地打动他。“在这一带，甚至就有一些人认识精灵，还从他们那里获取信息，”他说，“比如巴金斯先生，我是给他干活的。他告诉我他们在航行，他对精灵是有些了解的。老比尔博先生了解得更多。我小时候听他讲过很多精灵的事。”

“哦，那他们俩都疯了，”泰德说，“至少老比尔博是疯了，弗拉多正在变疯。如果你就是从他们那里得到消息的话，那纯粹是一派胡言。好啦，朋友们，我要回家了。祝你们健康！”说着他饮尽杯中酒，踉踉跄跄地走了出去。

山姆沉默地坐着，没再说话。他要想的事太多了。首先，袋底洞花园里有好多活等着他去做，要是明天天晴，够他忙一整天的。草长得太快了。不过山姆的心思远不止在园圃里。过了一会儿，他叹了口气，起身出去了。

那时正是四月初，大雨过后，天空放晴。夕阳西下，暮色清凉，静夜将至。寂寥的星光下，山姆穿过霍比顿，翻越山谷，往家走去。他一边走一边想事，嘴里还吹着口哨。

就在这时，久未露面的甘道夫又出现了。那次宴会后，他一去已三年。后来，他来探望过弗拉多，仔仔细细地打量了他一番后又走了。接下来的一两年，他频频出现，常在黄昏后不期然地到来，在日出前无预告地离去。他不会谈论自己的事务和旅程，却似乎对弗拉多的健康和所作所为这些小事兴趣盎然。

再后来，他的来访戛然而止。九年来，弗拉多再没见到他，也没有听到他的消息。弗拉多都开始觉得，这位大巫师再也不会回来了，他已经完全对霍比特人没有兴趣了。然而就在那个黄昏，当山姆步行回家，暮色渐浓时，弗拉多的书房窗户再一次响起了熟悉的叩击声。

弗拉多又惊又喜，热情地欢迎他的老朋友。他们深深地望着彼此。

“你还好吗？”甘道夫说，“你看上去跟以往一模一样啊，弗拉多！”

“你也是。”弗拉多回应道，但内心深处却觉得，甘道夫看上去更老更憔悴了。弗拉多急切地向他打听他自己以及大千世界的情况。很快，他们就陷入了深谈，熬夜到很晚。

第二天一早，简单吃过早餐后，大巫师和弗拉多坐在书房敞开的窗边。柴火在壁炉里熊熊燃烧，不过窗外阳光明媚，南风微拂，万象更新。田野里，树梢上，春天的新绿闪闪发光。

甘道夫想起有一年春天，差不多是八十年前，比尔博离开袋底洞，连一条手帕都没带。他的头发也许比那时更白，胡子和眉毛也许比那时更长，面庞也比那时布满更多慈祥和睿智的皱纹，但他的眼睛一如既往地明亮，而且抽烟时，吐起烟圈来，一样地精神抖擞、兴致勃勃。

这会儿，他默默地抽着烟，而弗拉多定定地坐着，陷入了沉思。即使晨光明媚，他仍然感到了甘道夫带来的消息的不祥阴影。最后，他打破了沉默。

“甘道夫，昨天晚上，你给我讲我这枚指环的种种怪事，”他说，“才开了个头，你就停了，因为你说这样的事最好留到白天讲。你不觉得现在最好把它讲完吗？你说这指环很危险，比我猜测的危险得多。怎么个危险法呢？”

“在很多方面，”大巫师答道，“它拥有的力量比我最初能想到的要强大得多，强大到最终它会完全挣脱任何拥有它的人的束缚，转而控制它的拥有者。

“很久以前，在埃瑞吉安，许多精灵指环被造了出来，你可以称它们为魔指环。当然，它们有各种各样的，有的魔力大些，有的魔力小些。魔力小的指环在完全成熟以前，只是工坊里的小玩意儿，对精灵工匠来说，它们不值一提，但在我看来，它们对凡人仍然是危险的。而至尊指环，是力量之环，极其恐怖。

“弗拉多，一个拥有至尊指环的凡人是不会死的，但他不会再成长，也不会获得更多的生命力，他只是继续活着，直到最后，每一分钟都是煎熬。而且，如果他经常利用这枚指环让自己隐身的话，那他会消逝的：他最终会变得永远无形，在统治这枚指环的黑暗力量的注视下，行走在朦胧里。是的，或早或晚。如果他很强壮或者使用魔指环的初衷是好的，那可能这结局会晚点来，但如果他既不强壮，使用魔指环的目的也不善，那黑暗力量迟早会吞噬他。”

“多么可怕啊！”弗拉多感叹道。他们再次陷入长久的沉默。花园里传来了山姆·甘吉割草的声音。

“你知道这个多久了？”弗拉多最后问道，“比尔博知道多少？”

“我可以确定，比尔博知道的就是他告诉你的那些。”甘道夫说，“他肯定不会把他认为危险的东西传给你，哪怕我承诺要关照你。他认为这枚指环非常漂亮，在需要时非常有用。如果说有什么不对或奇怪的，那也是他自己。他说它‘在他心里越来越重要’，他总是牵肠挂肚地想着它，但他从没怀疑问题出在指环本身。不过，他发现这东西需要照顾，它的尺寸和重量似乎不定，有时大有时小，有时重有时轻，以一种奇怪的方式收缩或膨胀，而且可能会突然从紧紧戴着它的手指上滑下来。”

“是的，比尔博在他的最后一封信里告诫过我，”弗拉多说，“所以，我总是把它挂在指环链上。”

“非常明智，”甘道夫说，“不过，比尔博从来没有把自己的长寿跟这枚指环联系起来，他把一切都归功于自己，并为之十分自豪。可是，他却变得日益不安和烦躁，说自己变得瘦骨嶙峋。这是这枚指环开始控制他的一个表现。”

“你知道这一切有多久了？”弗拉多又问道。

“知道？”甘道夫说，“弗拉多，只要是智者知道的，我都知道。而如果你的意思是‘对这枚指环知道’的话，那可以说，我仍然不知道。还有一件事需要验证，但我已经不怀疑我的猜测了。”

“我是什么时候开始猜测的呢？”甘道夫陷入了回忆，若有所思道，“让我想想，应该是白道会把黑暗势力驱逐出黑森林的那一年，就在五军之战前，比尔博发现了这枚指环。尽管我还不知道在害怕什么，但心头却压上了一道阴影。我常常疑惑，咕噜姆是怎么得到一枚至尊指环的。很明显，它就是一枚至尊指环，至少这一点，我一开始就清楚。然后我听说了比尔博如何‘赢得’它的离奇故事，但我没法相信。当最终从他口中知悉真相时，我立刻就看出，他一直努力想要使自己对这枚指环的拥有权合理化，跟咕噜姆声称它是‘他的生日礼物’的行为无甚区别。令我不安的是，这些谎言如出一辙。很清楚，这枚指环具有一种坏魔力，会立刻影响拥有它的人。那是我第一次真的觉得一切都不对劲。我常对比尔博说，这种指环最好放着不用，但他不爱听，很快就变得气哼哼的。我没有别的办法，我不能从他那里拿走指环而不对他造成更大的伤害，不管怎样，我也没有权利那样做。

我只能看着，等着。也许我早该去跟白袍大巫师萨鲁曼商量商量，可总是有事拖我的后腿。”

“萨鲁曼是谁？”弗拉多问，“我以前从来没有听说过他。”

“你也许没有听说过他，”甘道夫答道，“霍比特人现在，抑或过去，都不关心他，但他却是智者中的伟人。他是我这一道巫师的首席，白道会的头领。他学识渊博，不过傲气也随之增长，他厌恶一切打搅。有关精灵指环（无论大小）的学问，属于他擅长的领域。他长期研究它们，想找出它们失传的制造秘密。不过，在白道会探讨魔指环的时候，他向我们揭示的这方面的学问却有悖于我的恐惧。所以我的怀疑沉淀下去了，但我还是感到惴惴不安，只能继续观望、等待。

“比尔博似乎一切都好。时光荏苒，岁月如梭，却似乎不曾在他身上留下印记，他没有变老的迹象。我的心头再次笼罩阴霾，但我对自己说：‘毕竟他母亲的家族都很长寿。来日方长，等吧！’

“所以我等着，直到那天晚上，他离开这栋房子。他的所言所为，令我感到害怕，萨鲁曼说的那些都不能减弱那种恐惧感。我终于知道，有些黑暗致命的东西在作祟。自那时开始，我就把这些年的大部分时间都花在了寻找真相上。”

“它还没有造成永久性的伤害，是不是？”弗拉多焦急地问，“比尔博会及时康复的，是不是？我的意思是，他能得到安宁吧？”

“指环一离身，他立刻就感觉好多了。”甘道夫说，“不过在这个世界上，只有一种力量完全了解魔指环和它们的影响力，而据我所知，这个世界上还没有哪种力量完全了解霍比特人。在智者中，我是唯一一个钻研霍比特学问的，这是一门鲜为人知的学问，却充满了惊奇。霍比特人刚柔并济，有时柔如黄油，有时韧如老树根。我认为有些霍比特人对魔指环的抵抗力可能要比大多数智者以为的要长久得多。我觉得你不需要担心比尔博。

“当然，他拥有这枚魔指环多年，还用过它，可能需要很长一段时间，它对他的影响力才能消除。到那时，他再看见魔指环，就是安全的了。否则的话，他可能会快乐地活好多年，但他的生命会终止于与这枚指环分离的那一刻。他最后自愿放弃了魔指环，这一点很重要。一旦交出那东西，比尔博就不再令我担心了。我现在担心的是你。

“自从比尔博离开后，我就深深地挂念着你，挂念着所有这些迷人的、怪诞的、无助的霍比特人。如果黑暗势力掌控夏尔，那对这个世界将是一个沉重的打击；要是所有你们霍比特家族——傻乐兮兮的博尔济、霍恩布洛厄、博芬、布里斯罗德尔和其他霍比特人被奴役，该多惨啊！更别提那愚蠢的巴金斯家族了。”

弗拉多耸了耸肩。“可我们为什么会被奴役呢？”他问，“他为什么想要这些奴隶呢？”

“实话告诉你吧，”甘道夫回答道，“我相信迄今为止——我是说迄今为止，他完全无视霍比特人的存在。你们应该感到幸运。可是，你们的安全岌岌可危。是，他是不需要你们，他有许多更有用的奴隶，但他不会再原谅你们了。把霍比特人变成悲惨的奴隶远比让霍比特人继续快乐自由地活着更令他愉悦。有一种事叫作怨恨和复仇。”

“复仇？”弗拉多说，“为何复仇？我还是不明白所有这一切跟比尔博和我自己，还有我们的指环有什么关系。”

“关系大了，”甘道夫说，“你还不知道真正的危害，但你会知道的。我上一次来这儿时还不确定，但现在已经到了说出来的时候。你把那枚指环拿给我看一下。”

弗拉多从他的裤子口袋里掏出了指环。他用扣环把它扣在一根挂在皮带上的链条上。他解开扣环，慢慢地把指环递给大巫师。他感觉指环突然变得异常沉重，就好像它，也或者就是他自己，多少有点不乐意让甘道夫触碰。

甘道夫把它举了起来。看上去这枚指环是由坚硬的纯金打造而成的。“你能看出它上面有什么标记吗？”他问。

“看不出来，”弗拉多说，“什么也没有。这就是一枚素指环。从来没有刮擦的痕迹，也没有戴过的痕迹。”

“那你看！”大巫师突然将指环扔进了正熊熊燃烧的壁炉里。弗拉多大为震惊和痛苦，大叫一声，慌乱地去找火钳，但甘道夫拉住了他。

“等等！”他皱着眉，飞快地瞥了弗拉多一眼，用命令的口吻说。

指环并没有发生明显的改变。过了一会儿，甘道夫站起身，关上百叶窗，拉上窗帘。房间里变得黑暗沉寂，只有山姆在窗户附近割草的剪刀咔嚓声仍然从花园里隐隐传来。大巫师站在那儿看了一会儿火，然后弯下腰，用火钳把那枚指环从炉子里夹出来，立马拿在手里。弗拉多倒吸了一口凉气。

“冰冰凉的，”甘道夫说，“拿着！”弗拉多畏畏缩缩地摊开手掌接过指环：它好像变得比以往更厚更重了。

“举高点！”甘道夫说，“仔细看！”

弗拉多照做了。现在，他看见了绕环体内外的精美线条，比最精美的钢笔画出来的线条还要纤细：这火焰般的线条似乎形成了一种流畅的花体字母。它们闪着刺目的光亮，但光源却很遥远，仿佛来自深处。

“我看不懂这些火红的字母。”弗拉多用颤抖的声音说。

“是的，你看不懂，”甘道夫说，“但我看得懂。这些字母是精灵文字，是一种古体字，魔多一带的语言，不过我不会在这儿读出来的。如果译成通用语，它的意思大致是：

一枚指环统治众环。一枚指环发现众环。
一枚指环禁锢众环于黑暗中。

“这是精灵传说中流传已久的一首诗里的两句：

三枚指环归天下精灵诸王，
七枚指环归石厅矮人列王，
九枚指环归注定会死的凡人，
一枚指环归正在势的黑魔王，
魔多大地，暗影重重。
一枚指环统治众环，一枚指环发现众环。
一枚指环禁锢众环于黑暗中。

魔多大地，暗影重重。

“这就是那枚指环王，那枚统治众指环的至尊指环。”甘道夫停顿了一下，然后用深沉的嗓音慢慢地说，“这就是黑魔王很多年前丢失的那枚指环，它能大大地唤醒他的法力。他非常想要它，但一定不能让他得到它。”

弗拉多默默地坐着，一动不动。恐惧似乎伸出了一只大手，就像东方升起一朵黑云，赫然跃上天空，笼罩住他。

“这枚指环！”他结结巴巴地说，“它怎么……它究竟是怎么到我这里的？”

“啊！”甘道夫说，“那可是一个很长的故事了。开端要追溯到黑暗年代，如今只有研究传说的专家才记得那个年代了。如果要我把这个故事完完整整地讲给你听，那咱们俩从春到冬，都得定定地坐在这里。

“不过，昨天晚上我给你讲了黑魔王索伦大帝。你听到的那些流言都是真的：他确实再次出现了，并且离开他所掌控的黑森林，回到了他位于魔多黑塔的古堡。那个名字，甚至连你们霍比特人都听说过，就像老故事中，笼罩在边界的那道阴影。那道阴影，总是在每次失败和喘息之后，再以另一种形状重现，而且变得更大。”

“我希望在我有生之年不会发生这样的事。”弗拉多说。

“我也希望如此，”甘道夫说，“所有活着看到这样时刻的人也都希望如此，但那不是他们所能决定的。我们所能决定的是在有限的时间里，该做些什么。而且，弗拉多，我们的时代已经开始变得黑暗。大敌正迅速变得非常强大。我认为，他的计划远非成熟，但正在成熟。

我们的处境会很艰难，但我们应当全力以赴，即便不是因为这可怕的可能性，我们也应该坚强应对。

“大敌还缺一样东西。这东西将赋予他力量和知识，以击败所有抵抗，破除最后的防御，让世界再度陷入黑暗。他缺的就是这枚指环王，也就是至尊指环。

“所有指环中最精致的三枚，被精灵诸王藏了起来，他无法染指，无法玷污它们。矮人诸王拥有的七枚，有三枚已经被他收回，另外四枚被恶龙吞噬了。还有九枚他给了骄傲而伟大的凡人，使他们陷入了他的圈套。很久以前，他们就受制于指环王的统辖，变成了指环幽灵，是黑魔王大阴影麾下的小阴影，是他最可怕的仆人。这是很久以前的事了。这九枚指环流散在外已经很多年了。可是谁知道呢？当魔影再起时，它们也可能再聚首。唉！算了！我们不应该在夏尔的早晨谈论这样的事情！

“所以现在情况就是这样的：他已经把这七枚指环收归己有，矮人的七枚要么被收回了，要么被毁坏了。精灵的三枚还隐藏不见，但这已经不再困扰他了。他只需要这枚指环王。这枚指环是他亲自制造的，属于他，他把自己之前的大部分魔力注入了其中，因此它能统领其他所有指环。如果收回这枚指环王，那他就能再次控制它们全部，不管它们在何处，哪怕是那三枚不在他手上的指环。它们所造成的一切破坏必将展露无遗，而他会比以往更强大。

“这个可能极其糟糕，弗拉多。他以为至尊指环已被毁，是被精灵毁掉的，本应如此。可现在他知道它并没有被毁掉，已经被发现了，所以他一直在寻找它，寻找它，一门心思都在这枚指环身上。它是他最大的希望，也是我们最深的恐惧。”

“为什么？为什么它没有被毁掉？”弗拉多喊道，“如果大敌那么强大，这枚指环对他来说那么珍贵，他又怎么会把它弄丢了呢？”弗拉多紧紧攥着手中的指环，仿佛已经看到黑暗的手指伸出来要夺取它。

“这枚指环是从他那儿夺来的。”甘道夫说，“很久以前，精灵力量比较强大，足以抵抗他，而且并不是所有人都与他们疏远。西方之地的人还赶来帮助他们。那是古代历史中值得回忆的一章。虽然也有不幸，有正在聚集的黑暗，但更有并非完全徒劳的英勇气概和伟大事迹。也许有一天，我会给你讲述整个故事，抑或你会从某个通晓内情的人口中闻知整个故事。

“不过目前，你最想知道的是这枚指环怎么到了你的手里。这本身就是一个很长的故事，我这就讲给你听。精灵王吉尔·加拉德和西方之地的埃兰迪尔联手打倒了黑魔王索伦，但他们自己也在战斗中牺牲了。埃兰迪尔的儿子伊熙尔杜从索伦的手上切下戒指，据为己有。索伦一败涂地，他的灵魂游荡、蛰伏了很多年，直到他的影子在黑森林再度成形。

“可是至尊指环却丢失了。它掉进安度因大河，消失不见了。当时伊熙尔杜正沿着河东岸一路向北，在金鸢尾沼地附近，他遭到了山地兽人的伏击，他的人几乎全军覆没。他跳进河里，可是指环却在他游泳的时候从手指上滑了下来，于是兽人看见了他，用箭将他射杀。”

甘道夫停顿片刻，接着说：“这枚指环就这样躺在金鸢尾沼地之间的黑潭里，不为人知，不为人识。如今，知晓其历史的人少之又少，白道会也没有更多的发现。到头来只有我能把这个故事讲下去。

“很久以后，但依然是很久以前的事了，大荒野边缘的大河沿岸，住着一个手脚轻巧、身材矮小的民族。我猜测他们是霍比特人的一支，更像是斯图尔族祖先的祖先。因为热爱河流，他们经常在河里游泳，或者制造芦苇小船。他们中有一个声望很高的家族，人丁兴旺，家财丰盈。这个家族的当家人是一位严厉、睿智的老祖母。这家有一个叫斯米戈尔的人，好奇心甚重，喜欢刨根问底。他潜深潭，钻树洞，凿绿丘，却不望山，不观叶，不欣赏盛开的花朵——他的脑袋和眼睛总是向下的。

“他有一个叫蒂亚戈的朋友，跟他是同一类人。蒂亚戈目光锐利，却不那么敏捷强壮。有一次，他们俩划着小船，顺流而下到了金鸢尾沼地，那儿有大片的鸢尾花和开花的芦苇荡。斯米戈尔跳下小船，沿着河岸一路嗅闻，而蒂亚戈坐在船里垂钓。突然，一条大鱼咬住了他的钩，可是还不等醒过神来，他就被拽进了水里，一沉到底。然后，他觉得他看见河床上有什么东西在闪闪发光，他丢掉手中的钓鱼竿，屏住呼吸，抓起了它。

“他噗地一下从水里站起来，头发上沾着水草和泥巴。他朝岸边游去。呵！瞧瞧！当他洗净泥污，发现手中躺着一枚漂亮的金指环。它在阳光下熠熠生辉，蒂亚戈心生欢喜。而斯米戈尔藏在一棵树后面，一直在观望着他。当蒂亚戈得意扬扬地举着指环看的时候，斯米戈尔悄悄地走到了他身后。

“‘亲爱的蒂亚戈，把那个给我吧。’斯米戈尔探过头来说。

“‘为什么？’蒂亚戈问。

“‘因为今天是我的生日，亲爱的，我想要它。’斯米戈尔说。

“‘我不管，’蒂亚戈说，‘我已经给你送过生日礼物了，而且是一份超出我承受能力的礼物。这枚指环是我发现的，我要留着它。’

“‘噢，你真这么想吗，亲爱的？’斯米戈尔说着，伸手掐住蒂亚戈的脖子，将他活活掐死了。这枚金指环看上去太耀眼太美丽了，他把它戴在了自己的手指上。

“没人知道蒂亚戈出了什么事。在距家很远的地方，他被谋杀了，尸体被巧妙地藏匿起来。斯米戈尔独自回到了家。他发现，当他戴着指环的时候，家里人谁都看不见他。这个发现让他喜出望外，他将指环隐匿起来，用它发现了许多秘密，并据此为非作歹。虽然他变得耳聪目明，但这些都是有害的。这枚指环根据他的处境赋予他力量。一点都不奇怪——他变得非常不受欢迎。当他显形的时候，所有的亲戚都对他避之不及。他们踢他，而他则咬他们的脚。他开始偷窃，四处游荡，喃喃自语，喉咙里不时发出咕噜咕噜的声音。于是，人们称他为咕噜姆，咒骂他，喊他滚得远远的。他的祖母想要息事宁人，便把他逐出家门，赶出洞府。

“他孤苦伶仃，四处漂泊，为世事艰难而啜泣。他溯河而上，来到一条从山中流出的溪流，顺着这条溪流继续游走，用看不见的手指抓深潭里的鱼，活剥生吞。有一天，天气炎热，他弯腰趴在水潭边抓鱼时，突然感到后脑勺一阵灼热，水中一道炫目的光刺得他泪水涟涟。他惊讶于那是什么，因为他几乎已经忘记太阳的存在了。随即，他抬头看了太阳最后一眼，冲它挥了挥拳头。

“而在垂下眼眸时，他看见了远处雾山的山顶，这条溪流正是从那里流出来的。他突然想：‘那些山底下，应该很阴凉。那里，太阳照不见我。那些山的山根一定很深，那里必定埋藏着自始至终都没有被发现的大秘密。’

“于是，他星夜兼程，爬上山地，在黑溪流的源头处发现了一个

小洞。他像一只蛆一样蠕动着钻了进去，从此销声匿迹。那枚指环也随他隐匿在阴暗中，甚至连指环的制造者，在其魔力再次开始增长时，对此都一无所知。”

“咕噜姆！”弗拉多叫起来，“咕噜姆？你是说那就是比尔博遇见的那个咕噜姆？太讨厌了！”

“我觉得，它是一个悲伤的故事。”大巫师说，“这事也可能发生在其他人身上，甚至发生在我所认识的某些霍比特人身上。”

“真不敢相信咕噜姆和霍比特人有亲缘关系，不管这亲缘有多远。”弗拉多有些愤然地说，“太可恶了！”

“然而这是事实，”甘道夫回应道，“无论如何，关于霍比特人的起源，我知道的比你们知道的要多，甚至连比尔博的故事都表明咕噜姆和你们有亲缘关系。你们的思维方式和记忆方式都非常相似。你们对彼此的了解，要远远胜过霍比特人对矮人或兽人，甚或对精灵的了解。就说一点吧，他们俩出的谜语不是谁也难不住谁嘛。”

“是的，”弗拉多说，“但是霍比特人之外的其他人也猜谜，而且猜的谜也都是同一类的。不过霍比特人从不欺诈，而咕噜姆却总是想着骗人。他就是企图让可怜的比尔博放下戒备。我敢说，开始一个最终可能让他轻轻松松得到一个受害者的游戏满足了他的恶趣味，即使失败，他也不会有什么损失。”

“你说得太对了！”甘道夫说，“不过恐怕其中有些事你还没看明白。即便是咕噜姆，也并没有完全糟透。作为一个霍比特人，事实证明，他比任何一个智者所能估计的都要顽强。他心里有一个角落，仍然是他自己的。光曾经透进去，就像透过黑暗中的缝隙，那是过去之光。我想，再次听到一个和蔼的声音，带来风的记忆、树的记忆、草地上阳光的记忆，以及那些被遗忘的往事的记忆，真是令人惬意的事。

“当然，这只会使他心中的恶最终更为汹涌，除非它被控制住，除非它被治愈了。”甘道夫叹息道，“唉！他已经没有多少希望了，不过也不是完全不可救药。尽管他占据这枚指环那么久，久到几乎贯穿他全部的记忆，但他还是有被拯救的希望。因为他已经很久没有经常戴它了——在漆黑的黑暗中，几乎没有戴它的必要。当然，他从未‘消褪’。他很瘦，但依然很坚韧。不过，这东西自然在吞噬他的心智，痛苦变得几乎不可忍受。

“山下所有的‘大秘密’到头来不过是一个空洞的梦：里面没有东西可发现，没有值得做的事，只有讨厌的偷吃和充满怨恨的回忆。他彻底被扭曲了。他憎恨黑暗，更憎恨光明；他憎恨一切，尤其憎恨这枚指环。”

“你什么意思？”弗拉多问，“这枚指环肯定是他的宝贝，是他唯一关心的东西吧？如果他憎恨它，那为什么不把它扔掉，或者一走了之呢？”

“听我讲了这么多，你应该开始明白了，弗拉多。”甘道夫说，“他对它又恨又爱，就像他对自己又恨又爱。他没法扔掉它，也没有扔掉它的意愿。

“魔指环会自行其是，弗拉多。它可以背信弃义，从戴着它的手指上溜下来，但它的拥有者却永远不能抛弃它。至多，他也只能动动将它交给别人照管的念头，而这念头一旦生发，指环就会收紧，将他的手指牢牢套住。不过据我所知，比尔博是有史以来唯一一个将这个念头付诸实践，而且真的成功了的人，我也倾尽全力帮助了他。可即使如此，他也绝不能对它置之不理，或将它扔在一边。弗拉多，做决定的不是咕噜姆，而是指环本身。是指环离开了他。”

“什么？正好遇到比尔博吗？”弗拉多说，“兽人不是更适合它吗？”

“这可不是开玩笑的事！”甘道夫说，“你不能开这种玩笑。这是迄今为止整个魔指环历史上最奇特的事件——比尔博恰恰就在那个时间到了那里，在黑暗中，不经意地把他的手放在了指环上。

“不止一种力量在起作用，弗拉多，这枚指环试图回归它的主人。它从伊熙尔杜的手上滑下来，碰巧抓住了可怜的蒂亚戈，在那之后又吞噬了咕噜姆。它并没有怎么利用咕噜姆：他太小太卑贱了，只要它跟他待在一起，咕噜姆就再也不会离开深潭。然后，当它的主人再次觉醒，从黑森林发出黑暗的念头时，它便抛弃了咕噜姆，却不料被最不可能的人捡到了——来自夏尔的比尔博！

“背后还有其他力量在起作用，这超出了指环制造者的设计。我可以清楚明白地说，是比尔博，而非它的制造者，注定要发现这枚指环。而无论是哪一种情况，你都注定要拥有它。这大概是一个令人鼓舞的想法。”

“不是吧，”弗拉多说，“虽然我不确定我是不是真的明白了你的意思，但你是怎么知悉所有这些关于这枚指环的事情的？还有咕噜姆的事？你是真的知道，还是说你只是猜测？”

甘道夫看着弗拉多，目光炯炯。“我知道很多，我也学到了很多！”他答道，“但我不打算把我的所作所为全部告诉你。埃兰迪尔和伊熙尔杜以及这枚至尊指环的历史，所有智者都知道。你的这枚指环就是那枚至尊指环，不说别的，单是火烤出现文字这一点就足以证明。”

“你是什么时候发现这一点的？”弗拉多打断他，问道。

“当然就在刚才，就在这个房间里，”大巫师厉声答道，“但我早就料想到了。我明察暗访了很久，这次回来就是为了做最后的测试。这是最后的证明。现在一切都再清楚不过了。弄清楚咕噜姆的过去，从而填补历史的空缺，这需要一些心思。一开始我可能对咕噜姆有所猜测，但此刻我不是在猜测，我已经见过他了。”

“你已经见过咕噜姆了？”弗拉多惊讶地叫起来。

“是的。很明显，只要能见，当然是要去见见他的。我很久以前就尝试过了，不过最终才得以成行。”

“那比尔博从他那里逃走后，发生了什么？你知道吗？”

“不那么清楚。我告诉你的就是咕噜姆愿意说的，当然了，我是以我的方式讲述的。咕噜姆是一个撒谎精，他的话得筛选。比如，他称这枚指环是他的‘生日礼物’，而且执着于这一点。他说它是他的祖母送给他的，他的祖母有很多这类漂亮的东西。这真可笑。我不怀疑斯米戈尔的祖母是一位伟大的女族长，但要说她拥有许多精灵指环，那就太荒谬了，而且拿它们送人，就更是一个弥天大谎了。然而，谎言总是具有某种真实性。

“谋杀蒂亚戈一事一直令他惴惴不安，于是他编造了一套托词，一遍又一遍地冲着他的‘宝贝’重复念叨，在黑暗中咬牙切齿地嘟嘟囔囔，直到最后他自己几乎都相信它真的是一个‘生日礼物’了。那天是他的生日，蒂亚戈应该把指环给他。它之所以出现，就是作为礼物的。它是他的生日礼物，等等，等等。

“我耐着性子听他扯东扯西，因为真相极其重要，最后我不得不收起好脸，严厉待他。他怕火，我就在他面前点火，一点一点地从他嘴里挤出实情。他一会儿哭哭啼啼，一会儿愤怒叫喊。他觉得他被误解、被虐待了。不过最后，他终于把他的身世告诉了我，但讲到猜谜游戏结束以及比尔博逃走后，他就再也不肯多说了，只留下一点朦朦胧胧的暗示。他对某些东西的害怕甚于对我的害怕。他嘟囔着说他要找回自己，人们会看到他是否会忍受被踢、被赶进洞里，然后被抢劫；他现在有好朋友，有愿意帮助他的非常强壮的好朋友。巴金斯将会付出代价。这是他的主要念头。他恨比尔博，诅咒他的名字。而且，他知道比尔博来自哪里。”

“可他是怎么知道的呢？”弗拉多问。

“哦，说到名字，那是比尔博自己傻乎乎地告诉咕噜姆的。知道了名字，一旦咕噜姆出洞，发现他的故乡就不是难事了。哦，对了，他已经出洞了。他对指环的渴望强过对兽人的害怕，甚至强过对光亮的害怕。一两年后，他离开了山底。要知道，尽管仍然对指环魂牵梦绕，但指环不再吞噬他的心智身体，他开始复原了一点生气。他感觉到了衰老，可怕的衰老，但勇气不减，只是饥肠辘辘。

“他还是害怕光亮、憎恨光亮，不管是日光还是月光。我想，他会一直害怕的。不过他很狡猾，他发现自己能躲开日光和月光，乘月黑之夜，凭他那双惨白冷淡的眼睛，迅速而又悄无声息地一边赶路，一边捕捉受惊和不提防的小动物。吃着新鲜的食物，呼吸着新鲜的空气，他变得越来越强壮，越来越胆大。不出所料，他设法进入了黑森林。”

“你是在那里找到他的吗？”弗拉多问。

“我是在那里见到他的，”甘道夫回答，“但在那之前，他已经游荡得很远，他在追寻比尔博的足迹。从他口中确切地了解情况太难了，因为他的言说不断被诅咒和威胁打断。他说：‘他的口袋里能有什么？没什么，不珍贵。小骗局。没有一个公平的问题。是他先欺骗的，是他。他破坏了规则。我们应该捏捏它。是的，很珍贵。我们会的，珍贵！’

“他讲话就是这个样子。我想你应该不想再听到更多了。那些天，我听得很累，但我还是从他的胡言乱语中收集到一些信息：他的大脚板最后把他带到了长湖镇，甚至到了河谷城的街道，他偷偷摸摸，到处打听窥探。唉，在大荒野，大事件的消息传播得很远很广。很多人都听说过比尔博的名字，知道他是哪里的人。在西方，他归家的历程并不是秘密。咕噜姆的耳朵很尖，他很快就获悉了他想知道的事情。”

“那他为什么没有继续追踪比尔博呢？”弗拉多问，“他为什么没有到夏尔来？”

“哦，”甘道夫说，“现在我们就要说到这个了。我认为他试过。他动身出发，往西返回，走到大河后却拐到了旁边。我敢确定，他并不是因为路途遥远而气馁，而是有别的事情使他分了神。我的朋友们也这样认为，就是那些帮我追捕他的朋友们。

“先是森林精灵在追踪他，这对他们来说是一件很容易的事，因为他的足迹仍然很新鲜，他们循着他的踪迹，穿过黑森林，然后又折回，但始终没有抓到他。森林里到处是关于他的流言，甚至连野兽和鸟儿都听说了可怕的故事。樵夫们胆战心惊，说有一只嗜血的鬼正在四处流窜。他爬到树上掏鸟窝，钻到洞里抓幼兽，溜进窗户偷婴孩。

“而在黑森林的西界，他的足迹转了向，朝南边游荡了一阵，从森林精灵的住地经过，就消失了。然后，我犯了一个大错误。是的，弗拉多，不是我犯的第一个错误，但我担心它可能是最糟糕的错误。

我任由事态发展，放走了他。因为那时，我有很多其他的事要考虑，而且我仍然相信萨鲁曼所言。

“喔，那是很多年以前了。我已经为之付出了代价，度过了许多个黑暗而危险的日子。比尔博离开这里之后，我重新开始搜寻咕噜姆，但其踪迹却早已湮没。如果不是一位朋友帮助，我的搜查会徒劳无功。这位朋友叫阿拉贡，他是这个时代世上最伟大的旅行家和猎人。我们俩一起走遍整个大荒原，搜寻咕噜姆，却一无所获。而最后，在我已经放弃追寻，忙别的事的时候，咕噜姆被找到了。我的朋友历尽艰辛，带着惨兮兮的咕噜姆回来了。

“咕噜姆对这些年的经历闭口不谈。他只是哭哭啼啼，叫喊着骂我们残酷，嗓子眼里不断发出咕噜噜的声音。我们一逼迫他，他就惨叫退缩，揉着他的长手，舔着他的指头，好像很疼，似乎是想起了某些旧日的折磨。不过我想，有一点毋庸置疑：他曾一步一步，一英里一英里，迈着缓慢、鬼祟的脚步往南移动，最终到了魔多大地。”

房间里陷入了肃静。弗拉多能听到自己的心跳，甚至连外面的一切似乎都静止了。现在连山姆割草的声音都听不到了。

“是的，他到了魔多。”甘道夫说，“唉！魔多对一切邪恶的东西都有吸引力。黑势力一心要将它们汇聚在一起。黑魔王的指环也会留下它的印记，让咕噜姆接受传唤。所有人都在窃声议论南方兴起的黑影，议论它对西方的憎恨。他会有新朋友的，他们会帮他复仇！

“可恶的蠢蛋！在那片土地上，他会学到很多，多到他承受不了。而且迟早，当在边界行骗打探时，他会被捉住，会被审查。恐怕就是这样的。当被找到的时候，他已经在那里很久了，正往回走，正要去为非作歹。不过现在这无关紧要，他已经干下了滔天的恶事。

“唉！是的，就是通过他，黑魔王已经知道那枚至尊指环又被发现了。他知道伊熙尔杜是在哪儿落水的，知道咕噜姆是在哪儿发现他的指环的，知道它正是那枚指环王，因为它能延长寿命。他知道它不是归属精灵的三大指环之一，因为后者从未丢失过，也从未作恶。他知道它不是归属矮人的七大指环之一，也不是归属凡人的九枚指环之一，因为这些指环的下落他都清楚。他知道它就是那枚至尊指环。我想，他这时才终于听说了霍比特人和夏尔。

“夏尔，如果他还没有发现这枚指环的所在地的话，那现在可能正在寻找夏尔。真的，弗拉多，我担心他可能会认为那个长期不为他所关注的巴金斯家族已成大患。”

“这太可怕了！”弗拉多叫道，“这远胜于我从你的暗示和警告中想象的糟糕情形。唉，甘道夫，我最好的朋友，我该怎么办？现在我真的很害怕。我该怎么办？真可惜比尔博没有趁机捅死那个可恶的家伙！”

“可惜？正是可惜让他手下留情了。可惜和同情：不必杀戮。他也因此得到了善报，弗拉多。他并没有受到这个恶棍的太多伤害，最后还逃脱了，这都是因为他开始拥有这枚指环，以及他的善心。”

“对不起，”弗拉多说，“我被吓着了，但我对咕噜姆可没有任何同情心。”

“你没有见过他。”甘道夫插嘴道。

“不，我不想见他。”弗拉多说，“我搞不懂你，你的意思是说，在他干了所有这些可怕的事之后，你，还有精灵，还要让他活着吗？无论如何，他现在跟兽人一样坏，就是一个敌人。他该死。”

“该死！我敢说他的确该死。许多活着的人都该死，而一些死了的人该活着。可你能决定他们的生死吗？不要急着给别人判死刑。即使最伟大的智者也看不透结局。我对咕噜姆死前会改邪归正不抱太大希望，但总有一丝可能。他跟这枚指环的命运是绑在一起的。我的心告诉我，在一切了结之前，无论好坏，他还有他的作用。当那来临时，比尔博的同情会左右许多人的命运，尤其是你的。总之，我们没有杀咕噜姆：他很老很惨。森林精灵把他关了起来，但他们待他很仁慈。这种仁慈深藏于他们聪慧的内心。”

“无所谓，”弗拉多说，“可即便比尔博不能杀咕噜姆，那我也真希望他没有留着这枚指环。我希望他从来就没有发现它，我从来就没有得到它！你们为什么要让我保管它？你们为什么不叫我把它扔掉？或者，或者毁掉它？”

“让你？叫你？”大巫师说，“我刚才说的话你都没听进去，是吧？想想你说的都是什么吧！扔掉它？这显然是错误的。这枚指环有办法让人发现。落入邪恶之手，可能酿成大祸。最糟糕的是，它有可能落入大敌之手，这是非常有可能的。因为这是那枚至尊指环，黑魔王正竭尽全力寻找它，召唤它。

“当然，亲爱的弗拉多，对你而言，它是危险的东西，这令我忧心忡忡，但是有太多的利害关系，我不得不冒一些险。不过，即使我远在天边，夏尔也没有一天不在我的监护之下。只要你永不使用这枚指环，我认为，它就不会对你有任何持久性的影响，不会有坏作用，更不会产生长期影响。你一定记得，九年前，我们的最后一次见面吧，当时我的确知道的还很少。”

“可为什么不毁了它呢？你不是说很久以前就应该毁了它吗？”弗拉多又叫了起来，“如果你警告过我，哪怕是给我捎个信，我早就把它毁了！”

“是吗？怎么个毁法？你试过吗？”

“没有，但我想可以砸烂它，或者熔化它。”

“那你试试吧？”甘道夫说，“现在就试！”

弗拉多再次从口袋里掏出指环，看着它。现在，它光滑平整，之前见到的那些纹印线条都不见了。指环金看上去精良纯粹。弗拉多心想，它的色彩多么艳丽，环形多么圆润啊，真不愧是一件让人艳羡的东西，十分珍贵。他把它拿出来，本意是要将它扔进熊熊燃烧的壁炉里，可此刻却感到犹豫不决，难以割舍。他掂量着手中这枚指环，迟迟疑疑，迫使自己回想甘道夫告诉他的一切，然后狠下心，扬起手，仿佛要将它扔掉。然而他发现，他把指环放回了自己的口袋里。

甘道夫冷笑道：“看见了吧？你也已经难以割舍它了，弗拉多，你也不会毁坏它。而我是不能‘叫你’这么做的，除非用暴力，但那样会让你心碎的。不过，说到砸了这枚戒指，但暴力是没有用的。即使你拿着它，用沉重的大锤砸，它也不会有丝毫裂痕。你的手破坏不了它，我的手也不能。

“当然，你这点火，连普通的金子都熔化不了。这枚指环刚才已经在里面烧过了，分毫未损，甚至连热都没热。在夏尔，根本就没有能改变它的铁匠铺。即便是矮人的铁砧和熔炉都不行。据说，巨龙喷出的火能熔化和损耗魔指环，但如今巨龙在地球上已经绝迹，更别提铄金龙焰了。也从来没有哪条龙，哪怕是黑龙安卡拉刚，能损伤这枚指环，这枚统治众指环的指环王。因为它是索伦自己打造的。如果你真的希望毁掉它，那只有一个办法：找到末日山欧洛朱因深处的末日裂隙，把指环丢进那里。这样，它就永远也不会回到敌人手中了。”

“我真的希望毁掉它！”弗拉多喊道，“呃，或者让人毁了它。我生来就不是承担这危险使命的料。我希望我从来就没有见过这枚指环！它为什么到了我这里？为什么我被选中了？”

“这些问题没有答案，”甘道夫说，“可以确定的是，之所以是你，并非因为你拥有别人没有的优点，反正不是因为你的能力或智慧。但既然你被选中了，那你就必须尽心尽力尽你所能。”

“可我太缺乏这些东西了！你有智慧有能力，为什么不拿着这枚指环？”

“不行！”甘道夫跳起来喊道，“我若拿着这枚指环，那我的能力会变得太大太可怕，而且因为我，这枚指环将获得更大更致命的力量。”他目光闪烁，脸庞发亮，仿佛被眼中的火点燃了，“别诱惑我！我可不想变成黑魔王那样的人。然而，指环通往我心灵的途径是怜悯，怜悯软弱，渴望力量行善。别诱惑我！我不敢拿着它，甚至不敢保存起来不用。一旦拿着，我会忍不住用它的，它的诱惑力太大了。我会忍不住需要它的。那样前面等着我的便是巨大的危险。”

他走到窗边，拉开窗帘，推开护窗。阳光再次照进房间。山姆吹着口哨沿小径走过。“现在，”大巫师转过身对弗拉多说，“决定权在你，但我会一直帮你的。”他把手放在弗拉多的肩膀上，“只要你担起重任，我会帮你的。不过我们必须快点着手了，敌人已经动起来了。”

长久的沉默之后，甘道夫再次坐下，抽着烟斗，仿佛陷入了沉思。他的眼睛似乎闭着，但眼睑下，他一直热切地观察着弗拉多。弗拉多死死盯着壁炉里火红的余烬，直到视野里通红一片。他似乎在俯视深邃的火井，想起了传说中的末日裂隙，以及火山的恐怖。

“哎！”甘道夫终于打破了沉默，“你在想什么？你决定怎么办？”

“不知道！”弗拉多从黑暗中回过神来，答道。然后，他吃惊地发现，天并没有黑，透过窗户，他能看见阳光灿烂的花园。“呃，也许吧。就我对你所言的理解来看，我想我必须留下这枚指环，守卫它，至少目前得这样，不管它可能会对我产生什么影响。”

“如果你抱着这样的想法留着它，那不管是什么影响，产生得都很慢，即使是邪恶的影响，也是缓慢的。”甘道夫说。

“但愿如此，”弗拉多说，“但我希望你能快点找到其他更好的保管者。不过在此期间，我似乎是一个危险，对住在我附近的所有人都是一个危险。我不能待在这儿保管它。我应该离开袋底洞，离开夏尔，离开一切，走得远远的。”他说着叹了口气。

“如果能拯救夏尔，我愿意去拯救，虽然有那么些时刻，我觉得夏尔的居民太蠢，太讷言，觉得来一场地震，或是巨龙入侵对他们可能有好处，但我现在不这么觉得了。我感到只要夏尔在后方安全舒适，我就是在外漂泊也能忍受。我知道夏尔是我的落叶归根之地，即使我的脚再也踏不进它的土地。

“当然，有时我也想过离家出走，但我只是把它想象成一种度假，就像比尔博那样经历一系列冒险，或者比他的冒险更有趣，最后以平和结束。可现在这却意味着一种放逐，从一个火坑跳进另一个火坑，危险如影随形。如果我要那么做，要拯救夏尔的话，我想我必须独自上路。可我感到非常渺小，非常无助，非常绝望。敌人那么强大，那么可怕。”

虽然没有说出来，但在跟甘道夫讲话的时候，弗拉多心中油然升起一股热望：追随比尔博，甚至可能再见到他。这欲望如此强烈，以至让他克服了恐惧：他几乎想立刻出门，帽子也不戴地沿着路跑去，就像比尔博很久以前在同样的一个清晨出走那样。

“我亲爱的弗拉多！”甘道夫惊叫起来，“就如我以前曾说过的，霍比特人真是一个令人惊奇的民族！你能在一个月内将他们的为人处世了解得清清楚楚，但即使过上一百年，他们仍然会在一定的时候令你大吃一惊。我真没想到会得到这样一个答复，哪怕这个答复是来自你。不过比尔博真是没有选错继承人，尽管他不太会想到这是多么重要。恐怕你是对的。这枚指环不能再长期留在夏尔了，为了你，也为了其他人，你必须走，你得丢掉巴金斯这个姓氏。在夏尔之外，或者在荒野里，这个姓氏不安全。我现在给你取一个旅行时用的假名，等你走的时候，就叫安德希尔先生。

“不过我认为你无须独自上路。如果你认识任何值得信赖又愿意与你同行，你也愿意带他冒险的人，不妨结伴一起走。不过选同伴一定要慎之又慎！说话要小心谨慎，哪怕他们是你最亲密的朋友！敌人耳目众多，刺探有术。”

突然，他停住口，侧耳倾听。弗拉多这才意识到屋内屋外都非常安静。甘道夫蹑手蹑脚走到窗边，猛地跃上窗台，长胳膊往窗下一伸。一声尖叫，山姆·甘吉毛卷卷的脑袋被甘道夫揪着耳朵拎了上来。

“天哪！天哪！”甘道夫说，“山姆·甘吉？你在干什么？！”

“老天爷保佑！甘道夫先生！”山姆说，“我什么也没干。我只是在修剪窗下的草，不信你来看看。”他拾起他的大剪刀，拿给甘道夫看。

“我不信！”甘道夫冷笑道，“我已经有好一会儿没听到你剪刀的修剪声了，你偷听了多久？”

“偷听？先生，请原谅，我不明白你的意思，袋底洞没有屋檐，这是事实。”

“别装傻充愣！你听到了什么？你为什么要偷听？”甘道夫两眼冒火，双眉竖立。

“弗拉多先生，先生？”山姆哆嗦着叫起来，“别让他伤害我，先生！别让他把我变成怪物！我老爹会受不了的。我没有恶意，我发誓我没有恶意，先生！”

“他不会伤害你的，”弗拉多说着，忍不住想笑，尽管自己也吓了一跳，也感到很疑惑，“他知道，我也知道，你没有恶意。你站起来，径直回答他的问题就行了。”

“好，先生，”山姆犹犹豫豫地说，“我是听到了很多，但我真的一点都没听懂，什么一个敌人、指环、比尔博先生之类的，还有龙、火山和……和精灵，先生。我忍不住想听，您明白我的意思吧？老天爷保佑，先生，我真的爱听这种故事，我也相信这种故事，不管泰德怎么说。精灵！先生！我真想见见他们。先生，您走的时候，能不能带上我？”

甘道夫突然放声大笑。“进来吧！”他吼了一嗓子，伸出胳膊将惊魂未定的山姆连同他的大剪刀以及剪下来的枝叶一股脑从窗口拎进来，往地上一放，“带你去见精灵，嗯？”他盯着山姆，脸上却浮现出一丝笑意，“这么说，你听到了弗拉多先生要外出？”

“听到了，先生，所以我才有些哽咽，这似乎被您听见了。我不想哭的，先生，但我忍不住，我太难过了。”

“这是没办法的事，山姆。”弗拉多伤心地说。他突然意识到，远离夏尔，不仅意味着跟他习惯了的袋底洞的舒适生活说再见，更意味着痛苦的分别。“我不得不走，但是——”说到这里，他严肃地看着山姆，“如果你真的关心我，那就得把你刚刚听到的话当作秘密死死守住，明白吗？如果你没有，哪怕只是泄漏了只言片语，我也让甘道夫将你变成癞蛤蟆，让花园里爬满草蛇！”

山姆扑通跪下，浑身颤抖。“起来，山姆！”甘道夫说，“我已经想到了比那更好的办法，能让你闭嘴，并让你为偷听付出相应代价的办法：你要跟弗拉多先生一起走！”

“我吗，先生？”山姆叫道。他一下子跳起来，像一只就要被牵出去遛弯的狗！“我要去见精灵了！太好了！”他喊着，喜极而泣。

第 3 章
三人成伴

两三个星期过去了，弗拉多仍没有动身出发的迹象。

“你应该悄悄地走，尽快走。”甘道夫说。

“我知道，可是既要悄悄地走，又要尽快走，这太困难了。”他反驳道，“如果我像比尔博那样消失，流言立刻就会传遍整个夏尔。”

“你当然不能消失！”甘道夫说，“绝不能那样做！我说的是尽快，不是马上。如果你能想出偷偷溜出夏尔而又不弄得众所周知的法子，那耽搁一阵也值得，不过一定不要耽搁得太久。”

“秋天怎么样？生日那天，或者过了生日？”弗拉多问，“我想到那时大概准备得差不多了。”

说真的，既然已经提到这了，弗拉多是真的很不情愿动身的。这些年来，他似乎从来没有像现在这样觉得住在袋底洞更适宜更舒服。他想尽可能多地享受他在夏尔的最后一个夏季。当秋天来临，他知道，至少他内心的一部分将会乐于旅行，就像那个季节总是的那样。私下里，他的确已经下定了决心，要在他五十岁生日这天离开，这天也是比尔博的一百二十八岁生日。不知怎的，这似乎是一个适合出发追随比尔博的日子。在他心中，追随比尔博是至关重要的，也让他觉得背井离乡并不是不能忍受。他尽量不去想那枚指环，也不去想它最终会把自己带向何方，但他没有把所有的想法都告诉甘道夫。这位大巫师的心思总是很难猜透。

他看着弗拉多，笑道："很好，我觉得可以，但一定不能再迟了。我现在越来越焦虑了。这期间，一定要小心，丝毫不要泄漏你的去向。盯着山姆·甘吉点，别让他乱说话。否则，我真的会把他变成一只癞蛤蟆。"

"说到我的去向，"弗拉多说，"要泄漏也难啊，因为我自己都还不清楚。"

"别傻了！"甘道夫说，"我不是提醒你别在邮政所留下地址！而是你要离开夏尔，这不能让人知道。至于远离之后，被人知道了，那另当别论。而且你必须走的事，以及出发的方向，不管是东是西，是南是北，都不能让人知道。"

"我满脑子想的都是要离开袋底洞了，要说再见了，根本没考虑方向的事。"弗拉多说，"我要去哪儿？要走哪个方向？我追寻的是什么？比尔博当年是去寻宝，且满载而归，而我呢，目前看来，我是要去丢宝，而且一去无回。"

"你无法预知未来，"甘道夫说，"我也不能。寻找末日裂隙可能是你的任务，但这趟追寻也可能是为了其他——我不知道。不过，无论如何，你还没有为这次长途跋涉做好准备。"

"确实没有准备好，"弗拉多说，"但其间，我该走哪条路呢？"

"往危险的方向走，但不要太莽撞，也不要太直率。"大巫师答道，“如果你听从我的建议，那就往幽谷去。往这个方向不至于太危险，尽管这条路已经不如以前好走了，而且将会一年比一年糟的。”

“幽谷！”弗拉多说，“好极了。我往东走，往幽谷的方向走。我会带着山姆去拜访精灵，他会高兴坏的。”他说得轻松，心念却突然一动，想要去看一看精灵王埃尔隆德的房子，呼吸一下那仍有许多精灵安宁居住的深谷的空气。

夏日的一个夜晚，一则令人震惊的消息传到了常青藤酒馆和青龙酒馆。这是一则让巨人和夏尔边界其他怪物的传闻都黯然失色的消息：弗拉多先生正在出售袋底洞，事实上，他已经把它卖掉了，卖给了萨克维尔－巴金斯家！

“也卖了个不错的价钱！”有人说。

“是便宜卖的！”还有人说，“这更可能因为，买主是洛贝莉亚小姐哟（奥塞几年前已经死了，死时一百零二岁，虽然算长寿，但还是令人遗憾）。”

只是，弗拉多先生为什么要卖掉他漂亮的洞府呢？这比售价更让人议论纷纷。一些人认为：弗拉多的钱快花完了，他要离开霍比顿，变卖房产后回到巴克兰，跟白兰度巴克家的亲戚们一起过平静的生活。这种说法得到了巴金斯先生自己的默认和暗示。“也许他想尽可能地远离萨克维尔－巴金斯一家。”有人补充道。然而袋底洞的巴金斯家拥有不计其数的财宝这个根深蒂固的看法使大多数人很难相信这种说法，这比他们想象中的任何其他理由都更令人难以置信。大多数人都认为，是甘道夫在玩弄阴暗神秘的把戏，虽然他谨言慎行，从不在白天露面，但众所周知，他就“藏在袋底洞”。不过无论甘道夫有没有用他的巫术插手其中，有一件事都是确定无疑的：弗拉多·巴金斯回到了巴克兰。

“是的，我今年秋天搬家，”他说，“梅里·白兰度巴克正在帮我寻找一处适宜的小洞府，或者是一栋小房子。”

事实上，在梅里的帮助下，他已经选中并购买了一栋小房子。房子位于巴克兰远郊的溪谷地。除了山姆，他对所有人都装出一副将要到那里永久定居的模样。准备东行的决定使他想出了这个主意，因为巴克兰在夏尔的东界，他童年时代就住在那儿，这样的话，他的回归至少看上去是可信的。

甘道夫在夏尔待了两个多月。六月末的一个夜晚，在弗拉多的计划最终安排妥当之后不久，他突然宣称第二天一早要走。“我希望只是很短的一段时间，”他说，“但我打算往南走，如果可以的话，到边界去打探一些消息。我闲散得太久了，不应该的。”

他说得很轻松，但在弗拉多听来却充满了焦虑。“发生什么事了吗？”弗拉多问。

“哦，没有，但我听说了一些事，感到很焦虑，需要去查看。如果我觉得你有必要立即出发，我会马上回来的，或者至少给你捎个信。在此期间，你要坚持你的计划，不过要比以往更小心，特别是小心那枚指环。我再提醒你一下：千万不要用它！”

黎明时，他走了。“我哪天都有可能回来，”他说，“最晚，我也会在你的告别宴会时回来。我想，你毕竟需要我陪伴上路。”

一开始，弗拉多精神恍惚，坐立不安，总想着甘道夫能打听到什么消息呢。不过他的不安慢慢地消退了，在晴朗的日子，他甚至暂时忘掉了忧虑。夏尔很少有这么明媚的夏日，这么丰裕的秋天：枝头缀满浆果，蜂巢里甜蜜滴答，还有茁壮的谷秆、饱满的谷粒。

朗朗秋日之后，弗拉多又开始担忧起甘道夫来。九月已经来临，仍然没有他的消息。生日以及搬迁的日子越来越近了，但他还没有回来，也没有捎信回来。袋底洞开始忙碌起来了。弗拉多的一些朋友来了，住下来，帮他收拾打包。他们是弗雷德加尔·博尔济和福尔科·博芬，当然还有他的挚友皮平·图克和梅里·白兰度巴克。他们几个把整个袋底洞翻了个底朝天。

九月二十日，两辆满载的盖篷马车途经白兰地大桥，前往巴克兰的新家而去，车上装的是弗拉多没有出售的家具和物什。第二天，弗拉多真的急了，他一直观望着外面，看甘道夫回来没有。星期四，他生日的这天早晨，如很久以前比尔博那场盛大的生日宴会那天一样，晴空万里，但甘道夫还是没有出现。晚上，弗拉多的告别宴会开始了。宴会规模很小，就他自己和四位前来帮他的朋友吃顿晚餐。不过他忧心忡忡，没有什么食欲。想到很快就要跟他年轻的朋友们分别，他的心情很沉重，他不知道该怎么跟他们说。

而他四位年轻的霍比特朋友兴致却很高。尽管甘道夫缺席，晚宴的气氛还是很快就热烈起来。餐厅除了一张餐桌和几把椅子，空空荡荡，但有佳肴美酒，弗拉多的酒不包括在卖给萨克维尔－巴金斯的财产中。

“管他萨克维尔－巴金斯一家怎么糟蹋我的其他东西呢，反正我已经为这个找到了一个好家！”弗拉多说着，举杯一饮而尽。这是最后一滴藏酒了。

他们唱了很多歌，说了很多一起做过的事，举杯遥祝比尔博生日快乐。他们还按照弗拉多的习惯，一起为比尔博和弗拉多的健康干杯。

餐后，他们走到外面，呼吸夜晚的空气，仰望闪烁的星星，然后才上床睡觉。

弗拉多的告别晚宴结束了，甘道夫仍然没有来。

第二天上午，他们又忙着把剩下的一些行李装到另一辆大车上，梅里负责这事。装好车后，他跟胖子弗雷德加尔·博尔济赶车走了。“必须得有人赶在你到达之前到那儿，暖暖房。”梅里说，“好了，再见吧，如果你日夜兼程的话，那应该是后天见！”

福尔科午饭后回家去了，皮平留了下来。弗拉多不安又忧虑，不时侧耳倾听，却始终没有听到甘道夫回来的动静。他决定等到傍晚再上路，如果之后甘道夫着急找他，可以到溪谷地与他碰面，甚至有可能甘道夫先到那儿呢，因为他是步行。他的计划是从霍比顿走到巴克伯里渡口。他之所以这么打算，是因为想在路上再多看看夏尔。他觉得这很容易。

“我也可以锻炼锻炼。”他望着半空的大厅里一面灰扑扑的镜子中的自己说。他已经很长时间没有劲走了。镜中的自己，看起来弱不禁风，弗拉多心想。

午饭后，萨克维尔－巴金斯家的洛贝莉亚和她那浅棕色头发的儿子洛索来了，令弗拉多不胜其烦。“终于归我们了！”洛贝莉亚脚一进来，就开口道。这很不礼貌。事实也并不完全如此，因为袋底洞的售卖午夜才生效。不过洛贝莉亚这么说也情有可原：为了这一天，她已经等了七十七年之久，而如今她已经一百岁了。无论如何，她得来看看，以确保她付钱买下的东西没有什么被带走的，而且她想要拿到钥匙。她带来了一份详尽的清单，花了很长时间一一清点完才算满意。弗拉多承诺会将一把钥匙留在袋边街的甘吉家里，她冷哼了一声，表示不放心，认为甘吉会在夜间行窃。弗拉多也没给她端茶倒水。最后，她带着洛索和一把备用钥匙走了。

弗拉多和皮平以及山姆·甘吉在厨房吃了茶点。山姆也去巴克兰，“为弗拉多先生工作，照看他的花园”，这是已经对外公布了的。甘吉老爹对此安排没有异议，只是将要与洛贝莉亚为邻令他不爽。

“我们在袋底洞的最后一餐！”弗拉多把椅子往后一推，说道。他们将洗杯刷盘的事留给了洛贝莉亚。皮平和山姆捆好了三个背包，把它们堆在门厅。皮平到花园里去散了一会儿步。山姆则不见踪影。

夕阳西下，袋底洞显得苍凉、阴暗而凌乱。弗拉多在一间间熟悉的房间里转悠，夕阳的余晖消逝在墙上，阴影蔓延至各个角落。室内慢慢黑了下来。弗拉多走出屋门，走到小径尽头的大门口，然后沿着山路往下走了一小段。他有点希望看见甘道夫透过暮霭，大步走来。

夜空清明，星光闪烁。“今夜会是一个晴朗的夜晚，”他大声说，“这是一个好开头。我要走了，不能再闲逛下去了。我要出发了，甘道夫一定会跟上来的。”他转过身，正要往回走，却听到有说话声，是从袋边街尽头的角落传来的。其中一个声音肯定是甘吉老爹的，另一个声音很陌生，而且听着有些不快。弗拉多听不清他在说什么，但听到了甘吉老爹的答话。他的声音相当刺耳，老头儿似乎被惹恼了。

“不，巴金斯先生已经走了，今天早上走的，我儿子山姆和他一起走的——反正他们的东西都不在了。是的，都卖掉了，都没了。我不是已经告诉你了嘛！为什么？为什么关我什么事？关你什么事？去哪里了？这可不是什么秘密。他搬到巴克兰去了，或者那边什么地方。是的，走得干干净净。我自己从没走过那么远。巴克兰的人都挺怪的。不行，我不能给你任何信息。晚安！”

脚步声渐行渐远，消失在山下。他们没有上山来，弗拉多如释重负，可为什么会有这样的感觉，他又有点惊讶。“我想，我是厌倦了那些对我所作所为的疑问和好奇。”他心想，“真是一群好打听的人！”

他有点想去问问甘吉老爹，打听者是谁，但转念一想，还是算了。于是，他转过身，大步流星地回袋底洞去了。

皮平坐在门厅的背包上。山姆不在。弗拉多迈步走进黑漆漆的屋门。“山姆！”他喊道，“山姆！时间到了！”

“来了，先生！”洞府深处传来了回应，很快山姆本人也跟着来了。他一边走，一边擦着嘴巴。他刚才一直在跟地窖里的啤酒桶告别呢。

“准备出发，山姆？”弗拉多说。

“好的，先生。我都收拾妥了，先生。”

弗拉多关上圆门，上好锁，把钥匙递给山姆。“山姆，你跑一趟，把这个送到你家去，然后抄近道，尽快在草地远处的小径大门那里跟我们会合。今晚我们不从村里过，耳目太多了。”山姆听罢飞跑而去。

“好了，我们终于要走了！”弗拉多说。他们背上背包，拿起手杖，绕过拐角走到袋底洞西边。“再见了！”弗拉多望着黑漆漆空荡荡的窗户说。他挥了挥手，然后转过身，沿着花园小径，匆匆跟上皮平（追随比尔博，如果他知道的话）。两人跳过山脚下的树篱低处，朝原野走去，像一阵掠过草叶的风，遁入茫茫黑夜。

他们走到西边山脚下那个通往一条窄径的大门，停下脚步，整了整背包肩带。不一会儿，山姆出现了。他气喘吁吁地跑过来，肩上扛着沉甸甸的背包，头上倒扣着一只高高的被他称为帽子的不成形的袋子。在朦胧的夜色下，他看上去非常像一个矮人。

“我敢肯定，你把最重的行李都给我了，”弗拉多说，“我像一只可怜的蜗牛，把整个家都驮在背上。”

“先生，我还能多背点。我的包袱还挺轻。”山姆言不由衷地逞强道。

“不，你不能，山姆！”皮平说，“这是为他好。他背的只是他命令我们打包的东西。最近他长了不少赘肉，等把这些赘肉走掉后，他会感到轻松许多的。”

“请善待一个可怜的霍比特老人吧！”弗拉多笑道，“我保证，不等到达巴克兰，我就会瘦得像根竹竿似的。哈哈，开个玩笑，开个玩笑。我看你背的东西超负荷了，山姆，等下次咱们打包的时候，我会调整一下的。”说着他又拿起了手杖，“好啦，咱们都喜欢在黑暗中行走，”他说，“那就走上几英里再休息吧。”

他们顺着小径往西走了一小段，然后左转，又悄悄地走进原野。三人沿着树篱和矮灌木边缘鱼贯而行。夜幕降临，身披黑斗篷的他们融进黑暗，仿佛全都戴上了魔指环。因为他们全都是霍比特人，也因为他们全都努力保持缄默，所以没有弄出什么连霍比特人都会听见的声响，甚至连原野上和丛林里的飞禽走兽都几乎没有注意到他们经过。

走了一段时间后，他们经由一道狭窄的板桥，越过霍比顿西部的小河。这条河流如同一条蜿蜒的黑绸带，两岸长满倾斜的桤木。往南一两英里，他们匆匆穿过延伸自白兰地大桥的大路，进入图克兰，然后拐向东南，往青山村而去。当开始爬第一个斜坡时，他们回头一看，但见远远地，霍比顿的灯火在平缓的小河谷中闪烁。很快，它就消失在重叠的黑暗山影之间。随后，他们经过灰潭旁的傍水镇。当最后一个农场的灯光在树丛间闪闪烁烁，最终被抛下时，弗拉多转过身，挥了挥手，以示告别。

“我不知道还能不能再俯瞰这山谷了。”他轻声说。

走了大约三个小时后，他们停下来休息。夜色清凉，繁星点点，一缕缕似烟的雾气从溪流和深草地慢慢地蔓延上来。微风徐徐，薄桦摇曳，苍穹铺开一张黑网，罩在他们头顶。他们吃了一顿对霍比特人而言非常节俭的晚餐，然后继续赶路。不久，他们踏上了一条狭窄的路，这条路上下蜿蜒，隐没在前方的黑暗中。这是通往林木厅和巴克伯里渡口的路。它从小河谷的主路分岔而来，沿着青山山麓绕向林木厅，那是东法兴的一个荒野角落。

过了一会儿，他们一头扎进了一条幽深昏暗的林间小道，小道两旁高树参天，枯叶在晚风中沙沙作响。一开始，他们说着话，或是一起轻哼小调，这儿远离人烟，没有偷听的耳目。不过之后，他们便默不作声地赶起路来。皮平开始落后。当他们开始攀爬一个陡峭的斜坡时，他最终停下脚步，打了个呵欠。

“我困死了，”他说，“都要倒在路上了，你们是打算一边走一边睡吗？这都快半夜了。”

“我还以为你喜欢走夜路呢，”弗拉多说，“不过也不必太着急。梅里估计我们后天某个时候才到，还有差不多两天的时间呢。等遇到合适的地方，咱们就停下来歇歇。”

“现在吹的是西风，”山姆说，“等我们到了这座山的另一边，会找到一块舒适、避风的地方，先生。要是我没记错的话，前面就是一片干燥的杉树林。”山姆对霍比顿方圆二十英里的土地非常熟悉，不过他的地理知识也就这么多了。

翻过山头，就到了那片杉树林。他们离开小路，走进木香四溢的树林里，捡拾枯树枝和球果，很快就在一棵大杉树下，燃起了噼噼啪啪的暖火。他们围着火堆坐了一会儿，就打起了盹。于是，他们一行人裹着斗篷和毯子，蜷缩在这大树根的一角，很快沉沉睡去。他们没有设岗值夜，连弗拉多也没觉得害怕，因为他们仍然身处夏尔的腹地。篝火熄灭后，一些动物过来瞅了瞅他们。一只路过丛林的狐狸停下匆忙的脚步，转悠了几分钟，嗅闻着。

“霍比特人！”它心想，“嗯……怎么回事呢？我听说这片土地上有怪事，但很少听到霍比特人会睡在户外的树下。还是三个人！这里面一定有蹊跷！”它想得没错，但它永远不会发现更多。

晨光微曦，林雾缭绕。弗拉多第一个醒来，发现树根在他的后背上印了一个坑，他感觉脖子发僵，硬邦邦的。

“还为了愉悦走路呢！真该驾车啊！”他想，每次出发上路他都会这么后悔，“哎呀！我那漂亮的羽绒床全都卖给萨克维尔－巴金斯家了！他们真该试试这树根的好滋味。”他伸着懒腰，叫道，“起床了！伙计们！真是一个美丽的早晨！”

“哪儿美丽了？”皮平从毯子里露出一只眼睛说，“山姆！快起来做早饭！九点半开饭哟！洗脸水热了吗？”

山姆睡眼惺忪地跳起来：“没有，先生，我还没有弄，先生！”

弗拉多一把扯掉皮平裹着的毯子，令后者在地上打了个滚。然后，他走到丛林边，眺望东天，一轮红日正从笼罩着世界的浓雾中喷薄而出，万道霞光映红天际，映红山林，秋树仿佛飘荡在光影婆娑的大海中。在他左下方不远处，一条陡峭的山路伸进峡谷，消失不见了。

等他回去时，山姆和皮平已经生起了熊熊燃烧的篝火。“水！”皮平吼道，“水在哪里？”

“我口袋里可装不了水。”弗拉多说。

“我们还以为你去找水了。”皮平说，他正忙着摆早餐和杯子，“你最好现在去。”

“你也一块去，”弗拉多说，“把所有水瓶都带上。”山脚下有一条小溪，溪水沿几英尺高的一道小瀑布流下来，落在凸出地表的一块灰色岩石上。他们将瓶子和小露营水壶都灌满了。溪水冰冷沁骨，他们捧在手心，扑在脸上，梳洗了一番。

他们吃过早餐，重新整理好背包，已经过了十点，天气变得晴朗炎热。他们走下山坡，涉过溪流，接着又上了另一个斜坡，然后在另一个山肩上上下下地走着。身上的斗篷、毯子、水、食物还有其他物品，似乎都已经成了沉重的负担。

白天赶路注定又热又累。然而，走了几英里之后，道路的连绵起伏戛然而止：它以一种令人疲惫不堪的之字形爬上陡峭的堤顶，然后准备最后一次向下伸展。放眼望去，前方山坡下是一片洼地，点缀着零星的小树，渐渐融入远方棕褐色的林地雾霭中。他们目光越过林尾地，望向白兰地河。小路像一条带子一样在他们前面蜿蜒而去。

“这路没有尽头啊！可我不能不休息啊！现在该吃午饭了。”皮平说着，在路边岸坡上坐下来，向东眺望。薄雾缭绕，远处是白兰地河，是他生于斯长于斯的夏尔边界。山姆站在他旁边，眼睛瞪得溜圆，因为他的目光正越过他从未见过的土地，落在一道新的地平线上。

“精灵们住在那片丛林里吗？”他问。

“我没听说过。”皮平答道。弗拉多沉默不语。他也正顺着这条路往东眺望，好像以前从未见过似的。突然，他开口了，声音很大，却像是自言自语，慢慢道：

道路永无尽
从门始向前
漫漫又迢迢
我将尽我能
倦履行不止
小路接大衢
支支又岔岔
该向何处去
彷徨复彷徨

“这听起来有点像是老比尔博哼唱的曲子哟，”皮平说，“或者，是你的模仿？听着可有点沮丧啊！”

“我不知道，”弗拉多说，“它突然在我的脑海里出现，好像是我自己创作的，但也许我很久以前就听过。它确实让我想起了比尔博离开前最后那些年的许多事。他经常说，路只有一条，就像大河只有一条：每一个门阶都是它的源头，每一条小径都是它的支脉。

“‘弗拉多，出门在外是一件危险的事，’他总是这样说，‘一旦上了路，如果你不留心你的脚步，就不知道会被冲到哪里去。你意识到这正是通往黑森林的那条路了吗？知道如果顺着它走下去，它可能会把你引到孤山，甚或更远更糟的地方去吗？’他总是站在袋底洞前门外的那条小径上这么说，特别是在外出走了很长一段路之后。”

“喔，至少在一个钟头内，这条路不会把我引到任何地方去的。”皮平说着，解开了他的背包。另外两人也循着他的样子，将背包解下来，靠在岸石旁坐下，把腿伸到小路上。歇了一会儿，他们吃了一顿美味的午餐，然后接着休息。

待他们走下山时，太阳开始下沉，午后的阳光照在陆地上。到目前为止，他们还没有在路上遇见一个人。这条路不太适合车走，人迹稀少，而且去往林木厅的车也不多。他们一直沿路慢跑，一个多钟头后，山姆突然停住脚步，仿佛在聆听什么。现在他们是在平地上，前方的路蜿蜒穿过零星点缀着参天大树的草地，相对于离得不远的森林，这些参天大树显得很突兀。

“我听到后面路上有匹马跑来了。”山姆说。

他们回头望去，却只能看到拐弯处那么远。“不知道是不是甘道夫追上来了。”弗拉多说。可他嘴上这么说，心头却被一种突如其来的想要避开骑行者视线的意念击中了。

“虽然这可能没有多大关系，”他抱歉地说，“但我还是不希望被人——任何人——看见在路上。我的所作所为被关注，被谈论，这太讨厌了。”

“如果来人是甘道夫，”他想了想又补充道，“咱们可以吓他一下，谁叫他来这么晚呢。走，咱们藏起来！”

话毕，另外两人迅速朝右，钻进不远处路上的一个小凹地里，平躺下来。弗拉多犹豫了一秒，他想藏起来的意念与好奇或某些别的什么感觉正在交战。马蹄声越来越近。千钧一发之际，他扑进路上一棵浓荫蔽日的大树后面的长草丛里，然后抬起头，小心翼翼地从一根大树根上窥视过去。

一匹黑马走上前来，不是霍比特小矮马，而是一匹高头大马。骑马的是一个高大的人，骑姿像是蹲在马鞍上。他裹着一件巨大的带帽黑斗篷，看不清面庞和身形，只露出踩在高马镫上的靴子。

这匹黑马走到树旁停下，正与弗拉多藏身处齐平。骑马人低头安安静静地坐着，仿佛在侧耳倾听。兜帽里传出一种声响，好像是有人在嗅闻什么不好捉摸的气味，脑袋转来转去，似乎在东张西望。

一种莫可名状的恐惧突然袭上弗拉多的心头。他想起了他的指环。他几乎不敢呼吸，然而从口袋里掏出指环的欲望变得如此强烈，以至于他开始慢慢伸手。他感到，只有戴上它，自己才会安全。甘道夫的叮嘱似乎很荒谬。比尔博曾经用过这枚指环的。“况且我现在还在夏尔。”他这样想着，手碰上了挂指环的链条。就在这一刻，骑行者突然直起身，甩了甩马鞭，黑马迈步向前，先是慢悠悠地走了几步，然后快速飞奔而去。

弗拉多爬到路边，望着离去的骑行者，直到他的身影消失在远方。弗拉多看得不太真切，但黑马在跑出自己的视线之前，似乎往右一拐，跑进了树林里。

“哎，这可真奇怪，真让人不安啊。”弗拉多自言自语着朝同伴走去。皮平和山姆还平躺在草地上，他们什么也没看见。于是，弗拉多向他们描述了那个骑行者的样子和他的奇怪行为。

“说不上为什么，但我确切地感觉到他在找我，在嗅闻我的气味。我也确切地感到我不想被他发现。在夏尔，我从来没有见过这样的事，也没有过诸如此类的感觉。”

“可是，这大人族跟我们有什么关系？”皮平说，“他到这里来干什么呢？”

“这一带有大人族活动。”弗拉多说，“我想在南法兴，霍比特人跟大人族有矛盾，但我从没听说过像这个骑行者这样的大人族。不知道他是从哪里来的。”

“抱歉啊，”山姆突然插嘴道，“我知道他是从哪儿来的。这个黑骑士是从霍比顿来的，除非有不止一个黑骑士，而且我还知道他要到哪里去。”

“你什么意思？”弗拉多吃惊地看着他，厉声问道，“你为什么之前不说出来？”

“我刚刚才想起来，先生。事情是这样的：昨天晚上我送钥匙回家后，准备返回袋底洞时，我老爹对我说：‘喂，山姆。我以为你今天早上已经和弗拉多先生走了。有一个奇怪的主顾在打听袋底洞的巴金斯先生，他刚刚才走，我打发他去了巴克兰。我不喜欢他说话的腔调。我告诉他巴金斯先生已经永远离开旧家了，他似乎很恼怒，龇牙咧嘴地冲我吼，吓得我直打颤。’‘那是一个什么人啊？’我问我老爹。‘我不知道，’他回答说，‘但肯定不是霍比特人。他很高很黑，弓着背跟我说话。我估计是异地的大人族。他说起话来怪兮兮的。’

“先生，当时你正在等我，我不能一直待着，没有听到更多。我自己也没太在意这件事。我老爹老了，眼神糟得不是一点半点。那个家伙上山的时候，肯定是快天黑了，正好碰见我老爹在袋下街街尾散步。我希望我老爹没做错什么，先生，希望我也没做错什么。”

“这无论如何也怪不着你老爹，”弗拉多说，“其实，我听到他跟一个陌生人说话了，后者似乎在打听我，我差点走上前去，问他那是谁。我真希望我当时那么做了，或者你之前告诉我这事也好啊，那我可能会在路上更小心一些的。”

“不过，这个骑士跟甘吉老爹碰见的那个陌生人也可能没什么关系，”皮平说，“我们离开霍比顿，走得够小心的了，我不明白他怎么能跟踪我们。”

“可能是一路嗅闻过来的吧，先生，”山姆说，“我老爹说他是一个黑大汉。”

“应该等着甘道夫的，”弗拉多喃喃道，“但也许这样只会令事情更糟糕。”

“那你是知道这个骑士的事，还是猜测的？”皮平问。他听到了弗拉多的嘀咕。

“我不知道，也不愿去猜。”弗拉多说。

“行啦！弗拉多老兄，你想故弄玄虚，那就守着你的秘密好了。现在，我们该干什么？我想吃点喝点，不过我们最好离开这儿，你说那个骑士用隐形鼻子嗅来嗅去，我听得很不安。”

“是的，我想我们现在应该继续赶路，”弗拉多说，“不过不走这条路了，以防那个骑士或其他什么人又跟上来，今天我们应该多赶点路，巴克兰还远着呢。”

草地上的树影又长又细，他们再次出发了。现在，他们走在距路左边一步之遥的地方，尽可能地隐蔽行进。不过他们走得磕磕绊绊，因为乱草丛生，地面又坑坑洼洼的，树木也越来越多，聚成簇簇灌木丛。

太阳已经西沉，落到他们身后的山下去了。夜幕降临，他们这才回到小路上。小路笔直地向前延伸了好几英里，他们已经走到了平路的尽头。就在这里，这条路拐向左边，往下汇入与斯托克相连的耶鲁低地。不过小路右边分出一条岔路，蜿蜒穿过古橡树林往林木厅而去。“这就是我们要走的路。”弗拉多说。

岔路口不远处立着一个巨大的树桩，树下满是残枝败叶，但它仍然活着，树桩断裂处周围长出了许多细小的枝杈，枝杈上冒出了绿叶，不过树心已经空了。树干背着路的一边有一道大裂口。三个霍比特人从裂口钻进树洞，坐在厚厚一层落叶和腐木铺就的洞地上。他们在那儿休息，吃了一顿简餐，不时地小声聊着，听着。

薄暮时分，他们从树洞里爬出来，回到路上。树杈间，西风飒飒，枝叶婆娑。很快，小路渐渐融入黄昏。前面越来越黑沉的东方，一颗星星在树冠之上闪烁。为了鼓气，他们齐肩并行，步伐一致。过了一会儿，当星星越出越多、越来越亮时，烦忧的感觉一扫而空，他们不再留心倾听马蹄的声音，开始轻轻哼唱起来。霍比特人走远路时都有这个习惯，特别是在夜晚归家途中。这种时候，大多数霍比特人哼唱的都是晚餐歌或者入睡歌，但这三个霍比特人哼唱的却是一首行路歌（当然，不会不提到晚餐和睡眠）。比尔博·巴金斯作的词，而曲调跟这些山脉一样古老，是他教弗拉多唱的。当时他们走在小河谷的小道上，谈论着他的历险。

炉火红彤彤
家中有睡床
步履仍未倦
拐角可相遇
树石突然现
唯为我所见
树啊，花啊
叶啊，草啊
过去吧！
过去吧！
山啊，水啊

过去吧！
过去吧！
拐角生新路
或有秘密门
今日从此过
明日复又来
隐路通日月
脚步不停歇
苹果啊，荆棘啊
坚果啊，刺李啊
过去吧！
过去吧！
沙粒啊，岩石啊
池潭啊，山谷啊
再见了！
再见了！
家园在身后
世界在前方
路径千万条
夜影交绰绰
繁星闪耀耀
慢慢复苍苍
世界终在后
家园重在前

归心似箭矢
薄雾啊，暮光啊
云层啊，阴暗啊
都将消逝！
都将消逝！
炉火啊，灯光啊
肉食啊，面包啊
暖身又果腹
吃了去睡觉！
吃了去睡觉！

歌儿结束了。

“现在去睡觉！现在去睡觉！”皮平高声唱道。

“嘘！”弗拉多说，“我好像又听见了马蹄声！”

他们蓦然止步，沉默地站在树影下，侧耳倾听。小路上确实有马蹄声，就在几步开外，不过走得很慢，而且是顺风而行的。他们悄无声息地迅速溜出小道，跑进橡树林下更深的阴影里。

“别跑太远了！”弗拉多说，“我不想被看见，但我想看看来的是不是另一个黑骑士。”

“好极了！”皮平说，“不过别忘了他会嗅闻！”

马蹄声渐近。他们没时间找到比树下的黑暗更好的藏身处了。山姆和皮平蹲在一棵大树后面，而弗拉多朝着小路蹑手蹑脚地走了几步。小路灰蒙蒙的，泛着白，如同一道穿过树林、正在消逝的光。夜色朦胧，繁星点点，但不见月亮。

弗拉多正在观望时，马蹄声停下了。他看到一个黑乎乎的东西穿过两棵树之间的光亮地，然后停住了。那看上去像是一匹马的黑影，马被一个更小的黑影牵着。那黑影在距离他们刚刚离开小路的那个地方很近之处站着，左右摇摆。弗拉多觉得自己听见了抽鼻子嗅闻的声音。黑影弯腰伏地，开始朝他爬过来。

弗拉多再次萌发出了悄悄戴上指环的欲望，而且这一次比之前更强烈，强烈到几乎在他意识到自己想干什么之前，手就已经开始在口袋里摸索了。而就在这一刻，一个混杂着歌声和笑声的声音突然响起。那黑影站直身子，往后退去。他骑上那匹影子般的马，似乎跑进小路，消失在另一边的黑暗中了。弗拉多松了一口气。

“精灵！”山姆哑着嗓子惊叫道，“精灵，先生！”如果不是弗拉多和皮平拽着他，他可能已经冲出树影，直奔那个声音而去了。

“是的，那是精灵，”弗拉多说，“有时候在林尾地会遇见他们。他们不住在夏尔，但春天和秋天会离开他们远在塔山之外的本土，游逛到夏尔来。我真的很感激他们来了！你们是没看见，那个黑骑士就停在这里，实际上已经朝我们爬过来了，精灵的歌声就是在这个时刻响起来的。他一听到歌声，就溜了。”

“精灵呢？”山姆问，他兴奋得顾不上什么黑骑士，“我们能不能去看看他们？”

“听！他们朝这边走来了，”弗拉多说，“我们只能等。”歌声渐近。其中一个声音特别清晰，是用悦耳的精灵语歌唱的声音。弗拉多只懂一点点精灵语，而皮平和山姆一点都不懂。不过，这糅合着旋律的声音似乎自身就变成了一种传达思想的言辞，他们听得半懂不懂。这是弗拉多听到的歌：

雪白雪白的女士啊！
是远在西海的女王
是光是星
照耀在茫茫林海
徜徉的我们！
啊！点亮星光者！
啊！埃尔贝瑞丝！
你的眼睛清澈明亮
你的呼吸芬芳如缕
雪白！雪白！
我们歌唱你
歌唱海那边遥远大地上的你
啊！你是暗无天日岁月里的星
播洒满天星光
风吹田野，明亮晴朗
我们仰望你银色的花绽放！
啊，埃尔贝瑞丝！
啊，点亮星光者！
我们在这树下的遥远之地
依然记得那西海之上
你的星光！

歌声停止了。

“这是高种精灵！他们提到了埃尔贝瑞丝的名字！”弗拉多惊诧地说，“是夏尔很少见得到的最奇妙的精灵。如今，在大海之东的中州也没有多少这种精灵了。我们能在这里遇到，真是太奇怪了！”

三个霍比特人在路边的阴影里坐下。不一会儿，精灵们沿着小路朝山谷走来。他们慢悠悠地经过，能看到他们的头发上、眼睛里，都星光闪闪的。他们没有带灯，但他们行走时却闪闪发光，就像月亮尚未升起时，镶在山沿上的月光，落在了他们脚边。此时，他们默默前行，当最后那个精灵经过时，他扭头朝霍比特人看去，然后笑了。

“嘿，弗拉多！”他喊道，“这么晚你还在外面，是迷路了吗？”问罢，他大声召唤其他精灵。他们全都停下脚步，围了过来。

“这真的太奇妙了！”精灵们说，“夜晚三个霍比特人在树林里！自从比尔博走后，我们还没见过这种事呢。这是怎么回事呢？”

“可爱的朋友们，”弗拉多说，“事情很简单，我们似乎跟你们走的是同一条道。我喜欢在星光下散步，欢迎你们同行。”

“可我们不需要同伴，霍比特人很无趣哎。”他们笑道，“而且，你怎么知道我们跟你们走的是同一条路呢？你并不知道我们要到哪里去呀！”

“你们又是怎么知道我的名字的？”弗拉多反问道。

“我们知道的事可多了！”他们说，“我们以前经常看到你和比尔博在一起，尽管你可能没看见我们。”

“你们是谁？你们的头儿是谁？”弗拉多问。

“我是吉尔多，”他们的头儿答道，原来就是一开始跟他打招呼的那个精灵，“芬洛德家族的吉尔多·英格罗瑞安。我们是流亡者，我们同族的大部分精灵很久以前就已经离去了。我们也只是在这儿稍作逗留，然后就越海返回。不过我们还有一些亲戚依然在幽谷安居乐业。好啦，弗拉多，现在该你告诉我们，你们在做什么？看得出，恐惧的阴影笼罩着你们。”

“哎！真聪明啊！”皮平急切地插嘴道，“跟我们说说黑骑士的事吧！”

“黑骑士？”他们低声道，“你们为什么要问黑骑士的事？”

“因为今天，有两个黑骑士追上我们了，也可能是同一个追上了两次，”皮平说，“就刚刚那一会儿，你们一靠近，他就溜了。”

精灵们没有马上回话，而是用他们自己的语言轻声交谈起来。最后，吉尔多转向三个霍比特人。“我们不会在这儿谈论这个的，”他说，“我们认为，你们最好现在跟我们一起走。这不是我们的习惯，不过这次我们会带你们上路，如果你们愿意的话，今晚就跟我们一起过夜吧。”

“哎呀！可爱的朋友们，这可真是出乎意料的幸运啊！”皮平说。山姆激动得说不出话来。

“真的非常感谢你，吉尔多·英格罗瑞安，”弗拉多说着，鞠了一躬，“一颗星星闪耀在我们相会的时刻，elensilalumennomentielvo！”他用高种精灵语补充道。

“小心点，朋友们！”吉尔多笑着喊道，“别谈论秘密。这里可有一位古语学者哟。比尔博真是一位好导师。你好啊，精灵的朋友！”说着，他朝弗拉多鞠躬致意，“和你的朋友一起来吧，与我们结伴同行！你们最好走在中间，免得走散了。在我们停步之前，你们可能会感到疲倦的。”

“为什么？你们要去哪儿？”弗拉多问。

“今晚我们要到林木厅山上的树林里，还有好远呢，不过到了之后，你们就可以休息了，这样能缩短你们明天的路程。”

他们又开始默默前进，像影子和微光一样飘过。精灵们走路无声无息，连脚步声都没有，这比霍比特人还厉害。皮平很快就感到昏昏欲睡，脚步也踉跄起来。不过每次他身旁的一个高个子精灵都会伸出胳膊扶住他，让他免于摔倒。山姆梦游似的走在弗拉多身边，脸上的表情半是害怕半是惊喜。

两旁的树木都比较年轻，但越来越稠，越来越密。当这条小路开始往低处延伸进山坳时，两边高起的斜坡上长着许多深褐色的榛树。最后，精灵们拐到路的右边，一条几乎不可见的绿色马道穿过灌木丛呈现在眼前。他们沿着这条马道，蜿蜒曲折地爬上草木丛生的斜坡，到达凸进河谷低地的一个山肩顶上。他们从树影里走出来，前面豁然一片宽阔的草地，在夜色下显得灰蒙蒙的。草地三面环林，但东向地势陡然向下，坡底长着浓密的树木，在他们脚下葱葱茏茏。远处，是月光下平坦而昏暗的低地。近处有几点灯火闪烁，那是林木厅的村庄。

精灵们坐在草地上，轻言细语地说着话。他们似乎没有过多地关注三个霍比特人。弗拉多和他的两个伙伴裹着斗篷和毯子，昏昏欲睡。夜色沉沉，山谷里的灯光熄灭了。皮平枕在一个小草坡上，睡着了。

东方夜空中，瑞弥拉斯星闪闪烁烁，而红色的波吉尔星从薄雾中冉冉升起，像一块火红的宝石熠熠生辉。清风徐来，薄雾掀开面纱，天空剑客美尼尔玛卡星座佩戴着闪耀的环带倾身而起，倚在天际。精灵们全都唱起了歌，树下突然腾起红红的篝火。

“来吧！”精灵们招呼三个霍比特人，“来吧，是聊天嬉戏的时刻了！”

皮平坐起来，揉了揉眼睛，打着冷战。“大厅里有炉火，有给客人充饥的食物。”站在他前面的一个精灵说。

草地南端有一片空地，青草蔓延进丛林，形成了一个像门厅的宽敞空间。这“门厅”以大树枝为顶，大树干像厅柱一样垂在每一边。空地中央有一堆熊熊燃烧的篝火，树廊柱上挂着闪耀着金光银光的火炬。精灵们或围着篝火坐在草地上，或坐在老树桩的桩沿上，还有一些端着杯子走来走去倒饮料，另一些则从堆得满满的盘子和碟子上取食物。

“招待不周啊，”他们对三个霍比特人说，“我们现在露营在外，离家太远了。如果将来你们去我们家做客，我们会好好招待你们的。”

“现在这些对我来说就足以赶得上一场生日宴会了。”弗拉多说。

皮平后来想不大起来吃了什么喝了什么，他的脑袋里充满了精灵们光彩熠熠的面庞以及美丽动听的嗓音，他感到恍若梦境。不过他记得吃了面包，那滋味比一个饥肠辘辘的人吃到白吐司片美过千倍万倍;他还记得吃了甜甜的似野草莓一般的果子，远比果园里精心培育出来的水果更醇美。他还喝光了一杯夏日清泉般洌爽的美酒。

山姆根本无法用言词描述那天晚上的所感所想，也根本无法清晰地回想起那天晚上的场景，但这个夜晚刻骨铭心于他的记忆中，就像他生命中经历的那些主要事件。他绞尽脑汁，才组织出一句话来:“呃，先生，如果我能种出那样的苹果，那就称得上是园艺师了。不过萦绕在我心间的全是他们的歌声。您明白我的意思吧?”

弗拉多坐着，愉快地吃喝聊天，但他的心思主要放在说出来的言辞上。他懂一点精灵语，听得很热切。他不时地跟来送吃喝的精灵说几句，用精灵语对他们表示感谢。他们也很高兴，冲他笑道:“你可真是霍比特人里的宝贝啊！”

过了一会儿，皮平又沉入梦乡，被抬起来搬到树荫下一处，躺在那里的一张软床上，继续沉睡。山姆拒绝离开他的主人。皮平被抬走后，他走过来，蜷坐在弗拉多的脚边，最后点着脑袋，闭眼睡着了。弗拉多全无睡意，跟吉尔多聊了很久。

他们聊了许多事，有新的也有旧的。弗拉多问了吉尔多许多夏尔之外的大千世界发生的事。时局不大乐观，很凶险。黑云四起，人类相残，精灵逃亡。最后，弗拉多问了一个他最为介怀的问题：“吉尔多，告诉我，自从比尔博离开我们后，你有没有见过他？”

吉尔多笑了。“见过，”他答道，“见过两次。他正是在此地跟我们说再见的，不过我在离此地很远的地方又见过他一次。”他不愿再多讲比尔博的事，弗拉多陷入了沉默。

“关于你自己，你却没问我，也没告诉我太多，弗拉多。”吉尔多说，“不过我已经知道一点了，我能从你的脸上看出更多，也能从你问的问题背后猜测出你心中所想。你要离开夏尔，但又怀疑能不能找到你要寻找的东西，能不能完成你想要完成的目标，以及能不能再返回夏尔。是不是这样？”

“是的，”弗拉多说，“但我以为我的离开是一个秘密，只有甘道夫和忠诚的山姆知道！”他低头望着脚边正打着轻鼾的山姆。

“这个秘密不会从我们这儿传给大敌的。”吉尔多说。

“大敌？”弗拉多说，“这么说你知道我为什么要离开夏尔？”

“我并不知道大敌追逐你的原因，”吉尔多答道，“但我觉察出他在追逐你，对此我觉得很奇怪。我提醒你，你现在前有虎伏，后有狼追，危机四伏啊。”

“你是指黑骑士？我担心他们是敌人的帮佣。黑骑士究竟是什么人？”

“甘道夫什么也没有告诉你吗？”

“关于黑骑士，他什么都没说。”

“那我想我也没什么可多说的了，免得恐惧让你裹足不前。在我看来，如果真的算及时的话，你也只是及时出发了。你现在必须抓紧时间，不要逗留也不要回头，因为夏尔再也不能给你任何保护了。”

“我不敢想象还有比你的暗示和提醒隐藏的信息更可怕的事了！”弗拉多惊叫道，“我当然知道前面有危险，但我没想到会在我们自己的夏尔遇上。霍比特人就不能平平安安地从小河走到大河吗？”

“夏尔不只是你们的，”吉尔多说，“在霍比特人之前，就有别人居住在这里，在霍比特人之后，还将有人住在这里。你们周围的世界很大：你们可以囿于一地，但无法把大千世界排除在外。”

“我知道，但对我来说，夏尔似乎总是安全熟悉的。我现在能做什么呢？我的计划是悄悄离开夏尔，然后往幽谷走，可现在我还没到巴克兰，就被追踪了。”

“我认为你还是按既定计划来。”吉尔多说，“我觉得，你还是有勇气走这条路的。不过如果想得到更明确的建议，你应该问甘道夫。我不知道你远走他乡的原因，所以也就不知道跟踪你的人会以什么手段袭击你。这些事甘道夫一定知道。我想你在离开夏尔之前会见到他的。”

“但愿如此。不过还有另一件事令我很忧虑。这么多天来，我一直在期待甘道夫的出现，他至少在两个晚上之前，就应该到达霍比顿，但至今杳无音讯。我很担心是不是发生了什么事。我该不该等他啊？”

吉尔多沉默了片刻，最后说："这可不是一个好消息。甘道夫居然会迟到，凶多吉少啊！不过常言道：别掺和进巫师的事里，因为他们敏锐而易怒。走还是等，选择权在你。"

"可常言也说了：别去跟精灵要建议，因为他们说得模棱两可。"

"真的吗？"吉尔多大笑道，"精灵不会轻易给出建议的，因为这是一件出力不讨好的事，哪怕是从智者传给智者，传播过程中也可能把意思弄拐了。可是你想要什么建议呢？你都没有把关于自己的一切告诉我呀。不过你要是想要我的建议的话，我倒是可以出于友情给你一个：我认为你现在应该马上走，不要耽搁。如果甘道夫在你出发之前没有到，那我还建议你，不要独自上路，带上值得信任也愿意跟你一起走的朋友。你得感谢我，因为我并不太乐意给你这些建议。精灵们有自己的苦恼和悲伤，我们很少关心霍比特人或世上其他任何生灵的事。不管是有意还是无意，我们都是走我们的路，很少介入别人的道。咱们这次相遇，大概不只是偶然这么简单。而如果是必然，我还弄不清必然在哪里，我担心我说的话太多了。"

"我深深地感谢你，"弗拉多说，"但我希望你能坦白地告诉我，黑骑士到底是什么人。如果我采纳你的建议，可能很久都见不到甘道夫，而且我应该知道追逐我的危险是什么。"

"知道他们是大敌的佣仆还不够吗？"吉尔多回答，"逃离他们！一句话都别跟他们说！他们是致命的。不要再问我了！不过我有预感，在所有这一切结束之前，你，弗拉多，德罗戈之子，将比吉尔多·英格罗瑞安更了解这些堕落的家伙，愿埃尔贝瑞丝保佑你！"

"可是我到哪儿寻找勇气呢？"弗拉多问，"这是我最需要的。"

"勇气可遇不可求，"吉尔多说，"请你满怀希望，现在睡吧！

早晨时，我们应该已经走远了，但我们会把消息传到四面八方，那些漫游的伙伴会知道你的行程，那些有能力行善的伙伴会照看你的。我称你为精灵之友，愿星光照耀在你的道路尽头！见到陌生人我们很少这么高兴，这是对聆听我们的古语从这世上其他漫游者口中说出的回报。”

吉尔多刚说完，弗拉多就感到睡意蒙眬。“我要睡了。”他说。精灵们把他领到树荫下皮平的旁边，他往床上一倒，立刻酣然入睡。

第4章
蘑菇捷径

早晨，弗拉多醒来，神清气爽。他正躺在一棵大树的树荫下，这棵树枝繁叶茂，枝蔓都垂到了地上。他的床是蕨条和草叶编成的，很深很软，还弥散着一股陌生的香味。阳光透过微微颤动、依旧绿盈盈的树叶照下来。他跳起来，走出了绿荫。

山姆坐在树林边的草地上。皮平站在那儿观察天气。四下不见精灵的踪影。

“他们给咱们留下了水果、饮料，还有面包。”皮平说，“来吃你的早餐吧，这面包的味道几乎跟昨晚的一样好，我本来一点都不想给你留的，可山姆坚持要留。”

弗拉多在山姆旁边坐下来，开始吃面包。

“今天什么打算？”皮平问。

“尽快走到巴克兰去。”弗拉多说完，一门心思地吃起来。

“你觉得咱们会不会遇上黑骑士？”皮平欢快地问。沐浴在晨曦中，见到一整队的黑骑士似乎都不会令他太震惊。

“嗯，可能吧，”弗拉多说，他不喜欢提起这件事，“但我希望咱们过河不要被他们看到。”

“你从吉尔多那里了解到他们什么情况了吗？”

“没什么，他只给了暗示和谜。”弗拉多闪烁其词地说。

“你问了嗅闻的事吗？”

“我们没谈到这个。”弗拉多鼓着满嘴的食物回答。

“你应该问问。我确信它非常重要。”

“在那种情况下，我敢肯定，吉尔多会拒绝解释的。”弗拉多厉声道，“能不能让我安安静静地吃点东西？！我吃饭的时候，一点都不想回答问题！我想思考！”

“天啊！”皮平轻呼道，“早餐的时候思考？”他站起身朝绿地边缘走去。

而在弗拉多心中，明亮的清晨（明亮得狡诈，他想）并没有驱散被追逐的恐惧，他思量着吉尔多的话。皮平愉悦的歌声在耳边萦绕，他正在绿草皮上跑跑跳跳，边跑边唱。

“不！我不能！”弗拉多对自己说，“带着朋友们一起在夏尔漫游是一回事，饿了有美食，困了有睡床，但带着他们去流放就是另一回事了，到时候饿了困了，都无计可施。哪怕他们愿意去，也不行。我想我连山姆都不应该带上。”他看向山姆·甘吉，发现后者正望着自己。

“哦，山姆！”他说，“怎么办？我得尽快离开夏尔，实际上，我已经决定，如果可以的话，在溪谷地的那一天都不待了。”

“好极了，先生！”

“你还想跟着我吗？”

“想的。”

“前路会非常危险，山姆。现在就已经危机四伏了，极有可能咱们俩都回不来了。”

“先生，如果你不回来，那我也不回来，这是肯定的。”山姆说，“他们对我说：‘别离开他。’‘离开他？’我回答说，‘我永远也不会离开他的。我将和他一起去。如果他要登月，若有任何黑暗统治者企图阻止他，那得先问问山姆·甘吉愿不愿意！’我是这样说的，他们都大笑不止。”

“他们是谁？你们在谈论什么？”

“精灵们，先生。我们昨晚聊了聊，他们似乎知道你要走，所以我想，否认是没有用的。先生，精灵真是绝妙的人！妙极了！”

“是的，”弗拉多说，“现在你近距离地见过他们了，你还喜欢他们吗？”

“说起来，他们似乎有点超出我的好恶了，”山姆慢悠悠地答道，“我是怎么想他们的似乎无关紧要。他们跟我预想的完全不一样，事实上，他们衰老又年轻，快乐又悲伤。”

弗拉多非常吃惊地看着山姆，半期待地想在他身上看到某些似乎已经笼罩他的奇怪变化的外部征兆。这听起来不像是他以为他所认识的山姆·甘吉的嗓音。可是看上去，坐在那儿的就是山姆·甘吉，只不过他沉思的神情不大寻常。

“既然见见精灵的愿望已经实现了，那么你觉得现在还有必要离开夏尔吗？”弗拉多问。

“有必要，先生。我不知道怎么说，但昨晚之后，我感到不同了。我似乎看到了前路，以某种方式。我知道我们要走很长的路，进入黑暗，我也知道我不能回头。现在不是我想见精灵的事了，也不是见不见龙、见不见山的事了。我现在不完全知道我想要什么，但在终点之前，我有事要做，而这事就在前方，不在夏尔。我必须搞清楚它，先生，你明白我的意思吧？”

“我不完全明白，但我知道甘道夫给我选了一位好伙伴。我很满足。咱们一起走。”

弗拉多默默地吃完早餐，然后站起来眺望前方的土地，呼唤皮平。

“都准备好了吗？”看到皮平跑跳起来，弗拉多说，“咱们必须马上出发。咱们起得太晚了，还有好些路要走呢。”

“你的意思是，你起晚了。”皮平说，“我早就起来了，我们只是在等你吃完、思考完。”

“我现在吃完了，也思考完了，我们得尽快往巴克伯里渡口走。我不打算回到我们昨晚离开的那条路，我要直接从这儿抄近路穿过乡村。”

“那你得飞，”皮平说，“在这乡村，你直接徒步哪里都去不了。”

“不管怎么样，咱们可以比走大路快点，”弗拉多答道，“渡口在林木厅以东，但这条崎岖的路蜿蜒向左，你们看，北边那儿有一个拐弯。它绕泽地北端而行，过斯托克河上的桥与堤道相汇，但那偏了好几英里。如果我们从此处直线前进，往渡口去，那就能节省下四分之一的距离。”

“欲速则不达，”皮平争辩道，“这一带崎岖不平，沼泽遍布，还有各种各样的烂路。我很熟悉这些地方。如果你担心的是黑骑士，那我不明白在大路上遇到他们比在树林里或野地里遇到他们糟糕到哪里去。”

“人在树林里或在野地里不容易被发现，”弗拉多答道，“而如果你在大路上，被发现的可能性应该是百分之百。”

“好吧！”皮平说，“我会跟着你跨过每一个沼泽和沟渠。这可太难了！我估摸着在日落之前能经过斯托克的金鲈酒馆。那里有东法兴最好的啤酒，反正过去是最好的，我也很长时间没有喝过了。”

“那就这么着！”弗拉多说，“欲速则不达，但醉酒会更慢。我们要不惜一切代价让你远离金鲈酒馆。我们想在天黑前到达巴克兰，你觉得呢，山姆？”

“我跟你一起，弗拉多先生。”山姆说（尽管私下里，他对东法兴最好的啤酒怀有深深的好奇和不能品尝的遗憾）。

“那我们要披荆斩棘过沼泽的话，现在就走吧！”皮平说。

这会儿天气几乎跟前一天一样炎热，但西边开始起云，看上去大概要下雨了。三个霍比特人艰难地走过一道陡峭的绿堤，扎进下方浓密的树丛中。他们选的路线是沿着林木厅右边走，斜穿过山峦东边草木浓密的树林，直至远方的平原。然后，他们就能直向港口挺进了。那片土地很开阔，只有若干沟壑和围栏。弗拉多认为，直线行进的话，他们还有十八英里要走。

然而他很快就发现，灌木丛越来越密集，比看上去更错综复杂。灌木丛中根本没路，三个人没法走快。他们在岸底艰难跋涉时，发现了一条小河。这条小河是从后面的山上流下来的，河床很深，两边滑溜溜的斜坡挂满了黑莓灌木。这是他们所选的路上最不容易劈开的荆棘。他们不能跳过去，也确实无法穿过它而不弄得浑身泥泞、湿漉和擦伤。他们停住脚步，不知道该怎么办。

“第一个坎！”皮平冷笑道。

山姆·甘吉回头环顾四周，透过树林里的一片空地，瞥见了他们刚刚爬下来的绿岸堤顶。

“看！”他抓着弗拉多的胳膊喊道。他们全都往那里看去，在他们上方的边缘高处，一匹马倚天而立，一个黑影俯身在它旁边。

他们立刻放弃了回头的一切想法。弗拉多带路，一头扎进了河流旁边浓密的灌木丛。

“嘿！”他对皮平说，“我们俩都没错！这近道已经开始蜿蜒曲折了，不过咱们得以及时藏身。山姆，你耳朵尖，能听到有什么到来的声音吗？”

他们静静地站着，几乎屏住呼吸在聆听，但没有被追逐的声音。“我想他不敢牵马下岸，”山姆说，“不过我猜测，他知道我们走到下面来了。咱们最好继续前进。”

继续前进并不那么容易。他们有背包要背，而灌木丛和荆棘丛又不太情愿让他们通过。山脊后面的风被隔断了，空气滞重而闷热。当最终破路前进到更开阔的地面时，他们全都又热又倦，浑身上下伤痕累累，也不再那么确定究竟正在朝哪个方向行进。河流岸堤下沉，好像流到平坦的地方，变得更宽更浅，蜿蜒朝泽地而去。

“哎呀！这是斯托克河！”皮平说，“如果咱们要试着回到既定的路线去，那就必须马上越过它，往右拐。”

他们蹚过河流，匆匆来到一片开阔地，这儿没长树，只有浅草。再往远处，他们再次走到一片林带：大部分是高高的橡树，偶尔点缀着一两棵榆树或白蜡树。这林带地面相当平坦，灌木丛不多，不过大树浓密，他们看不太远，也看不太清。狂风突至，树叶翻飞，天空阴沉，骤雨猛降。然后，风渐渐停息，地上的雨水流成了小溪。他们被淋得像一只只落汤鸡，步履艰难，尽可能快地行进着，跃过草坡，踏过厚厚的落叶堆，没有人说话，但都不停地四处张望。

半个小时后，皮平说：“我希望咱们没有朝南拐得太多，要纵向穿过这个林带不太可能啊！这个林带不是很宽，应该说最宽的地方也不足一英里，此刻咱们应该已经穿过最宽处了。”

“以之字形开头走没什么好处，”弗拉多说，“那于事无补，咱们就一直往前吧！我不确定自己现在想不想走出这片林子，走到开阔处去。”

他们又继续行进了大概几英里。然后，太阳突破不甚规则的云围，再次明晃晃地挂在天上，雨势减弱了。此时已经是中午时分，该吃午餐了。他们在一棵榆树下歇住了脚。这棵树的树叶正快速变黄，但依旧浓密，树下很干，是一个遮蔽的好地方。开始准备午餐的时候，他们发现，精灵给他们的瓶子里灌满了一种色泽淡黄的清饮。它散发着一股百花蜂蜜的香味，沁人心脾。很快，他们就大笑着斥责起大雨、斥责起黑骑士来。他们感到，最后几英里很快就会被他们抛在身后。

弗拉多背靠树干，闭上眼睛。山姆和皮平坐在近旁，开始哼曲，不一会儿又轻唱起来。

哦！哦！哦！举瓶畅饮，
治疗我心，消我苦恼，
雨飘风吹，路途仍遥，
但我将躺在树下，
任云朵流荡。

哦！哦！哦！他们唱得更大声了。突然，歌声戛然而止。弗拉多一跃而起。一阵长长的哀号随风而至，像某种邪恶孤僻的生灵在恸哭，忽高忽低，最后是一声尖厉的高音。三个霍比特人或坐或站，像突然被冻住了。另一声哀号又起，稍弱更远，但一样令人不寒而栗。随即万籁俱寂，只是偶尔传来风吹树叶的沙沙声。

"你们觉得那是什么声音？"皮平打破沉默，努力说得轻松一些，声音却有些发颤，"如果是鸟叫，那也是一种我以前从未在夏尔听到过的鸟叫。"

"不是鸟叫，也不是野兽叫，"弗拉多说，"那是一种呼唤，或者说信号，那哀号里是有词的，但我没能捕捉到。不过，那绝对不是霍比特人的声音。"

他们没有再议论那哀号，心里想的都是黑骑士，但谁也没有说出来。现在，他们对于留还是走，犹豫不决。不过迟早，他们得穿过这片乡野到渡口去，最好还是趁着天明赶紧走。片刻后，他们再次背起背包出发了。

没过多久，这片树林突然就到了尽头。野草地在他们面前蔓延。这下他们看清了：他们偏南偏得太多了。平路远处，可以瞥见大河对面巴克兰的矮山，不过此刻山在他们左边。他们小心翼翼地从林边蹑足而出，尽可能快地开始穿越这片空地。

一开始，离开树林的遮掩，他们觉得害怕。身后远远的高处，是他们吃早餐的地方。弗拉多想着也许会看见天空映衬下，山脊上那个牵着马的黑影，但他什么也没看到。破开云围朝他们离开的山峦沉落的太阳，此刻又灿烂辉煌。心头的恐惧消失了，尽管他们依然感到不安。不过脚下的土地变得更平整有序了。很快，他们就走进了精心呵护过的田野和草地。树篱、大门、排水堤映入眼帘。一切看起来都宁静平和，就像夏尔任何一个普通的角落一样。三个霍比特人越走兴致越高，河岸线愈来愈近，黑骑士似乎变成了已经被远远抛在身后丛林里的一个噩梦。

他们沿着一大片萝卜地的边缘行进，来到一扇结实的门前。门那边有一条印着车辙的小径，在修剪得整整齐齐的矮树篱间延伸向远处的树丛。皮平停住了脚步。

“我认得这片土地，认得这扇门！”他说，“这是豆园庄，老农迈高特的地盘。树林那边，是他的农场。”

“麻烦一个接着一个！”弗拉多说。他神情警觉，仿佛皮平说的这条小径是通往龙潭虎穴的入口。后者和山姆吃惊地看着他。

“老迈高特怎么了？”皮平问，“他是所有巴克兰家人的好朋友啊。当然，对私闯进来的人而言，他是很恐怖的，他养了好几条凶猛的狗。不过，这里靠近边境，人们不得不多加防范。”

“我知道，”弗拉多说，“可虽说如此，我还是怕他和他的狗。”他尴尬地一笑，补充道，“多年来，我对他的农场总是敬而远之。他逮到过几次我闯入他的地里采蘑菇，那时我还小，住在白兰地。最后一次，他揍了我一顿，还把我提溜到他的狗跟前，对我说：‘看清楚，伙计们，下次这个捣蛋鬼再踏上我的地盘，你们就把他吃了。现在，给他送行！’它们追了我一路，一直追到港口。从那以后，我心里就留下了阴影。不过我敢说，这些大狗清楚自己的职责，不会真的袭击我。”

皮平哈哈大笑。“嗯，现在该你做出弥补了，特别是——假如你要回来住在巴克兰的话。老迈高特真的是一个倔强的家伙，但你只要不动他的蘑菇就没事。咱们走那条小径吧，应该不会闯进他的地里。要是遇见他，我就去跟他聊聊。他是梅里的一个朋友，有一段时间，我常常和他一起来这里。"

他们沿着小径行走，直到看见一栋大房子的茅草顶，还有前面树林间影影绰绰的农庄建筑。迈高特一家，斯托克的帕特富特一家，还有马里什的大部分居民都住在这栋房子里。这个农庄的建筑是用砖瓦建造的，很牢固，还有一圈高墙围在四周。农庄宽阔的大木门朝墙外敞开，那条小径就延伸至门口。

当三个霍比特人靠近时，一阵可怕的吠叫声突然响起，有人大声喝道："利齿！毒牙！恶狼！伙计们，上！"

弗拉多和山姆吓呆了，但皮平往前走了几步。大门打开了，三只巨大的狗飞跑进小径，恶狠狠地吠叫着，扑向来客。它们无视皮平，山姆靠墙缩着，两只狼一样的大狗怀疑地嗅闻着他，他一动，它们就龇牙低吼。而最大最凶狠的那只狗停在弗拉多面前，精神抖擞地怒吼着。

这时，大门口出现一位身宽体胖的霍比特人，他的圆脸红彤彤的。"喂！喂！你们是谁？你们想干吗？"他问道。

"下午好，迈高特先生！"皮平说。

这位农夫仔细瞅着他。"哎呀！这不是皮平先生嘛！佩雷格林·图克先生！没错吧？"他叫道，神情从不悦变成了咧嘴笑，"好久没见你来这里了。你运气好，我认识你。我正要放狗对付陌生人呢。今天这里有些奇怪的事情发生。当然，时不时就有奇怪的家伙在我们这里晃荡。这儿离大河太近了。"他摇头叹息道，"不过今天那家伙是我见过的最不寻常的，他要再不经许可就穿越我的地盘，我非让他吃不了兜着走！”

“你说的那家伙是什么样子？”皮平问。

“你们还没有见到他吗？”这位农夫说，“不久前，他沿着小径朝堤道去了，是一个奇怪的顾客，净问些奇怪的问题。不过，也许你们应该进来坐坐，我们好好说道说道这些事。我有上好的麦芽啤酒，你和你的朋友们愿意的话，进来喝点吧，图克先生。”

很显然，这位农夫会告诉他们更多的事情，只要让他在自己的时间，以自己的方式去讲。于是，他们三个全都接受了邀请。“这些狗怎么办？”弗拉多紧张地问。

农夫哈哈一笑。“它们不会伤害你的，除非我命令它们那么做。到这儿来！利齿！毒牙！后退！”他喝道，“恶狼，后退！”三只大狗走开了，任他们自行其是，弗拉多和山姆如释重负。

皮平向农夫介绍他们两个。“这是弗拉多先生，”他说，“你可能不记得他了，他以前住在白兰地。”听闻巴金斯这个姓，这位农夫一惊，对弗拉多投以锐利的一瞥。那一瞬，弗拉多还以为他想起了自己偷蘑菇的往事，会把狗唤来赶走自己。然而，农夫迈高特抓住了他的胳膊。

“好吧，还能有更怪的事不？”他叫道，“是巴金斯先生？进来吧！咱们得谈谈。”

他们走进农夫的厨房，坐在宽敞的火炉旁。迈高特太太端出一个大啤酒桶，倒了满满四大杯啤酒。啤酒味道很好，皮平觉得足以弥补错过金鲈酒馆的遗憾。山姆怀疑地咂着手中的啤酒。他对夏尔其他地区的居民有一种天然的不信任，而且他也不乐意很快就跟揍过他主人的任何人交朋友，不管这事过去了多久。

聊了几句天气和农事前景（不比往年糟糕）后，迈高特老农放下杯子，挨个看着他们。

“说说吧，佩雷格林先生，”他说，“你们从哪里来？要到哪里去？你们是来拜访我的吗？如果是的话，你们从我门前走过去了，我都不知道。”

“呃，不是的，”皮平回答道，“跟你说真的吧，如你所猜测的那样，我们是从另一端走到小径来的：我们越过了你的田地，但那真的只是一个意外。我们在林木厅后面的树林里迷了路，想抄近路到港口去。”

“如果你们赶急的话，走大路不是更好吗？”农夫说，“不过我担心的不是这个，你们要借道我的地盘，尽管走好了，佩雷格林先生，还有你，巴金斯先生——尽管我敢说你仍然喜欢蘑菇。”他哈哈笑了起来，“啊，是的，我记得这个姓。我记得那时，年轻的弗拉多·巴金斯是巴克兰非常调皮的捣蛋鬼之一。不过我想到的不是蘑菇。就在你出现之前，我刚才听到过巴金斯这个姓。你们猜那古怪的顾客问我什么了？”

三人焦急地等着他往下说。“哦，”农夫继续道，“是这样的，”他不慌不忙，卖着关子吐露出了重点，“他骑着一匹大黑马来到大门前，当时大门碰巧开着，他就进来径直来到我家门口。他自己全身上下也裹得黑黑的，黑披风，黑帽子，好像不想被人认出。‘他到夏尔想干什么？’我心想。我们在边界很少见到大人族，反正我从来没有听说过像这个黑衣人那样的大人族。

“‘你好啊，’我走出去迎向他，对他说，‘不管你要去哪里，这条小径都不通，你最好赶快回到大路上去。’我不喜欢他的样子。

利齿跑出来闻了闻，痛吠一声，像是被打了，耷拉下尾巴，直起身子怒吼起来。而那个黑家伙骑在马背上不为所动。

“‘我从那边来，’他向后指着我的田地远处的西方，慢悠悠地、僵硬地说，‘你见过巴金斯吗？’他以一种奇怪的嗓音问我，并朝我俯下身。我看不见他的面庞，因为他的兜帽垂得很低，我有一种毛骨悚然的感觉，但我不明白他为什么敢这么大模大样地骑行穿过我的地盘。

“‘走远点！’我说，‘这儿没有巴金斯，你走错夏尔的地方了，你最好回头往西到霍比顿去，这个时间你可以走大路。’

“‘巴金斯已经离开了，’他低声回应道，‘他就要来了，他现在就在不远处。我希望找到他。如果他经过，你会告诉我的吧？我会带着金子再来的。’

“‘不，你不会再来，’我说，‘你会加速回到你所属的地方。我给你一分钟时间离开，否则我把我的狗全部喊来。’

“他发出嘶的一声，可能是嘲笑，也可能不是。然后，他策马正对我而来，我赶忙跳开躲过。我呼唤我的狗，而他却一个转身，策马冲出大门奔上小径，像一道闪电朝堤道而去。你们觉得这是怎么回事？”

弗拉多盯着炉火坐了一会儿，但他心里想的只是他们究竟怎么才能到达港口。“我不知道怎么想。”他最后说。

“那我告诉你怎么想吧，”迈高特说，“你就不应该跟霍比顿的人混在一起，弗拉多先生，那儿的人都很怪。”山姆闻言，腾地坐直了身子，冷冷地盯着农夫。

“不过，你那时一向是一个无所顾忌的小伙子。当我听说你离开巴克兰，投奔那位老比尔博先生的时候，我就觉得你是去找麻烦了。记住我的话，这全是因为比尔博先生那些奇怪的行径。他们说，他的钱是在外地通过某种奇怪的方式获得的。也许有人想知道他埋在霍比顿山上的黄金和珠宝的下落，我听说有这么回事。”

弗拉多什么也没说。这位农夫精明的猜测令人颇感难堪。

“哎！弗拉多先生，”迈高特继续说，“我很高兴你想回到巴克兰。我的建议是：待在巴克兰！别跟那些古怪的外乡人搅和在一起。你在本地会有朋友的。如果那些黑家伙再来找你，我来对付他们。我就说你死了，或者你已经离开夏尔了，或者你想要我怎么说都可以。这些理由听起来很像是真的哟，因为他们想打探的是老比尔博先生的消息。”

“也许你是对的。”弗拉多避开农夫的眼睛，盯着炉火说。

迈高特若有所思地看着他。“好吧，我看你有自己的想法，”他说，“很明显，你和那位骑士在同一天下午来到这儿，并不是一个意外。也许，我的消息对你而言并不稀奇，我也不要求你告诉我你心里是怎么想的，但我看得出来，你陷入了某种麻烦。也许你在想，安全抵达港口而不被逮到并不太容易，是不是？”

“我是这么想的，”弗拉多说，“但我们得努力到达那里，光坐着想是没什么用的。所以，恐怕我们必须得走了。真的非常感谢你的友好招待，迈高特先生。你闻此可能会笑话我，但三十多年来，我一直非常害怕你和你的狗。真遗憾，我错过了你这么一位好朋友。现在很抱歉，我们得赶快走了。不过，也许有一天，我还会回来的——如果有机会的话。”

“欢迎你再回来。”迈高特说，“不过，现在我有一个想法。这会儿太阳已经快下山了，我们就要开始吃晚餐了，因为我们大都在日落之后上床睡觉。如果你、佩雷格林先生，你们全都留下来和我们一起吃点的话，我们会很高兴的！”

“我们也很乐意和你们一起吃晚餐！”弗拉多说，“可我们恐怕得马上动身出发了，没准在我们到达港口前，天就黑了。”

“哎哟！等等！吃一点晚餐后，我弄辆四轮马车来，载你们去港口。这样你们可以少走几步，没准还能避免另一种麻烦。”

这下弗拉多感激地接受了邀请，皮平和山姆也松了一口气。夕阳已然西沉，暮光渐逝。迈高特的两个儿子和三个女儿走了进来，丰盛的晚餐摆满了大餐桌。厨房烛光高照，炉火通明。迈高特太太进进出出地忙碌着。在农庄里帮忙的其他一两位霍比特人也进来了。不一会儿，餐桌旁就围坐了十四位吃饭的人。大杯啤酒，大碗蘑菇，大盘培根，还有很多其他美食佳肴。大狗躺在炉火旁，嘎吱嘎吱地啃着骨头、舔着肉皮。

晚餐后，迈高特和他的两个儿子打着灯笼出去，准备好了一辆四轮马车。院子里黑黢黢的，客人们全都出来了。他们把背包扔到车上，爬到车里。农夫迈高特坐在赶车的位置，挥鞭甩向他的两匹矮壮马。他的妻子站在门口的灯光里。

“你自己小心点，迈高特！”她喊道，“不要跟任何外地人起争执，直接返回来！”

“我会的！”迈高特说着，驱车出了大门。这会儿一丝风都没有，夜晚宁静，空气清冷。他们摸黑前进，走得慢慢悠悠。一两英里后，到了小径尽头，再跨过一道深沟，爬上一个短坡，就到了高高的堤道。

迈高特跳下马车，仔细打量着南北两边，但黑漆漆的什么也看不见。沉静的空气中一点声音也没有。雾气缭绕的潺潺细水流，蜿蜒向四处流淌而去。

“这雾会越来越浓，”迈高特说，“不过我不会点灯笼的，等往家走的时候再点。在今夜遇到事情之前，我们会听到路上的动静的。”

从迈高特家门前的小径到港口有五英里多的路程。几个霍比特人把自己裹得严严实实，但耳朵却很警醒，仔细捕捉着车轮吱嘎以及马蹄嘚嘚之外的任何声音。弗拉多觉得，这马车行进得比蜗牛还慢。他身旁的皮平不住地往下点头，快睡着了，而山姆一直盯着前方升起的雾。

最后，他们终于到达了港口的入口处。两根标志性的高白柱子突然耸立在他们右方。农夫迈高特拉着缰绳吁着马，马车吱吱嘎嘎地停了下来。就在他们刚要从车上跳出来时，突然听到了一直让他们胆战心惊的声音：前方路上马蹄嘚嘚。这声音是朝他们来的。

迈高特跳下车，抱着矮马的头站在那儿，朝前方窥探。嘚嗒、嘚嗒，骑行者渐行渐近。马蹄落地的声音在雾霭缭绕的静空里异常响亮。

“你最好藏起来，弗拉多先生，”山姆焦急地说，“你趴下，裹好毯子，我们会引开这骑士的！”说着他爬出车厢，走到农夫身旁，黑骑士除非骑马越过他，否则别想靠近马车。

嘚嗒，嘚嗒，骑行者离他们越来越近。

“你好！”农夫迈高特打招呼道。前进的马蹄顿了一下。他们觉得能模模糊糊地辨认出雾霭中一个黑斗篷的身形。“行了！”农夫一边喝道，一边把缰绳扔给山姆，大步向前，“你不要再往前一步了！你想干什么？你要去哪里？”

“我想要找巴金斯先生。你见到他了吗？”一个沉闷的声音答道。

不过，这却是梅里·白兰度巴克的声音。一盏黑灯笼探出来，灯光照在农夫迈高特惊诧的脸上。

“梅里先生！”他喊道。

“是，当然是我！不然你以为是谁？”梅里上前道。他穿过雾霭显出身形，他们的恐惧消退了。

弗拉多跳出马车迎向他。“你终于来了！”梅里说，“我都开始怀疑你今天能不能出现了，我正要回去吃晚饭呢。起雾的时候我骑马出来，往斯托克赶来，想看看你是不是掉到什么沟壑里去了。如果我知道你是从哪条路来的，那就好了。迈高特先生，你是在哪里发现他们的？在你的鸭塘里吗？”

“不是，我逮到他们非法入侵我的地盘，”迈高特说，“差点就放狗咬他们了，不过他们一会儿肯定会告诉你整个过程的。现在嘛，很抱歉，梅里先生，弗拉多先生，还有另外两位先生，我得赶快掉头回家去了。夜越来越深，我太太会担心的。”

他把马车倒进小径，然后掉回头说：“好啦，祝你们晚安！今天真是奇怪的一天，确实奇怪。不过，结局好一切就都好，尽管我们也许应该各自到了家门口再这么说。我得承认，回家真令我高兴。”说着，他点亮马灯，上了马车。突然，他从座位底下取出一个大篮子。“我差点忘了，”他说，“这是我太太给巴金斯先生的一点心意。”他把篮子递下来，策马离开了，带着一连串的感谢和晚安。

他们目送马灯灰白的光晕渐行渐远，渐渐融入茫茫雾夜里。弗拉多突然大笑起来：他提着的大篮子盖布下面，是散发着阵阵香味的蘑菇。

第5章
共谋揭穿

“现在我们还是回自己家吧，”梅里说，“我看这一切都透着些怪异，不过还是等到家再说吧。”

他们转身走下渡口小径。这条小径笔直，养护得很好，两边嵌以白色的大石头。沿着小径走了一百码[1]左右，他们来到了河岸边。一艘扁平的大渡船停泊在宽阔的木质浮台旁。两盏灯挂在高高的台柱上。水边白色的系缆柱在灯光的映照下熠熠生辉。他们身后，平原上弥漫的雾已经高过了树篱，但他们面前的水却黑幽幽的，只有细流似的轻雾缭绕在岸边的芦苇丛中。更远的那边雾似乎更少。

梅里牵着矮马走过跳板，上了渡船，其他人跟着他。然后，梅里慢慢划动长篙，推船前行。他们面前的白兰地河缓缓流淌着，辽远而宽广。另一边陡峭的河岸上，一条蜿蜒的小路从平台远处攀援向上。那儿，灯盏闪耀。巴克山赫然耸现其后，而在巴克山之外，透过缭绕的雾霭，许多黄的、红的圆窗户光彩熠熠。那是白兰地厅的窗户，是

① 码：英美制长度单位，1码等于3英尺，约0.9144米。

白兰度巴克家族的老宅子。

老巴克家族是泽地甚至夏尔最古老的家族之一，这个家族的族长戈亨达德·奥尔德巴克很久以前就已经跨越白兰地河（这条河是东向土地的原初边界），建造（并挖掘）了白兰地厅，并把自己的姓改成白兰度巴克，在此定居下来，成为这个实际上是一个小独立区的主人。他的家族逐渐壮大，后世也不断扩增，直到白兰地厅占据了整个低丘。白兰地厅有三扇大前门，还有很多扇侧门，以及一百扇窗户。然后，白兰度巴克一家和他们众多的扶养者开始挖洞，接着又四处建房。这就是巴克兰，一个夹在河流和古老森林之间的密集居住带的起源，算是夏尔的一个殖民地。巴克兰主要的村庄是巴克伯里，聚集在白兰地厅后面的岸坡间。

泽地的人与巴克兰人相处融洽。斯托克和灯芯草岛两地间的农夫依然承认白兰地厅主人（即白兰度巴克家族的族长）的权威性。不过，大多数老夏尔人都把巴克兰人看作另类，就像半个老外。然而事实上，他们跟四个法兴的其他霍比特人并没有太大不同，除了一点：他们喜欢船，有些人还会游泳。

他们的地域东面原先并无屏障，但他们在那边立了一道树篱，即所谓的高篱。这道树篱好几代以前就已经种植在那儿了，现在又高又密，一直被精心照料着。它一路从白兰地桥穿过，形成一个大环状，从河边蜿蜒而行，一直延伸到篱尾村（在这里，源自森林的柳苏河汇入白兰地河）：从一头到另一头有二十多英里。不过，它当然不完全是一道屏障，森林在许多地方都接近树篱。天一黑，巴克兰人就把门锁紧，这在夏尔也是不同寻常的。

渡船在河面上缓缓行驶，巴克兰近在咫尺。山姆是这个团队中唯

——一个以前不曾渡过河的人。当潺潺的水流划过身旁时，他有一种奇怪的感觉：过去的生活被抛在了身后的薄雾中，而前方是幽暗的冒险。他挠了挠头，有那么一瞬，他希望弗拉多先生继续平静地生活在袋底洞。

四个霍比特人下了渡船。梅里在系缆绳，而皮平已经牵着矮马走上了小路，山姆则频频回首，仿佛在跟夏尔告别。他用沙哑的嗓音低语道："回头看，弗拉多先生！你看见什么了吗？"

远远的台阶上，遥遥的灯盏下，一个身影依稀可辨：像是一团丢在那里的黑包袱。而当他们看过去时，它似乎又在动，前后左右摇摆着，仿佛在搜寻地面。然后，它爬行起来，或者说蹲伏行走起来，返回灯盏远处的昏暗中。

"那是什么东西？"梅里惊叫道。

"它一直跟着我们，"弗拉多说，"现在别多问，赶快走吧！"他们匆忙走到岸顶的小路上，回头望时，却发现对岸已经消失在雾霭中，什么都看不见了。

"谢天谢地！你没在西岸留下船只！"弗拉多说，"马能过河吗？"

"往北走二十英里能到白兰地桥，或者它们也会游泳。"梅里答道，"不过我没听说过有马游过白兰地河。可这跟马有啥关系啊？"

"我一会儿会告诉你的。咱们回家再聊吧。"

"好吧！你和皮平知道路，所以我就骑马先行，去告诉胖子博尔济，说你们要来了。我们会准备好晚餐诸事的。"

"我们早先已经跟农夫迈高特吃过晚饭了！"弗拉多说，"不过再吃一顿也行。"

"你们会再吃一顿的！把那个篮子给我！"梅里说罢，策马飞奔进茫茫黑夜。

从白兰地河到溪谷地弗拉多的新居还有一段距离。他们从巴克山和白兰地厅左侧经过，在白兰地近郊走上巴克兰的主路。这条路从大桥往南延伸。他们沿着这条路，往北走了半英里，往右拐进一条小径，又沿着蜿蜒上下的小径走了几英里，进入了乡野。

最后，他们来到一排密实的树篱之间开着的一扇小门前。黑暗中，他们看不见房子的模样：它掩隐在小径后方被树篱外一条矮树带环绕的阔圆形草坪中央。弗拉多之所以选择这栋房子，是因为它坐落在这乡村偏远的角落，附近没有其他住家，进进出出不会被注意到。它是很久以前由白兰度巴克家族建造的，用作客居，或是供那些希望暂时逃离白兰地厅喧闹生活的家族成员居住。这是一座旧式的乡村房屋，又长又矮，只有一层，草皮屋顶，圆窗户，大圆门，看起来是尽可能按照霍比特人洞府的样子建造的。

他们走进这扇小门，沿着绿草如茵的小径走近了房子。房子不见光亮，窗户紧闭，黑漆漆的。弗拉多敲了敲门，胖子博尔济开了门。一道温馨的光倾泻而出。他们迅速溜进去，把自己和光亮关进门内。现在，他们身处一个宽阔的大厅，大厅四边都有门，面前则是一条通往房子中央的过道。

“怎么样？你们觉得怎么样？”梅里沿着过道走来，问道，“我们已经在短时间内尽全力把它整得像个家了。毕竟我和胖子昨天才将最后一车家什拉到这里。”

弗拉多环顾四周：这儿确实像个家了。许多他自己心爱的东西，或者说比尔博的东西（它们令他深深地想起比尔博）都布置得几乎跟袋底洞一样。这是一个愉悦、舒适、惬意的地方。他甚至心生希望，真的想要在这里安顿下来，过上宁静的退休生活。把他的朋友们拉进所有这些麻烦似乎不公平，他再次犹疑起来，要不要把真相暴露出来，告诉他们自己很快——确切地说是马上——就必须离开。不过，这必须在当晚，在他们都上床睡觉前完成。

“太舒适了！”他强打精神道，“我觉得跟没搬家一样！”

大家把斗篷挂起来，把背包堆在地上。梅里领着他们走过过道，打开尽头的一扇门。炉火正旺，热气腾腾。

“浴室！”皮平叫道，“不错呀，梅里亚多克！”

“我们应该按什么顺序进去呢？”弗拉多说，“年龄最大的最先，还是动作最快的最先？不管哪一种，你都是最后一个，佩雷格林先生。”

“你们要相信我，我的安排比这两种都强！”梅里说，“我们在溪谷地的生活不能从争吵浴室的使用开始。那个房间里有三个浴缸，还有一个灌满热水的铜锅。毛巾、地垫、肥皂，应有尽有。快进去洗吧！”

梅里和胖子博尔济走进过道另一边的厨房，忙着为夜宵做最后的准备。浴室里传出了断断续续的对歌声，还混杂着泼水声和搅水声。皮平突然提高嗓音，压过另外两人的声音，他唱的是比尔博最喜欢的一首洗澡歌：

嘿嘿嘿，一天结束洗个澡！
洗去污垢与疲劳，
不唱歌的是傻瓜，
嘿嘿嘿，热气腾腾真舒服！
嘿嘿嘿，落雨淅沥心欢愉，

山涧潺潺入平野，
不及雨音悦耳兮，
热水氤氲更美妙，
嘿嘿嘿，口渴凉水润涩嗓！
甘啤入肚更爽快，
仿若热水浇后背，
嘿嘿嘿，苍穹之下一玉泉！
白练逾越高又高，
千珠万珠清脆落，
不及热水濯我足！

歌声才落，一阵猛烈的撩水声又起，弗拉多哇啦哇啦地叫起来。显然，皮平一边洗澡一边模仿喷泉，正往空中撩水呢。

梅里走到门口，喊道："吃点晚餐、喝点啤酒怎么样？"

弗拉多从浴缸里出来，擦拭着自己的头发。"水汽太重了，我去厨房擦。"他说。

"啊呀！"梅里探头看进来，惊呼道，只见石头地面上水流成河。"佩雷格林，吃东西之前，你得把地板拖干净了！"他说，"快点哟！我们不会等你的。"

他们围坐在厨房炉火旁的餐桌边，吃了晚餐。"我想，你们仨不想再吃蘑菇了吧？"胖子博尔济不抱希望地问道。

"不不不，我们要吃！"皮平叫道。

"那是我的蘑菇！"弗拉多说，"迈高特太太给我的，她可是农妇中的女王。把你贪婪的手拿开，我来分！"

霍比特人嗜好蘑菇，其狂热程度甚至超过大人族的穷奢极欲。这部分解释了弗拉多小时候为什么会长途跋涉跑到盛产蘑菇的泽地当小偷，以及被偷的迈高特为什么会盛怒不已。眼下蘑菇很多，即使以霍比特人的标准来看，也足够他们几个分享的。另外，还有很多其他美食。酒足饭饱后，连胖子博尔济都心满意足地吁了口气。他们把桌子推到一边，拉过椅子围坐在火炉旁。

“等会儿再收拾吧，”梅里说，“现在给我讲讲你们路上的经历！我猜你们是一路惊险吧，我没有参与可不太公平。原原本本讲给我听吧，我最想知道的是老迈高特是怎么回事，为什么他会那么对我说。听起来，他好像吓坏了，这真是不可思议啊。”

“我们都吓坏了，”皮平顿了顿，开口道，弗拉多盯着炉火，没有说话，“你要是被黑骑士追两天的话，也会被吓坏的。”

“他们是什么人？”

“骑在黑马上的黑衣人，”皮平答道，“如果弗拉多不说，那就让我来把整个事情从头讲给你听。”于是，他从他们离开霍比顿说起，把他们的整个旅程讲述了一遍。山姆不时地点头、感叹。弗拉多则保持沉默。

“要不是亲眼见到码头上那个黑影，听到迈高特奇怪的声音，我都觉得这一切是你瞎编乱造的。这事你打算怎么处理，弗拉多？”

“弗拉多老兄一直守口如瓶，”皮平说，“可是，现在是他说出来的时候了。迄今为止，我们啥都不知道，除了农夫迈高特猜测，这事可能跟老比尔博的财宝有点关系。”

“那也只是一种猜测，”弗拉多不耐烦地说，“迈高特什么也不知道。”

“老迈高特是一个谨慎的家伙，”梅里说，“他那圆脸看着憨憨的，心思却很多，都是藏在心里不说出来的。我听说有一阵，他总是往古森林里跑，他知道很多奇怪的事，这是出了名的。可是，弗拉多，你至少应该告诉我们，你觉得他的猜测是好还是坏。”

“我觉得，”弗拉多慢吞吞地答道，“就目前而言，他猜得不错，是跟比尔博过去的冒险经历有关系，那些黑骑士在寻找——或者应该说在搜查——他或者我。如果你们想知道的话，恐怕这不是一个玩笑，我在这儿并不安全，在任何其他地方都不安全。”他说着环顾屋墙和门窗，仿佛担心它们会突然裂开。其他人看着他，沉默不语，只是交换着意味深长的眼神。

“话匣子就要打开了。”皮平对梅里低语道。梅里点了点头。

“好吧，”弗拉多坐正，挺直腰背，仿佛终于下定了决心，“我不能再守口如瓶了。我有事要告诉你们，不过我不太知道从哪儿说起。”

“我想我可以帮你，”梅里平静地说，“先让我来告诉你一些事情吧。”

“你什么意思？”弗拉多困惑地看着他，问道。

“我亲爱的老友弗拉多啊，就是这件事——你很痛苦，因为你不知道怎么说再见。你当然是打算离开夏尔，但危险比你料想的更早逼近了你，你现在得下决心马上走，可你又不想走。我们都替你难过。”

弗拉多张了张嘴，又闭上了。他惊诧的模样如此滑稽，以至于他们全都笑了。“亲爱的弗拉多老友啊！”皮平说，“你真的以为你蒙住了我们的眼睛吗？你还是不够仔细、不够聪明哟！显而易见，自今年四月以来，你一直在计划着离开，跟你所有爱光顾的地方告别。我们不断地听到你喃喃自语‘真不知道我能不能再次俯瞰这片山谷’等等诸如此类的话。你还假装钱财将尽，把你心爱的袋底洞卖给了那什么萨克维尔－巴金斯一家！你还有那么多次跟甘道夫密谈！”

“天啊！”弗拉多惊叫道，“我还以为我够小心、够聪明了呢！我不知道甘道夫会说什么。那是不是整个夏尔都在谈论我的离开啊？”

“噢，那倒没有！”梅里说，“这你别担心。当然，秘密迟早都会被揭开的。不过我认为目前它还是秘密，只有我们几个知道。我们毕竟非常了解你，经常跟你在一起，能猜出你在想什么。我也了解比尔博。说真的，自他离开后，我一直在仔细观察你。我觉得你迟早都会追随他而去。我真的觉得你很快就会走。最近我们非常焦虑，害怕你会摆脱我们突然离开，像比尔博那样自行其是。自今年春天以来，我们就密切关注着你，制订了许多计划。你不会那么容易逃脱的！”

“可我必须走，”弗拉多说，“亲爱的朋友们，这由不得我啊！这对我们而言，都很难受，可你们企图留住我是没有用的。你们都已经猜到这么多了，请帮帮我，不要阻拦我！”

“你没明白我们的意思！”皮平说，“你必须走，所以我们也必须走。梅里和我跟你一起走。山姆是一个很棒的家伙，如果他没有被自己的脚绊倒的话，龙潭虎穴他都会闯进去救你的。而你危险的冒险，需要的不止一个同伴啊！”

“我亲爱的朋友们啊！”弗拉多深受感动，“但我不能允许你们那么做。很久以前，我就做了决定。你们提到了危险，但你们不知道危险是什么。这不是寻宝，不是有去有回的旅程。我要闯的，是一个又一个龙潭虎穴啊！”

“我们当然知道。”梅里坚定地说，“这就是为什么我们决定要跟你一起去。我们知道那枚指环不是儿戏，我们会竭尽全力帮你抗击敌人。”

“那枚指环！”弗拉多惊呆了。

“是的，那枚指环。”梅里说，“我亲爱的老友啊！你没料到你的朋友们已经知根知底了吧？我知道这枚指环的存在已经很多年了，实际上在比尔博离开之前就知道很多年了。不过他显然把它当成一个秘密，所以我也就知而不宣了，一直到我们开始谋划才说出来。当然，我对比尔博的了解不如对你的了解。我太年轻了，而他也更小心，不过他小心得还不够。如果你想知道我最初是怎么发现的，我可以告诉你。”

“继续讲！”弗拉多淡淡地说。

“萨克维尔－巴金斯一家是他露馅的原因，你可能也想到了。生日宴会前一年的一天，我沿路散步，碰巧看见比尔博在前面。萨克维尔－巴金斯家的人突然出现在远处，朝我们走来。比尔博放慢了脚步，然后，嘿——他消失不见了！我吓了一跳，差点都不知道该如何以更正常的方式把自己藏起来了。不过，我钻进了树篱，沿着里面的田野行走起来。那个萨克维尔－巴金斯家的人过去后，我透过树篱偷偷望向大路，正好看见比尔博重新现身。在他把什么东西塞回裤子口袋的时候，我瞥见了一抹金辉。

“从那以后，我一直瞪大眼睛盯着。实际上，坦白地说吧，我在暗中窥探监视。不过你必须承认，这非常令人好奇，我当时也只有十来岁呀。除了你，弗拉多，我肯定是夏尔唯一一个见过老比尔博秘籍的人。”

“你读过他的书？！”弗拉多叫道，“老天爷啊！这世上还能有秘密吗？！”

“应该说没那么多秘密，”梅里说，“但我也只是快速浏览了一下，很难理解。他从不让书离身。我不知道它变成什么样了。我还想再看一眼呢。你得到那本书了吗，弗拉多？”

“没有，它不在袋底洞。比尔博一定是把它带走了。”

“唉，好吧，如我刚才所言，”梅里继续说，“我一直对这个秘密知而不宣，直到这个春天，事情变得严重起来了。于是，我们谋划了我们的计划，我们也是严肃的，把它当成一件大事，慎之又慎。你可不是一个容易松口的家伙，甘道夫更甚。如果你想见见我们的头号调查员，我倒是可以为你引荐。”

“他在哪里？”弗拉多说着四处张望，仿佛期待着见到一个头戴面罩的邪恶人物从橱柜里跳出来。

“上前一步，山姆！”梅里说。山姆站了出来，满脸涨得通红。“这就是我们的信息情报员！我告诉你，在最后被逮住之前，他收集了很多情报。之后，他把自己看作假释犯，什么也不敢说了。”

“山姆！”弗拉多叫道。他惊呆了，不知道该做何感想，不知道是该生气、好笑、释然，还是该觉得自己是一个傻瓜。

“是的，先生！”山姆说，“请你原谅，先生！我没有伤害你的意思，弗拉多先生，就此事而言，我也没想伤害甘道夫先生。他其实是有所感觉的，当你说独自走的时候，他说不，带上你信得过的人。”

“可我似乎谁都信不过。”弗拉多说。山姆不高兴地看着他。“这取决于你想要什么，”梅里插嘴道，“你可以相信我们会与你同甘共苦，坚持到最后，你也可以相信我们会保守你的任何秘密，比你自己还要守口如瓶，但你不能让我们听任你独自面对困难，一声不吭就走。我们是你的朋友，弗拉多。无论如何，就这样吧。甘道夫告诉你的，我们大都知道。我们对那枚指环也了解得很多。我们非常非常害怕，但我们要和你一起走，不然就像猎犬一样跟着你。”

“而且，先生，”山姆补充道，“你的确采纳了精灵们的建议。吉尔多说你应该接受朋友们的帮助，你不能否认这一点。”

“我不否认，”弗拉多看着山姆说，后者正咧着嘴笑呢，“我不否认，但我也永远不会再相信你在睡觉了，无论你是不是在打呼噜。我会狠狠地踢你以确定你睡没睡。”

“你们是一帮骗人的大坏蛋！”他转向其他几位说，“但我还是祝福你们！”他大笑着站起来，挥舞着胳膊，“我服了，服了！我会采纳吉尔多的建议的。如果不是因为这危险太过沉重，我应该会高兴得跳起来的。不过即使如此，我还是不由自主地感到高兴，很长一段时间以来，我都没有这么高兴过了。我还担心今晚该怎么办呢。”

“好极了！那就这么定了。为弗拉多队长和他的同伴欢呼吧！”他们欢呼着，围着弗拉多跳起舞来。梅里和皮平开始唱歌，很显然，这首歌是他们为此时此刻准备的。

这首歌模仿的是矮人之歌，曲调都一样。很久以前，比尔博就是唱着矮人之歌开始了自己的探险之旅。

再见，壁炉和大厅！
虽然风吹雨打，
我们必须在破晓之前离开，
穿过遥远的森林，
跨越高高的山脉，
去溪谷地，

那是精灵的住地。
在那雾霭笼罩的林间空地，
穿过荒原，我们行色匆匆，
但去往哪里我们不能说，
因为敌人在前，恐惧在后。
以天为被，
以地为床，
历经磨难，
千辛万苦，
我们加速前进！
使命在身，
我们必须走，必须走！
破晓之前，我们必须走！

"好极了！"弗拉多说，"不过既然这样，在我们上床睡觉之前，还有很多事要做。不管怎样，今晚我们不必以天为被，以地为床。"

"嗐！那只是诗歌而已！"皮平说，"你还真的打算破晓前出发吗？"

"我不知道，"弗拉多答道，"我担心那些黑骑士。我敢肯定，在一个地方待久了不安全，特别是在一个众所周知我所在的地方。吉尔多也建议我不要等，可我非常想见甘道夫。我能看出来，听到甘道夫一直没露面，连吉尔多都很揪心。这真的取决于两件事：一是黑骑士多快能到达巴克兰；二是我们多快能出发，还要做很多准备。"

"第二个问题的答案是，"梅里说，"一个小时之内我们就能出发了。我其实已经把一切都准备好了。对面牧场的马厩里有六匹矮种马，粮草装备也都打好包了，再带几件换洗的衣物和一些干粮就行了。”

“这似乎是一个挺高效的计划啊，”弗拉多说，“可黑骑士怎么办？再等甘道夫一天的话，安不安全？”

“那取决于如果黑骑士发现你在这儿，你觉得他们要干什么。”梅里答道，“当然，如果不被北门挡住的话，他们现在可能已经到达这里了。北门那边的树篱一直延伸到河岸，就在桥的这边。门卫晚上不会让他们通行的，不过他们可能会强闯而入。我觉得，即使在白天，门卫也会尽力把他们拦在外边的，至少也得报告给厅主人之后才会放行。他们不会喜欢黑骑士的模样，肯定会被黑骑士吓着的。不过，刻意地进攻巴克兰当然是抵挡不了多久的。可能就在明早，一个黑骑士骑行而来，说要见巴金斯先生，他们就会让他进来呢。大家差不多都知道你已经搬回溪谷地居住了。”

弗拉多坐着思忖了一会儿。“我已经下定决心了！”他最后说，“明天天一亮我就启程。不过我不走大路，待在这儿也比走大路安全。如果我从北门出去，那我离开巴克兰的消息马上就会众所周知，而不像待在这里，至少可以保守几天秘密。况且，不管黑骑士进没进入巴克兰，大桥和边界附近的东路肯定都被他们监视着。我们不知道到底有多少黑骑士，但至少有两个，可能还不止。现在我们唯一能做的事就是出其不意，往他们料想不到的方向出发。”

“可是这意味着只能闯古森林啊！”弗雷德加尔惊愕地说，“你不能那么办，那跟遇到黑骑士一样危险。”

“那倒不一定，”梅里说，“这听上去是铤而走险，但我相信弗拉多是对的。这是唯一一个出发后不会被立刻跟踪的办法。幸运的话，我们会顺利开拔的。”

“可是在古森林里，哪有什么运气！”弗雷德加尔反驳道，“在那里，从来没有谁有过运气。你们会迷路的，人们从来不去那里。”

“谁说从来不去的，去的人多了！”梅里说，“白兰度巴克家的人就去过，他们兴致一来就去。我们有一个秘密入口。很久以前，弗拉多进去过一次。我去过好几次，当然一般是在白天去的，在风停树静安宁的时候。”

“好吧，你们觉得怎么最好就怎么做吧！”弗雷德加尔说，“反正我最害怕的还是古森林，关于它的故事真像是噩梦啊！不过，我的意见不作数，反正我又不跟你们一起去。我还是很高兴能留下来等甘道夫，告诉他你们的所作所为。我相信他很快就会露面的。”

虽然喜欢弗拉多，但胖子博尔济并不想离开夏尔，也不想去看外面的世界。他来自东法兴，确切地说来自桥区的博杰津，但他从来没有跨越过白兰地大桥。按照这几位共谋者的原始计划，他的职责就是待在本地，应付人们的打探，尽可能久地营造巴金斯先生仍然住在溪谷地的假象。他甚至带了些弗拉多的旧衣服帮助他扮演这个角色。他们都没怎么意识到扮演这个角色将会多么危险。

“妙极了！”弗拉多了解了整个计划后说，“不然的话，我们没法给甘道夫留下任何信息。当然，我不知道这些黑骑士识不识字，但我不敢冒险写字条，万一他们闯进来，搜查房子时发现就不好了。不过，如果博尔济愿意留下来看守房子，那甘道夫肯定能了解到我们的去向。我决定了，明天的第一件事就是进入古森林。”

“好吧，那就这样吧。”皮平说，“总而言之，我宁愿跟你们一起钻古森林，也不愿像博尔济一样留下来，坐等黑骑士到来。”

“等你进了古森林，可能就不这么想了，”弗雷德加尔说，“到明天这个时候，你会巴不得回到这里跟我在一起的。”

“别再争论这个了，没有意义。”梅里说，“上床睡觉前，我们还得去收拾东西，最后打包，破晓前我会喊你们起来的。”

等到终于上床睡觉的时候，弗拉多却辗转难眠。他的腿酸疼不已，庆幸的是，明天早晨他们骑行出发。最后，他迷迷糊糊地做起了梦，梦见自己站在一扇高高的窗户旁，俯瞰错综幽暗的林海，盘根错节的虬根处，有什么东西在爬行、嗅闻，他很确定，他们迟早都会闻到自己的。

然后，他听到远处传来一阵声响。一开始他以为那是大风吹过树叶的声音，但他很快就意识到那不是树叶，而是远方大海的声音，一个他醒着的时候从未听到过的声音，尽管这声音经常困扰他的梦境。突然，他发现自己置身空旷处，周围根本没有树。他身处一片黑漆漆的荒野，空气中弥漫着一股奇怪的咸味。他仰头看见面前有一座白色的高塔，孤独地耸立在一个高高的山脊上。他心头涌起强烈的欲望，想要爬上高塔，看看大海。他开始朝高塔所在的山脊攀爬，可是天空突然闪过一道光，接着雷声轰鸣。

第6章 古森林

弗拉多蓦然惊醒，房间里依然漆黑一片。梅里站在那儿，一只手端着烛台，另一只手嘭嘭敲门。“怎么了，怎么了？”弗拉多惊魂未定，犹在梦中。

“怎么了？！”梅里叫道，“该起床了！已经四点半了，外面雾茫茫的。快点！山姆已经准备好早餐了。连皮平都起来了。我这就去给马配鞍，牵一匹来载行李。你把博尔济那懒家伙叫醒！他至少得起来给我们送行。”

六点刚过，五个霍比特人准备出发了。胖子博尔济依然呵欠连天。他们悄悄地走出了房子。梅里走在前面，牵着一匹负重的矮种马，带领大家沿着小径走过房子后面的一个小树林，然后穿过几片田地。树叶上露珠闪闪，每根枝条都湿漉漉的。草地上覆着一层灰色的冷霜。一切都静悄悄的，而远处的声音却似乎近在咫尺：院子里家禽的喧闹声，还有一栋房子的关门声。

在马厩里，他们找到了要骑的矮种马。这是一种霍比特人喜欢的矮小但壮实的马匹，速度不快，但是耐劳，韧性极好。他们跨上马，很快就隐没在晨雾中。这雾似乎很不情愿地在他们面前打开，又冷峻地在他们身后合拢。他们沉默又缓慢地骑行了大约一个小时后，那道树篱赫然耸现在面前。树篱很高，上面结满了银丝般的蜘蛛网。

“你们怎么穿过这道树篱进去呢？”弗雷德加尔问。

“跟着我！”梅里说，“你看我们怎么进去。”他沿着树篱向左一拐，很快就到了一个树篱向内弯的地方，这里正贴着洼地的边缘。树篱不远处有一道切口，微微斜向下，形成一道地堑。地堑两边竖有砖墙，墙面稳稳升高，直至突然在地堑上方连成一个拱顶，让地堑变成一条正好经过树篱下面的通道，通向另一边的洼地。

博尔济在这里停下了脚步。“再见了，弗拉多！”他说，“我希望你们不要进入古森林。但愿这一天结束前，你们不需要救援。不过，祝你们好运！今天好运！天天好运！”

“如果前方没有比古森林更糟糕的事物，我就算是幸运的。”弗拉多说，“告诉甘道夫尽快沿着东大道赶过来，用不了多久，我们就会折回到那条路上尽快赶路的。”

“再见！”他们高呼着，骑马走下斜坡，走进地堑通道，消失在弗雷德加尔的视线里。

地堑通道里又暗又潮湿，尽头有一扇紧闭的铁栅门，栅栏很密。梅里跳下马，打开门锁。等他们全都进去之后，他又把门推回去，哐当一下，咔嗒一声，锁上了。那声音听着让人心惊。

“好了，”梅里说，“现在咱们已经出了夏尔的地界，到了古森林的边缘。”

“那些传说都是真的吗？”皮平问。

“我不知道你指的是哪些传说，”梅里答道，“如果你指的是胖子博尔济的保姆过去给他讲的那些妖怪故事，什么妖精、狼之类的，那我告诉你，不是真的，反正我不信这些，但这林子确实很诡异。里面的一切据说都比夏尔的更有灵性，对林子里发生的事情也更敏感。这里的树不喜欢陌生人，它们观察你的一举一动。通常在白天时，它们只满足于观察你，不动声色，充其量偶尔掉下一根树枝，或拱起一段树根，或用一根长藤蔓缠住你。然而到了晚上，它们就变得吓人了，反正我是听人这么说的。我只在天黑后来过这里一两次，只在树篱附近。我觉得所有的树都在互相低语，用一种难懂的语言传递着信息，策划着谋略。没有起风，树枝却狂摇乱舞。人们确实说过，这林子里的树会移动，会围住陌生人，把他们困在里面。实际上很久以前，它们袭击过树篱。它们走过来，紧挨着树篱扎下根，企图压垮它。可是霍比特人来了，砍倒了成百棵树，在林子里燃起一大把火，把树篱东边一带的树木给烧了。从此之后，林子里的树就放弃了袭击，却变得非常不友好。里面不远处有一片宽阔的荒地，就是当年那把大火烧过的地方。”

“危险的只有树吗？”皮平问。

“这森林深处生活着各种各样的怪东西，更远的另一边也是。”梅里说，“至少我听说是这样的，但我从来没有见过任何一种。不过，里面的一条条小路都是什么东西踩出来的。不管什么时候，你只要进去，就会发现一些可通行的小径，但这些小径似乎以一种怪异的方式，时不时地改变方位。距这条地堑通道不远处，有一条通往篝火烧过的那片林间空地的宽阔小径，多多少少就在咱们这个方向，东边往北一点。不过，那也是很久之前的事了，不知道还在不在。我要找的就是这条小径。”

几个霍比特人离开了地堑通道，骑马穿过大洼地。距离树篱一百多码远的洼地另一边，隐约有一条通向古森林的小径。然而他们沿着这条小径一走进林子，它就消失不见了。几人回首望去，透过周围浓密的树干，只能看见黑漆漆的树篱轮廓。再看前方，只见有无数大小、形状各异的树干，或直或弯，或扭曲或倾斜，或矮粗或纤细，或光滑或疙疙瘩瘩、枝蔓丛生。所有的树干都是绿色或灰色的，长满了苔藓和黏糊糊的蓬松生长物。

只有梅里看上去兴高采烈的。“你最好带我们找到那条路。”弗拉多对他说，“别让我们走散了，也别忘了树篱在哪个方位！”

他们在林间择路而行，矮种马走得很慢，小心翼翼地躲避着盘曲纠结的树根。林木下没有灌木丛。他们越往里走，地势越高，树木也似乎变得越来越高，越来越黑，越来越浓密。四周静悄悄的，只有凝结成滴的霜露偶尔从一动不动的树叶上掉下来的声音。那一刻，树枝没有摇曳摆动，也没有飒飒作声，但他们全都有一种不舒服的感觉：自己仿佛正被一道不满、厌恶甚至敌意的目光注视着。这感觉越来越强烈，他们不由自主地看上看下，四处张望，唯恐遭到突然袭击。

然而，没有任何那条小径的迹象。树木似乎在不断地阻挡他们的路。皮平突然觉得自己再也受不了了，毫无预警地大叫一声：“啊！啊！我什么也不干，就让我过去吧，行吗？”

其他人吃惊地停住了，但皮平的哭喊仿佛被一道厚重的窗帘蒙住了，没有回声，没有回音，树木似乎变得比之前更拥挤更警惕了。

“我要是你，我就不会喊，”梅里说，“那不光没什么好处，反而有害。”

弗拉多开始怀疑，找到一条穿越古森林的途径是否是可能的，自己让其他人跟着一块走进这个极其讨厌的森林是不是错了。梅里左看看右瞧瞧，似乎已经不确定该走哪边了。皮平注意到了他的踌躇。“才没过多久，你就把我们带迷路了。”皮平说。而就在这时，梅里如释重负地呼哨一声，指了指前面。

“瞧！瞧！”他说，“这些树真的会转移！咱们前面就是那场篝火烧出来的林间空地，希望是吧！不过通往那里的小径似乎已经移走了！”

他们继续前行，林子变得越来越亮堂。突然之间，他们就走出了树林，发现自己置身于一个宽阔的环形空间。头顶的天空湛蓝清澈得令他们惊讶，因为在森林穹顶下，他们没能见到清晨的日出和薄雾的升腾。然而，太阳升得还不够高，还不足以照进这片林中空地，不过阳光已经落在树冠上了。周边的树木全都更绿更密，将林地环围在其中，如同一圈密不透风的墙。林地里没有树，只有参差不齐的草和许多高大的植物：蔫哒哒的细条毒芹和欧芹，长在蓬松灰烬中的火草，以及疯长的荨麻和蓟。这是一个乏味的地方，但跟密不透风的森林比起来，它似乎是一个蛮有魅力的宜人花园。

四个霍比特人感到精神鼓舞，他们满怀希望地抬头仰望青天。空地远处的那边，树墙上有一道空隙，那儿无疑有一条小路。他们可以看到：那条小路伸向丛林，路面宽敞，上方空旷，尽管时不时地有树插进去，用黑漆漆的树枝遮蔽天空。四人骑马走上了这条小路。他们依然攀行得小心翼翼，但这会儿走得快多了，心情也比之前轻松。他们似乎觉得这古森林已经释怀，终于要让他们畅行无阻地通过了。

可是没走多久，天气开始变得炎热潮湿。两边的树木再次聚拢起来，他们看不太清前方了。现在，他们比以往更强烈地感觉到了树木施加在他们身上的恶意。马蹄在枯叶上嘚嘚作响，偶尔在隐蔽的树根上绊一下，四周的静谧落在他们的耳朵里如雷似鼓。弗拉多试图唱首歌鼓励大家，但他的嗓音却沉如低吟：

昏暗路上的漂泊者啊！
不要绝望！虽然身处黑暗，
但这是最后的丛林，
走出去再见明亮的太阳：
日出，日落，
昼来，夜往，
东去西行，
树林皆衰，
……

他唱到“衰”这个字眼时，声音几近哑默。空气似乎变得滞重，唱词因而令人疲倦。就在他们身后，一根大树枝从一棵悬垂的老树上折断，咔嚓一声掉落在小路上。他们前面的树似乎合拢了。

“它们确实不喜欢听‘最后’‘衰’这类字眼，”梅里说，“我现在不唱了，等我们到了古森林边界，回过头再给它们来个大合唱！”

他说得很欢快，即使忧心忡忡，也没有表现出来。其他人没有答话，他们都很沮丧。弗拉多心头愈来愈沉重，每往前一步，他都后悔自己居然想着去挑战这些树木的威胁。然而就在他打算停下，建议大家往回走（如果这仍然可行的话）的时候，事情发生了新的转机。这条小路停止攀升，变得几近平坦了。黑漆漆的树退向两边，前方的小路几乎笔直向前。他们面前不远处，耸立着一座绿色的山，这山顶上并没有树木，像是环形森林凸起的一个光秃秃的脑袋。这条小路似乎直通那里。

他们又急忙向前赶去，一想到一会儿就要爬到这森林之顶，摆脱它的围困，他们就高兴极了。小路下沉，然后又开始往上攀升，引着他们最终到达陡峭的山坡脚下。在那儿，小路抛开树木，钻进了草皮里。树木环绕着山坡，像浓密的头发在剃光的“头冠”上围成的一个圆环。

四个霍比特人牵着马，迂回曲折地登上了山顶。他们站在那儿，举目远眺。日光闪耀，薄雾蒙蒙，他们看不太远。近处的雾此刻差不多都散了，只有些许缭绕在林间，而他们南面，浓雾从横穿森林的一道深谷里袅袅升起，如烟缕似蒸汽。

“那儿，”梅里用手指着说，“那儿就是柳苏河，它源自古冢岗，往西南流经古森林中间，然后汇入篱尾下面的白兰地河。咱们可不能走那边！据说柳苏河河谷是这整个森林最怪异的地方，实际上是所有怪异地方的核心。”

其他三人往梅里所指的方向望去，但他们只能看到深谷上空潮湿的薄雾，以及逐渐消失在视线中的南部森林。

山顶上空的太阳变得炽热起来。现在肯定十一点左右了，可秋岚依然挡住了他们看向其他方向的视线。向西，他们既看不清树篱一线，也看不清远处的白兰地山谷。往北，他们满怀希望地看去，却什么也看不见。那边，本来可能是他们打算走的大东路。他们仿佛身处树海中的孤岛，而地平线雾霭缭绕，如蒙面纱。

山顶东南边陡然下斜，仿佛山坡一直延伸到树林下，像一座海岛，一座实际上从深水中升起的山之侧面。他们坐在绿草茵茵的山顶边缘，一边俯瞰下面的丛林，一边吃着午餐。当太阳升到头顶，正午一过，他们远眺东方，古森林远处，古冢岗灰绿色的轮廓依稀可见。这令他们大受鼓舞，因为能看见森林边界以外的任何东西都是好事。不过如果有别的路可走，他们并不打算走那个方向，因为在霍比特人的传说中，古冢岗跟古森林一样恶名远扬。

最后，他们决定继续前行。那条把他们带到这山丘的小路重新出现在山北边，但他们沿着它没走多远就意识到，这条小路正逐渐往右拐。不一会儿，它就开始迅速下沉，四个霍比特人猜测它很可能是朝柳苏河河谷去了，而那根本不是他们想走的方向。一番讨论之后，他们决定离开这条误导人的小路，转而探探北路。虽说他们在山顶上，北边什么也看不清，但那个方向必定是有路的，路也不可能在很多英里之外。而且，往北——也就是这条小路左边的土地，似乎更干燥更开阔一些。他们沿着树木稀薄的斜坡向上爬。在这些斜坡上，松树和冷杉取代了橡树、花楸树和其他奇奇怪怪又长势浓密的无名树。

一开始，这样的选择似乎不错：他们以相当快的速度前进，可每当抬眼瞥向开阔地上空的太阳时，他们就觉得自己似乎莫名其妙地往东转了。过了一段时间，树木又浓密起来，刚才从远处看，树木可没这么密集凌乱。然后，他们又意外地发现地上有很深的沟壑，像是巨大的车轮碾过的痕迹，又像是宽阔的壕沟，还像是荆棘缠绕的废弃之地。这些沟壑大都横贯在他们前进的路上，只能跳下去再爬出来才能通过，这对他们的马匹来说就很麻烦很困难了。每次他们爬下一个沟壑，都发现里面长满了浓密的矮树和蓬乱缠结的灌木，不知怎的，这些矮树和灌木“不肯”往左，却在他们向右拐时让了路。他们沿着沟壑底走上一段距离，才能发现一处向上的堤坝。每次他们攀爬出去，都发现树木愈加幽深昏暗了，而且不管往左还是往上，找到一个出口都异常艰难，他们只好往右往下走去。

一两个小时后，他们已经完全没了方向感，但他们非常清楚，他们早就不朝北走了。他们闷头前行，好像被什么牵着鼻子，一个劲地沿着被选定的路线朝着东南方向，一步一步地走进古森林腹地，而不是走出去。

下午倏忽而过，他们爬上爬下，磕磕绊绊，意外地闯进了一个比之前遇到的更宽更深的沟。这个沟又滑又陡，不丢开马匹和行李，他们根本爬不出去，也没法往前或后退，唯一能做的就是循着沟向下走。地面变得松软，有些地方潮湿泥泞，沟壁上有泉水渗出。很快他们就发现自己是循着一条小溪流在走，杂草丛生的河床里流水潺潺。接着地面开始迅速下沉，小溪流的水越来越大，越来越喧腾，奔涌着跳跃着，朝坡下流去。四个霍比特人身处一个光线昏暗的深沟，沟里树木高耸，在他们头顶形成了拱形。

沿着溪流跌跌撞撞地行进了一段距离之后，他们眼前忽而豁然开朗，就像是穿过一道门，阳光倾泻而下，洒在身上。走到开阔地，他们才发现自己是从一个高高的、几乎算得上是悬崖的裂缝中走下来的。它的脚下是一片宽阔的青草地和芦苇荡，远处依稀可见另一个几乎同样陡峭的崖堤。夕阳的金辉温暖而慵懒地洒在两个崖堤之间隐蔽的土地上。这空地中间，一条水色暗褐的河流缓缓地蜿蜒流过，河缘镶以古老的柳树，繁茂的枝叶在河流上空交错成顶，倒下的柳树横贯在河道里，河面上散落着无数凋零的落叶。山谷里微风和煦，轻轻吹拂，芦苇瑟瑟，树干吱吱嘎嘎，柳条摇摇曳曳，空中满是飞舞的黄叶。

“嗯，现在我总算有点知道咱们在哪儿了！”梅里说，“这是柳苏河，跟咱们打算走的方向差不多正好相反！让我继续走走看，探一下路。”

他走到阳光下，消失在长长的草丛里。过了一会儿，他又出现了，报告说崖脚和河流之间的地面非常坚固，在有些地方，硬草皮一直蔓延到水边。“而且，”他说，“河流的这边好像有一条人行小道蜿蜒向前，如果我们左拐，顺着它往前走，应该最终能走到森林东边。”

“要我说吧，”皮平说，“如果这条小道能延伸到那么远，不只是把咱们领进沼泽地困在那儿，那你们想，是谁铺的这条道呢？为什么铺呢？我敢肯定，这条道可不是为了咱们方便。我越来越怀疑这个森林和这个森林里的一切，我都开始相信关于它的那些传说了。你知道我们往东还要走多远吗？”

“不知道，”梅里说，“我一点都不知道我们要沿着柳苏河下游走多远，也不知道是谁可能经常跑到这里，沿着河岸踩出这么一条小道，可是我看不出也想不到，还有其他路可走。”

既然没有其他的路，梅里便带着他们走上他刚刚发现的那条小路，一行人鱼贯而出。到处是又高又密的芦苇和草叶，有些地方没过他们的头顶。这条路很容易走，因为它拐来扭去，避开了沼泽和泥塘，在坚实的地面上延伸。四个霍比特人沿着这条路，越过其他深深浅浅的溪流，这些溪流源自更高的林地，汇入柳苏河。溪床里横着树桩和成捆的枯树枝，像是被小心翼翼地铺上去的。

四个人开始感觉炽热难耐。成群的飞蝇蚊虫在耳边嗡嗡叫个不停，午后的太阳炙烤着他们的后背。最后，他们突然走进一片薄荫里，巨大的灰树枝遮住了小路上方的天空。往前的每一步都变得异常滞重，瞌睡虫似乎从地面上爬出来，攀上他们的腿，又轻悄悄地飞到空中，栖停在他们的头上和眼睛里。

弗拉多脑袋直点，下巴不住地磕着脖颈。他前面的皮平一个踉跄，摔了个双膝着地。弗拉多停下了脚步。“这样不行，”他听到梅里说，“不休息一下一步也走不动了。我必须得打个盹歇一歇。柳树底下阴凉，蚊蝇也少！”

弗拉多不喜欢这话。“打起精神！”他吼道，“咱们不能在这里打盹，得先走出这森林再说。”可是，其他人都困得受不了了，根本没有在意他说的是什么。站在旁边的山姆呵欠连天，傻乎乎地不停眨眼。

突然，弗拉多感到睡意袭来，脑袋犯晕。此刻，四周几乎鸦雀无声。蚊蝇的嗡嗡叫声也停止了，只有一点微弱的噪声似有若无，像随风飘来的歌吟在树枝上方流荡。弗拉多抬起沉重的眼皮，看到一棵高大的灰白老柳树朝自己倾斜过来。这棵树硕大无比，杂乱的枝丫像长着无数根指头的手向上伸展着，树干上满是结，扭曲着，布满裂缝，随着树枝的移动，裂缝隐隐作响。晴天碧日下飞舞的树叶令他眩晕，他一头栽倒，仰面躺在草地上。

梅里和皮平挣扎着上前，靠着柳树干躺了下来。背后的树身吱嘎作响，树身上的裂缝大得能盛下他们。他们抬眼望着灰黄的树叶，看它们随光影轻轻晃动，婆娑似歌；闭上眼睛，似乎能听到歌词，清凉的词，唱着水和睡眠的故事。四个霍比特人似中了魔咒，在这棵大灰柳树下沉沉睡去。

弗拉多躺着跟强烈的睡意抗争了一会儿，费了好大劲才重拾清醒。他突然非常非常想要凉水。“等等我，山姆，”他嘟囔道，“我必须得在水里泡一下脚。”

半梦半醒中，弗拉多朝大树靠河的一边走去。那儿，交错的树根探进水流，就像盘龙在饮水。他跨坐在一根树根上，炽热的脚蹚进清凉的黑水里，睡意突然再度袭来，他背靠大树沉沉睡去。

山姆坐下来，挠了挠头，大嘴洞张，打着呵欠。他很担忧。时近傍晚，他觉得这突然而至的睡意很诡异。“这可不止是因为太阳和热风吧，”他自言自语道，“我不喜欢这棵巨大的树。我信不过它。听听吧，它现在在唱催眠曲！这怎么行！”他站起来，摇摇晃晃地走开，想去看看他们的马都变成什么样子了，结果发现两匹马已经沿着小路游逛了好长一段。他赶紧跑上前去拦住它们，牵着它们转身朝另外的马匹走去。然后，他听见了两个声音，一声很大，另一声轻柔但很清晰。大的那声像是什么很重的东西扑通掉进了水里，轻柔的那声像是门轻轻关上时锁芯的咔嗒声。

山姆掉头冲回河边。弗拉多落进了岸边的水里，一段大树根覆在他身上，正将他往下压，可他却没有挣扎。山姆一把抓住他的上衣，把他从树根下拖出来，然后费劲地把他弄上了岸。弗拉多几乎立刻就醒了，又咳又吐起来。

“你知道吗，山姆？”咳完吐完，他终于能说话了，“是这可恶的树把我丢进水里的！我感觉得到的。是这棵大树的树根把我缠起来，甩进水里的！”

“我看你是在做梦吧，弗拉多先生，”山姆说，“你不该坐在那么个地方打瞌睡。”

“其他人怎么样？”弗拉多问，“不知道他们做了什么样的梦。”

他们俩绕到大树的另一边，山姆这才明白刚才听到的似门锁咔嗒的声音是怎么回事。皮平不见了：他躺进去的那道树缝已经合拢了，一点裂隙都看不到。梅里被困住了：另一道树缝紧紧地卡在他的腰上，他的双腿在树缝外面，可身体的其他部分陷在黑漆漆的树洞里。树缝的两边像钳子一样夹着他。

弗拉多和山姆先是捶打吞噬了皮平的那段树桩，然后拼命想把树缝拉大，把可怜的梅里从它的魔爪中拉扯出来，却都无济于事。

“倒霉透了！”弗拉多失控地叫道，“我们为什么要走进这可怕的森林里来？真希望我们还在溪谷地待着！”他使出全身力气，不顾脚疼，狠狠地踢着大树，但树干只是微微一颤，几乎感觉不到动，树叶也只是沙沙低语，像是从远处传来的轻嗤。

“弗拉多先生，咱们的行李里没有带斧子吧？”山姆问。

“我带了一把劈柴的小斧子，”弗拉多说，“怕是没多大用。”

“等等！”山姆叫道，“柴”这个字眼让他心生一念，“咱们可以用火试试！”

“咱们可以吗？”弗拉多有些怀疑，“也许会把皮平活活烤熟在里面。”

“咱们可以先弄伤它，或者吓唬吓唬它，”山姆恶狠狠地说，“如果它不放他们出来，我就弄倒它，哪怕是啃！”说着，他跑向马匹，不一会儿带着两个引火盒和一把小斧子回来了。

很快，他们就捡来干草和枯树叶，还有一点树皮，又砍了一些枝条枝丫，把它们满满地堆在被困的皮平和梅里一侧的树干旁。山姆用打火石打出火花，点燃火绒，火绒烧着了干草，一股浓烟腾空而起。小枝条噼啪作响。火苗舔舐着这棵古老的大树干裂的树皮，炙烤着它。柳树全身都在颤抖，树叶似乎在他们头顶痛苦而又愤怒地嘶吼。梅里发出一声尖叫，而树心里传来了皮平的闷呼。

“扑灭！扑灭！把火扑灭！”梅里喊道，“你们要不扑灭，它会把我压成两半的，它是这么说的！”

“谁？什么？”弗拉多冲到大树的另一边，吼道。

“把火扑灭，把火扑灭！”梅里哀求道。柳树枝开始剧烈地摇晃起来，发出狂风呼啸般的声音。这声音传至周围其他所有的树，仿佛一石激起千层浪，整个森林都愤怒地沸腾起来了。山姆朝火堆踢了几脚，踩灭了火苗。可是弗拉多却莫名其妙地沿着小路奔跑起来，完全不清楚自己为什么要这么做，也不清楚自己想要什么，只是一边跑一边不停地喊：“救命！救命！救命！”他似乎听不见自己尖厉的叫喊，仿佛声音一出口，就被大柳树掀起的狂风吹散，淹没在树叶的鼎沸中。他感到绝望，茫然不知所措。

突然，他停了下来。他听到了回应，至少他想他听到了，但这回应是从身后传来的，来自小路远方，森林深处。他转过身，倾听着。很快就没什么可怀疑的了：有人在唱歌。歌者嗓音低沉愉悦，唱得随意而欢快，歌词却不知所云：

嘿嘿嘿，啦啦啦！叮咚叮当咚！
叮咚叮当咚！奔奔跳跳！柳树倒啦！
汤姆汤姆，快乐的汤姆，汤姆·邦巴迪尔！

弗拉多和山姆两人愣在原地，既心怀希望，又害怕会有新的危险。突然，一长串不知所云（至少听上去如此）的唱词之后，歌者抬高嗓音，唱起了一首清澈嘹亮的歌：

嘿！来吧，快乐地来，唱起来，亲爱的！
风和日丽，椋鸟翩羽，
山脚沿行，阳光灿烂，
门阶静候，星光清冷，
河神之女，我的美人，
苗条如柳枝，清纯胜溪涧。
老汤姆·邦巴迪尔手捧睡莲，
蹦蹦跳跳又把家回。
嘿嘿嘿！快乐地回！啦啦啦！
金莓，金莓，快乐的黄金莓！
可怜的老柳神，收回你的根！
汤姆忙着赶路呢！
白日将尽，夜晚将至，
汤姆捧着睡莲走在回家的路上，
嘿嘿嘿！快乐地回！你可听见我的歌唱？

弗拉多和山姆魔怔般地站在那儿。风呼啸而过，硬挺树枝上的树叶又静了下来。又一阵歌声响起。突然，芦苇上出现了一顶高冠顶的破旧帽子，帽带上插着一根长长的蓝色羽毛，这顶帽子正沿着小路蹦蹦跳跳。随着一蹦一跳，一个大人族的人出现在视野中，至少看起来是大人族。不管从哪个角度看，跟霍比特人比起来，他都高大得多、壮实得多，尽管对大人族来说，他并不算怎么高大，不过他制造的噪声足以跟大人族相比。他粗壮的腿上穿着一双黄色大靴子，踏着重重的步子，一路跌跌撞撞，就像一头穿过草丛冲下河边去饮水的公牛。

他穿着一件蓝外套，棕色的络腮胡子长长的，蓝眼睛亮晶晶的，脸庞红润，像熟透了的苹果，却因笑容绽放而满面褶子。他手里捧着一张托盘般的大叶子，上面是一小朵白色的睡莲。

“救命！”弗拉多和山姆挥舞着双手，呼喊着朝他跑去。

“哎哎哎！站在那儿别动！”那老头举起一只手叫道。他们戛然而止，仿佛被按了停止键。“嘿！小伙计们，你们要去哪里？怎么喘得像风箱一样？这儿是怎么回事？你们知道我是谁吗？我是汤姆·邦巴迪尔。告诉我你们有啥麻烦！汤姆现在忙着呢，你们不要挤坏我的睡莲！”

“我的朋友被困在那棵柳树里了！”弗拉多气喘吁吁地喊道。

“梅里先生被夹在树缝里了！”山姆喊道。

“什么！”汤姆·邦巴迪尔跳起来老高，吼道，“老柳神？这可比调皮糟糕多了，是吧？没事，问题很快就能解决。我知道怎么治他，这个老灰柳神！要是他行为不端，我就把他冻成冰树！我会把他的根唱掉！我会唱起风，把他的叶子和枝条吹跑！这老柳神！”话毕，他小心翼翼地将他的睡莲放在草地上，然后跑到那棵柳树前，看到梅里的脚还露在树缝外面，而身体的其他部分已经深陷进去了。汤姆将嘴凑近树缝，对着它开始低声吟唱。几个霍比特人听不清唱词，但很显然梅里被唤醒了。他的腿开始乱踢，汤姆一下子蹦开，折下一根垂枝，用它抽打起了树身。“你放他们出来，老柳神！”他一边打一边说，“你想干吗？你就不该醒来。去吃土！去扎根！去喝水！去睡觉！邦巴迪尔在跟你说话！”说完，他抓住梅里的脚，将他拽出了突然张大的树缝。

吱嘎，吱嘎，另一个树缝也裂开了，皮平从里面跌了出来，仿佛是被踢出来的。接着砰的一声巨响，两个树缝又迅速合拢，大柳树从脚到顶，浑身一抖，然后陷入沉寂。

“谢谢你！”四个霍比特人一个接一个地向他表示感谢。

汤姆·邦巴迪尔放声大笑。“嘿！小伙计们！”他说着弯下腰，端详他们的面孔，“你们应该跟我一起回家！餐桌上摆满了黄油、蜂蜜和奶油面包。金莓在等待。进餐时有的是时间解疑答惑。你们尽快跟上我！”说着，他拿起他的睡莲，挥手示意他们跟上，然后沿着小路蹦蹦跳跳地向东而去，依然大声唱着不知所云的歌。

四个霍比特人又惊又喜，赶快跟上他，可他们速度还不够快，汤姆很快就消失在了前面。他的歌声愈来愈淡，愈来愈远。突然，随着一大声“嘿”，他的声音又朝他们飘回来了：

跳起来，跳起来，沿着柳苏河跳起来，小伙计们！
汤姆走在前面，要去点燃烛火。
夕阳西下，你们很快就要摸黑走。
等夜幕降临，门将开启，
窗棂上黄星闪闪，
别怕黑暗！别在意老柳树！
别害怕树根！别害怕树枝！
汤姆在你们前面！
嘿嘿嘿！啦啦啦！我们等着你们！

之后，四个霍比特人就再也没有听到他的声音。差不多这时，太阳似乎已经沉到他们身后的林子里了。他们想起了余晖中波光粼粼的白兰地河，想起了巴克兰的万家灯火，而此刻他们头顶却笼罩着巨大的阴影，小径上树木斜枝旁出，让人心惊肉跳。白雾升腾起来，漂浮在河面上，缭绕在河边的树根间。他们脚下的地面上，一股朦胧的蒸汽袅袅升起，与迅速降临的黄昏融汇在一起。

跟上汤姆的足迹变得困难起来。他们疲倦极了，腿上像是挂着铅袋。两侧的灌木与芦苇中总有窸窸窣窣的奇怪声音。他们抬头仰望灰白的天空，却见无数奇怪、多节的脸，在暮色的映衬下阴沉幽暗，这些脸从高高的河岸和丛林边缘不怀好意地斜视着他们。四个霍比特人开始感觉，这整个乡野都是虚幻的，他们正跌跌撞撞地走在一个不会醒来的噩梦中。

正当觉得步履滞重，几乎迈不动脚时，他们发现地面开始缓缓上升，水声潺潺。黑暗中，他们瞥见了白色水沫的微光，那是河水跌落形成的一个小瀑布。突然，树林到了尽头，雾霭留在了身后。他们从这森林里走出来，发现一片宽阔的草地在面前蔓延。河流这会儿看上去细窄湍急，正欢快地飞奔而下迎接他们，在漫天星光下，熠熠生辉。

他们脚下的草平整贴地，像是被修剪过。身后森林的边沿也被修剪过，如树篱般整整齐齐。面前的小径清晰可辨，路面养护得很好，路边还镶着石头。它蜿蜒向上，通向一个芳草萋萋的圆丘顶部。此刻，这圆丘在淡淡的星夜下显得灰白。丘顶上，一座房子灯光闪烁，但要到达那儿还得爬一道长坡。他们沿着小径，一会儿上，一会儿下，走上一道长长的草坡，朝灯光走去。突然，一扇门大开，一束暖光倾泻而出。他们面前正是汤姆·邦巴迪尔藏在深山里的房子。房子后面耸立着一道陡峭的陆脊，灰兮兮、光秃秃的。陆脊远处，古冢岗的黑影在夜色中向东绵延。

四个霍比特人策马匆匆往前赶。一半的疲倦和全部的恐惧都被甩在了身后。“嘿嘿嘿，来吧，快乐地来！”歌声又起，迎接他们：

来吧！快乐地来！快跑快跳！我亲爱的朋友！
来吧，霍比特朋友，连同你们的马！我们欢聚一堂！
尽情乐吧！一起唱吧！

然后，一个清亮的声音，如春天般年轻，亦如春天般古老，仿佛一溪山间清泉从明媚的清晨流进夜晚，像银河一样落下来迎接他们：

唱起来吧！让我们一起歌唱！
歌唱太阳、月亮和星星，
歌唱雾霭、雨水和云天，
歌唱萌芽上的光，羽毛上的露，
歌唱开阔山坡上的风，石楠盛开的铃铛花，
歌唱水中的睡莲，池塘旁成荫的芦苇：
那是河神的女儿和老汤姆·邦巴迪尔！

这歌声伴着霍比特人走到门口，一束金色的光笼罩住了他们。

第7章 在汤姆·邦巴迪尔家里

四个霍比特人迈步跨过宽敞的石头门槛，定定地站住，眨巴着眼睛。他们身处一间长长矮矮的房间，房梁上挂满摇曳的灯盏，照得满室生辉。黑漆面的木桌上立着许多高高黄黄的蜡烛，燃得明亮灼热。

对着大门那头的一张椅子上，坐着一个女人。她金色的长发披在肩上，穿着一件鲜芦苇一样翠绿的长袍，镶满碎银，宛若露珠；长袍上系着一根金腰带，形如一条缀满淡蓝色勿忘我的睡莲花环；脚边围绕着一圈棕绿色的阔口陶罐，白色的睡莲漂浮其上，这让她看上去仿佛端坐在池塘中央的莲花宝座上。

"请进，尊贵的客人们！"她说。她一开口，四个霍比特人才知道之前听到的清亮歌声是她的。他们羞怯不安地朝房间里面走了几步，鞠躬致意，莫名觉得惊诧又尴尬，就像想求一杯水喝的路人，敲开农舍的门，却发现开门的是一位身着鲜花的仙女。还没等他们开口说话，她就飘然起身，跨过睡莲陶罐，笑着朝他们跑来。她跑的时候，长袍窸窣，就像风拂过鲜花盛开的河边。

“来吧，亲爱的朋友们！”她说着，拉起弗拉多的手，“笑起来，高兴起来！我是金莓，河神的女儿。”她轻盈地走过他们，关上门，然后转过身，张开白皙的胳膊把住门框，“让我们把黑夜关在门外吧！”她说，“也许你们惊魂未定，还在担心那些雾霭、树影、深水以及野物。别害怕！因为今夜，你们在汤姆·邦巴迪尔家中！”

四个霍比特人惊奇地看着她，而她也微笑地看着他们每一个人。“金莓仙女！”弗拉多终于开口道。他感到心里充盈着一种自己也不能理解的喜悦，就像以前时不时被精灵的声音迷住那样，着了魔似的站着。可是此刻，施加在他身上的魔法是不同的：这喜悦没有那么强烈和忘乎所以，但是更深沉、更触动人心，惊异却不奇怪。“金莓仙女！”他再次说道，“我们听到的歌声中隐藏的欢喜，我现在才体会到。”

啊！纤细如柳枝！纯净如清水！
啊！池塘旁的芦苇！河神的女儿！
啊！春来夏往，春又来！
啊！风起瀑布，叶儿欢笑！

他突然停下歌唱，嗫嚅起来，为自己居然会唱出这样的歌词惊诧万分。金莓却笑了。

“欢迎！”她说，“我没听过夏尔的人能唱得这么甜美，但我看出你是精灵的朋友，是你眼中的光和你声音里的调性告诉我的。这是一次愉快的相会！请坐吧！等等这房子的主人！他很快就会来的。他正在照料你们那些疲倦的牲口呢。”

四个霍比特人开心地在灯芯草垫的矮椅上坐下来，而金莓在桌旁忙来忙去，他们用目光追随着她，满心欢喜地看着她苗条身影的一举一动。房子后面的什么地方传来了唱歌的声音，在诸多的“嘿嘿嘿”“啦啦啦”和“嘀哩哩”中，他们时不时地捕捉到重复的唱词：

老汤姆·邦巴迪尔是一个快活的家伙，
他的夹克衫蓝盈盈，他的大头靴黄闪闪。

“仙女！”过了片刻，弗拉多又开口道，“告诉我，如果我的问题不那么愚蠢的话，汤姆·邦巴迪尔是谁？”

“就是他呀。”金莓迅捷挪动的身影一顿，笑着说。

弗拉多疑惑不解地看着她。“就是他呀，你们已经见过他了，”她迎着他的目光回应道，“他是山、林、水之主。”

“那这片奇怪的土地都属于他喽？”

“不，当然不是，”她答道，脸上的笑容消失了，“要是的话，那会是一个负担。”她低声补充道，仿佛自言自语，“生长或生活在这片土地上的树、草，一切，都属于它们自己。汤姆·邦巴迪尔之所以是主人，是因为还没有什么能阻挡老汤姆在林中行走、在水中跋涉、在山巅跳跃，无论天晴还是天阴。他无所畏惧。汤姆·邦巴迪尔是山、林、水的主人。”

房门开启，汤姆·邦巴迪尔走了进来。他这会儿没戴帽子，浓密的棕发上落满了秋叶。他大笑着，走向金莓，拉起她的手。

“这是我美丽的妻子！”他说着，朝四个霍比特人鞠躬致意，“这是我身着银绿袍，腰系金花带的金莓！餐桌都布好了？我看有黄油、蜂蜜、面包、奶酪和牛奶，还有绿叶蔬菜和成熟的浆果。这些够我们吃吗？晚餐准备好了吗？”

“准备好了，”金莓说，“不过客人们或许还没准备好。”

汤姆拍了拍手，喊道：“汤姆！汤姆！你的客人累了，你怎么差点忘了！来吧，我的朋友们，高兴起来！汤姆会让你们重振精神！你们先去洗一洗脏污的手，擦一擦疲倦的脸，脱掉泥泞的披风，梳一梳乱糟糟的头发！”

他打开门，四个霍比特人跟随他走下一条短通道，拐过一个急弯，走进一间斜顶矮房，这似乎是建在房屋北端的阁楼套房。石头墙干净整洁，但大都用绿色的挂垫和黄色的帘布遮盖着。地面是石板铺的，上面布满了鲜绿的灯芯草。房间里有四张厚床垫，每张床垫上都铺着白色的毯子，沿着床沿一边耷拉到地上。对面靠墙有一张长凳，上面摆着几个阔口陶盆，盆边还立着盛满水的棕色水罐，有的是凉水，有的还冒着热气。每张床边都备好了绿色的软拖鞋。

没多久，四个霍比特人洗漱完毕，焕然一新，两两相对坐在桌旁，而金莓和汤姆各坐一端。这是漫长而欢乐的一餐。虽然四个饥饿的霍比特人吃得狼吞虎咽，但食物还是很充足。他们杯中的饮料似乎是清凉的水，可喝到心里却如酒滋润，话也因此多了起来。客人们突然意识到，他们在开心地歌唱，仿佛唱比说更容易，更自然。

最后，汤姆和金莓站起来，很快收拾干净餐桌。客人们被请到椅子上安静地坐下，每双疲倦的脚都踩在一个脚踏上。他们面前的大壁炉里炉火熊熊，散发着一股甜甜的味道，好像烧的是果木。一切安顿就绪之后，房间里的灯只留下一盏，其他的都熄灭了，壁炉架两端各还有一对蜡烛。然后，金莓举着一支蜡烛，走过来站在他们面前，向每一个人道晚安，祝他们睡个好觉。

“好好睡哟！”她说，“一觉睡到大天亮！别在意夜里的动静，不会有什么经过门和窗户的，这儿只有月光、星光和吹过山顶的风。晚安！”说完，随着一道微光的闪烁和一阵衣裙的窸窣，她走出了房间。寂静的夜里，她的脚步就像一道潺潺溪流溅落在山间清凉的石头上。

汤姆默默地在他们旁边坐了一会儿，四个霍比特人晚餐时就想问他许多问题了，这会儿他们试图鼓起勇气，问问其中的一个，没承想却睡意蒙眬，眼皮直打架。最后，弗拉多开口道：“那时，你听到我的呼救了吗？还是说你只是碰巧路过那里？”

汤姆像从美梦中惊醒一样一抖。“呃，什么？”他说，“我听到你的呼救了？没有，我没听到，我正忙着唱歌呢。我就是正好到那里了，你要说是碰巧也行。虽然我在等你们，但那并不在我的计划中。我们听说了你们的消息，知道你们在游荡。我们猜测，你们不久就会来到河边，因为所有的路都通向那里，通向柳苏河。老灰柳神是一个很厉害的歌手，小人族很难逃脱他狡诈的圈套。而只要我有事经过那儿，他就不敢阻挡。”汤姆点着脑袋，仿佛睡意再次袭来，不过他随即轻轻吟唱起来：

我去那儿有事：采摘睡莲，
绿色的莲叶白色的莲花，让我的美妻欢愉，
岁末最后的睡莲，带着它远离冬天的摧残，
在她可爱的脚边开放，直到雪融冰消。
每年夏末，我都要为她寻找它们，
在柳苏河远处，一个清澈的深潭里。
那儿，它们在春天初次盛放，

那儿，它们的花期很长。
很久以前，我就发现在那个深潭旁，
河神的女儿，美丽年轻的金莓坐在芦苇中，
歌声甜蜜，心跳如鼓！

他睁开眼睛，眸光突然一闪，看着他们，继续唱道：

你们很幸运，
因为现在我不会再去森林水边了。
春逝冬来，这一年将尽，
我也不会再经过老柳神的房子了。
直待春光明媚，
河神的女儿翩翩起舞，沐浴水中。

他再度陷入沉默。弗拉多忍不住又问了一个问题，一个他最想知道的问题。“告诉我，大先生，”他说，“老柳神，他是谁？我以前从来没有听说过他。”

“别，别问！”梅里和皮平突然坐直了，异口同声道，“现在别问，明早再说吧！”

“对呀！”老汤姆说，“现在是休息时间。当世界笼罩在黑暗中的时候，有些事还是不听为妙。歇息吧，睡吧，睡到大天亮！别在意夜里的动静！别害怕老灰柳！”话毕，他取下灯罩，吹灭灯火，两只手各举着一支蜡烛，领着他们走出了房间。

他们的床垫和枕头羽绒般松软，毯子是白羊毛的。他们几乎是一躺在床上，盖上被子，就睡着了。

夜深人寂，弗拉多坠入了一个黑黢黢的梦里。然后，他看到一轮新月冉冉升起，薄光映照下，他的面前隐隐出现一堵黑石墙，墙上有一道黑弓形门。弗拉多觉得自己被托了起来，飘经其上的时候，他才发现，石头墙其实是一座环形山，其间是一个平原，平原中心矗立着一座山峰，宛若巨塔，但非人工而成。峰顶上站着一个人。月亮升起的那一刻，似乎正悬挂在他的头上，风一拂过，他的白发亮闪闪的。山峰下的平原上传来了跌倒的声音，还有许多狼的嗥叫。突然，一道阴影，如一对巨大的翅膀，飞过了月亮。峰顶上那个人抬起胳膊，挥舞的手掌划过一道闪光。一只巨鹰俯冲而下，载他离去。哀鸣声声，狼嗥阵阵。一声风啸，夹杂着疾驰的马蹄声，**嘚嘚**，**嘚嘚**，**嘚嘚**，从东方而来。“黑骑士！”弗拉多惊醒过来，脑海中仍然回响着马蹄**嘚嘚**的声音。他不知道自己是否再有勇气离开这安全的石墙屋。他一动不动地躺着，凝神聆听，但四周寂静无声。最后，他翻了个身，又睡着了，又或许是在不留记忆的其他梦境里徜徉。

他旁边的床上，皮平躺在那儿做美梦，但突然美梦变噩梦，他辗转反侧，哼哼唧唧。他突然醒来，又或者是他以为自己醒了，但仍然听到了黑暗中那搅乱他梦境的声音：噼啪，咔嗒，就像树枝在风中乱舞，还有小树枝刮擦墙壁和窗户的吱嘎吱嘎声。他不知道这栋房子近旁是不是有柳树，但突然有一种可怕的感觉：自己根本不是在一栋普通的屋子里，而是在那棵柳树里面，听着那可怕、干涩、吱嘎的声音又在嘲笑自己。他坐起来，摸到手边松软的枕头，这才松了一口气，又躺下了。汤姆的声音似乎在耳边响起：“什么都别怕！安心睡觉！一觉睡到大天亮！别在意夜晚的噪声！”于是，他又渐渐睡着了。

坠入沉静梦中的梅里听到的是水声。流水潺潺，然后漫溢，漫溢到整个房子，然后流进一个无边的黑池。墙角水声汩汩，水面缓慢地上升。“我会被淹死的！”他想，“水一定会涌进来，我会被淹死的。”他感到自己躺在一个又软又黏糊的泥沼里。他一跃而起，一脚踩上一块冰冷坚硬的石板，这才想起自己身在何处，又躺了下来。他似乎听到，或记得听到过：“除了月光和星光，还有山顶的风，不会有任何东西穿过门或窗户。”微风拂动窗帘，他深深地吐了口气，又睡着了。

山姆只记得自己心满意足地沉睡了一整夜。

天一亮，他们四个同时醒来。汤姆像椋鸟一样吹着口哨，在屋里走动。听到他们的动静，他拍着手喊道：“嘿嘿嘿！乐起来！乐起来！我亲爱的朋友们！”他拉开黄色的帘布，四个霍比特人看到，原来这帘布遮挡的是各在房间一端的窗户，一端的朝东，一端的面西。

他们精神抖擞地跳了起来。弗拉多跑向东向的窗户，放眼望去，外面是一个露水深重的菜园子。他本来以为会看到延伸到墙上的草皮，草皮上布满了马蹄印，然而目光所及皆被一行高高的豆角棚遮住了。不过这些豆角棚之上，灰色的山顶在旭日下熠熠生辉。这是一个灰蒙蒙的清晨：东方一天云锦，镶着红边，云层背后，霞光万道。看天色，雨将至，但晨光迅速灿烂，豆棚上的红花在湿漉漉的绿叶映衬下鲜艳亮丽。

皮平望着西窗外，雾海茫茫，古森林笼罩在朦胧中，从高处望去，宛若一片倾斜的云顶。远处有一道山坳或沟壑，浓雾碎成丝丝缕缕，那是柳苏河河谷。河流从山左边流下，消失在白蒙蒙的雾海中。近处，是一个花园和一道修剪过的用银网围起来的树篱。远处，灰草萋萋，露珠莹莹，目之所及，没有柳树。

“早晨好，亲爱的朋友们！”汤姆打开东窗，大声喊道。一股冷风吹进来，带着雨的味道。“我想，今天不大会出太阳了。天蒙蒙亮的时候，我就开始在山顶散步、蹦跳、听风、测雨、踏湿草、望云天。我在窗下唱歌，唤醒了金莓，但大清早唤不醒霍比特朋友啊！晚上你们熬了夜，天快亮才睡着！铃儿叮当响！现在起床吧，我亲爱的朋友们！忘掉夜晚的声响！铃儿叮当响！啦啦啦！我心欢喜！如果你们动作快点，会发现早餐已经上桌；如果你们动作慢了，就只能吃草喝雨水啦！”

汤姆威胁的话语当然是吓唬人的，但四个霍比特人还是动作很快地来到餐桌旁，吃得餐盘见空才离开。汤姆和金莓都不在，但汤姆的动静随处可闻：在厨房收拾锅碗瓢盆的叮当响，上下楼梯的脚步声，屋外这儿那儿的歌唱声。餐厅朝西，俯瞰云雾缭绕的山谷，窗户敞开着，水从茅草屋檐上滴落下来。四个霍比特人还没吃完早餐，乌云就已压顶，一场灰蒙蒙的大雨接踵而至，而且下个不停。古森林被完全遮蔽在深重的雨幕后面。

在他们望着窗外时，金莓清亮的歌声响起，仿佛夹在雨中从天上飘落。他们听不大清歌词，但觉得那是一首雨之歌，像落在干涸山丘上的细雨一样沁甜，歌唱的是一条河从高地泉潭流向远方大海的故事。

四个霍比特人欣喜地聆听着。弗拉多乐在心头，祈祷这恩赐的天气，因为它阻止了他们启程。醒来后，一想到要走，弗拉多心头就沉甸甸的，不过眼下看起来，他们今天是赶不了路了。

西天风起，乌云愈重，湿意渐浓，雨点泼洒在古冢岗光秃秃的山头上。烟雨蒙蒙，房子四周什么都看不见。弗拉多站在敞开的门近旁，望着白垩小路拐进一条银色小河，然后向下潺潺消失在山谷里。

汤姆·邦巴迪尔一路小跑着绕过屋角，一边跑一边挥着胳膊，仿佛在挡开雨滴。确实，当他跳过门槛进屋时，身上似乎是干的，除了脚上的靴子。他脱下靴子来，将它们放在壁炉边，然后在最大的一张椅子上坐下来，喊四个霍比特人聚到他身旁。

“今天是金莓的沐浴日，”他说，“也是她的秋濯日。不过对霍比特朋友来说雨太大了，所以能休息还是休息吧。今天是一个适合讲长故事、问问题、回答问题的好日子，汤姆要开讲啦。”

他给他们讲了许多奇闻逸事，有时讲到一半，好似自言自语；有时浓眉下的蓝眼睛突然一亮，看着他们。讲着讲着，他就会唱起来，起身离开座椅，手舞足蹈。他给他们讲蜜蜂和花的故事，讲树的行为，讲古森林的奇特生灵和种种事情：邪恶的和善良的、友好的和敌对的、残忍的和温暖的，也讲隐藏在灌木丛下的秘密。

他们听着听着，渐渐理解了有别于他们自己的古森林里的生命，也确实感到自己是闯入这些生命家园的陌生人。他的讲述中不时出现老柳神，弗拉多算是对他有了足够的了解，真的足够了，毕竟那不是什么令人舒服的故事。汤姆的话袒露了树木的心思，那常常是黑暗怪诞的，充满了对砍、劈、咬、烧它们的毁灭者和篡夺者的仇恨。把这森林称为古森林不无道理，它的确古老，是一片被遗忘的广袤森林的遗存者，这些树木依然活在其中，变老的速度不比群山快，它们是树木的祖先，记得曾经主宰世界的时代。无尽岁月里，它们的骄傲、智慧，以及怨恨，与日俱增。不过没有哪棵树比那棵大柳树更危险了：它的心是腐烂的，但它的力气却生机勃勃；它狡诈，是风的主宰，它的歌和思想在河两岸的树木间流窜。它晦暗的心如饥似渴地从土壤中汲取能量，然后又通过纤细的须根在地下蔓延，通过看不见的枝条触摸天空，直到从树篱到古冢岗，古森林几乎所有的树都被它控制。

突然，汤姆的讲述离开树木，跳到了那条年轻的溪流。他讲述它如何形成飞溅的瀑布，如何冲刷卵石和山岩，如何流过密草中的花朵和潮湿的沟隙，最后蜿蜒而至古冢岗。他讲起大陵地，讲述那里绿油油的山丘、山顶上的石环，以及山间洼地。羊群咩咩叫，山壁葱绿，山花洁白。高地上城堡座座。小国间争战不歇，年轻的太阳火一般照在他们贪婪通红的新剑上。有胜利，也有溃败。塔倒了，城堡被烧毁，火焰冲天。黄金堆在死去的国王和王后的灵柩上，被坟冢掩埋。石门紧闭，荒草离离。然后，羊又来踱步吃草，但不久，山峦再度空寂。一道阴影自远方黑暗处飘来，搅扰坟冢里的枯骨。古冢幽灵在山间游荡，冰冷的手指上戴着指环，身上挂的金链条在风中叮当作响。月光下，石环咧嘴而笑，像突出地面的破牙齿。

四个霍比特人听得毛骨悚然。虽然在夏尔，他们就听说过古森林外古冢岗的古冢幽灵，但没有哪个霍比特人乐意听那样的故事，即使是舒舒服服地坐在炉火旁也不愿意听。屋中的快乐被从脑海中驱逐而出，他们突然想起汤姆·邦巴迪尔的房子就坐落在那些可怕的山丘之间。他们再也没有心思听他的故事了，全都不安地转动身子，左顾右盼。

等他们再度捕捉到汤姆的讲述时，发现他的故事已经游荡到他们的记忆和思想之外的陌生地域，游荡到了白垩纪，那时世界更宽广，大海径直流到西岸。汤姆仍然不时吟唱，歌声追溯到了古老的星光时代，那时只有精灵的祖先醒着。然后，他突然住嘴，脑袋一点一点地，像是要睡着了。四个霍比特人定定地坐在他面前，像是被施了魔法。而且，似乎在他言语的魔力下，风静了，云散了，天暗了，夜色从东从西而来，满天星光，如昼明亮。

是过去了一天一夜，还是过去了许多天许多夜，弗拉多说不上来。他的确没觉得饿也没觉得困倦，只觉得不可思议。星光透过窗户闪耀，苍穹的静默似乎环绕着他。最后，他说出了他的惊诧和因这静默突然而至的恐惧。

“你是谁，先生？”他问。

“呃，什么？”汤姆挺直身子，眼睛在昏暗中熠熠生辉，“你还不知道我的名字吗？那是唯一的答案。告诉我，你是谁，就你自己，你的名字？不过你年轻，而我老了。最年长者，那就是我。记住我的话，我的朋友：在有这条河、这些树之前，汤姆就在这儿了。汤姆记得第一滴雨，第一颗橡果。他比大人族先铺路，目睹小人族到来。在国王、坟墓和古冢幽灵之前，他就在这儿。精灵们西迁时，汤姆就已经在这儿了，当时大海还没有弯流。他知道星光下的黑暗，但在黑魔王到来之前，这黑暗并不可怕。”

一道阴影似乎飘过窗口，四个霍比特人慌忙透过窗玻璃向外张望。当他们又转过身时，发现金莓站在门后，周身映衬着光亮。她一只手举着蜡烛，另一只手护着烛焰挡风。烛光透过她的手掌，宛如阳光透过一片白色贝壳。

“雨已经停了，”她说，“刚落下的雨水正往山下流，星光璀璨。让我们笑起来，高兴起来吧！”

“让我们吃起来喝起来吧！”汤姆喊道，“长故事讲得我口干舌燥，清晨、正午、夜晚，漫长的聆听让你们饥肠辘辘！”说着，他从椅子上跳起来一蹦，从壁炉架上拿起一支蜡烛，就着金莓手中的蜡烛将其点燃。然后，他围着桌子跳起舞来。突然，他跳出门外，消失不见了。

很快，他又回来了，手中托着一个装满食物的大托盘。然后，他和金莓一起布置餐桌。四个霍比特人半惊半喜地坐下来，看着金莓优雅的举止和汤姆欢快又古怪的蹦蹦跳跳。他们两个似乎以某种方式编排了一支独舞，谁也不妨碍谁，或进进出出于房间，或围着餐桌忙忙碌碌，或以极快的速度有序地摆好食物、餐具和蜡烛，桌面在白的黄的烛光映照下光彩熠熠。汤姆冲他的客人一鞠躬。“晚餐准备好了。”金莓说。现在，四个霍比特人看清了：她周身着银袍，搭一件白色紧身褡，脚上的鞋子像鱼鳞。而汤姆则一身湛蓝衣服，像雨水冲淋过的勿忘我的那种蓝。他还穿着一双绿色长袜。

这顿晚餐甚至比之前的还要丰盛。四个霍比特人被汤姆的故事深深吸引，可能错过了一餐甚至多餐，但当食物摆在他们面前时，那感觉就像是至少有一个星期没吃饭了。好一会儿，他们既不唱歌也不怎么说话，而是一门心思地吃。不过在精神焕发之后，他们重又谈笑风生起来。

晚餐后，金莓给他们唱了许多首歌。这些歌以欢快的高山流水起始，转入柔和静默。在这静默中，他们看见了自己的心池，其中的水比他们所知晓的更宽，水面倒映着天空，星星像宝石一样在深处闪耀。然后，金莓再一次向他们道晚安，将他们留在炉火旁。不过汤姆似乎还清醒得很，问了他们一堆问题。

他明显已经对他们和他们的家族知之甚多，也确实很了解连霍比特人自己都不大记得的夏尔历史和逸事。这不再令他们惊诧，但汤姆坦率地承认，很多近况他是从农夫迈高特那里听来的，他似乎把后者看作一个很重要的人，这超出了他们的想象。“他苍老的脚下有大地，手指上有泥巴，骨头里有智慧，双眼有光。”汤姆说。很明显，汤姆也跟精灵们打过交道，而且似乎通过某种方式，已经从吉尔多那里获知了弗拉多出走的消息。

汤姆知道得如此之多，提问得也如此巧妙，以至于弗拉多发现自己不仅给他讲述了比尔博的事情，还说了他自己的希望与恐惧，甚至比他之前告诉甘道夫的还多。汤姆频频点头，听到黑骑士时，眸光一闪。

“给我看看那枚珍奇的指环！”弗拉多讲到一半时，他突然说。而弗拉多自己也吃了一惊，他居然立刻就从口袋里掏出金链子，解下上面的指环，递给了汤姆。

指环放在汤姆棕色的大手里一会儿，似乎变大了。然后，他蓦地把指环拿到眼前，大笑起来。有那么一瞬，四个霍比特人透过那枚金环，看到了他明亮的蓝眼睛熠熠生辉，那一幕真是又滑稽又骇人。然后，他把指环套在他小拇指的指尖上，举着它凑到烛火上。一开始，四个霍比特人没注意到这有什么奇怪的，但接着他们便倒吸了一口凉气：汤姆消失不见了！

随着一声大笑，汤姆又出现了，他捏着指环，往空中一抛，一道闪光过后，它消失了！弗拉多惊叫一声，而汤姆探身向前，笑着将指环还给了他。

弗拉多仔细瞧着指环，心存疑虑，就像把小首饰借给魔术师，又还回来一样，唯恐被掉了包。它是原来那枚指环，一模一样，反正看上去一样，重量也一样：因为弗拉多总是觉得这枚指环在手里似乎重得奇怪，但他莫名地想要确认一下。他对汤姆有一丝不满：就连甘道夫都觉得性命攸关的事，他却视若儿戏。谈话又继续进行，他在等待一个机会。汤姆在讲一个关于獾及其怪异行为的荒诞故事时，弗拉多悄悄地把指环戴上了。

梅里转向他，想要说什么，却吓了一跳，差点叫出声来。弗拉多心中暗喜，没错，是他的指环，因为梅里茫然地盯着他的椅子，很明显看不见他。他站起来，离开火炉边，悄悄地朝外面那扇门走去。

“嘿！站住！”汤姆喊道，朝他瞥了一眼，目光如炬，很有穿透力，“嘿！弗拉多，站住！你要去哪里？老汤姆·邦巴迪尔还没那么瞎，把你的金指环取下来！你的手不戴它更好看。回来！别玩把戏了，坐到我身旁来！我们必须再聊一会儿，想一想明早的事。汤姆必须教你们走正确的路，免得你们乱逛荡。”

弗拉多尴尬地笑了笑，取下指环，回来又坐下了。汤姆告诉他们，估计明天会是一个艳阳天，很怡人，有望上路，但他们最好早早出发，因为那个地区的天气说变就变，连他都说不准，有时候可能还来不及换衣服就变天了。“我可不是天气神，”他说，“任何靠两条腿走路的都不是。”

根据他的建议，他们决定从他家出发，朝正北走，越过西部和古冢岗的矮斜坡：在那个方向，他们有望走一天就插进东大路，避开大陵地。他告诉他们，不要害怕，只要专注于自己的事就好。

“坚持沿着青草地走，别碰老石头，别打搅冰冷的幽灵，别窥探他们的房子，除非你们是拥有永远不会衰弱的心脏的强人！”他不止一次地说到这个，还告诫他们，如果碰巧遇见了某个古冢，那就沿着西边绕过它。然后，他教他们唱了一首谣曲，告诉他们万一运气不好，明天遇上任何危险或困难，就唱它：

嘿！汤姆·邦巴迪尔，汤姆·邦巴迪尔！
在水边，林边、山边，芦苇边、柳树边，
在火边，日边、月边，听听我们，听听我们！

来吧，汤姆·邦巴迪尔，我们需要你在近旁！

当四个霍比特人跟着他一起唱完这首谣曲时，汤姆笑着拍了拍每个人的肩膀，然后举着蜡烛，领着他们回到了他们的卧室。

第8章
古冢岗迷雾

那天晚上，他们没有听到什么动静，但弗拉多总觉得脑海中萦绕着一曲甜歌，说不清是在梦中还是在梦外。这首歌像穿透灰色雨幕的一道微光，慢慢变得强烈，把雨幕变成玻璃和银屏，直到最后雨歇水止，旭日东升，一片辽远的绿地呈现在他面前。

幻景融化在清醒中。汤姆吹起口哨，宛如满树的鸟儿在叫。太阳已经斜挂在山头，阳光透过敞开的窗户照进来。窗外的一切都是绿油油、金灿灿的。

四个霍比特人吃完早餐后，准备道别说再见了。在这样一个雨后秋空湛蓝、云淡风轻的明亮清晨，他们的心情却有些沉重。西北风吹得清新爽淡。他们温顺的马匹这会儿蠢蠢欲动：打着响鼻，不安地转来踱去。汤姆从屋里走出来，挥着帽子，在门阶上手舞足蹈，请霍比特人上马出发，快快走。

他们骑马沿着小径离开，从房子后面绕行，朝被它挡住的山脊北端攀行。他们才刚刚下马，牵着它们往最后一个陡坡上爬时，弗拉多突然停下了脚步。

“金莓！”他喊道，“我们还没有同那位身着银绿的美丽女士道别呢！自从昨夜，我们就再也没有见过她！”他沮丧地转过身，想掉头回去。而就在这时，一声清晰的呼喊顺风而下。山脊那儿，站着冲他们招手示意的金莓：她头发飞扬，在阳光下闪闪烁烁。她翩翩起舞，脚下闪过一道光亮，像茵茵草地上露珠的水光。

他们急忙爬上最后那道斜坡，上气不接下气地站在她身旁。他们鞠躬致意，而她却挥舞着胳膊，示意他们往四周看。于是，他们从山顶俯瞰晨光中的陆地。他们站在古森林的山丘上曾看到的雾霭笼罩的大地此刻一览无遗，而矗立在古森林西边黑树林里的那个灰绿小山丘也历历在目。在那个方向，土地突起成山脊，上面树木茵茵，在阳光下，绿、黄、赤、褐，色彩斑斓，再远处，是影影绰绰的白兰地河谷。往南，越过柳苏河一线，有一道遥远的淡玻璃似的光亮带，那是白兰地河，它在低地上绕成一个大环，然后流向霍比特人未知的地方。再往北，是一片渐趋平缓的丘陵地，最终变成灰、绿和泥土色一马平川的平地，茫茫遥遥。东面突起的是古冢岗，在晨光里重山叠峦，穷目难及，只能猜测天空中蓝与白微光相融处，是记忆中和老故事里那遥远的高山。

他们深深地吸了一口气，觉得无论要去哪里，只需一蹦一跳，几大步便可及，绕着曲里拐弯的丘陵边缘往大路去，似乎有些胆小怕事。他们就该蹦蹦跳跳，如汤姆般健壮，踏着山间石头，直直地朝大山而去。

金莓跟他们说话，召回了他们的目光和心思。“快启程吧，亲爱的客人们！”她说，“坚持目标，顺风向北，趁阳光灿烂快赶路，祝你们一路顺风！”然后，她又对弗拉多说：“再见，精灵的朋友，这是一次愉快的会面！”

弗拉多却无言以对，他深深地鞠了一躬，翻身上马。他的朋友们跟着他，慢慢地骑行下山后的缓坡。汤姆·邦巴迪尔的房子、山谷，还有老森林都消失在视野里。绿色山壁之间的空气越来越暖和，草香愈来愈浓。当到达绿谷地时，他们回首遥望，看见金莓像阳光下的一朵花那么娇小可爱。她仍然站在那儿望着他们，挥动着双手。当他们回望时，她清亮地喊了一声，然后举起手，转身消失在山后。

他们在谷底蜿蜒穿行，绕过一个绿油油的陡崖山脚，进入另一个更深更宽阔的山谷，然后越过更远处山坡的山脊，顺着它们长长的山道往下走，接着又爬上它们光滑的山侧，继续往上到达新的山顶，再向下进入新的山谷。没有树，也没有任何可见的水流：这是一片草丛匍匐的草地，除了拂过山角的风声和怪鸟的嘶鸣，静默如寂。他们一路行走，太阳也高高升起，变得越来越热。每次他们爬上一个山脊，风似乎就小了一些。他们朝西边一看，远远的古森林烟雾缭绕，好像落雨重新从树叶、根茎和腐土上蒸腾起来了。一道阴影遮住眼角，头顶的天空像一顶蓝帽子戴在一片乌云上，又热又重。

大约中午的时候，他们登上一座山，山顶平坦开阔，像一个镶着绿边的浅茶碟。里面空气静止不动，天空似乎触手可及。他们骑马穿过这里，朝北望去，不由得心情爽利，因为很明显，他们走得比预期的要远。的确，现在看去，远方全都变得朦胧而模糊，但毫无疑问，古冢岗快到头了。他们下面，一道长长的山谷蜿蜒向北，与两座陡峭山脊之间的一个山隘相汇。远处，似乎不再有山。正北方，他们隐隐瞥见一道长长的黑线。

“那是林带。”梅里说，“那一定是大路的标志。大桥以东，沿路几十里都种着树，据说古时候这些树就种下了。”

“太好了！”弗拉多说，“如果下午我们走得跟上午一样顺利，那太阳下山前就能离开古冢岗了，这样的话就能慢慢溜达着找一处宿营地了。”就在说这番话的时候，他扭头往东瞥了一眼，发现那边的山比脚下的这座山还高，俯瞰着他们，而且那些山上青冢林立，有一些上面还竖着石头，像绿色牙龈上参差不齐的尖牙。

这幅景象有点令人不安，于是他们转过身，不再往那里看，而是走到洼地环里。洼地中间立着一块孤零零的高石头，这时太阳正照在上面，却没有投下一点影子。这块石头没什么特别的形状，却意味深长：像一个地标，也像一根标志，更像一种警示。不过他们现在饥肠辘辘，而太阳正当空，大中午没什么可怕的。于是，他们背靠石头东边坐了下来，石头很凉爽，仿佛太阳没有晒热它的能力，而那时凉爽正是他们所需要的。他们坐在那儿，掏出食物和饮料，好好吃了一顿人人都乐意的露天午餐。食物来自“山下”，汤姆给他们准备了足够那天吃得痛快的食物。他们的马匹也卸下行囊，在草地上徜徉。

骑马翻山，填饱肚腹，躺在草地上，闻着草皮香，晒着暖阳，舒展身体，仰望天空，他们本想休息一会儿，却不想舒服得不愿起身，本来不想睡觉的，却也打起盹来。突然，他们惊醒过来，感到不安。矗立的石头冷冰冰的，往东投下的一道长长的灰影，正“压”在他们身上。太阳此刻水黄水黄的，阳光透过薄雾照在他们所在山谷的西壁，而远处，北边、南边和东边，浓雾茫茫，惨白清冷。空气滞重寒冷，一丝风也没有。他们的马低着脑袋，挤在一起站着。

四个霍比特人警觉地一跃而起，往西边跑去，却发现自己置身于一个迷雾笼罩的小岛。他们惊慌地望向西沉的太阳，眼睁睁地看着它坠入一片白茫茫的雾海。一团冷冷的灰影从他们后面的东方腾空而起，浓雾滚滚，攀上山壁，再冉冉升起，直到像房顶一样罩在他们头顶：他们被关在一个雾厅里，中心的厅柱就是那块矗立的石头。

四个霍比特人觉得仿佛陷入了一个封闭的陷阱，但他们并没有完全失神。他们依然记得刚才见到前方大路的情形，心头充满了希望，他们也知道路在何方。无论如何，现在这个中间矗立着大石头的洼地真令人厌恶，他们只想赶紧离开，于是不顾冻得发麻的手指，迅速收拾起行囊来。

很快他们就牵着马，鱼贯越过边缘，沿着长长的山北坡往下走，走进了雾海中。在他们下行时，雾变得更冷更潮湿了。他们的头发湿哒哒的，一缕一缕地贴在额头上。等到达山底，他们已经冷得走不动了，只好取出连帽斗篷穿上，而这斗篷很快就覆上了一层灰色的水珠。然后，他们翻身上马，根据地势的升降继续探路缓行。他们推测，只要通过早上看见的长峡谷最北端那个像门一样的山隘，就可以直线前进，走上大路了。他们没有想得太远，只是模糊地希望：走出古冢岗后，就不再有雾了。

四个人行进得非常缓慢。为了防止走散，乱窜到不同的方向，他们是鱼贯而行的，弗拉多打头，山姆在他后面，再后面是皮平，梅里断后。这山谷似乎绵延不绝。突然，弗拉多看到了一个希望的迹象：前面两边，一片黑暗赫然耸现于雾中。他猜测他们终于快到那个山隘了。如果能过去，那他们就自由了。

"快点，跟上我！"他回头喊了一声，便急忙往前赶去。然而，希望很快就变成了困惑和警觉。那团黑越来越暗，越来越让人胆战心惊。弗拉多突然看到两块巨大的石头不祥地立在面前，它们微微朝彼此倾斜，就像是一扇没有门楣的门。他不记得早晨站在山头眺望的时候，见到山谷里有这样的石头。他未多想，穿过这两块巨石之间，却没有意识到那团黑暗已将他围住。他的马后腿直立，嘶鸣着将他掀翻在地。他回头一看，发现自己落单了——其他人没有跟上来。“山姆！”他喊道，“皮平！梅里！快点啊！你们怎么不跟上？”

没有回应。恐惧慑住了弗拉多。他穿过石头往回跑，一边跑一边疯狂地喊：“山姆！山姆！梅里！皮平！”脱缰的马窜进雾海，消失不见了。跑了一段距离，他似乎听到一声呼唤：“哎！弗拉多！哎！”那是从他左侧东面传来的，声音穿透黑暗，焦灼而绝望。弗拉多拔腿朝呼喊的方向跑去，发现自己正在往陡坡上冲。

他一边奋力攀爬，一边呼喊，一直疯狂地喊，可一时之间也没听到任何回应。然后，远远的高处，一个细微的声音透过浓雾隐约传来：“哎！弗拉多！”接着是一声呼喊，听起来像是：“救命，救命！”这声音重复几遍后，最后一声“救命”变成一长串哀号，便戛然而止。弗拉多跌跌撞撞地奋力朝呼喊声传来之处狂奔，但此时昼光已逝，夜幕包裹着他，根本无法确认方向，但他还是竭尽全力向上攀爬着。

只有脚下地势的变化告诉他：他最后终于爬到了一个山顶或一个山脊顶。他筋疲力尽，大汗淋漓，却又冷得发颤。周围漆黑一片。

“你们在哪儿？”他痛苦地大喊道。

没有回应。弗拉多突然意识到，气温正变得越来越低，起风了，刺骨的寒风吹来，要变天了。浓雾丝丝缕缕在他身旁飘来荡去。他呼出的气凝成了白雾。他的眼睛渐渐适应了黑暗，周围不再密不透光。他仰起头，惊讶地看到极速流动的浓雾厚云间有微弱的星光闪烁。风开始嘶嘶地吹过草丛。

突然，他觉得听到了一声模糊的叫声，他朝声响处寻去，周身的浓雾腾空而起，往两边散开，露出繁星点点的夜空。他瞥了一眼四周，发现这会儿自己正面向南面，身处一个圆山头上，他一定是从北面爬到这里来的。凛冽的风从东面吹来。他的右边，一个昏暗的黑影隐约浮现在西天的星斗下。那是一个巨大的古冢。

“你们在哪儿？”他又喊道，既气且怕。

“这儿！”一个低沉、冰冷的声音回应道，这声音好像来自地下，“我在等你！”

“不！”弗拉多惊叫道，但他没有跑。他膝盖一软，跪倒在地上。什么都没有发生，连一点声音都没有。他颤抖着抬起头，看见一个高大的黑影衬着星空。这黑影向他俯下身。弗拉多觉得有两只眼睛，两只异常冰冷、闪着似乎是从遥远地方射来的寒光的眼睛。接着，一只比铁还硬还冷的手抓住了他。寒冷彻骨，他顿时失去了知觉。

当他苏醒过来时，有那么片刻什么也想不起来，只感到恐惧。然后他突然意识到，自己是被囚禁了，彻底被逮住，关在一座古冢里。某个古冢幽灵抓住了他，可能如传闻所说，他被古冢幽灵可怕的诅咒控制了。他不敢动，仰面躺在一块冰冷的石头上，双手放在胸前。

尽管他怕得要死，恐惧像是包裹着他的黑暗的一部分，但他发现自己还是想起了比尔博·巴金斯的种种事情，想起了他们一起在夏尔的街巷小跑漫步，谈论道路和探险。在最胖最胆怯的霍比特人内心，深深藏着一颗勇气的种子，它等待着在危机四伏的最后关头发芽生长。弗拉多既不很胖也不很胆怯，但比尔博（还有甘道夫）都认为他是夏尔最好的霍比特人，尽管他自己并不知道这一点。他想，他已经到了探险的终点，一个可怕的终点。不过这个念头令他坚强起来，仿佛为了最后一搏。他不再感觉像任人宰割的猎物一样无精打采了。

他躺在那里，越想越有劲。突然，他注意到黑暗正慢慢地消散：一道淡绿的光逐渐笼罩住了自己。一开始，他没看出这是一个什么样的地方，那道光亮似乎是从他身上和他旁边的地板上发出来的，还没有照到墙上和屋顶上。他翻了个身，借着冰冷的辉光，看到山姆、皮平和梅里躺在旁边。他们全都仰面躺着，脸色死一般灰白，身上也穿着白衣。他们周围堆着许多财宝，也许是金的，尽管在那淡绿光的映照下，这些财宝看上去冷冰冰的，并不讨喜。三人头上戴着头箍，手腕上绕着金链子，手指上套着很多戒指。剑躺在他们身侧，盾在脚下，但一把出鞘的长剑架在三人的脖子上。

突然，一阵歌声响起：冷漠的低吟，忽高忽低，似乎来自远处，无比沉闷。歌声时而飘荡到高空，渺渺袅袅；时而像来自地下的呻吟。在这毫无章法却恐怖的悲吟中，时不时地夹杂着几串歌词：冷酷无情、残忍难受的歌词。夜晚为失去清晨而痛嚎，寒冷在诅咒它渴望的温暖。弗拉多听得不寒而栗。过了一会儿，歌声变得更清晰了，弗拉多满心恐惧，听着它变成了咒语：

冷手冷心和冷骨，
石下冷眠永不醒，
日月无光永不醒。
黑风凄凄星将逝，
黄金埋骨亡魂殇，
死海荒原寂寂然，
抬手拂过黑魔王。

他听见脑后响起了嘎吱声和刮擦声。他支起一只胳膊去看，借着昏暗的光，发现他们现在身处一个类似通道的地方，身后还有一个拐角。一条长长的手臂正绕过拐角摸索过来，手指弹跳着朝离得最近的山姆而去，摸向躺在他身侧的那把剑的剑柄。

一开始，弗拉多真的觉得自己好像被那咒语变成了石头，然后一个疯狂的念头闪过脑海：他要逃！他不知道，如果戴上那枚指环，古冢幽灵是不是就看不见他了，那他也许就能找到路出去。他想到自己在草地上自由奔跑，却没有山姆、梅里和皮平，不由得为他们悲伤起来。不过即便是甘道夫，也不得不承认他别无他法。

然而，内心涌起的勇气太强烈了，他不能就这么轻易丢下他的朋友们。他踌躇地在口袋里摸索着，竭力克制住自己。就在他犹豫不决之际，那只胳膊悄悄地伸得更近了。他突然横下心，抓起身边的一把短剑，跪起身探过伙伴们的身体，然后用尽全力朝那只慢慢摸索过来的胳膊砍去，剑落腕断，与此同时，剑也裂成了碎片，唯余剑柄。随着一声尖叫，光消失了。黑暗中传来一阵哀吼。

弗拉多扑倒在梅里身上，梅里面颊冰冷。突然，他想起了在浓雾初起时就被遗忘的山下那座房子，想起了汤姆的歌唱。他记起了汤姆教他们唱的那首谣曲，于是不顾一切地唱了起来：“嘿，汤姆·邦巴迪尔！”随着这名字一出口，他的声音似乎变得强劲起来，饱满而生机勃勃，黑暗的墓室里回音嘹嘹，如鼓如号：

嘿！汤姆·邦巴迪尔，汤姆·邦巴迪尔！
在水边，林边、山边，芦苇边、柳树边，
在火边，日边、月边，听听我们，听听我们！

来吧，汤姆·邦巴迪尔，我们需要你在近旁！

四周突然陷入沉寂，弗拉多能听见自己的心跳。漫长而缓慢的停顿之后，遥远的地方传来了清晰的回音，这回音似乎穿透地面，又似乎穿过厚墙，在他的耳际唱响：

老汤姆·邦巴迪尔，
乐呵呵，乐呵呵，
他的上衣蓝晶晶，
他的鞋子黄闪闪，
从未有人赶上他，
汤姆可是一神人，
他的歌声更嘹亮，
他的脚步更迅捷。

轰隆一声巨响，仿佛石头滚落。突然，一道光照进来，一道真正的光，一道晴朗白日的阳光。一个矮门一样的洞口出现在弗拉多脚边对面的墙根，汤姆的脑袋（帽子、帽子上插的羽毛以及其他全部）衬着身后冉冉上升的红彤彤的太阳探了进来。阳光倾泻在地上，倾泻在三个躺在弗拉多身旁的霍比特人脸上。他们依然纹丝不动，但病态已尽逝，这会儿看上去就像是在熟睡。

汤姆弯下腰，摘掉帽子，钻进古墓，唱道：

滚出来，老阴魂！消失在阳光里！

像冷雾散去，像风呜咽，
滚到山外不毛之地去！
再也不要来这里！空出你的墓穴！
这比黑暗还要黑的地方，
将禁门永闭，将失迹，将被遗忘，
直到世界回春！

歌声刚落，一声惊叫骤起，墓室内墙的一部分轰然倒塌。接着一声长嚎，消逝于未知的远方，一切归寂。

“来吧，弗拉多朋友！”汤姆说，“让我们到外面清朗的草地上去！你得帮我把他们抬走。”

两人一起把梅里、皮平和山姆抬了出去。当弗拉多最后一趟离开古墓时，他看见倒塌的土堆上，一只被砍断的手仍然在扭动，就像一只受伤的蜘蛛。汤姆又一次钻进古墓，随即响起一阵巨大的踩踏声。然后，他抱着一大堆财宝出来了：金银铜器，还有许多珍珠、项链和珠宝饰品。他爬到长满青草的古冢顶上，将这些珠宝曝晒在阳光下。

他站在那儿，帽子拿在手中，风拂过头发。他俯视着三个躺在墓穴西边草地上的霍比特人。他举起右手，用威严的语气，一字一顿地说：

醒来吧！快乐的小伙子们！醒来听我的召唤！
暖暖心暖暖四肢！冰冷的石头已崩塌！
黑色墓门大开，死亡之手已断！
夜之夜已逝，光明之门已开！

令弗拉多欣喜万分的是，三个霍比特人动起来了！他们伸胳膊踢腿，揉了揉眼睛，然后猛地一跃而起。三人惊愕地东张西望，先看看弗拉多，再看看生龙活虎地站在他们上方墓顶上的汤姆，接着又看看穿着单薄破白衣却头戴金冠、腰系金带、全身上下挂满叮当作响的金饰的自己。

“邪门了，这究竟是怎么回事？”梅里摸着已经滑下来遮住眼睛的金头冠，开口道。然后他突然停下，一道阴影掠过他的脸庞，他闭上了眼睛。“啊，对了，我记起来了！”他说，“卡恩督姆的人夜里袭击了我们，我们被打败了，啊！我心口中箭了！”他紧紧捂着心脏。“不！不！”他说着睁开眼睛，“我在说什么呀？我一直在做梦。你去哪儿了，弗拉多？”

“我想我是迷路了，”弗拉多说，“可我不想说这事。咱们还是想想现在该干什么吧！继续赶路吧！”

“穿成这样赶路，先生？”山姆说，“我的衣服呢？”他把头箍、腰带和戒指一股脑丢在草地上，无可奈何地四下张望，似乎以为他的斗篷、上衣、马裤以及其他霍比特衣着还躺在触手可及的什么地方。

“你的衣服再也找不回来了，”汤姆大笑着从墓顶上跳下来，在阳光下绕着他们又唱又舞，仿佛什么危险或可怕的事都没有发生过。也的确，当他们看着他，看见他眼中快乐的光芒时，心头的恐惧都消散了。

“你这是什么意思？”皮平望着他，半疑惑半好笑地问道，“为什么找不回来了？”

汤姆摇了摇头说：“你们已经从深渊里死里逃生，衣服只是小损失。高兴起来吧，我亲爱的朋友们，让温暖的阳光治愈你们的身心！

丢掉那些冰冷的破衣烂衫吧！光着身子在草地上跑起来！等我打个猎回来！”

他吹着口哨，呼着号子，蹦蹦跳跳地跑下了山。弗拉多目送他的身影，看见他沿着他们所在的山和下一座山之间的绿色山谷朝南跑去，依然一边吹口哨一边唱着：

嘿呀！嘿哟！来吧！
你们跑到哪里去了？
上面还是下面？近处还是远处？
这儿还是那儿？这边还是那边？
顺风耳、灵敏鼻、迅捷尾、土老冒，
穿白袜的小伙子、肥圆肥圆的老胖子！

他一边唱一边跑得飞快，还不时地把帽子抛上接下，一直跑下山坡，不见踪影。过了一会儿，“嘿呀，嘿哟”的歌声又随风飘了回来。风向已经变了，南风荡荡。

天气又变得越来越热。如汤姆所言，几个霍比特人在草地上跑了一会儿，然后躺下来晒太阳，他们心头充溢着突然从寒冷刺骨的冬天进入温暖春日的愉悦，就像是久病卧榻的人有一天醒来，发现自己出乎意料地痊愈了，日子又充满了希望。

汤姆返回时，他们已经恢复了元气，感觉饥肠辘辘了。山眉那边，先显露出来的是他的帽子。在他身后，乖乖跟着六匹排成一队的马，包括他们自己的五匹马。最后那匹马显然就是肥圆肥圆的老胖子。这匹马比他们自己的马更大、更壮、更胖，也更老。霍比特人的五匹马都属于梅里，但梅里并没有给它们起过什么名字，不过听到汤姆用那些名字一个个呼唤它们时，它们全都爬上山眉，站成了一队。汤姆朝几个霍比特人鞠了一躬。

“你们的马都在这儿了。”他说，“在某些方面，它们比你们这些游荡的霍比特人更敏感，我是说它们的鼻子更灵敏。因为它们能嗅闻到你们前进路上的危险，如果它们自顾自地跑开逃命，那也没错。你们必须得原谅它们，因为尽管它们都有一颗忠诚的心，但要它们面对可怕的古冢幽灵就太为难它们了。你们看，它们又回来了，驮着的东西一样也不少。”

梅里、山姆和皮平从他们的包袱里取出备用的衣服穿上。很快他们就感到太热了，因为他们不得不穿上的是过冬御寒的厚衣服。

“那匹老马，大老胖是哪儿来的？”弗拉多问。

“那是我的，”汤姆说，“我的四条腿朋友，不过我很少骑它，它经常逛到很远的地方，在山坡上自由驰骋。你们的马待在我家的时候，就认识我的大老胖了，夜里它们闻到了它的气味，就赶快跑去跟它相会了。我想它是去找它们了，用它充满智慧的言语驱散了它们所有的恐惧。不过现在，老汤姆要骑上乐呵呵的大老胖啦！嘿！我要和你们一起走，要保证你们上路，所以我需要一匹马。我总不能靠两条腿在你们旁边小跑吧，那样也不方便跟骑行的你们说话呀。”

听到此话，四个霍比特人很高兴，对汤姆谢了又谢，可他却大笑着说他们太“擅长”迷路了，不看着他们安全走出他的地界，他不放心。“我有很多事要干，”他说，“做东西，唱歌，聊天，走路，巡视乡野。汤姆不能总是去开墓门或柳树缝。汤姆有自己的家需要照料，金莓还等着呢。”

日头还不高，九十点钟的光景，四个霍比特人的心思转到了食物上。他们的上一餐还是昨天在那块立石旁边吃的午饭。他们吃光了汤姆昨天给他们准备的本来打算当晚饭的食物，又吃光了汤姆今天额外带来的东西。考虑到霍比特人的胃口和此时此刻的情境，这一餐并不算丰盛，但他们都吃得心满意足。在他们吃饭的时候，汤姆走到那个墓穴顶上，检查了一番那些财宝。他将其中的大部分弄到草地上，堆成闪闪发亮的一堆。他对着它们喋喋自语，嘱咐它们躺在那儿"任凭发现者处置，不管是鸟儿、野兽、精灵还是人类，以及所有善良的生灵"。因为只有这样，古墓的诅咒才会被打散，幽灵也才不会再回来。他自己从中选了一枚镶着蓝宝石的胸针。这枚色调丰富的胸针像亚麻花，又像蓝蝴蝶的翅膀。他久久地凝视着它，仿佛勾起了回忆。最后，他摇了摇头说："这是汤姆和他夫人的一个小信物。很久以前，她戴着它光彩照人。现在，金莓会戴上它，我们不会忘记她的！"

接着，他又给每位霍比特人各挑选了一把长长的柳叶状匕首。这几把匕首工艺精湛、刃口锋利，刀鞘上还刻着金红色的蛇形花纹。他从黑鞘里抽出匕首，寒光闪闪。刀身是用某种奇特的金属制成的，既轻便又锋利，还镶着许多火红的宝石。不知是因为刀鞘的奇异还是施加在墓穴上的诅咒，这些匕首的刀刃似乎未经岁月的洗礼，没有生锈，依然锋利，在阳光下熠熠生辉。

"对霍比特人来说，古代匕首的长度足够把它们拿来当剑使了，"汤姆说，"锋利的刀刃也有利于夏尔人带着它走南闯北，甚至深入黑暗和险境。"然后他告诉他们，这些匕首的刀刃是很久很久以前西方之地的人类锻造的，他们是黑魔王的敌人，但他们在安格玛被卡恩督姆的邪恶王击败了。

“现在很少有人还记得他们了，”汤姆喃喃道，“不过仍然有一些西方之地的人类在漫游，他们是被遗忘的那些君王的子嗣，孤行于世，抵抗那些不为人们所注意的邪恶势力。”

四个霍比特人不明白他的话，但在他讲述时，他们仿佛看到浩渺的岁月在身后展开，就像一片巨大的阴影平原，上面大踏步地走着许多人，他们高高的，神情严肃，带着亮闪闪的剑，最后来的那一个，额头上有一颗星星。然后，这幻景消失了，四个霍比特人重又回到了阳光灿烂的世界。

又到起身的时刻了，他们做好准备，整理好行装，驮好马匹。他们把新武器挂在上衣下的皮带上，但感觉不太舒服，甚至怀疑它们能有什么用。虽然战斗似乎是冒险的必经环节，但他们以前谁都没有遇到过。

他们终于出发了，牵着马下了山，然后骑上马在山谷中疾驰。回头望去，阳光照在山上那个古墓顶的金堆上，像一团黄色的火焰。他们转身拐进古冢岗的一道山肩，那团金焰便看不见了。

弗拉多四下观望，再也没有看到像门一样耸立的巨石迹象。不久他们就到了北山口，策马飞奔而过之后，前面的土地开始下坡。有汤姆·邦巴迪尔骑着他的大老胖马，乐呵呵地小跑在他们身旁或身前，真是一段愉快的旅程。他的大老胖马身材笨重，跑得却很快。大部分时间，汤姆都在唱，但唱词都没什么意义，也或许他是用一种不为霍比特人所知的陌生语言唱的，一种主要用来表达惊奇和快乐的古老语言。

他们马不停蹄地往前走着，但很快就意识到大路比他们想象的远得多。即使没有雾，正午的睡意也会阻止他们在夜晚降临之前到达那儿。他们曾经见到的黑暗线并非树行，而是一行生长在一个深沟边上的灌木丛，深沟对面的沟壁很陡峭。汤姆说它曾是某个王国的边界，但那是很久很久以前的事了。这似乎勾起了汤姆的一些伤心往事，但他不愿说得太多。

他们翻过深沟，穿过沟壁上的一道缝隙。然后，汤姆转向正北，因为他们一路走来有点偏西。现在地势开阔，相当平坦。当太阳开始西沉时，他们看到前面有一线高树，于是知道在经历了许多意料不到的冒险之后，他们终于回到了大路。他们策马飞奔过最后一段路，然后停在长长的树影下。这里是一个斜坡顶。此刻随着夜幕的降临，大路昏暗不明，在他们身下蜿蜒而去。在这里，这路差不多是从西南向东北延伸的，而在他们右边，它骤然下降至一个宽阔的谷地，地面上有车辙印，还有许多近期大雨留下的痕迹，坑坑洼洼里积满了水。

他们骑马下坡，四下张望，没有什么发现。“啊！我们终于又到大路上了！”弗拉多感叹道，“我想，我们从古森林抄近路穿过来最多耽搁两天，但也许这耽搁是值得的，我们可能已经甩掉了尾巴。”

其他人看着他，对黑骑士的恐惧像一团阴影突然重又袭上心头。自进入古森林以来，他们主要考虑的是如何回到大路，只是现在当他们再度踏上大路时，才又想起那曾经追逐他们的危险，而且这危险很可能就在这条路的前方等着他们呢。他们忧虑地回头望向夕阳，却见大路昏暗而空荡。

“你们觉得，”皮平犹犹豫豫地说，“你们觉得我们今晚会被追吗？”

“不，我希望今晚不会，”汤姆·邦巴迪尔答道，“明天或许也不会。不过不要轻信我的猜测，因为我也说不准。出了东方，我就心有余而力不足了。汤姆可不是来自黑暗之地的黑骑士的主宰，那地方离汤姆的地盘太远了。”

尽管如此，四个霍比特人还是希望他能跟他们一起走。他们觉得，如果有谁知道该如何对付黑骑士的话，那非汤姆莫属。他们现在很快就要进入一片完全陌生的土地了，只有夏尔最古老最模糊的传说中才隐约提到过的那片土地。暮色苍茫，乡愁顿生，一种深深的孤独感和失落感涌上心头。他们默默地站在那儿，不情愿做最后的告别，却慢慢意识到汤姆在跟他们道别，祈祷他们心情舒畅，抓紧时间赶路，天黑之前都不要停下。

“汤姆给你们提一个好建议，据此你们会顺利度过今日，之后就要靠你们的运气了。沿着这条大路走四英里，你们会遇到一个村庄：布里山脚下的布里村，那里的门都是朝西的。在那儿，你们会发现一个叫作跃马的老客栈。店主巴利曼·巴特伯是一个非常不错的人。你们可以待在他的店里过夜，等早上的时候再加速赶路。胆大心细！保持快乐的心情！祝你们好运！”

他们恳求他至少跟他们一起到这个客栈，喝上一杯，但他笑着拒绝了：

汤姆的地盘就到这里：他不会过界的。

汤姆有自己的家要照料，金莓还在等着呢！

他说着转过身，将帽子往上一抛，翻身上马，骑着大老胖越过沟坎，唱着歌，融进了暮色中。

四个霍比特人爬到坡上，目送他的身影消失在远方。

“真舍不得跟邦巴迪尔先生分开啊！”山姆说，“他是一个谨慎的人，不会犯错。我想我们可能走得再远，也不会遇到比他更好更奇怪的人了。不过，我还是很高兴去他说的这个跃马客栈的，希望它能像家乡的青龙酒馆一样！布里的人都是什么人？”

“布里有霍比特人，”梅里说，“还有大人族。我敢说去那儿会有家的感觉的。大家都说，跃马客栈是一个不错的客栈。我家的人时不时地就骑马去那儿。”

“但愿一切如我们所愿，”弗拉多说，“不过它毕竟不在夏尔境内，不要太随意！请记住——你们全都记住，一定不要提巴金斯这个名字，如果非要指名道姓，那就叫我安德希尔先生吧。”

他们翻身上马，默默地骑行在暮色中。黑暗很快就降临了，他们缓步下坡上坡，直到终于看见前面不远处灯火闪烁。

布里山拔地而起，矗立在他们前面，黑漆漆一团映衬在雾蒙蒙的星光下。它的西侧山脚下，静卧着一个大村庄。四个霍比特人匆匆朝这个村庄而去，渴望找到一盏灯火，以及一扇能将自己和夜晚隔开的门。

第9章 跃马客栈

布里是布里兰的主村庄，一个很小的居住区，就像是茫茫大海上的一座孤岛。除了布里，还有山那边的斯塔德尔村，往东一点的一个深谷里的库姆村，以及切特森林边的阿切特村。遍布于布里山和这些村落周围的，是一小片一小片的田野和只有几英里宽的人造林。

布里人棕发，身宽体胖，个头很矮。他们天性乐观，自食其力，不依附于任何人，但相比于大人族，他们跟霍比特人、矮人、精灵以及他们周边世界的居民更亲近友好。据他们自己相传，他们是这里的原住民，是曾经游荡到中州西部的先民的后代，历经古代的动乱，幸存者寥寥，不过当诸王越过大海重新归来时，却发现布里人还在这儿；而如今诸王的事迹已烟消云散，埋进泥土，布里人依然生活于此。

那时，没有其他族类居住在如此遥远的西部，或者说夏尔方圆百里外，都没有其他族类居住。不过在布里远处的荒原上，有神秘的游民。布里人称之为游民，但对他们的起源却一无所知。他们比布里人高，比布里人黑，被认为拥有奇特的视力和听力，能理解野兽和鸟类的语言。他们肆意在南方、东方游荡，甚至远至雾山，但如今他们人数稀少，难得一见。他们出现时，总是带来远方的消息，讲述奇特而被遗忘的故事，引得听者兴致勃勃，但布里人没有跟他们交朋友。

布里兰也有许多霍比特家族，他们声称这里是世界上最古老的霍比特定居点，甚至在霍比特人越过白兰地河，聚居于夏尔之前，就已经建立了。他们大都住在斯塔德尔，不过布里本地也有一些霍比特人，他们住在更高的山坡上，特别是在大人族的房子上方。大人族和小人族（他们互相如此称呼）相处友好，他们各行其是，互不干涉，都认为自己是布里人必要的组成部分。世上再也没有其他地方，能找到这种特别又很棒的相处方式了。

布里人，不管是大人族还是小人族，都不怎么旅行，他们关注的主要是四个村落的事。布里的霍比特人偶尔外出，最远也只是到巴克兰或东法兴，尽管他们的毗邻之地距白兰地大桥桥东不过一天的骑程，但如今夏尔的霍比特人很少到访这儿。偶尔会有某个巴克兰人或爱冒险的图克家族的人外出到客栈待上一两个晚上，不过即使是这样的情况也越来越少了。夏尔的霍比特人把布里的霍比特人以及居住在边界以外的其他人都称为“外人”，认为他们乏味无趣，没有教养，不值一提。那时候，散布在西部世界的“外人”可能比夏尔人想象的多得多。无疑其中有一些不比游民强多少，他们随便在哪个岸堤挖个洞，只要适合就能居住。但不管怎样，布里兰的霍比特人都体面而富足，不比夏尔境内他们的远亲活得粗糙。然而不能忘记的是，夏尔和布里有过往来频繁的一段时期。据说，白兰度巴克家族与布里人有血缘关系。

布里村有一百来栋大人族的石头房子，大都依山而建，窗户朝西，俯瞰大路。西边有一道深沟，沟内侧种着茂密的树篱，深沟呈大半环形，从山前绕到山后。沟上有一条堤道，与大路前后相接，但在大路穿过树篱处，一道大门拦断了它。大路出村的南口处，另有一道大门。入夜时分，这两道大门紧闭，不过门内就是守门人的小门房。

大路往前右转，绕过山脚，路旁有一个大客栈。这客栈是很久很久以前建的，那时车水马龙，往来行人络绎不绝，因为布里古时就是通衢，村西头深沟外就有一条穿过东大路的古路，昔日大人族和其他各色人等曾在这条路上熙来攘往。在东法兴，如今仍有“像布里传来的消息一样奇怪”的说法，就是从那时流传下来的。那时客栈里能听到来自东西南北的消息，夏尔的霍比特人也经常去那里打探消息；但如今北方国土荒芜已久，北大路也人迹罕至，荒草萋萋，被布里人称为“绿道”。

然而，布里的客栈依然在那儿，客栈老板是一位重要人士。他的房子是周围大大小小四个村子里的闲人、话痨和爱打听的村民的聚集地，是游民和其他漂泊者的胜地，也是依然经由东大路往来于大山间的旅人（大都是矮人）的歇脚处。

天已经黑了，白星闪烁。弗拉多和他的同伴们终于来到了绿道交叉口，距离布里村不远了。他们走到西大门，发现门关着，但远处门房的门口站着一个人。这人跳起来，拿过一盏灯笼，隔着门惊讶地望过来。

“你们想干吗？你们是从哪里来的？”他生硬地问。

“我们要去这儿的客栈，”弗拉多答道，“我们往东去，今晚不能再走了。”

“霍比特人！四个霍比特人！而且听口音是从夏尔来的。”看门人喃喃道，仿佛自言自语。他阴沉沉地盯着他们看了一会儿，才慢腾腾地打开门，让他们骑马通过。

“我们不常见到夏尔人夜里骑行在这条路上，”当四个霍比特人在门边稍作停留时，他继续说，“请原谅我的好奇，不知你们去布里东面有何贵干，请问诸位大名？”

“我们姓甚名谁，去干什么，是我们自己的事，况且这里似乎也不是一个谈论此事的好地方。”弗拉多回答。他不喜欢这人的模样，也不喜欢他的语气。

“你们的事自然与我无关，”这个守门人说，“但盘问天黑以后的过路人是我的职责。”

“我们是从巴克兰来的霍比特人，喜欢旅行，今晚要住在这儿的客栈里。”梅里插嘴道，“我是白兰度巴克先生。告诉你这些够了吧？布里人对游客一向谈吐优雅，至少我是这么听说的。”

“好吧，好吧！”守门人说，“我无意冒犯，不过你们会发现，也许不只是看门的老哈利，还有更多的人会问你们问题。这里是有些怪人的。如果去跃马客栈，你们会发现你们不是唯一的来客。”

他道了晚安，他们没再说什么，但弗拉多借着灯笼的光，看到这个人仍然在好奇地打量他们。他们骑行向前，听到大门在他们身后咣地合上，弗拉多才感到心头一松。他不知道这人为什么这么多疑。是不是有人曾打听他们这群霍比特人的消息？那会是甘道夫吗？他也许已经来了，当他们在古森林和古冢岗耽搁的时候。不过这个守门人的神情和语气总让他感到不安。

守门人盯着四个霍比特人的背影看了一会儿，才回到他的屋子里。他刚一转身，一个黑影就迅速翻门而入，消融进乡村街道的阴影里。

四个霍比特人骑上一道缓坡，经过几栋独立的房屋，来到跃马客栈外。在他们看来，这里的房子又大又怪。山姆仰头望着这栋窗户很多的三层客栈，觉得心直往下沉。他曾想象自己在旅程中会时不时地遇见比树还高的巨人，还有其他甚为可怕的生灵，但此时此刻他觉得大人族和他们的高房子看一眼就够了，真的，疲倦了一整天，黑夜降临，看到这些真受不了。他的脑海中浮现出这样的画面：客栈院子的阴影里，站着上了全套马鞍的黑马，黑骑士透过上层黑漆漆的窗户朝外窥视着。

“我们不会真的要在这里过夜吧，先生？”他叫道，“如果这一带有霍比特人，那我们为什么不去投宿愿意收留我们的人家呢？那样会更自在的。”

“这家客栈有啥不对劲吗？”弗拉多问，“这是汤姆·邦巴迪尔推荐的呀，我期待着里面会让人觉得宾至如归。”

哪怕从外面看，这家客栈在熟客眼中也是一栋舒适的房子：正面对着大路，侧翼向后延伸到山矮坡开出的平地上，因此二楼的后窗正与地面齐平。一道宽阔的拱廊通向两翼间的庭院，左边拱廊下有一道宽大的台阶通向门厅。门开着，灯光倾泻而出。拱廊门厅上方有一盏灯，灯下悬着一块大招牌：一匹跷着后腿的肥胖白马。门上涂着白字：巴利曼·巴特伯的跃马客栈。低层的许多扇窗户拉着厚厚的窗帘，有灯光从帘隙处透出。

四个霍比特人正在门外的幽暗中踌躇时，门内有人开始唱起一首快乐的歌，许多个快乐的声音大声合唱。他们听了一会儿这令人鼓舞的歌唱，然后翻身下马。歌唱声停了，门内爆发出一片笑声和掌声。

他们牵着马走过拱廊，将后者留在院子里站着，自己则踏上了门阶。弗拉多上前，差点跟一个矮胖的光头红脸男人撞个满怀。这人穿着白围裙，端着一个装满啤酒杯的大托盘，正进进出出于一道又一道门。

“我们能……”弗拉多开口道。

“请稍等！”那人回头吼了一句，消失在一片烟雾缭绕的喧嚣中。片刻后，他又出来了，用围裙擦着手。

“晚上好，小先生！”他说着鞠了一躬，“您想要点什么？”

“如果可以的话，我们要四张床，另外请把我们的马牵到马厩去。您是巴特伯先生吗？”

“正是！我叫巴利曼。巴利曼·巴特伯为您服务。你们是从夏尔来的？”他说着猛地一拍前额，仿佛记起了什么事，“霍比特人！”他叫道，“这让我想起什么来着？请问你们尊姓大名，先生？”

“图克先生，白兰度巴克先生，”弗拉多说，“这是山姆·甘吉，我是安德希尔。”

“哎呀！”巴特伯先生说着打了个响指，“你一说我又忘了，没关系，等我有时间的时候想想就会想起来的。我这跑前跑后忙得要命，但我保证尽我所能为你们服务。如今，我们这里从夏尔来的客人可不常见，招待不周，请多包涵。不过今晚客人很多，好久没有这样了。就像我们布里人说的，不是旱死就是涝死。”

“嘿！诺布！”他喊道，“你在哪儿？你这笨手笨脚慢腾腾的家伙，在哪儿呢？诺布！”

“来了来了，先生，来了！”一个神采奕奕的霍比特人从一扇门里蹦跶出来，见到四位旅客，戛然止住脚步，兴致勃勃地盯着他们。

“鲍勃呢？”店主问，“你不知道？去把他找来！快点去！我可没有三头六臂，也没有六只眼睛！告诉鲍勃，有五匹马要牵到马厩去安顿，无论如何要找个地方。”诺布咧嘴一笑，眨了眨眼睛，一溜烟跑开了。

“啊，我要说什么来着？”巴特伯先生说着拍了拍前额，“一件事赶着另一件事，今晚我忙死了，头都晕了。昨晚有一伙从南边经绿道而来的客人，真的很奇怪，从那之后客人就没停过。今天傍晚又来了一队矮人，他们要往西去。现在又是你们。如果你们不是霍比特人，我都怀疑我们能否留宿你们。不过我们在北翼还有一两个房间，是修建这地方的时候，特意为霍比特人建造的，他们通常更喜欢底楼、圆窗户，反正一切都是按照霍比特人的喜好布置的。我希望你们住得舒服。我想你们还没有吃晚饭吧，饭很快就好了。这边请！”

他领着他们沿着过道走了一小段路，打开一扇门。“这是一间舒适的小起居室！”他说，“希望能满足你们的需求。我先告退了，我现在很忙，没时间聊天。我这跑东跑西的，两条腿都不够用了，可是也没见瘦。待会儿我再过来。如果你们有什么需要，摇手铃就行，诺布会来的。如果他不来，你们就再摇铃，喊他！”

他终于走了，四个霍比特人总算舒了口气。这位店主似乎具有一种滔滔不绝地讲话的能力，不管他有多忙。他们发现这个房间小小的，但很舒适。壁炉里炉火正旺，炉前有几把舒服的矮椅子，一张圆桌，上面铺着桌布，桌上放着一个大手铃。不过，在他们想到摇铃之前，那位霍比特仆人——诺布，就急急忙忙赶了过来。他送来了蜡烛和一个装满碟子的托盘。

“先生们，你们想喝点什么吗？”他问道，“趁准备晚餐的时间，要不要先去看看卧室？”

当巴特伯先生和诺布再次进来时，四个霍比特人已经梳洗完毕，一人端着一个大杯子喝起啤酒来了。眨眼工夫，餐桌上就摆满了饭菜：热汤、冷肉、黑莓馅饼、新出炉的面包、黄油块和半块熟奶酪，丰盛而又家常的餐食，在夏尔也不过如此。宾至如归的感觉足以驱散山姆心头的疑虑（其实已经被醇美的啤酒驱散了大半）。

店主转悠了一会儿，准备离开。“不知道你们晚饭后，想不想跟大伙聚一聚？”他站在门口问道，“也许你们更愿意上床休息吧，不过你们有兴趣一聚的话，大伙会非常欢迎的。我们这里不常有外人——抱歉，我是说从夏尔来的旅人——我们乐意听你们带来的消息，或者讲讲故事听听歌都行。不过一切随你们的意愿！如果缺什么东西，摇铃就行了！”

四个霍比特人吃了足足三刻钟，其间废话都没说，酒足饭饱之后，弗拉多、皮平和山姆决定去聚一聚，但梅里说那会太闷。“我宁愿安安静静地在火炉边坐一会儿，也许过一会儿出去透透气。你们可要谨慎点，不要忘记我们是偷偷跑出来的，何况我们还在路上，距离夏尔并不太远！”

“好的，好的！”皮平说，“你自己留心点，别迷路了，别忘了还是室内更安全！”

宾客都聚在客栈的一间大公共休息室里。房梁上挂着的三盏灯昏暗不明，还被烟雾缭绕着，但炉火熊熊，屋里还是亮堂堂的。待眼睛适应这亮光后，弗拉多发现这里人多眼杂。巴利曼·巴特伯站在壁炉附近，正在跟一对矮人和一两个陌生面孔的人说话。长凳上坐着各色人等：布里人，一群当地的霍比特人（正坐在一起唠唠叨叨），几个矮人，角落里还有一些笼罩在阴影中的模糊身影。

三个夏尔的霍比特人一进屋，布里人齐声表示欢迎，而陌生人，尤其是那几个经绿道而来的人，则好奇地盯着他们。店主向新来者介绍布里人，他说得很快，以至于他们听到了许多名字，却没弄清楚谁是谁。布里人的姓氏似乎都跟植物有关，在夏尔人听来都很怪异，像灯芯草、山羊草、石楠花、蓟毛、蕨根，更别提巴特伯－蜂斗菜了。一些霍比特人的名字也一样，比如马格沃茨－艾蒿，似乎就很多。不过，大多数名字都跟大自然相关，比如班克斯－河岸，布罗克豪斯－獾丘、朗霍斯－长洞、桑德黑文－沙船、特内里－隧道等，这类名字夏尔也有很多。还有几个从斯塔德尔来的安德希尔，他们无法想象同名却没有亲缘关系，于是亲切地把弗拉多看作失散多年的远方兄弟。

实际上，布里的霍比特人友好而又喜欢刨根问底。弗拉多很快就发现，他得为他们的旅行编造一些理由。于是他说，他对历史和地理（听到这两个词，很多人摇头，布里的方言中很少用到这两个词）很感兴趣，正在考虑写一本书（这把大伙镇住了），他和他的朋友们想收集生活在夏尔之外，尤其是东部地区的霍比特人的信息。

众人闻此，嚣声骤起。要是弗拉多真的想写一本书，要是他有很多只耳朵，那他在几分钟之内就能收集足以写几章的信息。如果这些还不够，他们还能给他一长串名字，以“这儿的老巴利曼”开头，一直到他能获悉更进一步的信息的那个名字。然而过了一会儿，弗拉多并没有表现出当场写一本书的迹象，这些霍比特人便转而询问起夏尔的霍比特人的种种事情来。弗拉多不善交际，很快就发现自己独坐一隅，东听听西瞧瞧。

大人族和矮人谈论的大都是陈年旧事，或者是大家已经耳熟能详的那类消息。南方有麻烦，从绿道来的人似乎是在迁徙，寻找适合自己生活的安宁土地。布里人表示同情，但很明显并不大乐意接收太多的陌生人进入他们小小的土地。一个外貌丑陋的斜眼旅客预言，不久的将来，会有越来越多的人到北方来。“如果找不到地方给他们，他们会自寻其所的。他们和其他人一样，有生存权。”他大声说。本地的居民不太乐意见到这样的前景。

霍比特人对所有这一切都不怎么在意，至少目前这似乎与霍比特人无关。大人族几乎不会恳求在霍比特人的洞穴里安身。他们更感兴趣的是山姆和皮平。这两个人现在感觉跟在家一样自在，兴高采烈地闲聊着夏尔的事。皮平对大洞镇洞屋顶坍塌的描述引起阵阵大笑：镇长威尔·惠特福特，西法兴最胖的霍比特人，被埋在了石灰堆里，等他钻出石灰堆时，整个人像一个大面团子。

不过，有几个人问的问题让弗拉多感到有些不安。有一个布里兰人，似乎曾去过夏尔几次，他想知道安德希尔家住在哪儿，他们都有些什么亲戚。

突然，弗拉多注意到：一个长相奇特、满面风霜的人坐在墙角的阴影里，也在热切地聆听着霍比特人的谈话。这人面前放着一个高啤酒杯，嘴里抽着一杆雕文奇特的长烟杆，两腿向前伸着，露出上好皮子的高靴，与之非常相配，不过看上去很旧，沾着泥土。他紧紧裹着一件风尘仆仆的深绿色厚斗篷，尽管屋里很热，他还是戴着兜帽，遮住了脸部。不过望着霍比特人时，他眼中的辉光明亮可见。

“那是谁？”弗拉多逮着机会悄悄地问巴特伯先生，“我想你没有介绍过他吧？”

“他？”店主没回头，只是抬起眼角，低声回应道，“我不太清楚。他是一个游民，我们称这样的人为流浪汉。他很少说话，不过心情好的时候也会讲上一两个稀罕的故事。他经常消失一个月，或者一年，然后又突然出现。去年春天，他来去很频繁，但我最近倒没怎么见他。他真名叫什么，我从没听到过，但这儿的人都叫他‘大步’。他那长腿走起路来一迈一大步，不过他没有告诉任何人他何以这么匆忙。正如我们布里人所言，东方和西方的事说不清，我指的是流浪汉和夏尔人。呃，抱歉啊！没想到你会问起他。”就在这时，有人要添酒，巴特伯先生便离开了，留下最后那句让人捉摸不透的话。

弗拉多发现大步这会儿正看着自己，仿佛听到或猜到了刚才他和店主的对话。片刻后，他挥了挥手，点了点头，邀请弗拉多走过去坐在他旁边。当弗拉多靠近的时候，他把兜帽往脑后一甩，露出头发乱蓬蓬的脑袋来。他的头发是黑色的，夹杂着银灰发丝，苍白的脸上长着一双锐利的灰眼睛。

“我叫大步，”他低声说，“很高兴见到你，安德希尔先生，但愿老巴特伯没有说错你的名字。”

“他没说错。”弗拉多僵硬地说。在这人锐利的双眼注视下，他感到很不舒服。

“噢，安德希尔先生，”大步说，“如果我是你，我会阻止你那年轻朋友说太多的。喝喝酒、烤烤火、交交友，就够快乐的了，但……呃，这儿可不是夏尔。周围有奇怪的人。也许我不该说这样的话，是不是？”看到弗拉多注视着他，他苦笑着补充了一句。“近来，有更加来历不明的人经过布里。”他望着弗拉多的脸，继续说。

弗拉多躲开他的注视，什么也没说，大步也没有进一步的暗示。他的注意力似乎突然集中到了皮平身上。弗拉多警觉地意识到，皮平，这个年轻愚蠢的图克家的人，因为刚才成功调侃大洞镇的胖镇长而大受鼓舞，此刻正以戏谑的口吻讲述比尔博告别宴会的情形。他正在模仿比尔博的告别词，马上就要讲到那令人震惊的消失了。

弗拉多很恼怒。无疑，这对大多数当地的霍比特人而言，不过是一个无伤大雅的故事，毕竟故事中那些好玩的人住在遥远的河西。可有些人（比如老巴特伯）对此事略知一二，可能还听说过很久以前比尔博消失的传言。这可能令他们想到巴金斯这个姓氏，特别是如果有人曾在布里问询过这个姓氏的话。

弗拉多坐立不安，不知道该怎么办。皮平明显很享受他受到的关注，开始忘乎所以，不记得他们所处的危险境地了。弗拉多突然感到恐惧，就他目前这个状态，甚至可能会提到那枚指环。

“你最好赶快做点什么！”大步在他耳边低声道。

弗拉多一跃而起，站在桌子上，开始讲话。皮平的听众注意力被分散了。一些霍比特人看着弗拉多，大笑着拍起手来，以为这位安德希尔先生麦芽啤酒喝多了。

弗拉多突然觉得很傻，他发现自己的手指不由自主地在口袋里摸索起来（这是他发言时的习惯）。他抚摸着链条上的指环，突然产生了一种莫名的欲望：想要戴上它，消失在这尴尬的情境里。不知怎的，这欲望似乎来自身外，来自这屋里的某个人或某种东西。他拼命抵抗着这诱惑，将指环紧紧捏在手里，仿佛要控制住它，不让它逃出来为非作歹。可无论如何，它都没有给他任何启发。他讲了几句在夏尔通行的套话：“我们全都非常感谢你们的款待。我冒昧地希望我短暂的来访有助于更新夏尔和布里之间古老的友谊。”然后，他顿住了，干咳起来。

屋里的每一个人这会儿都看着他。“来首歌！”一个霍比特人喊道。“来首歌！来首歌！”所有人都跟着喊起来，“来吧，来吧，先生，给我们唱一首我们没听过的歌！”

一时间，弗拉多站在那儿，张口结舌。情急之下，他唱起了一首比尔博相当喜欢的滑稽歌（比尔博确实很喜欢这首歌，因为歌词是他自己写的）。这是一首关于某个客栈的歌，可能这正是弗拉多突然想起它的原因。歌词全文如下，当然人们如今只记得几句歌词了。

在一座古老的灰山下，
有一个客栈，一个快活的老客栈。
那儿的啤酒醇又香，
引得月神夜里跑来喝。
马夫有只微醉猫，
会弹五弦琴，
身随高音低音摆，
一会儿吱吱一会儿噗噗，
一会儿嘎嘎。
老板有只小狗，
特别爱听笑话，
客人欢闹声一起，
它就竖起耳朵，
笑得上气不接下气。
还有一只长角的母牛，
跟任何王后一样骄傲，
它闻歌摇头晃尾，

草地上舞得欢。
啊！一排排银碟，
一对对银勺，
周六下午仔细刷洗，
周日招待一对殊客。
月神喝得酣畅，
猫儿开始嚎鸣，
碟子勺子在桌上起舞，
母牛在花园里狂蹦乱跳，
小狗追着自己的尾巴。
月神端起另一杯啤酒，
却滚到了椅子下面，
打着盹儿梦见了麦芽啤酒。
直到月隐星稀，
天光破晓，
马夫对他的微醉猫说：
“月亮的白马在嘶鸣，
在咀嚼银色的月碎，
它们的主人却喝得，
醉醺醺傻兮兮，
而太阳很快就要升起了！”
于是微醉猫拨动琴弦，
弹起了嘀哩嘀哩曲，
一首足以惊醒死者的吉格舞曲，

吱吱嘎嘎，噗噗哧哧，

旋律飞动。

老板摇着月神：

“醒醒啦！”

他们慢慢把月神推上山，

捆成一包丢进月亮。

他的马跟在后面奔驰，

他的母牛蹦蹦跳跳跑过来，

像只鹿。

端上来的碟子里有勺子，

琴音愈快，吱嘎叮咚，

狗儿开始咆哮，

牛儿马儿倒立，

宾客全都从床上一跃而起，

在地上跳起舞来。

乒！乓！琴弦断啦！

母牛跃过月亮，

小狗看到大笑，

星期六的碟子带着星期天的勺子，

跑啦！

圆月滚到山后，

太阳抬起脑袋，

不敢相信自己火红的眼睛：

因为虽然天已大亮

他们全都睡起了回笼觉！

惊奇！惊奇！

掌声雷动，响了很久。弗拉多有一副好嗓子，歌声触动了他们的想象。“老巴利曼在哪儿？”他们喊道，“他应该听听这歌。鲍勃应该学学他的猫弹琴，那我们就可以跳跳舞了。”他们要了更多的麦芽啤酒，开始吼道：“先生，再唱一遍吧！快点，再来一遍！”

他们让弗拉多又喝了一杯，再次唱起他的歌，许多人跟着合唱起来，因为这歌的调子众所周知，他们学词学得也很快。这下轮到弗拉多感觉愉悦了，他在桌子上又蹦又跳。当第二次唱到“母牛跃上月亮”的时候，他一跃而起，跳到半空中，精力相当旺盛。他砰的一声落下来，准确地落进了一个放满马克杯的盘子里，脚下一滑滚下桌子，激起丁零当啷一阵喧哗！听众全都张嘴大笑起来，然后陷入了目瞪口呆的沉默，因为唱歌者消失不见了！他就那么突然消失了，仿佛砰地穿透地板，却没有留下洞！

当地的霍比特人惊愕地盯着这一切，然后一蹦而起，吵吵着叫巴利曼。皮平和山姆身旁的所有宾客都跑开了，他们骤然发现角落里就剩下自己了，人们远远地望着他们俩，目光沉沉，充满怀疑。显然，很多人这会儿把他们看作一个拥有未知法力和目的的游历魔法师的同伙了。只有一个皮肤黝黑的布里兰人站在那儿，用知晓一切的目光看着他们，脸上的表情半明半昧，令他们感到很不舒服。过了一会儿，那人溜出大门，后面跟着一个斜眼的南方人：两人聚在一起嘀嘀咕咕一晚上了。守门人亨利也紧随他们之后出去了。

弗拉多觉得自己是一个傻瓜。他不知道该怎么办，于是从桌子下面爬到大步所在的黑暗角落，后者无动于衷地坐着，看不出心头所想。弗拉多背靠着墙，取下指环。他不知道这指环是怎么套到手指上去的，只能猜测是因为他一边唱歌，一边在口袋里摩挲它，他滑倒时手抖了一下，指环滑到手指上去的。有那么一瞬，他怀疑是不是这枚指环在捉弄他。也许，它企图暴露自己以回应这房间里隐隐约约的某种祈愿或命令。刚刚出门去的那几个人的样子，他不喜欢。

“怎么？”当他重新现身时，大步说，“你为什么那么做？比你朋友说的任何话都糟糕！你失足了！或者，我应该说你失手了？”

“我不知道你什么意思。”弗拉多又惊又恼。

“呵！不，你知道！”大步回答道，“不过我们最好还是等这喧嚣平息下来再说吧。如果你愿意，巴金斯先生，我想和你私下谈谈。”

“谈什么？”名字突然被提及，弗拉多很恼怒。

“一些对你我而言都有点重要的事。”大步看着弗拉多的眼睛回答道，“你听了对你有好处的事。”

“好吧，”弗拉多说着，试图悄没声地出现，“我稍后跟你聊。”

与此同时，壁炉旁争论正盛。巴特伯先生已经小跑着进来了，这会儿正努力听人七嘴八舌、相互矛盾地讲述这一事件。

“我看见他了，巴特伯先生，”一个霍比特人说，“或者说，我看见他不见了，但愿你能明白我的意思。他刚刚消失得无影无踪，以说话的方式！”

“不会吧，艾蒿先生？”老板困惑地说。

“真的！”艾蒿回复道，“而且就是我说的那样！”

“是哪里搞错了吧？”巴特伯摇着头说，“安德希尔先生如一股轻烟或浓烟消失得无影无踪，这有点匪夷所思啊！倒不如说他是藏到这房间的什么地方去了吧。”

“呵，那他现在在哪儿？”众人嚷嚷道。

“那我怎么知道？他想去哪儿就去哪儿，只要早晨结账就行。图克先生在这儿呢，他可没有消失。”

“反正，我看见了我看见的，也看见了我没看见的。”艾蒿先生固执地说。

“我说了，一定是有什么误会！”巴特伯说着捡起托盘，并把破碎的陶瓷片聚拢起来。

“当然有误会！”弗拉多说，“我没有消失，我在这儿呢！我刚刚在那个角落跟大步说了几句话。”

他上前几步，走进炉火的光亮里，但大部分宾客都往后退得远远的，甚至比之前更不安。他摔倒后很快就爬远了——他们对弗拉多给出的这个解释一点也不满意。大部分霍比特人和布里人一个接一个怒气冲冲地走了，没心思再继续参加晚上的娱乐活动。有一两个人一边走一边回头看弗拉多，还嘟嘟囔囔地议论着什么。没走的矮人和两三个大人族也起身跟店主道了晚安，却没理弗拉多和他的朋友们。不一会儿就没人留下了，除了大步。他靠墙不动声色地坐着。

巴特伯先生似乎并不太生气。他认为，很可能在未来的许多个夜晚，他的房子都会宾客满堂，直到大家把今晚这个谜弄个水落石出为止。“所以你在干什么呀，安德希尔先生？”他问，“把我的客人都吓跑了，还用你的杂耍打碎了我的杯杯碟碟！”

“非常抱歉，我引起了麻烦，”弗拉多说，“我不是存心的，我向你保证，那是一个极其不幸的意外。”

“好吧，安德希尔先生！不过如果你再跌倒，再要把戏，再……

反正不管再干啥吧，最好先提醒大伙一下，也提醒我一下。我们这儿的人对任何出格——我的意思是，难以解释——的事都心存怀疑，你明白我的意思吧？冷不丁的我们接受不了。”

“我不会再做这样的事了，巴特伯先生，我向你保证。现在，我想我得上床睡觉去了。明天我们一大早就要出发，你能确保早上八点备好我们的马吧？”

“好极了！不过在你走之前，我想和你私下说几句话，安德希尔先生。我刚想到了一件事，我应该告诉你，希望你不要见怪。等处理完一两件事后，我再去你的房间，行吗？”

“当然行！”弗拉多回应道，但他的心一沉。他不知道在上床睡觉之前，还有多少私下里要说的话等着自己，这些话到底要揭示什么。这些人是要联合起来对付自己吗？他甚至开始怀疑，老巴特伯的胖脸后面是不是也藏着什么黑暗的阴谋。

第10章

大步

弗拉多、皮平和山姆回到了他们的起居室。屋里没有光，梅里不在，炉火幽昧。他们吹燃余烬，丢了几根柴火进去，这才发现大步已经跟着他们来了，正静静地坐在门边的一把椅子上！

“嘿！”皮平说，“你是谁？你想干什么？”

“我被称作大步，”他回答道，“虽然他可能已经忘了，但你的朋友答应私下跟我聊聊的。”

“你说我会听到一些对我有利的事，对吧？”弗拉多说，“你要说什么？”

“几件事，”大步答道，“当然了，我不是白说的。”

“你什么意思？”弗拉多厉声问道。

“别紧张！我的意思不过是：我会告诉你我知道的，并给你一些好建议，但我想要一样回报。”

“请问，那会是什么呢？”弗拉多说。他现在怀疑，自己已经陷入了一个无赖的圈套。他不安地想到自己只带了一点钱，别说全部这点钱很难满足一个无赖的胃口，就是给出去一点他也不干。

“不会超出你的负担的，”大步微微一笑，仿佛猜到了弗拉多的心思，“就是你必须带上我跟你们一起走，直到我想离开为止。”

“啊？真的？”弗拉多心头不无惊诧，却没有轻松多少，“即使我想要多一个同伴，也不会同意这样的事，除非我对你和你要做的事有足够的了解。”

“好极了！”大步叫道，他跷起二郎腿，舒服地往椅子后背上一靠，“你的理智似乎又回来了。迄今为止，你可太掉以轻心了。很好！我会告诉你我知道的，回不回报就看你的了。等听我说完，你会很高兴获悉这些事的。”

“那就说吧！”弗拉多说，“你知道什么？”

“太多了，太多黑暗的事，”大步严肃地说，“不过就你的事而言——”他起身走到门口，猛地打开门，朝外张望，然后又悄悄关上，重新坐下。“我的耳朵很灵敏，”他压低声音继续说，“虽然我不能消遁，但只要我愿意，就能捕猎很多狡猾的野物，而且通常不会被看到。今天晚上，我在布里西部大路的树篱后面，看见四个霍比特人从古冢岗来。我不需要重复他们对老邦巴迪尔说的话，也不需要重复他们彼此的对话，但有一件事令我很感兴趣。‘请记住，’其中一个霍比特人说，‘一定不要提巴金斯这个名字，如果非要指名道姓，那就叫我安德希尔先生吧。’这令我很感兴趣，所以我就跟着他们到了这儿。我跟在他们后面溜进了大门。也许巴金斯先生有隐藏真名的正当理由，但如果这样的话，我建议他和他的朋友们更小心一点为好。”

“我不知道我的名字会激起布里什么人的兴趣，”弗拉多生气地说，“但我还是不知道它为什么令你感兴趣。大步先生大概有正当的理由偷听和监视吧，但如果是这样的话，我建议他解释一下。”

“答得好！”大步大笑道，“不过我的解释很简单：我正在寻找一位叫弗拉多·巴金斯的霍比特人。我想快点找到他。我听说他携带一个秘密离开了夏尔，这个秘密跟我和我的朋友们有关。”

“啊，别误会，”看到弗拉多噌地一下站起身，山姆也咆哮着跳起来，他连忙喊道，“我会比你们更小心地保守秘密的，小心是必须的！”他倾身向前看着他们，压低嗓音说：“一草一木都要小心！黑骑士已经来了布里。据说星期一的时候，有一个自北方来了绿道，稍后又有一个从南面来的现身绿道。”

大家陷入了沉默。最后，弗拉多对皮平和山姆说：“从守门人招呼我们的方式上，我就应该猜到这一点的，客栈老板似乎也听说了什么。他为什么会极力要我们加入宾客聚会呢？我们为什么行事会那么傻呢？我们就应该安安静静地待在这儿！”

“要是那样就好了，”大步说，“如果可以的话，我应该阻止你们进入公共休闲室的，但那样的话，客栈老板是不会让我进来见你，或者给你们带个信的。”

“你认为他……”弗拉多开口道。

“不，我不认为老巴特伯有什么恶意，只是他绝对不喜欢我这种神秘的流浪汉。”弗拉多困惑地看了他一眼。“呃，我看上去像一个无赖，不是吗？”大步嘴角上扬，眼中闪烁着古怪的光，“但我希望我们能进一步相互了解。等我们更熟悉时，我希望你能解释一下你歌唱结束时发生了什么，就是那个小小的恶作剧……”

“那纯粹是一个意外！”弗拉多打断了他。

“我很纳闷，”大步说，“就算是意外吧，那这意外也使你陷入了危险。”

“危险几乎不比现在更多，”弗拉多说，“我知道这些黑骑士在追我，但无论如何他们似乎都没有发现我，而且现在已经离开了。”

“话可不能这么说！”大步厉声道，“他们会回来的，而且还有更多的人来，还有其他人。我知道他们的人数，我知道这些黑骑士。”他顿了一下，眼神冷硬，然后继续说:“而且布里有些人并不值得信任，比如比尔·蕨尼，他在布里兰声名狼藉。你一定已经注意到宾客中的他了，一个皮肤黝黑、神情讥讽的家伙，他家里经常有古怪的人进出。他跟一个南方的陌生人关系非常密切，就在你发生‘意外’之后，他们俩一起溜出去了。并非所有那些南方人都心怀善意，至于蕨尼，他会向任何人出卖任何东西，或者仅仅是出于消遣就搞些恶作剧。”

“蕨尼出卖什么呢？我的意外跟他有什么关系呢？”弗拉多问道。他依然对大步的暗示置若罔闻。

“当然是你的消息，”大步回答说，“讲述你今晚的表演肯定会令某些人大感兴趣，那样一来，他们几乎不用打听，就知道你的真名了。依我看，很可能不出今夜，他们就会听说这件事。这些够了吗？至于给我的回报，你爱怎么做就怎么做吧，要么把我看作一个指导者，要么不。不过我要说的是，我熟悉夏尔和雾山之间的所有地域，因为我曾在这些地方游荡了很多年。我比我看上去老，我是有用的。今夜之后，你们得离开开阔的大路，因为黑骑士可能日夜都在监视它。你们也许能逃离布里，在日出时分继续前行，但走不远。他们会在旷野、在某些叫天天不应叫地地不灵的黑暗之处拦截你们。你们希望被他们发现吗？他们很可怕的！”

四个霍比特人看着他，吃惊地发现他的脸似乎因痛苦而苍白憔悴，双手紧紧抓着椅子腿。房间里静得出奇，灯光似乎也变得昏暗不明。有那么一会儿，他坐在那里，眼神空洞，仿佛走在遥远的记忆中，抑或在聆听某个遥远夜晚的声音。

“啊！”过了一会儿，他叫了一声，手抚额头，“也许我对这些追逐者的了解比你们更多。你们怕他们，但你们怕得还不够。如果可能的话，明天你们得逃命。大步可以带你们走人迹罕至的小路。你们愿意带上他吗？”

房间里又是一阵死寂。弗拉多没有答话，心里又疑又怕。山姆蹙眉望着他的主人，最后开口道：“恕我直言，弗拉多先生，我说不行！这位大步先生又是警告又是要我们小心谨慎，这我同意，那咱们就从小心他开始。他来自荒野，我从未听说过这种人的善事。他确实知道一些事，超出我的意愿，但没道理让他领着我们进入那些黑暗之处，就如他所言，那些叫天天不应叫地地不灵的地方。”

皮平坐立不安，看上去很不舒服。大步没有回应山姆的话，而是将热切的眼神转向弗拉多。弗拉多捕捉到了他的目光，却移开了自己的目光。“不行，”他慢慢地说，“我不同意，我觉得……我觉得真实的你并不像你选择让我们看到的样子。你开始跟我说话时像一个布里人，但你的口音已经改变了。山姆在这一点上似乎是对的：我不明白你为什么警告我们要小心谨慎，却要求我们给予你信任。你为什么伪装？你是谁？关于我的事，你究竟知道什么？你又是如何知道的？”

“看来你已经学会小心谨慎了，”大步咧嘴一笑，“但小心谨慎是一回事，犹豫不决又是另一回事了。靠你们自己，永远也到不了幽谷，信任我是你们唯一的机会。你们必须当机立断，我会回答你的一些问题，如果这有助于你做出决断的话。可是，既然你们信不过我，又如何相信我说的话呢？不过嘛……”

就在这时，叩门声响起。巴特伯先生端着蜡烛来了，后面跟着手提热水罐的诺布。大步退到了黑暗的角落里。

“我来跟你们道晚安。”店主说着将蜡烛放到桌子上，“诺布，把热水送到各个房间去！”他走进屋，关上了门。

“是这样，”店主犹犹豫豫地开了口，看上去很不安，“如果我耽误了你们什么事，那真的非常抱歉。你们也知道，事情一件赶着一件，我太忙了。俗话说思忆断续，这一周一件又一件的事情让我想起什么来了，希望还不太晚。是这样的：有人曾要我关注一下来自夏尔的霍比特人，尤其是一位姓巴金斯的。”

“那跟我有什么关系呢？”弗拉多问。

“哦！你心里清楚啊！”店主心照不宣地说，“我不会出卖你的，但有人告诉我这位巴金斯先生会以安德希尔的名字现身，说来他描述的样子跟你挺契合。”

“真的？那你说说那人什么样！”弗拉多草率地打断他道。

“一个红脸的矮胖子。”巴特伯先生郑重地说。皮平轻笑出声，而山姆则是一副愤慨的样子。“他对我说：‘这对你用处不大，巴利曼，因为对你而言，大多数霍比特人都一个模样。’”巴特伯先生瞥了皮平一眼，继续说，“‘但这一个比有些霍比特人高，比大部分霍比特人白皙。他下巴上有豁口，是一个眼神明亮的快乐家伙。’哦，抱歉啊，但这是他说的，不是我说的。”

“他说的这个‘他’是谁？”弗拉多急切地问。

“哦！那是甘道夫，你知道我说的是谁吧。他们说他是一个巫师，但不管怎样，他是我的一位好朋友。不过，我不知道现在如果再见到他的话，他会跟我说什么，也许他会把我所有的麦芽啤酒变酸，或者把我变成一块木头，这些我都不会觉得奇怪。他是有点急躁，可我已经干过的事又不能当成没干。”

“哦，你干了什么？”弗拉多问道。巴特伯啰里啰唆的解释令他越来越不耐烦。

“我说到哪儿了？”店主说着停了一下，然后打了个响指，“哦哦，对对，老甘道夫。三个月前，他没敲门就走进了我的房间。‘巴利，’他说，‘我早晨就走，你愿意帮我做件事吗？’‘您只管说啥事就行了。’我回答说。‘我有点急，’他说，‘我自己没时间，但我想送封信到夏尔去。你有信得过的能去送信的人吗？’‘我能找到人，’我说，‘也许明天吧，或者后天。’‘那就明天吧。’他说，然后交给我一封信。”

“地址写得清清楚楚。”巴特伯先生说着，从口袋里掏出一封信，缓慢而又自豪地大声朗读起来（他自诩是一个识文断字的人）：

袋底洞，霍比顿，夏尔

弗拉多·巴金斯先生收

“甘道夫给我的信！”弗拉多叫了起来。

“啊！”巴特伯先生惊呼道，“那你的本名就是巴金斯喽？”

“是的，”弗拉多说，“你最好立刻把这封信给我，解释解释你为什么根本就没有去送信。我想，这就是你要跟我说的事吧，尽管你绕了半天才说到点子上。”

可怜的巴特伯先生不知所措。“你说得对，先生，”他说，“但请你原谅我，如果因此造成了损失，不知道甘道夫会说些什么，我真的非常害怕。不过我不是故意扣着它不送的，我把它藏得很安全，我只是找不到人愿意第二天或第三天去夏尔，我自己的伙计也没空。然后事赶事，我就把它给忘了。我是一个忙人，要能于事有补，让我做什么都行，如果有什么我能帮上忙的，你尽管说。

“除了这封信，我承诺给甘道夫的还不少。‘巴利，’他对我说，‘我这位夏尔的朋友，可能不久后会从这个方向离开，他和另外一个人。他会自称安德希尔先生，你可记住了！不过你不需要问问题。如果我没跟他在一起，那他可能陷入了麻烦，可能需要帮助。请尽你所能帮助他，我会感激不尽的。’现在你在这儿了，看起来麻烦似乎也不远了。”

“你什么意思？”弗拉多问。

“那些黑衣人，”店主压低嗓音说，“他们正在寻找巴金斯，他们肯定不怀好意。那是在星期一，所有的狗都不停地吠叫，大鹅也在嘎嘎尖叫。我正纳闷时，诺布走来告诉我，两个黑衣人在门口打听一个叫巴金斯的霍比特人。诺布吓得魂不附体。我把两个黑衣人打发走了，当着他们的面把门摔上的，但我听说他们一路打听到了切特森林。还有那个流浪汉——大步，也一直在打听你，在你们吃晚饭之前，还企图进来见你。”

“他来了！”大步突然上前一步，走到光亮处，开口道，“如果你让他进来了，就会省去后来的许多麻烦，巴利曼。”

店主吓了一跳。“是你！”他叫道，“你老是突然蹦跶出来。现在你想干吗？”

“我允许他进来的，”弗拉多说，“他是来帮忙的。”

“哦，你自己的事自己知道，也许吧，”巴特伯先生怀疑地看着大步说，“但如果我处在你的境况，我可不会带上一个流浪汉。”

“那你会带上谁？”大步问，“一个因为人们整天冲他喊而只记得住自己名字的客栈胖老板？他们不能永远待在跃马客栈，也不能回家。他们还有很长的路要走。你要跟着他们，赶跑黑衣人吗？”

“我？离开布里？给我多少钱我都不会离开的！”巴特伯先生一副吓坏了的样子，“可你们为什么不能静悄悄地在这儿待一阵子呢，安德希尔先生？所有这些古怪都是什么呀？这些黑衣人到底在追逐什么？他们是从哪里来的？我能知道吗？”

“很抱歉，我不能解释全部。”弗拉多答道，“我很累很焦虑，话说起来就长了。如果你想帮助我，那我得提醒你，只要我待在你的房子里，你就会有危险。这些黑骑士，我不确定，但我认为，他们恐怕来自……”

“他们来自魔多，”大步低声说，“来自魔多，巴利曼，你知道那是什么意思吧？”

“天啊！”巴特伯先生叫道，脸都吓白了，很明显他知道魔多这个名字，“这是我有生以来在布里听到的最糟糕的消息了。”

“是的，魔多，”弗拉多说，“你还愿意帮我吗？”

“愿意，”巴特伯先生说，“比任何时候都愿意，尽管我不知道我这种人能做什么去对抗，对抗……”他结结巴巴起来。

“对抗东方的黑影，”大步静静地说，“不用做太多，巴利曼，只要帮一点点忙就可以。你今晚就让安德希尔先生作为安德希尔先生待在这儿，忘掉巴金斯这个名字，直到他走远。”

“我会这么做的，”巴特伯先生说，“但没有我的帮助，恐怕他们会发现他在这儿的。很遗憾巴金斯先生今晚引起了关注，不过再说它也没用了。今晚之前，那个比尔博先生消失的故事在布里早就有所传闻了，连我们客栈那个傻乎乎的诺布都一直在猜东猜西呢，布里比他聪明的人多着呢。”

“唉！我们只能希望黑骑士还没有来。”弗拉多说。

“我希望没有，真的，”巴特伯说，“但是人是鬼，他们都不会那么容易就进入跃马客栈的，你们一直到早上都不用担心。诺布什么也不会说的。只要我还站着，黑衣人就不能过我的门。我和我的店员今晚会放哨的，你们最好尽可能睡一会儿。”

“无论如何，请在黎明时叫醒我们，”弗拉多说，“我们必须尽早出发。早餐请安排在六点半吧。”

“好的，我保证照办。”店主答道，“晚安，巴金斯先生——我应该说安德希尔先生！晚安！啊！天哪，你们的白兰度巴克先生呢？”

“我也不知道！”弗拉多突然感到心焦，他们完全忘了梅里，天已经很晚了，“他恐怕出去了，他说过他要出去透透气。”

“啊！你们的确需要照料，不能出错：你们一行可是在度假！”巴特伯说，“我必须快点去把门闩上，不过你的朋友回来的时候，我会放他进来的。我最好还是让诺布去找找他吧。祝你们晚安！”巴特伯终于出去了，临行前又怀疑地看了大步一眼，摇了摇头。他的脚步声渐渐地消失在通道尽头。

“怎么？”大步说，“你打算什么时候打开那封信？”

弗拉多拆信前，仔细查看了一下封蜡，确实是甘道夫的。信纸上是那位大巫师刚劲而优雅的笔迹：

夏尔1418年，仲秋日，布里，跃马客栈

亲爱的弗拉多：

我在这儿获悉了坏消息，必须立刻动身。你最好快点离开袋底洞，至少在七月末之前离开夏尔。我会尽快返回的。要是发现你已经走了，我会跟上来的。如果你经过布里，留个信给我。你可以信任客栈老板（巴特伯）。你可能会在大路上遇见我的一位朋友：他是大人族，清瘦高挑，皮肤黝黑，有人称他为大步。他知道我们的事，会帮你的。往幽谷走。希望我们在那儿再见。如果我没去，埃尔隆德会关照你的。

匆笔。

甘道夫

又及：千万不要再用它了，不管出于什么理由都不要用！千万不要夜里赶路！

又又及：确保那是真的大步。路上有许多奇怪的人。他的真名是阿拉贡。

金子未必都闪光
浪人未必都迷失
老当益壮青春在
风霜不及深根
余烬仍存燃星
清光出自昏影
宝剑出自断刃

无冕之王再现

又又又及：我希望巴特伯迅速送出这封信。他是一个值得信任的人，但记性不好，脑袋一团糨糊，总是丢三落四。要是他忘了，我要烤了他。

再见！

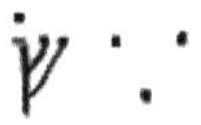

弗拉多看过信，把它递给皮平和山姆。“老巴特伯真把事情弄得一团糟！”他说，“真该把他烤了！要是我及时收到这封信，我们现在可能已经安安全全地待在幽谷了。不过甘道夫碰上什么事了呢？从他写的信来看，似乎是处于极度的危险中。”

“多年来他一直如此。”大步说。

弗拉多扭头若有所思地看着他，掂量着甘道夫的第二条附言。“你为什么一开始不告诉我你是甘道夫的朋友？”他问道，“那样的话能省不少时间。”

“会吗？到了现在，你们哪位相信我？”大步说，“我对这封信一无所知，我只知道如果我要帮你们，就得劝说你们信任我，但我并没有任何能证明我身份的证据。无论如何，我不想一开始就告诉你关于我自己的一切，我得先观察你，确认你。敌人已经给我设了不少陷阱。我一旦做出决断，就会乐意回答你提出的任何问题。不过我必须承认，”他诡异地一笑，补充道，“我希望你们带上我，一个亡命之徒有时候也会厌倦疑神疑鬼，渴望友谊的。不过，我想我的模样很碍事。”

“是啊，反正第一眼是这样，”皮平大笑道，读了甘道夫的信之后，他突然感到如释重负，“但我们夏尔人都说，长得帅不如做得帅，我敢说在树篱和壕沟里躺上几天，我们看起来长得全都差不多一样。”

“恐怕得在野地里游荡不止几天、几星期，甚至几年，才能变得像大步，”大步回应道，“而且可能等不到这变化发生，你就先死了，除非你是由比你的肉身更坚硬的材料制成的。”

皮平被吓着了，无言以对。山姆却不服气，依然怀疑地看着大步。“我们怎么知道你就是甘道夫说的大步呢？”他质问道，“你从未提起过甘道夫，直到这封信冒出来。就我所见，你可能是一个乔装打扮的密探，企图诓着我们跟你走。你可能杀了真正的大步，穿上了他的衣服。对此你怎么说？”

“我要说，你是一个顽固的家伙，”大步答道，“但这恐怕是我能给你的唯一回应，山姆·甘吉。如果我杀了真正的大步，那我也能杀了你。而且我不必说这么多话，就已经杀了你。如果我是为了那枚指环，恐怕现在已经得到它了，看着！”

他站起来，好像突然长高了，眼中闪过一道热烈威严的光。他把兜帽甩到背后，手抚在掩藏于身侧的一把短剑的剑鞘上。几个霍比特人全都不敢动了。山姆目瞪口呆，愣愣地盯着他。

“不过幸运的是，我就是真正的大步，”他说着，垂目看着他们，突然一笑，脸色柔和下来，“我是阿拉贡，阿拉松之子，我会舍生忘死保护你们。”

一阵长长的沉默之后，弗拉多迟疑地开口道：“在这封信之前，我就相信你是一位朋友，至少我希望是。今天晚上，好几次你都吓到我了，但绝不是敌人爪牙的那种吓法，我想是这样。我觉得若是密探，呃……看上去会更善良，但心地却很歹毒，你明白我的意思吧？”

“我明白，”大步笑道，“我看上去歹毒，但心地善良，是不是？金子未必都闪光，浪人未必都迷失。”

“这么说那诗句说的是你？”弗拉多问，“我搞不清它们是什么意思。可是如果从来没看过甘道夫的这封信，你怎么知道里面有这些诗句？”

“我不知道，”大步答道，“但我是阿拉贡，那些诗句与这个名字相关。”他抽出他的剑，几个霍比特人看到剑刃的确断了一尺，“没多大用了，是吧，山姆？”大步说，“但重铸它的日子不远了！”

山姆什么都没说。

“那么，”大步说，“山姆默许了，这事就这么定了。大步将作为你们的护卫随行。明天的路可不好走。即使我们能不受阻挡地离开布里，也很难期望悄悄地离开，不被注意到。出布里兰的路，除了主路，我还知道一两条其他的路。一旦我们摆脱追踪，我就能带你们往风云顶去。”

“风云顶？”山姆问，“那是什么？”

“是一座山，就在大路北面，从这儿到幽谷的半道上。那儿视野开阔，方便我们观察周围，如果甘道夫跟上来，也会去那里。过了风云顶，我们的旅程会变得更艰难，我们必须见招拆招，应对重重危险。”

“你上一次见到甘道夫是什么时候？”弗拉多问，“你知道他在哪儿吗？知道他在干什么吗？”

大步神色肃穆。“我不知道，”他说，“我在春天和他一起往西来。过去几年，我经常监视着夏尔的边界地带，而他在别处忙活。他极少让夏尔处于无人看守的状态。我们上次见面是五月一日，在巴兰度因河（白兰地河）下游的萨恩渡口。他告诉我，他跟你的事进展得不错，你会在九月的最后一周启程前往幽谷。据我所知，他将伴在你身侧，而我便继续我自己的旅程了。不过现在看来，这计划有误，很显然他知悉了一些坏消息，而我不在一旁，没能助他一臂之力。

“自认识他以来，我第一次感到不安。即使他自己不能来，也应该传个消息给我的。几天前我回来时，听到了坏消息。传闻已经沸沸扬扬，说甘道夫失踪了，黑骑士出现了。是吉尔多的精灵告诉我这些的，后来他们还告诉我，你已经离开了家，却没有你离开巴克兰的消息。我一直焦急地观望着东大路。”

“你觉得黑骑士跟这事有关吗？我是说跟甘道夫的缺席有关吗？”

“除了大敌黑魔王，我不知道还有什么别的事能阻碍他，”大步说，“但是不要放弃希望，甘道夫比你们夏尔人知道的更伟大，通常情况下，你们只能看到他的玩笑和小把戏，但我们这件事将会是他最伟大的任务。”

皮平打了一个哈欠。“抱歉，”他说，“我累死了。不管有多少危险和担忧，我都必须上床去了，不然我坐着都能睡着。梅里那个蠢货在哪儿呢？如果我们得摸黑出门找他，那我真的会倒下起不来了。”

就在这时，他们听到砰的一声门响，然后过道里响起了脚步声。梅里冲了进来，后面紧跟着诺布。他匆忙关上门，背靠门上，喘得上气不接下气。大伙惊讶地看着他，过了一会儿，他才喘息着说：“我看见他们了！弗拉多，我看见他们了！黑骑士！”

“黑骑士！”弗拉多惊叫起来，“在哪里？”

“这里，村子里。我在屋里待了一个小时，你们还没回来，我就出门去溜达。我回来后，就站在外面灯下看星星。突然，我浑身一激灵，觉得有什么可怕的东西正在悄悄爬近：路对面的阴影里，有一团更深的黑影，就在灯光照不到的角落里。眨眼间，它就悄无声息地溜进黑暗里去了。不过没有马。”

“它是往哪个方向去的？”大步突然厉声喝问。

梅里吓了一跳，这才注意到屋里有一个陌生人。“继续讲吧，”弗拉多说，“这是甘道夫的一个朋友。我一会儿再跟你解释。”

“它似乎往大路东边去了，”梅里继续说，“我试图跟着它，当然它几乎眨眼间就消失不见了，但我还是拐弯，跟到了大路边的最后一栋房子那里。”

大步惊讶地看着梅里。“你心可真大，”他说，“不过很傻。”

“我不知道，”梅里说，“我想，算不上勇敢，也算不上傻。我只是忍不住。不知怎的，似乎有一股力量拽着我。反正我跟上去了，突然听到树篱旁有声音。一个人在抱怨，另一个人在低语，也可能是发出嘘声，他们说的什么，我一个字也听不清。我没敢靠得太近，因为我开始浑身颤抖，觉得恐惧。我转过身，正要撒腿往回跑，却跟身后的什么东西撞上了，我……我就摔倒了。”

“我发现的他，先生，”诺布插嘴道，“巴特伯先生让我带着灯笼出去看看，我走到西大门找了一番，然后回头朝南大门走去。就在比尔·蕨尼的房子近旁，我似乎看到大路上有什么东西，我不能确定那是什么，不过看起来像是两个人弓腰俯在什么东西上，正将它抬起来。我喊了一嗓子，但等我到了跟前，却不见那两个人的痕迹，只有白兰度巴克先生躺在路边。他似乎睡着了。等我将他摇醒，他对我说：‘我还以为我掉进深水里了。’他看上去非常奇怪，我一弄醒他，他就跳起来，像野兔一样飞跑回这儿来了。”

“我害怕是真的，”梅里说，“尽管我不知道我说的是什么。我做了一个噩梦，可是记不清了，只有一种粉身碎骨的感觉。我不知道我是怎么回事。”

“我知道，”大步说，“你撞上黑气了。黑骑士一定是把他们的马留在外面，然后悄悄地从南门返回来的。他们已经拜访过比尔·蕨尼，会知晓所有消息的，那个南方人大概也是一个探子。在我们离开布里之前，夜里也许会有什么事情发生。”

“会发生什么事？”梅里问，“他们会袭击客栈吗？”

“不，我想不会的，”大步答道，“他们还没到这儿，无论如何，那不是他们的方式。在黑暗中，在对方孤身一人的状态下，他们最强大。他们不会公开袭击有灯光有很多人的房子的，除非孤注一掷。我们前面还有很长的路要走，他们动手的机会有的是。不过，他们的能力很可怕，布里有些人已经在他们的掌控之下了。他们会驱使这些恶棍替他们干坏事的，比如蕨尼，还有一些陌生人，也许还有守门人。星期一那天在西大门，他们都跟哈利说过话。我一直盯着他们的。当他们离开的时候，哈利面色苍白，浑身颤抖。”

“我们似乎四面受敌啊，”弗拉多说，“该怎么办？”

“待在这儿，不要回你们的房间！他们肯定已经发现你们的房间是哪几间了。霍比特人入住的房间都朝北，靠近地面。我们全都待在这儿，关好窗户和门。不过先让我和诺布去把你们的行李拿来。”

大步离开后，弗拉多给梅里简要地讲述了一下晚餐后发生的事。大步和诺布回来的时候，他还在若有所思地研读甘道夫的信。

“好啦，先生们，”诺布说，“我把你们的床铺都弄乱了，每张床中间都放了一个靠枕。我还用一个棕色羊毛垫伪装了你的脑袋，弄得很不错，巴金——安德希尔先生。”他咧嘴一笑，补充道。

皮平大笑道：“非常逼真！可是，等他们识破了这伪装，会发生什么事呢？”

“我们等着瞧吧，”大步说，“希望到早上我们都能守住阵地。”

“晚安了，先生们。”诺布说着退下，守门去了。

他们将包裹行李堆在客厅地板上，拉过一把矮椅子抵在门上，然后去关窗户。弗拉多朝外窥探一眼，只见夜色依然清朗，布里山肩上镰刀弯月熠熠生辉。他关好窗户，合上重重的护窗，又把窗帘拉上了。大步生起火，吹灭了所有蜡烛。

四个霍比特人脚朝壁炉，躺在他们的毯子上，而大步安坐在抵着门的椅子上。他们聊了一会儿，因为梅里仍然有几个问题要问。

“跃过月亮！”梅里一边裹着毯子翻来滚去，一边呵呵直笑，“你太好笑了，弗拉多！真希望我今晚在那儿目睹整个过程，这事够布里人说上一百年的。”

“我希望如此。”大步说。然后，他们全都不吭声了。四个霍比特人一个接一个地坠入了梦乡。

第11章
黑暗中的刀

当他们在布里的客栈准备睡觉时，黑暗也笼罩了巴克兰。薄雾弥漫在山谷间、河岸旁。溪谷地的那栋房子矗立在寂静中。胖子博尔济小心翼翼地打开门，仔细往外瞧。一整天里，害怕的感觉愈来愈盛，他无法安定，无法入睡：沉闷的夜息里隐含着一缕险恶的威胁。当他凝视着黑暗时，一个黑影在树下移动，大门似乎自动打开，又自动关上了，没出一点声音。他突然感到恐惧，猛地退回屋内，站在门厅里好一阵颤抖。然后，他关好门，上了锁。

夜深了，沿着小路隐隐传来了马匹被牵着悄然行走的声音。他们停在大门外面，三个黑衣人像爬行在地面上的夜影一样进去了。一个走向房门，另外两个走到房子两侧的角落里，一边一个，像石头影子一样定定地站在那儿。夜慢慢流逝，房子和寂静的树似乎屏住呼吸在等待。

树叶微微颤动了一下，一只乌鸦嘎嘎叫着飞远了。黎明前寒冷的时刻正在流逝。房门旁的人影动了，一刀出鞘，在没有星月的黑夜里寒光闪闪。敲击声起，不响但很重，房门在抖动。

“开门！以魔多的名义！”一个尖细的声音威胁道。

随着第二声敲击落下，房门倒塌在地，门板裂成碎片，锁也破了。黑衣人迅速地进了屋。

就在这时，附近的树丛里吹响了号角，号声划破黑夜，像山顶燃烧起了火焰。

快醒来！有危险！着火啦！有敌人！快醒来！

胖子博尔济并没闲着，一看见黑影从花园里溜出来，他就知道自己必须逃，不然会暴毙。于是，他从后门狂奔而出，穿过花园，在田地里飞跑。等到达一英里开外最近的一栋房子时，他瘫倒在门阶上。“不，不！不！”他哭喊着，“不，不是我！我没有它！”过了好一会儿，才有人弄明白他在嘟囔什么。他是在说，敌人在巴克兰，有陌生人从古森林入侵了。人们立即行动起来。

有危险！着火了！有敌人！

白兰度巴克家的人在吹巴克兰号角，自白狼在那个寒冬闯入，白兰地河被冻结后，这号角已经有一百年没有吹响过了。

快醒来！快醒来！

远处响起了回应的号角声，警告传遍四方。黑衣人飞身出屋。其中一个跑的时候，把一件霍比特人的斗篷掉在了台阶上。小路上，马蹄声嘈杂，并渐渐汇聚成疾驰声，嘚嘚嘚消逝进黑夜里。溪谷地四面八方都回荡着号角声、呼喊声和奔跑的脚步声。黑骑士像一阵狂风直奔北大门。让这些小人吹去吧！索伦日后会收拾他们的。他们还有另外一件事要去做：他们已经知道那座房子空荡荡的，那枚指环不见了。他们骑马冲过大门守卫，从夏尔消失了。

凌晨，弗拉多突然从酣睡中醒来，仿佛有什么声音或存在惊扰了他。他看到大步警觉地坐在椅子上：他的眼睛在一直熊熊燃烧的炉火映照下，熠熠生辉。他一动不动，也没出声。

弗拉多很快又睡着了，但他的梦再次被风和疾驰的马蹄声所困扰。这风似乎围着房子打转，撼动着它，远处还传来了疯狂的吹号声。他睁开眼睛，客栈院子里一只公鸡咯咯咯起劲地叫着。大步已经拉开了窗帘，哐当一声把护窗也推上去了。清晨的第一缕阳光照进房间，凉爽的空气也过窗而入。

大步将几个霍比特人一一唤醒，然后领着他们去了卧室。他们一见卧室的样子，都很庆幸采纳了他的建议：窗户被强行打开了，窗框摇摇晃晃，窗帘布随风上下翻飞，床铺被翻得乱七八糟，垫枕被割破扔在地上，那条小棕毯也被撕碎了。

大步立即把店主找来了。可怜的巴特伯先生睡眼惺忪，见状吓坏了。他一整夜几乎都没合过眼（他是这么说的），但没听到任何动静。

“我这辈子从没遇到过这样的事！”他吓得举起手喊道，“客人没能睡在床上，好好的垫枕被毁了，还有这一切！我们这是碰上什么了？”

“黑暗时代！不过等你摆脱了我们，很快就会回归安宁的。我们马上就走。不用张罗早餐了，我们站着吃点东西对付一下就行了，一会儿还得收拾行李。”

巴特伯先生赶忙出去备马，给他们拿“对付着吃点”的食物，但他很快就惊慌失措地回来了。马匹消失不见了！马厩的门在夜里全被打开了，马都跑了：不光是梅里的几匹马，马厩里的每一匹马、每一样牲畜都不见了。

听到这个消息，弗拉多崩溃了。被骑行的敌人追逐，他们怎么能指望步行到达幽谷呢？！这不是天方夜谭嘛！大步坐在那儿，沉默不语地望着几个霍比特人，仿佛在估量他们的力气和勇气。

“马匹不会帮助我们摆脱黑骑士的追踪，”他最后若有所思地说，好像猜到了弗拉多心中所想，“步行的话，我们也慢不了多少——我的意思是不走大路。反正不管怎样，我都得步行。我觉得麻烦的是食物和储备。从这儿到幽谷的路上，除了自己带的，我们恐怕找不到任何吃的东西，我们应该多带一些预备着，以防路上耽搁或是被迫绕路不能直行之类的意外。你们准备背上多少东西？”

“必须带的我们都带上！”皮平说。他心里沉甸甸的，却试图表现得比他看上去（或感觉上）更坚强。

“我能带上足够两个人的。”山姆坚定地说。

“真没办法了吗，巴特伯先生？”弗拉多问，“我们不能从村子里找几匹马吗？哪怕找到一匹用来驮行李也行啊。我想我们没法雇，但是可以买呀。”他犹豫着补充道，不知道自己能不能负担得起。

“恐怕很难，”店主沮丧地说，“布里有两三匹跑马，本来就在我院子的马厩里，现在都跑了。至于其他动物，不管是役马还是别的什么，布里都非常少，而且它们也不卖。不过我会尽力的。我去叫鲍勃，让他尽快去打问一下。”

“好吧，”大步勉强应道，“你最好能办成，我们恐怕至少得有一匹马。不过这样的话，我们就没法早早动身，悄悄溜走了！我们等于是吹号宣告自己启程，这无疑是他们计划的一部分。”

“我们可以一边等一边吃早餐，坐下来吃，这算是一点安慰吧？”

梅里说，“我希望不只是一点点安慰，就靠鲍勃了！”

结果他们耽搁了三个多小时。鲍勃回来报告：无论好说歹说，村民们都不愿意借马或卖马（不管是大马还是小马），除了比尔·蕨尼，他有一匹可能愿意卖的马。“一匹饿得半死的可怜的老马”，鲍勃说，“可少于三倍的价钱他还不卖。我了解比尔·蕨尼这人，他这是趁火打劫呢。”

“比尔·蕨尼？”弗拉多问道，“会不会有诈呀？他的马会不会驮着我们的东西再跑回他那里去，或者帮着他捉弄我们之类的？”

“我不知道，”大步回应道，“不过我想象不出会有什么动物一旦逃脱，还会再跑回他那里去。我觉得仁慈的蕨尼主子唯一的想法是借机敲竹杠，赚上一笔。我主要担心这匹可怜的老马可能要死不活的，撑不了多久，不过眼下似乎也没有其他选择了。他要价多少？”

比尔·蕨尼要价十二便士，这的确是当地矮种马价格的三倍。他这匹马也确实瘦骨嶙峋、营养不良、精神萎靡，不过看上去还不至于要死不活。巴特伯先生付了这笔钱，另外给了梅里十八便士作为丢失其马的补偿。他是一个诚实的人，估计在布里也算得上富裕，但三十便士的银币对他而言也是一个不小的打击，再加上比尔·蕨尼的欺诈，他更加难以忍受。

其实，他是因祸得福。后来证明，实际上只有一匹马被偷了，其余的马都是被驱散或吓得逃跑的，被发现的时候，它们正在布里兰的不同角落游荡。梅里的几匹马是一起逃走的，但最终它们凭着良好的感觉一路回到古冢岗寻找汤姆家的大老胖了。于是，汤姆·邦巴迪尔照顾了它们一阵子，把它们养得膘肥体健的。不过，当布里事件的消息传到汤姆耳朵里时，他将它们送到巴特伯先生的客栈，后者以非常相宜的价格得到了五匹良马。在布里，这些马得卖力地干活，但鲍勃待它们很好，所以总体而言，它们很幸运，错过了一段黑暗危险的旅程，却也永远去不了幽谷了。

然而，当时巴特伯先生只知道自己的钱左右都是一去不复返了，而且他还有其他的麻烦。剩下的客人醒来后，听说了客栈遭袭的消息，都闹腾起来。南方旅客丢了好几匹马，大声责骂着客栈老板，直到后来他们意识到一个自己人夜里也失踪了，正是比尔·蕨尼的那个斜眼同伴。疑点立刻落到这人身上了。

“如果是你们结识了一个盗马贼，还把他带到我的客栈里，”巴特伯生气地说，“那你们就该为你们自己的损失付出代价，而不是跑来冲我吼叫。去问问蕨尼，你们的漂亮朋友在哪里！”

不过很显然，这人不是任何人的朋友，谁都想不起来他是怎么加入他们团伙的。

早餐后，几个霍比特人不得不重新收拾行李，收集更多的物资，为期待中的长途旅程做准备。等他们终于要启程时，已经接近十点钟了，这时整个布里已经炸开了锅。弗拉多消失的小把戏、黑衣人的出现、马厩被偷，更别提流浪汉大步加入那群神秘的霍比特人的消息了，这些足以编织一个可以流传于许多平淡岁月的故事。布里和斯塔德尔的大部分村民，甚至还有很多从库姆和阿切特来的人，都拥挤在大路上，观看这一行人启程。客栈里的其他客人，则或倚在门边，或溜达到窗边，朝外望着。

大步已经改变了主意，决定从主路离开布里。任何抄近路穿越乡村的企图只会让事情变得更糟，因为一半的村民都会跟着他们，看着他们去哪里，还会阻止他们闯入私人领地。

他们跟诺布和鲍勃道了别，对巴特伯先生千恩万谢。“等事情安定了，希望有一天我们还能再会，”弗拉多说，“到时候我什么也不做，就安安静静地在你的客栈待上一阵子。”

在村民们的注视下，他们步履踉跄，垂头丧气地出发了。并非所有围观者的神情都友好，也并非所有他们喊出的话语都友好。不过，大部分布里兰人似乎都很害怕大步，他的目光落在谁身上，谁就赶忙闭上嘴往后退。他和弗拉多走在最前面，梅里和皮平居中，山姆牵着马走在最后，马背上驮着他们的大部分行李。他们已经体谅地减轻这匹老马的负担了，不过它看上去并不颓丧，仿佛很乐意接受命运的改变。山姆若有所思地嚼着一个苹果。他有一口袋苹果，那是诺布和鲍勃送的礼物的一部分。“走着的时候吃苹果，坐着的时候抽烟，”他说，“不过估计过不了多久，我就享受不上这两样了。”

这几个霍比特人走自己的路，不理会门缝里、墙头上、围栏边好奇探寻的脑袋。当他们接近更远处的大门时，弗拉多看见一道浓密的树篱后面，有一栋黑黢黢的破烂房子。这是村子里的最后一栋房子。在其中一扇窗户里，弗拉多瞥见一张面色发黄、目光狡黠的脸，但它一闪就不见了。

“所以这就是那个南方人藏身的地方。”弗拉多心想，“他看上去更像一个小妖怪。”

树篱那边，另有一个人大胆地盯着他们。这人眉毛又黑又浓，黑眼睛透着鄙夷的光，大嘴讥诮地弯曲着，嘴角叼着一杆黑短烟枪。当他们接近时，他从嘴里取出烟枪，唾了一口。

“早啊，长腿！”他说，“这么早就走了？终于找到几个朋友了？”大步点了点头，但没有搭腔。

“早啊！小友们！”他又跟几个霍比特人打招呼，“我猜你们知道你们带上的是谁吧？那是干啥都干不久的大步！没错，就是他！我还听说过其他不怎么妙的名字哟。你们今晚可要当心！还有你，山姆，可别虐待我这可怜的老马！咳！吐！”他又唾了一口。

山姆猛地一转身，喝道：“你，蕨尼！挪开你那张丑脸，不然会受伤！”说时迟那时快，一个苹果突然甩手而出，闪电般击中了比尔的鼻头。后者避之不及，树篱后传来了咒骂声。

“可惜了一个好苹果。”山姆遗憾地叹息一声，继续踱步前进。

村子终于被他们抛在了身后。跟在后面的儿童和一些落在后面的村民也觉得又累又乏，走到南大门那儿就掉头回去了。弗拉多他们穿过南大门，沿着大路继续走了好远。大路绕过布里山脚下时，向左弯曲，回到向东的路线，然后开始骤降，没入树木繁茂的乡村。在他们左边，可见坐落在东南缓坡上的一些斯塔德尔村的房子和霍比特人居住的洞府，大路北边的一处深谷里，炊烟袅袅，那是库姆村所在地。

阿切特村掩映在远处的树丛后。

走了一段大路后，他们来到延伸向北方的一条狭窄小径。这时，布里山已经被抛在身后，静默黑赫，矗立远方。

“在这里，我们就要离开开阔地，隐蔽行进了。”大步说。

“不是抄近道吧，我希望不是，”皮平说，“我们上次抄近道走树林差点丢了命。”

“哈哈！不过那是因为你们没有跟我在一起，”大步大笑道，“我的近道，不管长短，都不会走错。”说着，他前后左右打量了一下大路。视线中无人，于是他领着一行人很快朝树木丛生的山谷走去。

四个霍比特人不了解这片乡土，据他们所知，大步的计划是先往阿切特走，然后右拐，从东面穿过，再尽可能直行越过荒原，到达风云顶所在的威瑟托普山。这样的话，如果一切顺利，那他们能缩短一大段路，而要一直走大路的话，为了避开蚊水泽，就得往南拐更远。当然，现在他们就必须得穿过沼泽地，而根据大步的描述，那可不怎么乐观。

不过话又说回来，步行也没有什么不开心的。的确，如果不是因为昨晚那些令人不安的事，这个计划的旅程要比以前那些更令人愉悦。阳光灿烂，天气晴朗，但并不太热。山谷中的树木依然枝繁叶茂，色彩斑斓，一切似乎都静谧美好。大步自信地领着他们穿行在纵横交错的小径上，要是他们自己走，估计很快就会迷失的。大步领的路蜿蜒曲折，岔道很多，要追踪可不那么容易。

“比尔·蕨尼肯定看到了我们是从哪里离开大路的，”大步说，“但我不认为他会跟踪我们。他对这片土地很熟悉，不过他也清楚，在丛林里，他根本不是我的对手。我担心的是他可能会告诉别人。我想他们离我们并不很远。如果他们以为我们在往阿切特走，那就再好不过了。”

无论是出于大步的机敏还是其他什么原因，那一整天，他们都没有看见多少活物的迹象，也没有听见多少活物的声音：没有两条腿的，除了鸟；也没有四条腿的，除了一只狐狸和几只松鼠。接下来的一天，他们开始朝东稳步前行，四周依然静谧安宁。到了第三天，他们走出切特森林，也就离开了布里。自他们转到大路侧边以来，地势一直缓缓下降。眼下，他们走进了一片广袤的荒原，路越来越难走。布里兰的边界已经很远了，他们置身于无路的荒野中，离蚊水泽越来越近。

地面变得潮湿起来，泥塘处处，芦苇片片，隐藏在灯芯草叶间的鸟儿啾鸣不停。一行人不得不小心翼翼地择路而行，以确保双足干燥，方向正确。一开始，他们行进得很快，但渐渐地，步子慢了下来，脚下的路也变得更危险。沼泽地变幻莫测，令人迷惑，即使是游民大步也找不到一条恒常的路径越过变换的泥淖。蚊虫开始肆虐，空中蠓虫成团，飞到他们的衣袖上、长裤上，钻进头发里。

“我要被咬死了！”皮平喊道，“蚊虫泽！蚊虫比水还多！”

“这些虫子咬不到霍比特人的时候，靠什么活着？”山姆一边挠着脖子，一边问道。

他们在这偏僻难耐的地方度过了惨兮兮的一天。露营的地方又湿又冷，很不舒服，叮人的蚊虫不会放任他们睡觉。芦苇和草丛中也有一些可恶的生物出没，听声音像是蟋蟀一类的恶虫，成千上万，一整晚都在四周嗡嗡嗡、吱吱吱地叫个不停，叫得几个霍比特人几近疯狂。

第二天，也就是出行的第四天，情况稍微好转，但夜晚差不多一样难受。虽然讨厌的臭虫（山姆是这样称呼这些蚊虫的）被甩开了，但蚊虫依然在追着他们咬。

弗拉多疲倦地躺着，却无法闭眼入睡，他似乎看见遥远的东方天空有一束光：一闪一灭好多次。那不是破晓的光，因为还有好几个小时才到黎明。

“那是什么光？”他问大步，后者已经起身，站在那儿，盯着前方的茫茫夜色。

“我不知道，”大步回应道，“太远了，辨不清。有点像是山顶上跳跃的光。”

弗拉多又躺下了，但好长一段时间，他都能看见那白色的闪光，那光映衬着站在那儿沉默观望的大步高大的身影。最后，弗拉多渐渐

沉入了不安的睡眠。

第五天，他们离开最后几片泥泞的水塘，将沼泽地的芦苇抛在身后，但并没有走多远，前面的地势又开始缓缓升高。东方远处，只见一线山脉。最高的山峰在右边，跟其他山峰稍稍隔开。那山峰是圆锥形的，尖顶稍平。

“那就是风云顶，”大步说，“我们已经离开很远的老路，就通向它的南侧，距其山脚不远。如果我们径直而去的话，大概明天中午就能到了。我想我们最好这么办。”

“你什么意思？”弗拉多问。

“我的意思是：等我们到了那儿，会发现什么就不确定了。它靠近大路。”

“我们肯定希望在那里找到甘道夫吧。”

“当然了，但这希望很渺茫。如果从这边来，他可能不会经过布里。这样的话，他可能就不知道我们在干什么。不管怎么样，除非碰运气，我们差不多同时到，否则恐怕就会错过彼此。在那儿等太久，对我们、对他都不太安全。如果黑骑士没能在荒野里发现我们，他们也可能会往风云顶去。山顶四周视野很开阔。确实，从那个山顶望去，这乡野有许多鸟儿和野兽都能看见站在这儿的我们。并非所有的鸟儿都值得信任，而且还有比它们更邪恶的其他探子。”

霍比特人忧虑地看着远处的山。山姆抬头望天，害怕看见灰蒙蒙的苍穹上有目光凶险的老鹰或大雕盘旋在他们头顶：“大步！你说得我心怵发毛！”

“你觉得我们该怎么办？”弗拉多问。

“我觉得，”大步慢吞吞地回应道，仿佛自己也不太确定，“我觉得最好从这儿尽可能一直往东走，往山峦一线去，而不是往风云顶去。山峦脚下有一条路我认识，这条路会把我们从北侧稍稍隐蔽的地方带到风云顶。之后我们就能看见应该看见的了。”

那一整天，他们都在艰难行进，直到寒冷的傍晚降临。土地越来越干涸，越来越贫瘠，但雾霭缭绕在他们身后的沼泽地里。几只鸟儿哀婉地尖叫呜咽着，红彤彤的圆太阳慢慢地沉落进西天，然后空寂笼罩了整个世界。几个霍比特人想起了透过遥远的袋底洞温馨的窗口，瞥见的那抹柔和的日落之光。

这天结束时，他们遇见了一条小河。这条小河从山峦蜿蜒而下，迷失在污浊的沼泽地里。几个人沿着河岸继续上行，暮光渐微。最后他们停下来，在河岸旁一些矮小的桤木下安营扎寨的时候，已然是夜晚了。前方，荒凉无树的山脊在昏暗的天空映衬下隐约可见。这天晚上，他们设了岗哨，大步似乎根本没睡。月儿渐圆，上半夜，清冷的辉光洒满大地。

第二天一早，日出后不久，他们又出发了。霜冷四溢，碧空如洗。几个霍比特人好像一夜无梦，觉得精神抖擞。他们已经习惯了省吃俭用多走路，若是在夏尔，靠着这点吃穿用度走路，恐怕腿脚都会打颤。皮平声称，弗拉多看上去比过去胖了两圈。

“这可真奇怪，”弗拉多说着，紧了紧自己的腰带，“照实说，我瘦了很多呀，我希望这个变瘦的过程可别无限继续下去了，不然我会变成一个鬼的。”

“别说鬼不鬼的！”大步立即制止道，语气里充满了令人惊诧的认真。

山峦近了。山脊连绵起伏，山峰通常高达千尺，其间一道道山隘通往东方陆地远处。沿着山脊，可以看到像是绿墙和堤坝的残垣断壁，山隘里仍然矗立着古石屋的遗迹。晚上，他们到达西山坡脚下，在这里扎了营。那是十月的第五个夜晚，他们已经离开布里六天了。

早晨起来，他们发现了一条清晰可见的小道，这是自离开切特森林以来的第一次。他们右转，沿着它向南行走。这条小道走向很诡异，似乎要尽可能地隐藏起来，不管从山顶上还是从西边的平原上，都看不到。它潜入山谷，环抱陡峭的河岸，经过一片更平坦更开阔的土地。这片土地的两边，巨石成行，凿石成列，几乎如树篱般挡住了行者的脚步。

“不知道是谁开的这条道，又是为了什么开的。”当他们沿着其中一道石隘行走的时候，梅里说。这石隘旁的石头巨大无比，排列紧密。“我说不上来喜不喜欢它，它看起来，像……像一个古墓。风云顶上有古墓吗？”

“没有，风云顶上没有古墓，这些山上都没有。”大步回答道，“西方的人不曾住在这儿，尽管早期的时候，他们曾凭借这些山抵御过一阵来自安格玛的邪恶势力，开出的这条道用作沿山壁的堡垒。不过很久以前，在北方王国初期，他们在风云顶上建了一个巨大的瞭望塔，并称之为阿蒙苏尔。它后来被烧毁了，如今只剩下一圈倒塌的残垣断壁，像是这古老山头上戴的一顶粗糙王冠。然而，它曾经非常雄伟壮观。据说，在末代结盟的日子里，埃兰迪尔曾站在那儿，眺望吉尔－加拉德从西方到来。”

四个霍比特人注视着大步。他似乎从古老的传说以及野外的生活方式中汲取了很多。“吉尔－加拉德是谁？”梅里问。不过大步没有回答，他似乎陷入了沉思。突然，一个低沉的声音吟诵道：

吉尔－加拉德是一位精灵王，
竖琴手悲伤地把他歌唱：
山海之间他的王国，
平等又自由，
他的剑长，他的矛利，
他的头盔闪闪发光，
他的银盾镜如天野繁星。
但很久以前他骑马离去，
无人知晓他身在何处，
星星坠入黑暗，
魔多暗影绰绰。

几个人吃惊地转过身，这吟诵声竟然是山姆的！

“继续呀！”梅里说。

“就这些，我知道的就这些了。”山姆脸一红，结巴道，“我听比尔博先生说的，那时我还小，他知道我总是很爱听关于精灵的一切，就经常给我讲诸如此类的故事。教会我读书写字的也是比尔博先生。他是一位知识渊博的人，是敬爱的老比尔博先生啊。他还写诗，我刚才吟诵的就是他写的诗。”

“他没有乱说，”大步说，“这就是古语诗《吉尔－加拉德的没落》中的一部分，比尔博一定是将它翻译过来了，我从来不知道这个。”

“还有很多关于魔多的，”山姆说，“那部分我没学，它令我不寒而栗，我从没想到自己会往那儿去！”

“往魔多去！”皮平叫起来，“我希望不用走到这一步！”

“不要这么大声说那个名字！”大步说。

当他们接近这条道的南端时，已经正午了。前方，一道灰绿色的堤坝耸立在十月清淡的日光中，像一座通往北山坡的桥。他们决定趁着天光明亮，即刻前往山顶。隐蔽已经不可能了，只希望没有敌人或探子在观察他们。行走在山间什么也看不见，即使甘道夫在附近，他们也不见其踪。

在风云顶的西侧，他们发现了一个凹陷的屏障，其底部呈碗状，“碗壁”绿草茵茵。山姆和皮平连同那匹老马和他们的包裹行李留在这里，其他三人继续前进。半小时艰难的攀行之后，大步到达了山冠处，弗拉多和梅里跟在后面，累得上气不接下气。最后一段山坡陡峭且多石。

山顶上，他们发现确实如大步所言，有一圈宽阔的古石建筑遗迹，其间点缀或覆盖着经年生长的野草，但中央立着一个碎石堆成的堆石标，黑黢黢的，像是被火烧过，周围的草皮也被烧得露出了根部。实际上，石圈内所有的草皮都被灼烧过，干枯了，仿佛火焰曾席卷山顶。山顶上看不到任何生命的迹象。

他们站在这废墟边缘，居高临下，周围景象尽收眼底，大部分地方荒芜一片，平淡无奇，只在南边有几片森林，再远处，瞥得见几处波光粼粼的水面。他们下方，山南侧，老大路从西往东，缎带一般蜿蜒起伏，消失在一道黑漆漆的山脊后面。路上也不见有什么动静。他们朝大路西线望去，只见群山连绵起伏，较近的是幽褐的山麓，后面耸立着更高的灰蒙蒙的山影，再后面，白色山峰在云间影影绰绰。

“哎哟！总算到了！”梅里说，“它看上去阴沉沉的，没水，没树，没啥吸引力。也不见甘道夫的迹象，难怪他不在这里等着呢，假如他来过的话。”

“我怀疑，”大步环顾四周，若有所思地说，“即使他比我们晚一两天到布里，也可能已经先到这儿了。必要的情况下，他能把马骑得飞快。”突然，他弯下腰，盯着堆石标顶上的石头。这块石头比别的石头平，也比别的石头白，仿佛逃过了火烧。大步捡起这块石头，夹在指间转来转去，仔细查看。“这块石头最近被处理过，”他说，“你们觉得这些标记是什么？”

弗拉多看到石块平坦的下侧有几道刻痕：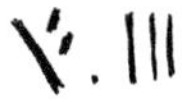

“似乎是一竖，一点，然后又三竖。”他说。

“左边的一竖可能是用细树枝刻的如尼文 G 字，”大步说，“也许是甘道夫留下的记号，但我不太确定。这些刻痕完好无损，看上去是新刻的，不过它的意思也可能并不是我想的那样，跟我们完全无关。游民就用如尼文，他们有时候也到这儿来。”

“如果是甘道夫刻的，那它们是什么意思呢？”梅里问。

“如果是他刻的，”大步回答道，“那它们就代表 G3，意思是甘道夫于十月三日在这儿。那是三天前了。这也表明，他很匆忙，危险近在咫尺，所以没有时间或不敢写得太多太长。要是这样的话，我们必须得小心了。”

“不管这些刻痕到底是什么意思，我希望我们都能确定那就是他留下的记号。”弗拉多说，“知道他在路上，在我们前面或后面，会是一种巨大的安慰。”

“也许吧，”大步说，“就我自己而言，我相信他就在这儿，而且身处险境。这里曾被火烧烤过，我想起来了，三天前我们看到东边天空的亮光大概就是火焰。我猜测，他在这个山顶上遭到了袭击，但结果怎么样不好说。现在他不在这儿，我们必须自力更生，尽最大努力往幽谷去。”

“幽谷离这里多远？”梅里疲惫地环顾四周，问道。从风云顶望去，天苍苍，野茫茫。

“从布里往东走上一天就到遗忘客栈了，再远的路程我就不知道有多远了。”大步回答道，“有人说是那么远，也有人说没那么远。那条路很奇怪，无论费时长短，只要到达终点，人们都很高兴。不过我知道，如果我自己步行的话，在天气晴好、不遇厄运的情况下，从这里到幽谷渡口要走上十二天，大路在幽谷渡口穿越发源于幽谷的响水河。我们至少还要走两个星期的路，因为我觉得我们不能走大路。”

“两个星期！”弗拉多叫起来，“这么长时间，可能会发生很多事。”

“可能吧。”大步说。

他们在山顶南边默默地站了一会儿。在这个孤寂的地方，弗拉多第一次充分意识到自己无家可归，而且身处险境。他多么希望命运将自己留在宁静挚爱的夏尔啊！他俯视着山下那条可恶的大路，目光向西，朝向家乡。突然，他意识到有两个黑点沿着大路在慢慢移动，是在往西走。他凝神再一看，另有三个黑点从东边缓缓走向先前那两个黑点。弗拉多惊叫一声，一下子抓住了大步的胳膊。

“看！”他指着下方说。

大步猛地扑倒在石环废墟后面的地上，并将弗拉多拽倒在他旁边。梅里自己也扑倒在一旁。

“那是什么？”弗拉多小声问。

“我不知道，但恐怕情况很糟糕。”大步回答道。

他们又慢慢地爬到石环边缘，从两块高低不平的石头缝隙间望出去。天光不再明亮，晴朗的上午已逝。云卷云舒，夕阳西下。他们全都看得见那几个黑点，虽然弗拉多和梅里不能确切地辨出它们的形状，但他们心里都清楚：在那远远的山下，在山脚远处的大路上，黑骑士正在集结。

“是的，”大步眼神犀利，看得真切，“敌人来了！”

他们赶忙溜开，从北边滑下山去寻找他们的同伴。

山姆和皮平也没闲着，两人将所在的凹洞和周边的山坡探索了一番。他们发现不远处的小山坡上有一泓清泉，泉边的脚印还是新的，不过是一两天前留下的。凹洞里也有最近的篝火痕迹和一个仓促建起的营地遗迹。凹洞离大山最近的边缘，有一些坠石。山姆在坠石后面发现一小捆码得整整齐齐的木柴。

“不知道老甘道夫来没来过这里，”他对皮平说，“不管是谁把这些东西放在这里的，看上去好像还会回来。”

大步对这些发现非常感兴趣：“真希望等在这里探山索谷的是我自己。”说着，他急忙跑到清泉旁，仔细查看那些脚印。

“正如我所担心的，”他回来时说，“山姆和皮平已经把那片软地给践踏坏了，上面的印记都被踩坏踩乱了。游民最近来过这儿，那是他们留存的木柴。不过也有一些新的脚印，不是游民留下的。至少有一对脚印，是一两天前厚靴踩出来的，至少一对。我现在不能确定，但我觉得靴子印很多。”说及此，他顿住了，陷入忧心忡忡的思虑中。

每个霍比特人脑海中都浮现出了身穿斗篷脚蹬厚靴的黑骑士形象。要是黑骑士已经发现了这个小山谷，那大步越快领他们去别处越好。山姆听到敌人已经在大路上，只有几英里远的消息，只觉得眼前的这个空谷讨厌极了。

“大步先生，我们是不是最好快点离开？”他焦急地问道，“天已经晚了，我不喜欢这个凹洞，不知怎的，我的心直往下沉。”

“是，我们当然必须立即决定该怎么办。”大步回答。他抬头望了望天色，估摸了一下时间，最后说：“嗯，山姆，我也不喜欢这个地方，但我觉得在入夜前，我们到不了比这里更好的地方。至少目前我们是隐蔽的，要是移动，非常有可能被探子看见。我们所能做的就是往右从这里出去，回到山北侧，那边地形跟这边差不多。大路被监控着，不过我们要是以荆棘丛作掩护往南去的话，就不得不穿过它。大路北边，山峦远处是绵延数十英里的光秃秃的平原。”

“黑骑士能看见吗？”梅里问，“我的意思是，他们好像更常用鼻子嗅闻我们而不是用眼睛看，‘嗅闻’这个词用得合适吧？至少在白天是这样。不过，你刚才看见他们在下面的时候，可是让我们都趴下了的，现在又说要是我们移动的话，会被他们看见。”

“在山顶上，我太掉以轻心了，”大步回答道，“我过于急切地寻找甘道夫的痕迹，却不承想在山顶上站那么久，对我们三个来说，真不是什么好事。因为那些马能看见，黑骑士也会利用人或其他动物当探子，就跟我们在布里发现的一样。他们自己并不能像我们一样看得见光亮的世界，但我们的身影会投射到他们的脑海中，只有正午的太阳能破坏掉这影子，而在黑暗中，他们能察觉许多我们察觉不到的迹象和形状，这个时候的他们是最可怕的。而且不管何时，他们总是嗅闻活物的血，嗜血又恨血。除了视觉和嗅觉，他们还有其他感觉。我们一靠近他们，或者在看见他们之前，就能感觉到他们的存在，因为那令我们焦虑，而他们对我们的存在感知更强烈。”说到这里，他声音骤降，变成了低语，“指环在吸引他们。”

“那没办法逃脱吗？”弗拉多说着，慌乱地东张西望，“我一动，就会被看见、被追猎，我要是不动，又会把他们吸引过来！”

大步把手搭在他的肩膀上。“还是有希望的，”他说，“你并不是孤单一人，咱们可以把这堆准备生火的木柴看成一种助力。这儿几乎没有隐蔽处或者防御处，但火可以做这两用。索伦用火做恶事，就跟他用一切事物做恶事一样，但黑骑士并不喜欢火，也惧怕那些控火者。在荒野里，火是我们的朋友。”

“也许吧，”山姆嘟囔道，“这跟说‘我们在这儿’一样，就差大喊大叫了。”

他们在小山谷最低洼、最隐蔽的角落里生火做饭。夜幕降临，天气转凉。几个人突然觉得非常非常饿，因为自早餐后，他们一点东西都没吃过，但他们不敢大张旗鼓，只做了一顿简餐。前方地带除了鸟兽空无一物，那是一片被世界上所有种族都遗弃了的荒寂之地。游民有时从山那边经过，但人数寥寥，也不做停留。其他游荡者很稀少，且多是邪恶之辈：食人妖可能时不时地从雾山北部山谷溜达出来，游荡至此。只有在大路上，才能发现旅者，他们往往是矮人，来去匆匆，忙于自己的事，不会帮助陌生人，也没有闲工夫跟陌生人说话。

“不知道我们的食物怎么才能维持到最后，”弗拉多说，“这几天我们已经够精打细算的了，这顿饭虽不是盛宴，但我们用的食材也超出了预算，如果我们还要走两个星期的话，那也许超得更多。”

“野地里有食物，”大步说，“浆果、根茎、野菜，必要的话，我还会打猎。冬天到来之前，你们无须担心饿死。不过采摘和捕猎食物是一项冗长疲倦的工作，我们得赶紧行动起来。束紧你们的腰带，多想想埃尔隆德家的餐桌在等着你们吧！”

天黑了，寒冷更甚。他们从小山谷边缘望出去，却什么也看不见，灰蒙蒙的陆地迅速消融成暗影。头顶上的天空重又清明起来。星星一眨一眨地，渐渐布满整个苍穹。弗拉多和他的伙伴们围拢在火堆周边，身上都裹着自己的衣服和毛毯，而大步只是一件斗篷加身，坐得稍微远点，若有所思地吸着烟斗。

当夜幕降临，火光明亮闪耀起来，大步开始给他们讲故事，驱散他们心中的恐惧。他知晓许多精灵、大人族的久远历史和传说，以及古代的善恶逸事。几个霍比特人很好奇他到底多少岁，是从哪里听到所有这些故事的。

“给我们讲一讲吉尔－加拉德吧。”梅里突然说。这时，大步刚刚讲完一个精灵王国的故事。“你提到的那首长诗，你知道更多内容吗？”

“当然知道，”大步回答说，“弗拉多也知道，因为它跟我们密切相关。”梅里和皮平看向弗拉多，后者正盯着篝火。

“我只知道一点点，还是甘道夫告诉我的。”弗拉多慢慢地说，“吉尔－加拉德是中州最后一位伟大的精灵王。在精灵语中，吉尔－加拉德是星光的意思，埃兰迪尔，一位精灵的朋友，陪他去……”

“别说了！”大步打断了他，“我觉得这个故事现在不适合讲，敌人的奴仆在附近呢。如果我们最终获胜，到达埃尔隆德家，我会在那里完整地讲给你们听的。”

“那告诉我们一些别的古代故事吧，”山姆恳求道，“讲一个衰落时代之前的精灵故事吧。精灵的故事我是百听不厌。这儿黑咕隆咚的，真是令人窒息啊！”

“我给你们讲一个缇维尔的故事吧，”大步说，“只能概述，因为这是一个结局未知的长故事，也因为除了埃尔隆德，如今谁都不能一字不差地记得它的原文了。这是一个美好而悲伤的故事，如同中州所有的故事一样，但它可能会鼓舞你们的精神。”

他沉默片刻，然后开始了，不是讲述，而是轻声吟唱：

叶长长呀草青青
铁杉花开高又白
林地空旷星光熠
翩翩起舞缇维尔
不见长笛唯闻乐
青丝闪闪衣裾扬
寒山深处贝伦来
树下彷徨不知处
精灵河水脚旁喧
青年孤单又悲伤
铁杉叶间细望去
少女衣袖金花开
青丝飘飘如影随
翩翩舞姿似魔药
跋山涉水疲倦消
青年疾步迈向前
伸手攀取月光华
精灵之家林郁郁
少女脚步轻灵捷

徒留青年独彷徨
寂林深处侧耳听
但闻脚步倏忽飞
恰如菩提叶轻灵
乐音袅袅涌地出
歌声潺潺幽谷扬
杉叶枯萎一片片
仿若叹息一声声
榉树风中窸窣窣
冬日林地寒颤颤
青年寻寻又觅觅
陈年落叶层层叠
星光月影伴浪荡
苍茫天庭寒霜罩
少女倩影月中耀
起舞远方高山顶
银雾缭绕双脚踝
冬去少女重又来
歌似云雀似落雨
融雪融冰春水释
精灵花开覆双足
青年疲累又得愈
企盼共舞少女边
心无旁骛草地歌

精灵少女又欲飞
不及青年更快捷
缇维尔啊缇维尔
声声呼唤止脚步
少女站立片刻听
青年之声如一咒
贝伦一来命运至
携手少女缇维尔
贝伦凝视少女眸
秀发掩掩云鬟垂
美目盈盈微熹烁
那是星光映灿烂
精灵仙子缇维尔
不朽少女真智慧
如云秀发罩贝伦
玉臂晶莹泛银辉
命运昭昭路长长
山高石冷灰蒙蒙
越过铁厅和黑门
尚有致命龙葵林
且见深海两相隔
千难万险终相逢
岁月如梭携手去
丛林深处无忧歌

大步叹了口气，停顿片刻，才又开口道："这是一首歌，是用精灵语格律写成的，但是很难转换成我们的普通语言，我唱的只是一个大概。它讲的是巴拉赫之子贝伦与露西安·缇维尔的相遇。贝伦是凡人，而露西安是中州一位精灵王辛葛的女儿。那时，世界还很年轻。露西安是世上最美丽的少女。她楚楚动人，如星星在北方大地的雾霭上方闪耀，她的面容流光溢彩。那时，大敌居住在北方的安格班，魔多的索伦只是他的一个奴仆。西方的精灵返回中州，为了夺回被他偷去的精灵宝钻而与之开战。大人族的祖先们帮助了精灵。然而大敌获胜，巴拉赫被杀，贝伦死里逃生，越过恐怖山，逃到了尼尔多瑞斯森林深处的辛葛王国。在那儿，他看见露西安在埃斯加尔都因河边的林间空地上载歌载舞。他称她为缇维尔，那是古语中夜莺的意思。之后，许多不幸降临到他们身上，他们被分开了很久。缇维尔从索伦的地牢中救出了贝伦。他们一起历经险阻，甚至推翻了大敌的宝座，从他的王冠上取下了三枚璀璨的精灵宝钻中的一枚，作为缇维尔的新娘聘礼送给了她的父亲。然而最后，贝伦被安格班之门窜出来的恶狼袭击，死在了缇维尔的怀中。而缇维尔，放弃了不朽，选择了死亡，追随贝伦而去。歌中唱道，他们在隔离之海远处重逢，一起徜徉绿林，不久便摆脱这个世界的束缚，仙逝了。因此，拥有精灵血统的露西安·缇维尔确实死了，离开了这个世界，精灵们失去了他们最挚爱的她。然而从她那里，古代精灵王族的血统在大人族中传了下来，至今仍有露西安的后裔活在这个世界上。据说，她的后代永远不会衰落。幽谷的埃尔隆德就是她的后裔。因为贝伦和露西安的儿子迪奥是辛葛的继承人，迪奥的女儿艾尔温后来嫁给了埃兰迪尔。埃兰迪尔额头上戴着精灵宝钻驾船出海远航，远离尘世迷雾。埃兰迪尔之后，是努门诺尔的历代君王，努门诺尔就是西方之地。”

大步讲述的时候，几个霍比特人全都望着他陌生而又热切的面庞，林火余烬的微芒中，他的眼睛熠熠生辉，嗓音低沉浑厚。墨色夜空，繁星点点。突然，一道淡光出现在他身后风云顶的上方，一轮朗月慢慢地爬上遮蔽他们的山头，山顶上的星星黯然失色。

故事结束了。霍比特人动了动身子，伸了伸手脚。“看！”梅里说，“月亮升起来了，一定很晚了。”

其他人也抬头望天。就在这时，他们突然看见在朦胧月光的映衬下，山顶上有一个小黑影。也许那只是一块沐浴在淡淡月色里的大石头，或者是一块突出来的岩石。

山姆和梅里站起来，从篝火边走开了。弗拉多和皮平依然默默地坐着。大步不再说话，却目不转睛地望着山顶上的月亮。一缕恐惧袭上弗拉多的心头，他不禁冷战连连，朝火堆凑了凑。就在这时，山姆从小山谷边缘跑回来了。

“我不知道那是什么，”他说，“但我突然感到很害怕，说什么我也不会走到这个小山谷外面去。我觉得有什么东西正沿山坡往上爬。”

“你看见什么了吗？”弗拉多一下子跳起来，问道。

“没有，先生。我什么都没看见，但我也没停下来去看。”

“我倒是看见了，”梅里说，“或者，我以为我看见了，在西边的平地上，月光没有被山顶遮挡，我觉得那里有两三个黑影，他们似乎正在往这个方向移动。”

“靠近火堆，脸朝外！”大步喊道，“找些长点的木棍抓在手里！”

大家转过身，背朝火堆，屏息凝神，默默坐着，每个人都警觉地盯着围拢过来的黑暗，但什么动静都没有，夜晚无声无息。弗拉多坐立不安，感到自己必须打破这静默——他想大声叫喊。

“嘘！”大步低声道。

与此同时，皮平倒吸一口凉气：“那是什么？”

在小山谷对着的风云顶那边，与其说他们看到，不如说感觉到，一个影子升了起来——不止一个影子。他们瞪大了双眼，那些影子似乎在长大。很快，他们就确定无疑了——

三四个高大的黑影站在斜坡那儿，俯视着他们。这些影子那么黑，以至于看起来像是他们身后沉沉夜幕上的几个黑洞。弗拉多觉得自己听见了微弱的嘶嘶声，就像毒蛇的呼吸，他不禁感到毛骨悚然。然后，这些黑影开始慢慢前进。

皮平和梅里吓得魂不附体，惶然趴在地上不敢动。山姆缩到了弗拉多身边。弗拉多的惊恐不比同伴们轻，他浑身打寒战，仿佛冷得要命，但他的恐惧被一股突如其来的诱惑治愈了——他想戴上那枚指环。这欲望紧紧攫住他，令他无法再做他想。他没有忘记古冢幽魂，也没有忘记甘道夫的嘱咐，但好像有一股不可抗拒的莫名力量推着他无视所有警告，他渴望屈服。他既不想逃跑，也什么事都不想干，不管是坏事还是好事。他只是觉得必须拿出指环，把它戴在手指上。他说不出话来，感到山姆正看着自己，仿佛知道他的主人陷入了某种大麻烦，但他不能转身面对山姆。弗拉多闭上眼睛，挣扎了一会儿，还是抵抗不了那诱惑。最后，他慢慢地扯出链条，把那枚指环套上了左手食指。

立刻，尽管其他一切依旧灰蒙蒙黑漆漆的，那几个影子却变得异常清晰。他能看到他们黑衣包裹下的身体。那是五个高大的人形：两个站在小山谷边缘，三个在往前走。他们脸色苍白，目光犀利冷漠，

斗篷下面是灰色长袍，灰白的头上戴着头盔，形容枯槁的手中握着钢剑。他们朝他冲过来，目光似剑，似要刺透他。绝望中，弗拉多抽出自己的剑，霎时宝剑如炬，红光闪烁。黑影中的两个停住了，第三个比其他几个都高：他的头发很长，闪着光，头盔上有一顶王冠。他一只手握着一把长剑，另一只手握着一把刀，这把刀和握着它的手都闪着寒光。他猛地往前一跳，朝弗拉多扑去。

弗拉多瞬间扑倒在地，听见自己高声喊道："啊！埃尔贝瑞丝！点亮星辰者！"与此同时，他挥剑砍向敌人的双脚。一声凄厉的惨叫划破夜空，他感到左肩剧痛，像是被冰冷的毒镖刺中了。就在要疼昏过去的那一瞬，他瞥见大步像一团旋雾，从黑暗中一跃而出，两只手各握着一捆燃烧的木柴。弗拉多扔掉剑，拼着最后一点力气，把指环从手指上取下来，紧紧地攥在右手里。

第12章
逃往渡口

弗拉多醒过来时，手里仍然死死地攥着那枚指环。他躺在篝火旁。此时，篝火燃得旺盛明亮。他的三个同伴正俯身看着他。

“发生了什么事？白脸王在哪儿？”他激动地问道。

听到他开口说话，大伙高兴坏了，一时半会儿顾不上回答他的问题，他们也不明白他在问什么。最后，弗拉多才从山姆嘴里知晓，除了逼近的模糊黑影，他们什么都没有看到。令山姆惊恐万分的是，他的主人突然就消失不见了。那一瞬，一个黑影从他身边冲过去，他就跌倒了。他听到了弗拉多的喊叫，但那声音却像来自远方，又像来自地下，喊的话陌生古怪。他们没再看见什么，直到踩上了弗拉多的身体。他脸朝下趴在草地上，像死了一样，他的剑丢在一旁。大步命令他们把他抬到火堆旁躺下，然后大步却消失了。这都过去好一会儿了。

山姆明显又开始怀疑起大步了。不过就在他们谈论的时候，大步回来了。他突然从阴影中现身，吓了他们一跳。山姆拔出自己的剑，护在弗拉多上方，但大步却迅速跪在他的身侧。

“我不是黑骑士，山姆，”大步温和地说，“也没有跟他们结盟，我一直想发现他们的动向，却一无所获。我弄不明白他们为什么会走，为什么没有再袭击。不过现在，附近任何地方都感觉不到他们的存在。”

他听完弗拉多艰难的讲述，摇了摇头，叹着气，变得忧心忡忡。然后，他吩咐皮平和梅里用他们的小水壶多烧些热水，好用来清洗弗拉多的伤口。

“把火烧得旺旺的，让弗拉多暖和起来！”他说着站起身，走到一边，把山姆叫了过去，“我想我现在理清点头绪了，”他低声说，“来的敌人似乎只有五个。我不知道他们为什么没有都来，但我想他们并没有料到会遭到抵抗。他们暂时撤走了，恐怕走得不远。如果我们逃不走，哪天晚上他们又会回来的。他们只是在等待，因为他们认为他们的目的几乎就要达成，那枚指环飞不了多远。山姆，我担心，他们认为你的主人受了致命伤，会因此屈从于他们的意愿。等着瞧吧！”

山姆泪眼婆娑，哽咽难言。

“别灰心！”大步说，“你现在必须信任我。弗拉多的身子骨可比我想象的结实。甘道夫其实向我暗示过这一点，他死不了的。我想，他抵御伤害的能力比敌人以为的强得多。我会尽我所能帮他治愈的。我不在的时候，你好好保护他！”说罢，他匆匆离去，再次消失在黑暗中。

弗拉多昏昏欲睡，伤痛愈来愈烈，彻骨的寒冷从肩膀蔓延到胳膊和身侧。他的朋友们照看着他，温暖他的身体，清洗他的伤口。长夜漫漫，难挨难熬。

拂晓渐至，小山谷沐浴在灰蒙蒙的光色中，大步终于回来了。

“瞧！”他喊叫着弯腰从地上捡起一件黑披风。这件披风掉在那儿，因黑漆漆的夜色而未被发现。它的下摆往上一英尺的地方有一道切口。“这是弗拉多的剑劈的，”他说，“恐怕也是敌人受到的唯一伤害，因为他的剑还好好的，而任何刀剑，只要刺中那可怕的魔王，都会卷刃。对他来说，更致命的是埃尔贝瑞丝这个名字。”

“而对弗拉多来说，更致命的是这个！”说着他又弯下腰，捡起一把细长的刀，刀身寒光闪闪。当大步举起它时，他们看到刀刃有切口，刀尖也断了。天光越来越亮，他们吃惊地发现，刀刃似乎在融化，很快就像一阵烟一样消失在空中，只留刀柄在大步手中。“啊！”他大叫起来，“伤了弗拉多的就是这把可恶的刀。如今很少有人能治疗这邪恶武器造成的伤痛了，但我会尽我所能的。”

他坐到地上，把刀柄搁在膝盖上，用一种奇特的语言朝它低吟一曲，然后把它放置在一旁，转向弗拉多，柔声说出一串其他人不能理解的词语。他从自己腰带上挂着的小袋子里抽出一种植物的长叶子。

“这些叶子，”他说，“我走了很远才找到，因为荒山上不长这种植物，但在大路南边的灌木丛里，我闻到了它的叶子的味道，是在阴暗处发现的。”他用手指揉碎一片叶子，一股甜而刺鼻的香味散发出来，“能发现它可太幸运了，因为这是西方之地的人类带到中州来的一种草药。他们称之为阿塞拉斯。如今这种草很稀少，只长在古代人类曾居住或露营的地方附近。它在北方不为人所知，除了那些荒原游民。它的好处很多，但对这样的伤口，恐怕疗效甚微。”

他把叶子扔到沸水里，用这水清洗弗拉多的肩膀。水汽清香，沁人心脾，没受伤的几个人都觉得神清气爽。草药对伤口也起了作用，因为弗拉多觉得疼痛和身体一侧的僵冷感减弱了，但他的胳膊仍然没有恢复知觉，手抬不起来，也使不上劲。他对自己的愚蠢悔恨不已，并为自己意志力薄弱而自责。现在他明白了，戴上那枚指环后，他遵从的不是自己的意愿而是敌人的命令。他不知道自己会不会就此终身残疾，也不知道他们该如何继续旅程。他感到自己太虚弱了，站都站不起来。

其他人讨论的正是这个问题。他们当即决定尽快离开风云顶。“我认为，”大步说，“敌人已经观察这个地方好些天了。如果甘道夫来过这里，那他一定是被迫离开的，而且不会再回来了。无论如何，昨晚敌人已经发动了袭击，天黑之后我们还在这里的话，就太危险了，我们不管去哪里都比待在这里强。”

天色一大亮，他们匆忙吃了些东西就整理起了行装。弗拉多无法行走，于是他们分担了四个人的大部分行李，把弗拉多扶上马匹。过去几天里，这可怜的牲畜表现惊人，似乎越来越肥、越来越壮了，而且开始显示出对自己新主人的依恋，尤其是对山姆。比尔·蕨尼一定是把它虐待惨了，相较于以前的生活，荒山野岭间的跋涉好太多了。

他们出发往南方走。这意味着要穿越大路，但这是通往林木茂盛地的捷径。而且他们需要木柴，因为大步说弗拉多必须保暖，尤其是在夜里，何况火也能保护他们所有人。他也计划通过抄捷径来缩短他们的行程，因为风云顶以东，大路兜了一个大环圈，朝北蜿蜒而去。

他们缓步前进，小心翼翼地绕着西南山坡行走了一会儿，到了大路边。四下里没有黑骑士的迹象。不过在匆忙穿过的时候，他们都听到了远远的两声喊叫：一声冰冷的呼唤，一声冰冷的应答。他们颤抖着往前冲，冲向前方的灌木丛。面前的土地向南倾斜而下，荒芜杂乱，没有路径。灌木丛和小矮树长得密密麻麻，其间是空旷贫瘠的野地。灰枯的草稀稀落落，灌木叶子或耷拉在枝丫上，或凋零飘落。这是一片阴郁的土地，他们的行程也缓慢而沮丧。他们很少说话，步履沉重。弗拉多望着驮着重负，垂头走在身旁的伙伴，心里很难过。大步看上去也心情沉重，非常疲倦。

第一天的行进结束前，弗拉多的疼痛又加剧了，但他忍着，什么也没说。四天过去了，地势和场景没有多大变化，只有身后的风云顶一点点沉落下去，身前的远山一点点显现起来。不过，自那两声远远的喊叫之后，他们没有看见也没有听见黑骑士在追踪他们的迹象。天一黑，他们就非常害怕，夜里都两两值守，随时提防云遮月隐的灰蒙蒙夜色里有黑影出现，但除了落叶枯草的婆娑，他们什么也没看见，什么也没听见，再也没有小山谷里被袭击前那种邪恶逼近的感觉。一切似乎都太过平静，他们不敢奢望黑骑士已经跟丢了自己。也许，他们正埋伏在某个逼仄的地方，等着突袭他们?

第十五天结束时，地面又开始慢慢地从他们之前走下来的宽阔浅山谷上升。大步再次调整行程，带着他们往东北走。第十六天，他们到达一个长缓坡的坡顶，看见前面远远地有一片林木葱郁的小山。坡顶下方，只见大路绕着山脚蜿蜒而行，他们右边，一条灰蒙蒙的河流在浅淡日光的照耀下熠熠生辉。远方，一个石谷中，另一条河在雾霭里影影绰绰。

“恐怕我们得返回大路走一阵子，”大步说，“我们现在到了喧泉河，精灵称之为米赛赛尔河，它源自伊顿荒原，坠入幽谷北部的大沼泽，然后汇入南方的响水河，之后被称为灰水河。这条河流入海前，水势浩荡，在伊顿荒原时就无法跨越，除非经由横跨大路的最后大桥。”

“远处那边的另一条是什么河？”梅里问。

“那是响水河，幽谷的布鲁南河，”大步答道，“大路从拉斯桥到布鲁南渡口，要沿着这小山边缘延伸好几英里，但我还没想好我们怎么过河。一次一条河！如果我们没有在最后大桥受阻，那就真的太幸运了。”

第二天一大早，他们又下到大路边缘。山姆和大步走上前，但没有发现任何旅者或骑行者的迹象。这儿处在山影下，曾经下过雨。大步判断，雨是两天前下的，雨水已将所有足迹冲刷殆尽。就他所见，自那之后，再也没有骑马人经过。

他们竭尽全力，全速前进。一两英里之后，最后大桥进入视线，就在前方一个矮陡坡的底部。他们真怕见到黑衣人等在那儿，但什么也没看见。大步让他们躲进路边的灌木丛里作掩护，而他走到前面去打探情况。

不一会儿，他匆匆回来了。“见不到敌人的迹象，”他说，“不知道这究竟意味着什么。不过我发现了一件非常奇怪的东西。”

他伸出手，掌心躺着一颗灰绿色的宝石。“我在桥中央的淤泥里发现的，”他说，“这是绿柱石，一种精灵石。它是被有意放在那里的还是无意丢落的，我说不上来，但它给我带来了希望。我把这看成是我们可以通过大桥的标志，但过了桥之后，如果没有更明确的标志的话，我们就不能走大路了。”

他们立刻又开始前进，安全地通过了大桥，除了河水拍打三根大桥柱的哗哗声，他们没听到任何动静。一英里之后，他们遇到一个窄长的溪谷，这个溪谷穿过大路左边的陡峭土地向北延伸。在这儿，大步转到旁边，很快他们就消失在阴郁山脚下一片黑林密布的昏暗乡野里。

死气沉沉的土地和危险的大路被抛在身后，霍比特人都松了口气，但眼前这片新的乡野似乎也危机四伏，充满敌意。他们继续前进，周围山势渐渐升高。他们时不时地就瞥见山峰和山脊上的古石墙，以及塔堡的遗迹，给人一种不祥之感。马背上的弗拉多因为没有走路，而有更多时间盯着前方思索。他回忆起比尔博对自己冒险经历的讲述，记得提到过大路北边山上那些危机四伏的塔堡，以及第一次遭遇险境的巨怪森林附近的乡野。弗拉多猜测，他们现在就身处同一区域，不知道会不会碰巧经过当年比尔博经遇的现场。

“谁住在这片土地上？”他问，“是谁修建的这些塔堡？这是食人妖国吗？”

“不是！”大步说，“食人妖不建塔堡。如今没有人居住在这片土地上。很久以前，大人族曾在这里居住，但现在没人了。传闻说，他们落入安格玛的魔爪，变成了邪恶一族，但一切都毁于那场终结了北方王国的战争。不过，那是很久以前的事了，所有的一切都湮没于群山之中，但仍有一道阴影盘亘于此。”

“既然这片土地荒无人烟，为世所弃，你又是从哪里听说这些故事的？”皮平问，“鸟兽可不会讲述那样的故事。”

“埃兰迪尔的后裔并未把所有的往事都忘记，”大步说，“在幽谷，人们记得的事比我讲述的多得多。”

“你经常去幽谷吗？”弗拉多问。

“是的，”大步回答，“我曾经居住在那儿，只要可能我就会回去。那是我心之所在，但安宁地待着不是我的命运，哪怕是待在埃尔隆德的美屋里。”

群山开始将他们包围在其中。身后的大路往布鲁南河而去，但两者都被重峦叠嶂挡在了视线之外。一行人走进一个狭长的山谷，两边崖石嶙峋，幽暗寂静。盘根错节的树木从崖上倒挂下来，与后面漫山遍坡的松林汇成一片。

几个霍比特人愈加疲倦。他们走得很慢，因为这片荒野无路可循，只能择地而行，倒塌的树木和跌落的石头还不时挡住他们的脚步。考虑到弗拉多的情况，他们尽可能地避免攀爬，而且实际上也很难找到可以爬山走出这道狭窄峡谷的路。他们已经在这片土地上走了两天，空气变得潮湿。西风徐徐，远方的海水水汽化作雨幕罩住黑漆漆的山头。到了傍晚，他们全都湿透了，宿营地也阴冷冷的，因为他们找不到可以燃烧的木柴。第二天，前面的山更高更陡，他们被迫偏离原来的行程往北转。大步似乎变得越来越焦虑：他们从风云顶出来已经快十天了，所带的给养日渐消耗，越来越少，雨又下个不停。

那天晚上，他们在一块突出的岩石上露营，身后有一堵石墙，其间有一个浅浅的凹洞，其实就是悬崖上的一处凹槽。弗拉多坐立不安。寒冷和潮湿令他的伤口比之前任何时候都更疼，而这疼痛和刺骨的寒冷又将全部睡意一扫而空。他躺在那儿，辗转反侧，惴惴不安地聆听着夜晚诡秘的噪声：风在岩石缝间飒飒，雨水淅淅沥沥，某块松动的石头突然咔嗒跌落。他感到黑影正在靠近，就要将他窒息而死，待猛然坐起，却又什么都没有，唯见大步弓背坐着的身影。他抽着烟斗，正在守夜。弗拉多复又躺下，迷迷糊糊地进入不安的梦境。在梦中，他漫步于夏尔家中花园的草地上，但这场景似乎缥缈暗淡，一点也不比站在树篱后面窥探过来的高大黑影清晰。

早晨，弗拉多醒来时发现雨已经停了。云层依然很厚，但云围正在破开，云隙间蓝天丝丝缕缕。风向又变了。他们没有赶早出发。吃完冷冰冰难下咽的早餐后，大步便马上独自离开了。他嘱咐几个人继续待在悬崖遮蔽处，等他回来。如果可能的话，他要爬上山去，看看地势如何。

大步回来时，并没有带来令人宽慰的消息。“我们走得太靠北了，”他说，“必须想办法退回南边去。如果继续照现在这么走，会走到幽谷以北的伊顿山谷里去。那是食人妖的地盘，我知之甚少。我们也许能找到路从北边绕行到幽谷，但那花的时间太长了，因为我不熟悉路，我们的食物也支撑不了那么久，所以无论如何，我们必须得找到布鲁南渡口。”

那天剩下的时间，他们都用来在乱石嶙峋的山岗上艰难攀爬了。他们在两座小山中间发现了一条小道，经由这条小道，他们走进了一个东南向的山谷，这正是他们想要前进的方向。可是，这天快结束的时候，他们发现脚下的路再次被一道高高的山脊挡住了，黑漆漆的山缘参差不齐，背映天空，像一把钝锯上的锯齿。要么回头，要么翻过山去，他们陷入了两难选择。

他们决定爬山试试，可事实证明，这异常艰难。没过多久，弗拉多就不得不翻身下马，踉跄步行。即便如此，他们也不时陷入将马拉上去以及寻路而不能的绝望中，况且他们还背着沉重的行囊。天光渐逝，当终于到达山顶时，他们全都累得精疲力竭。他们已经爬到了两个较高“山齿”之间的窄脊上，前面不远处的地势又陡然下斜。弗拉多瘫倒在地，浑身发颤。他的左胳膊没有知觉，肩膀和身体两侧像是有无数只冰爪在抓挠。周围的树木和岩石在他眼中影影绰绰，模糊幽暗。

“我们不能再走了，”梅里对大步说，“弗拉多恐怕已经坚持不住了，我担心死他了。我们该怎么办？你觉得，如果我们到达幽谷，他们能治好他吗？”

“到时候再看吧，”大步回答道，“在这荒山野岭中，我什么也干不了。正是因为他的伤，我才这么着急赶路的。不过我同意，我们今晚不能再走了。”

“我的主人到底怎么了？”山姆眼巴巴地望着大步，低声问道，“他的伤口很小啊，而且已经愈合了。除了肩膀上的一个冷白斑，也看不出他有别的伤啊。”

“弗拉多被敌人的武器击伤，”大步说，“中了邪毒，而我没有办法排除这种毒。不过别灰心，山姆！”

高山脊上的夜晚寒气森森。他们在一棵老松树的虬根下生起一小堆火。这棵老松树倒悬在一个像是石头被挖去了一块的浅凹洞上方。他们挤着坐在一起。寒风瑟瑟，吹过山口，山下的树冠飒飒呜咽。弗拉多半梦半醒，觉得无数只黑压压的翅膀在山谷间扑腾，上面骑着他的追逐者。

晨曦明媚，空气清新，晴空如洗。他们心情为之一振，都盼着太阳温暖他们僵冷的四肢。天一亮，大步就带着梅里去勘察山顶到通道东边的地貌。等他们带回令人欣慰的消息时，太阳已经升起，阳光灿烂。他们现在所走的方向大致是对的。如果继续走，下到这山脊远处，就会在左侧看见山脉。前面不远处，大步还瞥见了响水河的喧腾。虽然看不见，但是他知道，通往渡口的大路距离响水河不远，就在离他们最近的一边。

“我们必须再回到大路上去，”他说，“找到山间小道的希望微乎其微，无论大路上有什么险阻，它都是我们前往渡口的唯一途径。”

吃过早饭，一行人立即出发。他们慢慢地爬下山脊南坡，却没料到这条路比他们想象的容易得多，因为这边的山坡坡度很缓，不一会儿，弗拉多就又能骑行了。比尔·蕨尼这匹可怜的老马练就了一项意想不到的技能：择路而行，因而免去骑者不少颠簸之苦。一行人又精神振作起来了，连弗拉多都在晨光的照耀下感觉好多了，但似乎总有一层阴影时不时地模糊他的视线，他只好不停地用手揉眼睛。

皮平走在大伙前面一点。突然，他回过头来喊道："这儿有一条路！"

大伙奔到他跟前，发现他说得没错：很显然，这就是一条小路。它从下面的树林蜿蜒而上，渐渐消失在山顶后。有些路段淹没在野草中，难以辨认，又或是被落石杂树所阻，但看得出来，这条路曾经用极一时。这条路必定是被强壮的胳膊和沉重的步履开辟出来的，到处是被砍倒的老树，以及被劈裂推到一边的巨石。

他们沿着这条路走了一会儿，这是最容易走的下行路线，不过他们走得小心翼翼。进入幽暗的树林后，小路变得越来越清晰宽阔，但他们却越加忐忑不安起来。突然，一片冷杉树林闯入视线，小路穿过冷杉树林，沿着一道斜坡陡然下行，然后又急转过一座岩石山肩。他们走到转弯处，四下张望，发现下面有一个树木倒悬其上的低崖，崖面狭长平整，急转过来的小路就通向那里。崖壁上有一扇半开的门，斜挂在一个大铰链上。

他们走到门前，停下了。这是一个山洞或者石室，但里面黑漆漆的，什么也看不见。大步，山姆，还有梅里，用尽全力，才把门开大了一点点。然后，大步和梅里走了进去，但他们没走多远，因为里面枯骨遍地，除了一些大空罐和破烂锅，入口附近什么也看不到。

"这肯定是食人妖洞，如果食人妖有洞穴的话！"皮平说，"你们俩出来吧，我们快离开这里。现在知道是谁开辟的这条小路了，我们还是快点离开比较好。”

“我认为没必要，”大步说着走了出来，“这确实是一个食人妖洞，不过似乎已经被遗弃很久了。我觉得我们不用担心，不过我们继续前进的时候还是保持警惕，见机行事吧。”

小路从这道门继续延伸，又转到右边穿过那片平地后，沿着一个林木葱郁的斜坡径直而下。皮平不愿在大步面前表现出自己仍然很害怕的样子，便走到前面，跟梅里一起。山姆和大步走在后面，一边一个走在弗拉多骑行的马两侧。现在这条小路宽阔得足够四五个霍比特人并行了。不过他们还没走多远，皮平就开始掉头往回跑，后面跟着梅里。两人都惊恐万分。

“有食人妖！”皮平气喘吁吁地喊道，“就在下面不远处的林间空地上。我们俩透过树林子瞥见的，好大好大！”

“我们过去看看。”大步说着，捡起一根木棍。弗拉多没吭声，山姆看上去可吓坏了。

日头这时已经很高。阳光从枝叶间洒下来，林间空地上光影婆娑。几个人在边缘顿住脚步，屏住呼吸，从树干后悄悄地望过去：食人妖就在那儿。三个巨大的食人妖，一个弯着腰，另外两个站在那儿盯着他。

大步满不在乎地走上前去。“站起来，老石头！”说着，他一棍子打在弓腰的食人妖身上，棍子断了。

什么也没有发生。几个霍比特人吃惊地倒抽一口冷气。然后，弗拉多笑了。“哈！”他说，“我们都快把我们的家族史给忘了！这一定就是被甘道夫捉住的那三个食人妖，就是那三个为如何烹饪十三个矮人和一个霍比特人而争吵的食人妖！”

“没想到我们会来到这个地方！”皮平感叹道。他曾多次听比尔博和弗拉多讲过那个故事，对其很熟，但其实他一直半信半疑。即使是现在，他也怀疑地看着这三个石化的食人妖，不知道是不是有什么魔法会让他们突然复活。

“你们不仅忘了你们的家族史，而且也忘光了所有关于食人妖的知识。”大步说，“光天化日之下，你们跑回来吓唬我，说有活生生的食人妖在这林间空地上等着我们！不管怎样，你们应该已经注意到其中一个食人妖耳朵后面有一个老鸟巢啊！活生生的食人妖怎么可能戴上这么一个不同寻常的装饰呢？”

他们全都大笑起来。弗拉多感到精神一振，比尔博第一次成功探险留下的纪念鼓舞了他。太阳也暖烘烘的，令人欣慰，眼前的阴影似乎也消散了一点。一行人在林间空地休息了一会儿。他们就在食人妖的大粗腿投下的阴影下吃了午餐。

“日头这么高，没人唱首歌吗？”吃完饭，梅里问道，“我们已经好几天没唱过歌、没讲过故事了。”

“自风云顶一来就没有了。”弗拉多说，其他人都看着他，“别担心我！”他补充道，“我感觉好多了，但唱歌恐怕还不行。也许山姆能从他的记忆里挖掘出点什么来。”

“来吧，山姆！”梅里说，“你脑袋里藏的东西可比你说的多得多。”

“我不知道哎！”山姆说，“不知道这首行不行？它算不上正儿八经的诗歌，你们明白我的意思吧？它只是一首打油诗，看到这些食人妖我想起来的。”他说着站起来，像小学生一样把手背在身后，然后唱起一首古老的旋律：

山妖独自坐石座，
咂吧咂吧啃石头，
啃咬多年不曾弃，
只因肉食实难有，
咂吧咂吧啃啃啃。
山妖独居山间洞，
肉食实在难以有，
大靴汤姆走上前，
请问山妖吃的啥，
提姆叔叔大腿骨，
本应躺在坟墓里，
洞里！墓里！
他已死了好多年，
本该躺在坟墓里。
小伙子，山妖道，
骨头是我偷来的，
洞里骨头又算啥，
你那叔叔腐成泥，
我才发现他胫骨。
大腿骨！小腿骨！
念我可怜又衰老，
他才赏我一根骨，
反正他已用不着。
汤姆一听气炸了，

刨坟偷骨还有理，
那是先人皮囊骨，
递过来还给我！
窃贼啊无赖啊！
他虽死，仍属我，
递过来还给我！
山妖咧嘴哈哈笑，
正好一对大腿骨，
我要把你也吃了，
剥你皮来咬你肉，
新鲜美味乐滋滋，
在你身上试试牙，
吱吱嘎来咯吱吱。
老骨头没滋味！
换个口味尝尝你。
如意算盘打得好，
不料双手却扑空。
不及他细想，
汤姆转身后，
一脚踹屁股，
踹他踢他警告他！
一脚踹到石座上，
看你吃不吃教训！
山妖独坐山石上，

骨肉却比石头硬，
一脚踹去无反应，
山妖稳坐不动摇。
踢烂你的鞋！
踢疼你的脚！
山妖乐翻笑哈哈，
汤姆脚伤哼唧唧。
汤姆裸脚走回家，
一瘸一拐不得劲。
山妖可不关心他，
端坐继续啃老骨，
啃啊啃，咬啊咬，
石座还是那一座，
骨头还是那一根。

“哈！这对我们所有人都是一个警告！”梅里大笑道，“大步，幸好你用的是木棍，不是你的手！”

“你是从哪里听来的？”皮平问，“我以前一句都没听说过。”

山姆嗫嚅半天，说不出来。“当然是从他自己脑袋里冒出来的，”弗拉多说，“这趟旅程，我可是对山姆·甘吉多有了解。一开始，他是一个共谋者，现在他是一个逗乐的，最后他会变成一个巫师，或者武士！”

“我可不希望，”山姆说，“我不想变成任何一个！”

下午，一行人继续下行，往树林外走。他们可能走的正是甘道夫、比尔博和矮人们曾走过很多次的小道。几英里后，他们走出树林，登上大路上方一个高坝的顶部。在这里，大路距离狭窄山谷中的喧泉河已经很远了。现在，它紧贴着山脚，蜿蜒曲折地穿过东向长满树木和石楠的山坡，直奔渡口与大山的方向。大步指了指高坝下方不远处草丛中的一块石头，上面刻有矮人的如尼文和一些神秘的符号，虽然刻得很粗糙，并且久经风吹雨打，却依然能看得见。

“哎！”梅里说，“那一定就是标记食人妖藏匿黄金所在地的石头。弗拉多，比尔博分得的财宝还剩多少啊？”

弗拉多看着那块石头，多希望比尔博不曾带回那些既危险又难以舍弃的财宝啊！“一点都没剩，”他说，“比尔博全都送人了。他告诉我，他没觉得那些财宝真的是他的，因为它们是从盗贼那里弄来的。”

大路在黄昏的微光里投下长长的影子，路上寂静无声，看不到任何行者的身影。眼下只能走这一条路了，于是他们爬下高坝，左转后尽快赶起路来。很快，一道山脊就遮住了迅速西沉的夕阳余晖。寒冷的山风迎面吹来。

他们开始注意大路两边，想找一个可以露营过夜的地方。突然，身后响起了马蹄嘚嘚声，他们吓得心又提到了嗓子眼。他们悚然回头，但见大路弯来绕去，看不清太远处。一行人踉踉跄跄，赶忙逃离这嘚嘚作响的大路，冲上山坡，钻进浓密的石楠丛和越橘林，一直跑到一小片葱茏的浅绿褐色灌木丛里，扒着枝叶窥探大路。苍茫暮色里，下方约三十英尺的大路灰蒙蒙影绰绰。马蹄声越来越近，听上去跑得飞快，嗒嗒嘚嘚，然后又渐渐逝去，仿佛被轻风吹散。他们似乎还捕捉到一丝叮当的铃声。

“那听起来不像是黑骑士的马蹄声。”弗拉多凝神聆听，说道。

其他几位霍比特人也巴不得不是，但他们仍然满心疑虑。他们在被追逐的恐惧中走了这么久，以至于身后的任何风吹草动，听上去都不怀好意。大步倾身向前，跪趴在地上，一只手支在耳边，少顷，面露喜色。

天光已逝，灌木叶子窸窣作响。铃铛声越来越近，越来越清晰，伴随着一阵轻快的嘚嘚小跑声。下方大路上，一匹白马突然闯入他们的视线，冥冥中闪着银辉，跑得飞快。马笼头也一闪一闪的，仿佛镶嵌着星光珠宝。骑士的披风在身后流荡，兜帽甩在脑后，金色的头发也随风飘扬。弗拉多觉得，这位骑士的身体和衣服似乎射出一道白光，仿佛穿透薄纱一般。

大步从藏身处一跃而起，大叫一声，越过石楠丛，冲向大路，但那位骑士已经先一步勒住马头，停下脚步，仰头朝他们站的灌木丛望过来。他一见大步，便翻身下马，跑着迎上去，嘴里还喊着：*“Ainavedui Dunadan！ Maegovannen！”*他这银铃般的清澈嗓音彻底消除了一行人心头的疑惑：这位骑士是精灵族的。住在荒原世界的其他族类不会有这么悦耳的嗓音的。不过，他的喊声里似乎含着一丝焦急或害怕。这会儿，他正急切地跟大步说着话。

不一会儿，大步冲他们招了招手，几个霍比特人走出树丛，匆匆跑向大路。“这是格洛芬德尔，他住在埃尔隆德家。”大步说。

“嘿！终于见到你了！”这位精灵王对弗拉多说，“我奉命从幽谷出来寻找你，我们都担心你在路上遇险了。”

“那么甘道夫已经到了幽谷？”弗拉多高兴地喊起来。

“没有，我出发的时候他还没到，不过那是九天前的事了。”格洛芬德尔答道，“埃尔隆德收到了令他不安的消息，我们一些族人在白兰地河远处，你们的家乡游历，听说了一些不对劲的事，便赶快送信回来了。他们说，九大魔头已经外出，而你身负重担，陷入歧途，却没有向导，因为甘道夫没有回去。即使在幽谷，也很少有人能骑马公开对抗九大魔头，不过到底还是有几位的。埃尔隆德将他们派到北方、西方和南方去找你们。他估计你们可能绕旁路避开追踪，也可能因此在荒野里迷路。

“我的任务是关注大路。大约七天前，我经过最后大桥时，在那儿留下了一个标记。索伦七大奴仆中的三个守在桥上，不过我击退了他们，把他们往西边赶走了。我还遇上了另外两个，但他们掉头往南跑了。从那之后，我就一直在查找你们的踪迹。两天前，我找到了，便一路追踪到了桥上，今天我又发现了你们下山的地点。啊！算啦！没有时间细述详情了。既然你们已经到这儿了，那我们就必须冒险走大路。后面有五个追兵，等他们发现你们在大路上的踪迹，一定会风驰电掣般追上来的。而且还不止这五个，其他四个在哪儿，我不知道。我担心等我们到了渡口，发现敌人已经严阵以待了。”

格洛芬德尔说话间，夜色愈浓。弗拉多感到一阵巨大的疲倦朝自己袭来。在太阳开始西沉以前，眼前的阴影就已经加深了，仿佛有一道黑影飘来，遮住了朋友们的面颊。他感到疼痛难耐，浑身发冷，晃晃悠悠，站立不稳。弗拉多死死地抓着山姆的胳膊。

“我的主人病了，受伤了，”山姆生气地说，“夜里没法骑行，他需要休息。”

就在弗拉多要瘫倒在地上的一瞬间，格洛芬德尔一把扶住他，将他轻轻地揽在手臂里，忧心忡忡地观察着他的脸色。

大步简要地讲述了他们在风云顶下露营时遭到的袭击，以及那把致命的刀。他抽出他保藏起来的刀柄，递给精灵王。格洛芬德尔接过去，耸了耸肩，不过他看得很仔细。

“这刀柄上有咒语，”他说，“尽管你们可能看不见。留着它吧，阿拉贡，等到了埃尔隆德家里再说。不过要小心，尽量不要去碰它！唉！这个武器造成的伤口我治不了，但我会尽我所能的，不过现在更重要的是，我强烈建议你们不要休息了，继续前进。”

他用手指摩挲着弗拉多的伤口，面色愈加沉重，似乎诊断的结果令他很不安，不过弗拉多却感到身体和胳膊的刺骨寒冷减弱了，一丝暖意从肩膀蔓延到手掌，疼痛也减轻了，缭绕周身的暮霭似乎也变淡变薄，仿佛云开雾散。他又能看清朋友们的脸庞了，心里涌起了新的希望和勇气。

“你骑我的马，”格洛芬德尔说，“我把马镫收到马鞍下面，你尽量夹紧双腿。别担心，我的马很听我的话，不会把你掀下来的。它步履轻捷，如果危险靠近，它会以敌人的黑马都难以企及的速度驮着你跑开的。”

“不，不行！”弗拉多说，“我不骑它，不管是去幽谷还是其他什么地方，我都不会让我的朋友们陷在危险里，而自己逃命的。”

格洛芬德尔笑了。“我很怀疑，”他说，“你的朋友们真有危险的时候，你还跟不跟他们在一起！我想，敌人会追着你不放，顾不上我们的。弗拉多，是你，还有你带的那样东西将我们所有人置于危险境地的。”

这么一说，弗拉多就无言以对了，只好听劝骑上格洛芬德尔的白马。而他们的那匹老马则驮上了大家大部分的行囊，这样他们就能轻装上阵，行进速度快了不少。不过几个霍比特人很快就发现，很难跟上精灵王不知疲倦的轻捷脚步。他领着他们走进茫茫黑夜，乌云压顶，看不见星星，也看不见月亮，走啊走，直到黎明破晓时分，他才让他们停下来。此时，皮平、梅里和山姆已经脚步踉跄，困得睁不开眼了，就连大步似乎也累垮了肩膀。马背上的弗拉多则沉浸在噩梦中。

一行人瘫倒在路边几米远的石楠丛里，沉沉睡去。他们好像还没来得及闭上眼睛，就又被格洛芬德尔叫醒了，后者在他们睡觉的时候，一直在放哨。太阳已经爬上高天，晨光明媚，云消雾散。

“把这个喝了！”格洛芬德尔对他们说。他从他的镀银皮囊里依次给每个人倒了一点液体。这液体清澈如泉水，没有什么味道，喝到嘴里不冷不热，却感觉身体四肢像是被注入了精气神。喝完之后，他们再吃陈面包和干水果（已经是他们剩下的所有食物了），觉得似乎比在夏尔吃过的许多顿美味早餐都果腹。

他们休息了不到五个小时，再次上路。格洛芬德尔仍然不停地督促他们前进，一天的行程中只允许他们短暂地歇息了两次。到黄昏前，他们沿着这个方向走了差不多二十英里，来到一个大路右拐伸向山谷底的地方，然后直奔布鲁南渡口。走了这么远，一路上几个霍比特人没看到也没听见追踪者的迹象或声音，但格洛芬德尔时不时地停下来一边仔细倾听，一边等着落在后面的他们赶上来，脸上愁云密布。他还用精灵语跟大步说过一两次话。

然而，不管向导们如何焦虑，几个霍比特人显然是走不了夜路了。他们脚步踉跄，累得两眼昏花，除了腿脚酸痛的感知，脑袋里一片迷糊。弗拉多伤痛加剧，整个白天，他周围的一切都影影绰绰，似鬼影飘忽。他几乎是盼着夜晚到来，因为那时世界似乎就不那么空蒙了。

第二天一早，重新出发的时候，几个霍比特人仍然疲惫不堪。到渡口还有很多路要走，他们竭尽全力，蹒跚前行。

“我们到达河岸前夕，是最危险的。”格洛芬德尔说，“直觉告诉我，身后的敌人加速追上来了，渡口可能还有其他危险等着我们。”

大路继续向山下延伸，两边不时可见丛生杂草，几个霍比特人尽量拣草多的地方走，以抚慰他们疲倦的脚。傍晚时，他们到了一个地方，大路在这儿突然钻过一片高高的松树林，然后直插进一个陡峭的深沟，深沟两侧是潮湿的红石壁。当他们匆匆赶路时，深沟里回音荡荡，似乎有无数脚步紧紧跟随。突然，仿佛穿过一道光门，大路冲出深沟，又见天日。在一个陡坡底，只见前面一马平川，尽头便是幽谷的渡口。渡口对岸是一道褐色的陡坝，一条蜿蜒小径穿行其间，再远处，群山巍峨，连绵相依，层峦叠嶂，上天入云。

身后的深沟里依然有脚步声回荡，噪声急促，仿佛狂风吹过松林，涛声喧嚣。格洛芬德尔侧耳倾听，突然跳起来大喊：

“快跑！快跑！敌人追上来了！”

白马一跃而起，霍比特人冲下斜坡，格洛芬德尔和大步断后保护。他们才穿过前面平川的一半，就听到了马蹄狂奔的噪声。一个黑骑士策马奔出他们刚刚离开的那片松林，勒住缰绳，黑马踱步停下，他在马鞍上摇来晃去。另一个黑骑士紧随其后，然后又是一个，再然后又是两个。

“快跑，骑马快跑！”格洛芬德尔冲弗拉多喊道。

弗拉多没有立刻照办，一缕奇特的犹疑攫住了他。他勒住缰绳，白马一顿，由跑变走，弗拉多转身向后望去。黑骑士骑在高头大马上，像镇山的恐怖雕像，阴沉坚硬。而他们周边的林木和土地仿佛都消退到了雾霭中。弗拉多突然意识到，他们是在无声地命令他停步等待。恐惧和仇恨立刻唤醒了他。他松开缰绳，紧握剑柄，红光一闪，剑已出鞘。

"骑马跑！骑马跑！"格洛芬德尔叫喊着，又用精灵语大声清楚地冲白马喊道，*"lim，norolim，Asfaloth！"*

白马应声纵蹄而起，风驰电掣般沿着最后一段大路飞奔。与此同时，黑马也跳下山坡紧追不舍。黑骑士发出一声可怕的叫喊，随之传来一声应答。在遥远的东法兴，弗拉多听到过这种充斥整个森林的恐怖嚎叫。令他和朋友们惊愕的是，又有另外四个黑骑士从左边的树林岩石间飞奔出来。其中两个直追弗拉多，另外两个则向渡口狂奔，要去截断他逃生的路。弗拉多感到，他们像一阵狂风，身影变得越来越大、越来越暗，几乎要将自己笼罩。

他回头一看，不见朋友们的踪影，后面的黑骑士也被远远地甩开，就连他们的高头大马都无法与格洛芬德尔的精灵白马速度相匹。他再往前一看，心顿时一沉。看来，不等他到达渡口，那些已经埋伏在半道上的黑骑士就会截住他的去路。他现在能清楚地看见他们了：他们已经将斗篷和兜帽抛在一边，显出形来，身着灰白长袍，苍白的手中裸剑在握，顶盔贯甲，眼中冷光闪闪，用邪恶的嗓音召唤他。

弗拉多被恐惧攫住，全然忘了手中的剑。他发不出声来，闭眼紧紧抓着马鬃。风在耳边呼啸，马具上的铃铛疯狂摇摆，尖声作响。寒风刺骨，似茅似针。精灵白马像一只燃烧的白色火鸟，扑扇着翅膀，嗖地飞过最前面那个黑骑士的面颊。

弗拉多听到了水花飞溅的声音，浪沫溅到了他的脚上。他感到波起涛涌间，白马已经渡河而去，它挣扎着跃上石径，正往陡峭的河岸上攀登。他们到了渡口对岸。

然而，后面的追击者近在咫尺。白马在河岸高处停下来，转身长嘶。下方河水边，九个黑骑士一字排开，抬头仰望，杀气腾腾。弗拉多一见，精神委顿。他不知道如何才能阻止他们像他一样轻松渡河。他感到一旦黑骑士过了河，未知前路漫漫，要想从渡口逃到幽谷边缘，恐怕不太可能，而且他总觉得有一股莫名的力量时时在命令他停下来。怒火又一次在心头燃起，但他没有力气抗拒了。

打头的黑骑士突然策马向前，却猝然止步于水边，马蹄上扬，立了起来。弗拉多竭力坐直，激动地挥舞着手中的剑。

“滚！”他喊道，“滚回魔多去，不要再跟着我了！”他的声音落在自己的耳朵里，尖细而颤抖。黑骑士顿住了，但弗拉多却没有邦巴迪尔的法力。他的敌人放声大笑，笑声粗犷，令人毛骨悚然。“过来，过来，”他们喊道，“我们带你去魔多。”

“滚回去！”弗拉多有气无力。

“指环，指环！”黑骑士恐怖地吼叫着。领头的那个策马冲进河里，另外两个紧随其后。

“我以仙子埃尔贝瑞丝和点亮星辰者的名义起誓，”弗拉多拼尽最后一丝力气，举起他的剑，“你们休想得到指环，也休想抓走我！”

这时，那个领头的黑骑士已经涉水走到了河中央，他脚蹬马镫，恶狠狠地坐直身子，然后扬起了手。弗拉多顿时浑身麻木，说不出话来。他感到自己口舌打结，心怦怦跳得厉害。剑折了，从他颤抖的手中掉落。精灵白马前蹄腾空，打着响鼻。最前面的黑马眼看着就要上岸了。

就在此时，轰隆隆哗啦啦一声，河水裹挟着许多石头咆哮而来。朦胧中，弗拉多看到下方河水大涨，浪涛滚滚，似万马奔腾的水军汹涌而来。弗拉多觉得浪尖上白焰摇曳，恍惚中看见河中白衣水军骑着白马，马鬃飞扬。三个仍然站在渡口中间的黑骑士被冲得东倒西歪，刹那间便消失不见了，葬身于怒涛之中。后面的那几个黑骑士吓得赶紧后退。

凭着最后一点模糊的感知，弗拉多听见了喊叫声。他似乎看见，对岸那些踌躇不前的黑骑士身后，显出一个白光闪闪的人影，其后还奔跑着许多挥舞着火把的小身影，红彤彤的火焰驱散了笼罩世界的灰蒙蒙的雾霭。

黑马吓得发了疯，驮着它们的骑士跳进滚滚洪流。他们凄厉的尖叫顷刻间被咆哮的河水淹没，连同他们的身躯。然后，弗拉多觉得天旋地转，一头栽倒下来，咆哮和喧嚣似乎将他抛起抛下，连同他的敌人一起，将他吞没了。他听不见，也看不见了。

指环王三部曲

Ⅰ 指环同盟

卷二

第1章
诸多相会

弗拉多醒来时，发现自己躺在床上。起初，他以为自己做了一个长长的很不愉快的梦，起晚了，此刻依然徘徊在梦境边缘。又或许，自己生病了？可天花板看上去很陌生，平平的，黑色的房梁精雕细镂。他又躺了一会儿，看着墙上斑驳的阳光，听着瀑布飞流的声音。

“我在哪儿？现在是什么时间？”他大声冲着天花板说。

“在埃尔隆德家里，现在是早上十点钟。”一个声音说，“如果你想知道得更详细，现在是十月二十四日上午。”

“甘道夫！”弗拉多大叫着坐起来。敞开的窗户边，一张椅子上坐着的，正是老巫师。

“是我，我在这儿。”甘道夫说，“你在这儿也很幸运，你自从离开家，经历了多少荒唐的事啊！”

弗拉多又躺了下去。他全身舒畅，心情愉悦，懒得争辩。无论如何，他都不认为自己能在争论中占上风。这会儿，他彻底醒了，旅程的记忆也回来了：穿越古森林的灾难性“抄近道”；跃马客栈的“意外”；风云顶下的山谷里，戴上指环的疯狂之举。他想起了所有这些事，却怎么也记不起来是如何到达幽谷的。屋里静悄悄的，只是偶尔响起甘道夫轻吸烟斗的声音，他把一个个白色烟圈吐向窗外。

“山姆呢？”弗拉多终于开口问道，“其他人都还好吧？”

“嗯，他们全都安然无恙。”甘道夫回答，“山姆半小时前还在这儿，我让他去休息了，他之前一直守着你。”

“在渡口发生了什么事？”弗拉多说，“那会儿我眼睛模模糊糊的，什么都看不清，现在还是。”

“嗯，是那样的，你当时已经开始神志不清了，”甘道夫说，“最后完全被伤痛攫住，再拖几个小时，我们也救不了你。可是，我亲爱的霍比特朋友啊！你身体里藏着某种力量，就像在古冢岗的时候，你表现出来的那样。那可是最危险的时刻，生死攸关。真希望你在风云顶的时候能坚持住。”

“你知道的似乎已经很多了，”弗拉多说，“古冢岗的事我没跟其他几个人说过，一开始是觉得太可怕了，后来又有其他事分心。你是怎么知道的呢？”

“你在睡梦里一直讲个不停，弗拉多，”甘道夫温和地说，“对我而言，读出你的意识和记忆从来就不是什么难事。别担心！虽然我刚才说了‘荒唐’，但我不是那个意思。我认为你和其他几个人都很棒。长途跋涉，历经险阻，那枚指环仍然在，真的很了不起。”

“没有大步，我们做不了这些事。”弗拉多说，“不过我们也需要你，没有你我不知道该干什么。”

“我被绊住了，”甘道夫说，“这差点毁了我们大家。不过我也不确定，我没耽搁的话情况是不是真的会更好一些。”

“我希望你告诉我发生了什么事。”

“等时机到了，我会说的。今天你应该好好休息，别担心，也别谈话了，这是埃尔隆德吩咐的。”

“可是谈话能阻止我胡思乱想，胡思乱想会让我疲倦不堪的。”弗拉多说，“我现在清醒得很，脑袋里全是需要解释的事。你为什么会被绊住？你至少应该告诉我这个。”

“你很快就会如愿听到一切的，”甘道夫说，“等你完全康复，我们马上开会。眼下我只能告诉你，我被俘了。”

“你？”弗拉多叫起来。

“是的，我，灰袍大巫师甘道夫。”甘道夫郑重地说，“世界上有许多法力，或行善或作恶。有些法力比我的强，有些我还没有较量过，但我的时刻正在到来。黑魔王和他的黑骑士已经逼近，战争一触即发！”

“这么说在我遇到黑骑士之前，你就已经知道他们了？”

“是的，我知道。其实，我有一次曾跟你说起过他们。黑骑士就是指环幽灵，指环王的九个奴仆。不过我当时不知道他们又重现了，不然我会立刻跟你一起出逃的。六月份我离开你之后才听说他们的消息，不过这事必须等等再说。目前我们已经摆脱灾难，多亏了阿拉贡。”

“是啊，”弗拉多说，“是大步救了我们。不过一开始我还很怕他。我觉得，山姆一直不信任他，反正在我们遇到格洛芬德尔之前，他对大步很是怀疑。”

甘道夫笑了：“山姆的事我听说了，他现在不再怀疑了。”

“那太好了，”弗拉多说，“因为我现在非常喜欢大步，呃……可能‘喜欢’这个词不太合适。我的意思是他对我而言非常重要，尽管他挺怪的，还不时冷着个脸。实际上，他经常让我想起你。我不知道还有任何像他那样的大人族。我以为，呃……他们就是四肢高大、头脑简单的家伙，要么像巴特伯一样善良又愚钝，要么像比尔·蕨尼那样蠢笨又邪恶。然而那时，我们在夏尔对大人族知之甚少，哦——也许除了布里人。”

“要是你认为老巴特伯善良又愚钝的话，那你对布里人的了解还是太少。”甘道夫说，“在他自己的地盘上，他可是聪明得很啊，虽然他想得少说得多，反应不快，但他能及时明察秋毫，布里人都这么说。不过在中州，像阿拉松之子阿拉贡这样的大人族也所剩无几了。海外来的王室一族几乎已经没落了。也许这场指环之战，将是他们最后的历险。”

“你是说，大步真的是王族后裔？”弗拉多好奇地问，“我还以为他们早就绝迹了呢。我以为他只是一个游民。”

“只是一个游民！”甘道夫叫起来，“亲爱的弗拉多啊，真正的游民是西方大人族中的望族在北方的最后遗民。他们以前就帮助过我们，以后我还需要他们的帮助，因为我们虽然已经到了幽谷，但那枚指环可还没有消停。”

“我想也是，”弗拉多说，“但迄今为止，我唯一的念头就是到这儿来，真希望不必再往远处走了。就这么歇着太惬意了。这一个月来，颠沛流离，历经艰险，我真是受够了。”

他陷入沉默，闭上双眼。少顷，他又开口道：“我一直在算日子，怎么算今天也不是十月二十四号啊，应该是二十一号。我们一定是二十号到达渡口的。”

“你说得太多、想得太多了，对身体可不好。”甘道夫说，“现在你的身体一侧和肩膀感觉怎么样？”

“我不知道，”弗拉多回答，“根本没感觉，这说明在好转吧。哎——”他用了一下力，“我的胳膊能动一点了，不错，正在复苏呢，也不冰凉了。”他又用右手摸了摸左手。

“好极了！”甘道夫说，“你恢复得很快，不久就会痊愈的，是埃尔隆德给你治疗的。自从你被抬到这里来，他已经照料你好几天了。”

“好几天？”弗拉多诧异道。

“嗯，确切地说是三天四夜。精灵们把你抬到这里，后面的日子你没算进去。我们心急如焚，山姆除了跑腿送信，几乎夜以继日地守着你。埃尔隆德是一位神医，但敌人的武器可是致命的。说真的，我都不抱什么希望了，因为我怀疑已经愈合的伤口里仍然留有刀刃的碎片，不过直到昨天晚上埃尔隆德才找到，从中取出来一个碎片。这碎片埋得很深，向你体内散毒。”

弗拉多不寒而栗，想起了突然消失在大步手中的那把残忍的断刃刀。“别紧张，”甘道夫说，“它已经没了，融化了。霍比特人的生命力似乎特别顽强。我认识一些强壮的大人族勇士，他们受此剧毒很快就被侵蚀，而你竟然扛了十七天。”

“他们想对我做什么？”弗拉多问，“他们的企图是什么？”

“他们想用留在伤口里的魔剑刺穿你的心脏。如果他们成功了，你就会变得跟他们一样，只是比他们更弱，受制于他们的命令。你会成为黑魔王麾下的一个幽灵，他会折磨你，因为你竟敢占有他的指环，还有什么折磨比看着他夺走指环，戴到自己手上更令你痛苦的呢？”

“谢天谢地！我都没有意识到这可怕的危险！”弗拉多有气无力地说，“我当然怕得要死，可如果我知道得太多，恐怕连动都不敢动了。我能死里逃生，还真是一个奇迹！”

“是啊，是运气，或者说命运，帮了你。”甘道夫说，“当然还有你的勇气。剑没有刺中你的心脏，只是伤了你的肩膀。这都是因为你的顽强抵抗，但可谓九死一生。你戴上那枚指环之际，就陷入了最大的危险，因为这时你已经一只脚踏进了幽灵世界。你能看见他们，他们也能看见你。”

“我知道，”弗拉多说，“他们看着很恐怖！可我们为什么全都能看见他们的马呢？”

“因为他们的马是真马，就跟他们穿的黑袍是真的黑袍一样，当跟活人打交道的时候，他们就穿上黑袍使他们的虚无之躯显形。”

“那为什么这些黑马能忍受这种骑士呢？当他们靠近的时候，所有其他动物都惊恐不安，甚至连格洛芬德尔的精灵马也是。狗会冲他们吠嚎，大鹅会冲他们尖叫。”

“因为这些黑马生下来就是为魔多的黑魔王服务的。并非他所有的奴仆和随从都是幽灵，还有兽人和食人妖，座狼和狼人，曾经还有许多大人族，现在仍然有很多，那些在太阳底下活蹦乱跳，却受其摆布的武士和国王。而且，他们的数量正与日俱增。”

“幽谷和精灵呢？幽谷安全吗？”

“嗯，至少目前，在所有其他地方被征服之前，幽谷是安全的。精灵们也许害怕黑魔王，也许会逃跑，但绝不会再听从他的号令，为他卖命。幽谷仍然住着黑魔王的主要宿敌：精灵智者，来自遥远大海那边的神族精灵。他们不惧怕指环幽灵，因为曾住在海外仙境的他们同时生活在两个世界，对可见和不可见的敌人都拥有巨大的抗击力。”

“我觉得我看见了一个闪闪发光的白色人影，不像其他人影那样影影绰绰，那就是格洛芬德尔吧？”

“是的，你看见他的那一刻，他正表现出他的另一面：长子之非凡。他是一个精灵家族的领主。在幽谷，确实有一股力量，能与魔多强权抗衡一时，在别的地方，还有其他力量存在。夏尔也有另一股力量。而如果事态照此发展下去，所有这些地方很快就将变成一个个被围困的孤岛。黑魔王正在竭尽全力扩张势力。”

“不过我们必须鼓起勇气，”他说着突然站起来，扬着下巴，胡子又硬又直，像鬃毛一样，“你很快就会好起来的，我不能再喋喋不休地叨扰你了。你现在在幽谷，不需要担心什么。”

“我没有勇气可鼓，”弗拉多说，“但此刻我一点都不担心。我就想知道朋友们的情况，给我说说吧，告诉我最后渡口发生了什么事，不然我会问个不停的。你说完了，我才能心满意足地再睡一觉，否则我可合不上眼。”

甘道夫把椅子搬到床边，端详着弗拉多。他的脸上已经有了血色，眼神清澈，意识清醒。他面带微笑，似乎没什么大碍。然而这位大巫师还是看出一丝细微的变化：他的身体有点透明，尤其是伸到被子外的左手。

“这是意料之中的，”甘道夫心想，“他才有点好转，结果如何，埃尔隆德都说不准。不过我想，不会变得邪恶的。他可能变得像盛满清水的玻璃杯那么透明，一眼便能看穿。”

“你看上去很不错，”他大声说，“那我就不咨询埃尔隆德了，自担风险给你讲讲吧。你听好了，我只能简短地讲，你听完了就必须睡觉。据我所知，当时你刚一跑，黑骑士就直奔你而去，他们不再需要黑马的向导了——你已经踩在他们世界的门槛上了，他们能看清你，而且那枚指环也在吸引他们。你的朋友们都跳到一边的大路外面去了，否则会被他们踩死。他们知道，如果白马不能的话，那就谁都救不了你了。黑骑士风驰电掣，无法超过，而且有好多个，也无法抵抗，甚至连徒步而行的格洛芬德尔和阿拉贡一起，都不能同时与九大黑骑士周旋。

“当指环幽灵风驰电掣般在前面追你的时候，你的朋友们在后面追着跑。快到渡口时，路边有一小块遮在矮树丛后面的凹地。他们匆忙在那儿点起了火把，因为格洛芬德尔知道，如果黑骑士试图过河的话，就会有洪水汹涌而至，那他就得对付留在河这边的黑骑士。洪水涌起的那一刻，他冲了出去，后面跟着阿拉贡和手持火把的其他人。黑骑士被困在水火之间，眼见这位精灵王怒火冲天，惊愕不已，他们的马也吓疯了。有三个黑骑士被第一轮洪水挟裹而去，另外几个也被他们的马拖进水里，彻底被淹没。”

“黑骑士就这么完蛋了？”弗拉多问。

“没有，”甘道夫说，“他们的马死定了，没有了马，他们就是瘸子跛子，动弹不得，但指环幽灵本身是不会轻易灭亡的。不过，眼下他们没有什么可怕的。洪水退去后，你的朋友们过了河，发现你趴在河堤上面，身下压着一把破剑。白马站在岸边守护着你。你面色苍白，浑身冰冷，他们都担心你已经死了，或者比死了还糟糕。埃尔隆德的人赶来相会，他们慢慢地抬着你回了幽谷。”

“是谁掀起的洪水？”弗拉多问。

“埃尔隆德的命令，”甘道夫回答，“山谷里的这条河在他的掌控之下，在他认为有必要关闭渡口时，河水就会暴涨。指环幽灵的头领骑马一入水，洪水就开始释放了。容我说一句，我也加了点自己的法术：有些浪就像驮着闪闪发光的白衣骑士的大白马，浪涛中还裹挟着翻滚的巨石流，不过你可能并没有注意到。有那么一瞬，我都担心我们弄过了头，洪水会失控，把你们全都冲走。那来自雾山的雪水汇成的洪流，威力可大了。"

"是的，是的，我现在全都想起来了，"弗拉多说，"波涛滚滚，震天轰响。我还以为我要被淹死了，连带我的朋友、我的敌人以及所有的一切。可现在，我们安然无恙！"

甘道夫飞快地看向弗拉多，但他已经闭上了双眼。"是的，目前你们全都安全了。很快就会有一场欢宴，庆祝在布鲁南渡口取得的胜利。你们都将出席，在宴会上荣耀加身的。"

"太好了！"弗拉多说，"我给埃尔隆德、格洛芬德尔，还有那些尊贵的领主们带来如此多的麻烦，就更别提大步了，他们却还这么厚待我，真是不敢当啊。"

"嗯，他们这么做当然是有很多原因的。"甘道夫微笑道，"我就是一个好由头。那枚指环是另一个——你是它的携带者。而且，你也是指环的发现者比尔博的继承人。"

"亲爱的比尔博啊！"弗拉多睡意蒙眬地叹道，"不知道他现在在哪里。真希望他在这里，能听闻所有这一切，他一定会开怀大笑的。奶牛跳过月亮！[①] 还有那可怜的老食人妖！"说罢，他便酣然入睡。

弗拉多安然在大海之东的"最后之家"里养伤。这所房子，正如很久以前比尔博所描述的那样："是一所完美的房子。你想吃美食就吃美食，想睡觉就睡觉，想讲故事就讲故事，想唱歌就唱歌，想干坐

① "奶牛跳过月亮"是 16 世纪的经典英文儿歌《Hey Diddle Diddle》中的一句——译者注。

着就干坐着，想沉思就沉思，想把这些事同时一起做就同时一起做。只要来到这里，疲倦、恐惧和悲伤都会被治愈。”

临近傍晚，弗拉多又醒了。他觉得自己不再需要休息或睡眠，而是想吃点喝点，然后也许再唱唱歌，讲讲故事。他下了床，发现胳膊几乎已经恢复如初了。床边放着干干净净的绿布衣衫，很合身。弗拉多一照镜子，惊讶地发现镜子中的自己比记忆中瘦了许多，看上去非常像比尔博那年轻的侄子。那时，他常常跟着叔叔比尔博在夏尔游逛。镜子中的那双眼睛正若有所思地望着他。

“嗯，自从上一次照镜子以来，你是长了一点见识。”他对镜子中的自己说，“现在就等着欢快地相会吧！”

他伸展胳膊，吹起了小调。

这时，敲门声响起。山姆进来了，他跑向弗拉多，一把抓住他的左手，笨拙又羞涩。他轻轻抚摸着弗拉多的手，随即涨红了脸，急忙转过身。

“嘿，山姆！”弗拉多轻声叫道。

“暖和了！”山姆说，“我是说你的手，弗拉多先生。前些天夜里，你的手都是冷冰冰的。太棒了！祝贺祝贺！”他叫喊着又转过身来，两眼发光，高兴地跳起舞来，“看见你站起来，恢复原样，真是太好了，先生！甘道夫要我来，看看你是不是能下床了，我还以为他是在开玩笑呢。”

“我准备好了，”弗拉多说，“走，去看看其他伙伴！”

“我带你去，先生。”山姆说，“这可是一所大房子，非常特别。总有新发现，不期然地，你就会在某个角落发现什么东西。还有精灵，先生！这儿，那儿，到处是精灵！有些像国王，看着威严，有点吓人，有些像孩子一样快活。还有音乐和歌唱，可惜自打我们到这里，我都没有时间也没有心情去欣赏。不过，这地方的路我逐渐熟悉起来了。”

“我知道你一直在忙什么，山姆，”弗拉多说着，挽起山姆的胳膊，“不过今晚，你会很开心的，尽情聆听吧！走吧，带我转转去。”

山姆领着他走过几条廊道，下了好些台阶，走出屋外，来到高踞于河堤陡坝上的一个花园。弗拉多发现他的朋友们坐在房子东边的一个门厅里，夜幕已经笼罩了下方的山谷，但远方的高山依然光影绰绰。空气温暖，响水奔腾，夜氤中弥漫着木香和花香，仿佛夏天仍在埃尔隆德的花园里流连。

“哇！”皮平跳起来叫道，“我们尊贵的堂兄到了，请给指环王弗拉多让路！”

“嘘！”坐在门厅后阴影里的甘道夫说，“虽然邪恶进不了这个河谷，但我们不应该提到它。指环王不是弗拉多，而是魔多黑塔的主人，他的力量正再次向全世界扩散！我们现在坐在一个安全的壁垒里，但外面黑暗愈浓。”

“甘道夫总是说这样煞风景的事，”皮平说，“他认为我应该循规蹈矩，但这似乎不可能啊，不管怎么说，要在这个地方感受沮丧或郁闷，真是不可能。如果有合适的歌，我想我能唱起来。”

“我自己也想唱，”弗拉多笑道，“不过此刻，我更想吃吃喝喝！”

“那很快就能满足你，”皮平说，“你已经展示了你一贯的狡黠：一起床就赶上吃饭。”

“不止吃饭！是一场盛宴！”梅里说，“甘道夫一说你已经康复，准备就开始了。”话音刚落，就听到许多铃铛齐响，召唤他们前往大厅。

埃尔隆德家的大厅里人头攒动：大部分是精灵，不过也有一些别的宾客。埃尔隆德如常坐在高台长桌子一端的大椅子上，两侧分别坐着格洛芬德尔和甘道夫。

弗拉多好奇地看着他们，因为他以前从未见过埃尔隆德，这位在许多故事中被传颂的精灵王。而坐在其左右两侧的格洛芬德尔和弗拉多以为自己非常了解的甘道夫，也都展现出王者的尊严与威仪。甘道夫身材比另外两位都矮，但他长长的白发、浓密的银须以及宽宽的肩膀，使他看起来像一位远古传说中的睿智之王。他那饱经风霜的面庞上，黑漆漆的双眼掩映在雪白的浓眉下，就像突然能燃起火焰的黑炭。

格洛芬德尔个子高大，身材笔挺，头发金光闪闪，面色俊朗，洋溢着青春的无畏和快乐。他的眼睛明亮而热切，嗓音如乐，额头聚智，手握力量。

埃尔隆德的脸不显年纪，既不苍老也不年轻，却写满许多快乐与悲伤之事的记忆。他头发乌黑，似暮光投影，头上戴着一个银色发箍；眼睛灰淡明亮，若晴朗夜空，星光闪烁。他看起来像一位历经许多寒冬的加冕王，又像一位久经考验仍然精力旺盛的武士。他是幽谷之王，在精灵族和大人族中都很强大。

餐桌中部，有一把背靠织纹墙面的椅子，椅子上套着罩篷。一位美丽的女士坐在那里，看上去像女版埃尔隆德。弗拉多猜测她是埃尔隆德的近亲。她看似年轻却非青春少女，黑发辫不见一缕白丝，白皙的手臂和面容光洁无痕，明亮的眼眸灰淡如无云夜空，星光闪烁。她有一股女王的威仪，顾盼之间透着睿识与思量，像一位洞悉世事的智者。她头上戴着一顶银丝边帽子，上面缀着光闪闪的小宝石，但她柔软的灰色衣裙没有任何装饰，除了一条银色腰带。

弗拉多眼中这位绝世美女，就是埃尔隆德的女儿阿尔文。人们都说她长得就像露西安转世。她被称为安多米尔，因为她是精灵同胞眼中的暮星。她长期生活在山那边——她母亲家族居住的罗瑞恩，只是最近才返回幽谷他父亲身边。她的兄弟埃尔拉丹和埃洛希尔却漂泊在外：他们经常与北方游民闯荡天涯，从来不忘他们的母亲在兽人窝里遭受的痛苦折磨。

弗拉多以前从未见过如此美丽的人间尤物，也从未在脑海中有过想象。他又惊又尬地发现自己被安排在埃尔隆德这一桌，坐在这些高大优雅的人中间。虽然他的座椅很合身，而且加了几只座垫，他却感觉自己很渺小，非常格格不入，但这感觉很快就烟消云散了。宴会欢声笑语，食物全都对他的胃口。狼吞虎咽一阵后，他才抬头打量四周，看向他的邻座。

他先寻找他的朋友。山姆曾请求允许伺候他的主人，却被告知，此时此刻他也是一位尊贵的客人。弗拉多看见他了，他跟皮平和梅里坐在靠近高台旁的一张桌子上座，但不见大步的身影。

弗拉多右边坐着一位看上去很重要的矮人，衣冠楚楚，八字胡又长又白，几乎跟他雪白的衣服色融一体，腰间系着一条银腰带，脖子上挂着一根缀满宝石的银链。

“欢迎欢迎，幸会幸会！”矮人转向他，还站起来朝他鞠了一躬，“格洛因为您效劳。”他说着腰弯得更深了。

“弗拉多·巴金斯为您和您的家人效劳，”弗拉多赶紧回敬道，他站起身，惊诧中将座垫碰到了地上，“要是我没猜错的话，格洛因先生就是伟大的索林·橡木盾的十二位伙伴之一吧？”

“在下正是。”矮人答道。他捡起座垫，谦恭地扶着弗拉多坐回座位。“我就不问了，因为我已经被告知，你就是我们那位闻名遐迩的朋友比尔博的侄子和继承人。请允许我祝贺你康复。”

“非常感谢。”弗拉多说。

“我听说，你有一些很奇特的历险，”格洛因说，“我很好奇，究竟是什么让四个霍比特人游历了这么久。自从比尔博与我们相聚后，再也没有发生过这样的事。不过，也许我不应该问得太详细，因为埃尔隆德和甘道夫似乎都不大乐意谈论此事。”

“我认为我们还是不要谈论它了，至少现在不行。”弗拉多彬彬有礼地说。他猜测，即使在埃尔隆德家里，指环之事也不是可以随便谈论的。而且无论如何，他也想暂时忘却自己的烦恼。“不过我同样很好奇，究竟是什么让你这么重要的矮人千里迢迢从孤山远道而来。”

格洛因看着他：“如果你没听说，那我们也不要谈论此事为好。我想不久之后，埃尔隆德先生就会召集我们所有人的，到那时许多事大家就都明了了。不过此刻我们还有很多其他的话可以说嘛。”

接下来的席间，两人侃侃而谈。不过弗拉多听得多，说得少。因为除了那枚指环，夏尔的消息都是一些小事，遥远得不值一提，而格洛因却讲了很多北方荒原地区发生的事。弗拉多获悉：贝奥恩之子老格里姆贝奥恩，现在是许多强悍人类的首领，兽人和恶狼都不敢侵入他们位于雾山和黑森林之间的领地。

“确实，”格洛因说，“要不是贝奥恩家族，从河谷城到幽谷之间的通道早就不通了。他们很勇猛，维护着高隘口和卡尔岩渡口之间的畅通。不过他们的通行费很高，”格洛因说着摇了摇头，继续道，“而且像老贝奥恩一样，他们也不怎么喜欢矮人，但他们还是值得信赖的，在如今的时代，这一点很可贵。没有哪个地方的人类能像河谷城的大人族一样对我们友好。巴德家族都是很好的人，弓箭手巴德的孙子布兰德执政一方，其父是巴德之子贝恩。他是一位强大的王。他的王国现在已经拓展至埃斯加洛斯（长湖镇）以南和以东。”

“你自己的同胞呢？”弗拉多问。

“说来话长，情况有好有坏，”格洛因说，‘不过，好的居多，迄今为止我们还算幸运，尽管也逃脱不了现今时代的阴影。如果你真的想听，我很乐意给你讲一讲。不过你要是感到疲倦了，就赶快阻止我。他们说，矮人一说起自己的事来，就没完没了。”

于是，格洛因开始了对矮人王国事迹的漫长讲述。他很高兴找到这么一位礼貌的听众，因为弗拉多没有表现出疲倦的迹象，也没有试图转移话题，但其实他很快就迷失在以前从未听说过的诸多稀奇古怪的人名和地名中。然而，听到戴因仍然是雾山下的王时，弗拉多来了兴致，那位年迈的矮人之王已经两百五十岁了，德高望重，极为富有。在五军之战中存活下来的十位同伴中的七位仍然跟他在一起：杜瓦林、格洛因、多瑞、诺瑞、比弗、波弗和邦伯。邦伯如今胖得不得了，都没法自己从沙发上挪到桌边的椅子上去，得让六个年轻的矮人抬才行。

“巴林、欧瑞和欧因怎么样了？”弗拉多问。

一缕阴霾浮上格洛因的面庞。“我们不知道，”他回答道，“我前来幽谷咨询建议，多半是因为巴林。不过今晚，我们还是说些更开心的事吧。”

格洛因又开始讲起他的同胞们的作品。他告诉了弗拉多他们在河谷城和雾山下取得的伟大成就。“我们做得很好，”他说，“但在金属制品方面，我们无法与我们的父辈相提并论，很多秘巧已经失传了。我们能制造坚盾利剑，但我们不能像前龙时代那样通邮修路，也造不出可与前龙时代所造的刀刃相当的刀刃。不过在采矿和建筑方面，我们超过了古代。你应该去看看河谷城的水路，弗拉多，还有喷泉水池！你应该去看看彩色石头铺成的路！还有地下的厅廊和宽阔的街道，精雕细刻的拱顶如幽幽树荫！还有山麓上的排屋与塔楼！那你就会明白，我们没有无所事事。”

“如果有机会，我一定去见识见识，”弗拉多说，“比尔博要是看到斯茅格的荒野发生如此巨大的变化，该多么惊讶啊！”

格洛因看着弗拉多，笑了：“你非常喜欢比尔博，是不是？”

“是的，”弗拉多说，“比起世界上所有的塔楼与宫殿，我更愿意见到他。”

宴会最后终于结束了。埃尔隆德和阿尔文起身，走下大厅。大家依序跟在他们后面。大门洞开，他们穿过一道宽敞的走廊，经过几道旁门，走进另一个大厅。厅内没有桌子，但两边的雕花廊柱之间有一个大壁炉，炉内火焰熊熊。

弗拉多发现自己跟甘道夫走在一起。“这是火厅，”这位大巫师说，“在这儿，你会听到很多歌唱和故事——如果你能保持清醒的话。不过除了节日，这里通常空荡荡静悄悄的。来这儿的人都是喜欢清静、想要思索的人。这里一年四季炉火长燃，但很少有其他光亮。”

埃尔隆德进来，朝为他准备的座位走去。精灵艺人们开始奏起甜美的乐曲。大厅里渐渐人满。弗拉多高兴地看着聚集在一起的一张张优雅面孔，金色的火光在他们脸上摇曳，在他们发间闪烁。他突然注意到，在壁炉另一边不远处，一个矮小的黑色身影背靠厅柱，坐在一张凳子上。他旁边的地上，放着一杯饮料和几片面包。弗拉多不知道他是不是病了（如果幽谷的人也会生病的话），因此不曾参加刚才的宴会。他头垂在胸前，似乎睡着了，黑色斗篷的一褶盖在脸上。

埃尔隆德走上前，站在那个沉默的身影旁边，微笑道："醒醒，这位霍比特人先生。"然后，他转向弗拉多，招呼道："你期待已久的时刻终于到了，弗拉多！这是你日思夜想的一位朋友。"

黑色人影抬起头，露出脸庞。

"比尔博！"弗拉多一下子认出来了，跳上前去。

"你好啊，弗拉多，我的孩子！"比尔博说，"你终于到这里了，我一直盼着呢。好，好！我听说，这次宴会就是为你举办的，吃好喝好啦？"

"你为什么没参加宴会？"弗拉多喊道，"之前为什么不让我见你？"

"因为你在沉睡，我已经去看过你很多次了，每一天我都和山姆坐在你的床边。不过宴会这种事，我现在不怎么参加了，我有别的事要做。"

"什么别的事？"

"嗯，静坐，沉思。我现在大都如此。通常情况下，这是一个冥想的好地方。醒醒？真是的！"他扬眉瞥了埃尔隆德一眼，目光炯炯，弗拉多没看出其中有一丝睡意，"还醒醒呢！我没在睡觉，埃尔隆德阁下。你知道吗？你们的宴会散得太早了，打搅到我了，我正在创作歌曲呢。有一两句卡住了，我正在想呢，不过现在，肯定是想不清楚了。这会儿乐音太多，我的灵感都跑光了，我得让我的登丹朋友帮忙，他在哪儿？"

埃尔隆德大笑道："会找到他的。你们俩躲到角落去，完成你的大作，到时候我们就在欢聚结束前聆听你的歌曲，评判评判。"埃尔隆德立刻派人去寻找比尔博的这位朋友，尽管没有人知道他在哪儿，为什么没有出现在宴会上。

与此同时，弗拉多和比尔博肩并肩坐下来，山姆赶紧跑来，也在他们旁边安顿好自己。他们一起轻言细语地说着话，全然不在意弥漫在大厅四处的欢声笑语。关于自己，比尔博没有说太多。离开霍比顿以后，他沿着大路或在大路两边的乡野里漫无目的地游荡，可不知怎的，他始终在往幽谷的方向走。

“我一路平淡无奇地到了这里，稍作休息后，跟矮人去了一趟河谷城，那是我最后一次出游。我不会再云游了。老巴林已经走了。于是，我便回到这里，一直在这里，干点这干点那。我又增补了一下我的书，当然还写了几首歌。他们偶尔会唱唱，就是为了让我高兴吧。我想，我写的这些歌在幽谷当然不算什么，不过是平平之作。在这里，我聆听、沉思。这儿的时间似乎是静止的，真的。这里真是一个奇妙的地方。

“我听到了各种消息，有从山外传来的，有从南方传来的，但几乎没有夏尔的消息。当然，我也听说了指环的事。甘道夫经常来这儿，但他跟我说得不多。最近这几年，他的嘴变得越来越严实。登丹人倒是告诉我不少事。没想到我的那枚指环惹出了这么大的乱子！真遗憾甘道夫没能更早一点察觉。很久以前，我就该自己把它带到这里来，省去这么多的麻烦。我好几次都想回霍比顿去把它带出来，可是我老了，他们是不会让我去的，我是说，甘道夫和埃尔隆德。他们似乎认为，敌人在到处找我，要是逮到我在荒原里蹒跚独行，会把我剁成肉泥。

“甘道夫还说：‘指环已经交给别人了，比尔博。如果你还想跟它纠缠不清，那对你对别人都没好处。’这种奇谈怪论也就甘道夫说得出来。不过他说，他在关照你，所以我就听其自然了。见到你平安无事，我可高兴坏了。”他暂停话语，迟疑地看着弗拉多。

“你把它带到这儿了吗？”他低声问道，“你知道吗？在听说了所有的事之后，我禁不住好奇心甚，非常想再瞅它一眼。”

“是，我带着呢。”弗拉多感到一丝莫名的踟蹰，“跟原先一模一样啊。”

“嗯，我就想看一下。”比尔博说。

之前起床穿衣服，弗拉多就发现了：他睡着的时候，不知是谁将指环系在一根轻巧结实的新链子上，挂在他的脖子上了。他慢慢地抽出来，比尔博伸出手，弗拉多却嗖地缩回了手。他惊讶又沮丧地发现，他看不见比尔博了：一道黑影似乎落在他和比尔博之间。透过黑影，弗拉多发现自己看见的是一个皱巴巴的小人儿，面色饥渴，探索过来的手瘦骨嶙峋。弗拉多有一股想揍他的冲动。

四周的音乐和歌声似乎消散了，寂静降临。比尔博立马端详着弗拉多的脸庞，并抬手在他眼前晃了晃。“我明白了，”他说，“把它收起来吧！我很抱歉，抱歉让你承此重负，抱歉所有的一切。冒险就没个尽头吗？我想没有。总得有人来继续这个故事。唉，这真是无可奈何的事。真有必要写完我的书吗？我不知道。不过现在别操它的心了，我们说点正事吧！给我讲讲夏尔的一切！”

弗拉多把指环藏好，那道黑影即刻消失了，几乎没在心里留下一点碎片。幽谷的亮光和音乐又萦绕在他们周围。比尔博时而浅笑，时而大笑。弗拉多每说一条夏尔的消息，山姆都在一旁添油加醋。从小树的倒下到霍比顿最小的那个孩子的调皮捣蛋，比尔博都兴致盎然，听得津津有味。他们一心谈论着夏尔四个法兴的事，全然没注意到一个身着墨绿色衣衫的人到来。这人面带微笑，站在一旁，低头看了他们良久。

突然，比尔博抬头叫起来：“啊！你终于来了，登丹人！”

“大步！”弗拉多说，“看来你有好多名字啊！”

“哦？大步是我以前从没听说过的一个名字，你为什么这么叫他？”比尔博问。

“在布里，人们就这么称呼我，”大步大笑起来，“我就是这么被介绍给他的。”

“你为什么又叫他登丹人？”弗拉多问。

“在这儿，他经常被称作登丹人，”比尔博说，“我以为你懂的精灵语够多，至少应该知道登丹是什么意思——西方人类，也就是努门诺尔人。不过现在不是上课时间！”说着，他转向大步。

“你去哪儿了，我的朋友？怎么没有参加宴会？阿尔文女士也在那里。”

大步垂首看着比尔博，庄重地说：“我知道，但我顾不上快活，埃尔拉丹和埃洛希尔突然从大荒野回来了，他们带回来一些我想马上听到的消息。”

“好吧，亲爱的伙计，”比尔博说，“既然你已经听到消息了，那能不能匀点时间给我？我有点急事想请你帮个忙：埃尔隆德说我的这首歌得在晚会结束前完成，可我卡住了。咱们俩找一个角落，把它润色润色吧！”

大步笑了：“那走吧，让我听听！”

山姆已经睡着了。弗拉多独自待了一会儿。他形单影只，觉得孤苦伶仃。虽然大厅里幽谷的人熙熙攘攘，但他周围的人都沉浸在歌声和乐音中，没有人说话，也注意不到其他。弗拉多便也开始聆听。

虽然他听不大懂精灵语，但优美的旋律、交织的精灵语唱词一下子就抓住了他的心，令他着魔。那些歌词似乎有形，遥远的土地以及他从未想见的明亮事物在眼前画卷般展开；炉火明亮的大厅变得像悬浮在波涛汹涌的大海上的金色雾霭，海水在世界的边缘叹息。渐渐地，这画境变得越来越梦幻，直到他突然感到一条翻滚着金涛银浪的无尽长河涌向自己。气象万千，光怪陆离。水光震颤，将他湿透，然后再淹没。他很快便沉下去，坠入深深的梦乡。

他徜徉在一个音乐之梦中。乐音变成流水，又突然变成一个声音：似乎是比尔博吟唱的声音。起初这声音很微弱，但渐渐清晰起来，变成了词语：

水手埃兰迪尔，
逗留阿维尼恩，
宁布瑞希尔银桦林，
伐木造船游四海。
银丝编织帆，
银灯高高挂，
船头翩似天鹅，
船旗飘若游云。
铠环链甲身上披，
恰如古代君王势，
盾牌闪闪刻秘符，
刀枪不入护其身。
神弓龙角制，
利箭乌檀削，

铠甲坚银铸，
剑鞘玉髓磨，
钢剑百炼成，
鹰羽插盔顶，
翡翠缀胸口。
星光月辉下，
航程北方启，
凡尘已远去，
魔道多困惑，
寒山阴影重，
冰峡冷彻骨。
地火灼灼荒原燃，
慌忙掉头续漂泊，
苍茫浩渺无尽逝，
终至虚空永夜海。
匆匆未见其所寻，
辉煌岸滩与光明，
狂风吹啸驱船远，
怒海茫然随波流，
东西南北无去处，
突然飞舟向家归。
翩然而至埃尔温，
火焰熊熊耀黑暗，
映亮白羽金项圈，

熠熠甚过凡珍光。
精灵宝钻赠予他，
佩戴额上眉宇辉，
英勇无惧转棹行。
黑夜茫茫风暴起，
起自海外彼岸界，
蒙福之地阿门洲。
塔美尼尔强风吹，
吹过凡人少经道，
刺骨凛冽瑟瑟寒，
死神之力推舟济，
如过被弃凄灰海：
自西向东航船去。
漂泊永夜海域间，
黑浪怒涛再掀起，
滚过幽暗旧航线：
时日未有记述前，
陆沉岸陷没深水。
西海尽头终于至，
珠音串串荡耳鼓，
白浪滔滔长奔腾，
黄金澄澄宝石熠，
但见高山静默立，
暮霭轻笼维林诺，

埃尔达玛遥遥现。
游子挣脱沉沉夜，
终至平安白港湾。
精灵家园草纤纤，
空气清新风轻轻。
伊尔玛林山如黛，
深谷峭壁光闪闪。
提力安灯塔琉璃，
清光映照微影塘。
使命暂搁置，
游子留此地。
精灵把歌教，
智者讲传奇。
黄金竖琴赠予之，
精灵白衫装束之。
七盏灯火引前路，
穿过卡拉奇尔雅，
去往寂寂隐秘地，
走进永恒之厅堂，
光明照耀无尽岁，
曼威江山世世代。
伊尔玛林山势险，
闻所未闻话语起，
述及人类与精灵。

超然世外非俗景，
亦非凡类所能窥。
秘银灵璃造新船，
船头闪闪无桨橹，
亦无风帆扬银桅。
精灵宝石做船灯，
生生火焰燃其上，
埃尔贝瑞丝亲手点。
不朽双翼赐水手，
命定永生置其身。
天海无涯航行去，
日月辉光相随之。
埃尔伊文山巍峨，
银泉潺潺飞流下。
双翼展翅似闪电，
漫游之光越屏障。
世界尽头终返航。
穿越阴影望故乡，
孤星闪烁照迷雾，
但见遥火日出前。
北境灰海浪汹涌，
瑰异奇景黎明前。
水手航越中州上，
终闻凄凄啜泣哭，

远古时代妇孺哀。
强大命运已定舵：
明月不逝星不息，
尘世凡土不再履，
永为使者行不歇。
宝钻明灯耀前程，
西方之地半精灵。

歌声停止了。弗拉多睁开眼睛，看见比尔博坐在凳子上，被听众围在中央，他们全都笑着，鼓着掌。

“现在我们最好再听一遍。”一个精灵说。

比尔博站起来，鞠了一躬。“过奖啦，林迪尔，”他说，“可是再从头唱一遍，那太累了。”

“累不着你的，”精灵们大笑起来，“你永远也不会厌倦重唱自己创作的歌曲的。不过只听一遍的话，我们真的回答不了你的问题。”

“什么？”比尔博叫起来，“你们分不出哪部分是我写的，哪部分是登丹人写的？”

“对我们来说，要分辨两个凡人的差别没那么容易。”那位精灵说。

“胡说八道，林迪尔，”比尔博不屑道，“如果你不能区分大人族和霍比特人，那你的判断力可比我想象的还贫乏。他们的差别就跟豌豆和苹果那么明显。”

“或许吧，”林迪尔大笑道，“只有在绵羊自己和牧羊人眼中，其他的绵羊才长得不同，精灵可没有闲暇研究凡人。我们有其他的事要操心。”

“我不和你争，”比尔博说，“听了这么多音乐和歌唱，我都瞌睡了。我走了，你们想猜就猜吧。”

说着他站起来，走向弗拉多。“好了，结束了，”他低声说，“结果比我预料的好。不常有人要我唱第二遍的。你觉得怎么样？”

“我可没打算猜。”弗拉多微笑道。

“你不需要猜，弗拉多，”比尔博说，“实际上全是我一个人写的。不过，阿拉贡坚持让我加一块绿宝石进去。他似乎认为它很重要，我不知道为什么。除此以外，他明显认为整件事就不在我的理解范围之内。他还说，如果我有脸在埃尔隆德家里写一首关于埃兰迪尔的诗歌，那不关他的事。我想他说得没错。”

“我不知道，”弗拉多说，“我觉得挺合适的呀，不过我也说不出所以然来。你开始唱的时候，我迷迷糊糊的，歌声仿佛是随着我的梦而来的。直到快结束的时候，我才反应过来是你在唱。”

“在这儿保持清醒很难，你习惯就好了。”比尔博说，“我并不是说霍比特人会对音乐、诗歌和故事产生跟精灵一样的兴趣。精灵似乎把它们视作食物，乃至更甚。他们还要继续很长时间的。我们溜出去说会儿悄悄话吧？”

“我们可以吗？”弗拉多问。

“当然可以，这是欢宴，又不是正事，来去自由，只要不弄出动静就行。”

他们起身，悄悄地退到阴影里，朝门口走去。山姆这会儿正面带微笑，睡得很香，他们便没有惊动他。虽然有比尔博的陪伴，弗拉多很高兴，但当他们走出火厅时，他心头还是涌起一阵强烈的遗憾。就在他们刚跨过门槛时，一个清亮的声音唱了起来：

AElberethGilthoniel

silivrenpennamíriel

omenelaglarelenath！

Na-chaeredpalan-díriel

ogaladhremminennorath，

Fanuilos，*lelinnathon*

nefaear，*sínefaearon*！

弗拉多停下脚步，回头张望。埃尔隆德坐在椅子上，炉火映在他的脸庞上，就像树间的夏日阳光，阿尔文女士坐在他的身旁。令弗拉多吃惊的是，阿拉贡站在她旁边，黑披风甩在脑后，他似乎穿着精灵盔甲，胸前一颗星星在闪烁。他们俩正在说话。突然，弗拉多感到阿尔文转向自己，目光远远地落在他身上，穿透他的心扉。

他着魔般地定住了，那甜美的精灵语音符飘来，像混合了词语和旋律的晶莹珍珠，落在他心上。“这首歌唱的是埃尔贝瑞丝，”比尔博说，“他们今天晚上会唱很多遍这首歌的，还有其他蒙福之地的歌。走吧。”

比尔博领着弗拉多回到他自己的小屋。小屋朝南，通向花园，对面就是布鲁南河谷。他们在这里坐了一会儿，一边透过窗户眺望覆满林木的陡峭崖石上方的明亮星星，一边轻声说着话。他们没再说遥远夏尔的琐碎小事，也没说自己牵涉其中的那些黑影和危险，而是说他们一起见过的这世界的美好事物，说精灵，说星星，说树木，说森林里色彩斑斓的秋日时光。

最后，门外响起了叩击声。“不好意思，”山姆说着探头进来，“不知道你们需不需要什么东西。”

“抱歉啊，山姆·甘吉，”比尔博回答道，“我猜你的意思是：你的主人该上床睡觉了。”

“嗯，先生。我听说明天一早要开会，而他今天才第一次下床活动呢。”

“好的，好的，山姆，”比尔博大笑道，“你可以跑去告诉甘道夫，他已经上床休息了。不过再见到你真好啊，山姆！毕竟没有人像霍比特人这样健谈了。我越来越老了，都开始怀疑还能不能活着见到我故事中有关你们的篇章。晚安！我想我要去散会儿步，在花园里望一望埃尔贝瑞丝之星。好梦！”

第2章
埃尔隆德的会议

第二天，弗拉多一早醒来，神清气爽，精神头很好。他沿着咆哮的布鲁南河上方的高堤散步，望着淡白清冷的太阳从远山的山头上升起来，照耀世界。阳光斜斜地穿过银色雾霭，黄树叶上的露珠晶莹闪亮，每一片灌木上都有薄薄的蜘蛛网，微光朦胧。山姆走在他身边，一言不发，却使劲嗅闻着空气，眼中闪烁着好奇的光，时不时眺望东方山脉。山顶上白雪皑皑。

在小路的拐角处，他们碰见了甘道夫和比尔博。两人坐在岩石上的一个凹槽里，聊得正盛。“嘿！早上好！”比尔博说，“准备好参加会议了吗？”

“一切都准备好了，”弗拉多答道，“不过我今天最想去散步，想去探探幽谷，想到上面那片松树林里去转转。”他指了指远处，那是幽谷北面。

“以后会有机会的，”甘道夫说，“不过我们还不能做任何计划。今天要听、要决定的事太多了。”

正言谈时，突然传来一声清脆的铃声。“那是埃尔隆德召集会议的铃声，”甘道夫叫道，“快走吧，你和比尔博都得参会。”

弗拉多和比尔博跟着大巫师快速沿着蜿蜒的小路回到房子。未被邀请、暂时被遗忘的山姆小跑着跟在他们后面。

甘道夫领着他们走进一个门廊。弗拉多昨晚就是在这里发现他的朋友们的。明朗的秋日晨光洒在河谷里，水声潺潺，河床里浪沫翻滚。鸟儿啼啭，大地一片祥和。对弗拉多来说，他的危险已逝，而黑暗势力在外界扩展的传言似乎只是一个已经醒来的噩梦。然而，当他们进入大厅的时候，转身迎向他们的面孔全都庄严肃穆。

埃尔隆德在这里，其他几个人沉默地坐在他周围。弗拉多看见了格洛芬德尔和格洛因，还有大步，他独自坐在一个角落里，又穿着那身破破烂烂的旅行装束。

埃尔隆德把弗拉多拉到他身旁的一个位置坐下，跟大家介绍说：“朋友们，这是霍比特人弗拉多，德罗戈的儿子。很少有人像他一样，身负重任，历经艰险才来到这里。”

然后，他指着弗拉多之前没见过的那些人，一一道出他们的名字。格洛因身边坐着一个年轻一些的矮人，那是他的儿子吉姆利。格洛芬德尔旁边是埃尔隆德家的其他几位顾问，其中艾瑞斯托是首席。和艾瑞斯托坐在一起的是加尔多，一位来自灰港的精灵，他奉造船师奇尔丹之命前来办事。还有一位身穿绿棕色服饰的陌生精灵莱戈拉斯，是其父——北方黑森林的精灵王瑟兰杜伊派来的信使。坐得稍远一点的是一位高大的人，他面容清朗高贵，黑头发灰眼睛，目光骄傲而严厉。

这位高大的人身披斗篷，脚蹬靴子，好像是骑马长途跋涉而来的。的确，他的衣着虽然华贵，斗篷上还衬着毛皮，但风尘仆仆，满是污渍。他戴着一个银项圈，上面镶着一块白宝石，耀得披在肩上的头发熠熠生辉。他的膝盖上放着一个银嘴大号角，这号角本来是挂在他的肩带一侧的。他带着突如其来的好奇盯着弗拉多和比尔博。

埃尔隆德转向甘道夫，说道："这是从南方来的波洛米尔，拂晓时到的，他是来咨询事情的。我请他出席这次会议，是因为他的问题在这里会有答案。"

会议上所说所议的事不必一一提及，大部分是关于外面的世界的，特别是在南方和雾山以东的荒野里发生的事。这些事，弗拉多已经听说过很多传言，但格洛因所讲的却是他不知道的，因此他听得很仔细。显然，孤山的矮人虽然手巧，心里却忧虑重重。

"那是很多年前的事了，"格洛因说，"一道不安的阴影降临到我的同胞身上。一开始，我们并没有觉察到它的到来。后来，人们开始窃窃私语，说我们被困在一个狭窄的地方，而在外面更广阔的世界，会发现更多的财富和辉煌。有人提到了墨瑞亚，那是我们父辈建立的伟大王国，用我们自己的语言来说，叫作卡扎督姆。他们声称，现在我们终于拥有了可以回去的力量和人数。"

格洛因感叹道："墨瑞亚！墨瑞亚！北方的奇迹！我们在那里挖掘得太深，唤醒了无名的恐惧。自很久以前，都林的孩子逃亡后，它就陷入了黑暗与空虚。然而现在，我们又说起了它，怀着渴望，也怀着恐惧。因为星河斗转，朝代更迭，却没有一个矮人敢穿越卡扎督姆之门，除了瑟罗尔，也只有瑟罗尔，但他却罹难了。最后，巴林听说了那些传言，决心去闯闯。虽然戴因不是很乐意让他去，但他还是带着欧瑞和欧因，还有许多我们的同胞，往南去了。

"那差不多是三十年前的事了。有一段时间，我们还能收到他们的消息，情况似乎很好。消息说，他们已经进入了墨瑞亚，在那儿开始建立丰功伟业。但后来就沉寂了，再也没有消息从墨瑞亚传来。

“然后，大约是一年前，一个信使来找戴因，不是从墨瑞亚而是从魔多来的一个骑士。那天夜里，他把戴因召到门口，对戴因说，索伦大帝希望与我们交友。就像从前一样，他愿意拿出指环做交换。他还急切地问起霍比特人，打听他们是什么人，住在哪里。‘因为索伦知道，’他说，‘他们中有一个跟你们很熟。’

“听了这话，我们感到很忧虑，没有回答。然后，他降低他那阴沉的嗓音，但也无法使其变得悦耳。‘作为友谊的象征，索伦只要求这个，’他说，‘你们应该找到这个盗贼，’这是他的原话，‘不管他愿不愿意，从他那里取回他偷走的一个小指环，那是所有指环中最不起眼的一枚。索伦认为这只是小事一桩，却是你们诚意的表达。去找到它，古代矮人曾拥有的三枚指环应该归还于你们，墨瑞亚王国也将永远属于你们。只要发现这个盗贼的消息，他是否还活着，住在哪里，你们就会获得来自索伦大帝的巨大奖赏和不息友谊。而如果拒绝，事情就会变得不妙了。你们要拒绝吗？’

“说到这里，他的呼吸变得像蛇一样，嗞嗞嗞嗞，所有站在一旁的人都不寒而栗，但戴因却说：‘我既不能说行也不能说不行。我必须仔细思量一下你带来的信，看看他优雅信封里的真实意图。’

“‘好好思量一下吧，但不要太久。’他说。

“‘花多少时间思量是我自己的事。’戴因回答。

“‘暂时这样吧。’说着，他骑马消失在黑暗中。

“那天晚上之后，我们的首领变得心事重重。无须那嗓音阴郁的信使警告，我们就听出了他话里的威胁与欺骗，因为我们已经知道，重新进入魔多的那股力量并没有改变，它曾经背叛过我们，从未改变。这个信使又来过两次，都没有得到答案。他说他年底前很快会再来第三次，也是最后一次。

“所以最后，戴因派我来这里提醒比尔博，告诉他敌人正在寻找他，可能的话还想知道他为什么想要这枚指环，这枚所有指环中最微不足道的一枚。我们也渴望得到埃尔隆德的建议，因为黑影在蔓延、在逼近。我们发现信使也去找过河谷城的布兰德王，他很害怕。我们担心他会屈服。战火已经在他城邦的东部边界燃起来了。如果我们不给出回答，敌人可能会驱使其麾下的大人族袭击布兰德王，还有戴因。”

“你来是对的，”埃尔隆德说，“你今天会听到你想要知道的一切，会弄明白敌人的意图。你们能做的，别无他法，只有抵抗，无论有没有希望，但你们不是孤身奋战。你会发现，你们的麻烦只是整个西方世界的麻烦的一部分。指环！我们该拿这枚指环，这枚微不足道的指环，这件索伦自以为的小事，怎么办呢？这是我们必须面对的厄运。

“这就是你们被召唤到此处的目的。是的，召唤。虽然我并没有召唤你们这些远方的陌生人，但你们来了，在这里相遇，在这个非常危急的时刻，这看起来也许像是巧合，但它不是。我宁愿相信它是一道命令：命令坐在这儿的我们，而非他人，现在必须找出拯救世界的办法来。

“所以，我们将公开讨论迄今为止只有几个人知道的事。首先，要让所有人明白危险是什么，那就要从这枚指环的故事讲起，我来开个头，其他人再接着讲。”

于是，所有人聆听起埃尔隆德用他清朗的嗓音讲述索伦和权力指环，以及他们在很久以前的第二纪锻造的故事。在座的一些人已经知道其中的一些事，但没有人知道完整的故事。当他讲到埃瑞吉安的精灵工匠和他们与墨瑞亚的友谊，以及他们对知识的渴求，讲到索伦正是利用这些诱骗他们的时候，许多双眼睛都转向埃尔隆德，又惊又惧。因为在那时，索伦还看不出邪恶，他们接受他的援助，工艺水平突飞猛进，而他则知晓了他们所有的秘密，然后背叛他们，在火山偷偷锻造了指环王，统领所有指环。不过凯勒布林博有所觉察，藏起了自己制造的三枚指环。于是，战争爆发，土地荒芜，墨瑞亚之门关闭。

之后的所有岁月里，索伦一直都在追寻那枚指环。不过，这段历史别处已有记述，甚至连埃尔隆德自己的史传书籍中都有记载，这儿就不再赘述了。这是一个很长的故事，充满壮举与恶行，尽管埃尔隆德讲得很简略，但一上午过去了，午日当头，他还没有停下。

他讲到了努门诺尔，讲到了它的辉煌与没落，讲到了人类诸王乘风破浪，远渡西海，返回中州。然后“长身”埃兰迪尔和他两个非凡的儿子伊熙尔杜和阿纳瑞安成为伟大的王，他们在阿尔诺建立了北方王国，在安度因河口上面的刚铎建立了南方王国，但他们遭到了魔多索伦的袭击。于是，他们与精灵和人类最后联盟，吉尔－加拉德和埃兰迪尔的大军在阿尔诺集结。

说到这里，埃尔隆德顿了一下，叹息道：“我清楚地记得他们战旗的辉煌，它让我想起远古的荣耀和贝烈瑞安德的大军，那么伟大的王子和将领集结在一起，但桑戈洛锥姆被攻克的那一刻更壮观，人更多。精灵们以为邪恶永远结束了，然而并没有。”

“你记得？”弗拉多很震惊，心里话脱口而出。见埃尔隆德转向自己，他不由得结巴起来：“我以为，我以为，吉尔－加拉德的阵亡是很久很久以前的事了。”

“的确是很久很久以前了，”埃尔隆德郑重地答道，“但我的记忆甚至能追溯到远古，埃兰迪尔是我的父亲，他出生在没落前的刚多林。我的母亲艾尔温是迪奥的女儿，而迪奥是多瑞亚斯的露西安之子。我已经经历了西方世界的三纪，经历了许多战败和许多没有成果的胜利。

“我曾是吉尔－加拉德的传令官，随他的大军一起出征。我曾参加过在魔多的黑门前爆发的达戈拉德之战，吉尔－加拉德之矛艾格洛斯和埃兰迪尔之剑纳熙尔，无人能抵。我目睹过欧洛朱因山的最后一役，吉尔－加拉德战死，埃兰迪尔阵亡，纳熙尔剑断裂在他身下，但索伦也被击败了。伊熙尔杜用他父亲的断剑纳熙尔，从索伦的手上砍下那枚指环，收归己有。”

听到这里，那个陌生人波洛米尔插嘴叫道：“原来这就是那枚指环的下落！这个故事即使在南方流传过，也早就被遗忘了。我们听说过索伦的至尊指环，但我们不知道它的名字。我们以为它已经随着他的第一王国的灭亡，从这个世界上消失了。伊熙尔杜拿着它！这可是一个大消息啊！”

“唉！是的，”埃尔隆德说，“伊熙尔杜拿了它，其实他不该拿的，应该把它丢进咫尺之遥的欧洛朱因山的火焰中，它就是在那里锻造的。不过没有几个人知道伊熙尔杜的所作所为。在最后那场殊死之战中，他独自站在父亲身旁，而我和奇尔丹站在吉尔－加拉德身旁。不过，伊熙尔杜也不会听从我们的意见的。

“‘我要留着它作为对我父亲和我兄弟的赔偿。’他说。所以不管我们愿不愿意，他把指环当财宝收了起来。然而不久，这枚指环就背叛了他，置他于死地。因此在北方，这枚指环也被称为伊熙尔杜的克星。然而比起可能降临在他头上的厄运，死亡也许更好。

“这些消息只传到了北方，而且也只有极少数人知道。你没听说过就不算奇怪了，波洛米尔。从伊熙尔杜丧命的金鸢尾沼地跋山涉水逃脱回来的只有三个人，其中一个是欧赫塔，他带着埃兰迪尔的断剑碎片，把它们带回幽谷，交给了伊熙尔杜的儿子维蓝迪尔。当时，维蓝迪尔还只是一个小孩子，留在幽谷没有出征。不过纳熙尔断裂了，锋芒已逝，再也没有被重铸过。

“我是不是说过最后联盟是无成果的胜利？其实也不尽然，但它确实没有达到最终的目的。索伦失势了，但并没有被摧毁。他的指环是丢了而不是被销毁了。黑塔倒塌了，但根基却还在，因为它们是用指环之力建造的，只要指环在，它们就在。很多精灵，很多大人族，很多他们的朋友都战死沙场。阿纳瑞安被杀，伊熙尔杜被杀，吉尔-加拉德和埃兰迪尔也牺牲了。这样的精灵和大人族传奇再也不会有了，因为人类不断繁衍，而精灵却不断减少，两大族类疏远了。自那时起，努门诺尔人逐渐衰落，寿命越来越短。

“在北方，经历了战争和金鸢尾沼地的大屠杀之后，西方之地的大人族大大减少，他们位于暮暗湖旁边的都城安努米纳斯也变成了废墟。维蓝迪尔的后代迁徙到北岗高地，居住在佛诺斯特，现在那里也是荒无人烟，人们称之为‘死人堤’，他们不敢涉足那里。阿尔诺人口锐减，被敌人蚕食。他们的王国覆灭了，唯留青山绿冢。

“在南方，刚铎王国长久不衰，辉煌一时，多少让人想起努门诺尔没落前的强盛。人们建塔固地，港口船来船往，不同口音的人对头戴翅冠的大人族诸王敬畏有加。他们的都城是欧斯吉利亚斯，星辰堡垒，一座横跨安度因河的城堡。他们在黯影山脉的东麓建造了月出塔米纳斯伊希尔，在白色山脉山脚以西建造了落日塔米纳斯阿诺尔。在那儿，国王的宫廷里长着一棵白树，这棵树的种子最早出自远古时代的终西之地，后来传到托尔埃瑞西亚，再后来又被伊熙尔杜远渡重洋带了回去。

“然而，中州岁月如梭，阿纳瑞安的儿子美尼尔迪尔家族没落，那棵白树也凋亡了。努门诺尔人的血脉与弱种人的血脉相混。后来，魔多城墙上的守卫睡着了，黑势力趁机潜回了戈格洛斯。一时间，邪魔妖怪纷纷出现，他们占据了米纳斯伊希尔，住在里面，把它变成了恐怖之地，称之为米纳斯魔古尔，意为巫术之塔。再然后，米纳斯阿诺尔又被重新命名为米纳斯提力斯，意为守卫之塔。这两座城堡从来战乱不断，但位于其间的欧斯吉利亚斯却空寂无人，只有黑影出没于废墟中。

“多少人战死沙场，但米纳斯提力斯的君王依然战斗不止，抵抗我们的敌人，保障从阿刚纳斯到大海的河道通畅。现在，我讲的这部分故事已经接近尾声了。在伊熙尔杜时代，无人知晓指环王的下落，另外三枚指环也不再受它控制。而如今，它们再次陷入危机，令我们痛心的是，指环王被发现了。它是如何被发现的，会由其他人来讲，因为我没怎么参与其中。”

埃尔隆德停止讲述，波洛米尔却立刻站了起来。他身躯高大，面容骄傲地立于众人面前。“埃尔隆德阁下，”他说，“请允许我再补充一点刚铎的情况，因为我是从刚铎来的。对在座的各位来说，了解那里的形势是有好处的。我敢肯定，很少有人知道我们的事迹，所以，如果我们最终失败了，也很少有人意识到那意味着什么样的危险。

“不要相信刚铎的土地上，努门诺尔人的血会白流，也别相信它的骄傲和尊严会被遗忘。凭着我们的英勇，东方的野蛮人一直受到遏制，魔古尔的恐怖也被顶住了。因此，我们身后的土地才维持着和平与自由，我们是西方的保护者。可如果河道被占领，那会怎么样呢？

“这一刻，也许距现在并不遥远。无名的敌人再次崛起。被我们称为末日山的欧洛朱因再一次硝烟四起。黑土地的势力正在增长，我们陷入重围。等敌人卷土重来时，我们的人民将会被驱逐出伊希利恩，那是安度因河东部我们最重要的封邑，即使我们在那里驻有重兵也无济于事。就在今年六月，魔多突然对我们开战，我们一败涂地。魔多与东夷人和残忍的哈拉德人结盟，数量上大大超过我们，但击败我们的并不是数量。那儿有一股我们以前从未感知到的力量。

“有人说能看见它，就像一个高大的黑骑士，月光下的一道黑影。他走到哪里，哪里的敌人就跟发了疯似的，而恐惧也会降临到我们最勇敢的战士身上，人和马都会不战而溃。我们东部的残余守军毁掉欧斯吉利亚斯废墟中的最后一座桥，才得以逃生。

“我在守桥的队伍中，一直坚持到大桥在我们身后垮塌。靠泅水得以逃生的只有四个人：我和我的兄弟，还有另外两个。不过我们仍然在战斗，守卫安度因河西岸的每一寸土地。那些被我们挡在后面的人只要听到我们的名字，就加以赞美：赞美很多，援助很少。现在只有洛汗的人听到我们的召唤才会骑马赶来。

“在这危难时刻，我身负重任，历经艰难，独自一人走了一百一十天，来见埃尔隆德，但我不是来寻求战争同盟的。人们都说，埃尔隆德的力量在于智慧而非武器。我是来寻求建议的，并想解开一些难解的话语。突袭发生的前一夜，我的兄弟辗转反侧，迷迷糊糊中做了一个梦，再后来，同样的梦反复出现。我也做过一个那样的梦。

“在那个梦里，我觉得东方天空越来越黑，雷声滚滚，但在西方，一道苍白的光流荡徘徊，一个声音从那里传来，遥远而清晰，这声音在喊：

寻找断剑，
它藏在伊姆拉缀斯；
那儿将有忠告可取，
威力强过魔古尔咒语。
那儿将有符物现身，
厄运就在咫尺。
伊熙尔杜的克星将醒，
霍比特人将挺身而出。

“这些词我们不大懂，于是跟我们的父亲德内梭尔说了，他是米纳斯提力斯之王，刚铎传说中的智者。他告诉我们：伊姆拉缀斯是一个遥远的北方精灵幽谷的古名，是半精灵埃尔隆德的领地，他是最伟大的精灵。我的兄弟明白当务之急是遵照梦境，寻找伊姆拉缀斯，但因为路途充满危险和不确定性，我便自告奋勇独自前往。父亲勉强同意我走。长路漫漫，我一边走一边打听埃尔隆德的家，很多人都听说过，但很少有人知道它的所在之地。”

“现在在这儿，在埃尔隆德的家里，你会明白很多事的。”阿拉贡说着站了起来。他把他的剑扔在埃尔隆德面前的桌子上，剑身已经断成两半。“这就是那把断剑！”他说。

“你是谁？你跟米纳斯提力斯有什么关系？”波洛米尔问道。他疑惑地看着这位游民清瘦的脸庞以及他那久经风吹日晒的斗篷。

“他是阿尔松之子阿拉贡，”埃尔隆德说，“是米纳斯伊希尔的伊熙尔杜·埃兰迪尔的直系子孙。他是北方登丹人的首领，如今这个种族的人已经所剩无几了。”

“所以它属于你，根本不属于我！”弗拉多惊叫着跳起来，好像期待那枚指环立刻被要走。

“它不属于我们任何一个，”阿拉贡说，“不过命中注定由你暂时保管。”

“把那枚指环拿出来，弗拉多！”甘道夫郑重地说，“是时候了。把它举起来，这样波洛米尔就会完全明白他的梦语。”

会议厅里鸦雀无声，所有人的目光都聚焦在弗拉多身上。一阵突如其来的羞怯令他浑身颤抖，他极不情愿地拿出指环，它的触感令他恶心，他想逃得远远的。当他在众人面前用颤抖的手将它举起来时，这枚指环微光闪闪。

“看，伊熙尔杜的克星！”埃尔隆德说。

波洛米尔目光灼灼地盯着这金光闪闪的物件，喃喃咕咕道：“霍比特人！难道米纳斯提力斯最终的厄运就要到来了吗？可我们为什么要寻找一把断剑？”

“那些词语并不意味着米纳斯提力斯的厄运，”阿拉贡说，“但厄运和大事确实迫在眉睫。这把断剑是埃兰迪尔之剑，是他倒下时断在身下的，被他的后代视若珍宝，而所有的其他传家之宝都已失落。先人传言下来：当这枚指环——伊熙尔杜的克星被发现的时候，这把断剑将被重铸。现在你已经看到你要寻找的剑了，还有什么要求吗？你希望埃兰迪尔的家园返回刚铎之地吗？”

“我不是来乞求好处的，而是来寻找谜底的。”波洛米尔骄傲地说，“不过我们现在压力很大，如果埃兰迪尔之剑确实突破过去的阴影重现，那它对我们会是出乎意料的帮助。”他又看了看阿拉贡，眼中有所怀疑。

弗拉多感到身旁的比尔博很不耐烦地动了动身子。显然，他为自己的朋友感到愤愤不平。突然，他站起来，高声吟道：

不是所有的金子都闪光，
不是所有的浪子都迷失，
强壮的老树不会枯萎，
根深蒂固经得起风霜。
死灰将复燃，
暗影闪光明，
断剑将重铸，
免冠再称王。

“也许不是非常好，但很切题。你若还想要埃尔隆德话语之外的东西，这就是。如果有什么值得你走上一百一十天来听的话，那最好听听这首诗。”他哼的一声坐下了。

“我自己创作的，”比尔博小声对弗拉多说，“很久以前，那登丹人第一次给我讲他自己的时候。我几乎都要希望自己的历险还没有结束，那我就能跟他一起迎接他的时代的到来了。”

阿拉贡冲他一笑，又转向波洛米尔。“我原谅你的怀疑，”他说，“我确实跟庄严耸立在德内梭尔大厅里的埃兰迪尔和伊熙尔杜的塑像一点都不像，我只是伊熙尔杜的后嗣，而不是伊熙尔杜本人。我一生坎坷，四处漂泊，这儿和刚铎之间的里程，只是我漫长历程的一小部分。我越过许多高山，渡过许多河流，走过许多平原，甚至到过遥远的鲁恩和哈拉德地区，那里的日月星光都是陌生的。

“而我的故乡，我始终的家，在北方。埃兰迪尔的后嗣居住于此，世世代代，绵延不断。虽然属于我们的时代已经至暗，族人在减少，但这把剑代代相传。我要告诉你的是，波洛米尔，我们是孤独的人，是荒野的游民，是猎人，不过狩猎的是大敌的奴仆，因为许多地方都有他们，不光在魔多。

“波洛米尔，如果刚铎是一座坚固的堡垒，那我们就扮演了另一种角色，但外面有许多邪恶之物是你们的铜墙铁壁和尖刀利剑都挡不住的。你们对你们疆界之外的世界知之甚少。你说和平与自由？如果不是因为我们，北方人知道什么和平与自由呢？恐惧恐怕就会将他们摧毁。当黑暗势力从荒无人烟的山脉、暗无天日的丛林悄悄潜入时，和平与自由就不翼而飞了。如果登丹人坐视不理，或全都进了坟墓，试问哪条路还有人敢走？哪里还有安宁之地？哪家还敢夜不闭户？

“然而，我们得到的感谢还不如你们多。路人对我们怒目而视，乡民瞧不起我们，给我们起绰号，一个胖子管我叫‘大步’，他住在离敌人不到一天路程的地方，倘若不是被我们不动声色地保护着，他会被这些敌人冻成僵尸，他的小城会化为废墟，但我们不会让这种情况发生。如果单纯的人无忧无虑，他们会一直单纯，我们必须悄悄地保证他们如此。那是我们这族人的使命，任岁月漫长，草长莺飞。

“可是现在，世界再一次处于变化之中。新的时刻到来了。伊熙尔杜的克星被发现了。战斗在即，断剑将被重铸。我将到米纳斯提力斯去。”

“你说伊熙尔杜的克星被发现了，”波洛米尔说，“我也见到了这位霍比特人手中闪亮的指环，但他们说，伊熙尔杜死于本世纪之前。那智者是如何知道这枚指环就是他的呢？它又是如何经年流传的？它是如何被这么奇怪的一位使者带着的呢？”

“这些都会被讲到的。”埃尔隆德说。

“但现在别讲，求你了，阁下！”比尔博说，“太阳已近午天，我需要吃点东西补充体力。”

“我还没点你的名，”埃尔隆德笑了，“但现在就点。来吧，给我们讲讲你的故事。如果你还没把你的故事写成诗歌，那就直白地叙述一下吧。讲得越简洁，你就可以越快地去补充体力。”

“好吧，好吧，”比尔博说，“遵命，不过我现在要讲的是真实的故事。如果在座的有人已经听说过其他的版本，”他瞥了一眼格洛因，“我请求他们忘了它，并原谅我。那些日子，我一心想证明那些财宝是我自己的，想洗清妄加在我身上的贼名。不过也许现在我对事情有了更好的理解。反正，事情是这样的。”

对在座的一些人来说，比尔博的故事是全新的，他们听得津津有味，而这位霍比特老人，实际上一点也没有不高兴的意思，一五一十地讲述了自己跟咕噜姆的奇遇。本来他还要讲述他的生日宴会以及从夏尔消失的经过，但埃尔隆德举起了手。

“讲得好，我的朋友，”他说，“但现在就讲到这里吧，我们知道这枚指环已经传给你的继承人弗拉多就够了。现在请他来讲！”

弗拉多比比尔博更不情愿地讲述了他跟这枚指环打的交道。他从指环传给自己的那一天讲起，讲得很细很全面。从霍比顿到布鲁南渡口之旅的每一步都有人问问题、详思量，他回忆起的关于黑骑士的每一件事都被琢磨来琢磨去。最后，他终于又坐下了。

“不错，”比尔博对他说，“要不是他们总打断你，你的故事会更完整流畅。我试着做了一些笔记，不过要把这个故事写下来，咱们俩还得一起花时间再核对核对。你到这儿之前的那些经历就够写好几章的了！”

“是啊，这是一个漫长的故事，”弗拉多答道，“但对我来说，这个故事似乎还没完。我想知道的还有很多，特别是关于甘道夫的事。”

从灰港来的加尔多坐在近旁，无意中听到他的话，叫了起来：“你说出了我的心里话！”他转向埃尔隆德，说道：“智者可能有充分的理由相信，这位霍比特人的收藏品的确就是那枚争议不断的指环王，尽管这在不太知情的人眼中似乎是不可能的。不过，我们不能听听证词吗？我也想问问这个。萨鲁曼怎么看？他通晓指环学识，可他却不在场。如果他知道我们今天听说的事情，会有什么看法呢？”

“加尔多，你问的问题是相互关联的，”埃尔隆德说，“我并没有忽视它们，会有答案的，但这些事得由甘道夫来说明。我之所以请他最后发言，一是出于尊重，二是因为在整件事中，他最有发言权。”

“加尔多，”甘道夫说，“一些人会认为，格洛因带来的消息以及弗拉多被追击，足以证明在大敌眼中，霍比特人的收藏品是一件无价之宝，它确实是一枚指环，然后呢？九枚指环为那兹古尔所有，七枚指环被夺或被毁，”听到这儿，格洛因身体一动，但没有说话，“三枚为我们所知，那么他为什么这么渴望得到这一枚呢？

“这枚指环流落在山海之间，被寻找，被发现，历经漫长岁月，沧海桑田。其中的细枝末节，智者也所知寥寥，但最后还是弄清楚了，只是太晚了，因为大敌已经迫近，恐怕比我们认为的还近。显然，直到今天，直到这个夏天，他似乎才知晓全部真相。

“在座的一些人应该记得，很多年以前，我自己斗胆穿过多古尔都的死灵法师之门，秘密打探他的情况，因而发现我们的恐惧不是空穴来风：死灵法师不是别人，正是我们的宿敌索伦，他最终又成形，重聚了力量。一些人应该也记得，萨鲁曼劝阻我们不要公然与之对抗，所以长期以来，我们只是监视着他。然而，随着其黑影的膨胀，萨鲁曼最后妥协了。于是，白道会汇聚力量，将这恶魔赶出了黑森林。这事就发生在这枚指环被发现的那一年——一个奇怪的巧合，如果那是巧合的话。

“但正如埃尔隆德预见的那样，我们太迟了。索伦也在监视我们，对我们的打击早有防备，他通过其九大奴仆居住的米纳斯魔古尔遥控魔多，直到一切就绪。然后，他在我们面前撤退，但那只是佯装逃离，不久之后就到了黑塔，公开其真面目。此后，白道会举行了最后一次会议。现在我们知道他比以往更热切地寻找着那枚指环。我们担心，他已经得到了某些有关那枚指环的消息，而我们对之一无所知。但萨鲁曼认为这不可能，他旧调重弹，说这枚指环永远也不会在中州再现。

“他说：‘最糟的也不过是，我们的大敌知道我们没有这枚指环，它依然下落不明。他会觉得这枚指环还是有被发现的可能。所以，别害怕！他只是自欺欺人罢了。我不是已经积极地研究过这件事吗？它掉进安度因大河里了，很久以前，在索伦沉睡时，就被河水冲进了大海，就让它在大海里待到地老天荒吧！’”

甘道夫陷入沉默，目光穿过亭廊，凝视东边遥远的雾山山峰。这世界的危险之根已在那里蛰伏了很久很久。他长叹一声，继续说：“那是我的错，我被智者萨鲁曼的话迷惑了。我本该尽早探明真相，这样的话，我们今天的危险就会小一点。”

“我们都犯了错，”埃尔隆德说，“但要不是因为你的警惕，黑暗恐怕已经降临到我们头上了。请继续讲吧。”

“从一开始，我心中就莫名存疑，”甘道夫说，“我想知道这东西是怎么到咕噜姆手里的，他拥有了多久。于是，我开始监视他，猜测他不久就会从黑暗中出来寻找他的宝贝。他确实出来了，却逃之夭夭，不知所踪。唉！我只好暂时搁置这件事，唯留监视与等待，如我们一贯为之的那样。

“时光在小心翼翼中流逝，直到我的怀疑又被唤醒，变成了莫名的害怕。霍比特人的指环是从哪里来的？如果我的害怕是真的，那该拿它怎么办呢？我必须做出决定，但我没有对任何人讲我的担忧，因为我知道言之不慎，祸从口出。在与黑塔的所有战争中，我们最大的敌人是叛徒。

“那是十七年前的事了。在那之后不久，我就开始察觉到，各种各样的奸细，甚至飞禽走兽，都聚集到了夏尔周围，我更加害怕了。于是，我请求登丹人的帮助，他们加倍警惕，我向伊熙尔杜的后嗣阿拉贡敞开了心扉。”

“我当时建议，我们应该搜寻咕噜姆，尽管可能太迟了，”阿拉贡说，“伊熙尔杜的后裔似乎理所应当地去弥补伊熙尔杜的过错。我和甘道夫进行了漫长而希望渺茫的搜寻。”

接着，甘道夫讲述了他们如何探索整个大荒野，甚至潜入影山山脉下和魔多的地界。“在那儿，我们听说了关于咕噜姆的传言，我们猜测他在那儿住了很久，一直藏在黑漆漆的山里，可我们怎么都找不到他，最后我绝望了。在绝望中，我又想起了一个测试，它可能会使找到咕噜姆不再必要。那枚指环自己可以说出它是不是至尊指环。我想起了在白道会上听到的话——萨鲁曼的话，当时我并没有太留意，此刻却如在耳旁清晰响起。

“‘九大指环，七大指环，还有三大指环，每一枚上都镶有宝石，但这一枚却没有。它就是一枚圆环，没有任何装饰，看上去很不起眼，但它的制造者巧妙地在上面刻了符号，也许现在还能看出来。’

“他没说上面是些什么符号，如今谁知道是什么呢？只有制造者知道吧。也许还有萨鲁曼。尽管萨鲁曼学识渊博，也说不清它的渊源啊！在失落以前，除了萨鲁曼，还有谁曾戴过这东西？只有伊熙尔杜。

“想到此，我放弃了追踪，匆匆赶去刚铎。在先前的日子里，我们这种人在那里受到很好的款待，尤其以萨鲁曼为最。长期以来，他经常是刚铎诸王的座上客。不过那次我去的时候，德内梭尔王表现得却不如以前那么热情。他不太情愿地允许我查阅他收藏的手稿和书籍。

“‘如果确实如你所言，你要查询这座城邦古时与创始之初的记载，那就看吧！’他说，‘在我看来，过去不比将来更黑暗，这才是我关心的。不过，萨鲁曼曾在这里研究过很久，除非你比他更有水平，否则找不到不为我所熟知的东西，我可是这座城邦历史的专家。’

“德内梭尔是这么说的。不过，他的藏稿中确实存在许多如今已经很少有人能看懂的记载，即使饱学之士也无能为力，因为那些笔迹和语言对后世人如同天书。波洛米尔，米纳斯提力斯仍然存有一份伊熙尔杜本人撰写的手稿。我猜测，自诸王没落后，除了萨鲁曼和我，还没有人读过它。因为伊熙尔杜并不像有些人传言的那样，魔多之战以后就直接远征而去了。”

“也许北方有人这样传言，”波洛米尔插嘴道，“在刚铎，人人都知道他先去了米纳斯阿诺尔，跟他的侄子美尼尔迪尔住了一阵子，教导他，随后指定他统治南方王国。那段时间，伊熙尔杜在那里种下了最后一棵白树幼苗，纪念他的兄弟。”

“而也就是在那段时间，他写下了这份手稿，”甘道夫说，“刚铎似乎没人记得了。这份手稿就是关于那枚至尊指环的。伊熙尔杜这样写道：

至尊指环将成为北方王国的传世之宝。但有关它的记载应该留在刚铎，这里也居住着埃兰迪尔的后嗣，以免这些大事逐渐被淡忘被湮没。

“在这些话后面，伊熙尔杜还描绘了他找到的这枚指环：

当我第一次拿起它的时候，它炽热滚烫，像一枚火球。我的手被灼伤了，当时我怀疑那种疼痛是不是再也消失不掉了。然而，在我写下这些的时候，它已经冷却了，而且似乎还缩小了，不过形状没变，也不失其美。上面出现了刻痕，起初清晰得如同红色火焰，然后渐渐变淡，到现在就只能勉强辨认了。这些刻痕跟埃瑞吉安的精灵文很像，因为魔多文字刻不出这么精致的图符，但我不懂那种语言。我认为它是一种黑土地的语言，肮脏粗鄙。我不知道它说的是什么邪恶之事，但我在这里依葫芦画瓢，描摹一下，以免后世遗忘。这枚指环也许已经失去了索伦手掌的热量。索伦的手是黑的，但是滚烫似火，吉尔－加拉德便是被其手所害。

也许将这枚指环再加热，上面的图符会再变得清晰，但我不想冒毁掉它的危险：这是索伦所有作品中，唯一一件美丽的。它对我而言很珍贵，尽管得到它，我付出了巨大的痛苦。

“读到这里，我心中的疑团消失了。因为确如伊熙尔杜猜测的，他描摹的刻痕就是魔多和黑塔奴仆的语言，其所言也已知。因为在索伦第一次戴上这枚指环的那天，三大指环的制造者凯勒布林博就注意到了，他从远远的地方听到了索伦说的这些话，其险恶意图昭然若揭。

“我立刻向德内梭尔告辞，可就在往北去的时候，我听到了从罗瑞恩传出的消息，说是阿拉贡经过那里，已经发现了那个叫咕噜姆的家伙。于是，我先赶去见他，听他讲述了整个经过。真不敢想象他独自一人经历了什么致命的危险。”

“这些不值一提，”阿拉贡说，“如果一个人必须走在黑暗之门的视线中，或踩着魔古尔山谷致命的花朵，那危险就不可避免。我最后也很绝望，都开始往家走了。不过幸运的是，之后我突然碰上了我要找的——一个泥泞池塘旁软脚留下的脚印。这些脚印还是新鲜的，看得出留下脚印的那双脚步履匆匆，但足迹不是通往魔多，而是远离魔多。我沿着死亡沼泽的边缘一路追踪，然后发现了他。我潜伏在一个死水塘旁，监视着水面，夜幕降临时，我逮到了他——咕噜姆。他浑身覆满了绿色的污泥浆。恐怕他永远也不会爱上我的，因为他咬我，而我对他也不客气。除了牙齿印，我从他嘴里没有得到任何东西。我觉得那段回来的路程，是我全部旅程中最糟糕的一段，我日夜看守着他，在他脖子上套了一根缰绳，把他的嘴巴塞上，赶着他走在我前面，直到他因为缺水缺食，驯驯服服地被我赶着朝黑森林走。我最后把他带到那里，交给了精灵，因为这是我们之间的协议。我很高兴摆脱了他的羁绊，他可真是臭死了。我是再也不想见到他了，但甘道夫来了，忍着恶臭跟他谈了很久。”

“是的，很久，很疲惫，”甘道夫说，“但并非没有成效。首先，他讲的丢失指环的故事，跟比尔博第一次公开讲的情况是一致的，不过这无关紧要，因为我已经猜到了。但我第一次知道，原来咕噜姆的指环来自靠近金鸢尾沼地的大河（安度因河），我也得知他拥有这枚指环很久了。这枚指环的力量已经延长了他的寿命，远超他的同类。只有至尊指环拥有这种力量。

“如果这还不足以证明的话，那我还有其他测试办法。你们刚刚看到的这枚举起的指环，浑圆，没有装饰，如果有人胆敢把这黄金之物放进火里烧一会儿，上面就会显出伊熙尔杜记下的那种字符。我已经这么做了，现在我把它读出来——”

Ashnazgdurbatulûk，*ashnazggimbatul*，
ashnazgthrakatulûk，*aghburzum-ishikrimpatul*

这位大巫师的嗓音变化令人大吃一惊：突然恶狠有力，石头一般粗粝。一道黑影似乎遮住高空中的太阳，门廊顿时暗了下来。所有人浑身战栗，精灵们捂住了耳朵。

“从来没有任何声音胆敢在幽谷讲这种语言，灰袍甘道夫。”当黑影消逝，大家舒了口气时，埃尔隆德说。

“让我们祈祷再也不要有人在这里说这种语言吧，”甘道夫回应道，“然而，我不请求你的原谅，埃尔隆德殿下。因为，如果你们不

想让那种语言很快在西方的每一个角落被听到，那就请将怀疑放置一边，相信这东西确如智者所言，是大敌的珍宝，上面凝结了他全部的恶意，保存着他过去的绝大部分力量。在黑暗年代，埃瑞吉安的工匠听到了下面的话，直到他们遭到背叛：

一枚指环统治众环，一枚指环发现众环。
一枚指环禁锢众环于黑暗中。

“我的朋友们，你们也知道，我从咕噜姆那里获悉了更多的事情。他不愿说话，故事讲得也不清楚，但毋庸置疑，他去了魔多，在那里被迫说出了他知道的一切。索伦因此知道他的这枚指环已经被找到，在夏尔很久了。既然他的奴仆已经追踪到我们的门口了，那他很快就会知道指环在这儿。也许就在我说话的此刻，他已经知道了。”

所有人都陷入了沉默，直到最后，波洛米尔开口道：“你说他是一个小家伙，这个咕噜姆？他虽然小，却惹了大祸。他后来怎么样了？你是怎么处置他的？”

“关在牢里，但也不过如此。”阿拉贡说，“他遭了不少罪，无疑被折磨过，对索伦的恐惧深植于心。不过让我欣慰的是，他被黑森林的精灵看守着，安全得很。他的怨念很深，给了他一种力量，让人难以相信一个如此瘦弱和枯萎的人拥有这么大的力量。如果他是自由的，仍然能行恶多端。我一点都不怀疑，他是背负某种邪恶的使命才被允许离开魔多的。”

“天啊！天啊！”精灵莱戈拉斯惊叫起来，白皙的脸上痛苦万分，“我现在必须说出我带来的消息了。不是什么好消息，可是在这儿我才知道这些消息对在座的各位有多么糟糕。斯米戈尔，就是那个叫咕噜姆的家伙，逃走了。”

“逃走了？”阿拉贡惊叫一声，“这的确是一个坏消息，恐怕我们都要懊悔死了。瑟兰杜伊的人怎么这么不靠谱？”

“并非看守不严，”莱戈拉斯说，“但也许是因为过分友善。恐怕这个囚犯得到了外人的帮助，那些人对我们的了解比我们以为的要多。我们受甘道夫所托，虽然不胜其烦，但还是日夜看守着这家伙。甘道夫还嘱咐我们，给这家伙治病。我们不忍心将他一直关在地牢里，他在那里会陷入对不堪往事的痛苦回忆。”

“你们对我可没那么仁慈。”格洛因眸光一闪，心中泛起了过去被囚禁在精灵王宫深院里的记忆。

“行啦！”甘道夫说，“请你不要打岔，我的好格洛因。那是一桩令人遗憾的误会，很早以前就已经纠正过来了。如果现在把精灵和矮人之间的恩恩怨怨都摆上桌面，那我们干脆别开这会议了。”

格洛因起身，鞠了一躬。莱戈拉斯继续说：“在天气晴朗的日子，我们带着咕噜姆在树林里散步。林子里有一棵孤零零的高树，他喜欢爬这棵树。我们经常让他爬到最高的树枝上，让他感受自由的风。不过我们在树下安排了一个看守。有一天，他拒绝下树，看守也不想爬上去抓他——他已经学会了手脚并用抓紧树干的窍门。于是，看守坐在树下，一直等到深夜。

“就在那个没有月亮也没有星星的夏夜，兽人出其不意地袭击了我们。我们费了好些时间才将他们赶走，他们数量很多，而且很凶猛，但他们是从山那边来的，不熟悉树林。战斗结束时，我们发现咕噜姆不见了，看守他的卫士不是被杀就是被抓走了。显然，这场袭击就是为了救他而发动的，而他事先也知道。这事是如何谋划的？我们猜测不出来，但咕噜姆确实很狡猾，大敌的奸细又很多。在恶龙没落那年被驱逐出去的妖魔鬼怪大举卷土重来，黑森林又变成了一个邪恶的地方，只剩下我们的王国还在坚守。

“我们没能再抓获咕噜姆。我们在众多兽人的脚印中发现了他的足迹——他一头扎进森林深处，往南去了。再远我们就追查不到他的踪迹了，也不敢继续追猎下去，因为我们已经追到接近多古尔都了，那仍然是一个非常邪恶的地方，我们不去那个方向。”

“算了，算了，他已经跑了，”甘道夫说，“我们没有时间再去搜寻他，他爱干啥就干啥去吧。不过，他可能还会扮演一个不管是他自己还是索伦都意想不到的角色。”

“现在，我来回答加尔多的其他问题。萨鲁曼怎么看？在此危急时刻，他给我们的建议是什么？这部分故事我必须详细讲述，因为在此之前只有埃尔隆德听我简要说过，但它与我们必须解决的所有问题都有关系。到目前为止，它是‘指环传奇’的最后一章。

“六月底我还在夏尔，但心头愁云满布，于是我骑马去了这片小国土的南部边界，因为我有一种不祥的预感，觉得某些情况不明的危险正在逼近。在边界，我获悉了刚铎开战与溃败的消息，当我听说黑影时，心里不寒而栗。但除了来自南方的几个难民，我什么也没有发现，不过就在他们身上，我觉察到了一种他们不愿提及的恐惧。于是，我往东边和北边转，沿着绿道行进。在离布里不远的地方，我遇到了一个旅人，他坐在路边的坡堤上，他的马在旁边吃草。那是褐袍巫师拉达加斯特。他有一段时间居住在靠近黑森林边界的罗斯戈贝尔。他是我的一位同行，但我已经很多年没有见过他了。

“‘甘道夫！’他喊道，‘我正找你呢，可是这一带我人生地不熟，只知道有可能在一个名字粗鄙、叫‘夏尔’的荒野之地找到你。’

“‘你的信息没错，’我说，‘但如果遇到当地居民，你可别那么说。你现在已经接近夏尔边界了。你找我干什么？一定有急事吧？你从来不出远门的，除非万不得已。’

“‘我是有一件急事，’他说，‘我带来了坏消息。’说着他环顾四周，仿佛隔树有耳。‘那兹古尔，’他悄声道，‘九大指环幽灵又出动了，他们已经秘密渡过大河，往西移动了。他们全都乔装成黑骑士的模样。’

“那一刻，我知道了我感到的莫名恐惧是什么。

“‘大敌一定有什么重大的需求或目的，’拉达加斯特说，‘但究竟是什么让他注意到这么偏僻荒凉的地区呢？我猜不出来。’

“‘你什么意思？’我问。

“‘我被告知，这些黑骑士不管去哪里，都在打听一个名叫“夏尔”的地方。’

“‘这个夏尔……’我说着，心却一沉。因为当九大指环幽灵齐聚黑魔王麾下时，即使是智者，也可能害怕与他们对抗。那个黑魔王古时曾是一位伟大的君王和巫师，现在却操弄着致命的恐惧。‘谁告诉你的？谁派你来的？’我问他。

“‘白袍大巫师萨鲁曼，’拉达加斯特回答，‘他告诉我说，如果你有需要，他会帮忙的，但你必须马上寻求他的帮助，否则就太晚了。’

“这消息给我带来了希望，因为白袍萨鲁曼是我们这行中最伟大的人物。拉达加斯特当然也是一位当之无愧的大巫师，他是一位易形改貌的行家，拥有丰富的药草和走兽知识，特别了解飞禽，是飞禽的朋友。不过，萨鲁曼长期以来都在研究大敌本人的本事，因此我们才经常能先发制敌。正是出于萨鲁曼的建议，我们才把大敌赶出了多古尔多。也许萨鲁曼已经发现了什么武器，能将九大指环幽灵赶回去。

“‘我去见萨鲁曼。’我说。

“‘那你必须现在就走，’拉达加斯特说，‘因为我寻找你已经浪费了不少时间，日子所剩无几。我被告知要在仲夏前找到你，现在就是仲夏了。即使你从这里出发，也很难在九大指环幽灵发现他们寻找的地方之前赶到萨鲁曼那里。我自己马上得回去了。’说着，他翻身上马，就要骑走。

“‘等一下！’我说，‘我们需要你的帮助，也需要其他所有生灵的帮助。请向所有与你为友的飞禽走兽散布消息，告诉它们把任何有关此事的消息带给萨鲁曼和甘道夫。让它们把消息送到欧尔桑克去。’

“‘我会的。’他说着纵马而去，仿佛九大指环幽灵在后面紧追。

“我没法立即跟上他。那天我已经骑了很远，人和马都很疲惫，而且我也需要考虑考虑。我在布里待了一晚，决定不回夏尔去了，时间不允许。这是我平生犯过的最大错误！

“不过，我写了封信给弗拉多，将它交给我信任的朋友——客栈老板，请他给弗拉多送去。拂晓时，我骑马离去，长途跋涉后，终于到了萨鲁曼的住处。那里在雾山山脉最南端的艾森加德，离洛汗豁口不远。波洛米尔会告诉你们，洛汗豁口是一处极其开阔的山谷，位于雾山山脉和埃瑞德宁莱斯最北麓之间，埃瑞德宁莱斯就是他故乡的白色山脉。艾森加德是一个陡岩环场，像曲墙一样环抱着山谷，山谷中央矗立着一座叫欧尔桑克的石塔。这座塔不是萨鲁曼建造的，而是很久以前努门诺尔的人类建造的，非常高，有很多秘密机关，但看起来并不像人造建筑。要到达这座塔，必须经过艾森加德环场，而那个环场里只有一道大门。

“一天傍晚，我来到大门前，它就像一道凿在石墙上的拱门，守备森严。不过，大门守卫在等着我，告诉我萨鲁曼正在等待我的到来。我骑马经过拱门，大门在我身后悄无声息地关上，不知为何，我突然感到一阵心怵。

“但我还是骑行到欧尔桑克石塔脚下，萨鲁曼正等在楼梯口，他领着我上到石塔高处，他的会议厅。

“‘你总算来了，甘道夫。’他严肃地对我说，但他眼中似乎闪过一道白光，仿佛心中正在冷笑。

“‘是的，我来了，’我说，‘我来寻求你的帮助，白袍萨鲁曼。’这个头衔似乎激怒了他。

“‘真的吗，灰袍甘道夫！’他冷嘲道，‘寻求帮助？灰袍甘道夫会寻求帮助，这可真是少见。一个如此狡猾，如此睿智，四处漫游，插手每一件事——不管这事归不归他管——的人，竟然会寻求帮助？’

“我看着他，满心困惑。‘如果我没有被骗的话，’我说，‘那么现在事情的进展，已经到了需要联合我们所有力量的时候。’

“‘也许吧，’他说，‘但你现在才想到，已经太迟了。我很好奇，如此至关重要的事，你瞒我这个白道会的首领瞒了多久？现在又是什么令你从你的潜伏地夏尔来到了这里？’

“‘九大指环幽灵又出动了，’我回应道，‘他们已经渡过了大河。拉达加斯特这么告诉我的。’

“‘褐袍拉达加斯特！’萨鲁曼大笑起来，他不再掩饰他的不屑，‘驯鸟人拉达加斯特！头脑简单的拉达加斯特！傻瓜拉达加斯特！不过他还算聪明，扮演好了我给他安排的角色。让你来，这就是我让他送信的全部目的。你就待在这里，灰袍甘道夫，舟马劳顿，正好歇歇。因为我是智者萨鲁曼，指环制造者萨鲁曼，多色萨鲁曼！’

“我这才打量起他。他的长袍乍一看是白色的，但其实不是，而是各种色彩互相交织。他一动，就闪闪烁烁，色彩光怪陆离，令人眼花缭乱。

“‘我更喜欢白色。’我说。

“‘白色！’他冷笑道，‘一开始是，但白布可以染色，白纸可以覆写，白光可以分层。’

“‘无论哪种情况，白就不再是白了。’我说，‘为了发现事物之本而破坏它，这就偏离了智慧之道。’

“‘你同我说话不必像跟你视作朋友的那些傻瓜说话一样，’他说，‘我让你来这里，不是让你来教训我，而是要给你一个选择。’

“说着他起身开始宣讲，仿佛在发表一篇排练已久的演说词：‘远古时代已经过去了，中古时代正在消逝，新生时代即将开始。精灵的时代结束了，而我们的时代在即——我们必定统治人类世界的时代。但我们必须有权力，有命令万物尊崇我们意愿的权力，来获取只有智者才能看见的好处。’

“‘听着，甘道夫，我的老朋友，老帮手！’他说着，走近我，柔声细语道，‘我说“我们”，因为如果你加入，那就会是‘我们’。一股新的力量正在崛起，要与之抗衡，旧的联盟和策略对我们根本无济于事。精灵和垂死的努门诺尔人也毫无希望。因此，你的面前有一个选择——我们的面前。我们可以加入那股新力量。这才是明智的，甘道夫。这条路才有希望。它的胜利指日可待，那些给予援手的人将会获得丰厚的回报。随着这股力量的扩张，被证实与之为友的力量也会壮大，如你我一样的智者，可以耐心等到最后，左右它的进程，乃至控制它。我们可以等待时机，把我们的想法藏在心里，或许我们可以公开谴责邪恶之举，但也可以赞成最高最终的目的：知识、规则、秩序，所有我们迄今苦苦追寻却徒劳无获的东西。我们那些软弱或懒散的朋友是绊脚石而非助力者。我们的计划不需要也不会有任何真正的改变，唯一要变的是我们的方法。'

"'萨鲁曼，'我说，'我以前听到过这种游说，但只出自魔多派来欺骗愚民的特使口中。我无法想象，你从大老远把我叫来，就只是为了折磨我的耳朵。'

"他斜眼看着我，思忖片刻。'哦，看来这条明智之路你并不认可，'他说，'或者说，尚未认可？是不是如果有更好的路，你就不会认可它？'

"他走过来，将他的长手搭在我的胳膊上。'为什么不呢，甘道夫？'他低语道，'为什么不？因为至尊指环吗？如果我们能控制它，那那股力量就会传到我们身上。这就是我引你到这儿来的真正原因。因为我有许多耳目为我效力，我相信你知道这件珍宝现在何处。难道不是吗？或者说，九大指环幽灵为什么要打探夏尔？而你待在那里又是为了什么？'说到这里，他的眼中突然闪现出再也藏不住的贪婪。

"'萨鲁曼，'我说着站远了一点，'至尊指环一次只能由一只手操控，你很清楚这一点，所以别再费力说什么我们了！不过我不会交出来的，不，既然我已经知道了你的心思，那么甚至连它的任何消息我都不会告诉你的。你曾是白道会的首领，但你最终露出了真面目。哼！看起来是选择，其实不过是顺服于索伦，或者顺服于你！我两者都不会选的，你还有其他提议吗？’

“这时的他冷酷而危险。‘有，’他说，‘我本就没指望你表现出智慧，哪怕这是为了你好，但我已经给了你心甘情愿帮助我的机会，那样会省去你的许多麻烦和痛苦。第三种选择就是待在这里，直到结束。’

“‘直到什么结束？’

“‘直到你告诉我在哪里可以找到至尊指环。我也许能找到办法说服你。或者，直到不需要你就找到了它。到那时，统治者就有时间去处理轻松一些的事，比如：给拖后腿且蛮横的灰袍甘道夫设计一个合适的奖赏。’

“‘那可不见得是一件轻松的事。’我说。他大声嗤笑，知道我说的不过是空话。

“他们抓住我，将我单独囚禁在欧尔桑克的塔顶上。萨鲁曼习惯在那里观察星象。除了一道数千台阶的窄梯，再无旁路上下，而下面的山谷看起来非常遥远。我举目眺望，发现曾经苍翠葱郁的美丽山谷如今满目坑洞和锻炉。恶狼与兽人在艾森加德结屋而居，因为萨鲁曼正在招兵买马，欲与索伦争锋，他尚未沦为后者的走卒。在所有这些工事上空，黑烟滚滚，瘴气缭绕在欧尔桑克四周。我孤零零地站在这黑云间的一座小岛上，没有逃跑的机会，度日如年。塔顶寒风刺骨，我只有一点走动的空间，心头忧思沉沉，不安于黑骑士的北上。

“尽管萨鲁曼有可能在撒谎，但我确信，九大指环幽灵的确已经卷土重来。早在我来到艾森加德之前，沿途就已经听说一些确凿无疑的消息，夏尔的那些朋友令我担心不已，但我依然怀抱希望。但愿弗拉多如我信中所催促的，立刻出发，在致命的追击开始之前，已经抵达幽谷。我的担心和我的希望结果都被证明是杞人忧天，因为我把希望寄托在布里的一个胖子身上，而我的担心是基于索伦的狡诈。然而，卖燕麦啤酒的胖子要操心的事太多，而索伦的力量还没有强大到我担心的那个地步。不过，在艾森加德环场中，我独自一人身陷囹圄，很难想象那些猎手会在遥远的夏尔碰壁，因为妨碍他们的人都非逃即死。”

“我看见你了！”弗拉多叫道，“你当时在来回踱步，月光照在你的头发上。”

甘道夫吃惊地顿住，看着他。“那只是一个梦，”弗拉多说，“但我突然想起来了，本来差不多都忘了的。有一段时间了，我想是在我离开夏尔之后。”

“你想起来得太迟了，”甘道夫说，“一会儿你就明白了。当时我被困在邪恶的牢笼中。认识我的人都知道，我很少落入那样的厄境，也不大能忍受那样的不幸。灰袍大巫师甘道夫，竟然像一只被奸诈的蜘蛛网网住的苍蝇！然而即使是最灵巧的蜘蛛，也可能吐出不结实的蛛丝。

“一开始，我担心拉达加斯特也已经堕落了，毫无疑问，萨鲁曼就打算让我这么想。然而在我们见面时，我没在他的声音或眼睛里捕捉到一丝不对劲，否则的话，我决不会到艾森加德来的，至少会更警惕一些。萨鲁曼应该也猜到了一点，所以他隐藏了自己的动机，欺骗了他的信使。而且企图争取正直的拉达加斯特背信弃义，无论如何都是徒劳的。他是诚心诚意去找我的，也因此说服了我。

“萨鲁曼的诡计落了空，因为拉达加斯特没道理不按我的请求去做。他骑马去了黑森林，那里有他的许多老朋友。山鹰翱翔四方，目睹了许多事：恶狼汇聚，兽人集结，九大指环幽灵四处奔走。他们也听说了咕噜姆逃走的消息，派一位使者将这些消息带给了我。

“于是，夏天将逝时，一个有月亮的夜晚，大鹰中最强壮、最快的风王格怀希尔出乎意料地来到了欧尔桑克。它发现我站在塔顶。我跟它说了几句话。于是，在萨鲁曼发现之前，它驮着我飞走了。恶狼和兽人从大门冲出来追击我时，我已经远走高飞。

“‘你能驮着我飞多远？’我问格怀希尔。

“‘很远，’它说，‘但不会到大地的尽头。我是来送信的，不是来驮人的。’

“‘那我必须有一匹奔马上路，’我说，‘一匹超迹绝尘的骏马，因为我从来没有这么着急地赶时间。’

“‘那我驮你飞到埃多拉斯去，那是洛汗王国的都城。’它说，‘那里不太远。’我非常高兴，因为驭马者洛希尔人就住在洛汗的里德马克。没有哪里的马比雾山山脉和白山山脉之间的大山谷生养出来的马更好了。

“‘你认为洛汗的人还值得信赖吗？’我问格怀希尔，因为萨鲁曼的背叛已经动摇了我的信心。

“‘他们进贡马匹，’它回答道，‘每年都送许多马去魔多，据说是这样，但他们还没有屈服。不过如你所说，如果萨鲁曼都变得邪恶了，那他们的厄运也不远了。’

“天将破晓时，它把我放在洛汗的大地上。前面我讲得太拖沓了，现在我必须讲得更简洁一些。在洛汗，我发现邪恶已经在蔓延，洛汗国王听信萨鲁曼的谎言，对我的警告置若罔闻。他让我选一匹马赶紧走。于是，我挑了一匹甚合我意却不合他意的马。那是洛汗王国最好的一匹马，我从未见过与之相像的马。”

“那一定是一匹高贵的马，”阿拉贡说，“得知索伦能征得这样的马，我感到悲伤，比听到许多似乎更糟糕的消息还要悲伤。上次我在那里时，情况还不是这样的。”

“现在也不是，我发誓，”波洛米尔说，“这是来自大敌的谎言。我了解洛汗的人类。他们真诚勇敢，是我们的盟友，仍然居住在很久以前我们给予他们的土地上。”

“魔多的黑影笼罩了远方各地，”阿拉贡回应道，“萨鲁曼已屈服，洛汗受困扰。谁知道你再回去时，会发现什么？”

“至少不是这个，”波洛米尔说，“他们不会卖马换命。他们爱马仅次于爱自己的亲人。这并非没有缘由，因为里德马克的马来自远离黑影的北方原野，同主人一样，都是远古自由时代的后裔。”

“千真万确！”甘道夫说，“其中有一匹马很可能是世界初生之际诞生的。九大指环幽灵的马没法跟它相争。它不知疲倦、迅捷如风，人称‘捷影’。白天，它的皮毛银光闪闪；夜晚，它却如一团暗影，来去无踪，落蹄无声。以前从未有人骑过它，但我选中了它，驯服了它。它驮着我风驰电掣，弗拉多还在古冢岗时，我就到了夏尔，尽管他从霍比顿出发时，我才从洛汗动身。

“不过我在飞驰时，心中的恐惧却越来越深。我一到北方，就听说了黑骑士的消息，尽管我一天天越追越近，他们却始终在我前面。我得知，他们兵分几路，有一些仍然徘徊在距绿道不远的东部边界，而另一些则从南边侵入了夏尔。我去了霍比顿，弗拉多已经走了，不过我跟老甘吉聊了聊，说了很多，但都没什么重点。他滔滔不绝地数落了一通袋底洞新主人的毛病。

“‘我讨厌变化，’他说，‘至少在我活着的时候受不了改变，更何况所有的变化都是朝着最糟去的。’

“‘朝着最糟去的变化……’他重复了很多遍。

“‘最糟可不是一个好词，’我对他说，‘但愿你活着不要见到。’不过从他的话中，我终于获悉弗拉多差不多一周前已经离开了霍比顿，还有，一个黑骑士在同一天晚上曾来到霍比顿山丘。我心怀担忧继续上路，到达巴克兰的时候，发现那里群情喧嚣，就像是被棍子捅了的蚂蚁窝，闹哄哄的。我去了溪谷地的房子，发现门洞大开，里面空无一人，但门槛上掉落了一件斗篷，那是弗拉多的斗篷。那一刻，我心头的最后一丝希望消失了，因此没有留下来打听消息，否则的话，我或许会得到宽慰的。我骑马循着黑骑士的踪迹而去，但追踪很不容易，因为他们兵分几路，把我弄得茫然失措。不过，我觉得有一两道踪迹似乎是朝布里而去的，于是便往那里追去，因为我想到有些话可能要跟客栈老板说一说。

“‘他们管他叫‘黄油刺球（巴特伯），’我心想，‘如果这延误是他的错，那我就把他身上的黄油都给化了，我要把这老蠢蛋放在火上慢慢烤。’这老头竟然料到有此一劫，一见到我就匍匐倒地，来了个当场熔化。”

“你把他怎么着了？”弗拉多惊叫道，“他真的对我们很好，能做的都做了。”

甘道夫大笑。“别担心！”他说，“我没揍他，也没怎么骂他。等停止颤抖后，他告诉我的消息令我欣喜若狂，以至于拥抱了这老家伙。事情是怎么发生的，我那时也猜不出来，但我获悉你们前一晚就在布里，那天早晨是跟大步一起离开的。

“‘大步！’我高兴地喊出声来。

“‘是的，先生，恐怕就是这样的，先生。’巴特伯误会了我的语气，‘虽然我尽了全力，但他还是找到了他们。他们跟他混到了一起。他们在这里的行为举止非常古怪，可以说非常任性。’

“‘傻瓜！笨蛋！可敬可爱的巴利曼啊！’我说，‘这可是自仲夏以来我得到的最好的消息，至少值一个金币。祝你的啤酒乘超凡魔力，香醇七年！现在，我可以好好歇息一晚上了。我都忘记上一次睡好觉是什么时候了。’

“于是，我就待在那里过夜。我非常好奇，那些黑骑士怎么样了，因为布里的消息中，他们似乎只有一两个来过。而那天夜里，我们听到了更多黑骑士的动静，至少有五个从西边来。他们掀翻了大门，像一股狂风呼啸着穿过布里。直到现在，布里人还惊悚不已，以为世界末日就要来了。我黎明前起身，追了过去。

“我不知道具体情况，但在我看来，事情十有八九是这样发生的：他们的首领仍然潜藏在布里以南，打头阵的两个黑骑士穿过村庄，而另外四个则侵入了夏尔。他们在布里和溪谷地被挫败后，带着消息回到了首领那里，因此大路有一阵子未受把守，只是被他们的耳目监视着。然后他们的首领派了几个黑骑士直接穿过乡野往东去，而他自己则和其他黑骑士怒气冲冲地沿着大路骑行。

“我像一阵疾风，往风云顶狂奔。日落前，我到了那里。那是我离开布里的第二天，他们已经先于我到那里了。他们感受到了我的咄咄怒气，也不敢在光天化日下与我交锋，便撤退躲开了我。但到了晚上，他们又围拢过来。我被围困在山上，在阿蒙苏尔的石锥环里。我的确陷入了困境：除了古代战争中的烽火，风云顶上不曾见过那样的火光与烟雾。

“日出时，我逃了出来，往北飞奔。我不指望再做什么了。在荒野中发现你是不可能的，弗拉多，况且在九大指环幽灵穷追不舍的情况下去找你，太愚蠢了。因此，我只能相信阿拉贡。不过我还是希望拖住他们几个，同时又能赶在你之前到达幽谷，寻求帮助。有四个黑骑士的确跟着我，但不久之后他们就掉头，似乎往渡口去了。这多少让我松了口气，因为袭击你们营地的是五个黑骑士，而不是九个。

“我沿着喧泉河而上，穿过伊顿荒原，再从北而下，经过长途跋涉，终于抵达这里。从风云顶到这里，花了我差不多十四天的时间，因为我没法在食人妖出没的岩石间骑行。捷影离开了，我让它回到主人身边去，但我们已经建立起了深厚的友谊，若我有需要，它会听从我的召唤。就这样，我只比至尊指环早三天到达幽谷，而关于它之危险的消息也已经传到这里——事实证明，这很有用。

“我的故事到此结束，弗拉多。愿埃尔隆德和在座的各位原谅它的冗长。不过，甘道夫竟然失约，没有如约而至，这样的事以前从未发生过，所以我想，携带指环的人有必要听一听这么奇怪的事。

“好了，现在故事从头至尾讲完了。我们都在这里，这枚指环也在，但我们尚未接近我们的目的：我们该拿它怎么办？”

众人沉默不语。最后，埃尔隆德再次开口了。

“萨鲁曼的消息令人痛心，”他说，“因为我们信任他，我们所有的谋划他都深陷其中。过度研究大敌的技艺，无论是为善还是为恶，都很危险。不过这样的堕落和背叛从前也发生过。唉！我们今天听的故事中，我觉得弗拉多的故事最奇怪。我认识的霍比特人没几个，除了在座的比尔博。我觉得，他也许并不像我之前以为的那样落落寡合，特立独行。自我上次踏上西行的道路，这个世界已经改变了许多。

“我们知道的古冢幽灵有许多名字，那个古森林有许多传说：它现存的部分只是其向北扩张之地的一片外围。曾经有一段时期，松鼠可以从一棵树跳到另一棵树，从现在的夏尔跳到艾森加德西部的黑蛮地。我曾经在那些土地上旅行过一次，认识了许多奇特的野物，但我已经忘了邦巴迪尔，如果这确实是很久以前曾行走在林间山头的同一个人的话，甚至在那时他就比长者还要年长了。那时，他也不叫邦巴迪尔。我们都称他为伊阿瓦因·本－阿达尔，意思是‘最年长且无父的’。不过他还有许多别的种族给他取的名字：矮人称他为‘佛恩’，北方人称他为‘欧拉尔德’，此外还有其他的名字。他是一个奇特的生灵，也许我应该请他来参加我们的会议。”

“他不会来的。”甘道夫说。

“我们不能送信给他，获得他的帮助吗？”埃瑞斯托问道，“他似乎拥有一种支配至尊指环的能力。”

“不，我不这样认为，”甘道夫说，“与其说他能支配这枚指环，不如说这枚指环支配不了他。他是他自己的主人。不过他不能改变指环本身，也不能破除这枚指环控制别人的力量。如今他已经退居到一个小地方，并在周围设置了无人能看见的屏障。也许他在等待时代的某种变化，在那之前，他是不会跨出这屏障的。”

“可在那些屏障内，似乎没有什么令他忧心的，”埃瑞斯托说，“他是否能把这枚指环拿走，保存在那里，使之永不危害天下呢？”

“不能，”甘道夫说，“他不会愿意的。如果这世上所有的自由人民都恳求他，他也许会那么做，但他不会理解那么做的必要性。而且如果把指环交给他，他很快就会把它忘了，甚或可能把它丢掉。这样的东西他根本不会放在心上。他会是一个最不牢靠的守护者，仅此一点就足以回答你的问题了。”

“但不管怎样，”格洛芬德尔说，“把指环送到他那里，只会拖延邪恶之日的到来。他离这里很遥远。我们现在没办法在不引起任何探子猜测与注意的情况下，把指环送去。而且即使我们能，指环王迟早也会获悉它的藏身之地，倾尽全力去获取它。邦巴迪尔一人能抵挡那样的力量吗？我认为不能。我认为到最后，如果所有其他地方都被征服了，邦巴迪尔也会垮掉的。他是最初，也是最终。然后，黑夜就会降临。”

“除了伊阿瓦因这个名字，我对他知之甚少，”加尔多说，“但我认为，格洛芬德尔说得对。抵抗大敌的力量不在他身上，除非这种力量就在大敌本身中。然而我们知道，索伦能使山崩地裂。而在伊姆拉缀斯这儿，或在灰港的奇尔丹那里，或在罗瑞恩，仍有这样的力量与我们同在。然而，当其他地方都被推翻摧毁，他们的力量，还有我们的力量，能抵挡住大敌索伦最后的到来吗？”

“我没有那样的力量，”埃尔隆德说，“他们也没有。”

“那么，如果不能靠力量永远阻止他获得这枚指环，”格洛芬德尔说，“那就只剩下两件事让我们去尝试了：把它送到海外，或者毁灭它。”

“但甘道夫已经向我们揭示了：我们无法凭借我们拥有的任何技艺销毁它，”埃尔隆德说，“而居住在海外的人也不会接受它，无论善恶，它都属于中州，得由仍然居住在这儿的我们处理。”

“那么，”格洛芬德尔说，“让我们把它丢进深海里，从而让萨鲁曼的谎言成真。因为现在很清楚了：哪怕还在白道会的时候，他的脚就已经踏入歧途了。他知道这枚指环没有永远失落，却希望我们这样认为，因为他开始垂涎它，想据为己有。然而真相也常常隐藏在谎言中：在大海里，它会安全的。”

“不会永远安全，”甘道夫说，“深海中有许多东西，而且沧海桑田，变幻莫测。我们在座的各位不能只考虑一纪，或者只考虑几个人的生命，又或者只考虑一个纪元的流逝。我们应当寻求解决这个威胁的终极办法，即使我们不希望造一个办法出来。”

“那我们不应该到海上去寻找途径，”加尔多说，“如果回到伊阿瓦因那里被认为太过危险，那逃往大海的路现在就更是凶险。我的心告诉我，等索伦知道发生了什么之后，他会料到我们将向西行。他很快就会知道的。九大指环幽灵的确已经没有了马，但那只是暂时的，他们很快就会找到更快的新坐骑。如今只有刚铎还有一股正在衰落的力量，阻挡他沿着海岸率兵闯入北方，而如果他闯来了，袭击白塔和灰港，那从此以后，精灵可能就再也逃不出在中州逐渐扩张的阴影了。”

“但他的进军会被长久延搁的，”波洛米尔说，“你说刚铎在衰落，但刚铎依然屹立，即便是强弩之末，也依然非常强大。”

“然而它的警备已经挡不住九大指环幽灵了，”加尔多说，“而且他也有可能发现其他没有刚铎守卫的路。”

“那就只剩下两条路了，”埃瑞斯托说，“如格洛芬德尔已经宣告的那样，或把这枚指环永远藏起来，或将它销毁，但这两条路都不在我们的能力范围之内。谁能为我们解开这个谜题？”

“这儿无人能解，”埃尔隆德心情沉重地说，“至少没人能预言我们选了这条路或那条路之后会发生什么。不过在我看来，有一点是很清楚的：我们必须选择一条路。西向的路似乎是最容易的，因此必须避开它。它一定处于监视中。精灵太经常从那条路逃离了。这样的话，在最后关头，我们就必须选择一条艰难的路，一条意料不到的路。那才是我们的希望所在，如果是希望的话。这条路就是：铤而走险去魔多。我们必须把这枚指环丢进火山里去。”

沉默再次降临。即使身处这美好的房子，望着窗外灿烂的阳光、清水潺潺的山谷，弗拉多还是感到心中死一般黑暗。波洛米尔坐立不安，弗拉多看向他。后者正皱着眉头，用手指拨弄他的大号角。终于，他开口了。

“我不理解所有这一切，”他说，“萨鲁曼是一个背叛者，但他不也有那么一抹智慧吗？你们为什么总是说藏匿或销毁？我们为什么不能认为至尊指环来到我们手上正当其时，可以为我们所用呢？自由国土的自由之王利用它，肯定能够击败大敌。我认为，那才是他害怕的事情。

“刚铎的人类是英勇的，他们永远也不会屈服，但他们可能被击败。英勇首先需要的是力量，其次才是武器。如果至尊指环具有你们所说的力量，那就让它成为你们的武器吧。戴上它，走向胜利！”

“唉！不行，”埃尔隆德说，“我们不能用这枚统帅指环。这一点我们现在知道得太清楚了。它属于索伦，是他独自铸造的，全然邪恶。波洛米尔，它的力量对任何想随意支配它的人而言，都太强大了，除了那些本身已具有强大力量的人。而对这些人来说，它甚至还有更致命的危险。仅仅是对它的渴望，就足以腐蚀心灵。想想萨鲁曼吧。如果任何智者使用这枚指环推翻了魔多王，那他随后就会自己戴上索伦的王冠，另一位黑魔王便诞生了。这就是为什么应该销毁这枚指环的另一个原因：它只要存在于这个世界上，就会是一种危险，甚至对智者也是。因为世界之初，没有什么是邪恶的，就连索伦也是如此。我不敢将这枚指环藏起来，也不会去运用它。”

“我也不敢。”甘道夫说。

波洛米尔狐疑地看着他们，但还是点了点头。“那就这样吧，”他说，“那么在刚铎，我们就必须依赖我们所拥有的武器了。至少，在智者们看守这枚指环时，我们将继续战斗。但愿那把断剑依然能够遏制住这股浪潮——如果握剑之手继承的不仅是一件传家宝，而且是人类诸王的力量之源的话。”

“谁知道呢？”阿拉贡说，“但有朝一日，我们会得到验证。”

“但愿这一天不要拖得太久，”波洛米尔说，“因为虽然我不求援助，但我们确实需要它。知道其他人也在竭尽所能地战斗，我们会感到安慰。”

“那就感到安慰吧，”埃尔隆德说，“因为还有你不知道的其他力量和王国，它们对你而言是隐藏的。安度因大河在到达阿刚那斯和刚铎之门前，要流经许多堤岸。”

“如果这些力量联合起来，每种力量协同运用，”矮人格洛因说，“那可能对全体都有好处。或许还有其他指环，不那么危险，可以在需要的时候为我们所用。我们已经失去七大指环——如果巴林没有找到最后一枚瑟罗尔指环的话，而自从瑟罗尔在墨瑞亚罹难，就再也没有人听说过它了。我现在可以明确地告诉大家：巴林离去的部分原因就是希望找到那枚指环。”

“巴林在墨瑞亚找不到任何指环，”甘道夫说，“瑟罗尔把指环给了他的儿子瑟莱因，但瑟莱因并没有把它传给梭林。瑟莱因在多古尔多的地牢中受尽折磨，指环也被抢走了。我到得太晚了。”

“天啊！”格洛因叫道，“我们哪一天才能报仇雪恨？不过，还有精灵的三大指环。这三枚指环现在怎么样了？据说，那是非常强大的指环。它们不是被精灵王保管着吗？可它们也是很久以前黑魔王锻造的。它们被闲置了吗？我看精灵诸王都在这里。他们不能说说吗？”

精灵们无人应答。“你没听到我说吗，格洛因？”埃尔隆德说，“三大指环并不是索伦所造，也不曾被他染指。而关于它们，言谈莫许。在现在这个充满疑虑的时刻，我只能说，它们未被闲置，但它们不是打造出来作为战争或征服的武器的：那不是它们的力量所在。那些制造它们的人渴望的不是力量、统治或聚藏财富，而是理解、制造和治愈，以保护万物不受玷污。中州的精灵在某种程度上获得了这些，尽管悲伤与之相伴。然而，如果索伦重获至尊指环，那么三大指环的拥有者所努力创造的一切都将化为泡影，他们的所思所想都将暴露在索伦眼前。如果三大指环从不曾存在，那会更好。这就是他的目的。”

“可是，假使如你所言，统领指环真的被销毁了，又会发生什么呢？”格洛因问。

“我们不确定。”埃尔隆德悲伤地回答道，“有人希望，索伦从未染指的三枚指环从此获得自由，它们的掌管者可以治愈索伦给这个世界造成的伤害；但也许，当至尊指环被销毁后，三大指环就会衰落，许多美好的事物将会消逝，乃至被遗忘。我是这么认为的。”

“不过，”格洛芬德尔说，“如果能击败索伦的势力，永远消除世界被他统治的恐惧，那所有的精灵都愿意忍受这种变化。”

“所以我们又回到销毁至尊指环的问题上来了，”艾瑞斯托说，

“可我们并没有什么进展。我们得拥有什么样的力量，才能找到锻造这枚指环的火山？那是一条绝望之路。如果埃尔隆德日积月累的智慧都不禁止我，那我要说，那也是一条愚蠢的路。”

“绝望？愚蠢？”甘道夫说，“那不是绝望。因为只有那些毫无疑问地看见结局的人才会绝望，而我们不是。当所有其他途径都权衡过后，认清必要之举就是明智的，尽管对那些紧抱着虚无幻想的人而言，它可能显得愚蠢。那就让愚蠢做我们的遮盖物，成为蒙住大敌双眼的一片面纱！因为他非常精明，以一己邪恶之秤，锱铢必较地衡量一切。但他知道的唯一衡量标准是欲望，对权力的欲望，他就是以此揣测所有心灵的。他从来就不会想到有人居然会拒绝这种欲望，也想不到我们拥有至尊指环，却在寻找销毁它的办法。如果我们这么做，必会使他失算。”

“至少暂时，”埃尔隆德说，“这条路必须走，但这会非常艰难。不管是力量还是智慧，都不会支持我们走那么远。这项冒险，或许可以让怀着与强者同样多希望的弱者来尝试。而这往往是推动世界历史进程的必然之举：当伟人的目光落在别处时，小人物责无旁贷，挺身而出。”

“好极了！好极了！埃尔隆德阁下！”比尔博突然开口道，“不用再说了！你的意思已经再清楚不过了！事情是从比尔博这个愚蠢的霍比特人开始的，所以最好由比尔博来结束它，或者结束他自己。我在这儿过得非常舒服，继续写着我的书。如果你们想知道的话，我刚好在写结尾。我本来打算这么写：之后，他一直快乐地生活着，直到生命结束。这是一个好结尾，虽然老套，但也无妨。可现在，我得改掉了，因为它看起来实现不了了。反正很明显还得再补写几章，如果我能活着回来继续写的话。真是烦死人了。我应该什么时候出发？”

波洛米尔惊诧地看着比尔博，可当看到其他所有人都极其敬重地注视着这位霍比特老人时，他冲到嘴边的大笑又咽了回去。只有格洛因微笑着，但他的微笑源自过去的记忆。

“当然，我亲爱的比尔博，”甘道夫说，“如果真的是你开始的这件事，可能真得你去结束它。可你非常清楚，这个‘开始’之重大，没人敢声称是自己挑起的，而任何英雄在重大的事件中都只能扮演一个小角色。你不需要鞠躬道歉！尽管你话是那么说，但我们毫不怀疑，你是打着玩笑的幌子自告奋勇。可是，比尔博，此事非你力所能及。你已经把这东西传给别人了，不能收回。如果你还想听听我的建议，那我要说：除非当一个记录者，否则你的角色已经结束了。写完你的书吧，留着那个结尾别改！它仍有希望实现！不过，等他们回来，你要准备好写一个续篇。”

比尔博大笑。“我可从来不记得你以前给过我什么愉快的建议，”他说，“但既然你所有不愉快的建议都是好建议，那我估计这个也不坏。不过，我确实觉得我再也没有对付这枚指环的力量或运气了。它成长了，我却没有。不过请告诉我：你说的‘他们’是什么意思？”

“派去送指环的使者。”

“那这‘他们’究竟会是谁呢？在我看来，这才是这次会议必须决定的，也是这次会议唯一要决定下来的事。精灵可能光靠演说就能兴旺发达，矮人能忍受巨大的疲倦，但我只是一个霍比特老人。我想吃午饭了。你们现在能不能想出一些人名来？要不然等吃过饭再说？”

没有人回答。正午的铃声响了，还是没有人说话。弗拉多扫视着每一位在座者的面庞，但无人回视他。参加会议的所有人都垂眸坐着，仿佛陷入深思中。一股巨大的恐惧笼罩住他，仿佛他正在等着某种厄运被宣告，而他早就预见了这种厄运，却徒然地希望它永远也不会被说出来。一股想要休息，想要平和地留在幽谷，留在比尔博身边的渴望充溢他的心头。最后，他鼓起勇气开了口，却惊诧于自己所说的话，仿佛他那细弱的声音被某个异者征用了——

“我愿意带走这枚指环，”他说，“尽管我不知道路在何方。”

埃尔隆德抬起眼眸，看着他。弗拉多感到自己的心被他目光中突然的锐利刺穿了。“如果我没有误解我所听到的一切，”他说，“我认为这项任务是指派给你的，弗拉多，如果你都找不到路，那就没有人能找到路了。这是夏尔人的时刻，是他们从平静的田园中崛起，去撼动大敌的塔楼与图谋的时候了。所有智者，有谁曾预见这一刻？又或者，如果他们是睿智的，为什么在这一刻来临之时才如梦初醒？

“但这是一个沉重的负担，重到没有人能将它压在另一个人肩上。我不会将它放在你的肩上，但如果你愿意承担，我会说，你的选择是正确的。而且，纵然所有古代的杰出精灵之友，哈多、胡林、图林，乃至贝伦本人齐聚一堂，你也将在他们中有一席之地。”

“但你肯定不会只派他一个人去吧，阁下？”山姆再也忍不住了，从他一直安静地席地而坐的角落里一跃而起，大叫道。

“当然不会！”埃尔隆德转向他，微笑道，“至少你应该跟他去。把你和他分开，几乎不太可能，哪怕他被召来开一个秘密会议，而你却没有。”

山姆红着脸坐下，摇着头嘟囔道：“我们这是惹上了什么大麻烦啊，弗拉多先生！”

第3章 指环南去

那天稍后，霍比特人聚在比尔博的房间，碰了一个头。梅里和皮平听说山姆偷偷溜进了会场，并且被选为弗拉多的同伴，都感到愤愤不平。

“这太不公平了！”皮平说，“不但没有把他扔出去，用链子铐起来，埃尔隆德反而还奖赏了他这厚脸皮的行径！”

“奖赏！”弗拉多说，“我可想象不出比这更严厉的惩罚。你也不想想你在说什么：被罚踏上这趟毫无希望的旅程，这叫奖赏吗？昨天我还梦想着我的任务已经完成了，能在这儿休息好长一段时间，也许是永远。”

“我不觉得奇怪，”梅里说，“我也希望你能梦想成真。但我们忌妒的是山姆，而不是你。如果你必须去，那对留下来的我们任何一个而言，即使是留在幽谷，都是一种惩罚。我们一直跟你长途跋涉，共度了许多艰难时刻，我们想继续。”

“我就是这意思，”皮平说，“我们霍比特人应该团结一致，我们会的。我要去，除非他们用链子把我锁起来。队伍里必须得有一个有头脑的人。”

“那你肯定不会被选中的，佩雷格林·图克！”甘道夫从接近地面的窗户看进来，“但你们没有必要自扰，什么都还没定呢。”

“什么都还没定！”皮平叫起来，“那你们关在会议厅里几个小时，都在干吗？”

“说话，”比尔博说，“说了很多，人人都大开眼界，连老甘道夫都是。我觉得莱戈拉斯关于咕噜姆的那点消息甚至让他始料不及，尽管他一点都没有表现出来。”

“你错了，”甘道夫说，“你当时心不在焉。我已经从格怀希尔那里听说了这事，如果你想知道，真正所谓大开眼界的，只有你和弗拉多。而我是唯一一个不觉得吃惊的。”

“好吧，”比尔博说，“反正除了选定可怜的弗拉多和山姆，什么都还没有决定。我一直在担心，如果我被排除，事情可能就变成这个样子，但如果你问我，那我觉得，埃尔隆德会在收到报告后，再派出相当数量的人。他们是不是已经开始了，甘道夫？”

“是的，”大巫师说，“已经派出了一些侦察者。更多的人明天出发。埃尔隆德派出了精灵，他们会与游民接触，也许还会跟黑森林里瑟兰杜伊的子民联系。阿拉贡也已经跟埃尔隆德的儿子一起去了。在采取任何行动之前，我们必须把方圆百里的地区侦察清楚。所以，弗拉多，振作起来吧！你很可能还要在这里待上很长一段时间。”

“唉！”山姆郁闷地叹道，“我们不会等很久的，因为冬天就要来了。”

“那就没办法了，”比尔博说，“弗拉多，我的孩子，这部分是你的错，你非要等到我生日那天。不得不说，那可真是一种好笑的庆祝方式。我不该选那天让萨克维尔－巴金斯一家住进袋底洞。不过事已至此：你现在既不能等到春天再走，也不能等侦察报告回来了再走——

当冬寒开始刺骨，
霜冻之夜，冷石开裂，
当池水变黑草木凋零，
茫茫荒野，邪恶出没。

“可是，那恐怕就是你的命运了。”

“恐怕是的，”甘道夫说，“在弄清黑骑士的情况之前，我们不能出发。”

“我还以为他们都被洪水吞噬了。”梅里说。

“你不可能像那样就灭掉指环幽灵，”甘道夫说，“他们的身体里有他们主人的力量，是立是倒由后者左右。但愿他们全都没马骑，也没遮蔽物可隐身，这样就可以暂时降低他们的危险性，但我们一定要确切地搞清楚状况。与此同时，你应该试着忘记你的麻烦，弗拉多。我不知道我能帮你什么忙，但我要悄悄告诉你：有人说队伍里得有一个有头脑的人。他说得对。我想我会跟你一起去。”

听到这里，弗拉多欣喜若狂，以至于甘道夫不得不离开他一直坐着的窗台，脱帽鞠躬道：“我只是说我想我会跟你一起去，什么都先别指望。这件事主要得听埃尔隆德，还有你的朋友大步的。这提醒了我，我要去见埃尔隆德。我得走了。”

“你认为我会在这里待多久？”甘道夫离开后，弗拉多问比尔博。

“啊，我不知道，在幽谷我没法算日子，”比尔博说，“不过我想，会很长。我们能好好聊一聊了。来帮我写书怎么样？给下一本开个头吧？你想过结尾吗？”

“想过，想过好几个，全都是阴沉黑暗、不幸福的结尾。”弗拉多说。

“哎呀！那可不行！”比尔博说，“书都应该有一个好结尾。这个怎么样：他们全都安顿下来，从此幸福快乐地生活在一起？”

“如果真能这样，那当然好了。”弗拉多说。

“哎！”山姆说，“那他们会住在哪里呢？我总是很好奇这个。”

几个霍比特人继续聊了一会儿，追忆之前的旅程，展望今后的危险。不过，幽谷这地方的好处就在于，没过多久，所有的担忧和焦虑就从他们心头消散了。未来或凶或吉，并未被忘记，只是不再影响此时此刻。他们变得健康起来，希望也与日俱增，每一天都心满意足，尽情享受每一餐，每一句话，每一首歌。

日子就这么悄然流逝，每个清晨都明亮美好，每个夜晚都清凉舒爽。然而秋天飞逝，金色的光慢慢褪成银白，枯树枝上凋叶飘落，一股寒风从雾山山脉吹向东方。夜空中，猎月渐圆，令所有星星黯然失色。不过在南天，一颗低垂的星星熠熠闪着红光。每天夜里，随着盈月渐亏，它越来越亮。弗拉多从自己的窗户能望见它，看着它深深嵌在苍穹，燃燃似火，像一只警觉的眼睛，凝视着树林下的河谷边缘。

霍比特人在埃尔隆德家里住了将近两个月，十一月亦随着最后几缕秋意逝去，十二月时，侦察者开始陆续返回。一些人去了北部远处，渡过喧泉河，进入了伊顿荒原；另一些人往西，在阿拉贡和游民的帮助下，侦察了灰水河下游地区，远至沙巴德，古老的北大路在那里经一个废弃的小镇，越河而过。更多的人去了东方和南方。他们中的一些人越过雾山山脉，进入了黑森林，而另一些人则翻过金鸢尾河源头的隘口，下到大荒野，再跨过金鸢尾沼地，最终到了拉达加斯特在罗斯戈贝尔的老家。拉达加斯特不在那里。他们翻越被称作黯溪梯的高隘口返回。埃尔隆德的儿子，埃尔拉丹和埃洛希尔，是最后回来的。他们俩游历了很远，沿着银脉河下游进入了一个陌生的国度，但关于他们的使命，除了埃尔隆德，他们不愿对任何人说起。

侦察者没有在任何地区发现黑骑士或大敌其他爪牙的任何消息或踪迹。他们甚至从雾山山脉的大鹰那里，都没有打听到任何新的消息。咕噜姆也已经销声匿迹，不知所终。不过野狼仍在聚集，又在大河上游远处猎杀作恶。在洪水淹过的渡口，他们发现了三匹当场溺亡的黑马。侦察者在湍滩岩石群下，发现了另外五匹马的尸体，还有一件被撕烂扯破的黑色长披风。此外就再也没有见到黑骑士的其他痕迹，不管哪里，也都感受不到他们的存在。他们似乎从北方消失了。

“九个当中至少八个已被打败，”甘道夫说，“但要说绝对被摧毁了，还是太草率。不过我认为，我们现在可以料想的是：指环幽灵已经被冲散了，他们应该会尽其所能回到魔多，回到他们的主子身边，尽管两手空空，还失了形。

“如果是这样的话，那他们重新开始追猎还得有一段时间。当然，大敌还有其他爪牙，但他们得长途跋涉到达幽谷边缘，才能发现我们的踪迹。而如果我们小心一点，踪迹是很难被发现的，我们一定不能再耽搁下去了。”

埃尔隆德召见了霍比特人。他神情庄重地看着弗拉多。“是时候了。”他说，“如果要把至尊指环送走，就必须尽快动身。不过，与之同行的人一定不能指望通过战争或武力相助来完成他们的使命。他们必须深入援兵莫能相助的大敌腹地。弗拉多，你依然愿意坚守自己的承诺，来做这个持环者吗？”

“我愿意，”弗拉多说，“我会带上山姆一起去。”

“那我帮不了你太多，甚至给不了你什么建议。”埃尔隆德说，“对于你要走的路，我能预见的非常少，你的任务要如何完成，我也不知道。魔影如今已经蔓延到了雾山脚下，甚至接近了灰水河的边界。对我来说，魔影之下，一切都是黑暗的。你会遇到很多敌人，有些在明，有些在暗，但你也会在出乎意料的时刻，发现朋友。我会想方设法，把消息送给广阔世界中我认识的那些人。不过，如今各地都变得危险重重，有些消息可能送不到，或者到得比你还迟。

“还有，我会选择与你同行的伙伴，只要他们愿意或命运所在。因为你寄希望于速度和隐秘，所以人数一定不能太多。即便我有远古时代盔甲着身的精灵大军，也无济于事，反而会惊动魔多的势力。

“护环使者应该有九位。九位行者对抗九个邪恶的黑骑士。甘道夫将会与你和你忠诚的仆人同行，因为这将是他的重任，或许也是他最后的劳累。

“其他人，他们将是世上其他自由民族——精灵、矮人和大人族的代表：莱戈拉斯代表精灵，格洛因的儿子吉姆利代表矮人，他们愿意至少走到雾山隘口，也许更远；至于大人族，你将有阿拉松之子阿拉贡，因为伊熙尔杜的指环与他密切相关。”

“大步！”弗拉多叫道。

“是的，弗拉多，”阿拉贡笑着说，“我请求再次成为你的同伴。”

“我本来就想恳请你一起走呢，”弗拉多说，“只是我以为你要和波洛米尔一起去米纳斯提力斯。”

“我是要去，”阿拉贡说，“在上战场之前，我那把断剑要重铸。不过你的路和我的路有好几百英里是重叠的，所以波洛米尔也会加入远征队伍。他是一位勇士。”

“那就还剩两位了，”埃尔隆德说，“这我得考虑考虑。也许我会从我的家族中选两个我认为不错的人。”

“可是这样的话，就没有我们的位置了！”皮平沮丧地叫道，“我们不想被落下。我们想和弗拉多一起去。”

“那是因为你们不了解，也不能想象前方有什么等着。”埃尔隆德说。

“弗拉多也不知道，”甘道夫出乎意料地支持皮平，“我们任何一个人都不清楚前路如何。的确，如果这些霍比特人明白会有什么危险，他们也许不敢去。可是他们依然希望去，或者希望敢去，否则会感到羞愧与不快。埃尔隆德阁下，我认为，在这件事情上，信赖他们的友情可能比信赖伟大的智慧更好。哪怕你为我们选择了一位精灵王，比如格洛芬德尔，他既无法攻克黑塔，也不能凭借其力开辟通往火山的路。”

“你讲得很有道理，”埃尔隆德说，“但我还是有疑虑。我预感，夏尔如今也不能幸免于难，我本来想让这两位回去送信，尽他们所能，按照他们夏尔的方式，提醒当地人危险将至。无论如何，我认为这两人中比较年轻的佩雷格林·图克应该留下。我心里反对他去。”

“那么，埃尔隆德阁下，你得把我关进牢里，或者把我捆起来塞进麻袋送回家去，否则我就要跟他们一起走。”皮平说。

“那就这样，你去吧，”埃尔隆德说着叹了口气，“现在，九位行者都齐了，七天之内，护环远征队必须出发。”

因为阿拉松之子阿拉贡将奔赴战场，对阵魔多大军，埃兰迪尔的剑被精灵工匠重新铸造。剑身中间刻有七颗星星，两侧分别是一弯新月和一轮光芒四射的太阳，围绕着这日月星辰的是许多如尼文。重铸的剑非常明亮，内里闪烁着红彤彤的日光与清冷的月光，剑刃锋利坚硬。阿拉贡将其重新命名为安督利尔，西方之焰。

阿拉贡和甘道夫一起散步，或一起座谈他们要走的路与可能遇到的危险，反复研究了埃尔隆德家中收藏的历史传说和地图。有时弗拉多也跟他们一起，但他满足于依赖他们的指导，尽可能花更多的时间陪着比尔博。

在最后的那几天里，霍比特人晚上都聚在火焰厅里，他们听了许多故事，其中就包括完整版的贝伦和露西安以及他们赢得大宝钻的故事。不过在白天，当梅里和皮平外出闲逛的时候，弗拉多和山姆却总是和比尔博一起待在他的小房间里。比尔博会诵读他书中的篇章（他的书要完结似乎还差得很远），或他的诗稿，要不然就记录弗拉多的历险经历。

最后一天的早晨，弗拉多独自和比尔博待在一起。这位霍比特老人从床底下拉出一个木箱子，掀开盖子，在里头翻找起来。

“这是你的剑，”他说，“不过你知道的，断了。我把它带来藏得好好的，却忘了问那些工匠能不能修补好。现在没时间了，所以我想，你或许想要这把，你知道这把吧？”

他从木箱里取出一把套着破旧皮鞘的小剑，然后拔出来，保养得很好的光亮剑刃刹那间寒光熠熠。“这是刺叮剑，”他说着，轻轻一用力，就将它扎进了木梁里，“你喜欢的话就带上它，我想我是再也不需要它了。”

弗拉多万分感激地收下了这把小剑。

“还有这个！”比尔博说着取出一个很小却似乎很沉的包。他解开裹着的几层旧布，抖开一件小锁子甲。它是由许多金属环密织而成的，柔软近乎亚麻，寒冷如冰，又比钢铁坚硬，银色月光般熠熠生辉。它上面还镶嵌着白宝石，并配有一条珍珠水晶腰带。

“好看吧？”比尔博说着，将它拿到光亮处，“这东西非常有用，这是梭林送给我的矮人锁子甲。出发前，我从大洞镇拿回来，裹进了行李里——除了那枚指环，我把我那次旅行的纪念物全都带上了。不过我没想着用它，现在也不需要了，只是偶尔拿出来看看。穿上后，你几乎感觉不到它的重量。”

“我看起来……呃，我觉得穿上它，我看起来可能会不太对劲哟。”弗拉多说。

“我也是跟我自己这么说的！”比尔博说，“可是，别在意好不好看。你可以把它穿在你的外套里面。快穿上吧！你一定要和我分享这个秘密，别告诉任何别人！我如果知道你穿上了它，会感到更高兴的。我有一种感觉，它甚至能挡得住黑骑士的刀剑。”说到最后，他压低了嗓音。

“好极了，那我就穿上它。”弗拉多说。比尔博把锁子甲给他穿上，并把刺叮剑挂在那条光闪闪的腰带上。然后，弗拉多套上了他那身风吹日晒褪了色的旧长裤、短袍和短上衣。

“你看上去就是一个普普通通的霍比特人了，”比尔博说，“但你的内在比外表更丰富。祝你好运！”说着他转过身，望向窗外，试图哼上一曲。

“我不知道怎么感谢你才好，比尔博，为这些，为过去你对我的一切关照。”弗拉多说。

“别客气！”这位霍比特老人说着，转过身来一巴掌拍在弗拉多背上。“哎呀！”他叫道，“你现在结实得很啊，拍不得了！可你记住：霍比特人必须团结在一起，尤其是巴金斯家的。我要求的唯一回报是：尽可能照顾好自己，带回所有你能带回的消息，包括你一路听闻的所有歌谣和故事。我会尽最大努力在你返回之前完成我的书。如果可能的话，我还想写第二本。”他突然停住，又转身望向窗外，轻声唱了起来：

我坐在炉火旁，回想，
我所见的一切，
草地，鲜花，蝴蝶，
曾经的夏日。
黄叶，蛛丝，
轻雾，晨光，
风拂过我的头发，
曾经的秋日。
我坐在炉火旁，
揣测当冬日来临，
而再无春天，
世界将会怎样？
因为世间许多事物，

我还未曾见过，
每片树林，每个春天，
绿皆不同。
我坐在炉火旁，
想念很久以前的人，
想念将见识新世界的人，
一个我从未知晓的新世界。
我就这样坐着，
一边追忆往事，
一边侧耳等待门外，
归来的脚步与话音。

十二月底，阴冷的一天。东风从光秃秃的树杈间呼啸而过，在山上的黑松林里掀起怒涛。乌云压顶，破絮般倏忽来去。阴郁的薄暮开始降临，远征队准备出发了。他们之所以在黄昏时动身，是因为埃尔隆德建议他们尽可能在夜色的掩映下行进，直到远离幽谷。

“你们要当心索伦的众多耳目眼线，”他说，“我毫不怀疑，黑骑士大败的消息已经传到他的耳朵里了，他一定会气得暴跳如雷。很快，他那些能走会飞的探子就会拥向北方各地。你们行进时，连头顶的天空都要多留意。”

远征队带的武器很少，因为他们寄希望于隐秘而非战斗。阿拉贡只带了安督利尔，没带其他武器，而且出发时只穿了一身褐绿色和棕色的装束，就如荒野游民。波洛米尔有一把跟安督利尔样式相似的长剑，不过其家系没那么源远，他还带着一面盾牌和他的号角。

“在山谷里，它听起来清晰又嘹亮，”他说，“会令刚铎的所有敌人闻风丧胆！”说着他把号角放到嘴边用力一吹。回声在岩石间回荡，幽谷中所有听见这号声的人都吓了一跳。

“你再要吹号可得悠着点，波洛米尔，”埃尔隆德说，“除非你再次踏上自己的土地，而且是在情况危急时。”

“也许吧，”波洛米尔说，“但我总是在准备出发时吹响我的号角。虽然之后我们要在阴影中行走，但我不想像一个夜行贼一样动身。”

只有矮人吉姆利公然穿着一件钢环短锁子甲，因为矮人都不怕重。他的腰带上还挂着一把宽刃斧。莱戈拉斯背着弓箭，腰带上挂着一把雪白长刀。几个年轻的霍比特人都带着他们从古冢岗拿走的剑，但弗拉多只带上了刺叮剑，还有他的锁子甲，如比尔博所愿，穿在里面不为人所见。甘道夫带着他的手杖，但身侧佩戴着精灵宝剑格拉姆德凛，与之成对的另一把精灵宝剑奥克锐斯特如今放在孤山下梭林的胸膛上。

埃尔隆德给所有人都配备了厚厚的保暖衣物，外套和披风都衬有皮草。备用的粮食、衣物、毯子和其他必需品，都由一匹矮种马驮着，就是他们从布里带来的那匹可怜的老马。

这匹马在幽谷的日子里发生了惊人的变化：皮毛变得光滑，似乎恢复了青春的活力。山姆坚持选择带走它，声称比尔（他这么叫它）不去的话，会伤心难过的。

“这牲口几乎会说话，”山姆说，“如果他在这儿待得再久一点，会开口说话的。他给我的眼神，就像皮平先生说的一样：‘如果你并不让我跟着你走，山姆，我自己会跟上的。’”于是，比尔便成了负重的牲口，不过它是远征队中唯一看上去不觉得抑郁的成员。

他们已经在大厅的炉火旁道过别，现在就等着甘道夫，他还没有从屋子里出来。敞开的门里透出一道火光，许多窗户都透着柔和的光。比尔博裹着一件披风，默默地站在门阶上的弗拉多身旁，阿拉贡头垂到膝盖上坐着，只有埃尔隆德全然明白这一刻对他而言意味着什么。黑暗中，其他人看上去都是灰影子。

山姆站在矮种马旁边，咂着牙，忧郁地盯着下方幽暗的河谷，河水拍击岩石，涛声震天。他对历险的渴望降到了最低点。

“比尔，我的伙计，”他说，“你真不应该跟我们一起，你应该待在这里，吃着最好的干草，等着新草生长起来。”比尔甩了甩尾巴，默不作声。

山姆松了松肩膀上的背包，心里焦虑不安地回顾了一下已经塞进去的所有东西，担心是不是忘了什么：炊具，他的主要宝贝；一小瓶盐，他总是带着，一有机会就补充填满；好多烟斗草（但我打赌，这远远不够）；打火石和火绒；羊毛裤；被单；他的主人已经忘记了的各种小东西，等弗拉多需要时，他可以扬扬得意地递上去。所有的东西，他一件一件想了一遍。

“绳子！”他嘟囔道，“没带绳子！昨天晚上，你还跟自己说呢：‘山姆，带上点绳子怎么样？别到想要的时候抓瞎。’好吧，我想要，可现在到哪里去找呢？”

就在这时，埃尔隆德和甘道夫出来了。他把远征队员召集到身边，低声道：“我最后说几句，持环者即将出发，开始末日山之旅，所有责任都由他一人承担：既不可以丢弃这枚指环，也不可以将它交给大敌的任何爪牙，更不可以让任何他人经手，除非情况万分紧急，才可以将它托付给远征队的同伴或者白道会的成员。与他同行的其他人，都是自愿结伴在路上帮助他的。你们视情况而定，可以止步，可以返回，也可以分道扬镳。你们走得越远，就越不容易退出。不过你们不受任何誓言的约束，要走多远全看你们的意愿。因为你们还不知道自己内心的力量如何，预见不了可能在路上遇到什么。”

“在道路黑暗时退却的人是不讲信义的。”吉姆利说。

“也许吧，”埃尔隆德说，“但不要让不曾见过夜晚的人发誓在黑暗中行走。”

“但是誓言可以稳固颤抖的心。”吉姆利说。

“或者破碎它，”埃尔隆德说，“不要想得太远！不过现在，怀着好心情出发吧！再见，愿精灵、人类以及所有自由族人的祝福与你们同在。愿星光照耀你们的面庞！”

“祝……好运！”比尔博冷得发抖，哆哆嗦嗦地喊道，“弗拉多，我的孩子，我估计你没法写日记，但我期待你回来时把一切都事无巨细地讲给我听。别去太久哟！再见！”

埃尔隆德家的其他许多人站在阴影中，目送他们离去，轻声跟他们道别。没有笑声，没有歌唱，没有音乐。最后，他们转过身，默默地融进了暮色中。

他们过了桥，沿着长而陡的蜿蜒小道缓缓上行，离开深深的幽谷，最后来到了一片荒原高地。这里，风正呼啸着穿过石楠丛。然后，他们瞥了一眼下方亮光闪闪的“最后家园”，便大步走进黑夜，向远方而去。

在布鲁南渡口，他们离开大路，往南转到连绵起伏的山地小道上行进。他们的目的是沿着雾山山脉西侧的这条路线走上许多里、许多天。比起山脊另一边大荒野中的青葱大河谷，这一片乡野更崎岖、更

荒凉，他们的行进速度也更慢，但他们希望走这条路线能避开那些不怀好意的关注。迄今为止，在这片空旷的乡野，还没怎么见到索伦的探子，除了幽谷的居民，这些小道也鲜为人知。

甘道夫走在前面，阿拉贡与之并行。后者熟悉这片土地，哪怕在黑暗中。其他人在后面鱼贯而行。目光敏锐的莱戈拉斯断后。他们的旅程开头部分艰难而又枯燥，除了风，弗拉多记得的事情甚少。很多个不见阳光的日子，凛冽的风从东部山脉吹来，似乎没有衣物能够抵挡它刺骨的吹拂。尽管远征队一行人穿得都很厚实，却很少觉得暖和，无论是行走还是休息。白天午间，他们躺在洼地里，或藏在很多地方都生长的凌乱荆棘丛中，睡得很不舒服。傍晚时，他们被负责放哨的人叫起来，吃一天中最主要的一餐：照例冰冷乏味，因为他们几乎不敢冒险生火。晚上他们又继续行路，总是尽可能找偏南的路走。

一开始，霍比特人觉得，虽然每天都在往前走，跌跌撞撞直到筋疲力尽，可他们却似蜗牛爬行，并没有走出多远。周遭的景物每天看起来都跟前一天的一模一样。然而，山脉却一天天接近了。幽谷南边山势渐渐升高，并向西弯拐过去。主山脉脚下，起伏着越来越广阔的荒凉小山丘和充满湍流的深溪谷。小道很少，且蜿蜒曲折，经常把他们带到某些陡峭的悬崖边，或引进凶险难测的沼泽地。

气候开始变化时，他们已经在路上走了两个星期。风骤然一停，却随即转向，向南吹去。云卷云舒，太阳出来了，苍白而明亮。在一夜踉踉跄跄的长途跋涉之后，他们迎来了一个清冷的拂晓。一行人来到一个覆满古冬青树的矮山脊。冬青树灰绿色的树干如同山岩一般，墨绿色的树叶闪闪发光，枝头的浆果在初阳的照耀下红彤彤、亮晶晶的。

弗拉多看向南方：巍峨的群山影影绰绰，此刻似乎正横亘在远征队要走的小道上。这片高山脊的左边，耸立着三座山峰，最高最近的那座峰顶覆雪，像一颗沾了雪沫的牙齿。其北向的大峭壁光秃秃的，大半仍然笼罩在阴影中，但太阳斜照到的地方红彤彤的。

甘道夫站在弗拉多身旁，抬手搭眉眺望。“我们干得不错，”他说，“我们已经到了大人族称之为冬青郡的地区边界。在更快乐的时代，精灵们就住在这个名叫埃瑞吉安的地方。按直线距离算，我们已经走了四十五里格[①]，当然，我们双脚走过的路比这长得多。从现在开始，陆地和天气会好一些，但或许危险也更甚。”

“不管危险不危险，一轮真正的日出肯定大受欢迎。”弗拉多说。他把兜帽往背后一甩，让晨光照在脸上。

“可是我们前面横着大山。”皮平说，“我们夜里肯定往东走了。”

“没有，”甘道夫说，“不过是因为在清亮的日光里，你看得更远了。那些山峰远方，山脉弯向西南方。埃尔隆德家里有许多地图，不过我想你从来没想着看一看吧？”

“我看过，偶尔看过的，”皮平说，“可我不记得了。弗拉多在这种事上脑子更好使。”

“我不需要地图，”吉姆利已经和莱戈拉斯一起走上前来，正凝视着前方，深陷的双眼闪烁着一道奇异的光，“这是我们的父辈工作过的地方，我们曾把那些山的形象刻进许多金属和石头制品中，写进许多歌谣和故事里。红角峰巴拉兹，银齿峰齐拉克，云顶峰沙苏尔，它们高高耸立在我们的梦里。

① 里格：海洋及陆地的古老测量单位。在海洋中 1 里格通常被认为是 3 海里，约 5.556 千米；在陆地上通常被认为是 3 英里，约 4.827 千米。

“在醒着的现实生活中，我以前只远远地见过它们一次，但我认得它们，知道它们的名字，因为它们下方就是卡扎督姆，意思是‘矮人挖凿之所’，现在又叫‘黑裂隙’，精灵称之为墨瑞亚。那边耸立的是红角峰巴拉兹，又被称为‘残酷的卡拉兹拉斯’，远处是银齿峰和云顶峰，也就是银白凯勒布迪尔和灰白法努伊索尔，我们称之为齐拉克－齐吉尔和邦都沙苏尔。

“雾山山脉在这儿分岔，两道支脉之间是暗影深重的一个山谷，一个我们无法忘怀的山谷——阿扎努比扎，也就是黯溪谷，精灵称之为南都希瑞安。”

“我们正是在往黯溪谷去，”甘道夫说，“如果我们翻过地处卡拉兹拉斯南坡下面被称为‘红角门’的隘口，就可以沿着黯溪梯下降至矮人的深谷。镜影湖就在那里，银脉河就源自它冰冷的泉水。”

“凯雷德－扎拉姆之水幽蓝，凯勒布兰特之泉冰冷，”吉姆利说，“一想到很快就可以见到它们了，我的心颤抖不已。”

“祝你一见愉快，我亲爱的矮人。”甘道夫说，“但无论你想干什么，我们肯定不能待在那个山谷里。我们必须沿着银脉河下游走，进入秘密森林，然后去大河，再然后……”

他停住了。

“对啊，然后去哪里？”梅里问。

“然后，去这趟旅程的终点，”甘道夫说，“我们没法展望过远，让我们庆幸于第一阶段安安全全地结束了吧！我想我们应该在这里歇歇，不只今天白天，还有今天晚上。冬青郡空气宜人。在一个曾有精灵居住过的地方完全忘记精灵之前，必有许多邪恶降临该地。”

“这是真的，”莱戈拉斯说，“但此地的精灵对我们西尔凡精灵来说，是陌生的精灵族，这里的树木和青草如今也不记得他们——我只听见岩石在哀悼他们：他们将我们掘得很深，他们将我们刻得很美，他们将我们筑得很高，但他们已经离去。他们已经离去。他们很久以前就从灰港渡海西去了。”

那天早上，他们在一个被巨大的冬青树丛遮蔽的深壑里生了火。自出发以来，这是他们吃得最愉快的一顿饭。之后，他们也没有急着睡觉，因为想着会有一整晚睡觉的时间，而且他们打算第二天晚上再继续上路。只有阿拉贡沉默而不安。过了一会儿，他离开远征队的同伴，漫游至山脊。他站在一棵树的树荫下，望望南，望望西，脑袋随之摆动的样子仿佛在聆听。然后，他回到山谷边缘，俯视着下方说说笑笑的其他人。

“怎么了，大步？”梅里仰头喊道，“你在找什么？丢了什么重要的东西吗？”

“当然没有，”阿拉贡回答道，“但我确实没有发现某种东西。我曾于许多不同的季节在冬青郡待过，虽然如今这里已无人居住，但始终都有许多其他生灵，尤其是鸟儿。可是现在，除了你们，万籁俱寂，我能感觉到。我们周围方圆几十里都悄然无声，而你们的声音似乎能激起大地的回音。我不明白这是怎么回事。”

甘道夫兴趣突至，往上看过来。“你猜这是什么原因呢？”他问，“还有比见到四个霍比特人而感到吃惊更多的因素在里头吗？更别提还见到我们其他人了。要知道这地方人烟稀少，人声寥寥啊！”

“但愿如此吧，”阿拉贡回应道，“但我有一种又警又怕的感觉，到达这里之前我从未有过这样的感觉。”

“那我们一定得更加小心了，”甘道夫说，“如果你带上一位游民，那最好重视他的看法，尤其这位游民是阿拉贡时。我们必须停止大声说话，安安静静地歇息，设岗观察。”

那天，轮到山姆值守第一岗，但阿拉贡加入了值守。其他人都睡着了。沉寂愈甚，连山姆都感觉到了。睡眠者的呼吸清晰可闻。矮种马尾巴的甩动以及偶尔的移步都变成了响亮的噪声。只要一动，山姆就能听见自己的关节吱嘎作响。当太阳从东方升起时，周围死寂一片，湛蓝天穹笼罩四野。遥远的南天出现了一块黑斑，而且这块黑斑在逐渐变大，像风中的浓烟朝北方飘来。

“那是什么，大步？看起来不像是云啊。”山姆悄声对阿拉贡说，但后者没有回答，他正目不转睛地盯着天空。不一会儿，山姆也看清了正在飘近的是什么：一群疾速飞行的鸟儿正翻转着、盘旋着，飞越整片土地，仿佛在搜寻什么。它们渐渐近了。

“躺平别动！”阿拉贡压低声音喊了一嗓子，一把将山姆拽进一片冬青树丛的阴影中。因为一群鸟儿突然脱离大部队，低低地朝着山脊直飞而来。山姆觉得，它们是一种体形庞大的乌鸦。当它们掠过头顶时，密密麻麻，以至于随之的影子亦如乌云压顶。粗粝的叫声嘎嘎可闻。

直到它们往北方和西方飞得很远，渐渐消失，天空再次明朗，阿拉贡才起身。他一跃而起，跑去叫醒了甘道夫。

“黑乌鸦成群结队，正在飞越雾山山脉和灰水河之间的所有土地。”他说，“它们已经飞过冬青郡了。那不是本地的黑乌鸦，而是从范贡森林和黑蛮地飞来的克拉班大乌鸦。我不知道它们为什么而来，也许是南方远处有了什么麻烦，它们不得不逃离，可我觉得它们是在监探这一片土地。我还瞥见许多大鹰在高空飞翔。我想我们应该今晚就动身。冬青郡对我们而言不再是一个适宜的地方了：它正处于监控之下。”

“那这样的话，红门角也是如此了。”甘道夫说，“我无法想象，我们怎样才能越过那里而不被看见。不过，我们还是等到跟前再想办法吧。恐怕你是对的，天一黑，我们就得上路。”

“幸运的是，我们生的火烟很少，而且在克拉班大乌鸦飞来之前，就已经快燃尽了，”阿拉贡说，“余烬必须扑灭，不能再燃起来了。”

“这都是什么破事啊！”傍晚时，皮平一醒来，就被这些消息——没火、继续夜行——整崩溃了，“全都因为一群乌鸦！我本来期待着今晚好好吃一顿真正的晚饭呢，一顿热乎乎的晚饭。”

“嗯，你可以继续期待，”甘道夫说，“前面说不定有许多意料不到的盛宴在等着你呢。至于我，舒舒服服地抽一杆烟，暖一暖脚就挺好。不过有一件事，我们无论如何可以确定，那就是越往南走天气会越温暖。”

“太温暖，我都不觉得奇怪，”山姆对弗拉多嘟囔道，“不过我开始想，应该到我们望见那火焰山，看到所谓的大路尽头的时候了吧。一开始我以为这里这个红角峰——不管它还有没有什么别的名字——可能就是了，可吉姆利却说了那么一大堆话。矮人的语言一定很拗口！”山姆的脑袋里没有地图的概念，在这些陌生而又貌似广袤的遥远土地上，他实在估算不出任何距离。

那一整天，远征队保持隐蔽状态。黑鸟群时不时地飞过，可当夕阳西下，天空红彤彤一片时，它们往南消失了。黄昏时分，远征队出发了。他们调整路线，偏东转向，往卡拉兹拉斯——红角峰而去。夕阳余晖中，那座山峰依然微微闪着红光。随着天色渐暗，白星星一颗一颗跳了出来。

在阿拉贡的带领下，他们踏上了一条好走的路。在弗拉多看来，这条路像是一条古道的遗迹，一度规划得很好，很宽敞，从冬青郡通往出山口。此刻，一轮满月升上山头，在黑黢黢的石影上投下一抹辉光。这些岩石中的许多看上去都像是经过刀工手斧，尽管现在它们散落在这片光秃秃的荒凉土地上，破败不堪。

破晓前的时刻，寒冷沁骨，月亮低垂天际。弗拉多抬头望天。突然，他看到或者说感到一道阴影掠过高空中的星星，好像有那么一刻，它们忽灭又忽亮。弗拉多不寒而栗。

“你看见有什么东西掠过吗？”他悄声问甘道夫，后者就在前面。

“没看见，但我感觉到了，不管是什么，”甘道夫答道，“也许没什么，只是一缕薄云。”

“那它移动得很快啊，而且不是随风而动的。”阿拉贡嘀咕道。

那天晚上，再也没有什么事发生。第二天拂晓甚至比前一天还亮堂，但空气又清冷寒凉。风已经掉头往东吹了。一行人又走了两夜，持续往上爬行，但因为脚下的路在山岭间蜿蜒曲折，他们走得比以往都要慢，而大山越走越近，越近越高。第三天早晨，卡拉兹拉斯赫然耸立在眼前。雄伟的山峰，山顶覆雪如银，陡峭的山体却光秃秃的，山岩暗红似血浸。

天空看起来有阴沉的迹象，太阳苍白。风现在已经吹向东北。甘道夫嗅了嗅空气，回头望去。

“我们后面，冬加深了。”他悄悄地对阿拉贡说，“北方远处的高山比原先更白，雪都下到山肩上了。今晚我们应该向上，往红角门去了。在那条狭窄的小道上，我们可能会被监视者发现，可能会被某种邪恶拦截，不过天气可能会被证明才是最致命的。阿拉贡，你对现在这路线怎么看？”

弗拉多无意中听到了这番话。他明白甘道夫和阿拉贡是在继续很早以前就已经开始的某场辩论。他忧心忡忡地听着。

“甘道夫，如你所知，我认为我们的路线从头至尾都不好。”阿拉贡回答道，“我们越往前走，已知和未知的危险就越多，可我们又必须走。在山道上耽搁可没什么好处。再往南，就没有山口了，直到洛汗隘口。自从你说了萨鲁曼的消息后，我对那条路就不放心了。谁知道现在驭马者的头领们是为哪边效力的？”

“确实，谁知道呢！”甘道夫说，“不过还有另外一条路，不经过卡拉兹拉斯隘口——那条我们之前说过的黑暗密道。”

“不过让我们别再提它了！现在别提，我恳请你什么都不要跟其他人说，除非确实没有其他路了再说。”

“我们必须在继续往前走之前做出决定。”甘道夫回应道。

“那在其他人休息睡觉时再说，我们现在就在心里权衡一下吧。”阿拉贡说。

傍晚，当其他人还在吃饭时，甘道夫和阿拉贡一起走到一边，站在那里望着卡拉兹拉斯。它的山体此刻黝黑阴郁，峰顶笼罩在乌云中。弗拉多望着他们，好奇他们辩论将走向何方。等他们回到远征队时，甘道夫开口说话了，于是弗拉多知道他们决定面对天气和高山隘口。他如释重负。他猜不出另一条黑暗密道是什么，但光是提到它，似乎就让阿拉贡充满了惶惑不安。弗拉多很高兴它被放弃了。

“从最近的种种迹象来看，”甘道夫说，“恐怕红角门已处于监控中，而且我也对即将到来的天气有所怀疑，可能要下雪了。我们必须尽可能全速前进，即使如此，我们仍然需要两次以上的行进，才能到达隘口顶上。今晚天会黑得早，大家一准备好，我们就必须离开了。”

“如果可以的话，我想补充一条建议，”波洛米尔说，“我出生在白山山脉的影子下，对高地旅行的情况略有所知。在爬到山的另一边之前，我们会遇到极寒天气，甚至更糟。如果我们被冻死，那行动如此隐秘，又有什么意义呢？这里还有一些树和灌木，我们离开的时候，每个人应该尽其所能地背上一捆柴火。”

“比尔可以多背一点，是不是，伙计？”山姆说。矮种马悲伤地看着他。

“很好，”甘道夫说，“但我们一定不能轻易用木柴，除非到了不生火就会死的地步。”

远征队再次出发。一开始他们速度很快，但不久山路变得陡峭难行。曲曲折折、上上下下的路在许多地方几乎消失不见，还有许多落石堵着。夜变得死黑，乌云笼罩苍穹。寒风刺骨，在岩石间旋舞。子夜时分，他们已经爬到了大山的膝部。现在狭窄的小道在一道陡峭的悬崖下蜿蜒向左，上方就是卡拉兹拉斯阴郁的山体，峰顶隐没在昏暗中，看不见。右边是一个黑漆漆的裂口，地势在此处骤然下降，跌进一个深壑。

他们费劲地爬上一个陡峭的斜坡，在坡顶停了片刻。弗拉多觉得脸上有轻柔的触感。他伸出胳膊，看见模糊的白色雪片落在他的衣袖上。

他们继续前行，但没过多久，雪下大了，雪花漫天飞舞，飘进弗拉多的眼睛里。甘道夫和阿拉贡弓着腰的黑色身影就在前面一两步远，却几乎看不见。

“我一点都不喜欢这个，”紧跟在后面的山姆气喘吁吁地说，“晴朗的早晨有雪挺好，可我喜欢下雪的时候躺在床上。希望这场雪下到霍比顿去！那儿的人们可能会欢迎雪的。”除了北法兴的荒原高地，夏尔很少下大雪，下雪被看作一件高兴的事，值得庆祝。活着的霍比特人（除了比尔博），没有人还记得 1311 年的严冬，那时白狼越过冰冻的白兰地河，入侵夏尔。

甘道夫停下了脚步。他的兜帽和肩上落雪很厚，地上的积雪也已经到靴子脚踝处了。

“这正是我所害怕的，”他说，“现在你怎么说，阿拉贡？”

“这也是我所害怕的，”阿拉贡回应道，“但还有让我更害怕的事。我知道大雪的危险，但在如此靠南的地方，除了高山顶上，很少会下这么厚的雪。而且我们爬得还不算太高，仍然在很低的地方，这些地方的小道一般来说整个冬天都是畅通的。”

“我怀疑这是大敌的诡计，”波洛米尔说，“在我的家乡，人们说他能控制坐落在魔多边界的黯影山脉的暴风雪。他拥有奇怪的力量，还有许多同盟。”

“那他的胳膊伸得够长的，”吉姆利说，“竟然能从北方抓来雪，困住三百里格之外的我们。”

“他的胳膊是变长了。”甘道夫说。

就在他们停下脚步时，风势减弱了，雪也渐渐变小，到后来几乎停了。他们继续攀缘前行，但才走了不到半里路，暴风雪就又裹挟着新的暴怒而来。狂风呼啸，大雪变成了雪暴，让人眼睛都睁不开。很快，就连波洛米尔都感到很难保持前进。几个霍比特人跟在个头比他们高的人后面，艰难前行，腰弯得脑袋都快着地了。显然，如果雪继续下，他们不可能走多远。弗拉多的双脚像灌了铅一样沉重；皮平在后面，拖着沉重的步子；甚至连跟任何矮人一样强壮的吉姆利也步履沉重，嘟嘟囔囔地发着牢骚。

远征队突然停下了，仿佛心照不宣地达成了一个共同的协议。黑暗中，他们听到四周传来了怪异恐怖的声音。那可能只是风在岩石缝隙和沟壑中弄出来的把戏，但听起来像是凄厉的叫喊和疯狂的大笑。石块开始从山坡上滚下来，呼啸着飞过他们的头顶，或者砸在他们旁边的小道上。时不时地，他们就听见一声轰隆隆的闷响，那是巨石从隐蔽的高处往下滚落的声音。

“我们今晚不能再继续走了，”波洛米尔说，“谁要把这叫作‘风’，那随他的便，但空中有邪恶的声音，这些石头是冲我们来的。”

“我确实叫它‘风’，”阿拉贡说，“但这不是说你说得不对。这个世界上有许多邪恶和不友好的东西都不喜欢两条腿走路的生灵，但它们并没有跟索伦结盟，而是有它们自己的目的。有些东西在这世上的岁月比索伦还长。”

“很多年以前，卡拉兹拉斯就被称作残酷山，名声很坏，”吉姆利说，“那时这些地区还没听说过索伦是何方神圣呢。”

“如果我们无法击退他的进攻，那谁是敌人无关紧要。”甘道夫说。

“可我们要怎么办？”皮平可怜兮兮地叫道。他靠着梅里和弗拉多，瑟瑟发抖。

“要么原地停下，要么掉头回去，”甘道夫说，“继续前进没好处。如果我没记错的话，只要再往上一点，这条小道就会离开峭壁，进入一个宽阔的浅沟，这个浅沟在一道长陡坡的坡底。那里没有遮拦，挡不住雪或石头，或其他任何东西。”

“掉头回去也不是好办法，因为暴雪还在肆虐。”阿拉贡说，“我们一路走来，都没发现比现在头顶这道峭壁更能遮风挡雪的避难所。”

“避难所！”山姆嘟囔道，“如果这也叫避难所，那一堵没顶的墙也能叫房子。”

大伙尽可能靠近峭壁，挤在一起。峭壁面南，接近底部的地方稍稍探出去一点，他们希望这能挡住点北风和落石。可是，旋风从四面八方袭击他们，大雪从一层厚似一层的乌云里飘下来。

他们背靠崖壁蜷缩在一起。矮种马比尔耐心而沮丧地站在几个霍比特人前面，替他们挡了点风雪。可是没过多久，积雪就没过了它的跗关节，而且越积越高。如果没有高个同伴挡着，几个霍比特人很快就会被雪完全埋没。

一股浓重的睡意袭来，弗拉多觉得自己很快就沉入了一个温暖而模糊的梦中。他觉得有火在烤着脚趾，壁炉另一侧的阴影里，传来了比尔博说话的声音。“我不太喜欢你的日记，”他说，“一月十二日，暴风雪。没必要回来报告这种事！”

“可是我想休息，想睡觉，比尔博。”弗拉多费劲地回答道。这时，他感到有人在摇晃自己，然后，他痛苦地醒了。波洛米尔将他从雪堆里拽了起来。

“这会要了这些半身人的命的，甘道夫，”波洛米尔说，“坐在这里等雪没顶不行啊，我们必须做点什么来自救。”

“把这个给他们，”甘道夫说着，在背包里摸索了一会儿，拽出一个皮囊，“每人就喝一口，我们所有人。这是米茹沃，幽谷的一种琼浆，非常珍贵。我们启程的时候，埃尔隆德给我的。传下去喝吧！”

弗拉多刚喝下一小口这温暖芬芳的甘露，就觉得心中涌起一股新的力量，四肢沉重的倦意消失殆尽。其他人也精神一振，感到了新的希望和活力。然而雪势没有减弱，雪片漫天飞舞，周身的积雪比之前更厚了，风也刮得更猛烈了。

“生个火怎么样？”波洛米尔突然问，“甘道夫，看起来眼下差不多是得做出生死抉择了。毫无疑问，等大雪将我们埋住，我们肯定就避开所有不善的视线了，但那也就于事无益了。”

“你能生火的话，那就生吧。”甘道夫回答道，“如果有任何监视者能忍受这场暴风雪，那不管生不生火，他都能看见我们。”然而，虽然他们听从波洛米尔的建议，带着木柴和火绒，但要在旋风中打出火苗，或者点着湿漉漉的木柴，却不是精灵的本事，甚至连矮人也无能为力。最后，无奈的甘道夫接过了手。他捡起一捆木柴，高举片刻，口中念念有词：*Nauranedraithammen*！他将手杖尖端戳进木柴，一大团蓝绿色的火苗瞬间蹿起，木柴燃着了，噼啪作响。

“如果有谁在看，那至少我已经暴露了，”他说，“我已经写下了‘甘道夫在此’的标记，从幽谷到安度因河口，谁都能读懂。”

不过远征队已经不在乎监视者或不善的目光了。他们的心为眼前的火光欢呼雀跃。木柴欢快地燃烧着。虽然火堆周围的雪嘶嘶融化，脚下雪泥成池，但他们还是高兴地把手伸到火上烤着。他们围成一圈站在那里，弯腰对着这堆小小的跳跃闪耀的火焰，红光映在他们疲倦忧虑的脸上。

木柴燃得很快，雪依旧在下。

火苗燃得很低了，最后一捆木柴也丢了进去。

“长夜将尽，黎明将至。”阿拉贡说。

“如果黎明能穿透这些云的话。”吉姆利说。

波洛米尔走出围圈，仰望黑暗。“雪在变小，风也静了些。”他说。

弗拉多疲倦地盯着仍在黑暗中飞舞的雪花，在篝火余光的映照下，雪片泛着白光。不过他看了许久，也不见雪势减弱的迹象。然后，当睡意再次袭来时，他突然意识到，风确实停了，而雪片越变越大，越大越少。慢慢地，一缕辉光渐渐扩展。最后，雪彻底停了。

那一缕辉光越来越大，越来越亮，一个死寂的世界随之显现出来。他们的避难所下面，全是白雪覆盖的小丘、拱顶和不成形的深沟，其下那条他们曾涉足的小道已经完全消失，而他们上方的山峰隐匿在随时可能再下雪的厚重云围里。

吉姆利举目远眺，摇了摇头说：“卡拉兹拉斯没有原谅我们，如果我们继续前进，它还会向我们扔更多的雪。我们越早回头下山越好。”

所有人都同意这话，但现在撤退的路也很难走，甚至有可能没法走。距离火堆余烬只有几步远的地方，积雪就有好几尺深，高过了霍比特人的头顶。有些地方的积雪被风掀起，吹到悬崖边上，形成了巨大的雪堆。

“如果甘道夫愿意举着明亮的火把走在我们前面，或许能为你们开出一条路来。”莱戈拉斯说。暴风雪对他影响甚微，他是远征队里唯一一个仍然保持着轻松心态的人。

“如果精灵能飞越大山，他们或许能把太阳取来救我们，”甘道夫回答道，“但我必须有东西才能点火，我没法燃烧雪。”

“好吧，”波洛米尔说，“我的家乡有句老话：头脑茫然时，身体必须动。我们当中最强壮的人必须找出一条路来。瞧！尽管现在一切都被白雪覆盖着，但我们上来的那条路，是在下面那块岩石肩上拐弯的。就是在那儿，雪才开始困扰我们的。如果我们能走到那里，也许再往前就会更容易，我估计不过半里的距离。”

“那就让我们开一条路出来吧，我和你！”阿拉贡说。

阿拉贡是远征队中个头最高的，但个头稍微矮一点的波洛米尔体格更魁梧壮硕。他领头，阿拉贡紧随其后。他们慢慢地往前挪动，很快就举步维艰。有些地方的雪齐胸深，波洛米尔时常不像是在走路，而像是划着他那健壮的双臂在游泳或挖掘。

莱戈拉斯嘴角含笑，观察了他们一会儿，然后转过身对众人说：“你们说，最强壮的人必须寻找一条路？但我说，犁地靠农夫，游泳选水獭，至于在草地、树叶或积雪上轻跑，还得看精灵。”

说着，他轻巧敏捷地往前一跳。弗拉多这才第一次注意到——尽管他早就知道——这位精灵没有穿靴子，而是一如既往，只穿着一双轻便的鞋子，双脚几乎踏雪无痕。

“再见！”他对甘道夫说，“我去寻找太阳！”然后，他就像坚实之地上的跑者一样，冲了出去，很快就超过了那两个艰难跋涉的人。经过他们时，他还挥了挥手，随即飞逝而去，消失在岩石拐角处。

其他人蜷缩在一起等待着。他们望着波洛米尔和阿拉贡渐渐缩成了茫茫雪野中的两个小黑点。最后，两个小黑点也消失在他们的视野中。时间一点一点地过去，云层愈低，又有几片雪花旋舞着落了下来。

大约过了一个小时，虽然感觉更久，他们终于看见莱戈拉斯回来了，与此同时，波洛米尔和阿拉贡也重新出现在他身后很远的岩石拐角处，他们俩正费劲地往坡上爬。

“嘿！”莱戈拉斯一边跑一边喊，“我没把太阳带来，她正在南方蓝色的天空中漫步呢，这个红角土丘上的一点点雪圈，根本没被她放在眼里。不过，我给那些注定要靠双脚行路的人带回一缕希望之光。

就在那个拐弯处，有一个非常大的雪堆，我们那两位强壮的人差点被埋在那里，他们很绝望，直到我回来告诉他们，那个雪堆不比一堵墙宽多少。在另一面，雪突然少了，而下面更远处，雪只有薄薄的一层，仅够凉一凉一个霍比特人的脚趾。”

“哼！我就说嘛！”吉姆利吼道，“这不是一般的暴风雪。这是卡拉兹拉斯的恶意。他不喜欢精灵和矮人，那个大雪堆堵在那里，就是为了切断我们的退路。”

“可是，幸好你的卡拉兹拉斯忘记了你有人类同行，”就在这时，波洛米尔走了上来，“而且还是两个勇敢强悍的人，如果我可以这么说的话。不过，带着铲子的普通人也许更能帮上你们的忙。不过我们俩还是在积雪堆中凿出了一条通道，这里所有无法像精灵那样轻盈奔跑的人，都应该感到庆幸。”

“可是就算你们已经挖通了雪堆，我们又怎么才能下到那里去呢？”皮平问。他说出了所有霍比特人的心声。

“别灰心！”波洛米尔说，“我很累，但还剩了一点力气，阿拉贡也是。我们会背上小人族。其他人当然就跟在我们后面，沿着我们踩出来的足迹走。来吧，佩雷格林少爷，我先背你下去。”

“抓紧我的背！我得腾出胳膊。”他背起皮平，大步迈向前。阿拉贡背着梅里跟在后面。皮平见波洛米尔没有其他工具，仅凭强壮的四肢，就开出这么一条道来，不禁惊叹于他的力气。即使是现在，背上背着人，他仍然在为后面跟着的人拓宽小道，一边走一边将雪向两边猛地推开。

他们终于到达了大雪堆处。它横亘在山道上，像一堵突兀的陡壁，顶部尖利似刀，巍然耸立，高度是波洛米尔的两倍。不过，尽管雪堆中间已经凿出了一条通道，这通道却像桥梁一样升升降降。梅里和皮平在另一侧被放下来，在那儿和莱戈拉斯一起等着远征队其他人的到来。

过了一会儿，波洛米尔背着山姆回来了，后面走在狭窄但已经被踏实的小道上的是甘道夫，他牵着比尔，而吉姆利坐在马背上的行李堆中间。最后，阿拉贡背着弗拉多来了。他们穿过雪中小道，可是还不等弗拉多双脚沾地，就听轰隆隆一声闷响，流石积雪一块接一块、一团接一团滚落下来。一行人赶忙紧贴着崖壁蹲下来，飞石溅雪激得他们几乎睁不开眼睛。等空气再次清明，他们发现身后的小道已经被堵上了。

“够了！够了！”吉姆利喊道，“我们会尽快离开的！”的确，这最后的一击之后，大山的恶意似乎也发泄完了，仿佛卡拉兹拉斯满足于入侵者被击败，不敢再回来。下雪的威胁解除了，云破天晴，越来越亮堂。

正如莱戈拉斯所报告的，他们发现越往下走，积雪就变得越浅，连霍比特人都能徒步跋涉了。不久，他们就再一次全都站在斜坡顶上那块平坦的岩架上了。前一天晚上，他们就是在这里感受到第一片雪花落下来的。

此时，天已大亮，他们站在高处，回头向西眺望那些低地，远处山脚下起伏的乡野中有一个小山谷。昨天，他们就是从那里开始攀爬隘口的。

弗拉多双腿酸疼。他感到寒冷刺骨，饥饿难耐。他一想到漫长痛苦的下山之旅，脑袋就嗡嗡直响，头晕目眩，感到有黑斑在眼前游动。他揉了揉眼睛，黑斑仍然在。远处，他的下面，仍然高于那些较矮山丘的地方，一群黑点在空中盘旋。

“鸟儿又来了！”阿拉贡指着它们说。

“现在也没办法了，”甘道夫说，“无论它们是善还是恶，或者跟我们根本没有关系，我们都必须立刻下山，即使在卡拉兹拉斯的山膝处，我们都不能待到另一次夜幕降临！”

当他们转身背对红角门，跌跌撞撞地爬下斜坡时，一阵冷风从身后刮了下来，卡拉兹拉斯击败了他们。

第4章
暗夜之旅

傍晚时分，灰蒙蒙的天光又开始迅速消散，一行人停下来准备过夜，他们疲惫不堪。群山笼罩在渐深的暮霭中，寒风凛冽。甘道夫又让每人喝了一小口幽谷的米茹沃。待大伙吃了一些食物后，他召集了一场会议。

“我们今晚当然不能再继续走了，”他说，“红角门的那场袭击已经令我们精疲力竭，我们必须在这里休息一阵。”

“然后我们往哪里走？”弗拉多问。

“我们面前仍有要走的旅程和要完成的使命，”甘道夫回答道，“要么继续前进，要么返回幽谷，我们没有别的选择。”

光是提到返回幽谷，皮平就面露喜色。梅里和山姆也满怀希望地抬起头，但阿拉贡和波洛米尔没有反应。弗拉多看上去忧心忡忡。

“我也希望我能回到那儿去，”他说，“可是，我怎么能毫无愧疚地回去呢？——除非实在无路可走，并且我们被彻底击败。”

“你是对的，弗拉多，”甘道夫说，“回去就是承认失败，就要面对接踵而来的更糟糕的失败。如果我们现在回去，那枚指环一定就得留在那儿，因为我们应该没有机会再动身出发了。那么幽谷迟早会被困，陷入痛苦，过不了多久，就会被攻陷。指环幽灵是致命的敌人，但他们只是阴影，然而一旦统御指环回到他们的主人手中，那他们就将拥有恐怖的力量。”

“那么只要有路，我们就必须前进。”弗拉多叹息道。山姆又跌入了郁闷。

“有一条路我们可以试试，”甘道夫说，“从一开始，我第一次考虑这趟旅程时，就觉得我们应该试试它。不过那不是一条愉快的路，我之前也没跟远征队提起过。阿拉贡也反对，认为至少得先尝试翻越大山隘口之后再说。”

“如果那是一条比红角门还糟糕的路，那一定真的非常邪恶。”梅里说，“不过你最好跟我们说说它的情况，让我们现在就知道它有多糟糕。”

“我说的这条路通往墨瑞亚矿坑。”甘道夫说。只有吉姆利抬起头来，眼中仇火闷燃，而其他人一听到那名字便顿生恐惧，就连霍比特人也感到那是一个莫名可怕的传说。

“那条路可能通往墨瑞亚，但我们怎么能指望它会引导我们穿过墨瑞亚呢？”阿拉贡阴郁地问。

“那是一个不吉利的名字，”波洛米尔说，“我也看不出走那里的必要。如果我们不能翻越山脉，那就往南走，一直走到洛汗隘口，那里的大人族对我的族人很友好，我们就走我来时走的那条路。或者，我们可以沿着艾森河走，进入安法拉斯和莱本宁，这样就可以从临海地区到达刚铎。”

“波洛米尔，自从你北上后，事情已经发生了变化。”甘道夫答道，“你没听到我讲萨鲁曼的事吗？一切结束之前，我自己可能还有账跟他算。不过这枚指环一定不能接近艾森加德，可能的话，我们要想尽一切办法。只要我们与持环者同行，就一定不能走洛汗隘口。

“至于那条更长的路，我们耽误不起时间。走那条路，我们可能得花一年的时间，会经过许多空旷荒芜无遮蔽的地区，但它们并不安全。萨鲁曼和大敌的耳目监视着这些地区。波洛米尔，当你北上的时候，你在大敌眼中，只是一个南方来的漫游者，不怎么值得关注，他一心想的，是追逐至尊指环。可你现在返回时，是远征队的一员，只要你跟我们在一起，就始终处于危险当中。在这一览无遗的天空下，我们每往南走一步，危险就增加一分。

“因为我们公然企图穿越出山口，恐怕我们的境况已经变得更危急了。现在如果我们不赶快隐匿踪迹，避人眼目一段时间，我看希望就微乎其微了。因此我建议，我们既不应该翻山，也不应该绕过它们，而是从山底走。无论如何，那是一条大敌预料我们不大可能走的路。”

“我们不知道他的预料，”波洛米尔说，“他会监视所有的路，不管可能还是不可能。那样的话，进入墨瑞亚就可能是自投罗网，比直接叩击黑塔之门好不到哪里去。墨瑞亚这个名字都是黑的。”

“你把墨瑞亚比作索伦的要塞，说明你在信口开河。”甘道夫说，“我们当中，只有我曾去过那黑魔王的地牢，去过多古尔都他那小一点的旧居。那些穿过巴拉督尔之门的人，无一返回。而如果没有再出来的希望，我是不会带你们进入墨瑞亚的。没错，如果那里有兽人，可能对我们不利，但雾山山脉的绝大多数兽人已经在五军之战中被驱散，或被消灭了。大鹰报告说，兽人又在远方集结，但仍有一线希望：

墨瑞亚尚自由。

“甚至还有可能，那儿仍有矮人。还有可能在其父辈的深厅里，找到芬丁之子巴林。反正不管结果如何，我们都必须踏上这条不得不选的路！”

“我会跟你踏上这条路的，甘道夫！”吉姆利说，“我会去看一看都林的厅廊，不管那儿有什么等着我——假如你能找到那些紧闭的门的话。”

“好，吉姆利！”甘道夫说，“你鼓舞了我。我们一起去找找那些隐蔽的门，一起穿过去。在矮人国的废墟中，一个矮人的头脑不会像精灵、大人族或霍比特人那样容易迷糊。不过，这并不是我第一次置身墨瑞亚。瑟罗尔之子瑟莱因失踪后，我曾在那里找了他很久。我进入了墨瑞亚，又活着走了出来！”

“我也曾穿过黯溪门一次，”阿拉贡轻轻地说，“不过，我也重又走了出来，但那段记忆却非常狰狞。我真的不愿再进入墨瑞亚第二次。”

“我一次都不想进入。”皮平说。

“我也不想。”山姆嘟囔道。

“当然不想！”甘道夫说，“谁想呢？可问题是，如果是我带领你们去那儿，谁愿意跟着我？”

“我愿意。”吉姆利热切地说。

“我愿意。”阿拉贡沉重地说，“你听从我的领导，结果差点没于暴雪中，却一句责备之辞都没有。现在我愿意听从你的领导——假如这最后的警告也动摇不了你的话。我现在考虑的不是那枚指环，也不是我们其他人，而是你，甘道夫。而且，我要对你说：如果你要穿过墨瑞亚之门，千万当心！”

“我不愿意去，”波洛米尔说，“除非整个远征队表决否定我。莱戈拉斯和小人族怎么说？我们肯定得听听持环者的意见吧？”

“我不愿意去墨瑞亚。”莱戈拉斯说。

霍比特人没有吭声。山姆看着弗拉多。最后，弗拉多开口了。“我确实不愿意去，”他说，“可我也确实不愿意拒绝甘道夫的建议。我恳请大家不要表决，让我们睡一觉再说。甘道夫在晨光中比在这寒冷的暮色中更容易获得支持。这风吹得多么狂啸啊！”

这一席话让大家都陷入了沉思。他们听着风在岩石和树丛间飒飒作响。夜色中空旷的四野传来了一声声怒号和哀啸。

突然，阿拉贡跳了起来。“这风吹得多么狂啸啊！”他叫道，“这风啸里夹杂着狼嗥。座狼已经到山脉西边来了！”

“那还需要我们等到早晨吗？”甘道夫说，“正如我所言，追猎开始了！即使我们活着见到黎明，现在谁愿意在一群野狼的追踪下趁夜南行？”

“墨瑞亚有多远？”波洛米尔问。

“卡拉兹拉斯西南边有一道门，直行大约十五英里，走小道也许二十英里。”甘道夫严肃地答道。

“那可以的话，明天天一亮，我们就动身吧，”波洛米尔说，“听见狼嗥比想着兽人更恐怖。”

“真的是！”阿拉贡说着松了松剑鞘中的剑，“可是，哪里有座狼嗥叫，哪里就有兽人潜行。”

“我真后悔没听埃尔隆德的建议，”皮平小声对山姆嘟囔道，“我终究一点也不中用啊！我身上‘吼牛’班多布拉斯·图克的血统不够：

这嗥叫令我心冷血凝，我不记得我有过这样胆战心惊的感觉。”

“我的心都沉到我的脚趾下去了，皮平先生，”山姆说，“但我们还没被吃掉，这儿还有几个强壮的人跟我们在一起。不过老甘道夫下场如何，我打赌肯定不会是葬身狼腹。”

为了夜间防御，远征队爬到了本来作为遮蔽处的小山丘顶上。这山丘顶上长着一小片盘根错节的老树，周围有一个断断续续的巨石圈。他们在石圈中央生了一堆火，反正也不指望黑暗和寂静能隐藏他们的踪迹，不被狼群发现。

他们围火而坐。没守哨的人心神不安地打着盹。可怜的矮种马比尔站在那儿瑟瑟发抖，冷汗直流。现在，狼嗥声在他们四周时远时近，夜晚的死寂中，可见许多双从山脊窥视着山顶的荧闪闪的眼睛。有些狼几乎逼近石圈了。在石圈的一个缺口处，一团庞大的狼影静止不动，盯着他们。突然，它发出一声令人毛骨悚然的嗥叫，好像它是头领，正在召唤它的狼群发起进攻。

甘道夫站起来，大步向前，高举着他的手杖。“听着，索伦的走狗！”他喝道，“甘道夫在此。你们要是珍惜你们肮脏的皮毛，就快滚！倘若你们胆敢踏入这石圈，我就让你们从头到尾焦皮烂骨！”

那恶狼怒嗥一声，一跃而起，扑向他们。说时迟那时快，只听嘣的一声利响，莱戈拉斯箭已离弦。接着一声惨嗥，跃起的身影砰然落地，精灵之箭已射穿它的喉咙。那些窥探的眼睛倏地全都消失了。甘道夫和阿拉贡大步向前，但山丘上空空荡荡，追猎的狼群已逃之夭夭。四周的黑暗愈加沉寂，呜咽的风中再无嗥叫传来。

长夜将尽，月华西沉，在破开的云絮间时隐时现。弗拉多突然从睡梦中惊醒。浪潮般的恶嗥怒吼毫无预警地在营地四周爆响，一大群座狼已经悄悄集结起来，此刻正从四面八方同时向他们发起进攻。

“往火里扔柴！”甘道夫冲霍比特人喊道，“抽出你们的剑，背靠背站着！”

新扔进火堆的木柴噼啪作响，在跳跃的火光中，弗拉多看见很多灰影跃过石圈，越来越多的灰影跟在后面。阿拉贡一剑刺穿一头庞大的领头狼的喉咙；波洛米尔大力挥刀砍下另一头狼的脑袋；他们旁边的吉姆利叉着粗壮的腿站着，手中挥舞着他的矮人战斧；莱戈拉斯的弓箭嗖嗖响个不停。

在摇曳的火光中，甘道夫似乎突然长高了：他挺起身子，庞大的身影像某个古代君王的石像，充满威胁地耸立在山上。他弯腰俯身像一大片云，拾起一根燃烧的木柴，大步上前迎战恶狼。它们在他面前后退。他将燃烧的木柴抛向高空，木柴骤然迸射出一道白光。甘道夫的声音滚雷般响起：

Nauranedraithammen！ *Naurdaningaurhoth*！

轰隆！噼啪！他上方的树迸发出一片炫目的火花。这火从一棵树的树冠跳到另一棵树的树冠。整个小山丘都笼罩在耀眼的火光中。抵御者的刀剑闪闪发光。莱戈拉斯的最后一支箭破弦而出，在空中被点燃，带着火苗扎进一头巨狼首领的心脏。其他狼全都四散而逃。

火光慢慢熄灭，最终只剩飘落的余烬和火星。一缕刺鼻的烟雾缭绕在烧焦的树桩上方，黑漆漆的随风飘下山去。而此时，黎明的第一缕曙光也朦胧地闪现在天空。他们的敌人溃败而逃，未再返回。

“我跟你说什么来着，皮平先生？”山姆说着，把他的剑插进剑鞘，“狼奈何不了他！这可真开眼啊！没错！我的头发差点被烧掉！”

天光大亮时，他们再也没有发现狼群的踪迹。四周并无夜战的痕迹。他们徒劳地寻找了一番死狼的尸体，却只见烧焦的树和躺在山顶上的莱戈拉斯的箭，而这些箭全都完好无损，除了一支只剩下箭头。

“这正是我所害怕的，”甘道夫说，“这不是荒野中猎食的普通狼群。我们快点吃饭，赶紧走吧！”

那天的天气又变了，简直就像是奉了某种力量的命令：既然他们已经从隘口撤退，雪就不再有用了。现在这力量寄希望于明亮的光线，这样好从远处看清野地里的动向。风在夜里就已经转向了，从北风变成了西北风，现在风势也减弱了。云消失在南天，蓝空清亮高远。他们站在山坡上，准备出发，一抹苍白的日光在山峰上空闪烁。

“我们必须在日落前到达墨瑞亚之门，”甘道夫说，“否则的话，恐怕我们永远也到不了了。距离不远，但我们要走的路可能迂回曲折，因为在这里阿拉贡无法给我们带路，他几乎没有涉足过这片乡野，我也只到过一次墨瑞亚西墙之下，而且是很久以前了。”

“它就在那边。”他遥指着东南方说。那边山势陡峭，群山往山脚下的暗影里骤降。远处朦胧可见一线光秃秃的峭壁群，其间有一堵比其他峭壁都高的大灰墙。“你们有人可能已经注意到，离开隘口的时候，我领着你们往南走，并没有回到我们的起点。这样做是明智的，因为现在我们可以少穿越好几英里了。我们需要赶紧的，走吧！”

“我不知道该指望什么，”波洛米尔严肃地说，“是该指望甘道夫会发现他所寻求的路，还是该指望走到那悬崖前却发现那些门永远失踪了。所有的选择似乎都很糟糕，而最可能的机会却是夹在狼和墙之间，进退维谷。带路吧！”

吉姆利现在跟大巫师一起走在前面。他急不可耐地想去墨瑞亚。他们俩领着远征队往山脉回转。古时候，从西边通往墨瑞亚的唯一路线，是沿着西栏农溪走。这条溪流是从距离墨瑞亚大门不远的悬崖脚下流出来的。然而，要么是甘道夫走错了路，要么是近些年地貌发生了变化，反正他没有遇到他要找的溪流，它本应该就在他们的出发地往南几英里的地方。

晨逝午近，远征队仍在光秃秃的红石野地里游荡，艰难搜寻。哪儿都看不见水光，听不到水声，到处都荒凉干涸。他们的心直往下沉，视线中没有活物，天空中一只鸟都没有。可是如果夜幕降临时，他们还迷失在这片荒地，将会是怎样一种境况，谁也不愿意想。

突然，一直赶在前面的吉姆利回头呼唤他们。他站在一个土墩上，指着右方。众人赶忙上前，看见下方有一道又深又窄的河道。河道里面空寂一片，褐中带红的河床岩石间，勉强可见一缕细流，不过靠近他们的这一侧有一条小径，破败不堪，蜿蜒穿行于一条古道的腐壁和断石之间。

“啊！终于找到了！”甘道夫说，“这就是西栏农溪流经的地方，人们过去称这条溪为‘门溪’。可它怎么变成这样了？我猜不出原因。以前溪流可是湍急喧腾的。走吧！我们必须得快点了，已经迟了。”

远征队一行人脚酸身疲，但他们仍然顽强地沿着蜿蜒崎岖的小道跋涉了好多英里。正午已逝，日头西斜，短暂的停歇进食后，他们继续前进。面前群山嶙峋，但他们的路在深壑之中，只能看见较高的山肩和东边远处的山峰。

最后，他们走到一个急转弯处。脚下的路本来一直向南，夹在河床边缘与左侧陡降的崖地间，这会儿却又向东转。转过拐角后，面前出现一座低崖，大约五英尺高，崖顶凹凸不平。一道细流顺着一条宽崖缝滴落下来。这条崖缝似乎是被一道曾经水势磅礴的瀑布冲刷出来的。

“确实有变！”甘道夫说，“但没错就是这个地方。阶梯瀑布就剩下这点了。如果我没记错，其两侧的石崖上刻着阶梯，不过主路拐向左边，盘升几圈后到达顶上的平地。瀑布远处曾有一个浅谷，直通到墨瑞亚门墙前。西栏农溪从中流过，路就在溪边。我们走吧，去看看现在是什么情况了！”

他们没费多大劲就找到了石阶。吉姆利迅速跳上去，甘道夫和弗拉多紧随其后。当到达顶端时，他们却发现再也无法沿路前进，门溪干涸的原因也昭昭然。身后，金色的晚霞映满清冷的西天；身前，一泓黑漆漆的冷湖静谧延展。阴沉的湖面既无天影也无夕照。西栏农溪被拦截了，充溢在整个山谷。这不祥之水的对面，峭岩壁立，在落日的余晖中，显得苍白肃穆：不可逾越，这是终点。嶙峋的崖石上，没有大门，也没有入口的迹象，弗拉多连一个裂隙或缺口都没有发现。

“那就是墨瑞亚之墙，”甘道夫指着水对面说，“那里曾经伫立着一道门，精灵之门，位于我们从冬青郡来的路的终点，但这条路被堵了。我想，远征队里没有人愿意在这一天的尽头，游过这阴森森的湖水吧。它看着让人讨厌。”

“我们必须找到一条路绕北边过去，”吉姆利说，“远征队首先要做的事是顺着小道爬上去，看看它会将我们引到哪里。就算没有这个湖，驮着我们行李的矮种马也没法爬上这道石梯。”

“可是无论如何，我们都不能把这匹可怜的老马带进矿坑，”甘道夫说，“山下的路是一条黑暗的路，到处是它无法涉足的窄道和陡坡，即使我们能走，它也不行。”

“可怜的老比尔！”弗拉多说，“我都没想到这个。可怜的山姆！不知道他会怎么说。”

“我很抱歉，”甘道夫说，“可怜的比尔一直是我们的好帮手，现在要抛开它不管，我心里也很难受。按照我当初的想法，我宁愿轻装上阵，不带任何动物，至少不能带上山姆喜欢的这匹马。这一路上我都在担心，我们会被迫走这条路。”

当远征队以最快的速度爬上斜坡，抵达湖边时，白昼将尽，夕阳西沉。苍穹之上，寒星闪烁。看上去，湖面最宽处也不过两三弗隆[①]。暗淡的暮色里，他们也看不出它往南延伸了多远。不过它的北端距他们站立的地方不过半英里，在包围着山谷的石脊和湖水边缘之间，有一圈平地。他们匆匆向前，因为距离甘道夫要去的对岸之处还有一两英里要走，而且到了之后，他还要寻找墨瑞亚之门。

当来到湖的最北端时，他们发现被一条窄溪拦住了去路。溪水滞浊发绿，就像一条伸出来包围着山丘的黏稠胳膊。吉姆利顽强地大步向前，发现溪水很浅，在岸边不过脚踝深。他们跟在他后面鱼贯而行，小心翼翼地涉水前进，因为杂草丛生的水塘底部全是滑溜溜的石头，落脚难稳。弗拉多伸脚一接触到这黑黢黢的脏水，就恶心得发抖。

当走在队伍最后面的山姆牵着比尔爬上对岸的干地时，忽听一声轻响传来：嗖嗖，扑通！仿佛一条鱼搅动了沉寂的水面。他们迅速回头，只见消逝的天光下，水面泛起边缘发黑的涟漪，从远处湖水中某处一圈圈向外荡开，伴随着噗噗噗的冒泡声。然后，一切归寂。暮色愈深，夕阳的最后一抹余晖也被云遮住了。

---

① 弗隆：英制长度单位，1 弗隆约等于 201.167 米。

甘道夫这会儿大踏步继续前进，其他人也尽快跟上他。他们走到了湖和悬崖之间的干燥地带：很窄的一块地，宽度大多不过十来码，落石满地，行走困难。不过他们找到了一条紧贴着崖壁的路，尽可能远离那黑漆漆的湖水走着。沿着湖岸往南走了一英里后，他们遇见了一片冬青树林。浅滩里全是正在腐烂的树桩和枯枝，这似乎是一片残余的老灌木丛，抑或是曾经沿路旁横穿过山谷的树篱遗迹，但紧挨悬崖下耸立的两棵粗壮高树依然活着。这两棵树比弗拉多见过或想象过的所有冬青树都庞大。它们粗壮的根从崖壁蔓延到水里。从远处石梯顶看过去，它们不过像是遮蔽在悬崖下的灌木丛。而现在，它们高耸过头顶，挺直、黑暗、沉默，像伫立在道路尽头的两座哨塔，将沉沉的夜影投在脚下。

“啊！我们终于到了！”甘道夫说，“这里就是从冬青郡出来的精灵之路尽头。冬青树是那片土地上的人的象征，他们在这儿种上冬青树，标志着这里是他们领土的终界，因为西门主要被他们用作与墨瑞亚诸领主往来的通道。那是更快乐的时代，不同种族的人之间仍然保持着亲密的友谊，就连矮人和精灵之间也是如此。”

“友谊冷却，并不是矮人的错。”吉姆利说。

“我没听说是精灵的错。”莱戈拉斯说。

“我听说两方都有错，”甘道夫说，“我现在不会对此做出判断，但我恳请你们两位，莱戈拉斯和吉姆利，至少做朋友，来帮助我。我需要你们两位。墨瑞亚之门还紧闭着，匿而不见，我们越快发现它越好。马上就要入夜了！”

他转向其他人，说道：“我搜寻的时候，你们每个人能否做好进入矿坑的准备？因为恐怕我们得在这儿跟我们亲爱的负重老马说再见了。你们必须抛弃许多我们带来抵御恶劣天气的装备：在里面你们不需要它们，我希望在穿过墨瑞亚继续南下时也不需要。不过，我们每个人必须分担一点老马驮的东西，尤其是食物和水袋。”

“可是，你不能把可怜的老比尔丢在这个鬼地方，甘道夫先生！”山姆既生气又悲伤地叫起来，“我不丢，绝不丢！它跟我们走了这么远，经历了我们经历的一切！”

“我很抱歉，山姆，”大巫师说，“可是，等墨瑞亚之门打开，我想你是没有办法拽着你的比尔进去的，进入墨瑞亚的漫长黑暗中。你必须在比尔和你的主人之间做出选择。”

“要是我牵着它，它就会跟着弗拉多先生进入恶龙的巢穴！”山姆反驳道，“把它丢在这四处都是狼的地方，跟杀了它没什么差别。”

“这还不至于杀了它，我希望。”甘道夫说。他将手放在矮种马的头上，低语道：“带着守护你、引导你的咒语走吧，你是一匹聪明的马，已经在幽谷学到了许多。朝着能发现青草的地方去吧，尽快回到埃尔隆德家，或任何你想去的地方。”

“好了，山姆！跟我们一样，它会有很多机会摆脱狼群，回到家里。”

山姆闷闷地站在矮种马身旁，没有答话。比尔似乎很明白即将发生的事，蹭着山姆，用鼻子去碰他的耳朵，山姆的眼泪夺眶而出。他颤抖着解开马背上的捆绳，把所有的行李取下来，扔在地上。其他人开始清理东西，将所有能丢下的东西堆在一起，再分摊其余要带上的东西。

等做完这一切，他们全都转头望着甘道夫。他显然什么也没做，站在两棵树之间，盯着光秃秃的悬崖壁，仿佛要用眼睛在那上面凿出一个洞来。吉姆利在周围走来转去，用他的斧头敲敲这里的岩石、敲敲那里的岩石。莱戈拉斯则侧身贴在崖壁上，仿佛在聆听。

“好了，我们全都准备好了，”梅里说，“可是门在哪里？连个影子都没见着啊！”

“矮人之门关闭的时候是看不见的，”吉姆利说，“它们是隐形的，如果忘了机关，它们的主人都找不着打不开。”

“可这扇门不是造来只让矮人知道的密门，”甘道夫说着，突然福至心灵，转过身，“除非情况彻底改变，否则知道什么该看的眼睛或许会发现迹象。”

他走上前，站在崖壁前。就在两棵高树的影子之间，有一处很光滑。他用手来回抚摸其上，口中念念有词。然后，他往后一退。

“看！”他说，“现在你们能看见什么了吗？”

月亮这时正照在灰色的崖壁上，但好一会儿，他们别的什么也没看见。然后慢慢地，大巫师的手抚摸过的地方，显出微弱的线条，就像细细的银线在岩石上蔓延。一开始，这些线条不过像是灰白的蛛丝，纤细得只在月光照耀的地方闪闪烁烁，但渐渐变得越来越宽，越来越清晰，直到整个图案都能辨认出来了：

甘道夫伸手可及的顶部，是一道精灵文字交织而成的拱形。下方，虽然有些地方线条有些模糊或断裂，但还是能看出其轮廓：一座铁砧和一把锤子，上面悬着一顶王冠和七颗星星。在这之下，又是两棵树，每棵树都托着一弯新月。比这一切都清晰的是一颗多芒星，就在这扇门的中央，熠熠闪光。

“那是都林的纹章！”吉姆利喊道。

“还有高等精灵之树！”莱戈拉斯说。

“还有费艾诺家族之星，”甘道夫说，“它们是用伊希尔丁制造的。这种材料只反射星光和月光，并且只有在说出中州久已失传的语言的人触摸下，才会显现。我听说那些暗语已经是很久以前的事了，绞尽脑汁才想起来。”

“这些文字说的是什么？”弗拉多问，他正试图辨认拱形上方的铭文，“我以为自己认得精灵文字，但看不懂这些。”

“这是古时候中州西部的精灵语，”甘道夫答道，“不过它们说的并不是什么重要的事，它们说的只是：‘墨瑞亚之主，都林之门。请说，朋友，然后进入。’下面这行模糊的小字写的是：‘我，纳维，建造了它们。冬青郡的凯勒布林博描绘了这些铭文和符号。’”

“‘请说，朋友，然后进入’是什么意思？”梅里问。

“就是字面意思，”吉姆利说，“如果你是一位朋友，说出这口令，门会打开，你就能进去。”

“是的，”甘道夫说，“这些门可能是靠口令控制的。有些矮人之门只在特殊时刻或为特定的人开启；有些则有锁，即便时机正好，口令已知，仍然需要钥匙才能打开。这些门没有钥匙。在都林的时代，它们不是密门，通常都大开着，守门人就坐在这儿。如果门是关着的，任何知道开门口令的人说出口令，就能进去。至少书中就是这样记载的，是吧，吉姆利？”

“是的，”矮人说，“但口令是什么，无人记得。纳维和他的工匠以及他所有的族人都已经从地球上消失了。”

“可是你不知道口令吗，甘道夫？”波洛米尔惊讶地问。

“不知道！”大巫师说。

其他人都一脸茫然无措，只有阿拉贡沉默不语，无动于衷。他非常了解甘道夫。

“那你把我们带到这该死的地方来，有什么用呢？”波洛米尔叫道，侧头瞥了一眼黑漆漆的湖水，“你告诉我们你曾经穿越过一次矿坑。如果你不知道怎么进入，那怎么可能呢？”

“波洛米尔，你第一个问题的答案是：我不知道口令——暂时还不知道。”大巫师说，“不过我们很快就能明白，而且，”他眉毛竖起，眼中闪过一道精光，补充道，“我的事有什么用，等它们被证明无用时，你再来问。至于你的另一个问题：你怀疑我讲的故事吗？还是说你失智了？我不是从这里进去的，我是从东边来的。

“如果你想知道，那我告诉你，这些门是朝外开的。从里面，你可以用手推开它们，但从外面，除了口令，什么也动不了它们。它们是无法向内使力的。”

“那你打算怎么办？”皮平问。他没有被大巫师竖立的眉毛吓到。

“用你的脑袋去敲门，佩雷格林·图克，”甘道夫说，“但如果那都敲不碎它们，就请给我安静一点，不要再问愚蠢的问题了。我要寻找开门的口令。

“所有精灵语、大人族语以及兽人语中，每一道用于此种目的的咒语，我都曾知道。我仍然能不假思索地说出两百个来，但我想只需要试几个就行了。我也不会要求吉姆利说出他们那些不外传的矮人密语。开门的口令是精灵语，就像写在拱形上的那些铭文一样：这点似乎是确定的。”

他再次走到崖壁前，用手杖轻轻地触碰门上图案铁砧下面正中央的那颗银色星星。

Annonedhellen，*edrohiammen*！

Fennasnogothrim，*lastobethlammen*！

他用命令的口吻说。银线条渐渐消失，但空白的灰色岩石却没有动静。

他以不同的顺序或不同的变体重复了这些词语多次。然后，他又尝试了其他的咒语。一个接一个，他时而说得又快又大声，时而说得轻柔又缓慢。再然后，他又说了许多精灵语单词。什么也没有发生，悬崖壁高耸入夜空，繁星闪闪，冷风飒飒，墨瑞亚之门固若金汤。

甘道夫再次靠近崖壁，举起双臂，用命令的口吻、怒意渐长的腔调喊道：“*Edro*，*edro*！”并用他的手杖敲打岩石。“开门，开门！”他吼道。接着，他又用曾在中州西部使用过的每一种语言，以同样的命令口吻喊了一遍。然后，他将手杖往地上一扔，沉默地坐了下来。

就在这时，风裹挟着狼嗥，远远地吹进他们聆听的耳朵。矮种马比尔吓了一跳，山姆蹦到它身旁，低语安抚起来。

“别让它跑了！”波洛米尔说，“看起来我们还需要它，如果狼群没发现我们的话。我真是恨死这个臭水塘了！”他弯腰捡起一块大石头，扔进远处的黑水中。

石头扑通一声轻响，消失了，但与此同时，水中咕嘟嘟冒出一个气泡。石头落水的地方，荡起很大的涟漪，一圈圈慢慢地朝崖壁脚下扩散开来。

“波洛米尔，你这是干什么呢？”弗拉多说，“我也讨厌这个地方，我也害怕。我不知道我害怕的是什么，不是狼，也不是这门后面的黑暗，而是别的什么。我害怕这水塘，别去搅动它！”

“但愿我们能逃离这里！”梅里说。

“甘道夫为什么不能动作快点？”皮平说。

甘道夫没有理会他们。他垂头坐在那儿，要么是陷入了绝望，要么是在焦虑地思索。狼群的哀嚎再次传来。水中的涟漪越荡越大，越荡越近，有一些已经拍到岸上了。

突然，大巫师一跃而起，把所有人吓了一大跳。他在大笑！“我知道了！”他喊道，“当然啊！当然！简单得难以置信！就像大多数谜语揭晓的时刻！”

他捡起手杖，站到崖石前，声音清亮地说：“Mellon！”

银星倏闪又倏灭。一道巨门悄然显形，尽管之前一道缝隙或铰合处都看不出来。慢慢地，它从中间一分为二，一英寸一英寸地朝外打开，直到两扇门都靠在崖壁上。透过敞开的门，隐约可见一道陡峭的石梯攀延向上，但低处阶梯之上的更多阶梯，湮没在比夜色更深的黑暗里。远征队众人都惊诧地凝视着。

“我到底还是错了，”甘道夫说，“吉姆利也是。我们所有人中，只有梅里的思路是对的。开门的口令始终都刻在拱顶上！翻译过来就是：请说‘朋友’，然后进入。我只要用精灵语说出‘朋友’，门就会开启。相当简单！在这个多疑的时代，对一位博学之士来说，太简单了。过去的时代，更幸福一些啊！现在让我们进去吧！”

他大步向前，踏上最低的阶梯。就在这时，变故陡生。弗拉多感到有什么东西抓住了自己的脚踝，他大叫一声跌倒了。矮种马比尔发出一声恐惧的嘶鸣，掉头甩尾，沿着湖岸冲进了黑暗里。山姆跳起来追它，听到弗拉多的叫声，又赶忙跑回来，一边哭哭啼啼，一边骂骂咧咧。其他人猛然转身，只见湖水翻腾，仿佛一群蛇正从南端游过来。

一条长长的弯曲扭动的触须从水中爬出来，淡绿、油亮、湿漉漉的。触须指端抓着弗拉多的脚踝，正将他往水里拽。山姆双膝跪地，正用一把刀砍它。

触须松开了弗拉多，山姆一把拉起他，大声呼救。水一搅动，另外二十条触须冒了出来。黑水翻腾，散发出一股恶臭。

“快进门！上阶梯！”甘道夫大喊一声，跳了回来。除了山姆，众人从被定在原地的惊恐中回过神来，被甘道夫赶着往前跑。

他们跑得正及时。山姆和弗拉多才登了几级阶梯，甘道夫刚开始登上阶梯，那些触须就摸索着扭过狭窄的湖岸，扒着悬崖壁和门，有一条扭动着越过了门槛，在星光下亮闪闪的。甘道夫转过身，停下脚步。如果他是在考虑说什么咒语能将门从里面再关上的话，那就没必要了。许多蜷曲的触手紧紧抓着两边的门扇，以惊人的力量将它们掀了过去，轰隆一声巨响，门合上了，亮光尽没。沉闷的撕扯碎裂声透过笨重的石门传了过来。

一片漆黑中，山姆紧紧抓着弗拉多的胳膊，瘫倒在石阶上。“可怜的老比尔！”他哽咽着叹道，“可怜的老比尔，又是狼又是蛇！可它对付不了这些蛇啊！我得做出选择，弗拉多先生，我得跟你在一起。”

他们听到甘道夫回头走下石梯，用手杖去戳那两扇门。岩石轻抖了一下，石梯也跟着一晃，但门没有开。“唉！唉！这下可好！”大巫师说，“我们后面的通道现在被堵上了，现在只有一条出去的路了，在山脉的另一边。从这声音听来，恐怕门外已经堆起巨石，而且被连根拔起的树也都横在门口了。真遗憾啊！那两棵树很美，都已经活了那么久。”

“脚一碰到那湖水，我就觉得有什么可怕的东西在附近，”弗拉多说，“那是什么东西？有很多吗？”

“我不知道，”甘道夫说，“但那些触须都受一个目的引导。山脉底下的黑水中，有什么东西爬出来了，或者被赶出来了。在这个世界的深处，有一些比兽人更古老、更邪恶的东西。”无论湖里住的是什么东西，他都没有大声说出心中所想。在远征队一众队员当中，这东西先抓住的是弗拉多。

波洛米尔压低嗓音嘟囔着，但岩石反射了回音，把他的话放大成所有人都能听见的嘶吼：“在这个世界的深处！我们正往那儿去呢！这可是有悖于我的意愿的。现在，在这死一般的黑暗中，谁会给我们领路？”

“我会！”甘道夫说，“吉姆利也将跟我一起。跟着我的手杖！”

大巫师大步在前面领头攀登阶梯，他高举着手杖，手杖尖端闪着一抹微芒。宽阔的阶梯完好无损。他们数着往上攀爬了两百级又宽又浅的石阶。到了顶上，他们发现了一条与地面齐平的拱形通道，通进黑暗中。

“我们在这平台上坐着休息一会儿，吃点东西吧，反正也找不着餐厅！”弗拉多说。他已经摆脱掉被那触须抓住的恐惧了，突然觉得饿极了。

这个提议受到了所有人的欢迎。于是，他们坐在最上面一级石阶上，身形笼罩在幽暗中。吃过东西后，甘道夫第三次让每人喝了一小口幽谷的米茹沃。

“恐怕这酒露撑不了多久了，”他说，“但我觉得在经过大门那里的那场惊恐后，需要喝上一点。而且除非运气绝佳，否则在到达另一边之前，我们就需要喝完剩下的全部。走的时候要继续当心水！矿坑里有许多水流和水井，千万不要碰它们。在下到黯溪谷之前，我们可能没有机会蓄满水袋和水瓶了。”

“这要花费我们多长时间？”弗拉多问。

“不好说，”甘道夫回答，“变数太多了。不过，如果不出小意外，不迷路，一直走，我估计要走三四天。从西门到东门，直线距离不会少于四十英里，而且我们走的这条路相当曲折。”

稍事歇息后，他们再次上路。所有人都渴望尽可能快地结束这趟旅程，尽管非常疲惫，他们还是都愿意继续前进几个小时。甘道夫一如既往地走在前面，左手举着他那闪着微光的手杖，右手握着他的格拉姆德凛宝剑。吉姆利紧随其后，一边走一边左右张望，眼睛在昏暗的光线中熠熠生辉。走在矮人后面的是弗拉多，他抽出了他的短剑——刺叮剑。不管是格拉姆德凛剑还是刺叮剑，剑刃上都没有泛微光，这多少让他们有些安慰，因为作为古代精灵工匠的作品，如果有兽人在附近，这两柄宝剑是会闪冷光的。弗拉多后面是山姆，山姆后面是莱戈拉斯、两个年轻的霍比特人以及波洛米尔。在黑暗中断后的，是严肃沉默的阿拉贡。

这条通道扭来拐去转了好几个弯后，开始下沉，在再次变得平整之前，稳降了很长一段。空气变得灼热沉闷，但并不难闻。时不时地，他们还感到有清凉的气流拂过面颊，这气流估计是从墙上的裂隙吹进来的。墙上有很多这样的裂隙。在大巫师手杖的微光映照下，弗拉多瞥见了阶梯和拱门，以及其他的通道和隧道，有的斜向上，有的骤降下，还有的开向两边，空洞漆黑。这地形太让人困惑了，根本不可能记住。

除了坚定的勇气，吉姆利对甘道夫的帮助微乎其微。至少，他没有像大部分其他人那样，光是对黑暗本身就困扰不已。在为选择哪条路而举棋不定时，大巫师常常跟他商量，但最后拿主意的总是甘道夫。墨瑞亚矿坑之巨大和错综复杂，远超格洛因之子吉姆利的想象，尽管他是山中一族的矮人。对甘道夫来说，很久以前那场旅程的遥远记忆现在助之甚微，但即使在昏暗中，即使道路再曲折，他也知道该往他想走的方向走，只要有一条通往目的地的路，他就决不动摇。

“别害怕！”阿拉贡说。这次他们停顿得比之前都要久。甘道夫和吉姆利小声交谈着，其他人则挤在后面，焦虑地等待着。“别害怕！我跟他一起旅行过很多次，尽管从未有哪一次这么黑。关于他的丰功伟绩，幽谷流传着比我见过的更伟大的故事。只要有路可走，他就不会误入歧途。他不顾我们的恐惧把我们领到这儿，一定会再把我们带出去的，无论他要付出什么样的代价。在致盲的夜里，他比贝如希尔王后的猫更有把握找到回家的路。”

远征队有这样一位向导很幸运。他们没有木柴，也没有任何可以做火把的办法。之前他们在大门那里手忙脚乱，许多东西都没带上。没有光，他们很快就遇到了重重麻烦，不仅需要在许多路中做出选择，不少地方还有坑洞和陷阱。小道两边黑漆漆的石壁回荡着他们走路的脚步声。石壁上和地上有不少裂隙和深坑，脚前时不时地裂开一道口子，最宽的有七尺多的跨度，皮平踌躇了很久才鼓足勇气跳过那可怕的缺口。下方远远地传来了浊水翻滚的喧腾，仿佛地底深处有某种巨大的水车在转动。

“绳子！”山姆嘀咕道，“我就知道，没带的时候就需要它！”

这样的麻烦和危险变得更频繁，他们的行进也变得更慢了。他们似乎一直在走啊走，无止尽地走向山脉的根基。他们已经疲惫不堪，但找个地方停下来休息的想法似乎更令他们不安。在逃生后，在吃过东西又喝了米茹沃甘露后，弗拉多精神振奋了一阵子，可现在又陷入了深深的不安，这不安正在变成恐惧，一点一点地袭上他的心头。虽然他在幽谷治愈了刀伤，但那糟糕的伤口并非没有后遗症。他对外界的感知更敏锐了，更容易察觉那些看不见的事物。他很快就注意到了这种变化。迹象之一是，在黑暗中，他比任何一位同伴（也许除了甘道夫）都能看得更清楚。无论如何，他是至尊指环的持有者：它就套在链子上挂在他的胸前，时不时地似乎异常沉重。他确切地感到前方有邪恶等着，后面有邪恶跟着，但他什么也没说，只是更紧地握着剑柄，继续顽强地行进。

他身后的同伴很少说话，偶尔只有匆匆耳语。除了他们自己的脚步声，没有别的声音。吉姆利的矮人靴落地沉闷；波洛米尔脚步滞重；莱戈拉斯步伐轻盈；霍比特人足音轻柔，几乎听不见；断后的阿拉贡大踏步缓慢而坚定。他们停顿片刻，但没有听到任何声音，只是偶尔有看不见的水珠轻微滴落。然而，弗拉多开始听见，或者以为他听见了别的什么，像是柔软赤足轻微落地。这声音不够大，或者说不够近，但他确切地感到他听到了，这声音一听到就再也没停过，而远征队继续行进着。它不是回音，因为当他们停下来时，它兀自啪嗒啪嗒响了一会儿，也渐渐停了下来。

他们进入矿坑时，夜已经降临了。当甘道夫开始第一次认真勘察时，他们已经连续走了几个小时，中间只有几次短暂的停歇。甘道夫面前伫立着一道黑黑的宽拱顶，朝向三个通道。这三个通道全都通往同一个大致的方向：东方。不过，左手边的通道直冲向下，右手边的通道上行，中间那条似乎是直直向前，光滑平坦，但非常狭窄。

“我完全不记得这地方！”甘道夫站在拱顶下，犹豫不决。他举起手杖，希望发现某些标记或铭文，好帮助他做出选择，可什么都没看见。“我太累了，没法做出决定。”他摇着头说，“我估计你们都跟我一样累，或者更累。我们最好就停在这里过完今夜。你们知道我的意思！在这里面，始终漆黑一片，但外面夕月西沉，午夜已过。”

“可怜的老比尔！”山姆说，“不知道它在哪儿。但愿那些狼还没有抓住它。”

在大拱顶左边，他们发现了一道石门。石门半掩着，但轻轻一推就开了。里面似乎是一间凿在岩石里的宽敞洞室。

“慢点！慢点！”甘道夫见梅里和皮平就要往前冲，忙喊道。他们俩发现这个至少比敞开的通道更觉得安全的休息场所，非常高兴。“慢点！你们还不知道里面有什么，我先进去。”

他小心翼翼地进去了，其他人鱼贯随后。“那里！”他用手杖指着地面中央说。众人看过去，只见他的脚前面，有一个巨大的圆洞，像一个井口。洞口边上躺着生锈断裂的链条，链条一头垂进黑漆漆的洞里，附近散落着碎石头。

“你们俩有一个本来可能都掉下去了，这会儿还在琢磨什么时候能触底呢。”阿拉贡对梅里说，“有向导的时候，让向导先行。”

“这似乎是一间警卫室，用来监视那三条通道的。”吉姆利说，“那个洞很显然是供警卫用的，上面还盖着一块石板，只是石板破掉了。我们在黑暗中一定要小心。”

皮平感到这井对他有一种奇怪的吸引力。当其他人裹着毯子，尽可能远离地上的洞，靠着这洞室的墙壁躺下时，他却爬到了洞口，往里面窥探。一股阴冷的风从不可见的深处吹上来，似乎拂过他的面颊。一股突如其来的冲动驱使他摸起一块碎石，扔了下去。他的心一下、两下，跳了很多次，都没有听见任何声音。然后，下面深处传来扑通一声，非常遥远，但在空空的井洞里被放大，久久地回荡着。

“怎么回事？”甘道夫喊道。待皮平坦白自己干了什么，他才释然，但非常生气，皮平看得见他的眼睛气得冒火。“愚蠢的图克！”他吼道，“这是一趟严肃的旅程，不是霍比特人的闲庭漫步。下次把你自己扔下去，那你就不会再讨人嫌了。现在安静点吧！”

好几分钟，没有再听见什么。然后，井的深处传来了微弱的敲击声：嗵——嗒，嗒——嗵。敲击停下，回音消逝。不一会儿再起：嗵——嗒，嗒——嗵，嗵。这声音听起来让人心烦意乱，像是某种信号。过了一会儿，敲击声消逝了，再也没有听到。

“那是锤子的声音，不然的话就是我从来没有听过锤子的声音。”吉姆利说。

“是锤子的声音，”甘道夫说，“我不喜欢这声音。它可能跟佩雷格林愚蠢的石头没关系，但也可能惊动了什么最好别去惊动的东西。请不要再做这种事了！让我们祈祷不要再有什么麻烦了，好好休息一会儿吧。皮平，你守第一哨，这是对你的惩罚。”他咬牙切齿地说着，裹进毯子里睡下了。

漆黑一片中，皮平惨兮兮地坐在门边。他不停地左顾右盼，担心有什么不明之物会从井里爬出来。他希望能盖住那个洞口，哪怕就用一块毯子也好啊，可他不敢动，也不敢走近它。连甘道夫似乎都睡着了。

其实甘道夫是醒着的，但他一动不动地躺着，默不作声。他在沉思，试图勾起他以前在矿坑中旅行的每一寸记忆，焦急地考虑着下一步的行程。现在，拐错一个弯可能就是一场灾难。一个小时后，他起身走到皮平身旁。

“小伙子，找个角落去睡一会儿吧，”他和蔼地说，“我估计你很想睡觉。我一点都睡不着，所以还是我来守哨吧。”

“我知道我是怎么回事了，”他在门边坐下，嘀咕道，“我需要烟！自从暴风雪前的那个早上，我就再也没有抽过烟。”

被睡意完全笼罩之前，皮平看见的最后一件事，是这位老巫师蜷缩在地上的模糊身影：他瘦骨嶙峋的双手放在膝间，遮护着一小团光亮。有那么一瞬间，亮光映出了他尖尖的鼻子和喷吐出来的烟。

将所有人从睡梦中叫醒的是甘道夫。他独自坐着守了大约六个小时的哨，让其他人休息。“守哨的时候，我做了决定，”他说，“我不喜欢中间那条道的感觉，也不喜欢左手边那条道的味道，那下面的空气臭烘烘的，反正我不想引导这条路。我选择右手边这条道。又到我们开始攀爬的时间了。”

如果不算两次短暂停歇的话，他们在黑暗中行进了八个钟头，没遇到危险，没听见什么，也没看见什么，除了领头的大巫师手杖上鬼火一般明明灭灭的微芒。他们走的这条通道缓缓地蜿蜒向上。他们判断，它是一条上升的曲弧，越往上就变得越宽敞越巍峨。这时两边已经没有通向其他厅廊或隧道的开口了，地面平坦坚固，没有坑洞或裂隙。这些都证明，他们走的这条路曾是一条要道。于是，他们加快步伐，走得比第一段路程任何时候都快。

沿着这条路，按照直线往东的距离算的话，他们大约前进了十五英里，但实际上肯定二十英里还多。随着道路攀爬向上，弗拉多的精神也振奋了一点，但他仍然感到压抑，还时不时地听见，或以为听见，在远征队后面远远的地方，在他们起起落落的脚步声之外，有一个并非回音的脚步跟着。

他们不停不歇地行进，已经超出了霍比特人的忍耐力，大家都想找一个能睡觉的地方。就在这时，左右两边的石墙突然消失了。他们似乎已经穿过某个拱形门道，进入了一个黑漆漆空荡荡的空间。身后一大股暖风袭来，身前的黑暗却凉飕飕地打在脸上。他们停下脚步，不安地挤在一起。

甘道夫似乎很高兴。“我选对了路，”他说，“我们终于来到居住区域了。我猜测，我们现在距离东边不远。不过，我没有搞错的话，我们在高处，比黯溪门高得多。就这空气的味道来看，我们一定是在一间大宽厅里。现在，我要冒险弄一点真正的光出来。”

他举起手杖，霎时强光骤起，像一道闪电。巨大的影子稍纵即逝。有那么一会儿，他们看见了头顶上方一个由许多根岩石凿就的巨柱支撑的巨大屋顶。一个巨大的空厅在身前和身侧展开。黑漆漆的墙面光滑如镜，闪着碎光。他们还看见了另外三个黑漆漆的拱形入口：一个在他们正前方朝东，另外身侧左右各有一个。然后，光熄灭了。

“目前，我只敢冒这么大的险，”甘道夫说，“过去山脊上有大窗户，矿坑上层还有可以采光的通风井。我想我们现在已经到这些地方了，不过现在外面又是晚上，我还不能确定，得等到早晨再说。如果我是对的，明天我们可能真的会看到晨光探进来。不过与此同时，我们最好不要再往前走了。如果可以的话，休息吧。事情到目前为止进展还算顺利，这条黑暗的路大段已经走完了，但我们还没有穿过去，到下面通往外面世界的大门还有很长一段路要走。"

这天晚上，远征队众人就在这个洞窟一样的巨大厅室里度过。他们在一个角落紧紧地挤在一起避风：东向的拱形开口似乎不断有一股寒冷气流吹来。他们躺在那里，被空洞而漫无边际的黑暗包围着，这洞窟似的厅室里的寂寥和空旷以及无尽分岔的阶梯和通道也压迫着他们。那些黑暗传闻曾在霍比特人心里激发的最疯狂的想象，全都不及墨瑞亚实际的恐怖和奇妙。

"这里曾经一定有一大群矮人，"山姆说，"个个都比獾还勤劳，干了五百年才造出这一切，而且大部分都在坚硬的岩石里面！他们造这些是为了什么呢？他们肯定不是住在这些黑漆漆的洞里吧？"

"这些不是洞，"吉姆利说，"这是伟大的王国城邦，是'矮人挖凿之所'。古时候，它并不黑暗，而是充满了光明和辉煌，我们的歌谣中仍有记忆。"

他站起来，站在黑暗中，开始用深沉的嗓音吟唱，屋顶上回音缭绕。

世界年轻，群山青葱
明月皎洁，朗朗清清
溪流无名，山石无名
都林醒来，独行踽踽
赐名山谷，渴饮新泉

俯身观湖，水面镜影
但见星冠，银丝宝石
熠熠生辉，额影上悬
世界美好，群山巍峨
精灵古国，纳国斯隆德
精灵之城，刚多林
犹未陷落，浪迹西海

都林时代，世界美好
雕座之上，其为王者
金顶银地，石柱撑厅
门上符文，奥含神力
日月星辰，映照晶灯
乌云难遮，夜影难挡

铁砧之上，重锤猛击
尖凿深劈，刻刀铭写
锻造剑刃，铸接刀柄
矿井深挖，广厦石建
绿玉珍珠，猫眼宝石
密网锁甲，精钢护盔
剑斧长矛，聚藏闪闪

都林子民，无忧无倦

群山深处，乐音袅袅
竖琴雅弹，诗人吟唱
城门重重，号角呜呜

世界灰暗，群山老旧
锻炉火灭，余烬凉凉
竖琴弦断，铁锤无声
都林殿堂，黑暗长居
墨瑞亚内，卡扎督姆
都林墓冢，暗影笼罩
镜影湖上，幽沉无风
仍见星辰，熠熠生辉
水深之处，冠冕静藏
待其王者，梦中醒来

“我喜欢这首歌！”山姆说，“我想学唱，墨瑞亚内，卡扎督姆！可是，想到所有那些灯，黑暗似乎更深重了。这周围仍然躺着成堆的珠宝和金子吗？”

吉姆利沉默不语。他已经唱完了他的歌，不想再多说。

“成堆的珠宝？”甘道夫说，“没有。兽人经常抢劫墨瑞亚。上层厅堂里没有剩下什么。而且自从矮人逃走后，就没人敢搜寻深处的矿井和财宝了。它们都淹没在水里，或者淹没在恐怖的阴影里。”

“那矮人为什么想回来？”山姆问。

“为了秘银，”甘道夫回答道，“墨瑞亚的财富，不在于黄金和珠宝，那些都是矮人的玩物；也不在于铁，那是他们的奴仆。他们确实在这里发现了这些东西，尤其是铁，但他们不需要去寻找发掘：他们想要的一切，都能通过贸易往来获得。而全世界只有这里才能找到墨瑞亚银，有些人称之为‘真银’。精灵语称之为‘米斯利尔’（秘银）。矮人对其的称呼，秘而不宣。它的价值是黄金的十倍，现在更是无价之宝，因为地上所剩无几，甚至连兽人都不敢在这里开采寻找它。其矿脉向北延往卡拉兹拉斯的方向，往下则深入黑暗，矮人对此闭口不谈。然而秘银既是他们的财富根基，也是他们的祸根：他们太贪婪，挖掘过度过深，惊扰了都林的克星，他们因而逃离。被他们带到光明处的秘银，几乎全被兽人抢走，作为贡品献给了垂涎此物的索伦。

“秘银！人人都想要。它能像铜一样被捶打，像玻璃一样被抛光。矮人将它制成一种金属，比淬过火的钢更轻，却更硬。秘银之美跟普通银一样，但它不会生锈，也不会失去光泽。精灵爱极了它。它的诸多用途之一，便是制造伊希尔丁——‘星月’，你们已经在墨瑞亚大门上看到过。比尔博有一件秘银环织成的锁子甲，是梭林送给他的。不知道它现在变成什么样了，估计还在大洞镇的马松屋里吃灰吧。”

“什么！墨瑞亚银织成的锁子甲？”吉姆利从沉默中回过神来，惊叫道，“那可是一件王之厚礼啊！”

“是的，”甘道夫说，“我从来没有告诉过他，那件锁子甲的价值可比整个夏尔及其中的一切都贵重。”

弗拉多什么也没说，只是把手搁在他的短袍下面，抚摸着那件锁子甲上的银环。想到自己竟然把整个夏尔的价值穿在外套下面，他震惊万分。比尔博知道吗？他一点都不怀疑，比尔博知道得非常清楚。它确实是一件王之厚礼。不过眼下，他的心思已经飘离了黑漆漆的矿坑，飞到幽谷，又飞到比尔博身边，飞到袋底洞，飞到比尔博仍在袋底洞的那些日子。他由衷地希望自己回到那里，回到那些日子，修剪草坪，漫步花间，没听说过墨瑞亚，没听说过秘银，更没听说过至尊指环。

深寂降临，大家一个接一个地睡着了。弗拉多在守哨。似乎有一缕气流穿过看不见的门从深处传来，恐惧突然攫住了他。他双手冰凉，额头直冒冷汗。他屏息静听，全神贯注、心无旁骛地听了两个小时，但什么声音也没听到，甚至连想象的脚步回音都没有。

他的值守快结束时，远处——他估计是西边拱门所在的地方，似乎看得见两个淡淡的光点，很像是一双发光的眼睛。他吃了一惊。他刚才打过盹。“我一定是守哨的时候差点睡着了，”他心想，“我在梦的边缘。”他站起来，揉了揉眼睛，然后保持站立的姿势，往黑暗中窥视，直到莱戈拉斯来接班。

他躺下后很快就睡着了，但那个梦似乎仍在继续：他听到了低语，看见那两个淡淡的光点在慢慢接近。他醒了过来，发现其他人正在附近轻声说话，一道昏暗的光照在他的脸上。东边拱门正上方，高度接近天花板的一个通风井透进来一束长长的淡光。厅室对面，也有微弱的光线从北拱门遥遥透进来。

弗拉多坐了起来。“早晨好！”甘道夫说，“终于又是早晨了。你看，我是对的。我们就在墨瑞亚东边的高处。在今天结束之前，我们应该能找到黯溪门，看见黯溪谷中镜影湖水呈现在我们面前。”

“我会很高兴的，”吉姆利说，“我已经见到了墨瑞亚，它非常伟大，但它已经变得漆黑可怕。不过我们还没有发现我的亲族的痕迹，我现在怀疑，巴林是否真的来过这里。”

吃过早餐后，甘道夫决定立刻动身。“我们都很累，但到了外面我们会休息得更好。”他说，“我想，我们中没有谁希望在墨瑞亚再待一个晚上吧。”

“肯定没有！”波洛米尔说，“我们走哪条道？那边东向的拱门吗？”

“也许，”甘道夫说，“但我还不确定我们在哪儿。除非我带偏了路并且偏得厉害，我估计我们就在黯溪门北边的上方，要找到正确的路走下去，可能不太容易。让我们先到北门有光的地方去看看。如果能发现一扇窗户就好了，但恐怕那光只是从下面的深井里照下来的。”

在他的带领下，远征队一行人穿过了北拱门。他们发现自己置身于一个宽敞的过道里。他们沿着这过道前行，微光越来越明，他们看到它是从右边一道门廊里透过来的。这门廊很高，顶是平的，石门仍旧挂在铰链上，半开着。门内是一个很大的正方形房间，里面光线昏暗，但在黑暗中待了这么久，这光线在他们看来似乎亮得耀目。他们进门的时候直眨眼睛。

他们沉重的脚步搅起了地上的厚尘，并且被躺在门口，一开始没能辨清形状的东西绊得跌跌撞撞。房间的光源来自对面东墙高处一个很宽的通风井，它倾斜向上，高远之处可见一小片正方形的蓝色天空。通风井的光直落在房间中央的桌子上：一个大块矩形物件，大约两英尺高，上面平铺着一块白色的大石板。

“看起来像个坟墓。”弗拉多嘀咕道。怀着一种奇特的不祥预感，他弯下腰，更仔细地察看起来。甘道夫快步走到他身旁。白石板上深深地刻着如尼文：

“这是戴隆的如尼文，古时候墨瑞亚使用的文字。”甘道夫说，“用人类和矮人的语言翻译过来，写的是：巴林，芬丁之子；墨瑞亚之王。”

“这么说，他死了，”弗拉多说，“我就害怕是这样。”

吉姆利拉下兜帽，遮住了自己的脸。

第5章
卡扎督姆之桥

远征队一行人默默地站在巴林的坟墓旁边。弗拉多想起了比尔博，想起了他与这位矮人长久的友谊，想起了很久以前巴林到夏尔的拜访。在山脉深处这间布满灰尘的房间里，那些事仿佛发生在千年以前，发生在世界的另一边。

终于，他们回过神来，抬头张望，开始搜寻任何能告诉他们巴林的命运或显示他的子民遭遇了什么的东西。这个房间的另一边还有一个小门，就在通风井下方。他们现在可以看见，在这两扇门的旁边，尸骨横陈，其间全是断剑、斧头、被劈开的盾牌和头盔。有些剑是弯曲的，那是黑刃的兽人弯刀。

石头墙壁上有许多凿出的壁龛，里面放着箍铁的大木箱。木箱全都被打开了，里面的东西已经被洗劫一空。不过散落在一旁的一个箱盖边，躺着一本残破的书。这本书被刀剑劈过、戳过，还被烧过，上面黑迹斑斑，还有像陈血一样的暗红斑块，已经不怎么能辨出字迹了。甘道夫小心翼翼地捡起它，放在石板上，还是有不少书页脆裂、碎了。

他一言未发，专心读了好一阵子。在他小心翼翼地翻动书页时，站在他身侧的吉姆利和弗拉多看见这本书是用墨瑞亚和河谷城的两种如尼文写的，有很多不同的笔迹，还不时夹杂着精灵文字。

最后，甘道夫抬起了头。“这似乎是巴林一行人遭遇的记录，”他说，“我估计它开始于大约三十年前，他们来到黯溪谷时。书页上的数字似乎是指他们到达后度过的年数。最上面这页标着 1，不，是 3，所以开头至少有两页不见了。听听这里写的！

“‘我们把兽人赶出了大门和警卫’——这个词我想是‘警卫’，下一个词模糊不清，被烧燎了，也许是‘室’，‘在山谷中，我们在明亮的’——我想是——‘阳光下杀了许多兽人。弗罗伊中箭身亡，他杀了最大的兽人’。然后是一片模糊，接着是‘弗罗伊在镜影湖附近的草丛下面’。接下来的一两行看不清，然后是：‘我们已经占领了北端的第二十一厅，在此住下。有……’我读不出来后面是什么。这里提到了‘通风井’，然后是：‘巴林在马扎布尔室设置了他的御座。’”

“文献室，”吉姆利说，“我猜就是我们现在站立的这间屋子。”

“嗯，下面一大段我读不出什么来了，”甘道夫说，“除了几个词：黄金、都林之斧，还有‘头盔’什么的，然后是‘巴林现在是墨瑞亚之主’。这一章似乎到此结束。几个星号后，另一个笔迹开始了，我能辨认出‘我们发现了真银’，再后面的词是‘锻造得很好’，然后是——啊！我知道了，秘银！最后两行是：‘欧因去寻找第三谷上层的武器库’，什么‘往西走’，一块晕迹，‘去冬青郡大门’。”

甘道夫停下解读，把几张书页放到一旁。“有好几页记录都是这样的，写得相当匆忙潦草，损毁得也很严重，”他说，“不过在这个光线下，我几乎辨认不出什么来。现在肯定有很多书页遗失了，因为这上面标的数字是5，我猜是他们聚居此地的第五年。让我看看吧！不行，损毁得太厉害了，污渍也很多，我没法读。在阳光下可能好点。等等！这里有点东西：粗大的字体，用的是精灵文。”

“那应该是欧瑞的笔迹，”吉姆利越过大巫师的胳膊看过去，说道，“他写得又好又快，也经常用精灵文字。”

“恐怕他优美的笔触传递的是不祥的消息，”甘道夫说，“第一个清晰的词是‘悲伤’，但这一行其他的字都丢失了，就剩下一个结尾的残字：乍。啊，一定是‘昨’字，后面接着‘天’字，‘天是十一月十日，墨瑞亚之主巴林殒命黯溪谷。他独自去探看镜影湖。一个兽人从岩石后面射了他一箭。我们杀了这个兽人，但来了更多的兽人……是从东边的银脉河上游来的。’这一页其余的字迹太模糊了，我几乎看不清什么，不过我想我能辨认出‘我们闩上了大门，’然后是‘能将他们拦住很久，如果’，再然后也许是‘恐怖’和‘折磨’。可怜的巴林！看来他取得的头衔保持了不过五年。我很好奇之后发生了什么，但现在没有时间去猜测最后几页的内容了。这是整本书的最后一页。”他顿了顿，长叹一声。

“读得让人心怵，”他说，“恐怕他们的结局很残酷。听！‘我们出不去！我们出不去！他们已经占领了桥和第二大厅。弗拉尔、罗尼和纳里都倒在那儿了。’接下来的四行污渍太多，我只能读出‘五天前走了’。最后几行是‘池水涨到了西门的石壁上。水中的监视者抓走了欧因。我们出不去。末日来临’。然后是‘鼓声，深处传来鼓声’。我很好奇这是什么意思。最后一句话是用精灵文写的，很潦草，都连在一起了：‘他们来了。’然后就没有了。”甘道夫停止解读，站在那儿陷入了沉思。

一股对这间石屋的恐惧突然袭上远征队众人的心头。“我们出不去了。”吉姆利喃喃道，“我们还算幸运，池水已经退下去了一些，监视者正在湖的南端睡觉。”

甘道夫抬起头，四处张望。“他们似乎守着这两道门战斗到了最后，”他说，“但那时他们的人已经所剩无几。收复墨瑞亚的尝试也就此结束！英勇，但愚蠢。时间还没到。眼下，恐怕我们必须得跟芬丁的儿子巴林道别了。他必须长眠在这里，长眠在他父辈的厅堂中。我们会带走这本书，马扎布尔之书，以后再仔细研读。吉姆利，这本书最好由你来保管，若有机会，把它带回去交给戴因。他会感兴趣的，尽管它会令他深深悲痛。走吧，我们走吧！早晨要过去了。”

“我们往哪边走？”波洛米尔问。

“回到大厅去，”甘道夫答道，“不过我们到这个房间也不是白来一趟。我现在知道我们在哪里了。如吉姆利所言，这一定是马扎布尔室，而那个大厅一定是北边的第二十一厅。因此，我们应该从这个大厅的东边拱门离开，往右往南拐，往下走。第二十一厅应该在第七层，比大门高出六层。现在走吧，回到大厅去！”

甘道夫话音刚落，一声巨响传来：似乎是从下面很远的深处传来的一声滚雷，震得他们脚下的石头都在颤动。他们惊恐地跳起来，冲向门口。咚隆、咚隆，巨响接连响起，仿佛一双巨大的手正将墨瑞亚的每一个大洞穴变成一个个巨大的鼓。接着，一声回音震荡的吹奏声传来：大厅里有人吹响了一只大号角。远处传来了应和的号角声和粗哑的喊叫声，还有许多匆忙杂乱的脚步声。

“他们来了！”莱戈拉斯叫道。

“我们出不去了！”吉姆利说。

“被困住了！”甘道夫喊道，“我为什么要耽搁呢？！这下我们被困在这里，就跟以前他们一样。不过以前我不在这里。我们来看看什么……”

咚隆！咚隆！洞鼓激荡，石墙震颤。

“关上门卡住他们！”阿拉贡吼道，“尽量背上你们的背包，不要卸下来！我们也许还有机会突出包围。”

“不！”甘道夫说，“我们一定不能把自己关在里面。让东边的门开着！如果有机会，我们就走那边。”

又是一阵刺耳的号角声和尖厉的喊叫声。走廊里传来了脚步声。远征队众人纷纷拔剑，激起一阵铮铮脆响。格拉姆德凛寒光一闪。刺叮剑剑刃熠熠生辉。波洛米尔用肩膀抵着西门。

“等一等！先别关上！”甘道夫说。他一跃而起，跳到波洛米尔身边，把身子挺得笔直。

“是谁来到这里，打搅墨瑞亚之主安息？”他高声喊道。

一阵犹如石块滑落进深坑的刺哑笑声传来。喧闹声中，一个深沉的声音镇定自若地突起。咚隆，咚隆，咚隆，鼓声在深处回荡。

甘道夫一个箭步迈到狭窄的门缝前，把手杖往前一戳：一道炫目的闪光照亮了石屋和外面的通道。大巫师趁着这一瞬朝外张望。箭雨顺着通道呼啸而至，他赶忙往后一跳。

“是兽人，很多很多，”他说，“有些是巨大而又邪恶的魔多黑乌鲁克族兽人。有那么一瞬，他们紧张地往后退缩了一下，但那里还有别的东西。我想是一个庞大的洞穴食人妖，可能还不止一个。那条路没有逃离的希望。”

“如果他们也到了另一道门，那就一点希望都没有了！”波洛米尔说。

“这边外面还没有声音，”阿拉贡正站在东门边聆听，“这边的通道往下直通向一道阶梯：显然不会转回大厅。可是追兵在后，盲目朝这个方向逃也不好。我们没法堵上这道门。它的钥匙不见了，锁也是坏的，而且是朝内开的。我们必须做点什么先把敌人拖住，得让他们对马扎布尔室心存顾忌！”他手抚安督利尔的剑刃，严肃地说。

走廊里传来了沉重的脚步声。波洛米尔扑过去用身子抵住门，再用断裂的剑刃和木片把门卡上。众人退到石室的另一边，但他们还没有逃走的机会。一记重击砸在门上，使之震颤。接着门开始吱嘎作响，被慢慢推开，卡门的物件也被慢慢推后。一只巨大的胳膊和肩膀从逐渐加宽的门缝伸了进来。这只大胳膊肤色黝黑，覆着发绿的斑块。接着一只没有脚趾的大平足从下面挤了进来。外面一片死寂。

波洛米尔往前一跃，用尽全身的力气挥剑砍向这只胳膊。可他的剑却叮当一声，滑向一边，从他被震得发麻的手中跌落。剑刃砍缺了口。

突然，弗拉多感到一股灼热的怒火在心头燃起，他自己都吃了一惊。“以夏尔之名！”他怒吼着，冲到波洛米尔身旁，弯腰奋力将刺叮剑刺向那只丑陋的大脚。只听一声惨叫，那只脚猛地往后一缩，刺叮剑差点脱出弗拉多的手。黑血从剑刃上滴落到地上，冒起烟来。波洛米尔扑过去抵住门，门砰的一声又关上了。

“为夏尔的一击！”阿拉贡喊道，“霍比特人的这一剑可真厉害！德罗戈之子弗拉多！你有一把好剑！”

门上传来了撞击声，一声又一声。重锤和榔头捶打着门。门裂了，摇摇晃晃就要倒下来，裂口突然变宽。飞箭呼啸而入，但全射在了北墙上，纷纷落地，未伤及一人。接着一声号角吹响，脚步声纷至沓来，兽人一个接一个地跳进了石室。

到底有多少个兽人，远征队众人数不过来。兽人攻势凌厉，但远征队强悍的抵抗令他们大感震惊。莱戈拉斯射穿了两个兽人的喉咙。一个跳上巴林坟墓的兽人被吉姆利从下方劈断了双腿。波洛米尔和阿拉贡也砍杀了许多。当第十三个兽人倒地时，其余的兽人开始尖叫着飞奔逃窜。抵抗者分毫未损，除了山姆头皮稍有擦伤，幸亏当时他及时低头救了自己，并用他的古冢剑勇猛一刺，干倒了一个对手。他褐色的双眼冒着怒火，如果泰德·山迪曼见到的话，一定会吓得往后退的。

“现在是时候了！”甘道夫喊道，“在食人妖返回之前，我们快走！”

可就在他们开始撤退时，皮平和梅里还没来得及跑到阶梯外面，一个高大魁梧的兽人头目就跳进了石室。他几乎跟人一样高，从头到脚穿着黑盔甲，身后的随从聚在门口。他扁阔的脸黑黢黢的，眼睛就像黑炭，舌头血红，挥舞着一根大长矛。他手中巨大的兽皮盾牌往前一推，挡开了波洛米尔的剑，撞得后者连连退后，摔倒在地。然后，在阿拉贡的击打下，他以蛇窜般的速度左突右躲，冲进远征队众人当中，提着长矛直刺弗拉多。这一下刺中了弗拉多的右半身，将他猛推到墙上钉住。山姆大叫一声，挥剑劈去，砍断了长矛。这兽人连忙扔掉手中的断杆，抽出短弯刀，但已经来不及了：安督利尔剑砍在了他的头盔上。只见一道如火光芒闪过，头盔被劈成了碎片。这兽人脑袋开花倒下，其随从在波洛米尔和阿拉贡扑上前时一哄而散，哀嚎着逃走了。

咚隆、咚隆的鼓声在深处回荡。那巨大的声音又滚滚而来。

“就现在！”甘道夫吼道，“现在就是最后的机会。快跑！”

阿拉贡一把拎起瘫在墙边的弗拉多，并把梅里和皮平推到他前面，向阶梯冲去。其他人紧随其后。吉姆利是被莱戈拉斯硬拖着走的，他不顾危急，仍垂着头流连在巴林的墓旁。波洛米尔用力想把东门拉上，门铰链吱嘎作响，两边各有一个大铁环，却没法关紧。

“我没事，”弗拉多气喘吁吁地说，“我能走，把我放下来！”

阿拉贡大吃一惊，差点将他扔在地上。“我还以为你死了！”他喊道。

“还没死！”甘道夫说，“但现在不是惊奇的时候。快走，你们全部，快下阶梯！到了底下等我几分钟，但如果我没有很快下去，你们就继续走！走快点，选择往右往下的路走！”

“我们不能留你独自把守这道门！”阿拉贡说。

“照我说的话去做！”甘道夫厉声说，“这里刀剑已经没有用了，走！”

这条通道没有通风井透进来的光，漆黑一片。他们摸索着往下走了很长一段阶梯，然后回头望去，却什么都没有看见，除了高高的上方大巫师手杖顶上的微芒。他似乎还站在已经关上的门旁边守卫着。弗拉多喘着粗气，靠在山姆身上，山姆则用胳膊拥抱着他。他们站在那儿凝视着阶梯上方的黑暗。弗拉多觉得自己听得见上面甘道夫的声音：他的喃喃自语顺着倾斜的天花板而下，带着叹息的回音，但只言片语弗拉多都捕捉不到。墙壁似乎在颤抖。震荡翻滚的鼓声不时传来：咚隆，咚隆。

突然，阶梯顶上闪过一道白光，接着是一声沉闷的隆隆声和一声沉重的砰响。鼓声更加疯狂，咚咚隆，咚咚隆，然后停了。甘道夫飞奔下阶梯，跌坐在远征队众人当中。

“好了，好了，都结束了！”大巫师挣扎着站起来说，“我已经竭尽全力了，但我遇上了对手，差点就完了。别在这里站着，快走！你们得摸黑走上好一阵子。我累坏了。走啊！走！吉姆利，你在哪儿？跟我走到前头来！你们全都跟紧了！”

他们踉踉跄跄地跟在他后面，不知道刚才发生了什么。咚隆，咚隆，鼓声又起，现在听起来沉闷而遥远，但一直跟着。此外没有其他追击的声音，既没有嘈杂的脚步，也没有喊叫。甘道夫直行向前，没有右拐也没有左拐。这条通道似乎正通向他要去的方向。他们每走一段路，就会遇到一段向下的台阶，大约五十级，下到更低的一层。眼下，这是他们面临的最主要的危险，因为在黑暗中，他们看不清下行的台阶，要等到脚伸出去踩空了才知道。甘道夫用他的手杖点着地，像盲人一样。

一个小时过去了，他们走了一英里，也许更多一些，还下了好多段阶梯，仍然没有听到追兵的声音。他们几乎开始有了将要逃出生天的指望。在第七段阶梯下面，甘道夫停下了。

“越来越热了！”他气喘吁吁地说，“我们现在应该至少到达大门所在的那一层了。我想我们很快就得寻找一个右转弯，好把我们带到东边去。我希望它不会太远。我现在非常疲倦，必须在这儿休息片刻，哪怕有史以来所有的兽人都在后面追赶。”

吉姆利扶着他的胳膊，帮他在台阶上坐下。“刚才上面那道门前发生了什么事？”他问，“你遇到了那击鼓者吗？”

“我不知道，”甘道夫答道，“但我发现自己突然面对的是以前从没遇见过的东西。我想不到怎么对付它，只能试着对门施加一道关门的咒语。我知道许多这种咒语，但要正确地施加却很费时，而且即使成功，门还是能被强力打开。

“当我站在那儿的时候，能听见另一边兽人的叫喊声：我觉得他们随时会把门撞开。我听不清他们在说什么，他们似乎说的是他们自己的丑陋语言，我只捕捉到了一个词：*ghash*，那是‘火’的意思。然后，那东西进入了石室——我感到它过了门。兽人们都吓得鸦雀无声。那东西抓住了门上的铁环，立时就感知到了我和我的咒语。

“我猜不出它是什么东西，但我从未经历过那样的挑战。它的反抗咒语太可怕了，几乎把我的咒语破除了。有那么一瞬，门摆脱了我的控制，开始打开！我不得不念了一句命令之词。事实证明，那威力太大了，门当场炸成了碎片。某种像乌云似的黑漆漆的东西一下子堵住了室内所有的光亮。而我被震得连连后退，接着被甩下了阶梯。墙全都倒了，我想那个房间的房顶也没能幸免。

“恐怕巴林被深埋在里面了，也许还有别的东西也一起被埋在那儿了，我说不准。不过至少我后面的通道完全被堵住了。唉！我从来没觉得这么疲惫过，但它很快就会过去的。现在你怎么样，弗拉多？没时间细说了，但我这辈子从来没有像刚才听到你开口说话的时候那么高兴过。我真害怕阿拉贡抱着的是一个勇敢却死了的霍比特人。”

“我怎么样？”弗拉多说，“我还活着，我想还完完整整的，只不过身上全是瘀紫乌青，很疼，但不算太糟。”

“嗯，”阿拉贡说，“我只能说霍比特人是由一种我从未见过的坚硬材料制成的。如果早知道，我在布里客栈的时候，说话会更温柔一点的！那长矛一刺，连野猪都会被刺穿的！”

“哈！我很高兴，它没有刺穿我，”弗拉多说，“不过我感觉好像被夹在一个铁锤和铁砧之间。”他感到呼吸都很疼痛，便不再说话。

“你很像比尔博，”甘道夫说，“不可貌相，很久以前我也这样说过比尔博。”弗拉多很好奇，这评价是不是话里有话。

他们又继续往前走。没过多久，吉姆利开口了。黑暗中，他有一双敏锐的眼睛。“我想，”他说，‘前面有一点光，但不是日光，而是红的。那会是什么呢？”

“Ghash！”甘道夫喃喃道，“不知道这是不是就是他们的意思：下面几层着火了？可我们只能继续往前走。”

很快那光亮就变得清清楚楚了，所有人都能看见。它闪烁摇曳着，照亮了他们前面通道下方的墙壁。现在，他们能看清脚下的路了：前面的路骤然下倾，不远处伫立着一道矮拱门，炽烈的红光正是从这道门后面传来的。空气变得非常热。

来到拱门前，甘道夫示意他们等等，他先穿过去。一过门，他就站住了。他们看见他的脸被红光照亮了。他迅速退了回来。

“这儿有一个新怪物，”他说，“毫无疑问是专门等着我们的。不过现在我知道我们的位置了：我们已经抵达第一谷，大门下方的第一层。这是古墨瑞亚的第二厅，大门就在附近：左边出去东头远处，不到四分之一英里的地方。跨过桥，走上一段宽阔的阶梯，沿着一条宽阔的路穿过第一厅，就出去了！现在都过来，看看吧！”

他们朝外窥探。面前是另一个洞穴大厅，比他们之前睡觉的那个大厅更高耸，也更长。他们靠近其东端，往西则没入一片黑暗。大厅中央耸立着两行石柱，它们被雕刻成高大的树干模样，上方的粗树枝散开，撑起石头窗花格装饰的屋顶，柱身光滑漆黑，侧面却隐隐映着红光。就在他们对面的地上，靠近两根巨柱的底部，裂开了一个很大的深坑。炽烈的红光就是从那里面冒出来的，火舌时不时地舔舐着深坑边缘，卷住石柱基部。黑烟缕缕，在灼热的空气中飘摇。

“如果我们沿着主路从上层大厅下来，应该已经被困在这儿了，”甘道夫说，“但愿这火现在挡在我们和追兵之间。来吧，没时间浪费了！”

说话间，只听那追击的鼓声又起：咚隆，咚隆，咚隆。大厅西端的阴影深处，传来了叫喊声和号角声。咚隆，咚隆。石柱似乎都在摇晃，火光似乎都在颤抖。

“最后冲刺的时刻到了！”甘道夫说，“如果外面太阳照耀，我们还有机会逃脱。跟上我！”

他转身向右，飞速穿过大厅光滑的地面。这段距离比目测的要长。他们一边跑一边听着击鼓声和后面急追而来的纷乱脚步声。一声尖叫骤起：他们全都被看见了。剑出鞘，刀相撞。一支箭呼啸着飞过弗拉多的头顶。

波洛米尔大笑。“他们可没有料到这个！”他说，“火挡住了他们。我们在另一边！”

“看前面！”甘道夫喊道，“大桥快到了。它既危险又狭窄。”

突然，弗拉多看见前面有一道黑漆漆的深坑。大厅的尽头，地面消失了，落进了一个无底深渊。要到达外面的门只能经过一座狭长的石桥，这石桥没有桥缘，也没有栏杆，大约五十英尺的跨度，从地上深坑的一边到另一边。这是矮人古时候的防御工事，用来抵御任何可能已经占领第一大厅和外面通道的敌人。一行人只能鱼贯越过这座石桥。甘道夫在深坑边缘停下，其他人挤在他身后。

“吉姆利，带路！”他说，“皮平和梅里跟上。径直往前走，出了门就上阶梯！”

箭落在他们中间。有一支箭射在弗拉多身上，又被弹了回去。另一支箭刺穿了甘道夫的帽子，插在那儿像一根黑羽毛。弗拉多回头看去。火焰的另一边，只见黑压压一大群身影：似乎有上百个兽人。他们激动地挥舞着被火光映得血红的长矛和短弯刀。咚隆，咚隆，鼓声滚滚，越来越响，咚隆，咚隆。

莱戈拉斯转身拉弓搭箭，尽管这距离对他的小弓来说远了一点，但弓开手落，箭滑在地上。他又惊又惧地大叫一声。两个庞大的食人妖出现了，他们将扛着的巨大石板扔在火沟上权当跳板。不过令这位精灵惊惧的并不是食人妖。兽人阵形散开，拥向两边，仿佛他们自己也被吓着了。有什么东西正从他们身后出现，看不清到底是什么：像一团巨大的影子，当中是一个黑影，似乎是一个人形，但更大。这东西散发着一种其形未至、其势已到的力量与恐怖。

它来到火沟边，火光似乎被一片乌云罩住，渐渐暗淡下去。接着，它猛地一跳，纵身越过火沟。火焰霎时熊熊大涨，呼啸着向它致意，并环绕在它周围，一股黑烟在空中盘旋。它那飘扬的鬃毛被点着了，在身后燃烧起来。它右手握着一把形如火舌的利刃，左手拎着一根多梢的鞭子。

“啊！啊！”莱戈拉斯哀嚎道，“炎魔！来的是一只炎魔！”

吉姆利瞪大了眼睛：“都林的克星！”他大叫一声，斧头落在地上，用手覆住脸。

“炎魔，”甘道夫喃喃道，“现在我明白了。”他踉跄了一下，重重地倚在手杖上。“这是什么厄运啊！我已经精疲力尽了！”

那黑色身影拖着火焰朝他们冲过来。兽人嚎叫着，拥上石跳板。然后，波洛米尔吹响了他的号角。这挑战的号角激越嘹亮，就像洞厅顶下许多只喉咙在呐喊。有那么一会儿，兽人们胆怯了，那凶恶的黑影也停了下来。然后，回声突然如被一股黑风吹灭的火焰消失了，敌人又冲了上来。

“过桥去！”甘道夫振作精神，大喊道，“快跑！这敌人你们谁也对付不了！我必须守住这条窄道。快跑！”阿拉贡和波洛米尔没有听从这命令，而是肩并肩仍然坚守在甘道夫后方，桥的另一端。其他人在大厅尽头的门口处停下来，转过身，不愿抛下他们面对敌人。

炎魔到了桥边。甘道夫站在拱桥中央，倚着左手中的手杖，右手中的格拉姆德凛剑闪着寒白的光。他的敌人再次停下，与他正面对峙。它周身的影子如同两只巨大的翅膀，扩展开来。它扬起鞭子，鞭梢嗖嗖嘎嘣作响。火从它的鼻子里喷了出来，但甘道夫岿然不动。

“你不能通过。”甘道夫说，兽人一动不动地站着，一片死寂，“我是秘火的仆人，是阿诺尔之焰的持用者。你不能通过。乌顿之焰，黑暗之火帮不了你。滚回阴影中去！你不能通过。”

炎魔没有回答。它体内的火似乎在熄灭，但黑暗却在增长。它缓步往前，走上石桥，突然间身形拉长，变得极高，双翼展开抵住两边的墙。甘道夫仍然可见，在昏暗中闪着微光。他看上去很渺小，全然孤立无援：苍老佝偻，像一棵即将遭遇暴风雨的干瘪老树。

一把缭绕着火焰的红剑从阴影中挥出。

格拉姆德凛剑闪着寒光应战。

铿锵脆响，白光迸射。炎魔向后跌去，它的剑融化成碎片飞散。大巫师在桥上摇摇晃晃，退后一步，随即重新站住。

“你不能通过！”他说。

炎魔腾身一跃，完全落在桥上。它的鞭子飞舞着、呼啸着。

“他不能独自应战！”阿拉贡突然大叫一声，沿着石桥奔回去。“以埃兰迪尔之名！”他高喊道，“我与你同在，甘道夫！”

“以刚铎之名！”波洛米尔也叫着紧跟其后冲了过去。

就在这一刻，甘道夫举起手杖，大吼着重重地击打面前的桥身。手杖碎断，从他手中跌落。一片炫目的白火焰腾空而起。桥裂了。桥就在炎魔的脚下断裂，它站着的石块坠入深渊，而桥身其余部分虽颤颤巍巍，但仍保持着平衡，像一条伸向虚空的石舌。

随着一声恐怖的哀嚎，炎魔跌向前方，它的影子猛坠向下，消失了。然而即使在坠落的时候，它也仍然挥舞着它的鞭子，鞭梢扬起，卷住大巫师的膝盖，将他拽到了断桥的边缘。甘道夫踉跄着跌倒，伸手抓向石头，却抓空了，整个人滑向深渊。“快跑，你们这些傻瓜！”他叫喊着，消失不见了。

火灭了，茫茫黑暗降临。远征队一行人脚底生根，立在原地恐惧地盯着深坑。就在阿拉贡和波洛米尔飞奔回来的瞬间，残桥吱嘎碎裂，坠落深渊。阿拉贡一声大叫，惊醒了他们。

“快！现在我来带领你们！”他喊道，“我们必须听从他最后的命令。跟上我！”

他们狂乱地爬上门外的大阶梯。阿拉贡领头，波洛米尔断后。阶梯顶上是一条宽阔的回音廊。他们沿着这条走廊飞奔。弗拉多听到山姆在他身旁哭泣，然后他发现自己也在边跑边哭。咚隆，咚隆，身后击鼓声滚滚，此刻听着却悲伤而缓慢，咚，咚！

他们跑啊跑，前方越来越亮堂。一个一个巨大的通风井穿透屋顶。他们跑得更快了，跑进了一个大厅，日光透过大厅东边高处的窗户照进来。他们跑过这个大厅，越过它巨大的破门。突然，一道炫目的拱门敞开出现在他们面前：黯溪门！

一群兽人守卫蹲伏在大门两侧高耸的塔柱阴影里，不过门扇已经松松垮垮，坍塌下来。阿拉贡一剑劈向挡住他去路的守卫队长，其余的兽人见他怒气冲天，吓得四散而逃。远征队众人匆匆而过，顾不上理睬他们。他们跑出大门，跳下破旧的巨大台阶，跨出了墨瑞亚地界。

就这样，他们终于逃出生天，在天空下感受微风拂过面颊。

他们一直跑到弓箭射不到的山墙外才停下来。黯溪谷环绕着他们。雾山山脉的山影笼罩着黯溪谷。往东看去，大地上一片金光灿灿。而此时才午后一小时，阳光灿烂，天高云白。

他们回首遥望。山影下大门洞开，黑漆漆一片。地下传来了遥远微弱的慢击鼓声：咚，咚，咚。一缕黑烟袅袅。除此之外，什么也看不见。山谷四周空空旷旷。咚，咚。悲伤终于席卷他们，他们哭了很久：有的站着默默啜泣，有的扑在地上放声大哭。咚隆，咚隆，鼓声渐渐消逝。

第6章
洛丝罗瑞恩

“唉！恐怕我们不能再待在这儿了。”阿拉贡说。他朝山脉望去，高举起他的剑。“再见，甘道夫！”他喊道，“我是不是对你说过：如果你穿过墨瑞亚之门，要小心！？唉！我没说错！没了你，我们还有什么希望？”

他转向远征队众人。“没有希望，我们也必须坚持下去，”他说，“至少我们还能报仇。振作起来，别再哭了！来吧！我们还有很长的路要走，还有很多事要做。”

他们起身，打量四周。向北，山谷延伸到两道手臂似的山脉之间，形成阴影深重的峡谷。峡谷上方，三座白色山峰闪闪发光：凯勒布迪尔、法努伊索尔、卡拉兹拉斯。墨瑞亚之山。在峡谷顶端，一股急流像一条白蕾丝边，奔腾而下，形成无数级小瀑布。山脚处，水沫腾起的雾霭缭绕在空中。

“那就是黯溪梯，”阿拉贡指着瀑布说，“要不是运气不好，我们本该沿着急流旁边那道深凿出来的路下来的。”

“或者卡拉兹拉斯不那么残酷的话，”吉姆利说，“他站在那儿在阳光下微笑呢！”他冲着最远处那座白雪覆顶的山峰挥了挥拳头，然后转过身。

东边，山脉展开的一臂中途戛然而止。更远处看得见苍茫阔地。南边，雾山渐隐，直至隐入看不见的虚无。他们站在山谷东边的高坡上，下方不到一米远的地方，一个小湖呈现在视野中。这个湖长而椭，形似一枚巨大的矛头，深深扎进北部峡谷，但它的南端远在山影之外，沐浴在阳光下。不过湖水是暗的：一种像从点灯的房间望出去的晴朗夜空的深蓝色。湖面平静无波，周围是一片平坦的草地，从四面向它完整裸露的边缘延倾下去。

“那就是镜影湖，深深的凯雷德－扎拉姆！”吉姆利悲伤地说，“我记得他说过：‘愿你见得高兴！但我们不能在那儿逗留。’现在，我要走多久才能再次获得快乐？必须匆匆离开的是我，必须留下的是他。”

现在，远征队一行人沿着大门出来的路往下走，这条路坑坑洼洼，很破，渐渐没入乱石之中，蜿蜒穿行在石楠丛和豌豆丛中。不过还是能看出，这里很久以前曾是一条康庄大道，从矮人王国的低地蜿蜒而上。道路两边不时可见被毁坏的石头制品和顶上长着细桦树的青冢，以及在风中叹息的冷杉。一个向东的弯道将他们带到镜影湖的草地近旁，路边不远处，孤零零地立着一根顶部破损的柱子。

“那是都林石柱！”吉姆利喊道，“我得转到一边，看一会儿这山谷的奇妙，再走过去。”

“那就快点！”阿拉贡说着回头望向大门，“太阳西沉得早。也许兽人黄昏时才会出来，但我们必须在夜晚降临前远离此地。月亮几乎隐而不见，今晚将是一个黑夜。”

“跟我来，弗拉多！”矮人喊着，从路上一跃而起，“不凝视一下凯雷德－扎拉姆，我是不会让你走的。”他跑下了长长的绿坡。弗拉多慢腾腾地跟在后面，尽管身上又疼又累，但平静的蓝色湖水吸引着他。山姆跟在后面。

吉姆利停在那根石柱旁边，抬头仰望。这根石柱历经风雨，裂纹处处。柱身上隐约可见如尼文，但看不清写的是什么。“这根柱子标记的是都林第一次凝视镜影湖的地方。”矮人说，“在走之前，让我们自己也凝视一次吧！”

他们俯身凝视那幽蓝的湖水。一开始，他们什么也看不见。然后慢慢地，他们看见了深蓝湖水中映出的群山形状，山峰如同缕缕飘摇的白色火焰，远处是一抹镜像天空。虽然头顶上阳光照耀，但湖底星星似宝石闪闪烁烁。他们俯身的倒影却看不见。

“啊！美丽奇妙的凯雷德－扎拉姆！”吉姆利叹道，“这里卧藏着都林的王冠，直到他醒来。再见！”他鞠了一躬，转身离开，匆匆爬上绿坡，又回到路上。

“你们看见什么了？”皮平问山姆，但正在沉思中的山姆没有回答。

道路现在向南转，迅速下倾，从夹谷两臂之间穿出。沿湖下行一段距离后，他们遇到了一口深潭，潭水清澈晶莹。一股清泉从潭里流出，越过一块石头的边缘，沿着陡峭的石渠汩汩潺潺而下。

“这是从银脉河涌出的水汇成的源泉，”吉姆利说，“别喝！它冰冷得很。”

“它汇聚了许多其他山涧水，很快就会变成一条急流。”阿拉贡说，“我们的路是在它旁边的一段，有好几英里。我将带你们走甘道夫所选的路。我希望我们先到银脉河汇入安度因大河的森林——就在那边。”他们顺着他的手指望过去，只见前方溪流迸跳着跃进峡谷洼地，然后又流向更远处的低地，直到消失在一片金色的薄雾里。

“那儿就是洛丝罗瑞恩森林！”莱戈拉斯说，“那是我们精灵居住地中最美的一处。没有哪里的树跟那里的树相似，因为在秋天，那里的树叶不会凋落，只是变成金黄，来年春天新绿绽芽时方落，然后枝头开满黄色的花朵。森林似屋宇，地面金黄，屋顶金黄，梁柱银亮，因为光滑的树皮是银灰色的，就如我们依然在黑森林中传唱的一样。如果春天时，能站在那森林的檐下，我会欣喜若狂的！”

“即使在冬天，我也会欣喜若狂，”阿拉贡说，“但它还在许多英里之外。让我们加快速度吧！”

一段时间内，弗拉多和山姆还能设法跟上其他人，但阿拉贡大踏步领着众人向前，不一会儿他们俩就落在后面了。从一大早到现在，他们什么东西都没吃。山姆的伤口火辣辣地疼，脑袋也晕乎乎的。在经历了墨瑞亚炽热的黑暗之后，哪怕阳光照耀，他还是觉得风刺骨寒冷，冷得哆哆嗦嗦直打战。而弗拉多觉得每走一步就更疼一分，走得气喘吁吁。

最后，莱戈拉斯回头，看见他们俩落在后面很远处，便告诉了阿拉贡。众人停下，阿拉贡喊波洛米尔跟着他，跑了回来。

“对不起啊，弗拉多！”他满怀忧虑地喊道，“今天发生的事太多了，我们必须如此匆忙，忘记你受伤了，山姆也是。你应该开口说的。哪怕墨瑞亚的所有兽人都在后面追击，我们也应该先照顾你的，而我们却什么都没做。现在来吧！距这儿不远处，有一个可以休息一下的地方，我会在那儿尽我所能，给你们看看伤。来，波洛米尔！我们背他们走。”

不一会儿，他们碰到了从西而来的另一条溪流。潺潺流水汇入喧腾的银脉河，然后一起冲下一块泛绿的石头，水沫四溅着落入一个小山谷。山谷四周，又矮又弯的冷杉林立。谷壁陡峭，覆满羊齿草和越橘丛。谷底有一片平地，溪流从这里流过，喧腾地冲刷着地上闪亮的鹅卵石。他们就在这里休息。此时差不多已经是午后三个小时了。从大门出来，他们才走了几英里。夕阳已斜。

吉姆利和两位年轻一点的霍比特人用灌木和冷杉木生了一堆火，然后又去汲水，阿拉贡则给山姆和弗拉多做治疗。山姆的伤不深，但很难看。阿拉贡面色庄重地检查着伤口。过了一会儿，他抬起头，松了一口气。

“运气不错，山姆！”他说，“很多人第一次杀死兽人后，付出的代价比这糟糕多了。伤口没有毒，而兽人刀剑留下的伤口往往是有毒的。等我处理过后，伤口应该就会愈合了。等吉姆利烧好热水，清洗一下伤口。”

他打开他的荷包，取出一些枯叶。“它们干了，有些已经失去药效，但这里还有一些我在风云顶附近采集的阿塞拉斯叶。揉碎一片泡进水里，把伤口清洗干净，然后我来包扎。现在，该你了，弗拉多！”

“我没事，”弗拉多说，他不太愿意别人碰他的衣服，“我只需要吃点东西，休息一会儿。”

“不行！”阿拉贡说，“我们必须瞧一瞧，看看铁锤和铁砧给你造成了什么伤害。我现在还在为你居然活着而惊奇呢。”说着，他轻轻脱下弗拉多的旧外套和磨损的短袍，霎时惊讶得倒吸一口凉气，然后大笑起来。银色锁子甲在他眼前闪闪烁烁，就像光洒在微波荡漾的海上。他小心翼翼地脱下它，举起来。锁子甲上的宝石闪烁如星，银环轻颤，似雨滴落池塘。

“看啊，我的朋友们！”他呼喊道，“这是多么美丽的一张霍比特热皮囊啊！包裹着一位精灵王子！如果知道霍比特人有此等皮囊，中州所有的猎人都会奔向夏尔的。”

“世上所有猎人的所有弓箭都将失效，”吉姆利惊奇地盯着银锁子甲说，“这是一件秘银衣。秘银！我没见过也从没听说过这么漂亮的东西。它就是甘道夫提起过的那件锁子甲吗？那他可低估了它的价值。不过，这礼物送得好！”

“我常常好奇你和比尔博关在他的小房间里在做什么，”梅里说，“愿老天保佑那位霍比特老人！我比以往更爱他了。但愿我们能有机会告诉他这件事！”

弗拉多左胸肋处有一块发黑的瘀青。他在锁子甲下还穿了一件软皮衬衫，但有一处被金属环刺穿了，扎进了皮肉。弗拉多被甩到墙上时，左边身子也撞伤了，瘀青一片。在其他人准备食物的时候，阿拉贡用浸泡了阿塞拉斯叶的水清洗了他的伤处。浓烈的芳香充盈着整个小山谷，所有俯身吸入这水汽的人都感到神清气爽，力气有增。弗拉多很快就感到疼痛离自己而去，呼吸也不那么吃力了。不过接下来的好多天，他仍然感觉浑身僵硬，一碰就疼。阿拉贡给他的胸肋处裹了一些软布垫。

“这件锁子甲轻得惊人，”他说，“如果你能忍受，再把它穿上吧。知道你有这样一件衣服，我心里很高兴。别把它脱下来放在一边，哪怕在睡觉的时候，除非运气把你带到了可得一时之安的地方。而这样的机会在你的探险结束之前，很少很少。”

饭后，远征队众人准备继续行进。他们扑灭篝火，掩埋掉所有的痕迹，然后爬出小山谷，又行进在那条路上。没走多远，太阳就沉落在后面的西山，大片阴影在山坡蔓延。暮色遮住他们的脚，雾霭从洼地里升起。远处东方，暮色笼罩苍茫大地，平原和树林影影绰绰。山姆和弗拉多这会儿感觉轻松多了，精神焕发，可以快步前进了。在接下来的将近三个多小时里，阿拉贡领着远征队众人前进，只是短暂地停歇了一次。

天黑了。深夜降临。漫天明亮的星星，但渐亏的月亮很晚才会出现。吉姆利和弗拉多走在后面，脚步轻柔，却不言不语，只聆听着后方路上是否有任何声音。最后，吉姆利打破了沉默。

“除了风，一点声音都没有，”他说，“附近没有兽人，不然就是我的耳朵麻木了。但愿兽人把我们赶出墨瑞亚就满足了。也许那就是他们全部的目的，他们跟我们没什么关系——跟至尊指环没什么关系。不过，如果他们要为某个被杀的头领报仇，常常会追击敌人许多里格，追进平原。”

弗拉多没有答话。他在看刺叮剑，剑刃暗淡无光。不过他听见了什么，或者说他以为他听见了什么。阴影一笼罩住他们，身后的路变得昏暗，他就又听见了那啪嗒啪嗒的疾步声。即使现在，他也听见了。他猛然回身：后面有两个小小的光点。或者说，有那么一瞬，他觉得他看见了，但它们立刻溜向一边，消失了。

“那是什么？”矮人问。

“我不知道，”弗拉多答道，“我以为我听见了脚步声，我也以为我看见了像眼睛一样的光点。自从我们第一次进入墨瑞亚，我就常常这样以为。”

吉姆利停下脚步，俯身向地。“我什么也没听见，除了植物和山石的夜语，”他说，“走吧！我们得快点！其他人都看不见了。”

夜风凛凛，袭上山谷迎接他们。一团灰蒙蒙的阔影在前方影影绰绰。他们听到风中发出了似杨树叶般无休止的沙沙声。

“洛丝罗瑞恩！”莱戈拉斯叫起来，“洛丝罗瑞恩！我们已经到了金色森林的屋檐下！唉，可惜现在是冬天！”

夜色下，那些树高高地伫立在他们面前，枝繁叶茂，相交相弯，罩住突然流经其下的溪流和道路。在暗淡的星光下，树干是灰色的，微微颤动的树叶尚余一抹暗金色。

“洛丝罗瑞恩！”阿拉贡说，“真高兴我又听到了这林间的风声！从大门出来，我们走了不过五里格多一点，但不能再走了。但愿精灵的美德保佑我们今夜避开后面追击的危险吧！”

“如果精灵的确还居住在这儿，居住在这个日渐黑暗的世界中的话。”吉姆利说。

“我的族人曾在返回我们很久以前的漫游地时经过这里，但那也是很久以前的事了。”莱戈拉斯说，“不过我们听说，洛丝罗瑞恩尚未荒废，因为这儿有一种神秘的力量，阻止邪恶进入。不过这里的子民很少被看到，也许他们现在居住在森林深处，远离北部边界。”

“他们确实居住在森林深处，”阿拉贡叹息着说，仿佛被心底的某种记忆触动，“今晚，我们必须自己照顾自己。我们再往里走一点，直到被这树包围，然后转到路边，找一个地方休息。”

他迈步向前，但波洛米尔却犹豫不决地站着，没有跟上。“没有其他路吗？”他说。

“你想要什么更好的路？”阿拉贡问。

“一条平常的路，哪怕要从刀剑丛中穿过。”波洛米尔说，“这支队伍一直被领着走奇怪的路，迄今为止每条路都通向厄运。违背我的意愿，我们从墨瑞亚的阴影下穿过，结果损失惨重。现在你说，我们必须进入金色森林，可是在刚铎我们听说这地方很危险，据说进去的人没几个出来的，即使出来了，也没几个安然无恙的。”

“别说什么安然无恙，如果说依然如故，那也许你说的是真相。”阿拉贡说，“可是，波洛米尔，如果在那曾经的智慧之城，如今的人们诽谤洛丝罗瑞恩，那么刚铎的睿智之光也就衰弱了。相信你愿意相信的吧，我们没有其他的路可走，除非你想回到墨瑞亚之门，或者攀登那无路的山峰，又或者独自沿着大河游泳。”

“那就带路吧！”波洛米尔说，“但这森林真的很危险。”

“的确危险，”阿拉贡说，“美丽又危险，但只有邪恶，或那些携带邪恶的人才需要害怕它。跟我来！”

他们走了一英里多点就进入了森林，接着碰上了另一条溪流，这条溪流从长满树木的山坡上急速而下，而这山坡向西攀升，通往山脉。他们听到溪水潺潺，一道瀑布飞溅，落入右方阴影深处。幽暗的急流横穿过他们面前的小路，在树根下昏暗的池塘处打着旋汇入银脉河。

“这是宁洛德尔河！”莱戈拉斯说，“关于这条河，很久以前西尔凡精灵写了很多歌谣。在北方，我们至今还在吟唱这些歌谣，追忆其瀑流上方的彩虹和漂浮在水沫中的金色花朵。而现在万物黑暗，宁洛德尔桥也已坍塌。我要洗濯我的脚，据说这河水能治愈疲倦。”他往前走去，爬下深陷的河岸，迈步踏进河流。

“跟我来！”他喊道，“水不深。让我们涉水过河吧！我们可以到对岸休息。瀑布的水声可以催我们入眠，忘记悲伤。”

他们一个接一个地爬下岸堤，跟上莱戈拉斯。弗拉多在河边坐了一会儿，让河水流过他疲倦的双脚。河水冰凉，但触感清爽。他继续往前走，河水漫到膝盖。他感觉旅途的风尘和所有劳顿都顺着双腿被冲走了。

远征队众人全都渡过河以后，坐下来休息，吃了一点东西。莱戈拉斯给他们讲了依然深藏在黑森林精灵心中的洛丝罗瑞恩的故事。那时世界尚未昏暗，日光和星光照耀着大河两岸的草地。

最后，众人陷入了沉默。他们聆听着阴影中瀑布迸流的甜美乐音。弗拉多几乎觉得自己听到一个声音在歌唱，歌声交织着水声。

“你们听见宁洛德尔的声音了吗？”莱戈拉斯问道，“我来给你们唱一首少女宁洛德尔之歌吧，很久以前，她就住在与她同名的这条河流边。在我们林地语言中，这是一首动听的歌。不过现在我要用西部语言来唱，就像幽谷中一些人唱的那样。”说罢，他便开始唱了。树叶婆娑中，他轻柔的声音几乎听不见：

从前有位精灵少女，
明亮灿若白日星辰。

白衣飘飘金丝饰边，
脚蹬鞋履银灰熠熠。

额眉挂星烁烁闪，
发丝缕缕光点点，
恰似阳光耀金枝。

发长臂白美飘逸，
风中来去似轻叶。

宁洛德尔瀑布旁，
清凉河水听其音，
流银飞扬落池塘。

如今无人知其踪，
阳光下？树荫里？
踟蹰迷失山脉间？
宁洛德尔在何方？

灰色港湾精灵船，
泊于山下等其归，
日复一日夜夜盼，
扬帆逐浪大海上。

北方大地夜风起，
啸啸飒飒驱船离，
精灵滩外浪翻滚。

晨曦微茫陆地绰，
山沉浪起迷蒙眼，
唯见离岸成一线。

阿姆洛斯遥相望，
可恨无情远航船，
伊人永隔离恨天。

他是古时精灵王，
树与峡谷之领主，
那时春枝花金黄，
美好洛丝罗瑞恩。

他们见他跃入海，
似箭离弦潜深水，
嗖嗖嗖嗖风羽飘，
掠过飞扬发丝间，
周身水沫亮闪闪，
他们见他强又雅，
宛如鸥鹭逐海浪。

西天茫茫自此去，
青鸟不传云外信，
精灵族人翘首盼，
阿姆洛斯音茫茫。

莱戈拉斯声音渐逝，歌停了。“我不能再唱了，”他说，“那只是一部分，因为忘了很多。这首歌很长，很悲伤，它讲述的是当矮人惊醒了山脉中的邪恶之后，悲伤如何降临到洛丝罗瑞恩，鲜花盛开的罗瑞恩。”

“可矮人并没有制造那邪恶。”吉姆利说。

“我没说是矮人制造的，然而邪恶还是来了。”莱戈拉斯悲伤地答道，“然后，宁洛德尔那一族的许多精灵都背井离乡，而她则迷失于遥远的南方，流落在白山山脉的隘口中，她没有前往她的爱人阿姆洛斯等待她的航船。当春天来临，风吹新叶时，仍然听得到她的声音回荡在与她同名的瀑布旁；而当南风吹起时，阿姆洛斯的声音也会从海上传来。因为宁洛德尔河汇入精灵们称为凯勒布兰特的银脉河，凯勒布兰特河汇入安度因大河，安度因大河则流进贝尔法拉斯湾，罗瑞恩的精灵就从那里扬帆启航的。然而，不管是宁洛德尔还是阿姆洛斯，都再也没有回来。

“据说，她在瀑布附近一棵树的树枝上建了一座房子。居住在树上，是罗瑞恩精灵的风俗习惯，也许现在还是这样。因此，他们被称为加拉兹民，树民。在他们的森林深处，树非常大。林中居民不像矮人那样掘地而居，在黑影到来之前，也不建造坚固的石头居所。”

“想一想，即使是后来这些日子，居住在树上可能也比坐在地上安全。”吉姆利说。他看向河流对面那条通往黯溪谷的路，然后抬头仰望上方粗黑树枝交织而成的顶端。

“你这番话提了一个好建议，吉姆利。”阿拉贡说，“我们没法盖一座房子，但如果可以的话，今晚我们也要像加拉兹民一样，到树上寻找避难所。我们已经在路边这儿坐了这么久，很不明智。”

远征队众人因而离开小路，转向一边，沿着那条山涧往西远离银脉河，走进森林更深处的阴影中。在距离宁洛德尔瀑布不远的地方，他们发现了一丛树，其中几棵树荫蔽河，银色树干极粗，高不可测。

“我爬上去看看，”莱戈拉斯说，“我在树间很自在，树上树下都是。不过这是一种对我而言很陌生的树，我只在歌中听过它的名字。歌中它被称作‘瑁珑’，就是那种会开换色花朵的树，但我从来没有爬过这种树。现在，我就来看看它们的形状和长势。”

“不管这是什么树，”皮平说，“如果除了鸟儿之外，它们还能提供夜间休息之所，那的确是神奇之树！我可没在树枝上睡过觉！”

“那就在地上挖个洞呗，”莱戈拉斯说，“如果那更符合你们的风格。不过要想躲过兽人，你必须挖得又快又深才行。”说着，他轻巧地从地上往上一跳，抓住头顶上一根伸出树干的树枝。然而就在他悠荡的片刻，上方的树影中突然传来了一个声音。

“Daro！”这声音用命令的语气说。莱戈拉斯松手落回地上，又惊又怕。他蜷缩着靠在树干上。

“站着别动！”他低声对其他人说，“别动，也别说话！”

他们头顶上传来了一阵轻笑，然后另一个清亮的声音说起了精灵语。弗拉多能听懂的很少，因为山脉东边的西尔凡精灵通用的精灵语跟西方精灵的不一样。莱戈拉斯抬起头，用同样的语言答话。

“他们是谁？他们说的什么？”梅里问。

“他们是精灵，”山姆说，“你听不出他们的声音来吗？”

“是的，他们是精灵，”莱戈拉斯说，“他们说你呼吸得那么大声，他们在黑暗中都能射中你。”山姆赶忙用手捂住嘴，“不过他们说，你无须害怕，他们发现我们已经有一阵子了。我们还在宁洛德尔河对岸时，他们就听见了我的声音，知道我是他们的一个北方亲族，所以没有阻止我们过河，后来他们还听到了我唱的歌。现在他们邀请我和弗拉多上树去，因为他们似乎听说了一些关于他以及我们这趟旅程的消息。至于其他人，他们请求再等一等，留意一下树下的情况，直到他们决定该怎么办。”

一架梯子从阴影中垂下来：它是用绳子编造的，银灰色，在黑暗中闪着微光。它虽然看着纤细，实际上却很结实，能承受很多人的重量。莱戈拉斯轻巧地爬上去，弗拉多慢慢地跟在后面，再后面是努力不要呼吸得太大声的山姆。瑁珑树的树枝几乎水平从树干伸出去，然后再骤然向上生长，但在近树顶处，主干分成许多粗枝，形成一个树冠。他们发现树冠中间建有一个木头平台。在那个时代，这东西叫作弗莱特，精灵称之为塔蓝。平台中央有一个圆洞，绳梯就是从那里放下去的。

当弗拉多终于爬上弗莱特时，他发现莱戈拉斯正与另外三位精灵坐在一起。他们全都穿着影灰色衣服，除非突然移动，否则在树干间根本看不见他们。他们站起身，其中一位揭开一盏小灯，小灯释放出一束细细的银光。他将灯举高，端详弗拉多的脸，端详山姆的脸。然后，他又把灯灭了，用精灵语说了一句欢迎词。弗拉多结结巴巴地做了回应。

“欢迎！”这位精灵又用通用语说了一遍，说得很慢，“我们很少用我们自己语言之外的语言，因为我们现在居住在森林之心，不大愿意跟其他族群打交道。即使是我们北方的亲族，也跟我们割离了。不过我们中有一些还是会到外面去搜集消息，监视敌人，他们会说其他地方的语言。我就是其中一个。我叫哈尔迪尔。我的兄弟儒米尔和欧洛芬，只会说一点点你们的语言。

“我们已经听说你要来，因为埃尔隆德的信使在回家的路上攀爬黯溪梯，经过了罗瑞恩。我们很多年没有听说过霍比特人，或者说半身人的消息了，也不知道有任何霍比特人居住在中州。你们看起来不邪恶！而且因为你们是和我们的一位亲族同胞一起来的，我们愿意遵照埃尔隆德的要求，跟你们做朋友，尽管领着陌生人穿过我们的土地不是我们的习惯。不过你们今夜必须待在这儿。你们有多少人？”

“八个，”莱戈拉斯说，“我自己，四个霍比特人，两个大人族——其中一位是阿拉贡，他是西方之地的一位精灵之友。”

“阿尔松之子阿拉贡的名字，在罗瑞恩很出名，”哈尔迪尔说，“加拉德瑞尔夫人很赞赏他。这样的话，一切都没问题了。不过你只提到了七位。”

“第八位是一个矮人。”莱戈拉斯说。

“矮人！”哈尔迪尔说，“那这可不好办啊！自黑暗时代开始，我们就不跟矮人打交道了。我们的土地不允许他们踏入。我不能让他通过。”

“可他是从孤山来的，是戴因值得信赖的族人之一，也是埃尔隆德的朋友。”弗拉多说，“是埃尔隆德选他作为我们队伍中的一员的，他一路上都很勇敢忠诚。”

三个精灵聚在一起轻言细语讨论起来，还用他们自己的语言问了莱戈拉斯一些问题。最后，哈尔迪尔说：“好吧，虽然这有违我们的意愿，但我们会让他通过的。如果阿拉贡和莱戈拉斯愿意看守他，为他做担保，他就可以通过，但他必须蒙上眼睛才能经过洛丝罗瑞恩。

“不过我们现在不能再争论下去了，你们的人不能再留在地面上。好多天以前，我们看到有一大群兽人沿着山缘往北朝墨瑞亚走去，自那时起，我们就一直在监视各条河流。野狼在森林边界嗥叫。如果你们确实是从墨瑞亚来的，那危险一定就在后面不远处。明天一早你们必须继续前进。”

“四个霍比特人可以爬上来，跟我们待在一起——我们不怕他们！旁边的树上有另一个塔蓝，其他人必须到那里寻求庇护。莱戈拉斯，你必须答应我们，看好他们。如果有什么闪失，叫我们！还有，当心那个矮人！”

莱戈拉斯立刻从绳梯上下去，传达哈尔迪尔的口信。不一会儿，梅里和皮平就爬到高高的弗莱特上来了。他们上气不接下气，看上去似乎很害怕。

“拿着！”梅里喘着粗气说，“我们把你们和我们自己的毯子都拖上来了。大步把其他的行李都埋到厚厚的落叶堆里藏起来了。”

“你们不需要这些累赘，”哈尔迪尔说，“虽然冬天树顶上很冷，但今晚吹的是南风，我们这里有食物和饮料，会帮助你们驱除夜寒，而且我们还有多余的毛皮和斗篷可以分给你们用。”

霍比特人非常高兴地接受了这第二顿晚餐（比前一顿好得多）。然后，他们不仅暖暖和和地裹上了精灵的毛皮斗篷，还把自己的毯子也裹上了，打算好好睡一觉。然而，他们虽然都很疲倦，却只有山姆觉得很容易入睡。霍比特人不喜欢高处，就算他们自己有楼房，都不会睡在楼上。弗莱特根本不像他们喜欢的卧室，没有墙，甚至没有围栏，只在一边有一片编织的挡风薄屏障，这屏障可以挪动，根据风向固定在不同的地方。

皮平又说了一会儿话：“如果我能在这个阁楼床上睡着，但愿不会滚下去。”

“我一旦睡下了，”山姆说，“就会睡下去，不管会不会滚下去。

而且话说得越少，睡着得越早，你懂我的意思吧？”

弗拉多醒着躺了一会儿，透过那些微微颤动的枝叶交织而成的屋顶，望着闪烁的星星。山姆在他身旁打着呼噜，不一会儿，他自己也闭上了双眼。他模模糊糊地看见两个精灵灰蒙蒙的身影，他们一动不动地抱膝坐着，在轻声耳语。另一位精灵已经下到较低一些的枝干间去值守了。最后，弗拉多耳中听着上方拂过枝条的风声和下方宁洛德尔瀑布的潺潺蜜语，脑海中萦绕着莱戈拉斯唱的那首歌，睡着了。

深夜时分，他醒了。其他霍比特人还睡着。精灵们不见了。弯月在树叶间闪着微光，风停了。他听到不远处传来一声粗哑的笑声，下方地面上有纷乱的脚步声和金属丁零当啷的撞击声。这些声音渐渐远去，似乎是往南进入了森林。

弗莱特中央的孔洞里突然冒出一个脑袋。弗拉多惊诧地坐起来，才发现那是一个披着灰色斗篷的精灵。后者朝霍比特人望过来。

“怎么回事？”弗拉多问。

“yrch！”那精灵压低嗓音说，然后将卷起的绳梯抛到弗莱特上。

“兽人！”弗拉多说，“他们在干什么？”不过那精灵已经走了。

此后再也没有声音传来，连树叶都静悄悄的，瀑布似乎也被噤声了。弗拉多坐在那儿，裹着毯子瑟瑟发抖。他很庆幸他们没有在地面上被逮住，但他感到除了隐藏，这些树也起不到什么保护作用。据说兽人嗅觉跟猎狗一样灵敏，而且也会攀爬。弗拉多抽出了刺叮剑：它蓝光一闪，似一道火焰，然后又慢慢暗淡下来，失却光泽。尽管如此，那种危险近在眼前的感觉不仅没有消散，反而越来越强烈。弗拉多不睡了。他悄悄地爬到孔洞口，向下窥探。他几乎能够确定：下方树干下，有窸窸窣窣的动静。

不是精灵，因为身为森林居民，他们移动时完全没有声响。然后，他听到了一个微弱的像是在嗅闻的声音。有什么东西似乎正在刮擦树干上的树皮。他屏住呼吸，凝视着下面的黑暗。

这会儿，有什么东西正在慢慢爬动，它的呼吸像是从紧闭的牙缝中发出的嘶嘶声。然后，它开始往上爬，接近树干了，弗拉多看见了两只苍白的眼睛。这双眼睛停住，一眨不眨地往上盯着。突然，它们往旁一转，一个隐绰绰的身影滑下树干，消失不见了。

紧接着，哈尔迪尔迅速穿过树枝爬了上来。“这棵树上有我以前从未见过的东西，”他说，“不是兽人。我一碰到树干，它就跑了，似乎非常小心谨慎，而且具有某种林间技能。要不然，我还以为是你们哪个霍比特人。

“我没射箭，因为我不敢惊起任何喊叫：我们不能冒险引发战斗。有一队强壮的兽人已经通过了。他们渡过了宁洛德尔河——该死的，他们肮脏的脚踏进了清洁的河水——沿着河边的老路往下游去了。他们似乎嗅闻到了某种气味，在你们之前停顿的地方附近，搜索了一番地面。我们三个没法跟百十个兽人抗争，于是走到前面，用假声说话把他们引进了森林。

“欧洛芬现在已经匆忙返回我们的居住地，去提醒我们的族人了。那些兽人一个都别想活着离开罗瑞恩！在另一个夜晚到来之前，会有许多精灵隐藏在北部边界的。不过天一大亮，你们就必须往南走。”

东方即白，天色渐明，晨光透过瑁珑树金色的叶片洒射下来。在霍比特人看来，这像是一个清凉的夏日清晨，旭日照耀。摇曳的树枝间，可见斑斑点点湛蓝的天空。透过弗莱特南边的一处开口，弗拉多将整个银脉河山谷尽收眼底。山谷里，银脉河像一片休憩的金色海洋，在风中微波荡漾。

远征队众人再次出发时，清晨尚早，凉风习习。这会儿引路的是哈尔迪尔和他的兄弟儒米尔。“再会了，甜美的宁洛德尔！”莱戈拉斯喊道。弗拉多回头望去，瞥见了灰树干间一道白色水沫的微光。“再会了。”他说。他觉得，他再也不会听到如此美丽动听的流水声了，这声音永远把无数的音符织成无穷无尽、变幻莫测的音乐。

他们回到依然沿着银脉河西边延伸的小道上，顺着它往南走了一段。地上有兽人的脚印。很快，哈尔迪尔就拐进树林，停在了树影下的河岸上。

“河那边有一个我的族人，”他说，“不过你们可能看不见他。”他发出一声似鸟鸣的呼唤，一个身穿灰衣、兜帽甩在脑后的精灵从一片小树丛里跳了出来。他的头发在清晨的太阳照耀下，金光闪闪。哈尔迪尔巧妙地将一圈灰绳抛向对岸，对岸的精灵抓住绳子，将一端绑在河岸附近的一棵树上。

“如你们所见，这一段的凯勒布兰特河已经很强劲了，”哈尔迪尔说，“它流得又急又深，河水非常冷。在这么靠北的地方，除非必须，我们是不会涉足过河的，但因为这些天忙于监视，我们没有建桥。现在我们这样过河！跟我来！”他把这一端的绳子紧紧地系在另一棵树上，然后轻巧地踩着绳子跑过河，又跑回来，如在陆地。

“我能走这条道，”莱戈拉斯说，“可其他人没这技能啊，他们必须游泳过去吗？”

“不！”哈尔迪尔说，“还有两根绳子，我们会把它们系在这一根上面，一根系得肩膀那么高，另一根系得半身高。陌生人抓着它们，小心一点，应该能过去。”

这纤细的桥建成后，远征队众人一个接一个地渡过了河，有的人小心翼翼，走得很慢，另一些人则更轻松一些。霍比特人中，皮平走得最好，这得益于他的沉稳。他只用一只手抓着绳子，走得很快，但他双眼直视前方的河岸，不往下看。山姆双手紧紧抓着绳子，走得拖拖沓沓，不时望一眼下面打着旋的灰白河水，仿佛那是山脉中的一个深渊。

当终于安全过河后，他长长地舒了一口气。“活到老学到老！我老爹经常这么说，尽管他想的是园艺，而不是像鸟儿似的栖息，也不是试图像蜘蛛一样走路。连我叔叔安迪都没玩过这样的把戏！”

终于，远征队所有人都聚集在银脉河东岸了。精灵们解开绳子，卷成两卷。留在河对岸的儒米尔将最后一根拽回去，绕在自己肩膀上，冲他们挥了挥手，就离开了，回宁洛德尔继续监视去了。

“现在，朋友们，”哈尔迪尔说，“你们已经进入了罗瑞恩的耐斯，或者你们说的河角地，因为它是一片位于安度因河与银脉河之间形似长矛头的陆地。我们不允许陌生人窥探耐斯的秘密，就连获准踏上此地的人也寥寥无几。

“按照协议，我将在这儿蒙上矮人吉姆利的眼睛。其他人可以自由行走一会儿，直到接近我们的居住地。那里是埃格拉迪尔，两河之间的河角地。”

吉姆利对此感到很不高兴。“这协议并没有征得我的同意，”他说，“我不会蒙着眼睛，像一个乞丐或囚徒似的行走的。我也不是探子。我的同胞从来没有跟大敌的爪牙打过交道，我们也从未伤害过精灵。比起莱戈拉斯，或者我的任何一位同伴，我更不可能背叛你们。”

“我不怀疑你，”哈尔迪尔说，“但这是我们的法规，我不是这项法规的制定者，不能对其置之不理。为了让你涉足跨越凯勒布兰特河，我已经做了很多。”

吉姆利很固执。他叉开双腿牢牢站着，手抚在斧柄上说：“我要么自由地前行，要么回头，寻找我自己的土地，哪怕要冒着独行于荒野中的危险。在故乡，我可是以说真话出名的。”

“你不能回头，”哈尔迪尔严厉地说，“你现在已经走了这么远，我必须把你带到领主和夫人面前去。他们会评判你的，是扣住你还是放你走，随他们的意愿。你不能再渡过河流了，现在你后面有你无法通过的秘密岗哨，还不等看见他们，你就会被杀的。”

吉姆利从腰带中抽出了斧子。哈尔迪尔和他的同伴拉开了弓箭。“真让人头疼！矮人怎么那么犟呢？！”莱戈拉斯说。

“好啦！”阿拉贡说，“如果我还是这支队伍的领队，你们就必须听从我的吩咐。如此对待矮人，是很不公平。我们全都蒙上眼睛，包括莱戈拉斯。这样最好，尽管这会让行进又慢又无聊。”

吉姆利突然哈哈大笑：“我们看上去会像一群快乐的傻瓜！哈尔迪尔会不会用一根绳子牵着我们，就像一只狗牵着一群瞎眼乞丐？不过如果莱戈拉斯也分担我的目盲，那我就满意了。”

“我是一个精灵，还是这里的一个亲戚！”这下轮到莱戈拉斯愤怒了。

“现在让我们来喊：‘真让人头疼！精灵怎么那么犟呢？！’”阿拉贡说，“不过远征队应该有难同当。来吧，哈尔迪尔，蒙上我们的眼睛！”

“你如果不好好带路，我会为每一次摔跤和每一根碰伤的脚指头索赔。”他们用布蒙上他的眼睛时，吉姆利说。

“你不会索赔的，”哈尔迪尔说，“我会好好带路的，而且路都是平坦笔直的。”

“唉！这愚蠢的时代！”莱戈拉斯说，“在场的全是大敌的敌人，可我却必须蒙着眼睛走路，在林地阳光明媚、树叶金黄的时候！”

“这看起来或许很蠢，”哈尔迪尔说，“而事实上，黑魔王的力量最明显的体现，就在于让所有依然反对他的人疏离分化。不过，现今在洛丝罗瑞恩之外的世界，我们确实很少能发现忠诚和信任，也许除了幽谷。因此，我们不敢凭我们自己的信任使我们的土地陷入危险中。我们现在生活在一个被许多危险包围的岛上，我们的手摸得更多的是弓箭而不是琴弦。

“长久以来，这些河保护着我们，但当黑影从北方潜行而来，将我们包围时，它们肯定就不再能够防御。有些人提议离开，但那似乎已经太迟了。西山变得邪恶，东边大地一片荒芜，遍布索伦的爪牙。据说我们现在已经不能安全地往南行进穿过洛汗了，大河河口被人监视着。即便我们能到达海岸，也不会在那儿找到任何庇护之所。据说仍有一些高等精灵的海港，但都远在北方和西方，已经过了半身人的地界。不过那究竟是哪里，虽然领主和夫人可能知道，我却不知道。”

“你既然都已经见到我们了，至少应该猜一猜啊，”梅里说，“在我家乡的家乡，霍比特人居住的夏尔西边，就有精灵海港。”

“能住在海滨附近，霍比特人真幸福啊！”哈尔迪尔说，“自从我的族人上一次看见大海，已经过去了很久很久，不过我们依然在歌中记得它。让我们边走边说吧，给我讲讲那些海港的事。”

“我不行，”梅里说，“我从未见过它们，我以前从未出过我的家乡，要是我知道外面的世界是什么样子，我想我也不会有心离开的。”

“甚至不愿意见一见美丽的洛丝罗瑞恩？”哈尔迪尔说，“这世界的确充满危险，还有很多黑暗之所，但也有很多美丽之地，尽管如今所有地方，爱都交织着悲伤，但也许爱更占上风。

“我们中有些人歌唱：黑影将退，和平将再次降临。可我不认为我们周围的世界会一如从前，阳光会一如从前。至于精灵，恐怕最好的情况也不过是休战，休战期间他们可以顺利前往大海，永远离开中州。唉！我所爱的洛丝罗瑞恩啊！生活在没有瑁珑树生长的土地上，该会是多么可怜啊！可即使大海远处有瑁珑树，也从未有人提起过。”

就这样，他们一路说着话。远征队众人在哈尔迪尔的带领下，沿着林中小路慢慢地鱼贯而行，而另一个精灵走在后面。他们感到脚下的土地平整松软，不一会儿就能更自在地行走了，不用害怕受伤或跌倒。虽然被剥夺了视力，弗拉多却觉得自己的听力和其他感知力更敏锐了。他能闻见树和脚下草叶的味道，能听见头顶上树叶婆娑包含的许多音符。右边河流潺潺，天上鸟儿啼鸣清亮。当他们经过一片林间空地时，他感觉阳光照在了脸上和手上。

一踏上银脉河的对岸，一种奇怪的感觉就攫住了他。当他继续走进耐斯，这感觉更强烈了：他觉得自己似乎走上了一座时间之桥，进入了远古时代的一个角落，此刻正走在一个已不存在的世界中。在幽谷，古老事物是一些记忆；而在罗瑞恩，古老事物依然活在清醒世界。这里见过、听过邪恶，也经历过悲伤，精灵们害怕外面的世界，也不信任外面的世界：野狼在森林边界嗥叫，但没有在罗瑞恩的土地上投下任何阴影。

那一整天，远征队众人都在行进，直到他们感到清凉的黄昏来临，听见早起的夜风在繁叶间沙沙低语。于是，他们停下来歇息，无所畏惧地睡在地上，因为他们的向导不允许他们解开蒙着眼睛的布，他们没法爬树。早晨，他们又继续前进，走得不慌不忙。中午时，他们停下了。弗拉多意识到他们已经走出森林，又沐浴在阳光下了。突然，他听到周围响起了许多说话的声音。

一队行进中的精灵已经悄无声息地出现在附近：他们正匆匆赶往北部边界，去抵御来自墨瑞亚的任何袭击。他们也带来了消息，其中一些由哈尔迪尔转述给了大家。那群兽人劫匪已经被拦截，几乎全军覆没，残兵败将朝西逃往山脉，正在被追击。精灵们还看见了一个奇怪的生物，佝偻着背奔跑，双手几乎着地，像一只野兽，但又不是野兽的身形。它避开了抓捕，精灵们也没有射杀它，因为不知道它是善还是恶，后来它就消失在银脉河下游南方了。

“还有，”哈尔迪尔说，“他们给我带来了加拉兹民的领主和夫人的口信。你们全都可以自由行走了，包括矮人吉姆利。夫人似乎知道你们队伍中的每一个成员是谁以及是做什么的。也许是幽谷送来了新的消息。”

他首先解开了吉姆利眼睛上的蒙布。“请原谅！”他说着深深鞠了一躬，“现在请用友好的眼睛看待我们吧！请高兴地观看吧，因为自都林时代以来，你是第一位目睹罗瑞恩耐斯森林的矮人！”

轮到弗拉多的蒙眼布被取下后，他仰起头，呼吸一滞。他们站在一片林间空地上。左边是一个大山丘，青草茵茵，犹如古代春天的新绿。山丘上长着两圈树，就像一顶重冠：外圈的树干雪白，未有一叶，但裸形极美；内圈是高大的瑁珑树，依然是满树淡金。一棵塔形的树伫立在这重冠中间，其高处的树枝间搭建了一座闪亮的白色弗莱特。这些树下面，以及整个山丘的青草间，点缀着一种星形的金黄色小花。

其间，那纤细的树枝上轻轻摇曳的是另一种花，淡白淡绿，如同青草辉光中的一缕缕雾霭。天空湛蓝，午后的太阳照耀着山丘，树影长长。

“看！你们来到了凯林阿姆洛斯，”哈尔迪尔说，“这里很久以前就是这个古老国度的中心。那是阿姆洛斯山丘，在更快乐的往昔，它的宫殿就建在那儿。常青不凋的草地间，永远盛开着冬日之花：黄色的埃拉诺和淡色的妮芙瑞迪尔。我们将在这里待一会儿，黄昏时分前往加拉兹民的城镇。”

其他人纷纷扑倒在芳香的草地上，弗拉多却兀自站了好一会儿，沉浸在惊奇中。他感觉自己仿佛步入了一扇高窗，俯瞰着一个已经消失的世界。笼罩在这个世界上的光，是他用语言难以形容的。他看见的一切都匀称优美，它们的形状轮廓清晰，仿佛是先构思好，并在他解下蒙眼布的一瞬间绘成，它们古老得仿佛会永远存在。他看见的都是他熟知的色彩：金、白、蓝、绿，但它们却鲜艳动人得如同初见，如同第一次为它们取下这些新奇的名字。在这里，没有谁会在冬天为春夏哀悼。生长在这片土地上的一切，没有瑕疵，没有病痛，没有残疾。罗瑞恩的大地上，没有污点。

弗拉多转身看见山姆就站在自己身边，正面带困惑地打量四周，还时不时地用手揉着眼睛，仿佛不能确定自己是不是清醒。“一点没错，这是阳光，是大白天，”他说，“我还以为精灵全都属于月亮和星星呢，但这比我听说过的任何事情都更有精灵风格。我感觉自己置身于一首歌谣里，你明白我的意思吧？”

哈尔迪尔看着他们，似乎真的明白山姆的所思所言。他笑了。“你感受到了加拉兹民的领主和夫人的力量。”他说，“你们愿意和我一起爬上凯林阿姆洛斯吗？”

他们跟着他轻轻地踏上青草覆盖的山丘。弗拉多走着，呼吸着，看着四周生机勃勃的树叶和花朵在凉风的吹拂下微微摇曳，同样的凉风也吹拂着他的面颊，他觉得自己身处一片永恒之地：不会褪色，不会改变，也不会坠入遗忘。当他离开此地，重新进入外面的世界时，那位来自夏尔的漫游者弗拉多仍将漫步其中，走在美丽的洛丝罗瑞恩，走在埃拉诺和妮芙瑞迪尔盛开的草地上。

他们走进了白树圈中。此时，南风吹拂凯林阿姆洛斯，在枝叶间发出声声叹息。弗拉多静静伫立，聆听早已逝去的遥远大海惊涛拍岸，聆听这世上已绝迹的海鸟长空鸣叫。

哈尔迪尔已经往前走了，这会儿正在往高处的弗莱特爬去。就在弗拉多准备跟上，将手扶在绳梯旁边的树上时，他突然前所未有地强烈感受到了一棵树的肌理和其中蕴含的生命。他感到了一种树木的喜悦，并心有戚戚然：不是作为森林居民的喜悦，也不是作为木匠的喜悦，而是来自鲜活树木本身的喜悦。

当他终于沿着绳梯爬上高处的弗莱特后，哈尔迪尔牵着他的手，让他转身面朝南。“先看这边！”他说。

弗拉多看了，也看见了：不远处，一个巨树林立的山岗，或者说一个绿塔之城，到底是哪一个，他说不上来。他觉得，笼罩着这一整片土地的力量和光似乎都出自那里。他突然渴望像鸟儿一样飞过去，栖息在那绿城之中。然后他向东望去，看见整个罗瑞恩大地延伸进安度因大河的微茫浩渺中。他抬眼眺望大河对面，所有的光都熄灭了，他又回到了他所熟知的世界。大河远处的大地似乎平坦又空旷、无形又模糊，直到更远处才又像一堵墙隆起，黑暗又阴沉。照耀着洛丝罗瑞恩的太阳没有照亮那遥远高地阴影的力量。

“那是南黑森林的堡垒，”哈尔迪尔说，“那里覆盖着黑冷杉森林，树木互相倾轧争斗，树枝腐败枯萎。其间一座岩石高丘上，矗立着多古尔都，那一度曾是黑魔王的藏身之处。我们担心现在它又有了居住者，而且其力量是之前的七倍。近来，一片黑云经常笼罩其上。在这个高台上，你可以看见两股彼此敌对的力量，它们一直在思想上交锋，虽然光明已经看透这黑暗的核心，但其自身的秘密却没有被发现——还没有被发现。”他转过身，迅速爬了下去。弗拉多和山姆紧随其后。

在这山丘脚下，弗拉多发现阿拉贡静静伫立，沉默如树，但他手里拿着一朵小小的金色埃拉诺花，眼中有光。他正沉湎于某种美好的记忆中，当弗拉多看着他时，他意识到自己是在目睹曾经发生在这同一个地方的事，因为岁月的阴郁从阿拉贡的脸上消失了，他仿佛身穿白衣，是一位高大英俊的年轻领主，正用精灵语对一位弗拉多看不见的人说话。*“ArwenVanimeldo，namarie！”*他说。然后，他深深地吸了一口气，从回忆中回过神来。他看着弗拉多，微微一笑。

“这儿是地球上精灵之境的中心，”他说，“这儿是我的心永居之所，除非在我们——你和我——仍然必须涉足的黑暗之路尽头，尚有一线光明。跟我来吧！”说着，他牵起弗拉多的手，离开了凯林阿姆洛斯山丘，有生之年再也没有重游此地。

第7章
加拉德瑞尔之镜

太阳已经沉落到山后，林中阴影愈深。他们又继续行进。这时脚下的路延伸进了暮色沉沉的灌木丛中。他们走着走着，树下夜色降临，精灵揭开了他们的银灯。

突然，他们又走进了一片林间空地，发现自己置身于灰白的夜空下，早现的星星寥寥闪闪。面前是一片宽敞、无树的空地，从两侧弯弧延展开去，形成一个很大的圈。远处是一个深深的地堑，消隐在柔和的阴影中，但其边缘的草很绿，仿佛还在已逝太阳的余晖中闪着光。地堑更远的一边，地势又升起来，形成一道很高的绿墙。这绿墙环抱着一个绿丘，绿丘上长满瑁珑树，比他们在整个地区见到的树都高。这些树高不可测，伫立在暮光中犹如活塔。层层叠叠的枝干上，摇曳不停的树叶间，无数灯光在闪烁，绿的、金的、银的。哈尔迪尔转身面向远征队众人。

"欢迎来到卡拉斯加拉松！"他说，"这儿是加拉兹民的都城，罗瑞恩领主凯勒博恩及其夫人加拉德瑞尔均居住于此。不过我们无法从这里进入，因为城门不是朝南开的。我们必须绕到南边去，这段路可不短，因为这都城很大。”

地堑外缘有一条白石头铺成的路。他们就沿着这条路往西走，而这都城如同一朵绿云，在他们左边一路攀升。夜深了，更多的灯亮了起来，直到整个山丘灯火通明，似繁星点点。最后，他们来到一座白桥，过了桥便看见了巨大的城门。这些城门面朝西南，设在环形城墙两端交叠的尽头之间，很高很结实，门扇上挂着许多灯盏。

哈尔迪尔敲了敲门，说了几句话。门无声无息地打开了，但弗拉多没有看见守卫的迹象。众人过门而入，门在他们身后关上。墙端有一条深深的小径，他们迅速走过这条小径，进入了树城卡拉斯加拉松。他们没看到任何人，也没听到小径上有任何脚步声，但他们周围以及空中有许多声音。远处山丘高处传来了歌声，就像细雨落在树叶上。

他们走过许多条小径，爬过许多级阶梯，终于到了高处，看见面前一片宽阔的草坪中间，有一个光闪闪的喷泉。悬挂在树枝上摇曳的银灯照耀着这个喷泉。它喷出的泉水落进一个银盘，又从盘中溅出一道白色水流。草坪南边，伫立着所有树中最高大粗壮的一棵。它光滑的粗树干盈盈闪闪，如灰色绸缎；树冠擎天，直到很高很高的上方，其最初生长的树枝才展开在浓密如云的树叶下。这棵树旁边立着一架宽宽的白梯，三个精灵坐在梯脚旁。当众人靠近时，他们一跃而起。弗拉多见这三个精灵都很高，都穿着灰色锁子甲，披着长长的白斗篷。

“凯勒博恩和加拉德瑞尔就住在这里，”哈尔迪尔说，“他们希望你们上去，与他们交谈。”

一个精灵守卫吹响了一只小号角，号音清越。上方高远处传来了三声回应。“我先上去，”哈尔迪尔说，“接着是弗拉多和莱戈拉斯。

其他人可以随意愿跟上他们。对不习惯这种梯子的人来说，得爬很久，不过你们中途可以休息。”

弗拉多慢慢地往上爬着，一路上经过了许多弗莱特：有些在这一边，有些在那一边，还有一些建在树干上方，梯子得绕过它们。在距离地面很高处，他到达了一个宽阔的塔蓝。塔蓝像一艘大船的甲板，上面建了一栋大屋，大得几乎可以当作人类建在地上的大厅。弗拉多跟在哈尔迪尔后面进入房子，发现自己身处一个椭圆形的厅室，厅室中间伫立着大瑁珑树的树干，这棵树穿室而过，往上生长，不过此处已近树冠，树干变细了，但仍然不失为一根粗柱。

这厅室里柔光四溢，墙是绿色和银色的，屋顶则是金色的。室内坐着许多精灵。树干下面覆盖着鲜枝条的两张椅子上，并排坐着凯勒博恩和加拉德瑞尔。纵然贵为强大的君王，他们还是依照精灵的礼节，起身迎接来宾。两位精灵都非常高，夫人的身高不亚于领主。他们庄严而美丽，一身纯白装束。夫人一头深金色的头发，而领主凯勒博恩则银色长发披肩。他们身上不见岁月的痕迹，唯有深邃的眼神藏着阅历：在星光下，他们的眼睛锐利如长矛，深奥如记忆之井。

哈尔迪尔领着弗拉多走到他们面前，领主用精灵语说出了欢迎辞。加拉德瑞尔夫人没有说话，只是久久地注视着他的面庞。

“请坐到我旁边来吧，夏尔的弗拉多！”凯勒博恩说，“等大家都到齐了，我们一起谈。”

远征队的每一个人进来，他都彬彬有礼地道出名字表示欢迎。“欢迎阿拉松之子阿拉贡！”他说，“距离你上次来到这片土地，外面的世界已经过去了三十八年。这些年你负荷深重，但无论好坏，结局在即。在这里，将你的重负放下片刻吧！”

“欢迎瑟兰杜伊之子！我的亲族从北方远道而来，稀客稀客！”

“欢迎格洛因之子吉姆利！在卡拉斯加拉松，我们已经很久不见都林的子民了。不过今天我们打破了长期以来的规则，也许这是一个信号：尽管如今世界黑暗，但更好的日子即将来临。我们两族人民的友谊将会重新缔结。”吉姆利深深鞠了一躬。

等所有来客都在领主面前坐下，他再次看着他们。“这里共有八位，”他说，“据信使说，出发的有九位。不过也许计划有变，而我们没有收到消息。埃尔隆德离得太远了，而我们两地之间，黑暗势力在聚集，这一整年，阴影已经变得更深长了。”

“不，计划没有改变，”加拉德瑞尔夫人第一次开口，她的嗓音清越悦耳，却比一般女性的嗓音低沉，“灰袍大巫师甘道夫是和远征队一起出发的，但他没有穿过这片土地的边界。现在请告诉我们，他在哪儿？因为我非常渴望再次与他交谈。我从远方看不见他，除非他来到洛丝罗瑞恩的屏障之内；他周身萦绕着一层灰雾，他脚下的路和他的心智之路，都隐藏于我。”

“唉！”阿拉贡说，“灰袍大巫师甘道夫落入了阴影中，他留在了墨瑞亚，没能脱身。”

听闻此言，大厅中的所有精灵都惊呼出声，悲伤不已。“这是噩耗啊！”凯勒博恩说，“在充满悲伤之事的漫长岁月间，这是我们听到的最悲伤的消息了。”他转向哈尔迪尔，“为什么之前没有告诉我这件事？”他用精灵语问道。

“我们没有告诉哈尔迪尔我们的经历和目的，”莱戈拉斯说，“一开始我们非常累，危险又在身后紧追，之后我们走在罗瑞恩美丽的小径上，满心欢喜，一时之间几乎忘记了悲伤。”

“可是，我们的悲伤极深，我们的损失也无法弥补。”弗拉多说，“甘道夫是我们的向导，他带领我们通过了墨瑞亚，在我们逃离似乎无望时，他救了我们，自己却坠入了深渊。”

“告诉我们详情吧！”凯勒博恩说。

于是，阿拉贡重述了发生在卡拉兹拉斯隘口的事，以及随后几天他们的经历。他提到了巴林和他的书，提到了发生在马扎布尔室的战斗，以及大火、窄桥和大恐怖的来临。“它似乎是来自古代世界，我以前从未见过那样的邪恶之物。”阿拉贡说，“它既是阴影又是火焰，强壮而可怕。”

“那是一个魔苟斯的炎魔。”莱戈拉斯说，“所有精灵禁忌中最致命的一个，除了盘踞在黑塔中的那个。”

“的确，我在桥上看到的，正是萦绕在我们最黑暗的梦中的东西，我看到了都林的克星。”吉姆利低声道，眼中满是恐惧。

“唉！”凯勒博恩说，“长期以来，我们一直惧怕卡拉兹拉斯底下沉睡着的一种恶魔，但如果我知道矮人又在墨瑞亚惊动了它，我会禁止你进入北部边界，你和你的所有同行者都不行。如果真的有这种可能，人们将会说，甘道夫最终从智者沦为愚人，没必要地闯进了墨瑞亚的罗网。”

“这么说的人，未免太轻率，”加拉德瑞尔夫人郑重地说，“甘道夫一生从不做无谓之事，那些跟随他的人不了解他心中所想，无法报告他的完整目的。然而无论这位向导如何，跟随者们都无可指责。不要后悔你欢迎了这位矮人。如果我们的子民长期流亡，远离洛丝罗瑞恩，那么加拉兹民，乃至智者凯勒博恩，有谁不想在路过时看一看他们古老的家园，哪怕它已经变成了恶龙的巢穴。”

“凯雷德－扎拉姆的湖水幽深，奇比尔－纳拉的泉源冰冷，在远古时代，强大的君王尚未陨落在岩石之下以前，卡扎督姆巨石林立的厅室是多么美丽啊！”她看着悲哀又愤怒地坐在那里的吉姆利，微微一笑。而这位矮人，一听到那些名称用他本族的语言道出，便抬起头，迎向她的目光。他感觉自己突然望进了一位宿敌的内心，看见的却是爱和理解。他先是面露惊诧，然后报以微笑。

他笨拙地起身，以矮人的礼节鞠了一躬，说道：“然而更美丽的是罗瑞恩生机盎然的大地，加拉德瑞尔夫人美过蕴藏在地球中的所有宝石！”

一片寂静之后，凯勒博恩又开口道：“我不知道你们的处境如此险恶，请吉姆利原谅我草率的言辞，我是在心中极度困扰的情况下说出那些话的。我会按照你们每一位的愿望和需要，尽我所能帮助你们，尤其是那身负重任的小人族。”

“你们的任务，我们知晓，”加拉德瑞尔看着弗拉多说，“但我们在这儿不会更公开地谈论它，不过如果你们是按照甘道夫本人计划的那样，来到此地寻求帮助，那也许不是徒劳。因为加拉兹民的领主被视为中州精灵中最睿智的一位，他所赐予的礼物远胜于君王的力量。世界伊始，他就住在西方，而我已经与他一起生活了无数岁月。我远在纳国斯隆德和刚多林陷落之前，就已经越过了山脉，我们已经共同度过了这个世界的许多纪元，愈挫愈战，愈战愈勇。

“是我先召集成立了白道会，如果我的构想不出差错，白道会本应该由灰袍大巫师甘道夫统领，这样一来，事情会大不一样。不过即使是现在，仍有希望留存。我不会给你们提建议，说该这么做，或该那么做。因为我能帮助你们的，不在于做什么或谋划什么，也不在于选择这条路或那条路，而在于我知晓过去和现在，以及一部分未来。不过我要对你们说的是：你们的探寻正处于刀尖浪口，只要有一点点差池就会失败，进而全盘毁灭。然而，只要远征队全体忠诚，希望就犹存。”

话音一落，她便抬眼盯住他们，依次静静地打量着每一个人。除了莱戈拉斯和阿拉贡，没有谁能长久地承受她的目光。山姆腾地红了脸，赶忙低下头。

最后，加拉德瑞尔夫人收回目光，微笑道：“别让你们的内心烦忧。今晚你们会平静入睡的。”闻言，他们都舒了口气，突然感觉异常疲惫，就像那些被深入盘问了很长时间的人一样，但谁都没有公开说出来。

“现在去吧！”凯勒博恩说，“悲伤和路途劳顿已经让你们精疲力尽。即使你们的探寻跟我们并非息息相关，也应该在这座城里获得庇护，直到你们得到治愈，恢复精神。现在你们该休息了。我们暂时不会再谈论你们下一步的行程。”

那天晚上，远征队一行人睡在地上，这令霍比特人非常满意。精灵们在喷泉附近的树木之间为他们支起了一个大帐篷，并在里面铺上了柔软的睡榻，然后用悦耳的精灵语向众人道了晚安，便离开了。大家聊了一会儿在树顶上度过的前一个夜晚，以及这一天的旅程，还有领主和夫人——因为他们还没有心情回顾更早之前的事。

“山姆，你刚才为什么脸红啊？”皮平问，“你那么快就绷不住了。任何人都会以为你心里有鬼。我希望你不会有什么比偷走我一条毯子更糟糕的阴谋哟。”

“我才没有想过那样的事！”山姆一点开玩笑的心情都没有，“如果你想知道，那我就告诉你：当时我感觉自己好像什么也没穿，我不喜欢这种感觉。她似乎看透了我的心思，问我如果她给我一个飞奔回家，回到夏尔，回到有自己的小花园的舒适小洞府里的机会，我会怎么做。”

“那可真有意思，”梅里说，“几乎跟我的感觉一模一样。只是，只是……呃，我想我就不多说了。”他嗫嚅地打住了。

大家似乎都有类似的体验，每个人都感到自己被给予了一个选择：要么面对横在前方充满恐惧的阴影，要么获得自己极度渴望的某种东西——这东西清晰地浮现在眼前，只需转身，离开这条路，将这场探寻和对抗索伦的战斗留给其他人，就可以获得。

“我似乎也是这样，”吉姆利说，“但我的选择保密，只有我自己知道。”

“我觉得这似乎太奇怪了，”波洛米尔说，“也许这只是一个测试，她出于自己的有利目的，想读出我们的心思，但我差点冲口说出她是在引诱我们，给我们提供她假装有能力给予的东西。不用说，我拒绝听从。米纳斯提力斯的大人族说话算话。”不过，他没有说出夫人提供给他的是什么。

至于弗拉多，虽然波洛米尔逼问，“她可盯着你看了很久哟，持环者”，但弗拉多不愿意说。

“是的，”他说，“但无论那时我心里想的是什么，我都会把它留在心里。”

“呵！那就小心点！”波洛米尔说，“我对这位精灵夫人和她的意图，不怎么确定。”

“不要说加拉德瑞尔的坏话！”阿拉贡严厉地说，“你不知道你在说什么。在她心里，在这片土地上，没有什么是邪恶的，除非有人自己将其带到这里来，那他就要当心了！今晚我要无忧无虑地睡觉，这是离开幽谷后的第一次。但愿我能暂时忘却悲伤，睡得深沉！我太累了，身心俱疲。”他躺倒在睡榻上，立刻酣然入睡。

其他人也很快睡着了，没有声音也没有梦打搅他们的睡眠。等他们醒来时，天光大亮，太阳照耀着帐篷前面的草坪，喷泉水起水落，在阳光下熠熠生辉。

就他们能计数或能记忆的而言，一行人在洛丝罗瑞恩待了好几天。他们住在那里的日子，阳光灿烂，只是偶尔落点细雨，雨后天晴，万物清新。空气凉爽，柔风和煦，仿佛早春时节。然而他们还是感到四周有一种冬天的深寂。他们觉得，每天似乎除了吃喝歇息，漫步林间，没什么事可做，而这就够了。

他们没再见到领主和夫人，也很少跟精灵交谈，因为这里懂得或会说西部通用语的精灵很少。哈尔迪尔跟他们道别后，就又回到北方防线去了。自远征队带来墨瑞亚的消息之后，那里的防卫就大大加强了。莱戈拉斯经常离开他们，跟加拉兹民混在一起，除了第一个晚上，他都没跟远征队的其他人睡在一起，不过他还是会回来跟他们一起吃饭聊天。他出去在这片土地上漫游时，常常带上吉姆利，其他人对这个变化都感到很惊奇。

现在，当远征队一行人坐在一起或散步时，会提起甘道夫。每个人所知和所见的他全都清晰地呈现在他们的脑海中。随着身体伤痛的治愈和疲倦的消散，他们心中为其所失的悲伤越来越强烈。他们常常听到附近精灵们歌唱的声音，知道精灵们正在为他的牺牲唱诵挽歌，因为他们在那些听不懂的哀婉歌词中捕捉到了甘道夫的名字。

“米斯兰迪尔，米斯兰迪尔，”精灵们唱道，“啊，灰袍漫游者！”

他们喜欢这样称呼他。而如果莱戈拉斯此时跟远征队众人在一起，他是不会为他们翻译这些歌的，他会说自己没有这本事，而且对他而言，悲伤犹在眼前，无法歌唱。

弗拉多是第一个将心中的悲伤诉诸歌词的人，尽管他的歌词不怎么流畅。他很少被感动到要写歌作诗。哪怕在幽谷，他也只是聆听，未曾亲自歌唱，但他的记忆中储藏了许多别人在他面前歌咏过的事迹。然而此时，当坐在罗瑞恩的喷泉旁，听到精灵们谈论的声音，他的思绪形成了一首歌，他觉得是很美的一首歌。可是，当他试图把这首歌唱给山姆听时，却只余只言片语，其他的像一把枯叶随风而逝了。

夏尔灰蒙蒙的夜晚来临，
听得到山坡上他的脚步，
黎明破晓前他离家而去，
未留一语踏上漫长旅程。

从东方荒原到西方海岸，
从北方野地到南方山陵，
闯过龙潭穿过秘门幽林，
他走得随心所欲无所惧。

他通晓众语交流亦无碍，
与矮人，与霍比特人，
与精灵，与大人族类，
与凡尘俗士，与不朽神仙，

与枝头飞鸟，与穴中走兽。

一把致命剑一双治愈手，
一堵负重背一副洪亮嗓，
一根炽法杖，漫游四方，
风尘仆仆啊！这位圣行者！

他坐如智慧王者，
易怒爱笑瞬息间，
头戴破帽倚刺杖，
功绩斐然一老者。

挺立危桥战炎魔，
独挡烈火与暗影，
手杖断毁岩石上，
其慧湮没墨瑞亚。

“哎呀！接下来你要胜过比尔博先生了！”山姆说。

“不，恐怕我不行，”弗拉多说，“但这是我能写得最好的了。”

“好吧，弗拉多先生，如果你还要再写，我希望你能写几句关于他造烟花的事，”山姆说，“比如这样的——

从未见此美烟花，
漫天炸开蓝绿星，

雷鸣电闪金雨下，

又似繁花瓣瓣落。

“不过这几句远不能形容那烟花盛开的场面。”

“不，山姆，我要把这事留给你，或者留给比尔博。不过，唉！我不能再谈论这事了，我想不出要如何把这消息带给他。”

一天晚上，弗拉多和山姆一起在凉爽的暮色中散步。他们俩都感觉到了不安。离别的暗影突然笼罩住弗拉多：不知怎的，他知道必须离开洛丝罗瑞恩的时刻近在眼前。

“山姆，你现在怎么看精灵？”他说，“我以前问过你一次同样的问题，似乎是很久以前，但你现在已经见过很多精灵了。”

“确实是！”山姆说，“我觉得，精灵和精灵不一样。他们全都精灵气十足，但又不完全一样。这里的这些精灵不是漫游者，也不是无家可归者，他们似乎跟我们有点像：他们看起来属于这儿，比霍比特人属于夏尔更甚。究竟是这片土地造就了他们，还是他们造就了这片土地，很难说。你明白我的意思吧？这儿恬静得出奇，似乎什么都没有发生，似乎也没有人希望发生。如果周围有什么魔法，那一定是在深处，要说的话，那就是在我伸手触碰不到的地方。”

“到处都看得到它、感觉得到它的。”弗拉多说。

“嗯，”山姆说，“可你看不到是谁在施加魔法。没有可怜的老甘道夫过去展示的那种烟花。真纳闷，这些天我们一直没有见着领主和夫人。我在想，要是她有心情，会制造什么样的惊奇之事呢？我可真想见识一些精灵魔法啊，弗拉多先生！”

“我不想，”弗拉多说，“我很满足。而且我想念的也不是甘道夫的烟花，而是他浓密的眉毛，他的急脾气，还有他的声音。”

“你说得对，”山姆说，“别以为我是在挑刺。我经常想看魔法，就是古老故事中讲的那些，但我从来没有听说过比这里更好的地方。它像家，同时又像度假地，你理解我的意思吧？我不想离开。不过，我开始感到，要是我们不得不继续行程，那还是快点走好。

“我老爹甘吉常说，一件活儿不开始就永远不会结束。我不认为这些人能帮助我们多少，无论用不用魔法。我想的是，我们离开这片土地的时候，会更加想念甘道夫的。”

“恐怕你说得再对不过了，”弗拉多说，“但我还是非常希望，在我们离开前能再见到那位精灵夫人。”

话音未落，他们就看到加拉德瑞尔夫人正走过来，仿佛回应他们的话似的。她走在树下，高挑、白皙、美丽。她没有说话，只是招手示意他们过去。

她领着他们转到一边，朝卡拉斯加拉松的南坡走去。他们穿过一道高高的树篱，进入了一个封闭的花园。园中无树，天空为顶。夜星已经升起，在西边树林上方白光闪闪。夫人走下一段长长的台阶，进入一个深深的绿谷，从山上喷泉那儿流下来的银亮溪水潺潺穿过其间。谷底一个雕成树枝交织状的矮基座上，端放着一个宽而浅的银盘，旁边还立着一个银水罐。

加拉德瑞尔从溪流中舀起水倒入银盘，直至溢满盘缘，然后对着水面吹了口气。等水面再次静止下来，她开口道：“这是加拉德瑞尔之镜。我带你们到这儿来，你们可以看看它，如果你们愿意的话。”

空气静寂，绿谷幽暗。站在弗拉多旁边的这位精灵夫人又高又白。“我们要看什么呢？我们会看见什么呢？”他满心惊异地问。

“我能命令这面镜子揭示许多东西，”她回答道，“对某些人而言，我能显示他们想要看见的东西。不过这水镜也能径自显示东西，显示那些通常比我们希望目睹的更奇特更有益的东西。如果你让水镜自由发挥，那你会见到什么，我也说不上来，因为它会显示过去、现在以及可能的未来。而你看见的究竟是哪一种，就算是最睿智的智者也不能总是说中。你想看吗？”

弗拉多没有回答。

“你呢？”说着，她转向山姆，“我相信，这就是你们霍比特人所说的魔法。虽然我不完全理解你们的意思，你们似乎也用同样的词语描述大敌的诡计，但如果你愿意，这个就是加拉德瑞尔的魔法。你不是说你想见识见识精灵魔法吗？”

“我是说过，”山姆又好奇又害怕，身体微微颤抖，“夫人，如果你同意，我要瞥一眼。”

“说真的，我想瞥一眼家乡现在的情形，”他低声对弗拉多说，“我感觉好像已经离开家很长很长时间了。可是，我不会只看见星星，或者我不能理解的什么东西吧？”

“不会的，”夫人温柔一笑，说道，“来吧，你来看看，看看你可能看到什么。别碰水！”

山姆爬到基座脚上，倾身看向水盆。水看上去硬质而幽深，星星倒映其中。

“如我所想，只有星星。”他说。接着，他呼吸一滞：星星熄灭了。仿佛一面黑纱被拉开，水镜变灰，再变清澈。阳光照耀，树枝随风摇曳。不过还不等山姆确定他所见到的是什么，光就消逝了。这会儿他只觉得他看见面色苍白的弗拉多躺在一块巨大的黑崖石下面睡得很沉。然后，他似乎看见自己走在一条昏暗的通道里，又在攀爬一段无尽曲折的阶梯。他突然意识到，自己是在急切地寻找什么，但那到底是什么，他不知道。场景似梦，一转一换又回去了，他又看见了那些树，但这次它们不那么密集了，他看得见正在发生什么：它们不是在风中摇曳，而是在倾倒，在轰然倒地。

“嘿！”山姆大叫起来，声音里充满了愤怒，“那个泰德·山迪曼在砍树呢！他不应该啊！它们不应该被砍：那是磨坊那边给通往傍水镇的大路遮阴的林荫道啊。我希望我能抓住泰德，我要砍了他！”

话音才落，山姆却注意到老磨坊已经消失了，一幢庞大的红砖建筑正在原来磨坊所在的位置拔地而起。很多人在忙着干活。附近有一个个高高的红烟囱。黑云似乎遮蔽了水镜表面。

“夏尔有什么在作怪，”他说，“埃尔隆德先生想让梅里先生回去的时候，就知道事有蹊跷。”

突然，山姆惊叫一声，跳离了水盆。“我不能待在这里，”他狂躁地说，“我必须回家去，他们在挖袋下路呢！我可怜的甘吉老爹正用手推车推着他那点东西往山下走呢，我必须回家去！”

“你不能一个人回去，”夫人说，“在照看水镜前，你就已经知道夏尔可能发生了邪恶的事，但你并不想撇下你的主人回家去。记住：这水镜能显示许多事，但不是所有的事都已发生。有些事永远也不会发生，除非看见其景的人偏离正路去阻止它们。把水镜作为行动的向导，是很危险的。”

山姆坐在地上，双手抱头。“真希望我没来这里，我不想再见什么魔法了。”说罢，他陷入了沉默。过了一会儿，他又哽咽着开了口，仿佛强忍着眼泪。“不，我要和弗拉多先生一起走那条漫长的路回家，或者根本不回去，”他说，“但我希望有一天真的能回去。如果我看到的情景真的发生了，那有人就得吃不了兜着走！”

“你现在想去看看吗，弗拉多？”加拉德瑞尔夫人问，“你不想看精灵魔法，你很满足。”

“你建议我看吗？”弗拉多问。

“不，”她说，“我不会建议你这样或那样。我不是顾问。你可能会了解到一些事，无论你看见的是吉还是凶，都可能有利于你，也可能无益于你。看见既有好处也有危险。不过我认为，弗拉多，你有足够的勇气和智慧冒这个险，不然我就不会带你到这儿来了。请按照你的意愿做吧！”

“那我看看。”弗拉多说着爬上基座，倾身望向幽暗的水。水镜立刻变得清澈了，他看见了一片暮光微茫的土地。远处的山脉笼罩在黑暗中，映衬着淡白的天空。一条灰蒙蒙的长路蜿蜒曲折，伸向不可见处。远方，一个人影慢慢地从路上走来，起初模糊而渺小，但随着越走越近，变得越来越大，越来越清晰。突然，弗拉多意识到，这人影让他想起了甘道夫。他几乎要大声喊出这位大巫师的名字了，但接着他看见这人影穿的不是灰袍而是白袍，一件在暮色中闪着微光的白袍。人影手中拿着一根白杖，脑袋垂得很低，看不到脸。不一会儿，人影沿着那条路转了个圈，走出了水镜的视域。怀疑潜入弗拉多的心中：这是甘道夫很久以前那些孤独旅程之一的镜像？或者那是萨鲁曼？

镜中景象这时变了。他捕捉到了一抹比尔博的身影，短暂而微小，他正在房间里不安地走动。他的书桌上纸张散乱，外面雨滴敲打着窗户。

然后有片刻暂停，接着许多场景接连闪过，不知怎的，弗拉多知道那些都是自己曾卷入其中的大历史的一些片段。雾霭散去，他看到了一幅以前从未见过的场景，但他立刻就认出来了：大海。黑暗降临。浪起云涌，怒涛翻滚。然后，他看见一艘轮廓漆黑、风帆破烂的高船映衬着坠入残云的血红太阳，从西方驶来。接着，一条宽阔的河流流经一个人口众多的城市。再然后，是一座拥有七个塔楼的白色堡垒。然后，又是一条黑帆飘扬的船，但这时又是早晨了。波光荡漾，一面绣着一棵白树的旗帜在阳光下闪耀。一股犹如来自火与战斗的烟雾升起，太阳再次火红沉落，褪进一片灰蒙蒙的雾霭中。一艘小船驶进雾霭，灯火闪闪，悠然远去，直至消失。弗拉多松了口气，准备起身离开。

突然，水镜完全变黑，黑得就像是眼前的世界开了一个洞，弗拉多望进了虚空。这黑暗的深渊中，出现了一只独眼。它在慢慢变大，直到几乎占满整个水镜。这独眼如此可怕，以至于弗拉多的脚像生了根似的动弹不得，他喊不出声，也无法挪开视线。这独眼呈现猫眼般的黄色，边缘一圈火焰，但它自身却木然冷漠，警惕而又专注，瞳孔中裂开的黑隙扩张成一个小洞，犹如一扇通往虚无的窗户。

然后，这独眼开始转动，这边寻寻，那边查查。弗拉多恐惧地确信，在它搜寻的诸多事物中，自己是其中之一。不过他也知道，它不能看见自己——还不能，除非他愿意让它看见。被链条拴着挂在脖子上的指环变得异常沉重，比一块大石头还重，他的脑袋被拽得直往下垂。水镜似乎正变得炽热，水面上升起缕缕蒸汽。他不由得向前滑去。

“别碰水！”加拉德瑞尔夫人柔声道。独眼景象消失了。弗拉多发现自己正看着银盘中闪闪烁烁的清凉星星。他浑身颤抖着退下来，看着夫人。

“我知道你最后看见的是什么，”她说，“因为它也在我的脑海中。别害怕！不要以为维系着洛丝罗瑞恩，保护这片土地不受大敌侵犯的，只是林间的歌唱，甚或精灵之弓的纤细箭矢。我告诉你，弗拉多，哪怕就在跟你说话的此刻，我也察觉得到黑魔王，知道他的心思，或者说知道所有他关于精灵的心思。他一直在搜寻我，探查我的心思，但门依然紧闭着！”

她举起白皙的双臂，以一种拒绝和否定的姿势，向东方张开双手。埃雅仁迪尔——精灵最挚爱的暮星，在夜空中闪烁。它那么明亮，以至于精灵夫人的身形在地上投下了一个朦胧的影子。星光照耀着她手上的指环，就像打磨光亮的黄金镀上了一层银光，熠熠生辉。指环上镶着一块白石，闪烁如暮星栖落在她的手上。弗拉多敬畏地盯着这枚指环，因为他似乎突然明白了。

“是的，”她猜到了他的心思，“它是不允许被谈论的，埃尔隆德也不能，但它瞒不过持环者，瞒不过看见魔眼的人。戴在罗瑞恩之地的加拉德瑞尔手上的，正是三枚精灵指环之一。这是能雅，金刚石之戒，我是它的持有者。

“他怀疑，但他不知道——还不知道。你现在还不明白为什么你的到来对我们来说是末日的足音吗？因为如果你失败了，那我们就将暴露在大敌面前。而如果你成功了，那我们的力量将衰弱，洛丝罗瑞恩将消逝，时间的浪潮会将它冲刷殆尽。我们必须离开此地去西方，否则就会衰落成山谷中、洞穴里的乡民，慢慢忘记，慢慢被忘记。”

弗拉多垂下了头。“那你希望怎样呢？”他最后说。

“顺其自然，”她回答道，“精灵对他们的土地与作品的热爱比海深，他们的遗憾永不消逝，永远不会完全彻底缓和。而他们宁可抛弃所有这一切，也决不会顺从于索伦，因为他们现在认清了他的真面目。你并不对洛丝罗瑞恩的命运负责，你唯一要负责的是你的任务。只是，虽然无济于事，我还是希望，至尊指环从未被制造出来，或者永远失落。”

“加拉德瑞尔夫人，你睿智、无畏又美丽，”弗拉多说，“如果你要求的话，我会把至尊指环给你的。它对我来说实在是一个大麻烦。”

加拉德瑞尔突然朗声大笑。“加拉德瑞尔夫人也许很睿智，”她说，“但在礼貌谦恭方面，她遇到了你这位对手。你这是在温和地报复我们初见时，我对你内心的考验吗？你开始以犀利的目光看待事物了。我不否认，我内心极其渴望索要你所提之物。漫长的岁月里，我都在思索，如果至尊指环来到我的手中，我会怎么做。你看！它被带到了我唾手可得的地方。无论索伦是兴还是败，那很久以前就被设计好的邪恶都会以很多方式兴风作浪。如果我用暴力或恐吓从我的客人手中夺走至尊指环，那岂不是又给他的指环增加了一桩‘丰功伟绩’？

“现在，机会来了。你心甘情愿要把至尊指环给我！你将用拥立一位女王，来取代黑魔王。我不会是黑暗的，而会像清晨一样漂亮，像夜晚一样可怕！美丽如大海、如太阳、如高山上的雪！恐怖如风暴和闪电！强壮胜过地球之根基。众生万物都将爱我，但又绝望！”

她举起手，手上戴的指环发出一道强光，只照亮她一人，而留其他一切于黑暗中。她站在弗拉多面前，显得高不可测，美不能胜，可怕而又尊贵。然后，她放下手，光消失了。突然，她又大笑起来。哎哟！她缩小了，又变回了一位苗条的精灵女子，身着净白，嗓音轻柔而悲伤。

“我通过了测试，”她说，“我将衰减，将去往西方，仍然是加拉德瑞尔。”

他们沉默地站立了很长时间。最后，夫人又开口了。“我们回去吧！”她说，“明早你们必须动身，因为我们已经做出了选择，命运的浪潮在向前翻滚。”

“在我们走之前，有件事我想问问，”弗拉多说，“在幽谷时，我常常想问甘道夫这件事。我被允许携带至尊指环，但我为什么不能看见所有其他指环，并知晓它们的携带者的心思呢？”

“你没有试过，”她说，“自从知道你拥有的是什么之后，你只把它戴上过你的手指三次。别去尝试！它会毁了你的。甘道夫没有告诉你，指环会根据每个拥有者的情况来赋予他们力量吗？在能运用那力量之前，你需要变得远比现在更强大，并且要训练你的意志去控制其他人。然而即使如此，作为指环持有者以及已将指环戴上过手指、见识过其隐藏力量的人，你的视力也已经变得更敏锐了。你察觉到了我的思想，比许多算作智者的人看得都清晰。你也见到了掌控着七大指环和九大指环的那位的魔眼。你不是也看见并认出了我手指上的指环吗？”她转身又问山姆，“你看见我的指环了吗？”

“没有，夫人，”山姆回答，“说真的，我都不知道你们在说什么。我看见一颗星星划过你的手指。如果你原谅我的唐突，我想我的主人是对的。我希望你能拿走他的指环。你会让事情恢复正常的。你会阻止他们挖掘，以免让我老爹流落街头的。你会让某些家伙为他们所做的肮脏事付出代价的。”

“我会的，”她说，“事情会那样开始的，但不会那样结束。唉！我们不要再说这个了，走吧！”

第8章
告别罗瑞恩

那天晚上，远征队众人又被召集到凯勒博恩的会客厅。领主和夫人与他们亲切交谈。最后，凯勒博恩说起了他们启程的事。

“现在是时候了，”他说，“希望继续这趟追寻之旅的人坚定决心，离开此地。那些不想再往前走的人可以留在这里——暂时留在这里。不过，无论是走还是留，谁都无法确保平安，因为我们现在已经到了命运的关口。想留下来的人可以等待那一刻的到来，届时要么世界诸路重新开放，要么我们召唤他们为罗瑞恩做最后之战。之后，他们就可以返回自己的故土，抑或在战斗中倒下，皈依永恒安息之所。”

众人沉默。“他们全都决定继续前行。”加拉德瑞尔夫人看着他们的眼睛说。

“至于我，”波洛米尔说，“我回家的路在前方，不在后方。”

“没错，”凯勒博恩说，“但远征队所有人都会跟你去米纳斯提力斯吗？”

“我们还没有决定我们的行程，”阿拉贡说，“离开洛丝罗瑞恩之后，我不知道甘道夫打算怎么办。实际上，我认为就连他也没有任何明确的目的。”

“也许没有，”凯勒博恩说，“不过你们离开这片土地后，就再也不能忽视安度因大河。你们中的一些人应该很清楚，从罗瑞恩到刚铎，带着行李的旅人除了坐船，是没法渡过大河的。而且，欧斯吉利亚斯诸桥不是断塌了吗？所有的登陆地点现在不都被大敌掌控着吗？

“你们会走大河的哪一边？去米纳斯提力斯的路在西边，此岸，但你们探寻之旅的直路在大河东边，更黑暗的彼岸。现在，你们要选哪一边走？”

“如果我的意见有人听，那我建议走西岸，走去米纳斯提力斯的路，”波洛米尔答道，“但我不是远征队的领队。”其他人默不作声，而阿拉贡看上去犹豫不决，很是困扰。

“我看你们还不知道该怎么办，”凯勒博恩说，“为你们做出选择不是我的事，但我会尽我所能帮助你们。你们当中有些人会驶船：莱戈拉斯，你们那族的精灵熟悉湍急的密林河，还有刚铎的波洛米尔和漫游者阿拉贡。”

“还有一个霍比特人！”梅里喊道，“不是每个霍比特人都将船只视作野马的。我的家族就生活在白兰地河沿岸。”

“那很好，”凯勒博恩说，“那我就将为你们远征队配备船只。这些船必须又小又轻，因为如果你们要走很远的水路，就不得不经过一些必须扛着船过去的地方。你们会走到萨恩盖比尔险滩，也许最后还会到涝洛斯大瀑布，大河在那儿以奔腾之势流下能希斯艾尔湖。路上还有其他危险。船可以稍微减轻你们旅途的劳顿，但它们不会给你们任何建议：最终你们必须离开它们，离开大河，转向西，或东。”

阿拉贡一再向凯勒博恩表示感谢。赠船让他大感宽慰，特别是因为这样一来，至少在几天的时间里，他不用再去考虑行进的路线。其他人看上去也都信心大增。无论前方有什么危险，顺着安度因大河宽阔的水流漂泊而下去迎接，都比弯腰驼背、步履沉重地遇上要好得多。只有山姆踌躇不定。无论如何，他还是觉得船只跟野马一样坏，甚至更坏，他幸存下来的所有危险都不能使他把它们想得更好一点。

“明天中午以前，一切都将为你们准备好，在港湾等着你们。”凯勒博恩说，“早晨，我会派人帮你们准备上路。现在，我们祝你们所有人晚安，睡个不受打搅的好觉。”

“晚安，我的朋友们！”加拉德瑞尔说，“祝你们睡得安稳！别为今晚路途之事过于烦忧。也许，你们每个人要走的路都已铺好在你们脚下，尽管你们看不见。晚安！”

远征队众人起身离开，返回他们的帐篷。莱戈拉斯是跟他们一起走的，因为这将是他们在洛丝罗瑞恩的最后一夜。尽管加拉德瑞尔说了那番话，他们还是想一起商量商量。

他们争论了很长时间该做什么，以及怎样才是完成护环任务的最好尝试，但都没有得出结论。显然，大部分人都想先去米纳斯提力斯，至少暂时躲开大敌的恐怖。他们也愿意跟着一位向导，渡过大河，进入魔多的阴影中。弗拉多一句话都没说，而阿拉贡仍然举棋不定。

甘道夫仍与他们在一起的时候，他的计划是跟着波洛米尔走，用他的剑解救刚铎。因为他相信，那些梦传递的是一种召唤，最后的时刻终于到来：埃兰迪尔的子嗣应当挺身而出，与索伦一决雌雄。可在墨瑞亚，甘道夫的担子落在了他的肩上。他知道，他现在不能抛下至尊指环，如果弗拉多最后拒绝与波洛米尔同去的话。然而，除了与弗拉多一起盲目地走进黑暗中，他或远征队的其他人，还能给弗拉多什么帮助呢？

“我要去米纳斯提力斯，必要的话就一个人去，因为那是我的责任。”波洛米尔说。说完，他沉默地坐在那里，盯着弗拉多，仿佛要读出这位半身人的心思。最后，他又开口了，语音柔缓，仿佛在跟自己抗争。“如果你希望的只是毁掉这枚指环，”他说，“那战争和武器就没什么用了，米纳斯提力斯的人类也帮不上忙；但如果你希望的是破坏黑魔王的武装力量，那不带大军就进入他的地盘是愚蠢的，抛弃也是愚蠢的。”他突然住嘴，仿佛意识到他正将自己心中所想大声说出来。“我的意思是，抛弃生命是愚蠢的，”他总结道，“防御一处坚固之地，或公然走进死亡的怀抱，二者择其一。至少，这是我的看法。”

弗拉多在波洛米尔的一瞥中捕捉到了某种崭新而陌生的东西，他死死盯着波洛米尔。显然，波洛米尔的心思跟他最后几句话体现出来的并不一样。抛弃是愚蠢的？抛弃什么？力量指环吗？在埃尔隆德的会议上，他也说过类似的话，但当时他接受了埃尔隆德的纠正。弗拉多看向阿拉贡，但后者似乎沉浸在自己的思索中，看不出是否听到了波洛米尔的话。就这样，他们的争论结束了。梅里和皮平已经睡着了，山姆头一点一点地打着盹。夜深了。

早晨，他们在收拾不多的行李时，会说通用语的精灵们来了，给他们带来了许多食物和衣物，供他们旅途所用。他们送的食物大都是一种非常薄的薄饼，是用一种谷物粗粉做的，外面烤得焦黄，里面则是奶油色。吉姆利拿起一块薄饼，怀疑地看着它。

“克拉姆。”他一边压低声音说着，一边掰了一小块，咬了一小口。很快，他表情变了，津津有味地吃掉了一整块薄饼。

“别吃了，别吃了！”精灵们笑着喊道，“你已经吃掉了足够一整天行程的量。”

“我还以为它只是一种克拉姆，就是河谷城的人类为荒野旅行制作的干粮呢。”矮人说。

“这也是的，”精灵们回答，“但我们管它叫兰巴斯，或行路面包。它比人类制作的任何食物都更能充饥，而且据说它比克拉姆更好吃。”

“确实更好吃，”吉姆利说，“甚至比贝奥恩一族的蜂蜜饼还好吃，这可是不得了的称赞哟，因为贝奥恩一族是我所知道的最好的烘焙行家，但如今他们已经根本不愿意把他们的蜂蜜饼分给旅人了。你们真是体贴的主人！”

“尽管如此，我们还是劝你省着点吃，”精灵们说，“一次吃一点，而且必要时再吃，因为这是给你们找不到其他任何东西吃的时候吃的。这种薄饼只要不打开，完整地包裹在叶子里，就能保持清甜，很多很多天都不变味，就像我们带来时这样。一块兰巴斯足以支撑一位旅者徒步行走一整天，哪怕是米纳斯提力斯的高大人类。”

接着，精灵们解开包裹，给远征队的每个人送上了他们带来的衣物。他们给每个人送了一件量身定做的连帽斗篷，很轻但很暖和，是用加拉兹民织的丝料制成的。很难说这些斗篷是什么颜色：在树下，看起来像是泛着暮光的灰色，然而一抖动，或者处于另一种光下，又像是浓荫中的绿色，或夜晚时休耕田野的棕色，或星光下雾银的水色。每件斗篷都可以在颈部用一枚饰有银脉纹的绿叶别针系紧。

“这是魔法斗篷吗？”皮平惊奇地盯着它们，问道。

“我不知道你说的是什么意思，”精灵的头儿回答道，“它们是相当不错的服装，质料很好，因为是在这片土地上制成的。它们当然是精灵风格的长袍，如果这就是你说的意思的话。叶与枝，水与石：它们拥有我们所挚爱的罗瑞恩的暮光下所有这些事物的光彩，因为我们把对所爱之物的心思注入了我们制作的物品里。它们只是衣物，不是铠甲，不能抵剑挡刀。不过它们应该对你们很有用：穿上很轻，必要的时候足以保暖或制冷。而且你们会发现，它们有助于你们避开不友好目光的注视，不管你们是走在林间还是走在岩石间。你们真的很得夫人的喜欢！这些衣服的料子都是夫人和她的女仆们亲手织就的，以前我们从未让外人穿过我们自己的服饰。”

早饭后，远征队众人跟喷泉旁的草坪道了再见。他们心情沉重，因为这是一个美好的地方，已经变得有点像家园了，尽管他们并没能算出他们在这里已经度过了多少个日夜。他们在那儿站了片刻，望着阳光下的白水。这时，哈尔迪尔踩着林地上的青草朝他们走来。弗拉多高兴地跟他打着招呼。

“我刚从北边防线回来，”这位精灵说，“我被派来再给你们带路。黯溪谷里云腾雾绕，山里也不太平。地底深处噪声喧哗。如果你们当中有谁想着从北边返回家乡的话，那就不能走那边的路。不过，走吧，现在往南行。”

当他们走过卡拉斯加拉松时，绿径上空空荡荡，但他们上方的树木间有许多喃喃细语和歌唱声。他们自己则默默前行。最后，哈尔迪尔领着他们往南走下山坡，再次穿过那扇悬挂着灯盏的大门，又跨过了白桥。就这样，他们走了出来，离开了这座精灵之城。然后，他们离开石铺路，取道一条通往瑁珑密林的小径继续前行，蜿蜒穿过影影绰绰的起伏林地，一直向下，向南走，向东走，向大河河岸走。

他们走了大约十英里，接近中午的时候，碰到了一道高高的绿墙。他们穿过墙上的一个开口，突然就出了树林，一片长长的青草坪出现在眼前，草色莹亮，上面点缀着在阳光下闪闪烁烁的金色埃拉诺小花。这草坪向前蔓延至一块舌形窄地，窄地两边明明亮亮：右侧西边流淌着波光闪闪的银脉河，左侧东边大河宽浪翻滚，水深幽暗。对岸林地依然向南延伸，直至视线不及之处，但所有岸堤都不生寸草，荒凉一片。罗瑞恩以外，看不见金枝上扬的瑁珑树。

银脉河岸上，距支脉汇流处一段距离的地方，有一个用白石头和白木头搭建的港湾。湾埠里停泊着许多小船和驳船。有些船漆刷得很亮堂，闪着银光、金光和绿光，但大部分要么是白色，要么是灰色。三只灰色小船已经为旅行者们准备好了，精灵们将他们的物品放了进去，还给每只船里放了三圈绳子。绳子很细，但很结实，摸上去丝溜光滑，像精灵斗篷一样泛着辉光。

“这些是什么？”山姆拨弄着放在草地上的一圈绳子，问道。

“就是绳子啊！”船上的一个精灵答道，“不带绳子千万不要远行！而且绳子要又长又轻又结实。这些绳子就是。它们在很多时候都能派上用场。”

“你不需要告诉我这个！”山姆说，“我来的时候就没带绳子，担心了一路。不过我很好奇这些绳子是用什么做的？我对制绳有点了解：用你们的说法，就是家传的。”

“它们是用希斯莱恩制作的，”那个精灵说，“不过现在没有时间教你制作绳子的技艺了。如果我们知道你喜欢这门技艺，本来能教给你很多的。可现在——唉！除非你以后有时间再来这里。你一定很满意我们的这份礼物吧？愿它们好好效力于你！”

"来吧！"哈尔迪尔说，"现在一切都为你们准备好了。上船吧！不过一开始要小心啊！"

"记住这话！"其他精灵说，"这些船很轻，非常灵巧，跟其他种族所造的船不一样。它们不会沉，你们想载多少就载多少，但如果掌握不当，它们会很任性的哟。你们最好趁这里有陆地，先熟悉一下上下船，然后再顺流出发。"

远征队一行人是这样安排的：阿拉贡、弗拉多和山姆乘一只船，波洛米尔、梅里和皮平乘一只船，莱戈拉斯和吉姆利乘第三只船——现在他们俩已经变成了关系牢固的好友。最后一只船上还装载了大部分的物品和行囊。小船是用短柄宽叶形桨来划动操纵的。等所有人都准备妥当，阿拉贡领着他们尝试往银脉河上游行驶。水流湍急，他们行进得很慢。山姆坐在船头，双手紧紧抓着船舷，伤感地回头望着河岸。阳光下，水波粼粼，令他头晕目眩。等小船远行过那片舌形绿地，两岸旁树木垂枝，潺潺水面上随处可见颠浮飘荡的金色树叶。空气清朗，静止无风，浩渺寂寂，只有云雀在高远的天空歌唱。

他们顺着河道急转了一个弯，看见一只巨大的天鹅顺流而下，骄傲地朝他们游来。曲颈下的白色胸脯划开水面，两侧荡开层层涟漪。它的喙像抛光过的金子一样光闪闪的，眼睛如镶嵌在黄宝石中的黑玉，熠熠生辉。它那巨大的白翅膀半展着。当它靠近时，一缕乐音顺河而下。他们突然发现，这天鹅原来是一艘船，以精灵的技艺雕刻得像一只鸟儿。两个身着白衣的精灵用黑桨划着船。船舱中央坐着凯勒博恩，加拉德瑞尔站在他身后，高挑白皙，发间戴着一个金色花环，怀抱一把竖琴，边弹边唱。她的声音在清凉的空气中回荡，悲伤而又甜蜜：

我歌唱树叶，歌唱金色的树叶，歌唱生长在那儿的金色树叶，
我歌唱风，歌唱那里的风，歌唱吹拂在那里林间的风。
太阳已远，月亮已远，海浪翻滚飞沫四溅，
在伊尔玛林之滨，在埃尔达玛之海，在提力安城墙旁，
在永暮群星照耀下，一棵金树生长。
岁月漫漫，金叶蓁蓁，
大海此岸，精灵泪落，
啊！罗瑞恩！
荒凉萧瑟，冬已至，
叶凋零，水长逝，
啊！罗瑞恩！
黯淡王冠，金花缠绕，
久居此岸，何时归？
如若此刻我歌船，
何船载我越浩海？

天鹅船逐渐靠近船舷，阿拉贡慢慢停住他的小船。夫人唱完歌，向他们问好。“我们来跟你们做最后的道别，”她说，“祝你们离开我们的领地后一路顺风。”

“你们虽然曾是我们的客人，”凯勒博恩说，“但还没有跟我们一起用过餐，所以我们在这两条将载你们远离罗瑞恩的河流间设宴，为你们践行。”

天鹅船慢慢地驶进河岸港口，众人掉转船头跟上它。践行宴就设在河角地尽头的青草地上。弗拉多吃得很少，喝得也很少，光顾着注

视夫人的美，聆听她的话语了。她似乎不再危险或可怕，也不再充满隐匿的力量。在他看来，她已经变得跟后来人类偶尔见到的精灵一样了：近在咫尺，又远在天边。她已经被时间的长河远远抛在后面，却又栩栩如生，如在眼前。

他们坐在草地上吃饱喝足后，凯勒博恩再次谈起他们的旅程。他抬手指着狭长草地远处的南方森林说："你们顺流而下，会发现树越来越少，然后进入一片荒原。大河在那儿流过高地荒原间的石谷，许多里格之后，最终流到高高的刺岩岛——我们称之为托尔布兰迪尔。在那儿，河水从它陡峭的四周绕过，然后腾起漫天水雾，喧哗而泄，落入它背后的涝洛斯大瀑布，进入宁达尔夫，也就是你们所说的湿平野。那是一片广阔淤塞的沼泽地。水流在沼泽地里曲曲绕绕，分支众多。在那儿，从西边范贡森林流出的恩特河经由许多河口注入沼泽。洛汗就在恩特河周围，在安度因大河这一侧。另一侧是荒凉的埃敏穆伊丘陵。那里吹的是东风，因为那些丘陵俯瞰死亡沼泽和褐地，直至西力斯戈格和魔多的黑门。

"波洛米尔，以及任何要与你同去米纳斯提力斯的人，你们最好到达涝洛斯瀑布前离开大河，在恩特河尚未注入沼泽前渡过它。不过，你们不要太往上游走，也别冒险困在范贡森林里。那是一片奇怪的土地，现在鲜为人知。不过，波洛米尔和阿拉贡无疑不需要这些提醒。"

"我们确实在米纳斯提力斯听说过范贡森林，"波洛米尔说，"但我听说的似乎大都是老妇人的故事，就跟我们讲给孩子听的故事一样。所有位于洛汗北部的地方，如今对我们来说都非常遥远，得靠想象力才能自由徜徉其中。古时候，范贡与我们的国土接壤，但现在我们已经有好几代不曾去过那里，没法证明遥远年代流传下来的传说故事是真是假。

“我自己曾去过洛汗几次，但从未越过北部边界。我被派去做信使的时候，是穿过白山山脉边缘的豁口，渡过艾森河和灰水河，进入北地的。那是一段漫长而又疲惫的旅程。我估计有四百里格，花了我好几个月的时间，因为我在沙巴德涉水渡过灰水河时，失去了我的马。之后，我就一直与远征队众人徒步走路。我不太怀疑我会找到一条通过洛汗的路，还有通过范贡森林的路，如果有必要的话。”

“那我就没必要多说了，”凯勒博恩说，“但不要瞧不起经年累月流传下来的传说，老妇人们讲述的故事里可能藏着智者曾经有必要了解的事。”

这时，加拉德瑞尔从草地上站起来，从女佣手里拿过一个杯子，往里面倒满白色的蜜糖酒，递给凯勒博恩。

“现在，是喝告别酒的时刻了，”她说，“喝吧，加拉兹民的领主！不要心怀悲伤，虽然夜晚必在正午之后而来，但此刻已经是黄昏。”

然后，她给远征队的每一个人倒了一杯酒，请他们饮下这告别酒。他们喝完后，她又命令他们再次坐在草地上，而她和凯勒博恩坐在为他们两人摆好的椅子上。她的女佣默默地站在她的周围，而她就那么注视着她的客人。过了好一会儿，她才又开口道：“我们已经喝了告别酒，阴影已经落在我们之间。在你们走之前，我带来了礼物，那是加拉兹民的领主和夫人赠送给你们，用以纪念洛丝罗瑞恩的。”说着，她依次召唤每一个人。

“这是凯勒博恩和加拉德瑞尔送给你们领队的。”她对阿拉贡说。她递给阿拉贡一个为他那把剑定制的剑鞘。其上覆着金丝银线雕绣上去的花朵和树叶，还有许多宝石镶成的精灵如尼文字，写的是安督利尔的名字和这把剑的世系。

“即使战败，从这剑鞘中抽出来的剑也不会被玷污或断裂。”她说，“不过，在我们分别的这一刻，你还想从我这里获得别的什么东西吗？因为黑暗将弥漫在我们之间，我们可能不会再见面了，除非在那条没有归程的路上。”

阿拉贡答道：“夫人，你知道我全部的渴望，长久以来，你一直保管着我追求的唯一珍宝，但它不应该由你给我，即使你愿意。唯有穿过黑暗，我才能得到它。”

“它留给我保管，就是为了在你经过这片土地时，由我交给你，”她说，“这也许能令你安心吧。”说着，她从膝头拿起一块很大的清亮绿宝石，这宝石镶嵌在一枚展翅飞鹰形状的银饰针上。当她举起它时，宝石闪烁，就像阳光透过春天的枝叶洒下。“这块宝石，我给了我的女儿凯勒布莉安，她又送给了她的女儿，现在我交给你，作为希望的象征。此时此刻，请接受预言为你取的名字吧，埃莱萨，埃兰迪尔家的精灵宝石！”

于是，阿拉贡接过宝石，将它别在胸口。大家看着他，都很惊奇，因为他们以前从没察觉到他如此高大、如此尊贵的站姿，他们觉得，似乎多少年来的重负都从他的肩头滑落了。“感谢你赠予我这件礼物，”他说，“罗瑞恩的夫人啊！凯勒布莉安和暮星阿尔文皆是你所出，我还能怎样赞美你呢？”

夫人颔首一笑。然后，她转向波洛米尔，送给他一条金腰带，接着又送给梅里和皮平一人一根银色小腰带，每条腰带上的环扣都是一朵金花的形状。她送给莱戈拉斯一把加拉兹民用的弓，比黑森林的弓更长更粗，弓弦是用一股精灵的头发做的，还有一袋与之搭配的箭。

“至于你这位小园丁和爱树者，”她对山姆说，“我只有一个小礼物。”说着，她往他的手里放了一个朴素的灰木小盒子，除了盒盖上镶嵌着一个银色如尼文字，别无其他装饰。“这个G代表的是加拉德瑞尔，”她说，“不过也代表着你们语言中的花园。这个盒子里装的是我果园中的土壤，还有加拉德瑞尔依然能够赋予它的祝福。它并不能保你坚持前行，也不能帮你抵御任何危险，但如果你保存好它，最后回到家乡，那它也许会奖赏你。如果你发现一切贫瘠，土地荒芜，请将这土壤撒在那里，那么中州将不会有花园如你的花园一样繁盛。那样的话，你也许会记得加拉德瑞尔，瞥见你只在我们的冬天见过的遥远的罗瑞恩。因为我们的春天和夏天已经逝去，世间再也不会见到了，除了在记忆里。”

山姆的脸红到了耳根，他紧紧抱着小盒子，深深鞠了一躬，嘴里嘟囔着谁也听不清的话语。

“矮人想要精灵的什么礼物呢？”加拉德瑞尔转向吉姆利问道。

“什么都不要，夫人，”吉姆利答道，“对我来说，能见到加拉兹民的夫人，听到她温柔的话语，就已经足够了。”

“听听！精灵们！”她冲周围的精灵喊道，“不要再说矮人粗鲁又贪心了！可是，真的，格洛因的儿子吉姆利，你想要我给你的东西是什么？请说出来吧！你不能是唯一没有礼物的客人。”

“真的没有，加拉德瑞尔夫人，”吉姆利深深一鞠躬，嗫嚅道，“真的不要什么，除非——除非允许我要，不，允许我拥有一缕你的头发，它远胜过矿藏宝石。我不敢奢望这样的礼物，可你要求我说出我的渴望。”

精灵们哗然一片，惊讶地窃窃私语起来。凯勒博恩也好奇地盯着这位矮人，而夫人却笑了。“据说矮人的本领在于他们的手，而不在于他们的舌，”她说，“但这说的可不是吉姆利哟，因为从未有人向我提过如此大胆而又如此谦恭的要求。可是，既然是我要求他说的，那又怎么能拒绝呢？不过，告诉我，你要用这礼物做什么呢？”

“珍藏起来，夫人，”吉姆利答道，“纪念我们初次见面时，你对我说的那些话。如果有一天我能返回家乡，回到我的锻造坊，它将被封存在不朽的水晶中，作为我家的传家宝，作为山与林之间结下善缘的信物，直到世界的终结。”

于是，夫人解开一缕长发，剪下三根金色发丝，放在吉姆利手中。“伴随这礼物的还有这几句话，”她说，“我不做预言，因为如今所有的预言都是虚妄的：一边是黑暗，另一边只有希望。如果希望不落空，那么，格洛因之子吉姆利，我要对你说：你将手握黄金，但不会受黄金支配。”

“还有你，持环者，”她转向弗拉多，说道，“我将你放在最后，但你在我心中并非最不重要。我为你准备了这个。”她举起一个水晶小瓶。瓶子随着她的动作闪闪发亮，道道白光从她手中射出。“这个小瓶放在我的喷泉中，捕捉到了埃雅仁迪尔之星的光，”她说，“当黑夜包围你时，它闪耀得更亮，当其他所有的光都熄灭时，愿它成为你黑暗中的光。记住加拉德瑞尔和她的水镜！”

弗拉多接过小瓶，有那么一刻，当它在两人之间闪耀时，他看到站立的她又像一位女王，高大而美丽，但不再可怕。他鞠躬致谢，却无言以对。

这时，夫人起身，凯勒博恩领着他们回到河港。正午的金色阳光沐浴着舌形草地，水光银闪闪的。终于，一切都准备就绪。远征队众人按照之前的安排上了船，罗瑞恩的精灵们高声喊着再见，用灰色长杆将他们的船推入水流，荡漾的河水载着他们缓缓离去。旅者怔怔地坐着，一动不动，也不说话。在靠近狭长草地尖端的绿色岸堤上，加拉德瑞尔夫人默默独立。他们经过她时，全都转过身，注视着她的身影渐漂渐远。在他们看来，罗瑞恩正在倒退而去，就像一艘以魔法之树为桅杆的明亮大船，驶向遗忘之岸，而他们却无助地坐在灰暗荒凉的世界边缘。

就在他们举目凝望时，银脉河汇入了安度因大河的水流中。他们的小船转向，开始快速向南驶去。很快，夫人的白色身影就变得很小很远，仿若夕阳下远山上的一扇窗户，闪闪发亮，又如从山上望见的遥远湖泊：一块落入大地之膝的水晶。然后，弗拉多觉得，她似乎举起双手，在做最后的道别，她的歌声随风而来，虽遥远却清澈，很有穿透力。不过她是用大海彼岸的古精灵语唱的，他听不懂，旋律很美，却没有抚慰他的心。

然而，这精灵之歌还是深深地镌刻在他的记忆中。很久以后，他竭尽所能地将它翻译了出来：那是精灵歌谣专用的语言，唱的是在中州鲜为人知的事——

Ai！ lauriëlantarlassisúrinen，

Yéniúnótimëverámaraldaron！

Yénivclintëyuldaravánier

mioromardilisse-miruvóreva

Andúnëpella，Vardotellumar

nuluiniyassentintilarieleni

ómaryoairetári-lírinen.

Simaniyulmaninenqitanluva？

AnsiTinlallëVardaOiolossëo
vefanyarmáryatElentáriortanë
arilyëtierundulávëlumbulë-
arsindanóriellocaitamornië
ifalmalinnarimbëmet，arhísië
untúpaCalaciryomírioialë.
Sívainvaná，Rómellovanwa，Valimar！

Namárië！ NaihiruvalyëValimar
Naielyëhiruva.Namárië！

“啊！金叶在风中飘落，树羽蔓生，岁月无尽！蜜酒将罄，光阴长逝，西方远处，高厅巍峨。瓦尔妲的蓝色穹窿下，星星在高贵圣洁的歌声中颤抖。如今谁再为我斟满酒杯？圣山之上，点亮星辰者瓦尔妲高举双手，如云蔽日，茫茫道路皆陷深影。我们之间，灰海翻滚；光之隘口，卡拉奇尔雅，迷雾永罩。失去了，失去了，东方人民失去了维尔玛！再见了，也许你们将发现维尔玛！也许就是你们将发现维尔玛。再见了！”瓦尔妲是流亡于这片土地上的精灵称之为埃尔贝瑞丝的那位夫人的名字。

突然，大河一个急转弯，两岸陡升，罗瑞恩之光被遮蔽了。那片美丽的土地，弗拉多再也没有去过。

一行旅众这时才扭过头面对他们的旅程。前方太阳高照，他们目眩迷离，因为所有的人眼中都盈满泪水。吉姆利放声大哭。

“我最后看了一眼世上最美丽的地方。”他对他的船伴莱戈拉斯说，“从此以后，除了她的礼物，我不会称任何东西为美。”他说着将手放在胸口上。

“告诉我，莱戈拉斯，我为什么会参与这场探寻？我根本不知道最主要的危险在何处！埃尔隆德说得对，他说我们没法预测途中会遇到什么。我害怕的危险，是在黑暗中遭受折磨，但这不会令我退却，可如果我知道光明和快乐的危险，那我是不会来的。现在，这场离别已使我遭受最严重的创伤，即使今夜我就将面对黑魔王，也不过如此。唉！格洛因之子吉姆利之殇！”

“不！”莱戈拉斯说，“我们所有人之殇！所有今后的日子里活在这世间的人之殇！因为生命就是这样：得到，失去，就像那些船行在流水中的人的感受。可是，我认为你是有福的，格洛因之子吉姆利，因为你是自愿承受失去之痛的，你本来有其他选择的。不过你没有抛弃你的同伴，而你得到的奖赏至少是：洛丝罗瑞恩的记忆将清澈无瑕地铭存你心，永不褪色，永不腐朽。”

“也许吧，”吉姆利说，“我感谢你说这番话。它们无疑是心里话，然而所有这种安慰都是冷冰冰的。记忆不是心之所望。记忆只是一面镜子，和镜影湖一样清澈。矮人吉姆利的心是这样说的，或许精灵看待问题的方式不同。我的确听说，对他们而言，记忆更像是醒着的现实而非梦境，但对矮人来说不是这样。

“不过，我们还是不要再谈论这个了。看着船！这么多行李，它吃水太深了，大河又流得很急。我可不希望我的悲伤淹没在冰冷的水里。”

他拿起一把桨，将船朝西岸划，跟上前面阿拉贡的船。阿拉贡的船已经驶出了中流。

就这样，远征队一行人顺着宽阔湍急的河流而下，一路向南继续他们漫长的旅程。两岸枯木林立，后方的陆地也渺无踪影。微风寂然，大河亦无声奔流。没有鸟鸣打破这静默。天色渐晚，日头渐曚，慢慢变成了灰白天空中的一枚白珍珠，然后消逝在西天。黄昏来得很早，跟着一个灰蒙蒙的无星之夜。他们划着船在西边岸树的阴影下漂流，长夜漫漫，寂然黑暗。大树鬼魂般掠过，盘根错节的树根饥渴地刺透迷雾，伸进水里。天气阴沉寒冷。弗拉多坐在船里，聆听着河水在树根和近岸的漂流木间穿流的轻微潺潺声，直到点头打盹，沉入不安的梦乡。

第9章
安度因大河

弗拉多是被山姆唤醒的。他发现自己裹得严严实实，躺在一棵灰皮树下。这里是安度因大河西岸林地里的一个安静角落。他睡了一夜。光秃秃的树枝间晨曦朦胧。吉姆利正在附近的一小堆篝火旁忙活。

天大亮前，他们又出发了。这并不是因为远征队的大部分人急着往南赶，他们其实很满足于还有些日子才须最后下决定，最迟可以等他们到了涝洛斯瀑布和刺岩岛之后再说。他们任由大河载着他们径自漂流，无意急往前方的危险，不管最后踏上的是哪一条路。阿拉贡让他们随心所欲，随波逐流，保留体力以应对即将到来的困乏，但他坚持他们至少应该每天早早动身，走到深夜再歇息，因为他心里觉得时间紧迫，担心他们在罗瑞恩逗留时，黑魔王并没有闲着。

然而，那天他们没有看见大敌的迹象，接下来的一天也没有。沉闷乏味的时间平安无事地过去了。第三天，沿岸的地貌慢慢地发生了变化：树木越来越稀疏，乃至完全消失。左边的东岸上，向上延伸至天际的长斜坡杂乱无形，看上去黑褐枯瑟，仿佛被火烧过，一片鲜活的绿叶都没有留下，满目荒芜，甚至连缓解那种空无的一棵断树、一块秃石都没有。他们已经到了位于黑森林南部和埃敏穆伊丘陵之间的褐地，这片无人之地广阔而孤寂。就连阿拉贡也说不清，究竟是瘟疫、战争还是大敌的恶行，使这整个地区变得如此可憎。

右边的西岸上也没有树木，但很平坦，许多地方长着大片的青草。他们穿过大河这边的一大片芦苇丛，这些芦苇很高，当小船沿着它们颤动的边缘窸窣而过时，西边的视域完全被切断了。黑黢黢的枯穗弯垂着，在清冷的空气中摇曳，发出轻柔而又悲伤的沙沙声。弗拉多不时从芦苇丛的间隙蓦然捕捉到一两眼起伏的草地，还有远处夕阳下的丘陵，以及更远的极目之处的一道黑线，那是雾山山脉最南端的一行山峦。

除了鸟儿，四下里不见活物移动的迹象。鸟儿很多，听得见芦苇丛中它们鸣叫的声音，但很少见到它们。有一两次，他们听到天鹅扇翅飞冲的声音，抬头一看，只见密密麻麻的一大群鸟在天空翱翔。

“天鹅！”山姆说，“真大啊！”

“是啊！”阿拉贡说，“还是黑天鹅！”

“整个这一片乡野看上去多么宽广、多么空旷、多么凄凉啊！”弗拉多说，“我总以为，越往南走气候就会越温暖越宜人，直到把冬天永远留在身后。”

“可我们还没有深入南方，”阿拉贡回应道，“现在还是冬天，我们离海还很远。这儿还很冷，除非春天突然降临，我们可能还会遇上下雪。在遥远的贝尔法拉斯湾——就是安度因大河流向的那个大海湾，气候也许是温暖宜人的，如果没有大敌破坏的话，应该是那样的。不过这里，我估计距离你们夏尔南法兴的南部不到六十里格，离那边还有好几百英里长路。现在你望着的西南面，是驭马地洛汗——也就是里德马克——的北部平原。不久我们就会到达利姆清河河口，这条河流穿过范贡森林北部，一路流淌，直到汇入安度因大河，那是洛汗的北部边界。古时候，利姆清河和白山山脉之间的所有土地，都属于洛希尔人。那都是富饶宜人的土地，那里的草无与伦比，可在如今这邪恶的日子里，人们不再居住于河边，也不经常骑马去河岸了。安度因大河是很宽阔，但兽人射出的箭能远远地跨越流水。据说，近来他们都敢渡过大河，抢劫洛汗的牧群和种马了。”

山姆不安地从这岸望到那岸。之前，树木看起来都充满了敌意，仿佛它们藏有秘密的眼睛和鬼鬼祟祟的危险。现在，他希望那些树还在那儿。他感到远征队众人太过暴露了，漂浮在敞开的小船上，在一片没有遮蔽的土地上，在一条处于战争边界的河流上。

接下来的一两天，远征队众人继续往南缓行，但越走心头的不安感就越盛。他们一整天桨不离手，紧往前划行。两岸倏忽而过，很快大河就变宽变浅了。长石滩出现在东边，水中还有砾石浅滩，他们需要更小心地划船。褐地地势上升，变成光秃秃的丘陵，上面流动着从东边吹来的冷冽空气。河岸另一边的草地，也变成了夹在沼泽和高草丛中起伏的枯草地。弗拉多不寒而栗，想起了洛丝罗瑞恩的草地和喷泉，清澈的阳光和温柔的细雨。三只船上的人都很少说话，更没有笑声。远征队的每一个人都沉浸在自己的思绪中。

莱戈拉斯的心正在夏夜星空下北方某地山毛榉树林的林间空地上驰骋；吉姆利正想着摩挲黄金的感觉，思索着它是不是适合制成珍藏那位夫人赠礼的容器。中间那只船里，梅里和皮平非常不安，因为波洛米尔一直在喃喃自语：有时咬着指甲，仿佛某种焦躁或怀疑正在啃噬他；有时又紧紧地抓起一只船桨，划船贴近阿拉贡的船。坐在船头正在回头望的皮平，捕捉到了波洛米尔眼中一抹古怪的闪光，就在他偷偷盯着前方的弗拉多时。山姆很久以前就认定，尽管船可能并不像他从小到大一直以为的那样危险，但坐船不舒服的程度甚至大大超出了他的想象。他可怜兮兮地缩在狭小的船上，无事可做，只能盯着慢慢经过的沿岸冬土地和船两边灰暗的河水。哪怕大家都在划桨的时候，也没有人放心给山姆一把桨。

第四天黄昏时分，山姆回头往后看，视线掠过弗拉多和阿拉贡低着的脑袋，以及后面跟着的两只小船。他昏昏欲睡，渴望宿营，渴望脚踩在土地上的感觉。突然，有什么东西闯入了他的视线：一开始他无精打采地盯着它，然后他一下子坐直身子，揉了揉眼睛。可是，当他再看的时候，又看不见那东西了。

那天晚上，他们在接近西岸的一个河洲上宿营。山姆裹着毯子躺在弗拉多旁边。“弗拉多先生，在我们停下来的一个两小时之前，我做了一个好笑的梦。”他说，“或者，那并不是一个梦。反正很好笑。”

“是吗？那是什么梦？”弗拉多问。他知道山姆不把自己的故事讲出来，是不会安生睡觉的，不管那是什么故事。“自从离开洛丝罗瑞恩，我还没见过或想到过任何能让我发笑的事。”

“不是那种好笑，弗拉多先生，是很古怪的好笑。如果它不是一个梦的话，那就很不对劲了。你最好听听，是这样的：我看见了一根长着眼睛的原木！”

“原木没啥问题，”弗拉多说，“河里有很多，但眼睛就算了吧！”

“算不了，”山姆说，“这么说吧，就是那双眼睛让我一下子坐直了身子的。当时半明半昧，我看见一根我以为是原木的东西漂浮在吉姆利的船后面，不过我没怎么在意它。然后，那根原木似乎慢慢地赶上我们了。你也许会说，这太诡异了，因为我们全都漂浮在河上啊。就在那时，我看见了眼睛：有点像两个灰白点，一眨一眨的，就在接近原木端头的一个鼓包上。而且，那不是一根原木！因为它有船桨似的脚，几乎跟天鹅脚一样，只是看上去更大一些，一直保持着出水落水的姿势。

“我就是那时坐直了身子，揉了揉眼睛，想着要是等我把脑袋里的瞌睡虫赶跑了它还在，我就喊一声。因为不管是什么，当时它都划得飞快，距离吉姆利的船越来越近了。可是，不知道是那两个‘眼睛’看见我动了，而且盯着它，还是我回过神了，反正等我再看过去时，它不见了。不过我想，我用眼角的余光——就像俗话说的那样——捕捉到了一抹黑乎乎的东西的影子，它蹿进河岸下方的阴影里去了。不过，我没有再看见眼睛。

“我对自己说：又在做梦，山姆·甘吉。我没有再多说。可打那之后我一直在想，现在我不确定了。你说那到底是怎么回事，弗拉多先生？”

“山姆，”弗拉多说，“如果那些眼睛是第一次被看见，我会觉得那就是一根原木而已，是黄昏和瞌睡让你看花了眼。不过那不是第一次。在我们到达罗瑞恩之前，还远在北方的时候，我就见过它们。那天晚上，我看见一个长着眼睛的奇怪生灵往我们的弗莱特上爬。哈尔迪尔也看见了。你还记得那些追击兽人的精灵告诉我们的事吗？”

“啊，”山姆说，“我记得。我还记得别的事。我可不喜欢我想到的事，可是把这一件又一件事联系起来，再加上比尔博先生的故事和其他所有的事情，我猜我能给这个生灵安一个名字了，一个让人厌恶的名字。咕噜姆，对不对？”

“是的，恐怕就是他，”弗拉多说，“自从在弗莱特的那个晚上之后，我担心好一阵了。我猜测他一直藏在墨瑞亚，然后跟上了我们。不过我曾希望我们在罗瑞恩的停留会让他闻不到气味，从而被甩掉。这惨兮兮的家伙一定是藏在银脉河旁边的森林里，看着我们出发的！”

“大概就是这么回事，”山姆说，“我们最好再小心一点，不然说不定哪天夜里就会感到有肮脏的手指掐住我们的喉咙，让我们再也醒不过来。这才是我要说的重点。今晚就不要打搅大步或其他人了吧。我来值守，明天再睡。反正你可以说，我就跟船上的一件行李一样。”

“我会这么说的，”弗拉多说，“而且我会说‘一件长着眼睛的行李’。你值守没问题，不过你要答应半夜叫醒我，如果此前没有什么事发生的话。”

暗夜寂寂，弗拉多从沉沉的梦中惊醒，发现山姆正在摇他。“不好意思叫醒你，”山姆小声说，“可这是你说的。没什么事，或者说没什么大事。我想我听见了一些轻微的撩水声，还有鼻息声，就在刚才一会儿。不过，夜里在河边，总是会听到许多奇怪的声音的。”

他躺下了，弗拉多裹着毯子坐起身子，跟瞌睡努力作斗争。时间分分秒秒地过去，什么事也没有发生。弗拉多就要屈从于睡意，重新躺下去睡觉了。就在这时，一个几乎看不清的黑黢黢的身影，漂近了其中一只泊岸的小船。朦胧中，一只发白的长手猛地伸出来，抓住了船沿。两只灯盏一样的苍白眼睛闪着冷光往里窥探，接着抬起来瞪向河洲上的弗拉多。这双眼睛距离不过一两码远，弗拉多听到了微微的呼吸声。他站起来，从剑鞘中拔出刺叮剑，面向这双眼睛。霎时，那眼光一灭。只听又一声哗啦的溅水声，黑黢黢的原木状身影射向河水下游，消失在夜色里。阿拉贡从睡梦中惊醒，翻身坐了起来。

“那是什么？”他低语着一跃而起，来到弗拉多身旁，“睡梦中，我感到有什么东西。你为什么把剑拔出来？”

“咕噜姆，”弗拉多答道，“至少我猜是他。”

“啊！”阿拉贡说，“这么说你知道我们这位小脚贼，是不是？他跟着我们一路穿过墨瑞亚，一直跟到宁洛德尔河。自打我们乘船航行以来，他就一直躺在一根原木上，手脚并用地撩水划行。有一两个晚上，我试图抓住他，可他比狐狸还狡猾，又跟鱼一样滑溜。我曾希望沿河航行能挫败他，不承想他的水性太好了。

“我们明天得加快速度了。你现在躺下休息，余夜我来值守。我希望我能抓住这个怪物，让他为我们所用。可如果我没能成功，那我们就得甩掉他。他非常危险，就算夜里不来害我们，也可能引来附近的敌人追踪我们。”

那一夜过去了，咕噜姆没有再像影子一样现身。之后，远征队保持高度警觉，但一直到航行结束，他们都没有再见到咕噜姆。如果他还跟着，那一定是非常小心又狡诈了。在阿拉贡的要求下，他们现在全力划桨，加速前进，岸堤倏忽而过。不过他们几乎看不见陆地，因为他们大都趁着暮色，夜行日息，尽可能依着地形藏身。就这样，一路无事，直到第七天。

天空依然灰暗阴沉，东风啸啸，但随着暮色渐深，夜晚来临，西天变得晴朗，灰暗的云层下，微黄淡绿、闪着微光的池塘一个个出现了。在那里，一轮皎洁的新月倒映在遥远的湖水中，水光闪闪。山姆看着它，皱起了眉。

接下来的一天，河岸两边的乡野开始急遽变化。岸堤开始升高，礁石越来越多。很快，他们就穿过了一片山岩嶙峋的地域，两岸陡坡深埋在与黑莓灌木和藤蔓纠结的浓密荆棘丛和黑刺李丛下。陡岸后面伫立着正逐渐坍塌的矮崖以及久经风雨的灰石柱，那石柱因爬满藤蔓而显得黑黢黢的。再后面又是高高的山脊，山顶上耸立的冷杉树被风吹得歪七扭八。远征队众人接近大荒野南部边界的灰色丘陵地带埃敏穆伊了。

崖壁和石柱周围有许多飞鸟。群鸟整天在高空盘旋，黑压压一片，映在苍白的天空中。那天，当他们在营地躺下后，阿拉贡怀疑地望着飞鸟，不知道是不是咕噜姆捣了什么鬼，他们航行的消息现在都传到大荒野来了。后来，夕阳西下，远征队众人又起身，准备继续行进的时候，阿拉贡借着渐渐消逝的天光，突然发现了一个黑点：那是遥远高空中的一只大鸟。这只大鸟时而盘旋，时而慢悠悠地往南飞。

“那是什么，莱戈拉斯？”他指着北方天空，问道，“是我想的大鹰吗？”

“是的，”莱戈拉斯说，“那是一只大鹰，一只猎鹰。它飞得离山脉这么远，不知道这预示着什么。”

“我们等天完全黑了再出发。”阿拉贡说。

他们旅程的第八个夜晚来临了。这个夜晚静默无风。灰蒙蒙的东风已经停息。一弯浅浅的新月早早现身，与灰白的日落同映，但上方的天空依然晴朗。南方很远处，因为有大片的云层，星光微闪，但在西方，群星灿烂。

“走吧！”阿拉贡说，“我们再冒险夜行一次。我们已经来到了我不太熟悉的大河流域，我以前从来没有在这些地区走过水路，这儿和萨恩盖比尔险滩之间的地区也没走过。不过如果我估计的是对的，那险滩还在前面许多英里之外呢。即使在我们到达那里之前，仍然还有很危险的地方：河流中的礁石和石洲。我们必须保持高度警惕，不要划得太快。”

坐在领头小船里的山姆被派给了瞭望侦察的任务。他趴在船头，凝视着昏暗的前方。夜色渐深，但天上的星星却出奇地明亮，河面上光闪闪的。他们顺流漂行了一会儿，几乎没有用桨，近午夜时，山姆突然大叫起来。就在前方几码远的河流中，赫然耸立起了黑绰绰的影子。他听到了水流打旋的声音。一股急流往左一转，向着河道清晰的东岸而去，一行人的船被这股急流冲到一边，他们因此能看见——近在咫尺：大河苍白的水沫冲刷着像尖桩一样插进水流中的岩石尖刺。三只船全都挤在了一块。

“天啊！阿拉贡！”波洛米尔的船撞上了领头的船，他大叫起来，“这太疯狂了！我们不可能在晚上闯过险滩！没有船能够安然无恙地通过萨恩盖比尔的，不管是白天还是晚上！”

“后退！后退！”阿拉贡喊道，“掉头！尽力掉头！”他把桨伸进水中，试图稳住船，掉转船头。

“我估计错了，”他对弗拉多说，“我不知道我们已经漂出这么远了。安度因大河流动得比我以为的要快。萨恩盖比尔险滩一定已经近在咫尺了。”

他们费了好大的劲才把船稳住，慢慢地掉转船头，可是顶着湍流，他们只能艰难行进，水流一直推着他们，离东岸越来越近。此时，东岸在夜色中显得既黑暗又阴森。

“大家一起，快划！”波洛米尔喊道，“快划！不然我们会被冲到浅滩里去。”他话音未落，弗拉多就觉得船底的龙骨擦到了石头。

就在那一刻，弓弦嘣响：数支箭呼啸着飞过他们头顶，还有几支落在他们中间。有一支正中弗拉多两肩之间，他大叫一声，突然前倾，松开了手中的船桨，但箭又弹了回去——被他穿在外衣里面的锁子甲挡住了。另一支箭穿过阿拉贡的兜帽，第三支箭牢牢地插在第二只船的船舷上沿，离梅里的手很近。山姆觉得他能瞥见黑色的身影在东岸下面的卵石长滩上跑来跑去。他们看起来非常近。

“Yrch！”莱戈拉斯的精灵语脱口而出。

“兽人！”吉姆利喊道。

“咕噜姆干的，我敢肯定是他。”山姆对弗拉多说，“这地方选得可真好。大河似乎要把我们送进他们的怀抱里！”

他们全都身体前倾全力划桨，连山姆都插了一手。每分每秒，他们都预感会被黑羽箭射中。许多箭从他们头顶呼啸而过，或是射进附近的水中，但是没有射中他们的。天色黑暗，但对兽人的夜眼来说不算黑，在闪烁的星光下，他们一行人必定给他们狡诈的敌人提供了某种标志，幸亏有罗瑞恩的灰斗篷和精灵制造的灰木船，挫败了魔多弓箭手的恶意袭击。

他们一桨一桨地奋力划着。在黑暗中，很难确定他们是不是真的在移动，但慢慢地，水中的旋涡越来越少，东岸的影子越来越远，渐渐消融在夜色里。最后，据他们判断，他们又到了河流中段，而且划着船退开了嶙峋的礁石一段距离。然后，他们半掉船头，竭尽全力朝西岸划去。在影子倒映于水中的灌木丛下面，他们才停下来喘了口气。

莱戈拉斯放下船桨，拿起他从罗瑞恩带来的弓，然后一跃跳上岸，又爬了几步走上岸堤，拉弓，搭箭，转身，目光越过大河凝视着黑暗。对岸传来了尖厉的喊叫声，但什么也看不见。

弗拉多仰头望着这位高高伫立在他上方的精灵，这时他正凝视黑夜，寻找射击的目标。他的头隐没在黑暗里，上方的星星在黑色的天池中闪烁，就像给他戴上了一顶皎洁的王冠。就在这时，南方云起，乌压压地朝这边飘来，将黑暗一层层推进星光璀璨处。一种突如其来的恐惧攫住了远征队众人。

“埃尔贝瑞丝！点亮星辰者！”莱戈拉斯抬头望天，叹息道。叹声未落，一个身影——像云又不是云，因为它移动得比云快得多——从南方黑暗中冲出，迅速朝远征队而来，在逼近时遮蔽了所有的光。很快，它就现身为一个巨大的有翼生灵，比暗夜黑洞还要黑。河对岸响起了向它致意的狂热欢呼声。弗拉多突然感到彻骨的寒意穿透全身，攫住他的心，肩头感到了致命的寒冷，就像一处旧伤口的记忆。他弓腰蹲伏，仿佛要藏起来。

突然，罗瑞恩的大弓开弓唱响。箭矢呼啸着离精灵弓弦而去。弗拉多抬头仰望。那个几乎就在他上方的有翼生灵突然转向，发出一声粗哑刺耳的尖叫，从空中坠落下来，消失在东岸的迷蒙中。天空又变得晴朗了。远处喧哗声盛，黑暗中咒骂声与哀嚎声交织，然后一切归寂。那天晚上，东方没再传来喊叫声，也没再飞来箭矢。

过了一会儿，阿拉贡领着小船继续朝上游划去。他们摸索着沿岸航行了一段距离，直到发现一个小浅湾。那儿长着几棵树，几乎贴水而生，树后耸立着一道陡峭的石岸堤。远征队众人决定待在这儿等天亮：试图夜里继续前进是没有用的。他们没有安营也没有生火，而是将船靠在一起停泊，挤在船上躺下了。

“加拉德瑞尔的弓箭太赞了，还有莱戈拉斯的手和眼睛！”吉姆利嚼着薄脆的兰巴斯说，“那可真是黑暗中强有力的一箭，我的朋友！”

“可谁能说射中的是什么？”莱戈拉斯说。

“我不知道，”吉姆利说，“但我很高兴那个阴影没有再靠近。我讨厌它。它让我想起了墨瑞亚的那个阴影，炎魔的阴影。”他说着压低了嗓音。

“那不是炎魔，”弗拉多说，他仍然因那股突如其来贯穿全身的寒冷而颤抖着，“是某种更冷的东西，我想它是……”他顿住了，陷入了沉默。

“你想它是什么？”波洛米尔从他的船上倾身过来，急切地问，仿佛要从弗拉多的脸上捕捉到点什么。

“我想，呃……不，我不会说的，”弗拉多说，“不管它是什么，它的坠落都令我们的敌人惊慌失措了。”

“似乎是的，”阿拉贡说，“不过，他们在哪儿，有多少，接下来要做什么，我们都不知道。今晚我们必定要无眠而过了！现在是黑暗掩护了我们，可谁知道天亮后会是什么样呢？把你们的武器都放在手边！”

山姆坐在船里，拍击着他的剑柄，仿佛在用手指计数，一边拍一边抬头望天。“真奇怪啊！”他嘟囔道，“月亮在夏尔和在大荒野是一样的，或者说应该是一样的。可要么是它脱轨了，要么是我估摸错了。你还记得吗，弗拉多先生？我们躺在那棵树上的弗莱特里时，看到的是盈凸月，我估计距离满月还有一个星期。到昨天晚上我们已经出发一周了，可天上蹦出来的新月却像指甲盖那么细，就好像我们待在精灵国土上的时间没有流逝一样。

“呃，我记得在那儿肯定过了三个晚上，好像更多，但我发誓没有一整个月。任何人都会认为时间在那儿没数！”

“也许真的就是那么回事，”弗拉多说，“在那片土地上，我们的时间流逝得比别处慢。我想，直到银脉河把我们带回流往大海的安度因大河，我们才回到凡尘的时间里。而且在卡拉斯加拉松的时候，我就不记得有什么月亮，不管是新月还是旧月：夜晚只有星星，白天只有太阳。”

莱戈拉斯在他的船里动了动。“不，时间从不滞留，”他说，“但并不是所有事物或地方的变化和生长都是一样的。对精灵而言，世界在流动，而且流动得既非常迅速又极其缓慢。迅速，是因为他们自己很少变化，而其他一切都在飞逝，这令他们悲伤；缓慢，是因为他们不计算流逝的岁月，不为自己计算。季节的更替不过是时间长河里无止无休重复不断的波纹涟漪。然而在太阳之下，万物终将耗尽。”

“不过罗瑞恩的时间耗逝很慢，”弗拉多说，“夫人的力量作用于其上。在卡拉斯加拉松，加拉德瑞尔运用精灵指环的地方，时间看似短暂，却很富足。”

“这事在罗瑞恩之外是不应该被说起的，即使对我也不例外，”阿拉贡说，“不要再提了！不过，山姆，事情是这样的：在那片土地上，你的计数失效了。那里时光飞逝，对我们，对精灵，都是一样的。我们逗留在那儿时，外面的世界，旧月逝去，新月盈亏。昨晚，新月又出。冬天就要过去了。时光流逝，一个希望渺茫的春天将至。”

那夜静静流逝，河对岸再也没有传来说话声或喊叫声。这队旅人蜷缩在自己的小船中，感受着天气的变化。从南方和遥远的大海飘来了大团大团的湿云，云下的空气变得温暖，却静止无风。大河的急流冲刷险滩礁石的声音似乎越来越响，越来越近。他们上方的树枝开始滴水。

天亮时，他们周围的世界弥漫着一种柔软而又悲伤的气氛。黎明破晓，天际泛白，迷蒙而无影。大河上水汽蒸腾，白雾裹住了河岸，看不见对面。

“我讨厌雾，”山姆说，“不过幸亏有这雾，也许我们现在就能离开，而不被那些该死的小妖精看见。”

“也许吧，”阿拉贡说，“可是要找到路还是很难，除非这雾稍后升高一点。如果我们要经过萨恩盖比尔险滩，到达埃敏穆伊丘陵，那就必须找到一条路。”

“我不明白我们为什么要经过险滩，为什么要顺着大河继续往前。”波洛米尔说，“如果埃敏穆伊丘陵就在我们前面，那我们可以抛弃这些斗篷小船，径直往西往南走，直到抵达恩特河，渡河进入我的家乡。”

“如果我们要去米纳斯提力斯，是可以这样走，”阿拉贡说，“但大家的意见还没有统一，而且这条路线可能比听起来更危险。恩特河谷平坦又多沼泽，那里的大雾对徒步又负重的行人来说致命般危险。我是不会放弃我们的船只的，除非必须。大河至少是一条不会走错的路。”

“可是大敌占领着东岸，”波洛米尔反对道，“而且，就算你通过了阿刚那斯之门，顺利地到达了刺岩岛，那接下来要怎么办呢？跳下瀑布，着陆到沼泽里吗？”

“不！”阿拉贡答道，“更确切地说，我们将扛着船，取古道走到涝洛斯瀑布脚下，然后继续航行。波洛米尔，你是不知道，还是故意忘记伟大君王统治时代修造的北阶梯以及阿蒙汉山上的观望之椅了？在决定下一步的旅程之前，我想至少再登上那高地一次。也许在那儿，我们能看到某种将指引我们的征兆。”

对于这个选择，波洛米尔反对了很久，但很显然，无论阿拉贡往哪里走，弗拉多都将跟着他，波洛米尔让步了。“米纳斯提力斯的人类，不会在朋友需要时弃之而去。”他说，“你们会需要我的力气的，假如你们能抵达刺岩岛的话。我会去那个高岛，但不会继续往前了。到了那儿，我就转回家去；如果我的帮助赢不来任何同伴的话，我就独行。”

这时，天色越来越明，大雾也消散了一点。大家决定，阿拉贡和莱戈拉斯立刻沿岸前去探路，其他人则在船上等待。阿拉贡希望找到一条路，能让他们扛着小船和行李行走，直到远离险滩的比较平顺的河道。

“精灵的船也许不会沉，”他说，“可是这并不意味着我们能活着闯过萨恩盖比尔险滩。迄今为止，还没有人能做到。刚铎人没有在这个地区修过路，因为即使在他们的鼎盛时代，他们的疆土也没有到达埃敏穆伊远处的安度因大河上游。不过，在西岸的某个地方，有一条陆上运输通道，但愿我能找到它。那条路应该还没有被毁坏，从大荒野出来的轻舟过去经常取道于此下行到欧斯吉利亚斯，一直到几年前魔多的兽人开始成倍增加时，都是那样的。”

“我这辈子几乎没见过有船从北方驶出，兽人却总在东岸潜行。”波洛米尔说，“如果你们继续往前，那每走一步危险就增加一分，哪怕你找到了一条路。”

“往南去的每一条路都有危险，”阿拉贡回应道，“等我们一天。如果一天之后我们没有回来，你们就知道厄运确实降临到我们身上了。那时你们必须选出一位新的领队，并尽可能跟着他。”

弗拉多心情沉重地望着阿拉贡和莱戈拉斯爬上陡岸，消失在迷雾中。不过事实证明，他的担忧是虚妄的。才过了两三个小时，几乎还不到正午，两位探路者灰蒙蒙的身影就又出现了。

“一切顺利，”阿拉贡说着，爬下岸堤，“有一条小径通往一个仍然可用的良好的登陆码头，距离不远：险滩前头就在我们下方半英里处，只有一英里多长。过了险滩之后不远，水流右边清澈平顺，尽管流速很快。我们最困难的任务是把我们的船和行李弄到那条陆上运输通道上去。我们俩找到它了，但这条古道距离河边这里挺远的，在一道石壁背风的一面下边延伸，距离岸边大约有一弗隆远。我们没有发现北边的码头在哪儿。如果它还在的话，那我们一定是昨晚就经过了。有可能我们拼命往上游划行的时候，在大雾中错过了它。现在，恐怕我们必须得离开大河，从这里尽可能地走到那条运输古道上去。”

“那可不容易，哪怕我们都是大人族。”波洛米尔说。

“不过我们还是要试试。”阿拉贡说。

“对，我们要试试。”吉姆利说，“在崎岖的路上，大人族走起来会落后，而矮人会坚持前进，哪怕要扛着重量是自己体重两倍的东西也一样，波洛米尔先生！”

事实证明，这项任务确实不易，但他们最终还是完成了。物品被从船上取下来，带到岸堤的平地上。然后船从水中被拽出来，扛上了。这些船远没有他们想象的那么重。它们是用精灵国土上生长的哪种树木制造的，就连莱戈拉斯也不知道。这船木非常结实，却又出奇地轻盈。梅里和皮平两个人就能轻轻松松地抬起他们的船，走上平地。而要把船抬起来，穿过远征队现在要穿越的地段，仍然需要两个大人的力气。这地段斜着向上渐渐远离大河，是一片乱糟糟的荒地，灰色石灰岩遍布其间，地上有许多被野草和灌木丛覆盖遮蔽的坑洞。荆棘丛生，陡峭的小山谷随处可见，还有零零星星的泥泞水塘，里面的水是从更远处内陆梯地上淌出的细流汇聚而来的。

波洛米尔和阿拉贡把船一只接一只地抬过去，其他人扛着行李跟在他们后面，踉踉跄跄地艰难行进着。最后，所有东西都被搬到那条运输古道上了。他们一起继续前进，一路上只有蔓生的荆棘和许多落石有点碍事。雾霭依然面纱般缭绕在斑驳的石壁上，左边迷雾锁河。他们听得见河水冲刷萨恩盖比尔的尖锐暗礁和岩石尖柱的轰哗声和水沫四溅的声音，但看不见那片险滩。他们走了两趟，才把所有东西都安全地运到南边的码头。

运输古道在那儿回转到水边，缓缓下降到一个小水塘浅浅的边缘。这个小水塘像是在河边被挖出来的，但不是人工挖的，而是从萨恩盖比尔旋流下来的水撞击深入河中一段距离的一道低石堤形成的。水塘远处，岸堤陡然升起，变成一道灰色的悬崖，那儿步行者无路可走。

短暂的下午已经过去了，一个云遮雾绕的阴沉黄昏渐渐降临。他们坐在水边，聆听着被迷雾遮住的险滩喧嚣奔腾的激流声。他们又累又困，心情就跟这将逝的白昼一样阴郁。

“好吧，我们到这儿了，还必须在这儿过一夜，”波洛米尔说，“我们需要睡眠，哪怕阿拉贡想趁夜通过阿刚那斯之门。我们全都太累了——毫无疑问，我们强壮的矮人是一个例外。”

吉姆利没有应声，他正坐在那里打盹。

“现在让我们尽量休息吧，”阿拉贡说，“明天我们必须又是白天赶路。除非天气再变，蒙蔽我们，否则我们有不错的机会悄悄溜过去，而不被东岸的任何眼睛看见。不过今晚，必须两人一组轮流值夜：睡三小时，值守一小时。”

那天晚上什么事也没有发生，最糟糕的也不过是黎明前一个小时，下了一阵短暂的毛毛细雨。天一大亮，他们就动身了。迷雾已经开始消散。他们尽可能靠近西边前行，能看见轮廓朦胧的矮悬崖一路攀升，越来越高，影影绰绰的崖壁底部直戳进湍急的河水中。上午过去一半，云层压得更低了，天空开始下起了大雨。众人拉起皮篷船顶，以防水漫船舱，然后继续漂流。隔着灰蒙蒙的雨幕，他们看不大清前方和周围的情形。

然而，这场雨并没有持续多长时间。上方的天空渐渐变亮，然后转瞬间，太阳破云而出，残云拖着丝丝絮絮往北边的大河上游飘去。雾霭散尽，一个宽阔的峡谷出现在众人面前。峡谷两侧是巨大的石壁，几棵歪歪扭扭的树攀长在岩架上和狭窄的石缝间。水道变窄了，河水更加湍急。他们这时被水流推着急速前进，不管前方可能遇到什么，都不可能停下来或掉头。头顶上是一线淡蓝的天空，周围是暗影笼罩的河水，前方是黑漆漆的埃敏穆伊丘陵，遮天蔽日，看不见任何出口。

弗拉多凝视前方，看见远处有两块巨大的岩石正在逼近。它们看起来就像两座巨大的山峰或两根巨大的石柱。它们一边一个矗立在河流两侧，高耸、陡峭、不祥。一道狭窄的堑口出现在其间，大河扫着小船冲向那里。

“看啊！阿刚那斯，王者双柱！”阿拉贡喊道，“我们很快就会穿过它们。保持直线前进，三只船尽可能拉开距离！保持在河中央航行！”

弗拉多在船里，被水流裹挟着向那两根巨大的石柱漂去，而它们则像高塔一样迎向他。他觉得这两根石柱就像两个巨人，身躯庞大，沉默不语，气势威严。然后他发现，它们确实是两座人像——两座以古代的工艺和力量雕成的人像。它们历经无尽岁月的日晒雨淋，仍然

保持着当初的雄伟样貌。庞大的深水基座上矗立的这两座雕像，是两尊伟大的石雕君王：他们眼睛模糊，眉毛皲裂，却依然蹙额眺望北方。每尊石像的左手都掌心向外，举起来摆出警告的姿势；每尊石像的右手都握着一把斧子；每尊石像的头上都戴着风化的头盔与王冠。他们是消逝已久的王国沉默的守护者，仍然拥有伟大的力量和威仪。弗拉多不由得生出一股敬畏之情，他缩起身子，闭上眼睛，船靠近时也不敢抬头仰视。波洛米尔甚至在船只打着旋通过时，蜷起了身子。小船从努门诺尔双卫的恒久影子下飞速漂过，如几片脆弱的小树叶转瞬即逝。就这样，他们进入了阿刚那斯之门的黑暗峡谷。

两边，可怕的悬崖陡然升起，高不可测。远处是昏暗的天空。黑水咆哮着，回声震天。风在头顶呼啸。弗拉多屈膝蜷缩着身子，听见前面的山姆在嘟嘟囔囔地抱怨："这是什么地方啊！太可怕了！只要让我从这船上下来，这辈子我都不会再把脚指头伸进水洼里，更别提大河了！"

"别害怕！"身后一个陌生的声音说。弗拉多回头一看，是大步，可又不像是大步，因为那不是那位饱经风霜的游民，而是阿拉松之子阿拉贡。他坐在船头，腰杆挺直，骄傲自豪，熟练地划桨操控着小船。他的兜帽掀在脑后，黑发在风中飞扬，眼中有光：这是一位从流亡中回归故土的君王。

"别害怕！"他说，"我渴望瞻仰我古时的先祖伊熙尔杜和阿纳瑞安的雕像已经很久了，在他们的影子下面，埃兰迪尔的后裔，伊熙尔杜之子维蓝迪尔家族的阿拉松之子阿拉贡，没有什么可惧怕的！"

然后，他眼中的光消逝了。他对自己说："甘道夫在这儿就好了！我内心多么渴望米纳斯阿尔诺，多么渴望我自己城市的城墙啊！可现在，我该何去何从？”

峡谷又长又黑，充满嘈杂的风声、湍急的水声以及岩石的回音。它稍稍偏西弯曲，因此一开始前面一片黑暗。不过很快，弗拉多就看见前方高处有一个亮堂的缺口，越来越宽。船只飞快地接近这个缺口，倏忽而过，冲进一片广阔明朗的天光里。

午后已西斜的太阳照耀风天。受抑的河水冲出来，形成一个长椭圆形的湖泊，这就是淡白的能希斯艾尔大湖。四面环绕着陡峭的灰色山岗，山坡上草木覆盖，山顶却光秃秃的，在阳光下闪着冷光。大湖南端耸立着三座山峰。最高的那座稍稍前于另外两座，跟它们分开，那是水中的一座岛峰，奔流的大河展开白闪闪的双臂拥抱着它。随风遥遥传来了深沉的咆哮声，就像阵阵滚雷。

“看！托尔布兰迪尔！”阿拉贡指着南边的高峰说，“左边的是阿蒙肖，聆听之山；右边的是阿蒙汉，观望之山。在伟大君王统治的时代，这两座山上都有高椅，并且有看守在那儿。不过据说，从未有人或野兽曾涉足托尔布兰迪尔。夜幕降临前，我们就会到达那里。我听见涝洛斯大瀑布无休无止的声音在召唤了。”

远征队众人休息了一会儿，顺着流过大湖中央的水流往南漂。他们吃了些东西，然后拿过桨，继续划船赶路。西边山岗的山坡没入阴影，太阳变得又圆又红火。这儿那儿，不时冒出一颗朦胧的星星。三座高峰隐隐耸立在他们面前，在暮色中渐渐变暗。涝洛斯瀑布水声喧哗。当旅人们终于到达山岗的阴影下时，夜幕已经笼罩了奔腾的河水。

他们旅程的第十天结束了。大荒野已被抛在身后。他们必须在东行和西行之间做出选择，否则无法继续前进。这趟探寻之旅的最后阶段已经呈现在他们面前。

第 10 章
分道扬镳

阿拉贡领着他们进入了大河右翼。托尔布兰迪尔的阴影笼罩着这段河道的西边，岸上有一片青草坪，从阿蒙汉山脚下延伸到水边。草坪后面是山岗最外围的缓坡，坡上长满了树，这些树沿着湖岸的曲线一路向西延展。一条小溪流潺潺而下，滋润着青草。

“今晚我们在这里休息，”阿拉贡说，“这是帕斯嘉兰草坪。古时候，这里是一处夏日美地。让我们祈祷邪恶之物还没有侵入这里吧！”

一行人将船拉上青葱岸堤，并在旁边安了营。他们设了岗哨，但没有发现敌人的动静。如果咕噜姆设法跟着他们，那他还没有暴露。尽管如此，随着夜色愈浓，阿拉贡变得越加不安，他辗转反侧，不能入睡。凌晨时，他起身来到正在值守的弗拉多身旁。

“你怎么醒了？”弗拉多问，“还没轮到你值守呢。”

“我不知道，”阿拉贡回答道，“但我在睡梦中，有种阴影和威胁一直在增长。你最好把剑拔出来。”

“为什么？”弗拉多问，“敌人就在附近吗？”

“我们来看看刺叮剑怎么说吧。”阿拉贡回答道。

于是，弗拉多从剑鞘中抽出了那把精灵剑。令他惊愕的是，剑刃在夜色中隐隐闪着光。“兽人！”他说，“离得不是很近，但也许是看起来还不太近。”

“恐怕是这样，”阿拉贡说，“不过，也许他们并不在大河这边。刺叮剑的光芒很微弱，也许它指的不过是漫游在阿蒙肖山坡上的魔多奸细。我以前从未听说阿蒙汉山上有兽人。不过谁知道在这邪恶的时代会发生什么事呢！如今，米纳斯提力斯已经不能保证安度因大河通道的安全了。明天我们必须谨慎行路。”

白日来临，朝霞似火，云烟渺渺。东边天际一道黑云如同熊熊火焰燃起的烟雾。冉阳将它从下面点燃，升腾起暗红的火舌。很快，太阳就爬上云端，闪耀在清明的天空中。托尔布兰迪尔峰顶金光闪闪。弗拉多眺望东方，凝视着这座岛峰。岛峰峰侧从流水中陡然伸出。高崖之上的陡坡上，树木层叠生长，高高伫立。再往上又是难以企及的灰色岩石，石顶上冠立着一个巨大的石头尖塔。很多鸟儿在绕着它盘旋，但看不到其他活物的迹象。

吃早饭时，阿拉贡将众人召集到一起。“这一天终于来临了，”他说，“我们耽搁已久的选择日。我们远征队已经相伴走了这么远，现在会变成什么样呢？是跟波洛米尔一起往西转，进入刚铎战场，还是往东转，面对恐惧和阴影？抑或分道扬镳，各走各的？无论我们怎么做，都必须快点行动了。我们不能在这里停留太久。大家都知道，敌人就在东岸。不过，恐怕兽人已经在河岸这边了。”

众人陷入了长久的沉默，没人开口，也没人动。

“唉，弗拉多，”最后，阿拉贡说，“恐怕你肩上的负担太重了。

你是会议指定的持环者。你能选择的道路是唯一的。在这件事上，我无法给你建议。我不是甘道夫，虽然我一直努力承担起他的一部分责任，但我不知道此时此刻，他会有什么打算或期望，如果他真有的话。即使他在这儿，最可能的似乎也还是等你做出选择。这是你的命运。”

弗拉多没有马上回答。过了一会儿，他慢慢开口道：“我知道时间紧迫，但我还无法选择。这担子太沉重了。再给我一个小时吧，我会做出决定的。让我静一静！”

阿拉贡仁慈而又同情地看着他。“好的，好的，德罗戈的儿子弗拉多，”他说，“给你一个小时，让你一个人待着。我们就在这儿等着。不过你不要走太远，不要走到听不到呼唤的地方去。”

弗拉多垂头坐了一会儿。一直忧心忡忡地盯着主人的山姆摇头嘟囔道：“这事很简单啊，可眼下山姆·甘吉插嘴不好。”

不一会儿，弗拉多站起来，走开了。山姆看到，在其他人都克制着不去看的时候，波洛米尔的目光却紧紧地追随着弗拉多，直到后者的身影消失在阿蒙汉山脚下的树林里。

一开始，弗拉多漫无目的地在丛林中游荡，然后发现双脚带着他朝山坡上走去。他遇到了一条小径，一条古路正逐渐消逝的遗迹。陡峭的地方有劈成的石阶，不过如今已经破损不堪，被树根撑裂了。弗拉多攀爬了一会儿，并不在意自己的方向，然后爬到了一个长满青草的地方。四周生长着花楸树，中间是一块宽阔平坦的石头。这片高地小草坪朝东一面开阔无遮，此刻洒满清晨的阳光。弗拉多停下来，视线掠过大河，眺望托尔布兰迪尔和那些盘旋的鸟儿，那荒芜的小岛和他之间，气流茫茫。涝洛斯瀑布喧嚣的水声混合着一种有节奏的低沉轰鸣。

弗拉多在石头上坐下来，双手托腮，凝视着东方，却很少有什么事物入眼。自从比尔博离开夏尔后，所发生的一切在他的脑海中一一闪过，他回忆并思索着所能记起的甘道夫的话。时间流逝，他依然没能做出选择。

突然，他从思绪中回过神来，一种奇怪的感觉涌上心头：有什么东西在身后，正不怀好意地盯着自己。他一跃而起，转过身，但令他吃惊的是，他看见的只是波洛米尔。后者面带笑容，一副和善的模样。

“我为你担心，弗拉多，”他说着走上前来，“如果阿拉贡说得对，兽人在附近，那我们谁都不应该独自漫游，尤其是你：这么多事要靠你呢。我的心情也很沉重。现在，既然我已经发现你了，那我能待在这儿说会儿话吗？那会令我感到安慰的。人多之处，一切谈话都会变成没有结果的争论，但两个人一起也许能发现智慧。”

“你是好心，”弗拉多回答道，“但我不认为任何谈话能有助于我。因为我知道我该做什么，但我害怕去做，波洛米尔，我是害怕。”

波洛米尔沉默地站着。涝洛斯瀑布无休无止地咆哮着。风在树枝间窸窣。弗拉多打了一个寒战。

突然，波洛米尔走过来，在他旁边坐下。“你确定你不是在白受罪吗？”他说，“我希望能帮你。你在做出艰难选择时，需要建议。你不想听听我的建议吗？”

“我想我已经知道你会给出什么建议了，波洛米尔。”弗拉多说，“如果不是我内心的提防，那建议听起来是很睿智。”

“提防？提防什么？”波洛米尔厉声问道。

“提防耽搁，提防看起来更容易的办法，提防对我肩头重负的拒绝，提防……嗯……如果非要我说出来的话，提防对人类的力量和忠诚的信任。”

“然而正是这力量长久以来一直保护着远方你那小小的家乡，尽管你并不知道。”

“我并不否认你们人类的英勇，但这世界在变化。米纳斯提力斯的城墙也许是坚固的，但还不够坚固。如果它们倒塌了，那会怎么样呢？”

“我们会在战斗中英勇地倒下，但它们还是有不会倒塌的希望的。”

“只要至尊指环在，就没有希望。”弗拉多说。

“啊！至尊指环！”波洛米尔眸光一亮，“至尊指环！我们为了这么一件小东西，要承受那么多恐惧和怀疑的折磨，这难道不是一种奇怪的命运吗？这么一件小东西！我只在埃尔隆德家里瞥见过它一眼，我能再看它一眼吗？”

弗拉多仰起头。他的心突然变得冰凉。他捕捉到了波洛米尔眼中的奇怪闪光，但他的脸色依然和蔼友好。“最好还是让它避而不见。”弗拉多回答。

“如你所愿，我无所谓。”波洛米尔说，“不过，我连说起它都不行吗？你似乎一直只想到它被掌握在大敌手中的话，所拥有的力量了：只想到它的邪恶用途，而没有想到它的好处。你说这个世界在变化，如果至尊指环存在，米纳斯提力斯将没落，可为什么？当然，如果至尊指环掌握在大敌手中的话。可如果它掌握在我们手中，那为什么会没落？”

“你不是参加埃尔隆德的会议了吗？”弗拉多回答道，“因为我们不能用它，任何用它来做的事都会变成邪恶的事。”

波洛米尔站起来，不耐烦地走来走去。“你继续这么着吧！”他叫道，“甘道夫，埃尔隆德——所有这些人都教你这么说。对他们而言，这些话也许是对的。这些精灵、半精灵和巫师，他们也许会遭到灾难。不过我常常怀疑，他们究竟是睿智，还是不过胆怯而已？每个种族都有各自的问题，但真正心意坚定的人类，是不会腐败堕落的。我们米纳斯提力斯的人类久经考验，坚贞不渝。我们不渴望巫师的法力，只想要保护自己的力量，能够驾驭的力量。你瞧！在我们需要的时刻，机会乍现：力量指环！要我说，它是一份礼物，一份送给魔多之敌的礼物。不用它才愚蠢呢！用大敌的力量抵抗大敌。无惧无情，光是这些就能让我们取得胜利。在这种时刻，一个勇士，一个伟大的领导，有什么不能做的？阿拉贡有什么不能做的？如果他拒绝，那为什么不能让波洛米尔来？至尊指环将赋予我命令的力量。看我如何驱逐魔多的大军，看所有人类如何聚于我的麾下！”

波洛米尔大踏步走来走去，说得比以往更大声了，他看上去几乎已经忘记了弗拉多，滔滔不绝地说着城墙和武器，说着人员的召集，说着伟大联盟和辉煌胜利的计划，说着他推翻魔多，变成一位伟大的君王，仁慈而睿智。突然，他停下来，挥舞着双手。

“而他们却告诉我们把它扔掉！”他喊道，“更别提毁掉它了！如果理性能指出这么做的任何希望，那毁掉也许不错，可理性并没有指出来。给我们指定的计划就是让一个半身人盲目地走进魔多，让大敌有机会重新将它据为己有。愚蠢！”

“你肯定明白，是不是，我的朋友？”说着，他突然又转向弗拉多，“你说你害怕。如果你真的害怕，那最大胆的人都应该原谅你，但真的不是你的理智在反抗你的行动吗？”

“不，我害怕，”弗拉多说，“单纯地害怕。不过我很庆幸能听到你的肺腑之言。现在，我的思路更清晰了。”

“那你会去米纳斯提力斯吗？”波洛米尔喊道。他的眼中精光闪闪，脸上神色热切。

“你误会我了。”弗拉多说。

“不过你会去的吧？至少去一阵子？”波洛米尔坚持道，“我的城市距此不远，从那儿到魔多比从这里到魔多稍微远一点。我们在荒野里太久了，你在采取进一步行动前，需要获悉大敌在做什么。跟我走吧，弗拉多。”他说，“如果你一定要去冒险，那在动身之前，你需要休息。”说着，他以一种友好的方式将手搭在霍比特人的肩上。可弗拉多却感到肩上这只手带着压抑的兴奋在颤抖。他迅速退开，警惕地望着这个身高是自己的两倍、力气是自己的许多倍的高大的人。

“你为什么如此不友好？”波洛米尔说，“我是一个真诚的人，不是盗贼，也不是追踪者。我需要你的指环：现在你知道了，但我向你保证，我并不想拥有它。你能不能至少让我试试我的计划？把指环借给我！”

“不！不！”弗拉多叫道，“会议决定由我持有它的！”

“大敌会因为我们自己的愚蠢而击败我们！”波洛米尔吼道，“气死我了！愚蠢！固执的愚蠢！心甘情愿地奔赴死亡，坏了我们的事。如果有任何凡人有权拥有至尊指环，那也应该是努门诺尔人，而不是半身人！如果不是因为巧合，它也不是你的。它本来有可能是我的。它应该是我的。把它给我！”

弗拉多没有回答，只是退开，一直退到那块大平石的另一边，与之隔石相对。“来吧，来吧，我的朋友！”波洛米尔柔声细语道，“为什么不摆脱它呢？为什么不从你的疑惑和害怕中解放出来呢？如果愿意，你可以把罪责都推到我身上。你可以说我太强大，用暴力抢走了它。因为对你而言，我确实很强大，半身人！”他吼道，突然一跃而起，跳过石头，扑向弗拉多。他脸上的仁慈和善骤然一变，眼中怒火熊熊。

弗拉多闪到一边，再次让大平石挡在两人之间。这时他能做的只有一件事：颤抖着拽出链子上的指环，就在波洛米尔再次扑向他的时候，迅速戴在手指上。波洛米尔倒抽一口凉气，吃惊地愣怔了片刻，然后疯狂地跑来跑去，在树丛和岩石间找来找去。

“卑鄙的骗子！”他吼道，“等我抓到你的！现在我知道你的心思了。你要把指环带给索伦，把我们大家都卖了！你只是在等待机会，在我们需要帮助时离开，抛下我们。你该死！你们所有半身人都该死，都该坠入黑暗！”这时，他绊到一块石头上，脸朝下跌倒在地。有那么一会儿，他就那么一动不动地趴着，仿佛他的诅咒落到了自己身上。然后，他突然哭了起来。

他爬起来，用手擦着眼睛，拭去泪水。“我都说了些什么？”他喊道，“我都干了些什么？弗拉多！弗拉多！”他叫着，“回来吧！是我疯了！但这股疯劲已经过去了，回来吧！”

弗拉多没有回答，甚至没有听见他的呼喊。他已经跑得远远的，正茫然地跳上那条小径，往山顶上冲。恐惧和悲伤攫住了他，他脑海中浮现着波洛米尔那张疯狂的凶脸和眼中燃烧的怒火。

很快，他就独自一人冲上了阿蒙汉山的山顶。他停下脚步，气喘吁吁。仿佛透过一层薄雾，他看见了一个又宽又平的圆圈，一个用巨大的石板铺就的圆圈，环绕着一个坍塌的城垛。圆圈中央有四根高柱，柱顶安放着一把高椅，一道有很多台阶的阶梯直达其上。弗拉多沿着阶梯走上去，坐在那把古椅上，感觉就像一个迷路的孩子，吃力地爬上了山大王的宝座。

一开始，他几乎什么也看不见。他似乎置身于一个迷雾的世界，其中只有影子：他还戴着至尊指环。然后，迷雾渐渐散开，他看见了许多景象：渺小而清晰，仿佛就在他眼前的一张桌子上，然而又非常遥远。没有声音，只有明亮生动的影像。世界似乎缩小了，陷入了静默。他正坐在努门诺尔人的观望之山阿蒙汉的观望之椅上。朝东，他看见了广阔的未知陆地、无名的平原和未经探索的森林；朝北，他看见安度因大河像他身下的一根缎带，而雾山山脉则像破裂的牙齿，渺小而又坚硬地矗立着；朝西，他看见了洛汗宽广的牧场，还有艾森加德的尖塔欧尔桑克，它就像一支黑色的长矛；朝南，他看见他正下方的安度因大河蜿蜒如一道摇摇欲坠的波浪，一头扎进涝洛斯瀑布，落入水花四溅的深坑，缭绕的水雾上挂着一道闪烁的彩虹。他也看见了埃希尔安度因河口，大河入海口处的三角洲，还有阳光下如一团白雾般盘旋的无数海鸟和它们下面银波闪闪、波涛翻滚的绿海。

可是，无论朝哪个方向看，他都看见了战争的迹象。雾山山脉蜿蜒如蚁丘，兽人从成千上万的洞中倾巢而出。黑森林的大树下，精灵、人类和凶残的野兽殊死搏斗。贝奥恩一族的土地烈焰熊熊，乌云笼罩着墨瑞亚，罗瑞恩边境浓烟四起。

骑手在洛汗草原策马驰骋，野狼从艾森加德倾巢而出，战船从哈拉德港口驶出入海，来自东方的人类络绎不绝地前进：剑客、矛手、骑马的弓箭手、首领的战车以及负重的大车。黑魔王的所有力量都在行动。然后，他又转向南边，看见了米纳斯提力斯。它看上去非常遥远，然而异常美丽：城墙白净，塔楼众多，骄傲地坐落在山上，城垛闪着钢铁般的辉光，塔楼上亮旗飘飘。希望在他的心中跳跃。可是，与米纳斯提力斯相对的是另一个城堡，一个更大更坚固的城堡。就在那边，在东方，他不情愿地转过头，视线掠过欧斯吉利亚斯坍塌的诸桥，掠过米纳斯魔古尔龇牙咧嘴狞笑的大门，掠过魔影绰绰的山脉，落在魔多大地的恐怖山谷戈埚洛斯上。阳光之下，那儿却黑暗笼罩。浓烟中火光闪闪。末日山正在燃烧，一大股臭气腾空升起。最后，他的目光被定住了：墙叠墙、城垛堆城垛、黑暗、不可测的坚固、铁山、钢门、坚塔。他看见了：巴拉督尔，索伦的城堡。所有希望都离他而去。

突然，他感觉到了魔眼。那黑塔之中，有一只不眠的眼睛。他知道它开始意识到了他的注视。一股凶恶迫切的意志在那儿。它朝他扑来：他感觉那就像一根手指在搜寻他，很快就会钉住他，精准地知道他的确切位置。它触到了阿蒙汉。它的视线掠过了托尔布兰迪尔。弗拉多从椅子上跳下来，弯腰蹲下，用灰兜帽蒙住了头。

他听见自己大声喊道：“绝不！绝不！”也或者是：“我这就来了，我来见你？”究竟喊的是什么，他也说不清。然后，如同来自另外某种力量之端的闪电，另一个念头闪过他的脑海：“取下来！把它取下来！傻瓜，把它取下来！取下那枚指环！”

两股力量在他心中搏斗。有那么片刻，双方针锋相对，势均力敌，他痛苦地扭动着，倍感折磨。突然，他又意识到自己的存在了。他是弗拉多，不是那个声音，也不是那只眼睛：他有选择的自由，并且还有做出选择的一瞬间。他从手指上摘下指环，双膝跪于阳光照耀下的高椅前。似乎有一道手臂形的黑影掠过他的头顶。它掠过阿蒙汉，向西摸索而去，消失不见了。然后，整个天空变得清明、湛蓝，每棵树上都有鸟儿在歌唱。

弗拉多站了起来，感到全身疲惫不堪，但他意志坚定，心情轻松了一些。他大声对自己说："现在，我会做我必须做的事，至少这一点显而易见：至尊指环的邪恶甚至已经在远征队内部运行开了，在它造成更大的伤害之前，必须让他们离开这枚指环。我将独自前行，有些人我无法信任，而我信任的人对我来说又太珍贵了：可怜的老山姆、梅里和皮平，还有大步，他心念米纳斯提力斯，而那里也会需要他，现在波洛米尔已经堕入邪恶了。我要独自上路，立刻。"

他沿着小径飞快地跑下去，回到刚才波洛米尔发现他的那片草坪。然后，他停下，聆听着。他想他听见了哭声和呼唤声，是从下方岸堤附近的树林里传出来的。

"他们一定会来搜寻我，"他说，"我不知道自己离开多久了。我想有几个小时了吧。"他迟疑着，"我该怎么办？"他嘀咕道，"我必须现在就走，要不就再也走不了了。不会再有这样的机会了。我讨厌离开他们，讨厌像这样不留任何解释就走。不过，他们肯定会理解的。山姆会的。不然我还能怎么办呢？"

他慢慢地拽出指环，又一次戴上了它。他消失了，飞速奔下山岗，恰如一阵轻风吹过。

其他人在河边等了很久。有一阵子，他们全都沉默不语，只是不安地在四周走来走去。不过此刻，他们围坐成一圈，交谈着。他们不时努力地想谈点别的事，谈他们的漫长旅程和许多冒险经历；他们向阿拉贡询问有关刚铎王国的事，还有它的古代历史，以及它那些伟大的古迹——在埃敏穆伊这片陌生的边境之地，仍然能看见它们：石雕君王、阿蒙汉和阿蒙肖山上的高座，还有涝洛斯瀑布旁的大阶梯。然而他们的思绪和话题总是绕回到弗拉多和至尊指环。弗拉多会做出什么样的选择呢？他为什么犹豫不决？

“我想，他一直在斟酌哪条路最危险，”阿拉贡说，“很可能就是这样的。现在比之前更无望了，因为自从被咕噜姆跟踪以来，我们远征队就一直在往东走，他一定是担心我们旅程的秘密已经泄露了。不过米纳斯提力斯并不更接近火山，离毁灭那重负之地也不更近。

“我们可以在那里待一阵，英勇抗敌。不过德内梭尔王和他全部的族人都不可能希望去做连埃尔隆德都说在自己能力范围之外的事：要么保守那重负的秘密，要么当大敌前来夺取它时，抵挡住他倾尽全力的进攻。假如我们任何一个人处在弗拉多的立场，将会做出什么样的选择呢？我不知道。此刻，我们真的很想念甘道夫啊！”

“失去他真是我们的不幸，”莱戈拉斯说，“但我们必须在没有他帮助的情况下下定决心。我们为什么不做个决定来帮助弗拉多呢？我们把他喊回来，然后表决吧。我赞成去米纳斯提力斯。”

“我也赞成，”吉姆利说，“我们只是被派来一路帮助持环者的，要走多远视我们的意愿而定，而且我们谁都没有发誓或被命令去寻找末日山。告别洛丝罗瑞恩对我来说极其艰难。可是，我已经走了这么远，所以我要说：现在我们已经到了做出最后抉择的时刻，我很清楚我不能离开弗拉多。我愿意选择米纳斯提力斯，可是如果他不去，那我就追随他。”

“我也和他一起走，”莱戈拉斯说，“现在道别是背信弃义。”

“如果我们全都离开他，那确实是一种背叛，”阿拉贡说，“但如果他去东方，那就没必要所有人都跟着去，我也不认为所有人都会跟随。那是一趟孤注一掷的冒险：无论是八个人、两三人，还是一个人去，都一样。如果你们让我选，那我会指定三个同伴：山姆，他是无法容忍不去的，还有吉姆利和我自己。波洛米尔将返回他自己的城市，他的父亲和那里的民众需要他；其他人应该和他一起走，至少梅里亚多克和佩雷格林应该去，如果莱戈拉斯不愿意离开我们的话。”

“那绝对不行！”梅里叫了起来，“我们不会离开弗拉多的！皮平和我早就一心一意，他去哪里我们就去哪里，我们现在还是这样想的，不过我们之前并没有意识到那意味着什么。在遥远的夏尔或幽谷，下这种决心感觉似乎不一样。让弗拉多前往魔多，太疯狂太残忍了，我们为什么不能阻止他？”

“我们一定得阻止他，”皮平说，“我敢肯定，这正是他现在所担心的。他知道我们不会同意他去东方，而且他也不喜欢要求任何人跟他一起去，可怜的老家伙。想象一下吧：独自前往魔多！”皮平不寒而栗，“可是，这亲爱的霍比特傻老头啊！他应该知道他根本不用问，就算我们阻止不了他，也不会离开他的。”

“抱歉，我插一句，”山姆说，“我觉得你们根本不懂我的主人。他不是在犹豫该走哪条路，当然不是！米纳斯提力斯到底有什么好的？抱歉啊，波洛米尔先生，我的意思是，对他而言有什么好处？”他转身补充道。而就是这一转身，他发现，一开始一直默默地坐在外围的波洛米尔不见了。

“他这会儿去哪里了？”山姆叫道，显得忧心忡忡，“我觉得他最近有点古怪，但无论如何，这不关他的事，他总是说要回家去，这不怪他。而弗拉多先生，他知道只要他能，就一定得找到末日裂隙，可他很害怕。现在说到重点了，很明显他是吓坏了，这才是他的问题。当然，他学到了一点教训——可以说，自打离开家后，我们都学到了一点教训。否则，他会吓得把那指环往河里一扔，抬腿走人。可他还是很害怕，不敢出发。而且他并不担心我们，无论我们跟不跟他一起走。他知道我们是想跟着他一起走的。令他困扰的另有其事。如果他鼓起勇气要走，就会一个人走。记住我的话！等他回来的时候，我们就有麻烦了，因为到时候他就彻底拿定主意了，就跟他姓巴金斯一样确定！”

“我相信你说的比我们任何人都更有见地，山姆。”阿拉贡说，“如果你说得没错，那我们该怎么办呢？”

“阻止他！别让他走！”皮平喊道。

“我表示怀疑，”阿拉贡说，“他是持环者，命运的重负在他身上。我不认为我们有权驱使他这样做或那样做。如果我们尝试的话，我也不认为能成功。还有其他强大得多的力量在运作。”

“好吧，我希望弗拉多‘拿定主意’，赶快回来，让我们把这件事了结了，”皮平说，“这么等着太可怕了！时间肯定到了吧？”

“是的，”阿拉贡说，“一个小时早就过去了。早晨都快过去了。我们必须叫他回来。”

就在这时，波洛米尔又出现了。他从树丛中走出来，没有说话。他的神情阴郁而悲伤。他停住脚步，仿佛在清点在场的人数，然后他远离大家坐下来，眼睛盯着地面。

“你去哪里了，波洛米尔？”阿拉贡问，“你见到弗拉多了吗？”

波洛米尔犹豫了一下。“看见了，也没看见。”他慢腾腾地回答道，“我说看见了，是因为我在山坡上的一个地方发现了他，还跟他说了话。我力劝他去米纳斯提力斯，不要去东方。我变得很生气，他离开了我。他消失了。我以前从未见过那样的事情发生，尽管我在故事里听说过。他一定是把至尊指环戴上了。我再也没能找到他，还以为他回到你们这儿来了。”

“你要说的就只有这些吗？”阿拉贡说着，不太客气地死死盯着波洛米尔。

“是的，”他回答道，“我暂时没有别的话说了。”

“那可糟了！”山姆跳起来叫道，“我不知道这个人干了些什么，可弗拉多先生为什么会把指环戴上？他不应该呀！如果他戴上了指环，天知道会发生什么事！”

“可他不会一直戴着呀，”梅里说，“等避开了讨厌的访客，他会摘下来的，就跟比尔博以前那样。”

“可是他去哪儿了呢？他在哪儿？”皮平叫道，“他现在走了很长时间了！”

“你最后见到弗拉多是什么时候，波洛米尔？”阿拉贡问。

“大概半小时前吧，”他回答道，“也有可能一个小时，之后我又转悠了一阵子。我不知道！我不知道！”他双手抱着脑袋坐在那儿，仿佛被悲伤压得抬不起头来。

“他消失一个小时了！”山姆大叫道，“我们必须立刻想法子找到他。快点吧！”

“等一下！”阿拉贡喊道，“我们必须分组结伴，而且要安排——到这儿来，慢着！等等！”

没有用，他们都不理会他。山姆第一个冲了出去。梅里和皮平紧随其后，已经消失在西边河岸旁的树林里了，只能听到他们用清晰高亢的霍比特嗓音呼喊着：“弗拉多！弗拉多！”莱戈拉斯和吉姆利也在奔跑。一股突如其来的恐慌或疯狂似乎降临在远征队众人身上。

“我们全都会走散迷失的！”阿拉贡叹息道，“波洛米尔！我不知道你在这场是非里扮演了什么角色，但现在帮个忙吧！去追那两个霍比特人，就算找不到弗拉多，至少也要保护好他们。如果你找到了他，或者他的任何踪迹，就回到这儿来。我很快就回来。”

阿拉贡飞奔而去，追赶山姆。追到那片花楸树环绕的小草坪时，他赶上了山姆，后者正气喘吁吁地往山坡上爬，一边爬一边喊：“弗拉多！”

“跟我来，山姆！”阿拉贡说，“我们谁都不应该单独行动。这周围不大对劲，我感觉得到。我要到山顶阿蒙汉高座去，看看能看见什么。你看！正如我心中猜测的，弗拉多走过这边。跟上我，眼睛睁大点！”他加速跑上了那条小道。

山姆竭尽全力跟着，但还是跟不上游民大步的步伐，很快就落在了后面。他跑了没多远，前方的阿拉贡就不在他的视线范围之内了。山姆停下脚步，大口喘着气。突然，他一拍脑门。

“吁，山姆·甘吉！”他大声说，“你的腿太短了，那就用你的脑子啊！现在让我想想！波洛米尔没有撒谎，那不是他的风格，但他并没有告诉我们所有的事。有什么东西把弗拉多先生吓坏了。他突然就拿定主意，终于下定决心要走了。往哪走？往东。不带山姆？是的，甚至不带他的山姆。太无情了！残忍无情！”

山姆抬手拭去眼泪。“镇定，甘吉！”他说，“想一想，尽可能地想一想！他没法飞过河去，也不能跳过瀑布。他没带行李，所以他得回到船只那儿去。回到船只那儿去！回到船只那儿去，山姆，风驰电掣，跑快点！”

山姆转过身，冲下小道。他跌倒了，摔破了膝盖。他爬起来继续跑，一直跑到岸边的帕斯嘉兰草坪边缘，他们的船只都拖出水停在那儿。那儿没有人。后面的树林里似乎有喊声，但他没有理会。他一动不动地站在那儿，一边大口喘着气，一边盯视着。一只小船正自己往河岸下滑动。山姆大叫一声，冲过草坪。船滑进了水里。

“来了，弗拉多先生！我来了！”山姆喊着，从岸堤上纵身一跃，扑向正在离开的小船。他用手去抓船舷，却差了一点点距离。随着一声大叫，他脸朝下扑通一声掉进了湍急的深水里。咕嘟咕嘟，他直往下沉，大河淹没了他的卷发。

一声惊愕的尖叫从空荡荡的船上爆发出来。一支桨划了几下，小船掉过头来。就在山姆挣扎扑腾着冒出水面时，弗拉多及时抓住了他的头发。他瞪得溜圆的棕色眼睛里满是恐惧。

“快上来，山姆，我的小子！”弗拉多说，“现在抓住我的手！”

“救救我，弗拉多先生！”山姆喘着粗气，“我要被淹死了，我看不见你的手。”

“在这儿，在这儿，别慌！小子！我不会松开你的。踩水别乱扑腾，不然你会把船弄翻的。来，抓住这边的船舷，让我可以划桨！”

弗拉多划了几下，将船划回河岸，山姆这才能爬上岸去。他浑身湿透了，活像一只水鼠。弗拉多摘下指环，又踏上了河岸。

“山姆，所有麻烦的惹事精中，你是最糟糕的一个！”他说。

“哎！弗拉多先生，那太无情了！”山姆哆嗦着说，“那太无情了！你想要抛下我，抛下大家一个人走！要是我没猜对，你现在都到哪儿了？”

“安全上路了。”

“安全！”山姆道，“完全一个人，没有我帮你？我不能忍受这个，那会要了我的命的。”

“跟我走才会要你的命呢，山姆，”弗拉多说，“那会让我受不了的。”

“但不如被抛下更要命。”山姆说。

“可我要去的是魔多呀。”

“我知道得很清楚，弗拉多先生。你当然是要去魔多，而我将跟你一起去。”

“听我说，山姆，”弗拉多说，“不要妨碍我！其他人随时会回来。如果他们逮到我在这儿，我就得跟他们争辩解释，那我就再也没有心情或机会离开了。我必须马上走，这是唯一的办法。”

“当然是，”山姆回答道，“但不是独行。我也要去，不然我们就谁都别去。我会在每只船上先凿一个洞。”

弗拉多忍不住大笑起来，心头突然涌起一股温暖和快乐。“留一只船别凿！”他说，“我们需要它。不过你不能就这个样子走，得带上你的行李、食物或别的东西。”

“等我一会儿，我去拿我的东西。”山姆急切地叫道，“我都准备好了。我以为我们今天会出发。”他冲到宿营地，从行李堆中搜寻自己的行李。刚才弗拉多腾空小船时，已经将所有同船伙伴的行李搬出来堆在一起了。山姆从中挑出自己的背包，抓了一条备用毯和额外的几包食物，又跑了回来。

“这样一来，我的计划被破坏了！”弗拉多说，“要躲开你还真没用。不过我很高兴，山姆。我无法向你形容我的高兴。走吧！显然，我们注定要一起走。我们走吧，祝愿其他人发现一条更安全的路！大步会关照他们的。我想我们再也见不到他们了。”

“说不定会的，弗拉多先生，说不定会的。”山姆说。

就这样，弗拉多和山姆一起踏上了追寻之旅的最后一程。弗拉多执桨划船离岸，从西边顺河道而下，经过了托尔布兰迪尔嶙峋的悬崖峭壁。大瀑布的咆哮声越来越近。他们要渡过岛南端的急流，将船划向对面的东岸，即使山姆竭尽所能地帮忙，依然是非常艰难的事。

终于，他们又踏上了陆地，来到了阿蒙肖的南坡。在那儿，他们发现一处斜岸，于是将船拖出水，置于高处，在一块大石头后面尽可能地藏好了它。然后，他们背上行囊出发，寻找一条能引着他们翻越灰色的埃敏穆伊丘陵，下到魔影之地的路。

译后记

2023 年 9 月 27 日晚上，最后一遍修订完译稿后，我发了一条朋友圈：

弗拉多即将渡海西去
我和山姆一样热泪盈眶
山姆悲伤于离别
我欣喜于三年多的折磨终于到了尾声

这是我的“杀青词”。彼时彼刻，我的心情，与其说是“欣喜”，不如说是“五味杂陈”。翻译这部三卷本的幻想小说于我而言确实是一个巨大的考验，尽管在此之前，我有过翻译文学小说和理论著作的一些经验，但《指环王三部曲》的魔法就像指环之王的力量施之于小说中任何一个对它产生欲望的角色一样，让我在被控制和摆脱控制的挣扎中备受煎熬，感受甜辣、酸涩、苦辛诸般滋味。一路走来，要特别感谢济南出版社副总编辑郭锐和责任编辑丁洪玉的理解、宽容和支持。

除了这条收尾帖，另有四条朋友圈帖子，记录了这三年来我的《指环王三部曲》译路历程。

第一条是 2020 年 6 月 17 日：奇幻都是在虚无中产生的。

在正式落笔翻译前，我先通读了一遍原著。坦率地说，这是我第一次认认真真地阅读这部在英语文学史上鼎鼎有名的奇幻小说巨著。对于文学幻想，我的心态其实很矛盾。《指环王三部曲》不是我翻译的第一部英文小说，却是第一部幻想小说。我自己创作过三部幻想小说，我始终觉得，当用因果逻辑无法解释这个世界时，就可以用“奇幻”应对现实中无处安放的疏离感和漂泊感。茫茫宇宙，大千世界，因果关系并不是唯一的物理，虚无正产生于因果解释的失效。一枚拥有无限力量的指环之王连接起行走的树、说话的兽、33 岁刚成年的霍比特青年，寄托着托尔金对存在的道德、伦理、权力、人性、自由、命运、时间、死亡以及善恶的思索。

托尔金的奇想为后来的 Fantasy（幻想）创作者开启了无数条流脉，但也在每条流脉上设立了一道道难以跨越的屏障。有感于此，我在 2021 年 10 月 20 日发了第二条朋友圈：托尔金简直没有给后来的 Fantasy 写作者留一点想象的余地……

不过，这些话题在这里不宜展开，因为当你兴冲冲地准备开始一场奇幻的故事之旅时，绝不希望有一个聒噪的先行者在你耳边“剧透”。解读和批评就留给以后，留给每一位热爱探险，追随弗拉多，踏上穿越荒原的求索之旅，对抗黑暗之塔挑战的读者。

2022 年 1 月 21 日，我发了第三条朋友圈：我中了《指环王》的名称之咒。

从某种意义上说，名称是一种居所。万物有名，方得定属。托尔金以名为符，为小说中的每一个人、每一处地、每一件物建造了多个蕴含着独特意义和特点的“居所”——人、神、魔、妖、怪、精、山峰、水潭、谷地、马匹、飞鸟、花朵、树木、丛林、剑斧……人、地、物都不止一个名字，不止一个“居所”，它们分布在不同的场景，不同的情节点，着实容易让译者晕头转向。

托尔金显然意识到了自己的起名魔法给译者带来的困惑，在不满意于早期《指环王》的荷兰语和瑞典语译本对名称的改动后，专门编写了《指环王命名指南》，帮助译者处理人名、地名和事物名。这份指南确实在很大程度上解除了施加在我身上的名称咒语，但在很小的程度上我也采用了自己的一些想法。在翻译人名时，我基本上按照汉译的惯用法，采取的是音译；部分物名也是音译，部分则结合情节语境，尽量捕捉其特定的寓意；地名的翻译尽量体现这一地的地理特征或与故事情节相关的文化特征，比如 Middle-earth，因为 Middle-earth 的主要居民霍比特人看到河流、小船会犯晕，“海”更是令他们恐惧的字眼，那是死亡的象征，所以我去掉三点水，在“中州”和“中洲”之间选择了前者。

我的原则就是尽量避免阐释性的译笔，因为我觉得，文学翻译应该拒绝译者自以为是的删删减减，修修补补，添油加醋。译者应该谨记摆渡者的身份，尊重原作，尊重原作者的风格，哪怕这风格不是己所欢心。

然而，这份对原作的忠诚在遇到诗歌的时候往往会产生动摇，因为诗意在言外，在超越承载它的词语的经验中。

因故事太长而被分成三册的《指环王三部曲》一共有61首诗。第一册《指环同盟》共32首，第二册《双塔》共16首，第三册《王者归来》共13首。这些夹杂着托尔金自创的昆雅语、辛达语、矮人语、洛汗语的诗，或吟诵中州大地各民族的传奇与历史，或抒发角色的情绪波澜，或叙述故事的起承转合……

2022年3月3日，我因此发了第四条朋友圈：托尔金有一颗诗人的心，《指环王》里的人动不动就歌上一首，听上一曲，令不得不谱曲的译者很为难……

不过，闻一多的诗歌“三美”理论中的“建筑美”和“音乐美”之说，给了我“谱曲”的灵感。虽然过程走得弯弯绕绕，但概括起来寥寥数语：尽量在不破坏内容的层次和逻辑关系的前提下保持诗节与诗节、诗行与诗行、诗句与诗句的整齐对称；用大致相同的音节营造稳定的节奏感，追求一种契合小说中歌者所处情境和情绪氛围的朗朗上口，最大限度地保留住我所感受到的歌谣原文的诗意。至于效果如何，就期待读者和方家批评指正了。

《指环王三部曲》其实已经有多个中译本——译林旧版、朱学恒版、世纪文景版、海舟版……这些译本各有千秋，但都是我翻译之路上的灯塔。在我踌躇于复杂句式、晦涩典故时，或为了一个精灵语词汇、一句霍比特人的俏皮话绞尽脑汁时，这些译本，总能拨云见日般照亮我的笔。“前人栽树，后人乘凉”，我的这个译本向这些前辈致敬。

只是，珠玉虽在前，瓦当仍欲立。在这套书付梓出版之后，我大概会把这句话发在朋友圈里，当作真正的“杀青词”。

何卫青

2025 年 1 月于青岛梦想家